宋忠平 著

CENTAURUS
CODE
OF THE
EARTH'S
CORE

# 半人马 1
## 地心密码 上

SPM 南方传媒 花城出版社

中国·广州

## 图书在版编目（CIP）数据

半人马.1，地心密码：全2册 / 宋忠平著. -- 广州：花城出版社，2024.3
ISBN 978-7-5749-0158-2

Ⅰ．①半… Ⅱ．①宋… Ⅲ．①长篇小说－中国－当代 Ⅳ．①I247.5

中国国家版本馆CIP数据核字(2023)第249172号

出 版 人：张　懿
责任编辑：王铮锴
责任校对：衣　然
技术编辑：凌春梅
封面设计：拼棘设计+

| 书　　名 | 半人马.1，地心密码 |
|---|---|
|  | BANRENMA.1, DIXIN MIMA |
| 出版发行 | 花城出版社 |
|  | （广州市环市东路水荫路11号） |
| 经　　销 | 全国新华书店 |
| 印　　刷 | 佛山市浩文彩色印刷有限公司 |
|  | （广东省佛山市南海区狮山科技工业园A区） |
| 开　　本 | 880毫米×1230毫米　32开 |
| 印　　张 | 22.625　2插页 |
| 字　　数 | 630,000字 |
| 版　　次 | 2024年3月第1版　2024年3月第1次印刷 |
| 定　　价 | 98.00元（全2册） |

如发现印装质量问题，请直接与印刷厂联系调换。
购书热线：020-37604658　37602954
花城出版社网站：http://www.fcph.com.cn

谨以此书献给妈妈、爸爸

# 推荐语

世界好乱，尤其是国际局势。作为一个快满30年的电视新闻从业者，每次从嘴里吐出中美贸易战、美朝谈判、"地球之眼"局势、英国脱欧这些新闻话题后，内心特别心虚惭愧。因为不管准备多少功课，累积多少经验，怎么谈，单口说、对话说、PK说、正说反说多元地说，国际局势似乎原地踏步仍无改善。总是在脑门儿发热乱成一团之际，就会信步走到尖沙咀太空馆天象厅内去仰望星空，因为那是我忘却人类残酷竞争博弈，全然放松的秘密花园科幻时光。

每次于科幻的遐想后，重新用宇宙视野看待今日今时治丝益棼的国际局势，不觉莞尔一笑，想起《易经》中的《贲卦》："刚柔交错，天文也；文明以止，人文也。观乎天文，以察时变；观乎人文，以化成天下。"原来老祖宗早就点通了，唯有顺天应道的宇宙观，才是解决世界乱局之《葵花宝典》。

正在为国际新闻寻找一片净土之际，一脑多用的才子忠平兄捎来他这部科幻小说《半人马》。虽一时未能窥其60万字的全貌，但观其梗概，随处可见"既科又幻，既忠又平"的创意巧思：首先，科在哪儿？理科出身的忠平，把多年扎实深厚的科学知识置于半人马的宇宙时空塑造中，布局衔接逻辑性强，这是文科出身的我永远可望而不可即之处。幻在哪儿？从地底文明、地表文明，到暗黑文明的意念创造，有如进入魔法世界的奇幻之旅，让人浮想联翩。另外，这部小说妙趣横生之处在于忠，忠于人性，忠于初心，忠于家国情怀。不少章节的标题设计，仿佛是作者人生经历的回忆总结，又幻化成千人千面，身为其友，读来不时发出会心的微笑。最可贵之处，乃全书宗旨为一个字——"平"，忠平为书中的科幻世界，以及现实中处处博弈的国际政治，寻求和平共处之道！因为科幻，浏览饶富趣味；由于情怀，品读意味深长！

诺贝尔物理学奖得主之一、瑞士天文学家奎洛兹（Didier Queloz）认为：人类将会在30年之内开发出仪器，并在太阳系之外的星球找到"外星生物"存在的证据。他也认为，外星生命体势必存在于宇宙的某个角落里。其实，不用痴等30年，翻开此书，来自半人马的外星人正等着您走进他们的世界！

胡一虎　凤凰卫视主持人

这是著名军事评论员、主持人撰写的一本科幻小说，逻辑严密，知识丰富，却不晦涩，不说教。我一直觉得科幻小说的难点在于科幻世界的架构和世界观的建立，好的标准是既奇幻新鲜，又亲切熟悉，有对现实世界的观照，也有对人性的关怀与思考，《半人马》正是这样的好故事。该书构架磅礴恢宏，叙事从容不迫，大处着眼，小处落笔，情节生动，细节丰富，人物饱满，是一本既有文学价值，又有美学价值的佳作。

梅英菊　编剧

一开始，我是用《流浪地球》的视角观察《半人马》的，但忠平的《半人马》并不仅会流浪。在100%"死"的逆境中"生"，这大概就是《半人马》要传达的信息。无论地球还是外太空，对于软弱的人，残酷上面是更残酷；对于坚定的人，残酷只不过是幸福来临前的开胃小菜。忠平的天马行空，怎样都精彩。

杜文龙　著名军事专家、央视特约评论员

自小我就深信，除了人类以外，肯定是有外星人的。宇宙之大，无奇不有，最近连美军都证实了多段UFO影像是真的……

宋忠平曾很认真地跟我说："未知生命可能来自地底。"其实，无论是天外来客，还是地心文明，对它们的关切都是对未知的执着，对生命的热情……

忠平以他的军事专业和丰富想象，构建了这个有趣的故事。这部作品不单是科幻小说，更是有深刻现实含义的作品，可以深读。

董嘉耀　凤凰卫视资讯台台长

我很佩服忠平凡的想象力和文字能力，以及迅速构思变成作品的能力。当然更重要的是作者在《半人马》中体现的哲学思考，我认为这是科幻小说的基础。

科幻小说写的是未来，其实折射的是当今。这正是《半人马》的魅力。

何亮亮　凤凰卫视评论员

人与人之间人性的纠结，人对自然神秘之探索与敬畏，人面向自我的反思，从来都是小说的核心精髓。宋忠平先生以其本身非凡的科技功底，大胆地把它们放到了科幻境界中做更深入的尝试，精彩非凡，令人喝彩！

石齐平　凤凰卫视评论员

宋忠平先生的书我读过几本，很有味道，耐读耐品。忠平思接千载，视通万里，用独特的眼光看世界，文采飞扬。读他的书可以增长知识，开阔眼界，启迪智慧，提高本领。《半人马》看似科幻小说，实为智慧宝库。

李殿仁　中国孙子兵法研究会高级顾问、中将、<br>曾任国防大学副政委

以锐利的眼光，从分析军事至剖析人性。

许多观众说：从忠平老师肃穆威严的眼神中看见了独特犀利的观点，更加体会到了事物的本质。在出版了多本军事和时政专著后，他继续以锐利的眼光带领我们探索事物的本质。令人惊喜的是，这次他以科幻小说的方式对人性进行剖析。

忠平老师曾说：每个人都是英雄。英雄是一种汇聚人性光辉的人格，就如南方天空中最耀眼的星座之一——半人马座。半人马座内有两颗明亮的星辰，古人称"南门双星"。据说郑和下西洋时，曾用它们导航，乃至成就伟大功业。忠平老师的著作《半人马》如天上的半人马星座，为读者探索自我与人性导航。唯有深入地了解自我、剖析人性，继而完善自我、完善人性，才能成为汇聚光辉的英雄。

吴小莉　凤凰卫视资讯台副台长，主持人

# 自　序

早想提笔写一部科幻小说了，酝酿了很久，也思考了很多，但不同于写科技类、军事类著作，写科幻小说不仅需要科技知识，更要能刻画人物和设定情节。

2018年的一天，凤凰卫视香港总部食堂，黄海波、沈飞峰、刘庆东，还有我，四位朋友天马行空地畅谈。我第一次谈及想写一部科幻小说，名字都想好了，就叫《半人马》。

刘庆东说曾有一部小说叫作《飞向半人马》，我小时候看过这部小说，那是一部很久以前的科幻小说。我要写的不是如何飞向半人马座的比邻星，而是从地球开始来讲述地球人类文明的发展。我们这些人并非地球上的唯一生命，这是我的基本判断。人外有人，天外有天，但这个"人"不一定都在地表。地球外面肯定有人，甚至不是碳基生命，而我们地球这个家至今仍神秘莫测，家里也有人的可能性太大了。我中学时曾看过一部科幻电视剧，叫《大西洋底来的人》，印象很深，那是一群生活在海洋深处的史前人类，他们能上岸混居在地表人类社会中，不分彼此，文明融合。直到有一天，人类发现这个另类文明存在，矛盾爆发了，冲突开始了。

大海孕育文明的传说还有很多，《圣经》故事、希腊神话、《山海经》等古代文化中有很多海的典故，未必是传说，也可能是史前文明的文化遗存。一部《西游记》把龙宫和龙王描述得如诗如画，把救苦救难的南海观世音菩萨刻画得活灵活现、惟妙惟肖，这些也未必是神话故事，或许是先辈文明辉煌历史的不灭印记。比如，地表东胜神洲傲来国的孙悟空，一只猴子大闹龙宫，让不可一世的龙王俯首帖耳，奉上"定海神针"。再比如，陈塘关哪吒三太子闹海，一怒之下斩杀龙王三太子敖丙，成就一段神奇佳话。概括起来，这不就是地表文明和海洋文明的相互搏杀？

我的宇宙观认为，不仅湛蓝无垠、深不可测的大海有发达的文明存在，就在我们地球深处也有不同文明存在，他们比我们更古老、更发达、更聪慧、更前瞻。他们依托地球空间，却生存在另一个维度之中，这就是《半人马》第一部中提到的地心文明。地心文明未必在物理的地心。这一类文明可能是地表文明的鼻祖，我们的文字和语言与他们类似，也许就是地心文明的传承和辐射。

地表文明太贪婪、太多仇杀、太无情，尽管中国人早就提出人类命运共同体，但个别地表国家唯我独尊，"老子天下第一"，到处制造麻烦、惹是生非，肆意破坏地表环境，让本就不平静、不安宁、不干净的地表被打扰、被涂炭、被污染。物质文明看似发达了，可精神文明却沉沦，私心泛滥，私欲膨胀，甚至为一国之私不惜毁灭整个蓝星。

时刻监控地表文明的地心文明不会坐以待毙，任地表人肆意妄为。两大文明的冲突、博弈、搏杀难以避免。面对地心文明的强力绞杀，羸弱的地表文明危在旦夕，地表文明必须奋起一搏，以图逃过一劫，并最终与地心文明联手打造新文明和新秩序。这一切都是美好的愿景，真正做起来谈何容易。地表文明和地心文明加起来不就是地球文明吗？两者必须找到共识来维护地球命运共同体，这是一荣俱荣、一损俱损的大是大非问题。

茫茫宇宙广阔无垠，地球文明沧海一粟，碳基文明亦只是宇宙文明的一颗尘埃，不足道哉。虽然地表文明的科技手段不断腾飞，但看到的宇宙何其狭窄、何其局限，更大体量的"暗黑世界"都在地表文明的视线之外，地球只能被"暗黑文明"默默注视着。虽然地心文明历经千万年劫难已高度发达，但与"暗黑文明"的"黑科技"相比是小巫见大巫。纵然地球文明一直在争夺太阳系,但面对"暗黑文明"的威胁和遥远的半人马座的"召唤",勇敢的地球人不畏艰辛,不断挑战自我、牺牲自我,努力在暗黑世界中摸索、探险。死亡与机遇共存,文明与邪恶共存,人性与兽性共存,良知与私欲共存,这是《半人马》的另一精神内涵。

人之初,性本善。性相近,习相远。

我简要介绍了小说主线,三位朋友各自发表高论。艺术达人黄海波重在谈如何精准塑造人物,电视达人沈飞峰重在谈如何展开多条故事线索,心灵达人刘庆东重在谈如何刻画人物内心世界,通过细节让故事中的人物鲜活起来,比如小说里的董一飞、孙志平、祁奕雄、松本未来、戴维斯、姜瑄、林妙杰等。

三位凤凰达人问《半人马》的书名从何而来。我告诉三位凤友,半人马座是有文明的,或许是高度发达文明,但现如今在第一部的时空中只能触及皮毛。至于飞向半人马座、征服半人马座必然是小说的矛盾焦点和高潮,但这绝非50万字的第一部就能写完,不然跨度太大会闪了腰。

更为关键的是,半人马是"半人、半马",亦正亦邪,亦好亦坏。人无完人,好人也有坏的一面,坏人也有悲天悯人的情怀,这是小说真正的内涵。人性,人心,真性情。有时候科技大大进步了,文明发达了,可人性还在原地踏步。

希腊神话中有很多半人马形象,他们粗野、狂暴、不讲道理,是野蛮无知的象征。但也有少数半人马,如喀戎,就非常有知识,有涵养。喀戎接受阿波罗和阿耳忒弥斯的教诲后,又成为伊阿宋、赫拉克勒斯、俄耳甫斯和阿喀琉斯这些英雄人物的导师。当喀戎被赫拉克勒斯意外射伤后,不愿继续忍受痛苦而放弃永生。这一类半人马阐述的是,痛苦是人类生存的一部分,痛苦经历也能用来帮助他人获得新生。

还有一类半人马比较普遍,象征着男人被肉欲所困,这是动物性冲动的陷阱。在希腊和罗马神话中,好色的半人马代表人性中未开化、无法无天和真实本能的一面。比如,在拉庇泰王的婚宴上,半人马试图诱拐新娘,奸淫女宾客,并用树干和石头袭击东道主。但拉庇泰人最终战胜了邪恶的半人马,这是知识与理智战胜本能和情欲。

我们每个人都是半人马,这就是人性,只不过或好的一面多点儿,或坏的一面多点儿,或如半人半马在内心斗争。当理智战胜欲望,这类半人马就是善良的一类;当欲望战胜了理智,这类半人马就丑陋、邪恶,挑战人伦底线、触碰法律红线、危害人类社会。小说里的人物设定本着半人马的特质,没有绝对的好人,也没有绝对的坏人,好人可以虚荣、好色、胆怯、瞻前顾后,坏人也有同情心和家国情怀。有了国家形态,各为其主,也就无所谓好坏,无所谓善与恶、真与假、美与丑,只要符合这个国家和民族的利益就是对,背叛就是错,就是罪,这就是半人马。

科幻小说是基于科学的狂想,但科幻小说绝不是神话故事,要具有历史和现实的可验证性。19世纪法国小说家凡尔纳的科幻小说就是现实性的典型代表,如《从地球到月球》《环游月球》《海底两万里》《八十天环游地球》等脍炙人口的科幻小说,如今都梦想成真。凡尔纳是现实科幻小说家中的大师级人物,不虚无、不浮夸,令人尊崇。

《半人马》讲述一群老兵的真实逸事,但充满了神奇色彩。

他们很执着,有追求、有理想、有信念,怀揣抱负,有家国情怀,但艰辛的生活和无情的现实留给他们更多吹干的眼泪、深深的窘迫、无尽的苦痛,很多在部队顺风顺水的老兵离开部队后多是两眼一抹黑,失去方寸。但军人坚毅和不服输的性格驱使他们坚持下来,努力找寻人生最美丽的归宿和报效国家的另类路径。从失败到失败,从恐惧到恐惧,从死亡到死亡;从巧合到必然,从人心到人性,从职业到职责,从任务到使命,这就是董一飞、孙志平、齐天全这些老兵的宿命——不畏死、不忘初心。不少老兵牺牲了,但还有不少老兵活着而从不凋零。这群老兵面对极端困难和死亡的威胁,依旧用退役军人的身份去弥补和履行现役军人无法做到的一切,让"中国军人"这个至高称号在老兵身上闪烁荣耀。也许不被理解和同情，但依旧心向往之，始终不辱没"中国军人"这个称谓。

半人马的故事很长，老兵的故事也很多，从"地球文明"到"文明冲突"，从"半人马座"到"暗黑世界"，地球文明不断征服宇宙空间。科技发展了，人心膨胀了，欲望增多了，文明复杂了，责任更重了，但究竟该规划一个什么样的命运共同体，让宇宙法则与文明能同步发展，这都是摆在地球文明面前的一道难填的沟壑。

米切尔的《飘》中曾提到："也许上帝希望我们在遇到那个对的人之前遇到一些错的人，因此当我们最终遇到那个人的时候，才知道如何感恩。"卡尔·马克思也说过："没有义务的地方，就没有权利。"弗洛伊德也讲过："对于成功的坚信不疑时常会促成真正的成功。"

这些故人说得都对，感恩、责任、包容、信念、大爱，一个都不能少。但遗憾的是，在这个世界上，凡是爱的事情都好办一点儿，怕的是恨，恨能让人癫狂，恨能让人失去理智。把满腔的恨转化成点滴的怜惜和仁爱很难，但再难也要去尝试，或许可以点石成金，因为全人类有共同的命运，这就是共识，也是最大公约数。这个全人类不仅是地球文明，还包括一切爱好和平的地外文明。

2021年5月1日劳动节于香港

# 目录

01. 仇恨 / 1
02. 死地 / 8
03. 贵人 / 14
04. 鸿儒山庄 / 24
05. 博通 / 31
06. 应聘 / 41
07. 董总 / 48
08. 工程兵 / 54
09. 逃离家乡 / 63
10. 骚扰信息 / 72
11. 笨学生 / 84
12. 江湖规矩 / 94
13. 霸气总裁 / 101
14. 敲山震虎 / 114
15. 牛刀 / 123
16. 战地采访 / 131
17. 小精灵 / 142
18. 列夫米拉 / 153
19. 鸣沙基地 / 159
20. 地球毁灭者 / 166

21．香格里拉 / 171

22．金矿保卫战 / 178

23．两位美女 / 189

24．深蓝矩阵 / 197

25．猜疑 / 206

26．外科手术 / 213

27．监控半人马 / 219

28．蝶恋草 / 224

29．琐碎旧事 / 232

30．天外来客 / 240

31．舰队 / 251

32．普利亚天坑 / 259

33．地狱无门 / 268

34．神秘洞穴 / 276

35．空难 / 285

36．追杀令 / 295

37．两只懒猫 / 305

38．沙漠飞蝗 / 317

39．灰鹰坠落 / 329

40．制裁博通 / 343

# 01. 仇恨

这个世界，凡是爱的事情都好办一点儿。怕的是恨，不是爱，对宠物的爱除外。

2035年元旦，傍晚，董一飞带着几个弟兄美美地喝了一顿大酒，就算是庆祝在CU国的新年了。独在异乡为异客，同为天涯沦落人，几位战友不知不觉就喝大了。

董一飞一路跌跌撞撞，回到宿舍，倒头便睡。

时间一分一秒飞速流逝着，董一飞猛然间酒醒了。眼看着时钟指向了凌晨3点，还早。董一飞连着打了几个哈欠，脱下鞋和外衣，准备再睡个回笼觉，忽然隐约中看见两个"光影"从门口闪身而进，毫无动静，但又是那么真切。董一飞使劲揉了揉眼睛，但依旧是模糊一片，看不清，只有"光影"。

"有危险，赶紧跑！"

董一飞感觉"光影"在说话，但总觉得在做梦。董一飞狠狠掐了大腿一把，毫无知觉，果然是南柯一梦。

第二天一早，董一飞酒醒了，梦也醒了，CU国的代尔地区出事了，董一飞就在代尔地区。一枚枚看似长了眼睛的导弹呼啸着射向了天然气气田。硕大的天然气罐被击中了，透着火光的巨大蘑菇云和浓烟瞬间升腾起来，爆燃的热浪刹那间就掀翻了天然气气田内的冶炼设备，输气管线七零八落，彻底散架了，几十号正在管线上作业的工人被炸得血肉模糊，非死即伤。旋即，警报声大作，所有天然气气田工作人员立即被疏散到邻近的安全避难所。这里有很多当地的工人，主要是CU国当地人，还有不少来自K国的技术人员。

炮声稍稍停息下来，紧接着，密集的枪声就响了起来，听枪声就知道距离这里不太远。远处，几辆重型坦克冲在最前面，时不时有人从炮塔里探出头来四处张望，几台车载便携式火炮紧随其后，也是走走停停，停下来就打几枚导弹，看似不太专业，但也百发百中。这些极端分子歪坐在几辆皮卡上，手里拿着突击步枪和便携式火箭筒，斜挎着装得满满的子弹袋，还有一些人站在皮卡上架着重机枪向前观望，向气田方向快速推进，俨然就是百余号人的一支小规模摩托化部队。与正规军不同的是，这群人透出来满满的匪气，几台车上歪七扭八插着几面黑底白图文的三角旗，上面画着极端恐怖组织的标志，是干什么的一目了然。

这次针对气田的袭击太突然了。CU国的代尔地区，一处K国投资的高产气田正在被极端恐怖分子猛烈攻击着，他们扬言要杀掉全部的"外来人"，并限时缴枪投降，否则就彻底摧毁这里的一切。

与小打小闹的海盗相比，这些极端恐怖势力不仅人数众多，还拥有大量轻重武器，最多的是P国生产的突击步枪，还有不少重型武器，如P国造的T坦克、A国造的M坦克、L国造的轻型坦克，甚至还有K国生产的山地作战坦克。不仅如此，这群人手里还有不少105毫米和122毫米的车载榴弹炮，算得上是"万国武器"。也不知道是缴获的战利品，还是从黑市购买来的黑货，抑或是某些域外势力的"馈赠"，总之这群人的实力足够强。

就在气田里面，K国的工程师和CU国的工人加起来有几百号之众，此时已经是慌乱不堪、不知所措，尽管大多数人躲进了安全避难屋，可谁都知道一旦遇到穷凶极恶的恐怖分子，哪里都不安全。逃跑和投降都是一死，据说这些恐怖分子对"异端"和"叛徒"都是格杀勿论，手段凶残。

由于CU国地处"地球之眼"，这个星球最乱的地缘交会处，情况十分复杂,又是民族矛盾,又是宗教矛盾,还有恐怖组织的威胁和域外势力的强力介入,因此,要想在这个纷乱的地区承担工程项目的安保服务,没有两把刷子是绝对不行的。

代尔地区气田的安保工作是由K国派来的博通国际安保公司负责,这家公司如同A国的前黑石公司一样在全世界很多国家承担国际安保服务,之所以叫"黑石",就是要"无坚不克"。如今,在国际海路的商船上都有博通的安保人员随船护卫,在业内威信高,信誉度极佳。之所以称之为"前"黑石公司,是因为这家昔日大名鼎鼎的A国安保公司在战场上总是滥杀无辜,不得不转让并改名为"浑水公司",希望另起炉灶,浑水摸鱼,但换汤不换药。

博通公司与浑水公司交集颇多,毕竟同行都是冤家。

"地球之眼"有不少乱源,但核心就在CU国。说是乱源,是域外大国长期插手、域内小国不断捣鬼所致,比如A国这个域外大国,再比如I国这样貌似小国的大国。

博通公司保护的重点就是"地球之眼"。保护对象既有外国政要人士、K国投资的工程项目,也包括其他国家公司投资的工程项目,只要给够银子都可以提供专业的安保服务。为对抗恐怖势力和外国势力无休止的捣乱,在"地球之眼"的博通公司必须"武装到牙齿",才能以暴制暴,怀柔说教毫无意义,道不同无法和平共处,在"地球之眼"只有枪炮声说了算,谁的声音大,谁就是老大。

此时,枪声越来越密集,炮弹不时呼啸而过。

一身沙漠迷彩、皮肤黝黑的董一飞仔细看了看前方,估摸来的人有百十来号,从他们的动作来看都很专业,应该是经过严格训练的老兵,必定是杀人如麻、视生命如草芥的外国雇佣兵。这些人可绝非恐怖分子那么简单,绝对都是职业杀手。想吃国际安保服务这碗饭很不容易,没点儿道行和人脉肯定不行,黑道白道要通吃。

董一飞直觉这帮人袭击这里未必是真的恐怖袭击,之前就有不少此类袭扰。不少地方和国际势力都知道代尔是博通保护的地盘,无论是恐怖组织,还是别有用心的国际势力,看来就是要挑战博通这个业

3

内大佬。这背后利益纷争和纠葛既十分复杂,又异常敏感。

董一飞何许人也?博通公司在"地球之眼"的老总之一,博通在这里一共有三位老总和小1000名弟兄。总经理叫齐天全,下面有两个副总经理,其中一个就是董一飞,还有一个叫梁栋。三个人都是退伍军人,俗话"行伍出身",他们在这块宗教热土各有分工。

比如,CU国等三个热点地区就归董一飞来管。IR国比较特殊,这个地块划给了梁栋来管。齐天全就更牛了,20多年的军龄,全能选手,特种兵出身,参加过反恐、营救人质等一系列军事行动,博通在"地球之眼"的全部业务都归他管,但有些大事也需要向K国总部的孙志平请示汇报。

"地球之眼"最佩服的人就是看似文质彬彬但有头脑的孙志平,博通公司总裁、自己的顶头上司。孙志平不断告诫齐天全:"相信自己!弟兄们交给你,我放心!"但这一次,孙志平不放心了,因为事情闹大了。

这次极端分子攻击的就是董一飞的地盘,在代尔地区的这个名叫"阿沙拉"的气田,董一飞所属的安保团队一共有30名弟兄,加上董一飞也就是一个排、三个班的人手,拥有的武器大多是轻武器,口径最大的也就是车载82毫米迫击炮、105毫米无后坐力炮和105毫米反坦克炮,无论轻重武器都是清一色的"K国造"。博通安保公司作为K国政府授权的海外安保企业,可以在国外指定区域合法使用制式武器,也可以通过正规渠道优惠购买"K国造"的武器装备。

这群极端分子逼近了气田,炮火更加猛烈,看来是不达目的誓不罢休,指名道姓狂妄叫嚣:"董一飞快投降,否则杀无赦!"

来者不善,绝对是知根知底的主儿。

董一飞个子不高,1.73米,五大三粗,像个农民工,皮肤黝黑,身材魁伟,肌肉发达——这都是在部队干活儿锻炼出来的。他平时喜欢玩单双杠,单臂大回环。试想,一个老兵怎么可能会缴械投降?再说了,这30号人都是退役军人,不少还是海军陆战队和反恐部队的精英,久经沙场,也没少杀人。对他们来说,投降绝对是耻辱,丢人事小，败坏了K国军人和博通的名声事大。

"不要给K国军人丢脸，不要给博通丢脸！"这就是孙志平第一次面试董一飞时说的话。但100多号训练有素的雇佣兵确实难以对付，加之这些武装到牙齿的极端分子个个都是亡命徒，无论是为了钱，还是为了女人，都会拼死一搏。

董一飞立即通过配属的"战场全景信息系统"把紧急情况实时通报给齐天全，同时提前把安保团队分成三个小分队：一队负责保护工人，一队负责火力掩护，一队负责击杀恐怖头目，擒贼先擒王。但这个"贼头"究竟是谁，谁也不知道！

其实，董一飞认识这个"贼头"，一个受过博通"恩惠"的R国人，名叫松本未来。松本本人有个安保公司叫西武安保公司，和博通干同样的活儿。"同行是冤家"，上次就是在FL国一次联合反恐行动中栽在孙志平手里，博通顺利完成了解救人质的任务，西武不仅没有完成任务，还损失惨重，要不是孙志平和董一飞出手相救，估计这个松本早就没有未来了。可松本不管那么多，恩将仇报。因为FL国的安保市场彻底丢掉了，松本于是怀恨在心，把这笔账记在博通身上，算在孙志平和董一飞这两个恩人的头上。董一飞和松本未来在FL国有过几面之缘，喝过几顿酒，松本趁着酒兴还感谢救命之恩，但董一飞做梦也没想到这次来"雪耻"的就是这个心狠手辣、恩将仇报的"酒友"。酒桌上的话绝对不能当真啊！

松本这个人不简单，很有抱负，但也是睚眦必报的人，这次到代尔就是来千里寻仇，报FL国之"仇"。

按照董一飞的安排，要想彻底消灭这股极端恐怖势力，必须首先干掉正面这六辆坦克。

火力掩护小分队由王强带队，但可用的武器只有105毫米反坦克炮和82毫米迫击炮，没有反坦克导弹，只能采取迂回闪击战术。但无论哪款坦克的正面装甲都比较厚实，尤其是披挂反应复合装甲让正面攻击弹药打上去就像挠痒痒。但坦克也不是无懈可击，顶部和后部就是软肋。王强小分队就是利用这一弱点用反坦克炮攻击坦克侧部和后部，再利用迫击炮吊打坦克的顶部，只要坦克停下来就是最佳攻击时机。利用这种战术很快就摧毁并重伤了三辆重型坦克，趴窝的坦克成员刚爬出来就被密集的子弹穿膛破腹，一命呜呼。其他三辆坦克旋即向后急退，拉大距离，避免进入火力伏击圈。这些雇佣军也不是吃素的，身经百战，立刻集结几门105毫米和122毫米的车载榴弹炮及120毫米三门坦克炮向王强的火力点猛烈开火。其中122毫米的榴弹炮更是非人道地打出了几枚芥子气二元化学炮弹。

所谓二元化学武器就是在炮弹飞行过程中让两种无毒的化学物质混合成为有剧毒的毒剂，而芥子气这种"毒剂之王"属于糜烂性化学武器，一旦由皮肤、呼吸道、消化道沾染就会导致全身中毒、糜烂，惨不忍睹。

由于判断失误而来不及躲避，更没想到这些人会使用化学武器，缺乏"三防"措施的王强小分队伤亡惨重，大部分人被芥子气严重"灼伤"，十个死了七个、伤了两个、重伤一个。王强也因伤势过重死亡，此时已经全身糜烂、血肉模糊、肢体残缺，已经分不清是炸弹炸碎的，还是芥子气烧烂的，死状凄惨。还有一口气的伤者也被这些人活活"斩首"，拎着脑袋去邀功请赏。这都什么年代了，还来这一套。

王强小分队全军覆没了。

缺少了掩护，负责狙杀极端势力头目的李向军小分队很快陷入了极度困境，毕竟身处最接近恐怖分子的前沿地带。由于这些武装分子的服装比较混乱、随意，没法通过服饰来判断谁是"贼头"，更无法知道"贼头"是松本未来。除了董一飞，没有人认识这个松本。当看到有一个人吆五喝六，李向军以为这就是"贼头"，立即要求击杀这个人。枪响之后，这个人闭嘴了，但小分队也立即就被对方精确定位。这些人可不是省油的灯，绝非草莽之辈，都是久经沙场的老兵，听到狙击步枪一响，就立即下意识俯下身保护好自己，同时很快就定位出狙击点的方向。

一般而言，狙击手都是两人一小组，一个是狙击手，一个是观察哨，也是狙击手的"备胎"。为了确保狙杀成功，这十人小分队分为五个狙击小组，分处同一地带的五个狙击点，都是武装分子必经之路。但第一狙杀小组的枪声一响，其他四个小组狙击点也很快就暴露了，由于没有携带任何重武器，面对如此众多杀人狂魔的蜂拥而上，五个狙击小组只能各自为战了。由于此时已经没有回旋的余地，退无可退，再召唤董一飞小组支援显然不可能了，只能拼死一搏。

到了最后关头，这帮杀红了眼的K国退役军人脑袋里只想着，"杀一个够本，杀两个赚一个，杀三个赚一双"，谁也没想过还能活着回去。抱着必死的决心，这10个人用自己的生命换了30多个雇佣军的命，也算是值了。李向军最后引爆了身上的手雷，与十几个武装分子同归于尽，没有给K国军人丢脸，他的弟兄们没有一个是屈膝投降的懦夫。

如今就剩下董一飞一个小分队了，10个人，10条枪，还都是些轻武器。

该怎么办？拼下去只有一死，毫无生还的可能，投降也是一死，逃跑或许还有一线生机，可以留得青山在。现如今，摆在董一飞面前只剩下这两条路了，一条生路、一条死路，必须二选一。

董一飞虽不是一个贪生怕死的人，但从小就被父亲董晓平熏陶，明白如何趋利避害，如何保全自己，逃跑并不可耻，只要活下来，活着就是希望。为此，董一飞上学期间还有一个不雅的绰号——"董飞飞"。

## 02. 死地

　　生命之所以有意义，是因为它会停止。逃跑也是延续生命的方法之一。

　　一枚炮弹在身边爆炸，董一飞即刻回过神来，"董飞飞"不能再跑了，不仅不能跑，还要保护好弟兄，保护好工人，自己不是一个人在战斗，博通必须保护好客户，否则不是丢人的事情，是博通国际信誉扫地的大事了。
　　武装分子已经快速集结到了董一飞所在的安全避难屋附近，几名武装分子拿着刚刚割掉的几名K国阵亡队员的头颅，高高挑起来示威，要求董一飞等一干人停止无谓的抵抗，立即投降，束手就擒。
　　董一飞看了看身后的几个弟兄，还有地下室一大堆的工人、技工，一个个眼巴巴看着自己，都把自己当作"救世主"，如果连他都动摇了，那他们就必死无疑了。董一飞知道这里就是"死地"，想置之死地而后生，绝无可能。
　　松本未来给董一飞5分钟考虑的时间，但5分钟很快就过去了。松本一声令下，武装分子枪炮齐响，立即向安全避难屋猛烈开火，防弹玻璃全部震碎，墙壁开始倾斜、倒塌，不少人被玻璃碎片和倒塌的碎石击伤，鲜血迸流。
　　董一飞是霹雳军团工程兵出身，10多年的军旅生涯，练就一身娴熟的工程技能，早早就安排对安全屋做了工程加固。但再怎么坚固的安全屋，也经不起几门大口径火炮的猛烈攻击。

几轮炮击过后，安全屋就彻底坍塌了，避难的工人伤的伤、死的死，还有能动的撒腿就跑，但也是凶多吉少，成为武装分子的"活靶子"。毫无人性，如同游猎。此时此刻，董一飞叫天天不应，叫地地不灵，全部的重武器都给了王强他们，此时弹药也已消耗殆尽。

无力回天，董一飞知道自己难逃一死。每当在最危难的时刻，董一飞都会想到爸爸告诉自己的那些话，"要活下去，活着就是希望，逃跑不可耻，活着就有了一切"。

但董一飞看看身边追随自己多年的弟兄，觉得自己没有完成好孙志平交办的任务，只有以死谢罪了。相信其他人也都想好了，生死与共，黄泉路上继续做兄弟。但就算是死，也要和武装分子同归于尽，多拉几个来垫背。

松本看董一飞几个人没有投降的意思，就让几个穿戴防毒护具的人扛着火箭筒，猫腰走近安全屋，距离一两百米，又接连打出几枚窒息性的氯气弹。刹那间，安全屋就被浓浓的绿色烟雾完全笼罩，只要在屋里面的人就会窒息而死。不少工人实在忍受不了，冒死冲出浓浓的"绿雾"，但立即就被武装分子乱枪打死，吓得其他想跑的人也不敢跑了，只能往回跑。

董一飞清楚这是氯气，要求所有人做好"防化"处理。都是经过特殊训练的老兵，地下室里有一堆简易防毒面具，董一飞让工人们都戴上防毒面具，没有面具的人用水浸湿了毛巾紧紧围在头部，把缝隙死角封死，保护好眼睛和口鼻，避免吸入氯气，避免灼伤眼睛，忍一时算一时，活下去最重要。

再也没看到有人跑出来，更没有看到董一飞的影子。不知道这些人到底是死是活，松本要求"生要见人，死要见尸"，武装分子气急败坏，蜂拥而至。如果能抓住董一飞这个代尔的"地头蛇"再羞辱一番，对震慑和警告孙志平及博通必然是最佳选择，杀几个K国人很容易，关键是要博通彻底滚出CU国，滚出"地球之眼"，这才是松本的最终目的。

松本带着几十号人慢慢包抄了过来，小心翼翼，猫着腰，毕竟面对的是久经沙场的K国老兵，必须谨慎，更重要的是得抓活的。

但随后几声枪响，走在最前头的几名武装分子瞬间倒地，其他人就地躲避。"投降吧，董一飞！"松本未来操着一口蹩脚的K国语破着嗓子嘶喊着。

听着有些耳熟，但董一飞没听出来是谁，毕竟在FL国也只有几面之缘，痕迹太浅。"董一飞，赶紧投降，你没有反抗的机会。只要投降，我不杀你！我松本未来说到做到，决不食言，不杀你。"松本未来终于自报家门了。

这一喊，董一飞全明白了，原来是恩将仇报的松本。本不是冤家，博通在FL国救了他们，酒桌上还称兄道弟，豪言壮语无数，可没想到这个人翻脸不认人。看来，松本目的很明确，就是想让自己死个明白。老辣的董一飞也不是省油的灯，不敢回答，只要一说话立即就会引来炮火，不仅如此，甚至连大气都不敢喘。

"再给你5分钟，5分钟后，立即开火，彻底摧毁安全屋！"

坍塌殆尽的安全屋、破败不堪的地下室再也经不起炮火的"洗礼"了，董一飞劝几位战友迅速转移，自己拖住对手打掩护。经过一分钟激烈的眼神和肢体争执，还是决定董一飞留下来掩护战友和工人们离开安全屋。

嗒嗒嗒嗒，董一飞掩护战友们的枪声响起来，一名武装分子应声倒地。

松本立即招呼炮火"呼啸"地倾泻了下来，董一飞眼看将死无葬身之地，最后使尽全身气力扔出了身上最后一枚手雷……

但奇怪的是手雷就在自己身边不远的掩体外爆炸了，感觉是碰到了一堵"墙"弹了回来，弹片四溅，没有伤及武装分子分毫，却把董一飞震得发蒙，险些晕厥过去。同样，武装分子一通猛烈的炮火也只是在董一飞四周飞溅，更像是一场"烟火秀"刻意表演给董一飞看，也没有伤及董一飞分毫。

接下来的事情就更让董一飞大感意外了，不远处的武装分子纷纷倒地毙命，几十吨重的坦克炮塔被瞬间掀翻，一辆辆皮卡被打得支离破碎，剩下的武装分子即刻作鸟兽散，被彻底打蒙圈了，松本未来也趁乱逃之夭夭了……

董一飞被手雷爆炸震得发蒙，在朦朦胧胧中感觉到有一堵厚厚的"光墙"保护着自己，更感觉到有几个"光影"在眼前飘来飘去，从"光墙"进进出出，一道道亮光射向武装分子。

此时，董一飞渐渐失去知觉，晕厥了过去。

"董一飞、董一飞。记住你的生命不属于你，你不能死！"

像是在梦境中，董一飞听到有人喊自己的名字，"看到"有"光影"向自己飘来，这个"光影"很熟悉，仿佛在哪里见过，没有"恶意"，却飘来飘去，似乎带着"微笑"，但"欲言又止"。

猛然间，董一飞睁开了眼睛，眼前一片漆黑，仿佛回到了大山深处的一处坑道。

董一飞知道这个坑道工程标准要求很高，坑道挖掘难度也是前所未有。就在坑道掘进一切顺利之际，巨大的灾难突然降临了，坑道大面积塌方，原本十分坚固的花岗岩突然间莫名其妙变得松松垮垮，才做好的钢结构支撑完全起不到任何受力作用，瞬间就掩埋了身在其中的一众工程兵，包括董一飞。

这是董一飞第一次遭遇"死神"，唯一感觉就是必死无疑了，但奇迹还是发生了。当时就感觉有一种无形的力量在暗中保护自己，董一飞毫发无损，这种无形的力量就是在坑道里飘来飘去的那些"光影"。最终，董一飞带着余下的几位战友在"光影"的引领下，从一条本不应该存在的地下通道里爬了出来，这些人都活了下来。可还有很多战友再也没有走出这座坑道，永远长眠在这座大山里面了。董一飞说不清道不明这究竟是为什么，但这是真真切切发生过的事情。后来，董一飞问那些被自己带出来的幸存战士，在坑道里看到什么了，结果这些人都说什么也没有看到，只是闷着头跟着走。

董一飞立功了，一个二等功。但董一飞心里很清楚，这个功来得太蹊跷，甚至不可思议。

塌方后，工程重启并最终完成。建成的坑道像地下长城一般宏伟。可每到夜深之时，值班站岗的战士们都会隐约听到阵地深处有着坚实整齐的脚步声，伴随着嘹亮口号声，震天动地，也感天动地，这就是英魂不灭！他们一直守护着自己亲手打造的这座地下长城，决不允许任何不敬之人来犯。

这场代尔的武装浩劫，董一飞活了下来，战友和不少工人也都活了下来，他们发自内心感谢董一飞，更感谢博通公司的全力保护。

但董一飞内心明白一点，这场无妄之灾本可以避免，松本原本就是冲着博通来的，不是冲着气田本身，但这些话只能烂在肚子里，绝不能瞎说。

松本连夜逃出了CU国，随即又飞回了R国。但松本绝不会善罢甘休，同时又记下一场博通在代尔的新仇。在松本的心里一直埋藏着一股无名的恨，必须发泄出这口怨气。

翌日，齐天全和梁栋都赶了过来。尽管二人通过"战场全景信息系统"已经实时了解到代尔发生的一切，但到了现场还是忍不住动容，好多战友和兄弟死了、残了、伤了。

孙志平在K国博通总部致电齐天全，要求必须把这些兄弟的灵柩用专机送回国内，每个阵亡和伤残兄弟的家庭都给了一大笔抚恤金，足够他们和阵亡战友的父母们颐养天年。

"你看准了，的确是松本吗？"齐天全盯着董一飞。

"是啊，开始不太清楚，我也没看清楚，但后来听得真真的！来者不善！这家伙对我们的套路也是知根知底，看来摸排我们不是一天两天。"

"王八蛋，自己不行，还怪我们，看我怎么收拾这家伙！"梁栋恶狠狠地骂道。

"是啊，上次在FL国的那次合作，我们毫无保留地和他们交流战术战法，如何反恐，如何营救人质，可结果都用到我们身上了，这孙子，太不讲究了，和VN国的猴子一个德行，恩将仇报！"董一飞也骂道。

"好，老董，你赶紧养好伤，早点儿好起来，估计还会有场硬仗等着我们。"齐天全感到形势不妙。

"没事，都是皮外伤，不碍事，只是兄弟们，可惜了，唉，老大，我对不起你们，对不起孙总，辜负了你们的期望！我……"

董一飞有些潸然泪下，又当了一回不是英雄的英雄。

董一飞心里有些话不知该怎么说，其实一直都有跑的魔念，自己也不清楚到底怎么回事，就连自己都不知道是怎么击退的松本，只能含糊其词，确实也是说不清楚的咄咄怪事。董一飞只能永久藏在心里，不能告诉任何人了，对，是任何人……

董一飞暗暗下定决心，一定要让这个松本未来彻底失去未来。

## 03. 贵人

人生最美丽的补偿之一，就是人们真诚帮助别人之后，同时也帮助了自己。比如，宠物给了你快乐。

CU国出了这么大的事情，孙志平在K国博通总部也坐不住了，CU国正处于多事之秋，也是是非之地，博通在这里也没少出事，董一飞的前任就惨死在CU国了。

孙志平第一时间赶到了代尔，慰问董一飞和其他几名幸存的弟兄、战友，一言难尽，能活着就好。

孙志平和齐天全、梁栋、董一飞几个人协商后，决定加大在代尔地区的安保力度，把安保量从排级提升到百人连级规模，并准备配备更多重火力装备。

夜深了，孙志平把董一飞叫到自己房间，详细询问了代尔的遭遇。董一飞像个犯了错的小学生，硕大的沙发，只用半边屁股倚着，内心满是惭愧，一口一个"对不住您、对不住您"。

孙志平摆了摆手，安慰董一飞多虑了，这个结果已经很好了，换了自己也未必做得到三个保全。

一是气田虽被破坏，但维护代价不算太高，也可以走国际保险；二是尽管损失了不少精兵强将，但董一飞等几个核心人员总算是活了下来，这是不幸中的万幸；三是博通的名声得到了最大保全。尽管博通损失很大，但客户的权益得到了保障，也算是给博通做了广告。代尔地区有恐怖组织,还有宗教纷争,更有同行相欺,想做好谈何容易,董一飞的前任就惨死在不知谁的手里。

好事传千里,"地球之眼"区域很多驻外大企业都知道了这次博通安保不要命的光辉事迹——"客户第一"。就算之前的黑石公司和今天的浑水公司都做不到。这些安保公司欺软怕硬,一旦真干不过对手,早就跑没影儿了,谁也不会为了钱卖死命,不值当,但没想到博通敢卖死命,这也让博通很快就新签了很多巨额安保大单,名声在外。这一点是松本做梦也没想到的事情,本想斩断博通的财路,却帮了倒忙,再次成全了博通。每每听到博通又签了新协议,人在R国看似赋闲的松本未来就大骂博通;相反,西武越来越没市场了,人要倒霉了,喝口凉水都会塞牙。

"一飞,你如今的时机已经好很多了,10年前的博通可真是艰难度日,我差点儿撑不住了,好多合伙人都走人了,我当时也有些心灰意冷,做不下去了,好在我遇到了贵人。我人生中的贵人。""大哥,谁啊,您的贵人是谁?您可是我的贵人。"董一飞对孙志平的人生经历很感兴趣,赶紧跑过去给孙志平倒了一杯绿茶,担心孙志平犯困,给他提神,然后乖巧地在沙发上顺势盘起腿来,准备仔细聆听孙志平的故事。

"我的贵人就是博通的贵人。"孙志平若有所思,思绪早就回到了老部队。

孙志平高考选择了军校,军校报到的那一天,孙志平正撅着屁股整理内务,说白了就是要把被子叠成豆腐块,标准是刀削斧劈,有棱有角,有模有样。

这时,专职区队长看到一位个头不高的少校军官走进了宿舍,立即叫大家起立,区队长介绍说,这位领导是学员队教导员祁奕雄。这是孙志平第一次见到大官。少校,俗称"二毛一"。专职区队长是中尉,才是"一毛二"。可刚入学的孙志平此时对教导员是多大的官儿没概念,别人怎么叫,自己就随声附和。

教导员走过来和每一位新学员打招呼,简单了解一些个人情况,主要还是问问适应不适应军校的生活，提醒要有吃苦的心理准备。

祁奕雄走到了孙志平面前，孙志平本能地立正给祁奕雄敬了个礼，祁奕雄抓住孙志平的手，纠正了一下敬礼的动作："你叫孙志平，是本地人。新训期间很苦，有思想准备吗？"

"对，教导员，我有思想准备，请您放心。"

教导员拍了拍孙志平的肩头，又走到另一位学员面前，问："会叠被子了吗？""不太会，正在学习。"

祁奕雄走到床边，把叠成半成品的被子呼啦一下摊开了，示范叠被子，教导员亲自用这名学员的新被子做示范，其他学员都过来围观。刚发放的新被子确实不好叠。

但教导员毕竟是老兵，三下五除二就叠好了，不仅齐整，还很有模样。晚上，这名学员都不愿意打开被子睡觉了，硬生生扛了一晚，生怕打碎了这件"艺术品"。

第二天，区队长知道了，一把掀开了齐整的被子，命令这名学员重新叠，想偷懒，门儿都没有。这名想偷懒的学员就是孙志平的上下铺战友李弘，也就是董一飞后来的营长。

孙志平还算有点儿心计，毕竟在部队里人生地不熟，一切只能靠自己，同期的同学、战友的家庭都很显贵，自己家庭很一般，没啥依靠，能认识的最大的领导也就是教导员和队长了。

就这样，孙志平干活儿不惜力，寒假也主动承担值班工作，希望能让学员队领导赏识自己。一次，孙志平终于等到了机会，给祁奕雄送了一件大礼物，不大不小的节日蛋糕。但没想到却得到了更多，祁奕雄留孙志平在家吃饭，喝的是很名贵的国酒，那也是孙志平第一次在教导员家里吃饭，很不自然。

教导员的爱人叫张霞，一位中学老师，人非常随和，看孙志平有些拘谨，就给孙志平夹菜、盛饭、倒酒，孙志平倒有些不好意思了，一口一个"阿姨"叫着。

"别客气，到这里就是到家了，小孙，要吃好喝好，听见没。""听见了，不过，我真的有些不好意思了，阿姨、教导员。来了还蹭饭。"

"小孙，你这就不对了，教导员是老兵，还是你的领导，你不吃他吃谁。领导必须请客。等你以后混好了，别忘了阿姨就行。"

"哪会呢，阿姨，我会努力的。"

…………

这是孙志平第一次到祁奕雄家做客，印象很深。祁奕雄很惜才，全队100多号人，教导员和队长也在着力培养和选拔学员队干部。经过长时间考察，教导员祁奕雄和队长周斌都觉得孙志平这个小伙子能力不错，口才好，管理能力强，学业也不错，就开始重点培养孙志平。连续四年，孙志平一直都在区队担任领导。区队就是地方大学的一个班，相当于班长的角色。毕业后，孙志平就留在学校继续工作了。

孙志平毕业后有一次又去祁奕雄家吃饭。这时，祁奕雄已经调到学院业务部门工作了，离开了学员队。孙志平和祁奕雄正在喝茶，就看到一进门的张霞阿姨一脸不悦，祁奕雄就问发生什么事情了。

张霞快人快语，说："刚才买菜遇见韩参谋的妻子了，我主动打个招呼，结果人家理都不理我，把我当空气了，气死我了。"

祁奕雄和孙志平都知道这个韩参谋是谁。

"这有什么可生气的。当然了，这也不怪你，是我没本事，如果我是院长、政委，你看她们一定会大老远都跑过来跟你打招呼。只能怪我没本事。"孙志平第一次听见祁奕雄自嘲。

"我倒不是稀罕她们打招呼，就是觉得人情太冷漠了，用着你人前，用不着你人后。小孙，你一定要给阿姨争口气，让阿姨脸上有光。这个世道太现实了。"

"好好好，快做点儿饭吧，我们喝点儿小酒。让你买个菜，还买得不高兴了。"

"阿姨，我来帮你。教导员前途无量，目前就是休整，厚积薄发，蓄势待发。"

"你可拉倒吧，你们教导员已经靠边站了，他太不懂人情世故了，我这辈子指望不上了，就指望你了，小孙。不用你帮忙，你们快聊天吧。你帮我就是添乱。"张霞关上了厨房门，可嘴里依旧嘟囔了半天，说啥就听不清了。

孙志平嘴上聊着天，但心里却在想着祁奕雄刚才那番话，"如果我是院长、政委，你看她们一定会大老远都跑过来跟你打招呼"。

话糙理不糙，很简单，很真实，切中要害……

孙志平的军旅生涯不算太长，10多年，在军校工作了很久，在基层部队代职了很久，功也没少立，本来很有资历继续往上走，但最终还是选择了退役。之所以要离开，原因很多，其中一个重要原因就是已经清晰看到了自己的未来，那些天天在身边的同事、领导就是自己的未来。在孙志平看来，未来越是不确定才越具挑战性，人生不是宿命，不能沿着一条已经画好的轨迹而不用思考地走下去，很无趣。

"外面的世界很精彩"，但很多人忘却了后面的歌词，"外面的世界很无奈"。孙志平离开部队后体会最深的就是太多的无奈而不是精彩，不仅不精彩，还黯淡无光，甚至一度后悔为什么要脱掉军装，或许可以干到将军、干到老。在部队里，尽管按部就班、墨守成规，但要轻松很多，一切都是规划好的，照章办事就行，事务性的事情多了些，创新性的事情不多。但到了地方，一切都是新鲜事物，部队里学的那些知识远远不够，亟须拓宽、拓展，否则四处碰壁。

孙志平在部队干得顺风顺水，算得上是急流勇退，但到了地方就有些不太适应。孙志平离开部队从事的第一份工作就是在一个应急单位负责应急培训业务。这所应急单位刚组建不久，亟须引进大量人才。孙志平也是朋友引荐来这里工作的。那时的孙志平有些"年少轻狂"，一股子军人的豪迈。

在一次全体职员大会上，孙志平发言时有些不知天高地厚："给我一个支点，我会撬起整个地球。"与会的人都笑了，孙志平不觉得可笑。但后来发现这就是一个笑话，连阿基米德都做不到，孙志平怎么可能做到。不仅没有领导给孙志平一个支点，甚至连一个稳定的职位都没有，领导如走马灯一样更迭，有的领导喜欢孙志平这样有个性、有能力的人，就提拔重用；但有的领导喜欢说好话、不说真话的人，孙志平立即就靠边站了。如此在这个单位"三进三出"，让孙志平耗尽了激情和心血。尽管在职期间干了很多实事，但也干不成很多实事，你做事，后面就会有好事者指指点点，表面恭维，背后拆台。

还好这个单位有个办公室副主任叫姬京龙，资历老，人比较正，很欣赏孙志平，二人经常一起喝茶聊天，发发牢骚。那时年少的孙志平才知道很多事情没有想的那么简单，水很深，要先学会游泳，要知道水深水浅。孙志平发现这个姬京龙很有想法，也很有手段，每次陪领导到一个新单位谈合作，都很会讨好这些单位的小角色。在他看来，小人物会有大用途，比如司机、秘书、小职员，甚至是看大门的保安、门卫，这样一来就在这个新单位安插了自己的人，信息也就源源不断从新单位"汇报"过来，再谈合作没有不成功的。孙志平把老姬的做法概括为"抛砖引玉、顺手牵羊"，最后实现了"知己知彼"。

在老姬培训下，孙志平学到了很多做人的规矩，也开始变得世故，棱角被磨平了，锐气消散殆尽。古人云："夫战，勇气也。一鼓作气，再而衰，三而竭。""三进三出"的孙志平闯劲全无，勇气也彻底干涸了，继续待下去就是混吃等死，浪费时间。

当然，孙志平在这个单位也不是一无所获，最大的收获除了认识了很多好朋友，他总结了一句话，"做自己可控的事情"，其他项目再高大上，只要自己不可控，坚决不做，不浪费时间和精力。

孙志平走之前与姬京龙长谈了一次，与孙志平建立工作关系的那些外单位领导也都告诫孙志平，趁早离开吧，做不成事，人浮于事，争权夺利，空耗资源。这一切让孙志平下定决心离开这里，自己出去做点儿事情。

但独自做事又谈何容易，要资金，要人脉，要魄力，要机遇，要头脑，要团队。孙志平本是技术出身，航天专业，军地项目经验还算比较丰富，但也是硬着头皮自己来做公司。初期就选一些力所能及的小项目，尝试做点儿原始积累。孙志平刚开始一切都将就，因陋就简，办公室没有，就选择住宅楼；员工没有，就自己既当老板又当员工，吃饭就吃快餐，除非请客户才能吃点儿好的。不仅如此，孙志平经常要陪软件人员一起写方案、写流程、写代码，一干就是一通宵。系统上线后，孙志平不放心，要一直待在生产线上盯着，逢年过节也不例外，顶多买点儿卤菜，喝瓶啤酒就算过年了。好在当时国家鼓励民生创业，有不少项目创新奖励政策，让孙志平的小公司得以生存，活了下来，但要想做大就太难了，科技类公司的竞争对手实在太多了，尤其是国有企业，无论大小都极具杀伤力，一个资质要求就会把小公司淘汰掉，这本身就难为了中小微企业。

不仅如此，市场太难做了，从前当习惯甲方的孙志平沦为了乙方，甚至丙方，甲方一个小角色可能就决定了项目去留，孙志平求爷爷告奶奶也只能得到微不足道的一点点糊口的小项目，结果这些辛苦钱也就够给员工发工资，交房租、纳税，艰难度日。

更为致命的是：孙志平挣的那点儿钱完全不具备基础原创开发再投资能力，只能做一般的应用开发，但应用开发生命周期很短，很快就会被市场淘汰，这让孙志平的小公司疲于奔命，苟延残喘，创新力严重不足，也降低了走资本市场把公司包装卖出去的可能性，如果再不转型，公司迟早会死掉。

如何转型就是摆在孙志平面前的一道难题。"我是谁？我能做什么？"这两个问题时常在孙志平脑海里萦绕，让他百思不解。

孙志平在商场打拼了几年，越来越艰难，也不好意思和战友及领导们明说，面上无光，离开部队时夸下海口，可现在一切都那么不顺。

这一天，孙志平正在公司写方案准备参加一个投标，电话响了，号码很陌生，但一眼就能看出来是军队内线。孙志平估计又是哪个战友来京城出差，又要撮一顿了。

"你好，哪位？"

"我！臭小子，也不来看我了，把教导员忘记了吗！光想着挣钱发财了。"对方很不客气，孙志平听出来了是祁奕雄。

"教导员好！我哪敢啊，我现在是焦头烂额。您在哪里呢？"二人一晃又几年没见了。战友在京城聚会时，孙志平知道祁奕雄在基地干得风风火火，教导员时来运转了，也发自内心地高兴。

"我和你同在一座城市，你过来一下吧，我找你有事。具体地址一会儿发给你。"

"好的，教导员，一会儿见。"

放下方案不写了，孙志平急急忙忙赶去见老领导。看了看地址，很陌生，到了才知道是一个新的部队总部，也没有挂什么牌子，很神秘，门口都是哨兵。孙志平给祁奕雄打了电话，过了一会儿一位上校军官来接孙志平。等见到了祁奕雄，孙志平才知道这里是凌霄军团总部，祁奕雄已经从霹雳军团转隶为凌霄军团副参谋长，孙志平却连祁奕雄担任过霹雳军团副参谋长都不清楚。不仅如此，孙志平连自己的老部队更名为霹雳军团也不知道。祁奕雄出于保密不想多介绍，只说一体化作战能力建设就是要淡化军兵种的概念。孙志平出于保密意识也不便多问，但孙志平心里很清楚，凌霄军团就是之前的航天部队。

此时此刻，孙志平心里五味杂陈，甚至有些翻江倒海，说不出地酸楚。尤其是看到祁奕雄已经是少将了，孙志平觉得自己有些寒酸。

"小孙，怎么样，这些年，我们联系也少了，你混得还不错吧？"

孙志平有些尴尬，想诉诉苦，但又碍于面子，只能叹了口气："一言难尽，没有想象的那么简单。"

"后悔了吗？"

"不后悔，没啥可后悔的，就算头破血流也是自己当初选择的。"

祁奕雄沉默了一会儿，说："好，我叫你来有事要说。你现在主要做什么项目？""科技类项目，税务、电信、学校、文化等，啥挣钱做啥。"

"那你是大老板了啊！"

"别取笑我了，勉强度日吧。教导员，说实在的，外面不好混，不是我不去看您和阿姨,我真觉得自己丢人,不混出点儿名堂来,我不敢去见你们。"孙志平有些激动,没有控制好情绪。

"你是我的兵,什么混好混坏,看来你是不信任我。"

"绝不是,绝不是,我……"孙志平有些结巴。

"我叫你来是要和你商量一件事。你知道,这些年的国际形势不太好,恐怖袭击不断,地区局势很紧张。最近,海盗袭扰不断,'地球之眼'更是问题不断,麻烦不断。"

"这我也略知一二,看新闻,养成习惯了。"

"局势不稳,需要维稳,维稳靠什么?你说说看。""军队、警察。"孙志平不假思索。

"也对,也不对,不仅是军队和警察,还有黑石公司,你知道黑石公司吗?""黑石?我知道,一家国际安保公司,但好像出事了,我记得。"

"你别管它是否出事,出事了更好,这都是商机。军队、警察维稳国内和国家安全还行,但海外安保不能依赖他们,不方便,成本高,限制多,因此K国需要有一家'黑石公司'。你有兴趣吗?"

"黑石公司?安保?海外?"

"对,学习黑石公司,但要摒弃他们的那些违法行为,堂堂正正做一家K国品牌的国际安保公司。"

太突然了,孙志平一时没反应过来,心里还在想招投标的事情。"我想想,我先看看黑石的商业模式吧。教导员。"

祁奕雄走到书架取了几本书,递给孙志平,都是关于黑石的书。"你看看,研究一下,关键要看看你有兴趣没有。"

"好,我回去仔细看看。"

"对了,你现在的公司叫什么名字?""信达科技。"

"信达,有信必达,有信必达,信誉,信用,但怎么感觉像个快递公司,不大气,不好。我这里给你起了一个名字,你看看。"

祁奕雄从桌子下面拿出一幅已经装裱好的字,在办公桌上缓缓摊开了……孙志平仔细一看,就两个字。"博通!博通?"

"对，博通，博大而通达，做安保要做到胸襟博大，这才能版图广博，只有这样才能让安保业务通达全球。博通，通还有精通的通、通情达理的通，也就是业务精通，做事也要通情达理，才能做好一门大生意。这可是我想了好几天，费了很多脑细胞的作品。"祁奕雄兴致勃勃讲解着创意。

孙志平觉得博通也像快递公司，信达可是自己花了钱找人掐指算出来的，但这话不敢直说。"真棒，很好，博通真大气，绝对是好名字。教导员，还是你牛啊。"孙志平说。

"还不是为了你这个臭小子，我一直在关注你的发展，想帮你找个好生意做。我觉得这个可行、可做。"

"好，我回去尽快研究，教导员，还是您疼我。"

"快回去吧，我一会儿还要开会，不留你了，有事电话。"

孙志平小心翼翼卷起来题词，可心里还是惦记着回去赶紧写技术方案这件头等大事，活下去才是头等大事，画饼岂能充饥。

## 04. 鸿儒山庄

我的人生可以有把玩单调的时间,但没有忍受厌倦的余地,而大部分人分不出二者的区别。其实只要努力工作就能分清了。

五年一小庆,十年一大庆,这个原则也适用于同一个战壕爬出来的战友聚会。既然要聚会,就要找一个环境幽雅宜人的僻静场所。

鸿儒山庄就是这样一处妙不可言的绝佳场所,或许这座山庄就是受了"谈笑有鸿儒,往来无白丁"的启发,山庄立于京城,文雅而绝浮躁,璀璨而多明珠。更为精妙的是,天赐温馨泉水,可放浪形骸,随心所欲,亦出神入化,天人合一。15年的战友聚会就在京城如此清雅超脱之处,无城市之嘈杂,尽显儒将之风采。

几十位战友难得一聚,除了现役战备值班不能请假者,其他能来的都来了,但唯一遗憾的是有一位战友已不在人世,只能以薄酒哀悼。

军校一别,很多战友都是第一次重逢,甚是思念,又不知道各自走了多少人生轨迹,有依旧在役的,有已退役安置的,还有退役后单飞的,都是完全不同的人生路径。

孙志平以前在学员队就担任区队长,这次聚会自然成了召集人。在战友们一致要求下,在众人皆醉之前开了一场人生座谈会,每位战友都畅谈自己毕业后的人生历程,酸甜苦辣,五味俱全。

有熟悉情况的战友代为介绍了故去战友的人生经历,令人惋惜。

轮到孙志平介绍时，战友们注目等待，毕竟在大家眼里，孙志平最应该留在军队并成为将军人选，但他早早离开了部队，如今混得如何也就引起广泛关注。

可没想到孙志平一开场就是"往事不堪回首，战友引以为戒"。孙志平毫不隐讳地把人生苦水倒了个干干净净，提到被甲方刁难时的种种羞辱，一时间潸然泪下。这次战友聚会还真没有传说中的吹牛、攀比、炫富、浮夸等低级趣味。孙志平总结一句话"单飞不易"，在役的战友们就算离开部队也要选择安置，否则中年油腻老男人的心态转换很难、很累、很不适应。

大大一番诉苦之后，孙志平开始说正事了，他把教导员的想法跟战友们讲了讲，打算一起论证一下成立安保公司的可行性，更为重要的是，有没有战友愿意当合伙人一起来干。从内心来讲，孙志平越来越接受祁奕雄的建议，因为认真看了黑石公司的那些发家史，孙志平认识到K国很缺这个行当。而K国具备得天独厚的天然优势，比如庞大的退伍军人基数、庞大的国内外安保市场、在国际上相对低廉的成本，这些都是做安保市场的有利条件。孙志平尤为详细地把黑石公司的商业模式和成败经历都告诉了战友们，相当于在战友聚会这样难得的场合做了一次基于市场数据分析的商业路演。

孙志平最后提出初步建议，采用众筹模式，自己出资100万元，战友们可根据自身能力决定出资多少，把个人独资公司改为股份制企业，增加安保服务业务范围。公司逐步从科技项目向安保公司过渡，改名为博通公司，并强调这个名字是教导员起的。

孙志平兴致勃勃地讲完了宏伟的公司发展规划，可是战友们一个个都沉默了。在役的人听不懂，也不允许做生意；退役的都很忙，还担心风险巨大。这种冷清的气氛让兴致勃勃的孙志平碰了一鼻子灰，担心战友们认为自己想欺骗战友或借机圈钱。在战友们一片沉寂之际，孙志平赶紧自我解嘲，让大家回去再仔细琢磨琢磨，今天不谈工作，只叙战友情。

一群战友三三两两簇拥着走向鸿儒山庄的"满堂红"大包间。但有些尴尬的孙志平暗暗告诫自己，不要再公开谈博通的事情了，如果战友们有意向主动来找自己，那就再详细协商下一步计划。但对黑石公司越来越感兴趣的孙志平深深知道，这绝对是件大好事，而且可以做大做强，祁奕雄的眼光不会错。

孙志平也敏锐地观察到，近年来，海盗猖獗，全球很多地区都在持续混乱，恐怖组织几近泛滥，而包括K国在内的很多国家有钱人越来越多，个人和家庭安保服务需求也越来越多，这可是巨大的蛋糕。

无论时代和科技如何变迁，酒都是必不可少的好东西。

战友宴会持续高潮，所有人都放开了，喝多了就直接回房间休息，还清醒的可以泡泡温泉、游游泳。孙志平酒量还行，与久违的战友们频频举杯，每次都一饮而尽。有好事者要求"拎壶冲"，没法子，也就放纵这一天了，冲不上去也要冲。

劝酒期间，几个战友主动开始聊博通的事情了，觉得这件事挺好，愿意当个合伙人。孙志平反而一再告诫不要勉强，要看准了再投，毕竟有风险。但这几个战友比较坚决，愿意风险共担，这也让孙志平心里踏实了很多。在孙志平的提议下，几个志同道合的战友低调来了个"拎壶冲"，一饮而尽，算是敲定了合作意向。

这一夜，所有人都喝多了，第二天一早，战友们陆陆续续离开了鸿儒山庄，依依不舍，相拥而别，特别强调要保重身体，相约五年、十年后再聚。

战友聚会结束后，孙志平第一件事就是到工商部门变更业务范围，正式把公司名称从"信达"变为"博通"。同时，把公司改制为股份制公司，包括孙志平一共有六个股东，孙志平出资100万元，其他五个战友一个人出资20万元，一共200万元。

从变更这一刻开始，博通时代正式开启了。

但开张容易，做市场难，因为资金有限，孙志平只能先签约一些退伍军人，而不是直接招募，因为后者要开工资，就算没有活儿也得付薪水。签约算是松散合作，这样比较好操作，成本也可控，但就算签约也强调有特种兵经历者优先考虑。

办公地点依然在房租比较低的旧小区，一室两厅，工作人员加上孙志平一共就四个人。之前聘用的技术人员也统统改变了合作方式，以项目承包方式把这些人全部推向市场，目的就是要减少成本，全力以赴做安保服务项目。不仅如此，考虑到对新人的培训，孙志平和附近一家健身房签了短租协议，一旦需要培训可按天付费，培训时间选在上午，不会影响健身房的生意。如此一来，节约不少成本，让小小的博通能先活下去。

初创企业花钱最多的就是业务宣传，博通充分利用互联网、物联网的"病毒扩散式"媒体优势来自我宣传，大的网络和电视媒体不敢上，也上不起。

就这样，博通开始接生意了。起初就是国内的小生意，个人安保、家庭安保、企业安保。国内对设立安保公司也有资质要求，比如，要求有住所和提供保安服务所需的设施、装备等，但博通不想花这个钱，担心赔本，就没有买那些必须必要的设施和装备。孙志平也算是给自己留有后路，不敢孤注一掷。因此，博通公司很长一段时间都没有在当地治安机关备案，有点儿非法经营的意思。

孙志平是导弹兵出身，技术没问题，但军事技能就差点儿意思。孙志平一边到处去收集黑石公司和其他国内外安保公司的培训手册，一边与几个签约的老特种兵协商，独自编写一套博通自己的培训手册，可以针对不同的客户有不同的培训内容。军人的特点就是效率高、执行力强。短短两个月，充分借鉴了黑石公司培训教材特点的博通安保培训手册就搞出来了，还挺详细，可操作性强。

小的安保公司比较务实，当客户下单后才会在签约的退役军人里挑选合适的人选，与客户谈好了价格，就到租来的健身房统一做技能培训，由签约的三名退役特种兵担任教官进行专业培训，孙志平负责法律等理论培训，一切从简。

刚开始，博通接了些国内的小单子，后来就开始接国外的小单子，比如货船的押运，说白了就是退役军人的人力外包。但做国外单子就会出现新的问题，如语言交流障碍，于是孙志平就从外国语大学请了大学生兼职培训英语。其间，孙志平最头痛的就是"退单"，客户对派去的人不满意，要求换人，这还是小事。一旦被保护的对象出了问题，博通还要负连带责任，这些都是初做安保公司的孙志平所没有想到的。后来，研究和购买各类保险就成了孙志平不得不学习的新课题。在海外执行任务另一个难题，就是需要配备制式武器，这又是一笔巨大的开支，孙志平只能在"国际黑市"购买二手的枪械，先解决有无问题，至于武器性能的提升只能等有钱后再说吧。

就这样，两年很快就过去了。做安保服务不容易，博通没有盈利，两名合伙的战友退出了，孙志平除了退还20万元本金，还特意为他们保留了一半股份，希望能给退出的战友一个交代。考虑到博通不能总是靠兼职人员运作，孙志平也开始按照正常商业模式办事，在有项目做的时候就给员工固定工资，同时承诺期权，干满五年后可转为股权。孙志平希望通过实现全员持股凝聚团队，同时减少资本金的消耗，让公司能长远发展。

为了博通的发展，孙志平也是拼了，但市场竞争实在太激烈了，尤其是国外竞争更激烈，面对那些武装到牙齿的国外安保公司，博通几乎没任何优势，每次竞标都被首轮淘汰，结果只能干一些小打小闹的边角活儿，这让孙志平心灰意冷，甚至觉得到了该收手的时候。

面对如此窘境，孙志平又想到了老教导员，想去聊聊看有什么机会，可没想到祁奕雄倒先打来了电话，彼此心灵相通。

祁奕雄早知道孙志平的困难，主要是实力不足，接不到安保大单，只能勉强度日。但贵人就是贵人，祁奕雄给孙志平带来两个好消息。

K国军方高层召开专题会议重点研究了海外安保服务。会上透露出可能会组建国家级的安保公司，也就是要打造立足海外安保服务的国家级企业。这个倡议得到了军方高层的支持。目前，在海外的安保服务上，K国不能派遣军队，甚至连海外使领馆和企业的安保都是聘用国外的安保公司。打造实力更强的安保企业，既体现军民结合，也是海外企业大力发展的安保迫切需求，这里涉及港口、机场、矿山、油气田等资源和交通线路的保护。但这个建议最终被首长否决了，主要原因就是打造国企安保公司不利于在海外开展工作，外界依旧会认为是K国政府和军队行为。因此，大力扶持民企从事安保服务才是正路，让K国民间安保企业在政府和军队的支持下走向海外，既可以由K国海外项目买服务，也可以为其他国家提供K国的安保服务。祁奕雄带来的这个好消息无异于给孙志平打了一针强心剂，孙志平摇摆的思想开始坚定起来，海外安保服务的春天即将到来了。

如果说第一个好消息还只是务虚，那第二个好消息就比较务实。这次工作会议与会者就有来自兵器工业部门的主要领导，他们已经制定了一整套海外安保公司售卖轻武器的规范，本来这些规范是为国企量身定制的，但如今已调整为为民企服务。

为鼓励开展海外安保服务，兵器工业部门可通过多种金融方式为企业先行提供轻武器，但必须指定武器使用区域，并严格按照武器配备区域合法使用，不能滥用武器，更不能滥杀无辜。目前，兵器工业部门正准备在全国范围内找一些安保民企做试点工作。祁奕雄第一时间就推荐了博通和孙志平，也简要介绍了孙志平的个人情况，并指出博通雇用了很多退役军人，为军队安置退役军人做了很多实际工作。兵器工业部门老总徐寰宇和祁奕雄也算是老相识，既然有这层关系，徐总直接在会场上就拍板把博通列为第一批试点安保企业，甚至不要求缴纳任何定金和抵押物。

听到这个好消息后，孙志平简直乐开了花，博通没有钱，买不起新武器，但安保服务招标时要求提交武器性能清单，甲方每次看到博通提交的清单都是二手武器，就把材料扔到一边再也不看了。要知道现在的海盗和恐怖组织都不是一般地牛，如果连枪械都不行，怎么能执行安保任务？

在祁奕雄和徐寰宇的直接帮助下，博通的海外力量很快就获得了一批军用物资，这里除了先进的轻武器外，还包括几百套单兵套装，感觉一夜之间就让博通从游击队变成了正规军，鸟枪彻底换炮了。

真是应了那句老话"人靠衣装马靠鞍"，博通很快就拿下了三个大项目：一个是GL国的资产项目安保服务，一个是"地球之眼"海峡随船护航服务，再有一个是麦拉卡海峡随船护航服务。这三个项目收益颇丰，孙志平不愿意欠账，就想立即偿还购买武器的项目款，但被徐总婉言拒绝了。徐总希望孙志平能尽快发展壮大，不要急于把债务都清掉，企业经营负债是很正常的。

就在孙志平大力拓展海外市场时，GL国的项目遭遇到了不明恐怖袭击，博通几十名队员在南美片区老总魏明亮的带领下奋起反抗，击毙恐怖分子30多名，完好保护了项目安全，博通方面无一伤亡。

这一战绩让博通在国际安保圈里瞬间就火了，初出茅庐就这么牛，各方都在打听博通的背景和实力，并积极寻求业务合作。这次反击行动之所以能取得如此辉煌的战果是和一个人分不开的，就是魏明亮。魏明亮是特种兵出身，曾经参与过很多军事行动，包括东岛战役，积累了丰富的实战经验。因此，对付这些恐怖分子就是小菜一碟。魏明亮也是孙志平花大代价招募来的第一批特战队员中的一员大将，年薪是20万金元，1金元相当于10元，这对于初创的博通已是顶到天的工资了，是孙志平年薪的6倍。但要想留住人才，光投入感情是不够的，只有足够的金钱才能让对方动心。

## 05. 博通

对于成功坚信不疑时，常会实现真正的成功，但努力也是成功的母亲。

B国、GL国、FL国、TH国等国家有不少国际贩毒组织，他们"有钱就任性"，特意从国际市场上买了多艘柴电常规动力潜艇用来运输毒品。以往，无论是水面上的船只还是天上的飞机都不安全，多国联合的缉毒行动让贩毒组织这么多年来损失惨重。如今利用AIP潜艇这种隐蔽的交通工具，可以大量运输毒品，就算被发现也可以一潜了之。一般执法船都不具备反潜能力，就算军舰想反潜也绝非易事。因此，不少大毒枭有恃无恐，甚至堂而皇之地运输毒品。同时，这些毒贩的潜艇也都武装到了牙齿，携带鱼雷和水雷，排水量超过1500吨的潜艇还配备有反舰导弹。不仅如此，贩毒组织还给艇员配备了大量肩扛式防空导弹，一旦潜艇被反潜飞机锁定，就会尽快浮出水面主动攻击天上这些讨厌的家伙。

FL国南部的马京省是恐怖势力集中栖身之处，其中就包括宣誓效忠极端组织的哈罗战士。为了报复FL国政府及军警的持续扫毒行动，哈罗战士在马京省经常制造恐怖袭击和自杀式炸弹爆炸，造成当地政府和百姓的重大人员伤亡，并多次枪杀当地官员，弄得整个马京省社会陷入一片恐慌。

哈罗战士这股地方武装的头目就是大毒枭哈齐龙，也是亚洲头号通缉犯之一。这个人心狠手黑、杀人如麻，大肆组建地方武装与FL国政府军对着干。同时，与哈齐龙相互勾结的还有一名K国籍男士，名字叫蔡华新，这个人负责协助哈齐龙购买并运输武器和毒品到马京省。马京省附近浅滩就是哈罗战士地方武装建造的简易码头，小吨位的船只可以直接靠岸，但潜艇只能停靠在1千米以外的水域，通过小型驳船把潜艇上的毒品和武器运送上岸。

作为贩毒老手，蔡华新这次协助哈齐龙从MR国贩运了将近两吨重的海洛因，为安全起见，蔡华新计划用潜艇来运输。蔡华新的潜艇是二手的G国制的218型，艇龄只有10年了，半成新，使用性能还不错，全副武装，可发射反舰导弹。艇员都是蔡华新从S国请来的退役军人，这些人对218型潜艇的操控比较熟悉。

麦拉卡海峡平均水深50米，最深处150米，最浅处不到25米，而潜艇本身的高度就有10多米，为了避免触底触礁，潜艇多是半潜状态。由于麦拉卡海峡是全球最繁忙的海峡之一，每年有至少10万艘船只经过这个海峡，因此，对很多国家来讲都是至关重要的"生命线"。也正是因为船只太多，潜艇在麦拉卡海峡潜航十分危险，很容易触底或与水面船只剐蹭，尤其是面对十几万、几十万吨的滚装货轮、液化天然气船、油轮等，潜艇一旦与其相撞，凶多吉少，很可能悄无声息地沉没。因此，蔡华新每次用潜艇从MR国运输毒品到FL国也都是危险系数极大，还不能让麦拉卡海峡沿岸国发现，毕竟这条潜艇身份是非法的。一旦被发现并查证，贩毒的用途必然会暴露。同时，在麦拉卡海峡还有K国等军舰不间断护航，也让蔡华新胆战心惊，潜艇一旦被军舰发现必然是麻烦，甚至有灭顶之灾。因此，蔡华新从来都是在岸上遥控指挥，从不随这艘危险的潜艇出行。

这一日，博通安保人员正在麦拉卡海峡执行安保任务，护航一艘S国籍的油轮，突然发现远处海面有些异常，水下明显有不明物体由西向东缓慢游动，速度不快，也就不到10节。由于这一处海域水较浅，潜艇把潜望镜伸出水面，偷窥着周边的环境，但这一诡秘的小动作被海军退役的博通安保人员看得清清楚楚，并立即判断出这是一艘潜艇。一般而言，在和平年代，潜艇经过海峡时都会浮出水面，悬挂所在国的国旗，然后无害通过。但这艘潜艇行踪可疑，甚至可以用鬼鬼祟祟来形容，这一反常举动立即引起博通安保人员的高度警惕和持续跟踪。在快接近麦拉卡海峡东口时，潜艇开始加速行进并要快速下沉。就在这关键时刻，博通安保人员看到附近有一艘K国海军的大型护卫舰，这名海军出身的博通安保人员立即打出旗语示意水下有不明国籍的潜艇。接到旗语信号后，这艘护卫舰立即展开了立体搜潜工作，首先释放拖曳式声呐，同时一架反潜直升机立即起飞并放下吊放式声呐，实施大面积空中反潜布控。

很快，这艘狡猾的潜艇就被发现了，由于这个海域的水不太深，舰载反潜直升机很快就飞到潜艇上空，紧贴着海平面沿着潜艇的航迹飞行，企图用这种和平方式示意潜艇，它已经被发现了，赶紧浮出水面，否则将采取武力方式逼迫其浮出水面。但这艘潜艇丝毫没有出来的意思，直升机快速拔高，护卫舰旋即在潜艇前方几百米海域发射火箭式深水炸弹予以警告，几枚深水炸弹爆炸后，潜艇不得不浮出水面，并悬挂上了FL国国旗。

但这个举措让K国海军的护卫舰更觉得不对劲了，FL国海军压根儿就没有装备这种218型潜艇，这个国旗展示显然是错误的。于是护卫舰立即示意潜艇停船接受检查。反潜直升机就在潜艇附近空中悬停，紧紧盯着目标，护卫舰准备派小艇登潜艇检查。

这时，潜艇围壳密封舱口盖打开了，从里面爬出来几个人，看样子都是训练有素的军人，动作十分娴熟，其中两个人扛着肩扛导弹发射器。见此情景，直升机就想立即掉头远离，但已来不及了，两枚导弹直扑直升机。忙着掉头的直升机来不及释放红外干扰弹，就被两枚导弹直接命中发动机舱，径直掉入海里。护卫舰上的官兵来不及反应，瞬间悲剧就发生了。等舰长明白过来，赶紧命令炸沉这艘潜艇，但狡猾的潜艇已经快速下沉了，并把艇首对准了护卫舰，连续发射了两枚鱼雷。鱼雷都被护卫舰发射的鱼雷诱饵诱导偏离了目标。潜艇依旧不善罢甘休，他们知道如果不教训这艘K国军舰，自己也跑不了，

33

只有一死。

很快，仅有的两枚反舰导弹从潜艇的鱼雷管里打了出来，直冲护卫舰飞去，但瞬间就被舰载防空导弹打爆后坠海。同时，K国军舰爆发出狂野的怒吼，四枚反潜导弹同时发射，两枚鱼雷相继冲出，多枚火箭式深水炸弹齐射。再牛的潜艇也经不起如此暴打，海面不断激起层层水柱，潜艇瞬间就爆炸沉没了，足足两吨重的海洛因沉入几百米深的海底，价值10亿金元的毒品就这样彻底报销了。

干掉不明国籍的潜艇后，K国护卫舰立即展开失事直升机的救援工作，不幸中的万幸就是机组人员只是受了轻伤，没有生命危险。与附近岛礁驻军取得联系后，两名伤员就被救援直升机转运走了。

身在SE国静候佳音的蔡华新没有听到佳音，反而听到噩耗，肺都要气炸了。从与艇长在最后时刻的通话里，他知道了是K国海军干的。身为K国人的蔡华新暴跳如雷，咽不下这口气，立即飞往FL国首府马拉，随后直奔马京省沃伦市，与哈齐龙协商如何报复K国。

与K国政府和军队直接对抗是找死，但拿K国人开刀还是可以的，经过蔡华新的诱导，哈齐龙决定劫持K国人要赎金，一定要把这10亿金元要回来，在这些恐怖分子眼里，贩毒和绑架没区别，只要能挣钱就做。哈齐龙立即安排手下的人与自己安插在FL国政府中的人沟通，了解哪一天会有数量可观的K国旅行团来FL国，最好是能来南部的马京省旅游。

消息很快就来了，三天后，就有两个商务旅行团要来FL国，最后一站就是马京省的普利特岛，入住最豪华的欢喜岛度假酒店。对哈齐龙来讲，这可是千载难逢的好机会，但更好的消息是这次来的是两个商务代表团，一个是K国旅行团，另一个是R国旅行团，两个代表团加起来四辆大巴，200多号人，也都是有钱的主儿，看来可以发一大笔横财了。就这样，蔡华新帮助哈齐龙策划了全套绑架方案，时间就定在三天之后，在旅行团出游途中把全部旅行车劫持过来。

绑架很顺利，一群手无寸铁的游客悉数被哈齐龙的哈罗战士武装分子劫持，同时以哈罗战士武装名义发出公告，要求K国政府和R国政府各缴纳10亿金元赎金，否则72小时后开始杀掉人质，每超过一小时杀掉一名人质。

K国和R国驻FL国大使频繁与FL国政府协商解救人质的办法，但FL国政府军在解救途中遭到了哈罗战士的袭击，几十名官兵死的死、伤的伤，营救行动被迫中止。

FL国政府立即向驻扎在马京省的A国军队求援，但被A国政府以不介入FL国内部事务为由婉拒。FL国政府立即请求K国和R国政府派遣军队前来营救，顺便帮助一劳永逸解决这个长期困扰FL国政府的极端恐怖组织。

考虑到种种政治原因，K国和R国政府都决定先派遣水面舰艇进行海上支援，但救援力量不便使用现役部队。最后在祁奕雄的建议下，K国军方高层权衡再三后同意派遣海军即刻前往麦拉卡海峡，接上正在执行护航任务的博通安保人员，直接赶赴马京省附近海域。同时，孙志平带着齐天全、梁栋、魏明亮、董一飞几员心腹大将分别从K国、CU国和GL国赶到了马拉集结，并抓紧时间制订营救预案。

这件事引起了K国军方高层的高度重视，祁奕雄这个凌霄军团新任副参谋长向首长们打了包票，提出可以让博通一试身手，实战练兵，虽然有点儿风险，但对国内安保公司的培养和锻炼大有好处，要相信这群老兵的素质和能力。为安全起见，征求军方高层的意见后，祁奕雄化名祁龙新，并以博通顾问名义赶到了马拉，参与营救预案的制订和实施。

当然，派遣祁奕雄来马拉还有另外两层原因：一是身为凌霄军团副参谋长可以调动更多情报资源协助营救行动，二是K国旅行团内还有几位重量级人物，必须安全营救出来，不能有一点儿闪失，因此必须由祁奕雄亲自来现场督战。祁奕雄来之前就已经制订了营救失败的预案，就是同意缴纳赎金换回全部人质。

同样，R国政府经过慎重考虑，授权松本未来的西武安保公司前往FL国执行本国的人质营救任务。考虑到两国人质都关在一起，孙志平和松本未来共同参与了联合营救预案的制订，这也是松本未来第一次见到孙志平、董一飞等博通的人。

面对名不见经传的博通,松本完全瞧不上,正眼都不看一下,甚至觉得营救任务只需要西武一家就足够了。因此,在制订联合营救预案的时候,松本内心深处早就有了自己的预案,甚至有些幸灾乐祸,只要能把R国人质都平安救出来,其他人质的死活不在考虑中。

面对凶残的敌人,博通希望两国安保力量协调一致,共同采取联合营救行动。但松本的小算盘就是一旦西武独自解决人质营救问题,一战成名。因此,松本尽管口头上答应与博通一起营救行动,但随后就安排自己的人提前行动,打算赶在博通行动前结束战斗。在松本看来,这点儿恐怖分子就是草莽之辈,西武只需要稍稍用力就能消灭这些人,还能替FL国除害,以后FL国的安保市场全都会是西武的天下。

想到这里,松本不由得流露出一丝得意的笑容。这一瞬间还是没有逃过经验丰富的祁奕雄的眼睛,祁奕雄早就在暗中审视着这个临时的盟友。

经情报分析,这次营救行动定在凌晨5:10开始。博通和西武的人员分别在不同的区域潜伏下来,就等营救时刻的到来。

但意外还是发生了,凌晨4:30,松本带着西武的安保队员就冲了进去,整整提前了40分钟,当枪声一响,祁奕雄就知道是松本坏事了,立即要求博通暂缓动手,计划有变,准备启动第二套预案。

持续半个小时的枪声很快就平息下来了,西武的安保人员大部分被杀,少部分被俘,松本也被哈罗战士武装分子俘虏了。祁奕雄和孙志平知道接下来的营救难度更大了。

K国外交部门还在持续沟通,希望能拖住哈齐龙一伙恐怖分子,但现在却打草惊蛇了。

经过严刑拷打,哈齐龙知道前来营救的是R国安保公司,于是怒火中烧,先杀了3名被俘的安保队员,又杀了3名R国人质,算是对R国政府的严正警告,并把R国人质赎金提高一倍,20亿金元,并且把杀R国人质的间隔时间缩短到半小时。

不幸中的万幸,松本的身份没有曝光,算是躲过了一劫,但松本知道自己在劫难逃。

松本的一意孤行打破了全部营救预案,祁奕雄和孙志平不得不启动第二套作战预案。同时,为了保险起见,祁奕雄请示了军方首长,外交部门同意先给哈罗战士武装分子缴纳1亿金元的赎金,稳住哈齐龙。同时,从海军陆战队某旅抽调了10名特战队员兼狙击手随军舰赶到马京省附近担负战术支援任务。

考虑到已经打草惊蛇,想必哈齐龙已经知道博通公司的存在,祁奕雄动用军事资源再次搜集各方面情报,最终摸排清楚了人质转移情况和这股武装分子部署的最新情况。

经过这次营救行动的巨大刺激,哈齐龙更加注意防范了,加强了全面武装布控,尤其是夜间更要睁着眼睛睡觉,担心再有人来偷袭。为确保万无一失,他们还在人质所在场所安装了遥控炸弹,一旦有人武力营救人质,就立即遥控引爆炸弹,把人质全都送去见上帝。

新的营救预案制订修改多次,祁奕雄和孙志平又做了多次兵棋推演,决定采用新的立体营救方案,代号"猎鹰"。

由于哈齐龙在这一重点区域布控有100多号人,硬闯肯定是两败俱伤。因此,祁奕雄和孙志平决定两手准备:一是组成特攻小组,尽量在空中歼敌,并快速控制人质所在的区域。二是在海上实施拦截,围剿残敌,斩草除根。此外,利用超强电磁脉冲设备切断区域内的一切电磁信号,瘫痪哈齐龙的全部信息通道。

祁奕雄也紧急调运了30套加固型"人翼"单兵装备,每个人穿戴后就可以快速飞行,并具备超强的空中机动能力。除了10名海军陆战队队员外,博通也抽调了20名安保队员参与此次行动,其中包括孙志平、董一飞、齐天全和梁栋四人。这四个人深知这次营救行动至关重要,全球的目光都在盯着这里,只能成功不能失败。

第二次营救行动时间选择在晚上7:30,主要考虑就是这些武装分子此时正在交接班,并且刚酒足饭饱,必然无精打采,比较慵懒,而且天刚刚擦黑,适合隐蔽。

晚上7:30到了,行动立即开始。完全没有电影中出现的红色信号弹升空的场景，30个人翼瞬间腾空而起，直奔哈齐龙绑架人质的几栋建筑。K国海军四艘军舰就近部署在马京省距离营地最近的一片海域上，哈齐龙的三个简易码头及停靠在码头内的几艘快艇都在军舰主炮打击范围之内。

可靠情报显示，建筑内外一共有96名武装分子，要求30名人翼队员一个人干掉三个恐怖分子，博通的地面突击队员则乘坐轻型全地形车快速进入营区并扫除残敌。

行动异常顺利，这些武装分子做梦都没有想到人从天降，正在发呆之际，30名人翼队员纷纷开火击毙了眼前的武装分子。瞬间，尸体倒得七扭八歪，个别恐怖分子撒腿就跑，但也难逃一死。

在楼宇内正在指挥的哈齐龙立即命令起爆遥控炸弹，炸死全部人质，可炸弹失效，毫无反应，这些人只能逃跑。就在这帮武装分子簇拥着哈齐龙上了快艇准备逃往外海时，K国军舰的主炮立即开火，几艘快艇瞬间就化为齑粉，一代毒枭哈齐龙一命呜呼，再也无法与龙相齐了。

30名人翼降落在人质所在区域，控制住这几栋大楼。

博通的地面突击队员也在第一时间赶到，击毙了几名负隅顽抗的武装分子。眼见大势已去，剩下的十几名武装分子纷纷缴械投降。但有一个人消失了，这就是蔡华新。

全部的K国人质都被安全营救了，几名重要人物被立即请走，连夜赶回K国总部。R国人质和西武队员也悉数被安全解救了。但由于松本的贸然行动，导致先后有43名西武安保队员被杀，14名R国人质被杀。被救下的R国人质有63名，其中就有大难不死的松本未来。

营救行动结束了，祁奕雄在第一时间陪同几名重要人物和10名海军陆战队特战队员乘专机离开了FL国，悄无声息。

齐天全和梁栋赶紧飞回了"地球之眼"，魏明亮立即飞回了GL国，就留下孙志平和董一飞来处理善后工作。

松本未来再次见到了孙志平、董一飞，实在是没脸了。本想露脸，结果丢脸，不仅R国国内知道西武的无能，就连国际社会更是把西武当个笑话看。

为安慰这名同行，孙志平特意邀请松本多留几天，一是给松本压压惊，二是也想和西武谈谈后续合作。董一飞还专门买了几瓶R国的家乡酒与松本一同享用，希望能增进与松本之间的个人友谊。

胜败乃兵家常事，这是孙志平、董一飞喝酒时说得最多的安慰话，但在松本听来是那么刺耳，简直是侮辱。败军之将，还欠博通天大的人情。松本十分好奇，孙志平究竟如何实施的营救行动，竟然毫发无损，简直不可思议。孙志平也是个实在人，除了没提K国军队和祁奕雄介入之外，其他都一五一十告诉了松本，甚至连什么战术手段都毫无保留，这确实让松本受益匪浅。

松本年龄比孙志平小，比董一飞大，酒桌上一口一个大哥，一口一个三弟，感觉和两位已是拜把兄弟。这让孙志平和董一飞也放松了戒心，人心换人心，松本是可以交的朋友，三人甚至谈到了博通与西武的合作，可以延伸到R国和其他国家。

那几夜，兄弟三人每晚都是酩酊大醉，好不开心，直到松本告辞离开了FL国。

仅仅几天就铲除了哈罗恐怖组织，并击毙了哈齐龙，FL国总统异常兴奋，特意给博通公司和孙志平授勋，同时把国内的安保任务统统交给博通来做。

博通可谓一战成名，不仅在国际上赢得了巨大声誉，同时也被K国军方首长高度认可。当然，K国军方首长也对祁奕雄的临场指挥能力大加赞赏，并点名要见见博通的那位老总、祁奕雄的学生、霹雳军团退役军人孙志平。

听说K国军方首长要见自己，孙志平激动得一夜没睡好，就等第二天飞回总部。但就在当夜，"地球之眼"出了大事，梁栋负责的IR国安保区域内出现了恐怖袭击K国工程项目事件，几十名弟兄死伤。据调查，可能是当地极端组织所为，也可能是域外势力所为。孙志平连夜通知祁奕雄自己要赶往IR国，与军方首长见面的事情就搁置了下来。

39

孙志平辗转赶到了IR国，但袭击事件一直没有头绪，找不到直接证据认定是极端组织或域外势力干的，也没有人或组织来认领这起袭击事件。在孙志平的协调下，只能增加了当地安保力量，进一步强化监控手段，并对伤亡的博通队员做了妥善安置。

孙志平很清楚一点，博通面临的考验越来越大了，树大招风，人怕出名，因为安保本身就是得罪人的差事，加之各方利益纷争，博通自然就成了各种势力眼中的绊脚石，随时有可能被踢开。

## 06. 应聘

唯有尽力自持，方不至于癫狂，多坚持一步，距离成功便近了一步。

针对博通在"地球之眼"的袭击此起彼伏，参与袭击的武装势力也是千差万别，既有仇家，也有不同的利益代言人，之前的松本偷袭董一飞也不是偶然事件。

代尔气田袭击事件发生后，董一飞一直都抬不起头来，总觉得太窝囊，愤懑不已，欲哭无泪。董一飞自认为在孙志平的眼里还算是块料，可却没有保护好兄弟，给博通带来巨大损失。可在自己最穷困潦倒时，正是孙志平给了自己机会，赏识自己，让自己这条咸鱼翻生了。孙志平是改变董一飞的第二人，第一人是孙志平的战友李弘。正是这两个人合力把一个胆小、怕事、惜命的人渐变成了有责任心、有使命感的新人类。

说来话长，这还是很多年前的事情了。

那一年，董一飞刚刚退役离开部队，满怀豪情，希望能混得更好些。

这一日，董一飞去应聘一家公司，因为有熟人引荐，他志在必得。

可应聘后的董一飞从京城的香格里拉酒店咖啡厅走出来，面色十分难看，有点儿蜡黄，心情糟糕透了。京城的12月，风很凛冽，刀子般割在脸上,刺骨地冷,有种一丝不挂被完全暴露的凄凉感,让董一飞更觉得连老天爷都在和自己作对,羞辱自己。本想打个车早点儿回家,满大街都是自动驾驶的出租车,可一键搞定,可董一飞的心情坏透了,也没力气一键搞定。正好天刚刚擦黑,走走路,散散心,可以打发打发时间。回家那么早还是独守空房,只能更加委屈,一个人好无聊,怎么就没有人来找麻烦?比如小流氓,或者来个英雄救美,打一架多解气,哪怕谁来劫个色也行,虽然自己五大三粗没什么姿色,只有阳刚之气。可惜的是,京城治安太好了,董一飞救美的愿望落空了。

董一飞想不通,本来信心满满来面试一家大型房地产企业,还有熟人引荐,结果碰了一鼻子灰。

面试官姓王,叫啥不清楚,据说是总经理助理,年龄肯定比自己还小。想到这个人面试自己的那副"傲慢与偏见",对自己不屑一顾的丑恶嘴脸,董一飞就气鼓鼓的,恨不得上去抽他两个大嘴巴。但无奈人在屋檐下,脸上还要挤出一副温馨可人的蹩脚笑容。可两个拳头早就暗藏在桌下,攥得紧紧的。毕竟是部队教育了这么多年的老兵,最后理智战胜了冲动。

"董先生,你没学历,充其量就是个中学学历,要知道我们公司员工都是全球最牛大学出来的博士、硕士,就算是大专毕业的也只能在我们那里当个保安,看个门啥的。你也没啥经验,啥也不懂。对了,你写的这个建议书太大、太宏观,那是老总们要考虑的事情,你考虑得是不是太多了?你知道华兴公司吗?刚来个博士就给老板写份万言书,老板让人力部门告诉他,如果脑子有病就去看病,不是的话就辞职吧。"

总之一句话,这个博士不入流,董一飞更不入流,也不合适。

殊不知这个不学无术、习惯溜须拍马的王总把华兴公司关于万言书的谣言当作了真事,还以此来教训董一飞,就是欺负董一飞不知真相罢了。

董一飞一听就傻眼了:"王总,简历上写了,我是工程兵出身,参与过很多重大工程项目，都是国家级别的、军队级别的。我们的项目设计师都是院士。钱院士知道吗？国家颁过奖的，很牛的，人家是导弹阵地的总设计师，我本人也在实践中参与了部分工程优化设计，我们的工程质量绝对安全第一，我也有很多这方面的实践经验……"

董一飞不到万不得已不会拿保密的导弹阵地来说事儿，被对方逼急了，就是希望得到对方的尊重，稍微给点儿面子。

还没等董一飞说完，就被不耐烦的王总打断了："钱院士我不知道，但我知道公司只想挣钱。安全只是房地产项目中很小的一方面，其他的设计才大有学问，比如，容积率如何合理配置才能多卖钱，这才是大学问。你别扯那些没用的东西，你的经验是不惜成本，我们又不造导弹基地，你说这些没用。"

一股无名火冲上董一飞的头顶，安全都不是第一位，什么是第一位？"冒昧问一下，王总，您学的专业是什么呢？"

董一飞豁出去了，开始质疑眼前的王总究竟学过什么，怎么说出白痴一样的外行话。

"哼！我？国外名牌大学的工商管理硕士。说了你也不知道。"王总满脸不屑，鼻孔重重地哼了一声，满脸鄙视。

"还是您的学问大，管理得好，管理得真好。"董一飞心里狠狠骂着，狗屁不懂还来教训老子，盖房子不靠我这样的人，要靠一个非专业总经理助理，这个总经理瞎了眼，有这么个狗眼看人低的助理，还不把公司搞砸？心里这么想，嘴上还不能说实话，只能认怂。

"哦，王总，那您看贵公司还有没有其他岗位适合我？我军人出身，不怕吃苦，干啥都行。您看董总还和你们领导提到我的事。希望您能给我个机会吧！"

董一飞终于亮出了"撒手锏"，希望杀一杀眼前这个年轻人的锐气。

董一飞提到的董总是一家国内科研机构的一把手，尽管都姓董，但不是一家，与董一飞毫无渊源。

"你和董总是亲戚？"这个叫王总的人总算有了一点儿紧张。

"哦，不是，是我朋友的好朋友，一起吃过饭。"

董一飞特意强调"朋友的好朋友，一起吃过饭"，而不是一面之缘，希望能镇住眼前飞扬跋扈的小王总，至少也给自己留一点儿可怜的尊严，工作成不成已经无所谓了。

天气很冷，可董一飞的汗珠早就湿透了脖领子，不是闷热出汗，是着急上火的冷汗。今天特意穿的白衬衣早已经被浸湿的汗水掺了泥，有些阴黑。但没想到眼前的这个家伙还是完全不把自己当回事，甚至不把董总当回事。

"嗯哼……"当听到不是亲戚时，这个王总从鼻子里哼了出来，身体后仰得更厉害了，肩头一侧斜靠着沙发背，满脸不屑，感觉用两个硕大的鼻孔对着董一飞，"嗯，哦，我们老总没对我特别交代什么，只是说见见聊聊，把把关。作为这么大公司的总经理助理，我必须对公司负责，对董事会负责，不能把不合适的人招进来，毕竟要成本核算嘛，一分钱都不能浪费。相信董先生一定可以另谋高就。对了，我还约了个朋友，今天就到这里吧"。

就在王总准备转身离开时，又猛然回头，侧身伸出了一只手和董一飞"握手话别"："替我转达对董总的问候，希望董总有空来公司总部指导工作。再见！"

提到董总时，董一飞明显感觉到这个小王总的语气和缓了许多，也敬畏了三分，但也就一秒钟不到，第二秒就收回了笑容，继续俯视着董一飞。董一飞下意识起身，弯了弯腰表示感谢。当两只手握在一起时，董一飞的双眼直勾勾盯着王总，真想使劲捏一下小王总这只细皮嫩肉的小手，相信稍微用点儿力，这只没干过活儿的纤纤嫩手就会咔一声筋骨尽断，这个世界就会多一个本是废人的废人。这是多么美妙、多么解恨的快感，想到这里，董一飞嘴角微微抽搐了一下，露出一丝得意的狞笑。不知道这个小王总是否注意到这个细节，至少这一下意淫让董一飞感觉很爽，似乎报了被蔑视之仇。

董一飞发呆的眼神突然醒了过来，王总早就走远了，消失了，一同消失的好像还有个助理，这位姓什么就更不知道了。二人的背影，一高一矮、一胖一瘦，一前一后，错落有致，贵贱有序，可见这个小王总多么"霸气"，估计只会在老总和领导面前摆尾。

董一飞坐下来拿起桌子上的纸巾擦了擦汗，起身想走。"他娘的，被侮辱了，还得我来买单，找罪受，一壶乌龙茶几百块，真破费！真不该点乌龙茶，今天太乌龙了，都怪茶叶没点好。服务员，买单！"

"先生，您要电子发票吗？"

"你给报销啊，不要！"对服务员撒撒气至少也能泄泄火，虽然钱还得掏。

董一飞拿起茶杯一饮而尽，刚才面试时有些紧张，没敢喝茶。此时再咂巴咂巴嘴，这壶茶不知是什么陈年旧茶了，也难怪，此刻的心情就是吃龙肉也不会香。当然，龙肉是没有了，驴肉倒是满大街都有。

董一飞觉得自己就是个傻瓜，为了这次应聘，煞费苦心研究了这家地产公司，耗费一周时间才写了一份有建设性建议的"万言书"，以为能感动面试官。但还是没有底，就让朋友的好朋友致电这家公司的大老板，希望托个人情，可谓万事俱备只要面试。董一飞甚至都开始筹划上班后的美好生活了，信心满满，感觉面试就是走个过场。但事与愿违，没想到面试不是走过场，是过堂。这堂过得衬衣都湿透了，他被一个比自己小的年轻人吓成这个德行，简直不可思议。如果放在部队，董一飞早就一巴掌招呼上去了，没什么道理可讲。再说了，就算是连长、指导员，哪怕是营长、教导员和自己谈话也都是有商有量，哪像这位大爷严厉训斥，自己倒成了三孙子，还只能"装孙子"。

这次被拒让董一飞特别失落，如果说当销售、做保险、坐办公室，自己没啥经验也认了，可按行业分工来看，董一飞干的是坑道工程，属于高难度的建筑行业，专业绝对对口。可这个专业对口的公司也无视自己的价值，这让董一飞彻底迷茫、绝望了，百无一用是工程兵的念头涌上心头，不免潸然落泪。

这天晚上，董一飞回到家，顺路买了瓶最廉价的白酒，又买了点儿卤菜和毛豆，一个人靠着沙发，坐在茶几旁，自斟自饮喝着闷酒，感慨老天的不公。酒不醉人人自醉，闷酒太伤身。此时的董一飞有些后悔离开了部队，至少在部队还能混出个人样，能得到战友们、领导们的尊重，可如今沦落到这般田地，仅有的一点点尊严都被那些人模狗样的人撕得粉碎。

过了两天，董一飞又收到了一份面试通知，对方还是一家建筑企业。董一飞早早就来到了这家公司，走到楼下就已经失落一大截，这个写字楼太破了，一看就是20世纪末盖的小四层，楼道里更是脏乱差，到处堆积着杂物，没点儿规矩。

这家公司的办公室不大，坐了十几号人，办公室里也堆满了杂物。等见到公司的总经理，董一飞扑哧笑了，眼前这个自称郝总的人不修边幅，人胖墩墩的，个子很矮，估计也就1.65米，一口的四川普通话，看模样四五十岁，张口闭口要做大工程，类似跨海大桥那样的世纪工程。还询问董一飞做过啥子大的工程，有啥子经验。遇到过不靠谱儿的，但董一飞没有遇到过如此不靠谱儿的。董一飞反而放松了下来，告诉郝总，自己是给导弹筑巢的人。

听后，郝总摇摇头，不解："导弹是啥子东西，给导弹盖个房子不是很简单嘛！比如，活动板房，我这里就有，量大还可以优惠。"

董一飞又被扑哧逗乐了，这是最开心愉悦的一次面试，就开始对眼前这个半文盲做一番科普："导弹的房子要做到'三防'，打仗要先保存自己，才能消灭敌人。"

"除了防火防盗，还防啥子……防盗主要靠狗吧？"郝总很好奇。

"你还真猜对了，狗是可以用来防盗，但我说的三防可不是你说的什么防火防盗，是核生化防护，核武器知道不？"

"这个当然晓得，晓得。"郝总可算说对了一句人话，但下一句差点儿把董一飞给噎死，"我能去盖导弹库房吗？你给我引荐引荐吧？"

董一飞眉头紧锁："就你？盖导弹的家太难了，你有啥资质？你有啥项目经验？就你！""我都有还要你干啥子，你帮我弄嘛！"

董一飞笑了笑："郝总，你太看得起我了，我要有那本事就不来您这儿应聘了，您说呢？跨海大桥这个工程不好揽吧？"

郝总也呵呵傻笑了半天："见面就是缘分，我之前是做进出口生意的，做得很大，现在要转行做房地产，多个朋友多条路嘛！"

郝总把董一飞当将军了，头一次，董一飞笑着离开了这个破烂的写字楼。闲着也是闲着，郝总能力不咋样，但人还算比较实在，比那个小王总要顺眼得多，小王总关键是人品不行。

回去的路上，董一飞脑袋里依旧是小王总傲慢无礼的丑陋模样，现在想想十分后悔，为什么不当面教训他一下，让自己出口恶气。董一飞已经想好了无数种难听的骂人话在心里咒骂着小王总，但啥用也没有，那个浑蛋也听不到，自己真蠢，任人当孙子一样数落。

引荐董一飞面试这家公司的是董兴，一家科研机构的老总。尽管只有一面之缘、一饭之缘，但董兴人非常好，非常热情，立即给董一飞推荐了这家著名的房地产企业。电话里，对方很爽快地约定先在京城见面聊聊。自己在这个行业干了10年，绝对是专家级别的。于是乎，董一飞也希望为这家房地产企业提提自己的意见和建议，让对方不要小瞧自己，洋洋洒洒写了万言书。结果已经知道了，直接被狗屁不通的小王总打入冷宫，这就是典型的阎王好见，小鬼难缠。

## 07. 董总

> 同心灵的高度相比，尘世的一切显得多么卑下，但助人始终是快乐之本。

这次面试最让董一飞不理解的是，为什么董总的话都不好使了，董一飞很是迷茫，本以为领导打招呼了，必然十拿九稳。单纯的董一飞忘记了"商场就是商场"，有独特的游戏规则，这就是利益共同体。毕竟董总和这家公司的老总是朋友而不是上下级关系，既然是朋友，那这个忙就可帮可不帮，完全在于企业的自主选择。如果想帮，很简单，这么大的企业哪会没个岗位适合董一飞；如果不想帮，更简单，这个人面试了确实不太合适。如果老总不方便说，就让助理面试来搪塞过去。如果董总较真儿的话，那再帮忙也没什么，就说助理把关不严，没看准人，自己亲自面试来成全董总。但如果董总忘记了，那这件事也就过去了。这是个金钱至上的年代，没有利益的纠葛和牵扯，光靠领导的一句话、一个电话解决问题已经不可能了。

董一飞气愤之余真想把这件事告诉朋友并转告董总，就说这家企业领导多么傲慢无礼，这可不是针对自己，完全是对董总的轻视，俗话说，"打狗还得看主人"，但思来想去还是忍住了。一来自己不是狗，二来也不想给董总添堵。毕竟也就和董总有一饭之缘，这件事情能成是机遇，不能成也是命运，想开点儿就好。

尽管工作的事情没成，但董一飞对这个董总还是很钦佩的。吃饭聊天时，董总讲了几个自己的小故事，让董一飞深刻感悟到董总的为人，更让董一飞明白一点，无论时代如何变迁，人性是很难改变的。

自从董总到这个单位当了领导，总有一些人主动来办公室向董总汇报思想。说是汇报思想，其实是汇报别人的思想，说说本单位其他人的坏话，美其名曰帮助董总尽快熟悉单位情况。这类人特能唠叨，一唠叨就一上午、一下午、一晚上，不舍昼夜。这些人平时也没啥正事，唯一的爱好就是东家短，西家也短，自己家长，从祖宗八代说起，可以一直聊到这几天发生的事情。比如，某某某吃饭时和某个女的眉来眼去了，关系暧昧。结果董总一查原来人家是两口子。对待这类闲人，董总表现出充分的礼貌和尊重，每次都耐心倾听，时不时拿个小本子记录着，时不时插话问问更具体的情况，比如，听谁说的，能否提供直接证据。但每每被问到这些核心问题，这些人的嘴角都会急促抽搐一下，不情愿地摇摇头："我也是听说的，但绝对真实。"

每到此时，董总都会合上本子，身子往后一靠，报以礼貌的微笑，告诉来人自己马上要开个会，希望有情况多来反映。

在饭桌上，董总很不客气地讲："这类人就是典型的告密者、小人，对这类人的原则就是坚决不用。我最痛恨的就是这类无事生非、造谣生事的人，天天不干正事，就知道盯着干事的人，挑错、找事、污蔑、造谣，就是这类人的天性，太可恶了。"

说到这些人，董总显然很激动，喝了口茶，润润嗓子："至于这类人反映的问题，我会找不同的人来核实真伪，但就算是真的，这类'告密者'也不能重用，这是人品问题。"

还有一件事也让董一飞印象深刻，董总对下属的管理有自己的原则，重用一个人更有原则，不容突破。

吴晓新是董总先前的秘书，博士，20多岁，综合能力很强，责任心也不错。吴秘书事业眼看着蒸蒸日上，但董总最终还是让他转岗，离开了自己，因为突破了董总做人的底线。

那是一个周末，董总正在办公室看下周的工作安排，批示几个文件，突然听到门外有人大呼小叫，声音很刺耳。

49

"你们来干啥,我都说多少次了,我不要你们来看我,我很忙,我真的很忙,别来给我添堵了,拜托你们快回去吧!"声嘶力竭叫喊的就是吴晓新,董总很熟悉他的声音。

"我们就是想你了,来看看你,看完我们就走。""是啊,孩子,我们大老远就是来看看你。"哀求的是一位老年女性和一位老年男性的声音。

"我很好,都看到了吧,不要你们操心。我多大了,以后我不同意,你们不要来找我。听见没?我真的很忙!周末都不闲着,你们看到了吧!"

"孩子,爸妈知道你忙,怕耽误你的工作,你已经两年多没回家了,我们就是担心你,所以来看看你就走。现在看到了,我们放心了,我们这就走,这就走。"母亲几乎在哀求孩子。

董总打开门走了出来:"老人家,来来来,到我的办公室来坐坐,快来,快请。"董总快步走向了吴晓新的父母,把二老请到自己的办公室,让他们坐在沙发上。

吴晓新做梦也没想到董总大周末会在单位,顿时目瞪口呆,老实地跟着走进办公室,小声提醒父母:"这是董总。"

就在吴晓新想帮董总给父母倒茶时,董总很坚决、毫不留情地阻止了他,亲手沏了两杯热茶,一杯一杯捧到了两位老人面前:"快喝吧,老人家,京城1月很冷,快暖暖身子吧。"

然后,董总搬了把椅子坐在两位老人旁边,一直和两位老人交谈,嘘寒问暖、唠唠家常,也谈了谈这个单位的基本情况,把小吴的工作情况简要做了介绍,就是希望让两位老人能放心。

听到领导的详细介绍,两位老人频频点头说好,不断地感谢领导。"小吴,我给你安排的工作都做完了吧。"

"对,董总,昨天都做完了。放心吧。"

"二老,小吴工作能力很强,责任心很强,你们辛苦了,培养这样一个博士生不容易啊。你们吃了不少苦头,很不容易。"

"小吴,把你的爸妈安排到单位招待所住,你来安排,所有的费用记在我个人头上,不要挂单位账,记住。另外,安排你明天、后天休息,好好陪父母转转。"

董总态度很坚定、坚决,不容商量。

三天后,吴晓新父母开开心心地回老家了,还让吴晓新带话给董总,感谢他对小吴的培养。一周后,吴晓新被调离了秘书岗位。

走之前,董总专门找吴晓新正式谈了一次话。

董总开门见山:"小吴,是我要求人事部门把你调走的,你不用质疑什么。和任何人无关,是我一个人的决定。我想,你知道原因。"

"董总,我知道错了,可是——"

董总打断了吴晓新:"没有什么可是,你比大禹还忙,你比总理还忙,你是在瞎忙!在我这里,人品是最重要的,人品第一位的就是孝顺,一个人对父母不孝顺,就不可能忠于一个国家、一个单位。对父母的背叛是底线,无法容忍。我对人品的重视超过对才学能力的追求。"

董总越说越生气,越说嗓门儿越大。

"我告诉过你,不希望你们周末加班,周末加班是无能的表现,如今早就进入人工智能时代,哪里有那么多工作要做,该休息就要休息。休息好才能工作好。你拿什么周末加班来搪塞父母,这是欺骗。之前有公司要求员工'996',这是违法的,你懂吗?领导没本事才会逼着员工天天加班,加什么班,都是形式主义,有那么多事情要做吗?员工有自己的家,哪有那么多的时间陪你领导瞎胡闹,再说了,你让员工加班,你给员工什么了,如果不能对等,就不要逼迫员工做你自己想做的事情。我来这个单位,要求你加过班吗?"

"没有,董总。"吴晓新低下头,不敢对视董总喷火的眼神。

"对了,我想起来了,好几次,不止三次吧,我看到你和你的女朋友在办公室。这就有时间了,就不忙了?见父母就没时间了,就很忙了?岂有此理!

"你能上大学,读博士,你的父母付出了多少?他们遭了多少罪?这些你都算过吗?你现在出息了,连父母都懒得看了,懒得管了,你还是人吗?父母千里迢迢来看你,一句感激的话都没有,你还要赶他们走,这是什么?这是人品有问题,决不能容忍!"

董总稍稍停顿了一下,试图控制住激动的情绪,有意压低了声量:"我告诉你,你这样的人再有能力,再有本事,我也不用。你给我记住,做事先做人,做人先孝顺。做不到这一点,你到哪里都不会有好下场,记住我的话,你走吧。"

董总摆了摆手,示意吴晓新立即从自己眼前消失,一秒钟也不想再见到这个人。

吴晓新百口难辩,心里异常委屈,自己跟了董总快两年,从没见过董总发脾气。就算有任何棘手的问题,在董总那里都能心平气和地解决。这是吴晓新两年来第一次见到董总大发雷霆,甚至是咆哮,失去了理智。

但吴晓新不知道的是,董总就是最大的孝子。

董总很早就博士毕业了,只身来到京城工作。父亲过世得早,如果没有母亲的长远眼光和辛劳支持,董总不会有今天的成就,估计还在家里务农,或在城镇打工。母亲含辛茹苦把孩子们拉扯大,很不容易,董总再忙都会抽时间回去陪陪母亲,哪怕就吃一顿饭也行。

董总条件好了以后,曾把母亲接到京城来住,但老人家不习惯住在城里,还是想回到乡下住,董总得空就回去看看,只要出差就近都会去看看母亲。忙不是不看父母的理由。什么是忙?忙就是"心亡"了,忙就是心里没有父母,早就忘记了父母的养育之情。董总对以忙为幌子的不孝顺绝对"零容忍"。

自始至终,吴晓新都没有机会说完那个"可是",因为董总让他闭嘴。"可是"什么呢?

吴晓新不愿意回家,不愿意看看父母,是因为他觉得父母从小就不支持、不理解他,和父母在一起很累,没话说。小时候,学校要求穿白色球鞋,可吴晓新的父母就是不给他买,最后全校只有自己没穿白球鞋。被老师狠狠批评后吴晓新就怀恨在心,觉得是父母让自己丢人,也就很不想让别人看到自己的父母。不仅是白球鞋这件事,父母做的很多琐碎的事情都让吴晓新看不顺眼。

大学毕业后，吴晓新的父母开始没完没了地逼婚，更使他烦闷不堪。对有些人来说，长大后的不孝顺未必出于恶，而是因为无法与父母达成相互理解。

当然，这些事情，董总不会理解，也不想理解，因为董总小时候能吃饱饭、能上学就很不容易了，不会再向父母索取更多"奢侈品"，而吴晓新这一代人就不一样了，更多追求的是被理解和尊重。

董总执意要把吴晓新调走，而其他领导觉得可以原谅一次，给年轻人个机会，人非圣贤，孰能无过，再者吴晓新业务能力没说的，绝对一流。但在这件事上，董总的态度十分坚决，决不宽恕，这是原则。

这也是董一飞很佩服董总的地方，有原则，有态度，做人很到位。虽然自己的事情没办成，但这又和董总有啥关系呢？想到此，董一飞心里稍稍好受了一些。

## 08. 工程兵

> 年岁是我的闹钟。9点，闹钟响了，我再睡会儿。

董一飞，一名导弹工程兵部队的士官，工作干得不错，毛病也不少，这一干就是10多年，也混成了老士官。董一飞踏实肯干、工作能力很强，当过班长和代理排长，曾多次在坑道塌方中救了战友，先后立了两个二等功。这些难得的荣誉，是董一飞用命换来的，也是董一飞稀里糊涂挣到的。

导弹工程兵部队面临巨大风险，在大山里打坑道，尽管早就不用老一代的开山工具，换了现代化的挖掘设备，但依旧风险极大，越往山里打，危险系数就越高。要把整座山都挖空，谈何容易，出现塌方碎石是家常便饭。

对霹雳军团而言，开山是为了造导弹库房，要存储导弹，要测试导弹，把合格的导弹拉出去打。导弹库房如同地下龙宫、地下长城，很气派、很壮观。但这种辉煌的背后正是董一飞这些工程兵用生命和血汗铸造的"天字一号"工程。

在工程建设中，面临最大的考验就是塌方，这绝对是工程兵的生死时速。

有一年，董一飞就赶上了一次接连不断的大塌方，官兵们都傻了眼。塌方量多达几千吨，好不容易挖好的坑道被填埋了。可施工地点不能换，就像战场无法选择一样。时任代理排长董一飞带领的抢险突击队紧急上阵，把堵在塌方坑道里的战友们救了出来。尽管拥有现代化的挖掘工具，但遇到塌方时还得小心翼翼。战士们一个个肩扛木头、钢筋、水泥，一路狂奔冲在最前面，肩膀上渗出殷红的鲜血，手臂划出了一道道血口子。很多战士一站就是七八个小时，还有些直接晕倒在作业台上，被抬出坑道呼吸几口新鲜空气，清醒后又立马钻进坑道。处理好塌方事故后，董一飞和许多战友都瘫倒在地。

战友们得救了，董一飞也立了功，这次立功就是与死神在赛跑。董一飞能有今天的果敢还要感谢自己的老营长李弘。

董一飞小时候被同学起个绰号叫"董飞飞"，稍微有点儿危险，董一飞撒丫子就跑。当了兵后，董一飞仍然是"董飞飞"。每每作业施工的坑道中稍微有点儿碎石掉落的苗头，董一飞人就没影儿了，早就跑到洞口了，等没事才回来施工。这种贪生怕死的样子，没少被班长、排长批评，再后来被连长骂，最后是被营长亲自教育。一个新兵蛋子就能被营长惦记着，董一飞也算是工程兵第一人了，不像个兵，是兵痞。

李弘绝对是董一飞的贵人，但生平就恨贪生怕死的逃兵。他听到董一飞动辄逃跑的"光辉事迹"后大为光火，在全营点名狠批董一飞的恶劣行径，简直就是给军人丢脸。李弘让连长把这个刺儿头兵请到自己的办公室里，上下打量着这个刺儿头，五大三粗，挺结实，不像是逃兵的料啊。这次见面，李弘没有说董一飞，简单了解一下董一飞的家庭情况，嘘寒问暖了一番，就让董一飞回去了。

董一飞还以为会被开除或给个处分，但结果还好，他很诧异。这也是董一飞第一次近距离接触李弘，感觉这个人还不错。

过了几天，连长就把董一飞叫了过去，让他去三连报到。董一飞知道三连是全营最累、最苦、最危险，也是最要强的连队，这下噩运来了。看来营长表面温和，一肚子坏水，收拾人一套一套的，把自己送到这里不就是送死嘛。可董一飞并不害怕，心里早就想好了，大不了继续跑，谁怕谁。等到了三连才知道，原来营长就在这个连队蹲守,哪里最危险,李弘就在哪里。

李弘说是营长,其实和战士没区别,一起进坑道,一起打坑道。但这次李弘让董一飞寸步不要离开自己,二人干同样的累活儿、苦活儿。就这样几个月下来,董一飞才发现营长不是下连队来作秀,是真的用命在干活儿,很危险的地方一定要亲力亲为,甚至让董一飞躲远点儿。董一飞被触动了。

董一飞永远都不会忘记的一天,李弘正在组织施工,董一飞距离李弘不远,突然坑道里出现了大面积塌方,李弘二话没说,快步冲过来把董一飞往外推,然后再冲进坑道救其他人。董一飞和战友们都得救了,李弘若无其事拍了拍身上厚厚的尘土,让大家先回营房休整,然后就叫上教导员、连长几个人又进了坑道察看塌方的情况。这次特大坑道塌方事故,没有死一个人,董一飞很是敬佩。

当李弘回到营房,恰巧在路上碰见董一飞,问:"没事吧,一飞。"

"谢谢您,营长,我没事。"

"一飞,记住我一句话,有危险,一个人跑很容易,作为老百姓没有问题,但作为军人不行,要有集体责任感,有难同当,这才是战友,是同志,要跑也得一起跑,不能就你一人跑,否则与逃兵没啥区别。"

董一飞脸有点儿发烫:"知道了,营长。"

"一飞,你是干工程兵的料,我看好你,别有什么包袱,轻装上阵,工程兵的学问大了去了,坑道里面处处皆学问,就连该何时逃跑也是学问,要懂得判断才行。"

虽然"江山易改,本性难移",但李弘这句话很管用,逃跑也要有知识、有学问,要"科学逃跑"。

聪明的董一飞是真听进去了,一门心思扎进了工程兵那些学问中去。

如今,受到营长李弘不断熏陶的董一飞早就是工程兵中的行家里手了,抢险期间也显得比较从容,什么时候可能塌方,董一飞稍微判断就很清楚，何时该撤退也都下意识刻在脑子里面了。

也正是这样一群特殊材料做成的人在为K国霹雳军团的"神箭"默默"筑巢"。但难以想象的是，这些最可爱的"筑巢人"唯一的心愿就是想看看导弹究竟长什么样。很多霹雳军团的工程兵，当几年兵就筑了几年巢，却连导弹的影子都没见过。

时间飞逝，董一飞已经"十八般工程设备无一不通"，百炼成钢。董一飞的口头禅就是，"就算离开部队去技校，也能当个校长助理，绝不会失业"。可如今的董一飞才发现，当时的话说大了，技校也不是救世主，自己真的失业了。

铁打的营盘流水的兵。30多岁正当年的董一飞之所以要退役，甚至放弃提干机会，很重要的原因就是之前早就退役的战友们一个个都干得红红火火，当老板，住豪宅，开豪车，身边都陪着年轻漂亮的姑娘。每次休假探家，董一飞都会被打击一次，甚至是看在眼里，嫉妒在心里，很不服气，凭什么自己不能过更美好、更富裕的生活。

就这样恰好赶上了裁军的宽松时刻，董一飞主动要求退役，离开了熟悉的部队。李弘虽然此时已经离开工程兵部队，但听闻董一飞要走，就想打电话劝说董一飞留下来。可董一飞已经鬼迷心窍，十八头牛都拉不回来了。

如果放在平时非裁军时期，像董一飞这样的技术骨干想退役连门儿都没有，连长和指导员这一关都过不去。培养一个专业人才忒不容易。但正好赶上裁军季，裁军是硬性指标，这样一来，只要有人主动提出来，上面基本上都不会拦，交差比留住人才更重要。

董一飞顺利退役了，提出复员的当年就离开了部队。

满怀一腔抱负、幻想能快速发大财的董一飞就这样离开了部队，第三份工作是与牛晓伟合伙做生意。

为什么从第三份工作开始讲？是因为离开部队后，亲戚朋友都惦记着董一飞，惦记着董一飞口袋里那笔不少的复员安家费。

董一飞的第一份工作，是有亲戚说可以合伙做生意，亲戚负责找关系，董一飞出钱，合伙倒腾点儿特供酒，钱倒不多，起步5万元，结果人财两空。问了其他亲戚才知道这个亲戚是惯骗，一向杀熟。

吃一堑未必长一智。

第二份工作，董一飞的中学同学要做个基于第七代移动通信技术的高端互联网应用。据同学说，他大舅哥是电信的人，闭着眼睛就可以挣钱，只要董一飞能先投入一笔钱。就这样又被骗了。

吃两堑虽然没长一智，但董一飞也算是学精了。

牛晓伟是董一飞同学的朋友，在一次同学聚会上认识的。这个同学就是发小孔海鑫，这种友谊是打小建立起来的，董一飞也就对牛晓伟比较客气。当天晚上，同学们都喝了不少，带着酒兴的牛晓伟悄悄告诉董一飞，自己有个好项目，但苦于资金不够，眼看着机会就要溜走了。说着说着，牛晓伟长吁短叹，自觉命运不公，既不是富二代，也不是官二代，社会不公，不然这笔生意可以做得更大。

董一飞则是默不作声，他既不了解这个叫牛晓伟的人，也不懂牛晓伟说的这个项目，更不知道牛晓伟的真实背景。相反，董一飞发自内心觉得牛晓伟在吹牛，酒桌上说的话怎么能当真？尤其是牛晓伟说得十分玄乎，他谁都认识，项目一本万利，只要能发展下线就能发大财，项目有资金门槛，穷人莫入，概不扶贫。这不就是传说中消失很久的传销？

董一飞自认为不傻，学精了，交了那么多学费，也该悟出来些道理，自己不懂的绝不投资。

董一飞还剩几十万转业费，本打算在家乡的小城市买套房子，但思来想去还是到大城市买房更现实，把父亲接过去一起住。但大城市的房子太贵了，董一飞就想挣点儿快钱，尽快在大城市买房。有这份心，董一飞就开始不安分了，期待天上掉馅儿饼，快点儿砸到自己嘴里，牛晓伟恰恰钻了空子。

牛晓伟很执着，自从同学聚会中认识了董一飞，就千方百计接近他。后来，牛晓伟因诈骗被抓后才交代，他听孔海鑫介绍，知道董一飞刚从部队出来，有钱、单纯，是最好的"猎物"，不咬到嘴里决不罢休。

同学聚会后的第三天,董一飞就接到牛晓伟的电话,邀请他到公司看看,美其名曰考察,但董一飞一口回绝了。

第五天、第七天,隔三岔五,牛晓伟就发出邀请,弄得董一飞有点儿不好意思了,毕竟还有发小孔海鑫的人情和面子,去看看也不会少什么,董一飞就勉强答应了。这天下午,牛晓伟开着借来的新款豪车接上董一飞后就直奔公司。

公司很豪华,位于一栋大型写字楼。前台很热情,称呼牛晓伟为"牛总",这让董一飞很诧异。自己狗眼看人低了,有些不好意思,看来牛晓伟是一位能给自己带来财运的高人。但凡荒唐事都是先迷而后信,董一飞开始迷糊了。

看到董一飞态度的巨大转变,牛晓伟就打个圆场,说自己只是合伙人之一,投了几百万,如果有更多资金可以做得更大。现在有其他股东想退出,自己想收购但苦于资金不够,才借着酒气给董一飞诉苦,也希望能帮助好朋友发大财。

公司的确很大,占了写字楼的六、七两层,牛晓伟带董一飞转了个遍,每一个遇到牛晓伟的员工都毕恭毕敬称呼"牛总"。董一飞更加深信不疑。

牛晓伟带董一飞来到了荣誉室,董一飞眼前一亮,脑袋瞬间大了,四周挂满了领导支持项目的合影。牛晓伟指着其中一张图:"这是个荒山绿化项目,是造福国家和百姓的好事,也是国家级项目,各级政府都非常支持,这个就是政府立项的批文,当地地方政府十分支持,给了很多配套政策。"

董一飞哪见过什么批文,狗看星星一脸迷茫,但发自内心觉得项目高大上。

骗人法则第一条就是要趁热打铁。牛晓伟逐一介绍图片上的各位领导何时来公司参观过,讲过什么激励人心的话,公司高层何时去各地给领导汇报项目情况。董一飞听傻了,这么多领导都在支持,看来真是天上掉馅儿饼了。董一飞之前对牛晓伟尚存的一点点疑惑荡然无存了,剩下的只有敬佩和激动,只希望能尽快加盟,不错失良机。后来据牛晓伟交代，这些都是演出来的，办公室是掏钱暂租的，人员都是打好招呼的，所有的照片和批文都是电脑处理的，只要让客户走个过场就行。

就这样，董一飞彻底迷失了方向，50多万元转业费，加上平时省吃俭用积攒的30多万元，又借了父亲养老的20多万元，董一飞凑足了100万元在第二天一大早就转到了牛晓伟指定的公司账户。牛晓伟在当天与董一飞签署了股份转让协议，另一个转让股份的股东也到场表达了祝贺，祝贺董一飞成为公司新股东。

当晚，董一飞宴请牛晓伟大吃了一顿，发自内心感谢牛晓伟。二人推杯换盏，董一飞喝得酩酊大醉。

酒醒了，董一飞花了一万元钱买了一身笔挺的高档西服去公司上班，也希望享受那种被称呼"董总"的骄傲感。

电梯到了六层，董一飞满脸堆着不太自然、但绝对发自内心的笑容，径直奔向前台。一位身材高挑，面若桃花，略带狐媚的漂亮女孩立即迎了上来。

董一飞心里乐开了花，等着对方亲切地叫自己"董总"。

"先生您好，请问您找谁？有预约吗？"漂亮女孩笑容可掬，非常礼貌地问候着。董一飞有点儿蒙："这里是六层？"

"对，六层，没错。"

"我找一下牛晓伟，牛总。我是你们的新股东，以后你就会认识我了。"董一飞有些嗔怪漂亮女孩太没眼力见儿。说完径直往里走。心想这个不懂事的女孩，空有漂亮的皮囊。

漂亮女孩拦住了董一飞："对不起，先生，我们公司没有牛总，你一定是找错公司了吧。"

董一飞彻底被激怒了，愤怒咆哮道："我昨天在这里签署的股东转让协议，你说什么呢！"漂亮女孩怯生生地说："您等一会儿，我去通知领导。"

过了一会儿，一位戴眼镜的中年男子跟着女孩走了出来。女孩说："先生，您好，这是我们办公室主任，您和他说吧。"

"先生，您好，我是办公室主任，我能帮你什么？"中年男子问。

董一飞真的发蒙了，就把昨天发生的事情全说了出来。

"你被骗了，我们这里没有你说的这些人。"

"不对，带我去你们的荣誉室，让我看看。"

一脚踏入荣誉室，董一飞彻底傻眼了，哪里有什么批文和照片，只有一面面锦旗和公司资质证书，挂满了会议室四周。

"噩梦，这绝对是噩梦！"

在这位办公室主任的善意提醒下，董一飞报了警，冷汗直冒。很快，警察来了。

原来这家公司周六日不上班，有人花钱租了半天的公司场地，说要搞个招商活动，又找了些群众演员，就是这群乌合之众给董一飞演了一出好戏。

离开时，董一飞又碰到了漂亮女孩，但明显察觉到办公室主任和漂亮女孩的满脸不屑，仿佛用眼睛蔑视自己，活该为愚蠢买单。

董一飞此时恨不得钻进地缝，不仅是脸丢尽了，更感觉被扒得精光在大街上裸奔，周围所有的目光都集中在他身上，评头论足。

牛晓伟早早跑路了。警察已立案，但一切都很渺茫，这种案子破案不难，但追赃太难，钱可能早就花光了，转走了。天上掉的不是馅儿饼，是鸽子粪，是石头。董一飞恨不得天上掉下一块硕大无比的陨石，不，最好是陨铁，把自己砸死，砸成肉酱，一点儿痕迹都不要留，让自己人间蒸发。

这次真是把钱全投了进去，包括父亲的养老钱，血本无归。董一飞急得直跺脚，满嘴起了水疱，这么多年来的心血全都白费了，一念之差已是万念俱灰。外面的世界太无奈，董一飞现在才深刻明白这一点，从部队到地方真是两眼一抹黑。

后来，牛晓伟被抓住了，以诈骗罪判了刑，但钱早就被挥霍一空。

董一飞的事情很快就传开了，家乡不大，好事不出门，坏事传千里。董一飞最对不起的就是老父亲,已经无颜面对了。

董一飞告别了老父亲,决意离开家乡去京城。

董一飞又成了"董飞飞",这一次跑得更远了。

## 09. 逃离家乡

生活就像一盒巧克力,你永远都不知道下一块会是什么味道。但巧克力就那么几种,想也能想出来可能有什么味道。

去京城的磁悬浮高铁只要两三个小时,可董一飞偏偏选择了夕发朝至的直达列车,在火车上过一夜,可以省下一晚上的住宿钱。

时代虽然变了,但很多东西是无法改变的。

火车飞驰向京城,董一飞的心情难以平静。夜很深了,董一飞却辗转反侧,怎么躺都不自在,一幕幕过往经历就像电影一样快速流动,两只眼睛死死盯着窗外漆黑一片的夜色。猛然,天上一点儿亮光快速滑落,瞬间就消失得无影无踪。在深山老林里,这类天文现象太多了,那里没有一点儿光亮,天上的璀璨银河缓缓流淌,一览无余,还有一团团毛茸茸的星云清晰可见。如果那些爱看流星雨的情侣来到这里,天天都可以许愿,就怕愿望太少不够许了,谁让流星那么多。

董一飞想起来一件咄咄怪事。那时,董一飞是个新兵蛋子,一些老兵夜里都会讲一堆似真似假的离奇"鬼故事",不会讲"鬼故事"的老兵不是有阅历的真老兵。工程兵的天职就是在深山老林里打坑道,这里有太多乱坟岗,晚上战士们还真不敢单独外出,就算站岗也要双人双岗,彼此可以说说话、壮壮胆。还有些部队营房大门都刷着锃亮的大红漆,摆上巨大的石狮,据说可以镇宅驱灾辟邪,因为这些营区附近经常发生些很邪乎的事。

那是一个夏天的夜里，估摸是凌晨1点多，董一飞和战友正在站岗，有一搭没一搭地聊天。忽然听到"咚咚咚……"敲营房大铁门的声音，很低沉，董一飞二人惊悚万分，瞬间汗毛都立了起来，也是生平第一次体会到毛骨悚然。

"谁……谁……"董一飞结巴了，二人紧紧握住枪，慌乱中打开保险，彼此壮着胆，战栗着、颤声问道，更像在哀求对方。

门外一阵闷闷的声音，似乎是轻蔑的笑声，继续咚咚咚敲着门。

二人呆若木鸡，不敢开门。不知道过了多久，声音渐渐远去，可门内的两个人依旧呆若木鸡，谁也不敢说话。两个人紧紧攥着枪，枪口慌张对着大门，唯恐大门吱扭一声打开了。片刻后，意识到"脚步声"渐远了，董一飞和战友互相鼓励了一下，准备出门看个究竟，也做好了最坏打算，不对劲就立即鸣枪示警。董一飞早就想好了，大不了跑路。

董一飞怯怯地打开旁边的小门，冷汗直冒，本就浸透的制式衬衣更加湿漉漉、冷飕飕。

门打开了，没有人，二人壮着胆跑到了门外，径直朝山上望去，隐约中一个淡绿色的光影忽明忽暗渐渐远去，董一飞知道那里是一片乱坟岗。就在淡绿色光影消失的一刹那，有些"火苗"蹿了出来，董一飞猜想那是"鬼火"，也叫磷火。此时此刻的董一飞很想跑过去看看究竟，但两条腿如同灌了铅一样拔不动，营门距乱坟岗只有三四百米，但此时一股莫名的恐惧却让他寸步难行。

第二天清晨，营区炸开了锅，营区大门闹鬼的故事传得沸沸扬扬，全连的人都知道了。董一飞心有不甘，趁着白天胆肥，叫上昨晚一起值班的战士跑到乱坟岗看个究竟。可到了那儿一看，顿时蒙了：有一个老坟茔破了个大洞，可以容几个人进出，但深不可测；旁边有股焦土的味道，一看就是火燎过的痕迹；不远处还有一只烧死的兔子，死相很惨。

忽然，洞里冲出来一只活物，董一飞下意识退后好几步，趁势躲在了战友身后，急忙转身想跑。

"班长，别跑，兔子，是兔子。"

董一飞刹住了脚步，满脸臊红："不许告诉别人，听见没。""哦，我不说。"战友憋着笑，没想到班长胆子这么小。

这件事情让董一飞终生难忘，也成了不解之谜。后来，经历了一系列变故之后，董一飞才终于明白其中的道理，这不是灵异事件，只是人类的认知水平有限罢了。

随着一声长笛，火车进站了，董一飞的思绪也飞了回来，一夜没睡。

京城的战友王小虎早早就等在出站口，见了面是异常热情，熊抱必不可少。王小虎接过来董一飞的一点儿行李，上了车直奔部队招待所。

傍晚，京城的战友们全来了，推杯换盏，嘘寒问暖，每个人都很关心董一飞离开部队后的工作生活，也有一种猎奇的目的，说白了是为自己的前途考虑。董一飞带着酒兴开始滔滔不绝地吹牛，绝口不提自己被骗的事情，毕竟说出去太丢人。他只说家乡的庙太小，想来京城发展发展，听说这里是特别好混的地区，就跑来了。战友们不断用杯中酒鼓励着董一飞，聚会很快就散了。

回到招待所，董一飞吐了好几次，喝太多了。战友们给自己接风，盛情难却。隐约中想起了已经逝去的爱人和孩子，董一飞蒙蒙地发了会儿呆，倒头就睡了，睡得很踏实，一夜没有梦。

在战友们的帮助下，很快，董一飞就在北郊附近找到了房子。

花钱很容易，但要找挣钱的工作却不易，年龄偏大，阅历单一，经验有限，这都是短板。在部队是代理排长，大小也算是个领导，但部队的经验看来不太管用，到了外面就一切归零，从头开始。

京城的房租太贵了，说"特区是特别好混的地区"的人真是个浑蛋，董一飞着实招架不住了，必须赶紧找份工作，不能挑肥拣瘦。董一飞实际上也没挑，是招聘者总是挑肥拣瘦。

董一飞在京城的第一份工作是保险经纪，干了小一个月，一个单子都没有，也不好意思找战友杀熟，交通费倒搭进去不少，没有丝毫人脉资源的董一飞只能放弃这份没有初心的工作。

第二份工作是一家军民融合科技公司。这家公司对退役军人比较感兴趣，见面寒暄了半天。面试官是一位叫王杰的副总经理，开门见山问了董一飞三个问题：一是有多少军工资源，二是能不能喝酒，三是能不能加班。

面对这三个突如其来的问题，董一飞顿时就困惑了。一个长年打坑道的能有啥军工资源？天天和泥浆、钢筋、机器打交道，就认识这些东西，其他两眼一抹黑。喝酒这东西，董一飞不是不能喝酒，吹掉一瓶白酒绝无问题，但如果要靠喝酒来谋生就失去喝酒的乐趣了。至于加班，这点儿事本来没什么，打坑道加班都是家常便饭，但到了外面的世界如果还是这样未免有些失落。

董一飞打听了下工资待遇，基本工资加绩效提成，关键看绩效，可董一飞对绩效这东西一点儿信心都没有。王杰很礼貌地婉拒了董一飞，因为这三个条件缺一不可。

一年时间很快就过去了，董一飞数不清找了多少个工作，最长的干了三个月，最短的今天去明天就辞职，太委屈自己了，专业不对口不说，还缺乏基本的尊重。倔强的董一飞不伺候这些爷，不高兴了，爷既会飞也会跑，"董飞飞"不是浪得虚名。

当然，这一年也不是完全一无所获，董一飞长了不少见识。比如一家国内比较大的矿泉水公司。在招聘时，董一飞选的职位明明是大区销售经理，人力资源总监也同意了入职请求，但到岗后才知道京城分公司里的每一个销售都是大区销售经理，名片怎么印都行，只要有利于工作就行。而事实上，大区早已被瓜分殆尽了，几十个大区销售经理抢同一个市场，必然出现恶性竞争。

董一飞能吃苦，不怕吃苦，但不知道该怎么吃苦，销售找不到门，说不了几句话就被超市、饭店拒之门外。每次开销售工作会议时，其他大区经理都能分得很多奖金，自己的奖金是零，这让董一飞丢尽了人。

时间长了，问题就来了。这类公司不养闲人，人力资源总监两个月后就给董一飞转了岗，管配货，搞后勤，说是库管经理，同样也是一堆的库管经理在竞争。虽然董一飞不惜力，但就是个矿泉水的搬运工，看着其他销售人员一车车地出货，董一飞很纳闷儿为什么自己就不是那块料。

后来，个别老员工看董一飞很可怜，就主动告诉一些诀窍，"脸皮厚、天天磨、日日泡、给回扣"。可董一飞就是学不会，天性使然，本就是个老好人，胆小怕事，面子又薄，完全不适合做销售。

终于有了一个跳槽的好机会，一家很牛的房地产企业招聘，总部在朋城，京城有分公司。在京城经历了严苛的三轮面试和笔试，董一飞终于被录用了，职位是业务经理，负责施工现场管理，算是中层职务，董一飞"天生我材必有用"的豪迈之情顿时满血复活，头抬了起来。

负责管理业务的部门总经理对董一飞相当满意，难得找到一个专业对口的人才，可遇而不可求。部门总经理把董一飞薪酬起点定得很高，两万元起薪。被打击了这么久，董一飞终于长舒一口气了，甚至有些飘飘然。

部门总经理让一位女同事带董一飞在公司转转看看，熟悉一下公司情况。虽说在京城只是个分公司，但大楼也很气派，尽显豪华尊贵。董一飞想到将会在这样的大公司工作，心里甭提有多高兴了。

这时，董一飞才发现这家公司的企业文化很特殊，到处都挂着名人名言，只要能看到字的地方都有。好奇的董一飞就问女同事："这都是哪些名人的题词？这么多啊。"

这位女同事笑了笑："不是名人，胜似名人，咱们总公司董事会的马主席，这都是他的语录。"

"哦，啊，他说了这么多。还真能瞎侃。"董一飞有些惊讶，进而震撼。

女同事东张西望看了看，还好没人听到，赶紧用手指比画"嘘"了一声："不能瞎说，我们要维护马主席的权威，这些语录要定期考试的，考试不合格要降职降薪的，千万要注意不能瞎说。这是咱们公司最大的企业文化。以后你就会习惯的。"

董一飞有点儿不屑，说："马主席以前是部队的吧，听说咱们公司赞助了足球，还请了大牌的国外教练。花了很大的代价。"

"嗯，当过军人，很厉害。没错，足球也是咱们公司最大的企业文化，要做有文化的公司，尤其是体育文化。"

"那为啥每次还踢得那么臭呢？好像所有的房地产公司都在搞体育文化，听别人说这是要给没有文化的房地产公司镀镀金，找点儿牵强附会的文化内涵。"董一飞一点儿也不客气。

女同事眼睛发绿了："足球烂是整体烂，K国足球已经不可救药了，公司也没有回天之力，借玩足球炒作企业，实现地产转型，所有地产公司都这么玩。不过你以后可千万别这么问，否则受害的是你自己。我们要绝对服从公司的企业文化和各类规章制度，不能有丝毫的质疑和过界。我这么说都是为了你好。"

董一飞从女同事的眼神里看出了真诚。"很抱歉，我还不知道你的芳名，不知道能问吗？"一个大老粗也文绉绉起来了。

"我叫万芳荷，英文名叫Lily（莉莉）。请问董先生的英文名叫什么呢？"

"英文名？哦，我叫一飞董。"

万女士扑哧笑了出来："你还挺幽默，很高兴与你做同事，听说你曾是军人，我很钦佩军人，很希望以后能多向你学习业务知识。"

"哦，互相学习吧，我就是干的活儿多了点儿，仅此而已，都是大工程，比如给导弹盖个窝。你知道导弹吗？"董一飞想显摆，也想献殷勤，开始满嘴跑火车了。

"导弹？没见过，电视里见过。给导弹盖窝，那得多大的窝啊。"

"你说对了，一座山挖空了，大不大？"董一飞连吹带比画，手舞足蹈，生怕小万女士小瞧了自己。

实际上，董一飞就是打坑道的，所谓的豪华导弹库房都是听人讲的，洞库挖好了，董一飞这些人就撤退了，压根儿就没有见过真正的导弹库房。董一飞这一拨工程兵就是盖毛坯房子，要精装修时就换人了。吹牛不上税，反正董一飞说啥，小万女士都相信，这不就得了，要的就是这个效果。

快转完公司了，董一飞意犹未尽："哦，小万女士，我多久才能拿到入职通知呢？"

万女士很为难地说："这个我还真不知道，今天是部门总经理和你谈话，也算是定下来了，部门总经理有很大的人事权力。不过……"

"不过啥？"董一飞有些紧张。

"不过，还需要常务副总经理签字，总经理签字，董事会常务副主席签字，董事会主席签字，会签后就算是定下来了，人力资源部就会正式通知你了。"

"这么多人签啊，那得多久啊？不会有什么变化吧？"董一飞眼睛直冒火，这可是私企啊，这效率真不敢恭维。

"我也不知道，看领导时间，如果都在的话，很快就搞定了。""如果不都在呢？"

万女士笑了笑，说："那我也不知道了，你还是问问人力吧，盯着一直联系你的那个人力就行，我们部门总经理一会儿就会签字的，放心吧。他对你很满意，你是应聘这么久第一个让我带着参观的人，你懂了吧。"

"秒懂，小万女士。对了，冒昧问一句，你多大了，还没结婚吧？"

万女士脸腾地红了起来，佯装调皮的样子说："这可是个人隐私，以后再说吧，希望我们后会有期。"

"那你能给我留个电话吗？"董一飞迫不及待。

"等你来了不就知道了嘛。"万女士开始了矜持。

依依不舍，董一飞对这个小万女士有点儿动心思了："嗯，后会有期。"

看着万女士走远了，董一飞拿着"访问证"去了前台。

离开这家公司，董一飞第一件事就是晚上召集战友们聚会，要一醉方休。

董一飞很开心，战友们也替董一飞高兴，喝了很多酒。董一飞把远大抱负给战友们讲了出来，连八字还没一撇的万女士都提了出来，仿佛一切都是美好生活的开始。

一周后，董一飞给人力打电话，对方告诉董一飞"常务副总经理已签字了"。

董一飞的心早就飞了，哪里还有心思负责矿泉水的库管工作，就等入职通知来了就飞了，去做"英雄有用武之地"的大事。

两周后，董一飞又沉不住气了，再次给人力打电话，对方说"总经理签字了"。

董一飞一阵狂喜，自斟自饮了一夜，思来想去决定第二天就去辞掉库管工作，爷不伺候了。

董一飞辞职了，欢天喜地回到家里继续耐心等待。这段时间心情超好，把凌乱的家收拾得井井有条、干干净净，万一小万女士来家里看着太乱多丢人啊。军人嘛，总还得有个军人的样子。为了迎接小万女士的到来，董一飞难得干一回家务。

一个月过去了，董一飞有些急了，心里惴惴不安。怎么回事？难不成有什么变化？董一飞战战兢兢再次打电话给人力，得到的答案是"董事会常务副主席签字了，就等董事会主席签字了，可董事会马主席出国了，需要多等一些时间"。

提心吊胆的董一飞终于踏实了许多，好事多磨，尤其是一想到万女士，董一飞就充满了无限的想象和期待。万女士还说要跟我好好学习呢，我一定要和她好好接触接触。此时的董一飞憋着一肚子坏水。

一转眼两个月过去了，董一飞依然没有收到入职通知，这一下可真慌了，两个月没有收入了，真后悔辞职太早了，坐吃山空。

正在不知所措的时候，战友打电话叫自己晚上一起吃饭，百无聊赖的董一飞就是在这个饭局上认识了董兴。当董总听说董一飞的专业是建筑，就非常积极推荐董一飞去应聘一家自己朋友的公司，就是那家让董一飞很没面子、心灰意懒的房地产公司。

  董一飞去应聘前,还专门又打电话问了问录用的进度到哪一步。可对方支支吾吾,让董一飞再等等,这一下让董一飞觉得情况有变,最终决定还是去另一家房地产公司面试,把机会留给尊重自己的公司。董一飞相信是金子到哪里都能发光,自认为是少有的实战型人才。

  但结果都很清楚了,小王总把董一飞说得一钱不值,让董一飞感到心里在下雪,这个冬天实在太冷。

## 10. 骚扰信息

我们有过各种创伤,但我们今天应该快活。连创伤都有了,还怕什么骚扰。

失业的日子不好过,还不能告诉战友,实在是太丢人。这些日子,董一飞发愁去哪里溜达溜达,能快点儿打发难熬的时刻。

手机来信息了:"董先生,您好,这里是老兵职业推介中心。按照您的求职要求,我们给您推荐博通安保公司,地址:京城博通大厦,您的预约码为6338,访问楼层6楼。请于本周三上午11:00凭预约码及身份证到前台办理来访登记手续。收到信息后请语音回复。谢谢。"

听着信息,董一飞一阵苦笑:"妈的,还想骗我。"他直觉认为就是骚扰信息,想都不想就删除了。过了一会儿,信息又来了,还是同样的内容,董一飞有点儿生气:骗子挺执着,落井下石,还嫌我不够惨?董一飞再次狠狠地删掉了信息。诚信社会最怕的就是缺少诚信,董一飞被谎言吓怕了。

过了半个小时,手机响了,斜躺在床上四仰八叉、无所事事的董一飞拿起手机,看了看号码,不认识,挂掉了。

看着家里乱七八糟的样子,董一飞实在懒得动了,小万女士不可能来了,后会无期,也就懒得收拾了,乱就乱吧,也许很快就要离开这个不好混的城市了,再干净整洁还有啥意义。离开京城去哪里?特区?如今的特区早就不好混了,是特别需要能力的地区,自己能力强吗?董一飞早就迷茫了。不行的话真就去技校吧,或许那里才是自己的归宿,教教学生也是个差事。

手机又响了,万念俱灰的董一飞瞄了一眼电话,还是那个号码,还要求视频通话,一股无名火突然涌了上来,老子今天要好好教训这些骗子,让他们不能再骗人。董一飞腾地站了起来,立即接通了电话:"你有病吗?骗人好玩儿吗?"

对方怔了一下,说:"您好,这里是职业推介中心热线,请问您是董一飞先生吗?""骗子,你打电话给我干吗!发信息还不够吗!"

董一飞气不打一处来,火冒三丈。

对方依旧心平气和地解释说:"董先生,您是某霹雳军团复员士官,去年离开部队,工程兵,您在三个月前在职业推介中心更新了求职简历,我们为您找到了对口工作。"

"啊,真的假的?!"董一飞将信将疑,火气消了很多。

通过视频电话,董一飞看到接线员背后的"职业推介中心",这才相信是真的。

对方说:"真的啊,我们是人才热线,请您按照短信提示的日期去面试吧。"

"啊,哦,对不起,对不起,我把你当骗子了。对不起,可我把你们的信息都删了。"

"没关系,董先生,我在这里就帮你确认了,谢谢!"

董一飞很不好意思,脸有些发烫,连忙再次道歉,衷心感谢这位耐心的接线员。

这时,董一飞才想起来几个月前是更新了求职履历,自己忘得一干二净。

有些激动,更多是紧张,董一飞在房间里踱来踱去,又多了一次机会,赶紧上网去看看这家博通公司究竟是干什么的,又要做些什么准备工作。

73

这才周日，董一飞焦急等待周三面试的日子，度日如年。失业太久了，怕了，要赶紧找份工作，不然会疯掉的。

终于到了面试的这一天，董一飞早早就起来"梳妆打扮"，小头打理得贼亮，穿上了一万块钱买的那套唯一体面的西服，再也不能空有一身本事却不注意外貌，毕竟这次机会太难得了，要格外珍惜。

博通公司位于京城北部的繁华地带，交通十分便利，董一飞提前一小时就到了博通大厦。为确保面试成功，董一飞早早就搜索了"博通国际安保公司"的相关资料，重点了解公司总裁孙志平。但孙志平这个人平时很低调，资料只显示他是霹雳军团的退役军人，离开部队后，在霹雳军团学院长期当教员，还是一家民间智库的发起人、合伙人，除此之外就没有更多信息了。董一飞知道博通是做安保工作的，自己是工程兵而不是特种兵，有技能但缺乏实战经验，这个天生短板让他很不踏实。如果这次应聘失败，可真要离开京城了。

看了看表，快到11点了，董一飞快速走进了博通大厦。

大堂很高，布局十分简洁，干净利落，没有华丽灯饰，能透出军营整齐划一的美感，正对面雕刻着八个大字："诚信为本 客户第一。"大堂的整体布局让人觉得与众不同。

前台女士微笑地看了看董一飞的预约号和身份证，很客气地让引导员带着董一飞坐左侧的电梯到六层。

董一飞思量着，在整个大厦里面看不到一点点商业气息，没有铜臭的沾染，倒是有文化不少。六层到了，负责接待的是另一位女士，让董一飞先到会议室稍坐片刻。

一路上，在最醒目的地方有一幅字映入董一飞的眼帘，"走黑石的路是死路，走博通的路是生路"。

董一飞很好奇，问："您好，请问这是谁的话？有点儿意思。"尽管董一飞不知谁是黑石。

这位女士十分友好、面带微笑说："您好，董先生，这是我们孙董事长的话，他希望博通能走自己的路，不照搬任何企业的既有道路。"

"谢谢您,您的声音真甜美!"董一飞不忘记夸夸她,但脑袋里还想着那个不可能再见面的万女士。

"谢谢夸奖。这是我应该做的,博通的理念就是博爱通达。董先生,请您在这里稍等,还有5分钟才到面试时间。"

"好的,谢谢!你快忙吧。"

过了一会儿,女士拿来一瓶矿泉水递给董一飞,嫣然一笑,离开了。

董一飞稍稍欠身尴尬一笑,才发现女孩很漂亮,感觉比万女士更有气质。可看到这瓶熟悉的矿泉水时,董一飞百感交集,更多是愤懑,自己不知道搬了多少箱这个矿泉水,原来博通也消费这个品牌。

反正也没啥事,有点儿紧张的董一飞站起来转悠。四周挂了些合影,正是孙志平,还有一些不认识的人。端详着照片,孙志平很普通,个头儿也不高,穿着很简单,军绿色夹克,头发很短,但骨子里透着一股自信的狠劲。要是能给这样的头儿打工也挺好,都是军人,有共同语言。

差一分钟到11点。

董一飞眼中漂亮女士再次走进来:"董先生,请吧,孙志平董事长在等您了。""谁?孙……孙董事长?"

"对,你的面试,是孙志平董事长亲自负责。请吧。"

董一飞顿时就不适应了,刚刚放下的心又提到嗓子眼儿。

看出来董一飞的迟疑和顾虑,漂亮女士笑了笑:"我是孙志平董事长的助理,放心吧,孙董人很好,跟我走吧,别紧张。"

怎么可能不紧张,董一飞跟着助理走进了董事长办公室。

进了孙董办公室,突然有种豁然开朗的感觉,房间大,装修简单,没有什么名贵的古董、字画,满眼都是做工很精细的高档武器装备模型。其中一个台子上放了一个几米长的巨型航母模型,另一侧的台子上放了一辆大比例尺的洲际弹道导弹发射车,估摸有两米多长。

董一飞还没来得及四周打量,迎面就来了一个穿着夹克的中年男子:"你好,小董,董一飞。我是孙志平。欢迎,欢迎。"

75

"孙董事长好，不，首长好，我是董一飞，向您报到！"董一飞一个立正，然后对孙志平敬了一个标准的军礼。

孙志平笑了笑，一把抓住董一飞敬礼的手，有意紧紧握了握，示意董一飞坐下来谈。董一飞可是工程兵出身，但能感觉到孙志平的手很有劲。

孙志平在沙发上坐了下来，董一飞才腼腆地坐了下来。

孙志平上下打量着董一飞："一飞你好，看到这枚导弹是不是很亲切？""是啊，孙董，太亲切了，我是给导弹筑巢的，你们是玩导弹的，更牛。"

"没啥区别，分工不同罢了。对了，你的简历我都看了，我们都是老兵了，也不见外，开门见山，我问你三个问题，你要如实坦白告诉我。"

"好，首长！"

"不要叫什么首长，我不是首长，不要这么叫。""哦，好的，孙董。"

"你为什么要离开部队？"

"看到身边的人活得很精彩，有点儿羡慕嫉妒，所以想换一种生活，希望能挑战挑战自己。我知道外面的世界很精彩，也真实领略到了外面的世界很无奈，但我不服输，更不想给军人丢脸，感谢部队培养了我，让我学到了很多东西，我希望能在外面学以致用。挣钱是一方面，希望自己活得更精彩是另一方面。作为老兵，我没有给社会添乱，更不会怨天尤人，我相信天下没有免费的午餐，一切都要靠自己。"

说起这些话题，董一飞侃侃而谈，把难言的苦水都倒了出来，刚来时的紧张一扫而空。

"嗯，我相信你的想法，做事不容易，要有心理准备。那你告诉我，你会做什么？"

这个问题很直白，不好回答，说多了会觉得在吹牛，说少了会让对方小瞧自己。

董一飞稍做思考:"孙董,我不是全能的,但我的军事技能应该够用了,我的牺牲精神足够强,我的战斗意志足够坚定。我目睹了战友牺牲在坑道里,我想救他们已经来不及了,塌方实在太严重了,眼睁睁看着朝夕相处的战友就这么走了,很不好受,恨不得牺牲的是自己。我总是鼓励自己,还鼓励排里的其他战士,告诉他们牺牲是军人的常态。既然活了下来,我们就要好好活着,把工程做好,不能让那些牺牲的战友失望,要活出个人样来,用事实告诉这个社会,工程兵都是好样的!"

"我不想听太正的话,不要官话套话,我只想听真话。你今后有什么打算?"显然,孙志平对董一飞表决心那套言语不感兴趣。

"孙董,我希望能活出个人样,不给军人丢脸。我知道博通是安保公司,如果需要我的话,我可以从一个兵做起,从一名保安做起。"

"如果让你带一个团队呢?""团队?什么团队?"

"比如,海外武装押运、工程护卫这一类的安保工作。"

"这……是不是博通这里有很多退役的特种兵?"

"对,很多,都是对口招聘来的。"

"我能行吗?他们会不会不服我的管理?"董一飞自言自语,彻底没信心了。

"这就要看你的本事了。博通需要有血性的军人,有担当、有责任的军人。我看了你的履历,你或许就是这样的退役军人吧。"

孙志平特别强调了"或许",心里也不放心,稍稍迟疑了一下,似乎在考虑什么。

董一飞还想表表决心,但知道孙志平不爱听。"孙总,如果我能加入博通,我会做好的,我会努力做好的。希望您能给我这个机会。我想试试。"董一飞说。

"这不是试试,是必须做好,人命关天,容不得试。"孙志平还是很犹豫,"你有个绰号叫'董飞飞',对吧?"

一句话戳到了死穴,董一飞满脸通红,说:"那是以前,当兵以前的事情了，我现在不会跑了。"

孙志平笑了笑："我没有责怪你的意思，该跑的时候必须跑，这没有错，保存实力很关键，我是希望你带好团队，实在打不过对手，就带着团队和被保护的人一起跑，能做到吗？"

"啊，我，这，孙董……"董一飞哑口无言，不知该怎么回答。

"我说的是真的，三十六计走为上，你没有错，跑本身就是一种策略，也是一种战术，运用得当就是游击战、运动战，懂吗？"

"哦，我懂了，不过我还是感觉您在骂我吧。"

"不会的，安保工作很复杂，要有灵活的头脑，很多时候未必要硬拼，保护好该保护的人和物就是完成了任务。"

"这回我懂了。"董一飞擦了擦额头的冷汗，紧张、恐惧。

"不过我也要强调一点，不能给K国军人丢脸，我们的头上曾经都戴着军徽，如今虽然帽徽没有了，但我们这些退役军人都有一枚刻在心里的军徽。懂吗？"

"我懂，孙董，决不给军人丢脸。"

"好。如果没有问题的话，明天就上班，职务是博通'地球之眼'分公司副总经理，岗位年薪30万金元。但我要说明一点，你要考虑清楚，这个职位的前任才牺牲没多久，就死在你要去的国家。你要三思，现在后悔还来得及。我会给你时间考虑。"

董一飞彻底蒙了，幸福来得太快，突然结结巴巴起来："谢谢孙董……我不怕死。我现在就考虑好了。"

董一飞本来想说"士为知己者死"，但话到嘴边又觉得太肉麻、太正，就硬生生咽了回去，还是用实际行动来"为知己者死"吧。再说了，根本就不用考虑，这种好事可遇而不可求，过了这个村就没这个店了。

"一飞，我知道你的妻子和孩子都不在了，我也知道你转业后被骗了，很缺钱，你想做点儿事，我给你机会。但能不能把握好就看你自己了。"

听到这些话，董一飞很受触动。孙志平很不简单，要用一个人就一定要了解这个人的底细,连这些最私密的信息都知道了。这也勾起了董一飞那段痛苦的记忆。

董一飞的妻子是青梅竹马的同学柳晴姗。那一年,董一飞在部队执行任务,柳晴姗和年仅3岁的孩子在意外车祸中没了。听到这个噩耗,董一飞万分悲痛,险些晕厥,连夜请假跑回家乡。从此,董一飞就一直生活在痛苦的阴影中,无法自拔,晚上总做噩梦。人前人后没完没了抱怨没有让妻子和孩子过上好日子,他们就这样走了。每想至此,董一飞都会捶胸顿足,痛哭流涕,自责、痛心。

这段痛苦经历只有极少数亲朋好友才知道,自己离开家乡也是因为不想继续活在昔日痛苦中。就算要离开京城,董一飞也不想回家乡,只想另选一个城市,再把老父亲接过来。

董一飞做梦都没想到孙志平竟然知道这一切,太意外了,盯着孙志平的眼睛,董一飞眼中泛起了泪花。

"一飞,你知道公司为什么叫博通吗?"孙志平语气和缓了许多。"博爱……通达……吧。"

董一飞现学现卖。

"那只是一层意思,市场广博,业务精通,博通的安保市场是全球的,博通的人要做到业务精通、工作敬业。你应该听说过黑石公司吧,博通不以黑石为师,是因为黑石缺乏博爱而滥杀,最终不得不破产转让。博通要有博爱,但不是滥爱。一飞,你要好好干,博通欢迎你!博通也面临很多竞争对手,什么人都有,不仅会面对恐怖分子,还要面对同行,同行是冤家。"

"我明白了,孙董,谢谢您!"

"还是要再次提醒你,我们曾经是K国军人,不要给军人丢脸,不要给博通丢脸。"

"一定,我会的。谢谢您。"

"一飞,你知道半人马吗?"

"半人马?我知道,在部队的时候,营区都在深山里,晚上看夜空非常清晰,他们给我指出一个星系就是半人马座,他们说有两颗大星星,很亮很亮,其中一颗就是比邻星,是距离地球最近的恒星。"

孙志平笑了笑:"没错,半人马座是由几百颗恒星组成的大星座,就像一个好斗的半人半马动物,手拿着长枪与豺狼搏斗,所以起名为半人马座。你说的最近的那颗恒星,比邻星,也叫半人马座α星。不过我今天想跟你说的不是这个星座,是半人马这种神奇的动物。"

"哦。好的。"

"在古希腊神话里,半人马有两种很极端的解释,有的说它极端凶残,有的说它善良有教养。其实我觉得半人马就是人性的两面,有好的一面,也有坏的一面。这个世界没有圣人,要正确看待人性,好人也会很坏,坏人也会很好,因人因事不同罢了。"

董一飞不太明白孙志平的话,睁大了眼睛盯着孙志平。

"一飞,我的意思很简单,在陌生环境做事,多用头脑,不一定都要用蛮力,要善于分析对手,用半人马的人性论来分析对错。好人和坏人都不是绝对的,或许坏事就是好事。你自己好好琢磨琢磨吧。"

董一飞还是不太明白,只能慢慢体会,毕竟道行还是浅了点儿。

此时已经轻松的董一飞环顾了四周,办公室内没有摆放名人或领导的照片,只有一张孙志平穿军装的照片,中校军衔,还有一张孩子的照片,孩子六七岁的样子。

孙志平让秘书带董一飞到人力资源办理入职手续,特意在入职报告上批注"取消试用期,培训一周到岗"。

美女秘书带着董一飞去人力资源部门:"怎么样,孙董人好吧!"

"忒好了,我的运气,我的福气。你怎么那么漂亮呢!气质超好!"

"谢谢夸奖,看来你的心情比来之前好多了,刚才进来时,我看你一脸愁容。现在云消雾散了。"美女秘书落落大方,很健谈。

董一飞不傻,当一个男人懂得欣赏美女时,说明心情不错。

可幸福来得太快、太突然了,董一飞还是不太适应,一直都感觉在做梦。回去的路上,董一飞狠狠掐了大腿一把,很疼很疼,看来不是梦。

董一飞突然想起来那份董事会主席还没批准入职的工作,十分从容拿起来手机打了过去:"你好,我是董一飞,不知道你们那位主席批了我的入职申请了吗?"

以前打电话时,董一飞都会说"咱们主席",但这次生硬地说"你们那位主席",让人力听得很刺耳。对方厉声回应道:"你着啥急啊,我们是大公司,让你等个一年半载都很正常,想来我们公司的人都在排队等着。你的事,领导还在权衡考虑呢。着什么急。"

对方明显想教训一下这个出言不逊的董一飞。

"哦,明白了,那好吧,转告贵公司那位领导,我不去了,庙太大了,告诉你们人力总监吧,谢谢你们给我面试的机会,拜拜了。"

这句话又把这位人力说急了,随即改口:"哎,董先生,我们没有说不要你啊,你的条件很优秀的,我们说了会发入职通知。你等我一下,我立即去请示确认。"

人力闪电般挂了电话,那股傲慢劲瞬间消失了。

10分钟后,人力电话又打来了:"董先生,我们总监说了,他直接请示主席,应该一周内就可以下入职通知了。"

"哦,谢谢您,快半年了,让您太费心了,我已经应聘了新的工作,就不劳烦你们主席大驾了。谢谢。"

"啊,董先生,这——"

董一飞迅速挂了电话,唯一遗憾的就是再也见不到小万女士了,后会无期。很快,又一个电话打来了,是原先面试自己的部门总经理。

"董先生,让你久等了,听说你另谋高就了,不知道能不能推掉那边,我们这边非常需要你这样的专业人才。"

面对这个部门总经理,董一飞还是心存感激:"谢谢您,我真的很感谢您。但我想说句不太好听的话,贵公司太官僚了,干不了大

81

事,还耽误了不少事情。我没有冒犯您的意思,您很棒。"

"唉,理解,太遗憾了。我会把你的话转达给主席,谢谢董先生。""哦,对了,您帮我带句话吧,给小万,万女士,让她多保重。"

部门总经理丈二和尚——摸不着头脑,敷衍着"好好",究竟好什么啊,自己也不知道,就挂了电话。

董一飞很解气,亲手炒掉了这家玩足球文化,号称很牛的大房地产公司。可更解气的事情还在后面。

刚一进家门,董一飞又接到一个电话,朋城打来的,犹豫了一下还是接了,就算是骚扰电话也接,此时的心情好了,做啥都神清气爽。

"请问是董一飞先生吗?"

看来不是骚扰电话,不过董一飞也有些奇怪,朋城谁会认识自己,战友没有在那里发展的。"你好,你是哪位?"

"我是王海兴,您还记得吗?"

"没听说过,对不起,你打错了吧。""没错,肯定没错。"

董一飞能感到对方的语气很急促,问道:"对不起,我真的记不起来了。您是哪位?""我是朋城地产公司的总经理助理,王海兴,想起来了吗?香格里拉酒店咖啡厅。"

对方不停地提示着董一飞。

"哦哦,我想起来了,想起来了,王总,是您啊,您那天着急没有给我名片,我不知道你的全名,抱歉。"董一飞此时才想起来是谁,是那个让自己想钻地缝的年轻人。

有了工作,董一飞踏实多了,也懒得和这个家伙计较:"王总,您好,有啥事吗?"

"我们希望你能来公司工作,我把你的情况汇报给了总经理,他也看了你写的材料,我们觉得可以录用你。再说了还有董总那层关系。"

董一飞很意外,但又觉得很委屈:"王总,谢谢你,我已经有工作了，谢谢。让你费心了。"对方显然很震惊："有工作了？我们这边有好的职位留给你，还希望董先生能考虑清楚，过了这个村可没这店了。我们公司可是地产界的大佬，机会难得。"

董一飞不温不火："说说看，什么条件？王总。"

"部门项目主管，负责楼宇施工监理。年薪15万元。"对方以为开出这个价格会镇住董一飞。

"王总，你说的是金元？"

一句话把王海兴说蒙了，他顿了顿答道："肯定是R元啊。""哦，R元啊！"董一飞很解气，"我以为是金元。"

"你什么意思？"王海兴有些气愤，以为这个姓董的在逗自己玩。

"我是说我现在的新工作年薪是30万金元。"

"30万金元？你开玩笑吧。"王海兴当然不相信这是事实，自己一年工资才几个钱。"没开玩笑，事实，我就值这个钱。你们不懂行情。告诉你们老总，谢谢他赏识我，可惜我们有缘无分。同时，我也送你一句话，不要狗眼看人低。山不转水转，这个星球很小的。"董一飞不给对方说话的机会，立即挂掉了电话，太解气了，心里这个痛快。

王海兴震撼了，30万金元，无论如何也拉不回这个董一飞了。王海兴知道闯了大祸，因为董总质问这家地产公司的老总"这点儿小事都办不好，还能办什么"。

公司老总震怒，王海兴被炒鱿鱼了。

董一飞没有再求过董总，但董总做人做事很认真，与地产公司老总偶尔聊天时又提起这件小事，老总才过问王海兴这件小事。

## 11. 笨学生

爸爸也不是一生下来就是爸爸，爸爸也是第一次当爸爸。同理，妈妈也是。

入职博通，还一下子成了高管，天生我材必有用，董一飞对自己恢复了信心。可董一飞并不知道其实是背后有贵人相助。

孙志平和董一飞先前的营长，霹雳军团的现任基地司令李弘是好战友，一个锅台吃饭，一个上下铺爬上爬下的哥们儿，红过脸、打过架。想想如今自己的战友都是将军了，孙志平有点儿羡慕，但不嫉妒。自己当兵那一天就立志要当将军，退役的那一天，好多战友都说一颗将星陨落了，对此，孙志平只能苦苦地笑笑。如今，孙志平搞了这么大一摊子安保业务，也是因为一颗军心在悸动。

孙志平曾打电话让李弘推荐一名能力强的退役军人，李弘二话没说就推荐了董一飞。孙志平听了介绍，对董一飞的经历并不感兴趣，一个工程兵，不如特种兵听着带劲。但李弘告诉孙志平，这个董一飞很不简单，应急反应能力极强，业务相当熟练，各种比武考核从不拿第二，责任心也极强。虽说只是个士官，但综合素质比很多军官都强。李弘还说没有帮董一飞提干是自己最大的遗憾。

听李弘叨叨了半天，孙志平依旧提不起兴趣，他确实对工程兵有些偏见。直到李弘强调说董一飞是员"福将"时，孙志平突然眼睛一亮。他听说董一飞多少次大难不死，每每发生事故都会有奇迹发生，这让他感到有点儿意思，认为可以见见。本想直接联系董一飞，可不巧，"地球之眼"出了大事，孙志平不得不亲自飞去处理事情，就把这个事情耽误了。至于绰号"董飞飞"和家庭悲剧，也都是李弘告诉孙志平的，也让孙志平有些同情董一飞的不幸。

老兵职业推介中心之所以代博通公司通知董一飞，是因为博通是老兵职业推介中心的老客户，帮忙安置了很多退役军人，每每博通有需求，中心有信息，双方都会及时共享反馈。博通人力资源部每次把老兵职业推介中心推荐的人员名单提交给孙志平，孙志平都会认真筛选，挑出自己要亲自面试的人。这一天，孙志平就意外发现了董一飞的简历，突然间想起来李弘的鼎力推荐了，于是就让秘书安排来亲自面试董一飞。

董一飞入职了，试用期可免，但业务培训免不了。由于时间比较紧，培训时间只安排了五天。在接下来的五天，董一飞才明白为自己做一对一业务培训的老师都是各个行业的顶级大咖。第一天给董一飞培训的是汪栋，天弈智库负责人、首席培训教师。

汪栋培训的主要内容是"地球之眼"局势分析。毕竟要把董一飞派遣到这里，总得让董一飞明白这里的国家、民族、宗教、恐怖组织、国家间矛盾、外部势力等，也就是要知道对手是谁，朋友有谁。由于K国在这里有很多相关利益，如CU国、IR国、YM国等，因而博通的安保人员遍布"地球之眼"。这个地区一直都是火药桶，而把董一飞放在这里历练也有孙志平另一层考虑，因为从孙志平内心深处来讲，如果这个小子还行的话，孙志平会考虑重用董一飞。

一上午的课讲完了，汪栋给董一飞安排了一次测试，10道题，结果考了10分，满分100分，错了9道。

"我教了你半天，合着你都没记住？"汪栋有点儿急。

"汪老师，您别着急，这也太复杂了，你想啊，这里都折腾了几千年，老师您还指望我半天都理解啊。我又不是天才，理解一下吧。"董一飞嬉皮笑脸。

汪栋很气愤地说："你说对了，你肯定不是天才，有点儿笨，我倒是看出来了。"

董一飞尴尬地笑了笑："哦，估计去了当地，我就懂了。实践是检验真理的不二标准。"

汪栋被董一飞气乐了，说："我看你够二。但愿吧。"

汪栋觉得很无奈，就是怕对不住孙志平，这个学生是他教过最笨的，真替孙志平捏了把汗。

第二天给董一飞培训的是刘庆新教授，一名经验丰富的心理医生。

由于在海外长年工作，最可怕的不是敌人，而是各种心理疾病。孙志平还在部队时，一名战友被派驻到IR国当生活翻译，面对的是封闭式管理，结果实在是受不了了，佯装精神有病被提前送回国治疗，可后来还真就得了精神疾病。如何帮助董一飞克服心理障碍是刘庆新的首要工作。

一个在导弹工程兵部队工作10多年的老兵，心理素质还是过硬的，毕竟与死神多次打过交道，早就把生死置之度外。心理咨询的手段之一，就是要听当事人亲口讲述自己亲身经历的故事，剖析可能有心理疾病的那些触发点。

董一飞舒舒服服躺在长椅子上，刘庆新坐在旁边，还没等刘庆新开口，董一飞一口气就讲了一小时零七分。从"董飞飞"一直讲到参军入伍，再讲到结婚生子、家破人亡、钱财被骗，还有四处求职碰壁。一口水也没喝，董一飞竹筒倒豆子，全倒了出来，根本不用刘庆新循序渐进来引导。

听到动情处，董一飞没哭，刘庆新倒是潸然泪下，董一飞递着纸巾，刘庆新一边擦拭着眼泪，一边不住点头称是："不容易啊！"

"刘教授，还有纸巾吗，用完了。"

刘庆新很不好意思，又找了一盒面巾纸放在董一飞旁边，双手托着腮帮子，想继续倾听"一飞讲故事"。

这堂心理培训课圆满结束了，刘庆新给董一飞心理测试评语是："这家伙太厉害了，心理状态过硬。"

是啊,一个经历过生死、死里逃生的人,一名老兵,一个经历了家庭破碎的男人,一个经历了被诈骗得一干二净的傻瓜,还有什么困难和逆境能吓倒他、难倒他?

第三天给董一飞培训的是信息安全课程,很多内容,有网络安全、密码通信等,关键是要教董一飞如何使用密码通信,如何防范超级网络黑客等。

培训老师是华兴通信公司的女总裁——周小萌,一位很权威的通信技术专家,也是时代风云人物、女强人,A国把这个女人视为现代通信科技的最大竞争对手,甚至长期以来都在设计陷害周小萌,但最终都化险为夷了。

担心董一飞听不懂高深理论,周小萌就从最基本的通信原理讲起,希望董一飞能知其然更知其所以然,再通过大量的实践操作让董一飞熟练掌握加密通信技能,这都是必不可少的,周小萌要求董一飞在最短的时间内熟练掌握。

董一飞学习操作技能很牛,上手快,学理论和死记硬背的东西真不行,记不住。周小萌辛辛苦苦讲了大半天,问董一飞明白了吗?董一飞摇了摇头:"不懂。"周小萌不厌其烦又讲了一遍,董一飞还是摇摇头:"不太懂。"

周小萌不厌其烦讲了第三遍,董一飞点了点头,又猛然摇了摇头:"懂了,但还是不太懂。"

气得周小萌暴跳如雷,嘶喊着:"智商太低了!"本来女强人就有脾气,面对如此笨拙的学生,她真想大骂孙志平:"你招的这是啥人啊,浪费我的时间。"

董一飞只能一个劲儿赔礼,周小萌这位绝顶聪明的女人简直快被笨得出奇的董一飞气哭了:"你到底啥学历?"

"没学历。"

"孙志平玩我呢。好了,好了,你已经毕业了。""谢谢周老师。"

"别别别,别叫我老师,我可丢不起那个人,千万别说我教过你，算我求你了。""嗯，周老师。"

董一飞有点儿故意气周小萌的意思。

华兴公司实力绝不一般，国内实力超强的通信产品制造商，产品行销全球，尤其是在通信行业标准上遥遥领先于竞争对手。孙志平能请来如此大腕级别的公司总裁专门为董一飞一个人上课，而且一上就一整天，可见孙志平的面子有多大。但遗憾的是，董一飞太不争气了。

第四天和第五天就是干一件事，驾驶直升机，必备技能。

这个有点儿难，董一飞对地上跑的车，小到轿车，大到工程车无一不通，但开飞机是人生头一遭，很新鲜。

培训老师是一名转业军人，田裕民上校，之前在陆军航空兵部队驾驶武装直升机，后来到了陆航学院当教官，再后来就被孙志平重金挖了过来。博通的很多队员都是田裕民调教的，在海外执行任务，驾驶直升机是必备技能。对董一飞来讲，驾驶直升机确实有点儿难。既然没有飞行经历，董一飞只能在直升机模拟器上先训练，养成一种飞行习惯。

第一天的模拟飞行，练到董一飞眼睛发晕，手脚发麻，总算掌握了必要的驾驶技巧。

第二天要上直升机真飞了，董一飞多少有些怵。刚到机场停机位，董一飞就看到一辆军绿色越野车疾驶过来，猛然刹车，走出来的就是孙志平。

孙志平拍了拍董一飞的肩膀，说："一飞，你叫一飞，一飞冲天的意思，相信自己绝对没有问题，试试吧，别紧张，很好玩儿的！田教官也是我的老师，很棒的。"

田裕民刚想谦虚几句，就被孙志平叫到了一边，耳语了几句，就径直走到一旁看董一飞的处女航。

田裕民也胆大，不做示范，直接让董一飞坐进主驾驶位，自己一屁股就坐到了副驾驶。董一飞深深呼吸了一口气，专业地"东张西望"，看了看直升机座舱，和昨天的模拟器完全一样，这才稍稍放下心来。

等一切检查完毕,董一飞熟练地启动了发动机,巨大的轰鸣声瞬间响起。董一飞按照要求向塔台报告,请求起飞。

田裕民心里其实也很紧张,毕竟面对一个生瓜蛋子,时不时用眼睛瞄着董一飞的连贯动作,看到一切操作都很正常,心里稍稍踏实了。

直升机缓缓飞了起来,有些抖动,董一飞的双手在抖动,人生第一次把这么大的机器飞了起来,内心抑制不住兴奋。等直升机飞了起来,董一飞吐了口气,田裕民更是长长舒了口气。

在地面看着直升机起飞的孙志平也彻底松了口气:"这小子还真行,学技能还真快!"

孙志平随后驱车离开了,他是开飞机的老手,固定翼和直升机都没问题,知道直升机起飞比较难,降落要安全许多。现在他可以放心离去了,毕竟教官在旁边坐着。

一个小时后,直升机返航了,缓缓降落在停机位,比起飞时平稳了许多。看来驾驶直升机还是个心理活儿,心理稳定了,直升机也就开好了。

走下直升机,董一飞想立即跑过去让孙志平夸自己一番,但没看到孙志平,多少有点儿失望。人都有虚荣心,无论时代和科技怎么进步,人性都不会变。

"你小子,还需要继续训练,太嫩了,这就是个开头,驾驶直升机不能只是四平八稳,要有各种机动动作。"

田裕民担心董一飞骄傲,用力拍了拍董一飞的肩膀,就是要及时制止董一飞微微膨胀的虚荣心。

董一飞连连点头称是:"谢谢教官,谢谢田大哥。我会继续努力的!"

实在太兴奋了,董一飞会开飞机了,这辈子都不敢想的事情竟然在两天就做到了。

飞行课程很快就结束了,董一飞反复十几个来回,越飞越上瘾,

89

飞行太有意思了，要不然自己怎么叫"一飞"，爹妈早就知道自己要飞，有先见之明。

最后，董一飞哀求田裕民让自己再多飞几次，但被田教官赶下了直升机。田裕民给董一飞的结业评语是："悟性还行，动手能力不错，可以毕业。"

董一飞终于可以毕业了。

就在这个周末，孙志平把四位老师都请到家里，把酒言欢。孙志平十分谨慎，几乎不请外人来家里，这次请客完全在极小范围，一是感谢师恩，二是庆祝董一飞毕业。博通培训毕业后不发证书，但比什么大学和机构证书都更有含金量。

席间，董一飞酒量惊人，每每和老师敬酒时都先干为敬，每次都是满满一玻璃杯，对各位老师也十分客气："您随意，您随意，我干了。"

这几位老师不仅业务权威，喝酒也权威，一仰脖也干了，"随意"是骂人的话。在这四位老师心里，对这位学生的感觉是五味杂陈，无所谓好坏了。

"利用你过硬的心理素质，你就可以战胜任何对手！"刘庆新不忘在碰杯时啰唆几句。董一飞很自信地点点头，这还是有点儿底气。

"我只强调一点，注意保密，保密就是生命！切记！切记！"周小萌很不放心，感觉董一飞压根儿一知半解，基础实在太差，还比较粗心，这可是一个人的大忌。

董一飞不好意思地点点头，实在对不住这位大美女老师，一杯酒下肚算是赔罪。

"学会处理宗教和民族问题，千万不要四处树敌，敌人的敌人就是朋友，要懂得统战思维。老外不叫统战，叫结盟，要学会找朋友，不能只靠单打独斗。"汪栋也不住地提醒董一飞，"千万不要搞混了宗教和民族，千万千万。"

董一飞又不好意思，用力点点头，实在对不住这位男老师，又一杯酒下肚，算是赔罪。

"一飞，飞行是一门技能，你有机会要多练习，关键时刻这门技能可帮你逃跑，保住小命，生命是无价的，要学会利用身边的一切工具来逃命，保存实力！"

"老师，您放心，我最会跑了，没事，我小时候的绰号就是'董飞飞'。"

董一飞感觉说秃噜嘴了，赶紧捂住嘴，解释道："我的意思是紧急避险，三十六计走为上。"田教官干笑了几声，也不放心。说实在的，他刚开始听说要教一个工程兵还多少有点不情愿，但见到董一飞后却喜欢上了这个年轻人，这就是缘分。

整个宴会上，孙志平做东，但不怎么说话，只是让董一飞多敬酒给四位老师，孙志平心事重重。

这四位老师也纷纷来给孙志平敬酒，孙志平来者不拒，全干了。

董一飞明显能感到，这几个人喝酒没太多的话，也不会说什么豪言壮语，一举杯、一仰头，酒干了，所有的友谊都在酒杯里，很实在，很干脆。

天下没有不散的筵席，曲终人散，各回各家了。

孙志平把董一飞留了下来。房间很大，两个人面对面坐在沙发上，孙志平思量了良久，考虑要不要把和董一飞营长这层关系说破，但沉默很久还是把话咽了回去，让董一飞自己悟吧。

孙志平只是通报一件事，叮嘱了两件事，又讲了一个道理。

通报的事就是，凡是博通高管都会分一套京城的大房子，明天可以去看看，装修收拾好的，拎包入住，这是博通高管的福利。董一飞知道自己有家了，脑袋里第一个想法就是赶紧把老父亲接过来住。

孙志平还叮嘱了两件事：一件事就是下周一就要去CU国了，那里很乱，人身安全是第一位，只要人活着就好，其他都不重要。生意没有了可以再来，尽量维护博通的声誉。另一件事就是简要介绍了"地球之眼"另两位老总，董一飞的合作伙伴、战友，齐天全和梁栋二人都是转业军人，人都很仗义，都是兄弟，三人要互相照应。

聊家常时，孙志平希望董一飞尽快成个家，可帮助物色一个好姑娘，这是大事，成家才能立业。从骨子里可以看出，孙志平还是比较保守和传统。

"孙董，您的秘书结婚了吗？"

一句话把孙志平噎了半天，孙志平不想回答这个傻问题。"一飞，凡事都要讲究个游戏规则，你懂吗？游戏规则！这就是道，也是行规！"

"孙总，您说，我听着！"董一飞心里发怵，知道说错话了，也是！真蠢！那个秘书肯定是老大的女人，真不懂规矩，老大的女人也敢惦记，这不就开始教育自己不懂规矩了。

"盗亦有道，做任何事情都要有规矩，坏了规矩就要受到惩罚，这个规矩就是游戏规则。只要在游戏规则里办事就得道多助，谁坏了规矩，无论是黑道白道都不会容他。"

"哦，我不敢了，以后多学习规矩，会懂规矩的，您放心。我会多向前辈学习的。"

"啥不敢了？没有什么前辈后辈，都是同事、战友、朋友，都是同道中人，但只有做到懂规矩才能让人尊重，博通的今天不仅是靠实力打下来的，更是参与制定和尊重游戏规则，所以在同行中才能有今天的地位。懂吗？来之不易！"

"明白了！我会注意的。"

董一飞陷入了沉思，自己太不懂规则了，还敢和老大抢女人，是自己坏了规矩，以后老大身边的女人绝不敢惦记，只要是孙志平让自己做的就是对的，这就是游戏规则。

"在游戏规则下，你会有很多朋友，一旦你破坏了游戏规则，你会发现处处树敌！毕竟一个敢破坏游戏规则的人，要么就是有足够实力来改变现有游戏规则，另立一套新规则；要么就是不知天高地厚，这是找死的节奏。"

孙志平最后加重了语气，把董一飞吓了一大跳，急忙澄清："孙董，我错了，我不敢了。"孙志平很奇怪，问："你怎么了，哪里错了？"

"我大错特错了,我再也不敢惦记老大您的女人了,我再也不提您的秘书了。我知道规矩了,我错了。"

"你说啥呢?我给你讲做事的道理,你给我讲女人,我什么时候讲我的秘书了,你脑袋里都在想什么呢?看来你真需要赶紧结婚了。你看上了我的秘书,我就给你引荐。她可不是我的女人。你呀,我说的是工作,你想的是女人。你呀,你呀,一飞,你让我说你什么好呢!"

孙志平用力指了指满脸通红的董一飞。

董一飞脑袋摇得像拨浪鼓一样,说:"我没有看上你的秘书,不敢,我喜欢的是万女士。"语无伦次,不知所云,董一飞就是想摆脱眼前的尴尬。

## 12. 江湖规矩

记住该记住的，忘记该忘记的。改变能改变的，接受不能改变的，接受不得不接受的。

董一飞很快就飞到了CU国，这里局势比较紧张、敏感。

孙志平上次突然赶到CU国就是因为博通的安保团队被不明武装袭击，弟兄们损失惨重，副总经理丁大宏被抓后斩首并弃尸荒漠。丁大宏被抓前留下的唯一线索就是密码电文"有人要寻仇"，但不知道是谁想寻仇，孙志平就是希望董一飞能尽快帮助找到线索，抓住真凶，替丁大宏和弟兄们报仇。

孙志平的电话响了，是张军打来的电话，通知去凌霄军团总部开会。张军是凌霄军团总部一名上校军官，情报处处长。由于博通公司和凌霄军团合作比较多，只要不涉及核心机密的会议，凌霄军团都会通知孙志平一起协商。孙志平是凌霄军团的编外顾问，也是因为祁奕雄的缘故。

这次会议是要听一位老院士的讲座。吕超凡，航天专家，绝对的权威人士，凌霄军团技术顾问、科学院院士、国际宇航联合会副主席。

吕超凡院士讲座主题是"已经颠覆的游戏规则和即将到来的战争"。两个多小时，吕超凡老爷子重点讲了三个问题。

一是国际制度和秩序已经被A国彻底颠覆了。如彻底退出《外太空条约》和《月球公约》等,这种严重改变国际秩序的事情在接连发生,国际局势在持续升温升级,天下越来越不太平了。

二是经过持续观察,A国在这段时间不断发射新的太空航天器,试验新型航天系统,包括天基激光武器,K国空间站已清晰观察到A国全部试验过程。A国太空战斗机和太空加油机已相继服役,可以无限次机动变轨到其他国家航天器附近。有几次就极具挑衅性地在K国空间站附近抵近侦察,然后迅速飞离。A国天基母舰已服役,这种太空船可同时携带六架太空战斗机,具备极强杀伤力。此外,A国还在抓紧试验新型太空武器,"人造陨石""太空魔杖""太空魔法"等。这些新太空优势会让A国提前对包括K国在内的对手国家挑衅发难。

三是近期发现了一些十分奇怪的现象,K国的很多颗卫星偶尔会被莫名劫持。如通信卫星信道被控制,导航卫星无法正常工作,气象卫星短暂失联,等等。经过技术分析发现这并非A国所为,因为并没有发现A国有指向性的电磁干扰信号攻击。但过一段时间就一切又恢复正常。

听完了吕老爷子的讲座,在座每个人都陷入沉思。

凌霄军团副参谋长郝利新中将主持这次座谈会,郝利新轻咳了一声,打破了沉寂,说:"吕院士的讲座,大家都听清楚了吧。现在形势比我们想象中还要严峻,一是A国不断强化太空攻防能力建设,已对我们构成十分严重的威胁。首长的意见是,我们要抓紧时间研究对策。二是我们的系统竟然出现了不明干扰,多个天基系统暂时瘫痪不能使用。同志们,这对我们军队来讲是致命威胁,必须尽快查清,尽快处理好这个问题,绝不能掉以轻心,打仗容不得半点儿意外。"

"是啊,我们也感到意外,我们的天基系统,从元器件到各个系统,都进行了极强加固处理,同时我们也都对A国的干扰手段做了充分的技术防范,但还是存在这么大的隐患。这完全超出了我们的能力,对此我们也十分焦虑,必须立即向首长汇报,希望能尽快拿出切实可行的解决方案。"吕院士很着急,语气很急切。

接下来又陷入一片沉寂,谁也不说话,这话也没法儿说。

"同志们，大家要深刻认识到问题的严重性，一是A国已彻底打破了既有的游戏规则，不再按过去那一套玩了。二是对手的实力越来越强大，对我们的威胁越来越大，我担心如果真到了战时，我们兄弟友军的火力系统是否能发挥效能，这都是大问题。我们肩负着打造和维护全军数据链工作，可我们的系统都瘫痪了，还有什么数据链可用。好吧，既然大家不说，我就点将。"

郝利新环顾四周，看了一眼张军："情报部门，你们谈谈看法。张处长，你来说。"

代表情报部门发言的就是张军，张军沉默了几秒，说："这件事，我们情报部门已经跟踪很久，A国实力进步之快超出了我们的想象。另外，我们系统出现的问题，到目前为止还没有一个明确的结论，希望首长能再给我们一点儿时间！"

啪的一声，郝利新的巴掌拍在桌上，怒道："我给你时间，谁给我时间！出这么大的娄子，谁也担不起责任，我只想说一句，如果今晚，不，如果此刻就打仗，此时此刻，我们能应对得了，还是只能坐以待毙？"

张军哑口无言，满脸通红。会议室又鸦雀无声了，谁也不敢说话。

这时，会议室门推开了，进来一个人，会议室内的人纷纷起身，来的人三步并作两步走到吕院士跟前，握手打招呼，吕院士想起身，被来人按住了："您老请坐，快，您老不要客气。"

来人正是祁奕雄上将、凌霄军团参谋长。祁奕雄转向众人说道："大家都请坐吧。"

祁奕雄在吕院士旁边落座，表情十分严肃，沉默了几秒："同志们，我刚从首长那里回来，耽误了点儿时间，抱歉。现在的问题很严重，形势很紧迫，A国已经制订了针对我们的军事打击计划，消息绝对可靠，首长让我们不要掉以轻心。A国首要作战计划就是要彻底瘫痪我们的天基系统，一个不剩，记住，是一个也不剩。"

"参谋长，我们正在讨论这个问题，确实有些棘手，现在大家都在想办法。相信会有办法的,您别着急……"郝利新赶紧插话解释。

祁奕雄没等郝利新说完就转向孙志平,问道:"小孙啊,你怎么看这个问题,我想听听你的看法。"

孙志平参加这类会议很多了,但基本上都是听得多,说得少,毕竟自己是客,顾问只有被"顾"上了才能说,听到祁奕雄点将,也就不能再沉默了。

"首长好,吕院士好,各位好!今天开这个会,我个人学习到了很多,心情也很复杂。我觉得这是好事,A国努力逼着我们快速发展进步,遇到新问题就是遇到了新机会。我看能不能这么考虑。一是A国的太空系统是很先进,这不新鲜,大可不必过度紧张,但他们的系统也必然存在漏洞,比如他们的数据链安全也是短板。虽然我们的天基系统稍弱于A国,但我们的地基系统同样能发挥作用,你能做初一,我就可以做十五,这一点相信咱们凌霄军团会有足够的手段应对。二是关于我方系统被不明信号干扰,能否给我几天时间,我想看看资料,再调查一下,给我五天时间,我会尽快给各位领导一个结论。"

"好,小孙,你可以直接向郝副参谋长汇报,注意保密工作,也要注意人身安全!"

"我明白,首长!"

"好,散会吧,小孙你留一下,我有几句话和你说!"

会议结束了,郝利新送吕超凡院士,祁奕雄和孙志平二人单独在会议室聊了几句,孙志平快步离开了凌霄军团总部。

孙志平回到博通立即召开专题会议。与会者是博通公司与信息安全相关的部门。博通信息安全部门的总负责人是博通公司副总经理马明宇,这个核心部门下设三个相互独立的核心部门:信息部、安全保障部、数据分析部。

孙志平小范围开会,只是把各部门负责人召集过来,也是为做到最大限度保密。孙志平简要介绍了我方卫星体系遭到不明信号干扰,希望利用博通的渠道获取相关信息,并针对这些信息尽快做分析判断，要求期限72小时，具体就由马明宇牵头负责，务必高效完成。

信息安全部门的一把手马明宇绝对是一流技术人才，两个名牌大学双博士学位，毕业后自愿到部队工作，分到了霹雳军团，负责信息搜集和数据分析工作。

马明宇的专业是应用数学，这个看似冷门的专业为马明宇奠定了坚实的信息和情报分析基础。信息搜集的关键是建立不同技术的手段和渠道，信息和情报分析的关键就是利用应用数学理论来建构快速准确的大数据分析模型，便于快速分析处理海量信息数据，并从中快速筛选有价值的信息，这些有用的结果就是情报。

马明宇在部队干了10多年，业务能力很强，离开部队也有难言之隐。他业务能力太强，部门领导完全离不开他，这虽是好事，但也限制了马明宇的发展，几次有机会"高升"，都被部门领导以耽误重点工作为由拒绝了。面对原地踏步的残酷现实，马明宇无心继续待在部队了，多次要求退役，结果闹得很不愉快。等离开部队的那一年，马明宇已被耗尽了心血，一身疲惫地离开了。孙志平虽不认识过去同属霹雳军团的马明宇，但早就听说了马明宇的"光辉事迹"，有好有坏。当听说马明宇在"闹退役"，孙志平就开始打马明宇的主意了。孙志平这个人太讲原则，只要马明宇还没有被批准离开部队，孙志平不会主动接触马明宇，毕竟对部队的感情很深，希望霹雳军团人才济济，保持战斗力。孙志平紧盯着马明宇，打算一听到马明宇退役的消息，就第一时间主动"三顾宿舍"，恳请马明宇加盟博通。

但孙志平不打扰马明宇，不等于其他公司不骚扰。在马明宇提出转业被打入"冷宫"期间，就与不少单位谈了退役后的去向，其中就有大名鼎鼎的华兴通信公司。华兴早就提出来重金聘请这位大咖。为表示充分尊重人才，华兴与马明宇沟通谈判的人，就是董一飞的授业恩师周小萌，华兴公司总裁。为了招聘一个人而由公司总裁亲自来面试，这在华兴公司历史上只有两次，第一次是为了招聘一位来自兵器公司的人，名叫张勇，张勇自然成了华兴公司绝对的骨干力量。第二次就是这个马明宇，周小萌势在必得，自己出马再搞不定岂不很没面子？再说了，华兴迫切需要像马明宇这类的尖子人才，"大材不能小用"是华兴的用人原则，但让周小萌郁闷的是，自己希望高薪聘请的人竟然被名不见经传的博通公司直接挖走了，不可思议。

当听到这个"噩耗"后，周小萌勃然大怒，立即吩咐下属："帮我查一下博通究竟是个什么公司，老总是谁。"周小萌本就很霸气，但这次主要是怒火中烧。

"好的，周总，我马上办。"华兴人力资源的黄总监不敢怠慢，知道周总的脾气大。

半个小时后，黄总监"小步快跑"到总裁办公室，拿着孙志平的简历，说："周总，您看看，这个孙志平也不简单。"

接过材料，周小萌仔细品着，不自觉自言自语："退伍军人，下海经商。"

"你能不能帮我约一下这个孙志平，我倒想看看这个人究竟有什么能耐。"

"好，我这就去联系。"

黄总监刚要走，就又被周小萌叫住了："等一下，你去忙吧，我自己约吧。"

黄总监忽然觉察到周小萌一下子缺少了昔日的霸气，就像皮球一样，虽然没泄气，但有一点点漏气，不再那么强硬了。这着实让黄总监第一次看到了周小萌作为职业女性的不同之处。

周小萌对着办公桌旁边的梳妆镜照了照，迟疑了一下，想想怎么介绍自己，才拿起电话，拨通了孙志平的电话。很长时间都没有人接，正在周小萌准备挂掉电话时，电话接通了，但只有声音，没有图像，周小萌想看一看孙志平的想法破灭了。

"你好，请问你是哪位？"

周小萌有点儿紧张，如此大的一个通信公司的老板打电话竟然也会紧张，连她自己都觉得有些莫名其妙。"啊，哦，您好，请问是孙志平，孙总吗？"

"对，我是孙志平。您是哪位？"孙志平听出来是一位女士。

"我是华兴通信公司的周小萌。"担心孙志平不知道自己的身份,周小萌继续补充,"我是华兴通信公司的总裁,叫周小萌。"

"您好,周总,您好,很抱歉,失敬了。"孙志平再孤陋寡闻也知道华兴的大名。

"您客气了,孙总。您看今天有空吗?我想约您喝个茶……"周小萌一点儿也不客气,开门见山。

"周总,太抱歉了,我正在CU国首都,不在京城。您有什么事情吗?"

周小萌稍迟疑了一下,有点儿小失望:"还是见面说吧,等您回来,大概何时回来呢?"

"目前预计本周末回京城,届时咱们再约吧,周总,您看呢?"孙志平充满了歉意。

"那好,周末再联系您。您在外多保重身体。"周小萌冷不丁说这么一嘴,连自己都觉得肉麻,初次电话就显得弱势了。

孙志平也是一惊,有点不自在,回应说:"谢谢周总关心,您也多保重。"

此时,二人有点儿神交已久的莫名感觉,彼此问候完就挂了电话,但都在想对方是什么样的人。周小萌从黄总监提交的资料里看过孙志平的照片,一般人,但很有军人气质。

挂掉电话,孙志平立即搜索"周小萌",很快就看到了周小萌的靓照。非常有气质,一派"霸气总裁"的感觉。看着照片,孙志平微微笑了笑,莫名想起"桃园结义"典故,也不知道为什么会想到这个成语,就是脑袋里突然冒出来的念头。

## 13. 霸气总裁

**依靠情感，我们就只是我们自己；依靠智慧，我们可以成为朋友。**

周小萌感觉自己像变了一个人，天天掰着指头数，度日如年，好不容易熬到星期五。

周小萌太强势了，或许就是因为这一点，周小萌离婚了，带着孩子。在周小萌这个极为成功的女人眼里，男人接近自己无非是图钱。至于色，自己还是有点儿，但面对钱，谁还图色呢？这也是周小萌不愿正眼看男人的主要原因。她不想再把自己轻易嫁出去，宁缺毋滥，一个人过没啥不好，这一点倒和孙志平比较像。

这天，周小萌迫不及待地又拨通了电话，依旧是响铃了半天，孙志平才接通了电话。

"您好，孙总，我是周小萌。"

周小萌依旧自报家门，希望孙志平不会不知道自己是谁，否则自己真的颜面无存。

对方传来急促的声音，大喘着气，很匆忙回应道："周总好。你好。"

孙志平一句"周总"，本来让周小萌心里暖乎乎的，但又感觉这个孙志平不知道正在忙啥呢，声音很急促。

"孙总，您在忙？不方便？"周小萌有种说不出的滋味，女人的直觉,感觉孙志平旁边肯定有个女人。

"没有,方便,您说。"孙志平依旧是气喘吁吁。

"哦,那今晚可以见面吗?孙总。我请您吃饭。您想吃啥?"周小萌迫不及待。

孙志平觉得这个"素未谋面"的女人真不拿自己当外人:"周总,我还没回来。可能你也看到新闻了,FL国出事了,我昨天就赶到了FL国,现在正在处理这边的事情,很紧急。实在很抱歉。"周小萌知道FL国前几天出现了大量K国人和R国人的绑架案,国际影响极大,但没想到这个事竟然与孙志平有关。既然这么说了,周小萌不理解也要理解了,同时心里踏实了很多,气喘吁吁与女人无关,女人的直觉未必都是准的,只是疑心太重。

"你在FL国哪个省呢?孙总。"

"我在马京省,这里的极端恐怖分子很猖獗。"

"注意安全,需要我提供什么帮助吗?"周小萌显得很关切。

"谢谢,不需要了,我们正在协商解救人质,放心吧。"

看来前方局势很紧张,孙志平语气很急促,二人很快就挂了电话。

周小萌赶紧打开了融媒体电视看现场直播。恐怖分子扬言要杀掉全部人质。周小萌万分纠结,说不出是什么滋味,也不知道是担心人质的安危,还是担心孙志平的安危。

很快,人质危机顺利解决了,K国人质无一伤亡,倒是R国人质死伤不少。看到新闻里的孙志平正在接受媒体联合采访,知道孙志平安然无恙,周小萌长长松了口气。

时间一晃又过了一周,到了星期五,周小萌考虑是否打电话给孙志平,结果没想到孙志平的电话打来了。这个孙志平还算有点儿良心,像个男人,不然自己再打也太没面子了。

"孙总好,你回国了吗?"周小萌依旧开门见山,不回来说啥都没用。

"昨晚深夜才回来,白天处理了一天公司的业务,现在可以下班了，还是我来请周总吃顿饭吧。周总，你选地方吧。"

"我对吃的没啥讲究，你来选吧。看你方便。"

"我记得周总是川渝人，估计想吃点儿麻辣的吧，那我们就吃火锅吧，接地气。您不会介意吧。"

有点儿小感动，孙志平知道自己的家乡，周小萌说："对，我是达康人，你们秦安人也能吃辣？"

"必须能吃啊，你知道秦安的油泼辣子夹馍，很香、很辣的，尤其是刚出锅的热馒头夹上油泼辣子简直香极了。吃过吗？"

孙志平说得快流口水了，隔着电话周小萌也能感觉出来。最让周小萌开心的是与孙志平说话很舒服，很惬意，少有地痛快。

"有一家地道的川渝火锅，我忘记叫什么了，就在北环中路附近。"

"是重渝火锅吧。我是那里的常客。"

"对对对，就是这个，去晚了要排位的。"

"不用，老板是我朋友，我来订位。"

就算科技再发达，人类再进步，饮食文化也不会变，火就很火。可霸气总裁不一样，虽然只是一点儿小事，依然霸气外露。

一个小时后，孙志平在重渝火锅包间里看到了久候的周小萌。

周小萌一看就是挺霸气的女强人，1.70米的个头儿，圆圆的脸庞，头发很短，身体纤细，显得很干练。

两个人握手后落座。周小萌倒一点儿也不见外，感觉像老友重逢般："我都点好了，你看看菜单吧。还想点些啥？"

"实在抱歉，我来晚了。点好了就行，我不挑，我很怕点菜，你点好了就好。"孙志平一点儿也不客气，"有干豆皮吗？"

"不是不挑嘛。"周小萌问服务员，"有吗？"

"有，不知道你要的是哪一种。"服务员指着餐牌上的豆皮。

"各拿一盘吧，我就好这一口。"孙志平说。

周小萌笑道："你呀，还挺有意思。还有啥讲究？"

"我好养活，不吃香菜，不吃榴莲，不爱吃海鲜，凡是贵的都不吃，你呢？周总。"

"我？我不挑食，啥都吃。你还真难伺候。"

"我还难伺候？很好打发，一碗面条足矣。你吃过秦安的油泼面吗？好吃，我会做，改天请你吃。我做得比较地道。"

"好啊，期待了。咱先吃火锅吧。我都饿了。你想要什么锅底？"

"鸳鸯吧。"孙志平不假思索。

"你真土，川渝火锅没有鸳鸯锅，只有九宫格。"

"你懂什么是入乡随俗吗？这里不是川渝，这是京城。服务员，有鸳鸯锅吗？"

"有的，先生。上吗？"

"上吧。"

第一回合的较量，周小萌败下阵来，吃了这么多次竟然不知道这里有鸳鸯锅，自己才是老土，很丢人。没面子就没面子吧，周小萌太饿了，其实也不是饿，是馋了，等红锅一咕嘟，二人就立即开吃，周小萌连正事都顾不上问了。

不愧是川渝人，周小萌对火锅情有独钟，红红辣汤，毫无畏惧。看得孙志平直咂巴嘴，越吃越辣，孙志平干脆只吃清汤的那半锅，无限感慨基因的地域差异。

菜吃了不少，酒就一瓶啤酒，二人分享，感觉不是第一次见面，是老友重逢。

酒过一瓶，菜过十道，霸气总裁终于抬起头来，看着依旧细嚼慢咽的孙志平，问道："孙总，你在部队吃饭也这么慢？"

"肯定不是啊，那时就是吃太快了，落下病了，胃不太舒服，再说了今天的火锅忒辣，我也快不了啊，我哪能和你们川渝人比呢。周总。"

"也是，秦安人吃辣也就一般般了。"

"嗯，肯定和你们没法比。"

"孙总，我约你来是有事找你，我都忘记了。"

言归正传，周小萌想起不是请孙志平吃饭来的，但差点儿忘得一干二净。

"周大老板，有啥事，您说。"孙志平诡异地笑了笑。

周小萌刚刚开心的笑容忽然间没有了，收敛了起来："孙总，你真不地道。"

这一句质问还真把孙志平说蒙了，忙问："啊，我咋不地道了？"

"你为什么把马明宇抢走了。我挖了很久了，你说你们博通是不是不地道？"周小萌带着一股兴师问罪的气。

"你说马明宇啊，我关注他很久了，要说认识，我可比你认识早多了。虽然我们挖得晚，但不是不想挖，是不能挖部队的墙脚，这点儿道理你不会不懂吧。军队是什么地方，又不是人才交流中心，想走就走，肯定不行。所以你挖得早，本身就不地道吧。"孙志平也不留情面，但满脸堆笑，嬉皮笑脸。

"你骂人！"

"我没有骂你啊！"

"你说我不地道，就是骂人。"

"我的姑奶奶，你先说我不地道，只能你说，我就不能套用啊。"

"我不管。"周小萌开始耍赖了。

"行行行，我不说了，你地道，行了吧。"

"你给马明宇多少钱就把他抢走了，你说说，我想听听。"

周小萌很不服气，谁能比华兴的工资高？

孙志平沉思了一会儿："这个能说吗？不合适吧。我们的工资都是背靠背，严格保密的。"孙志平本想婉拒这个无礼要求。

但周小萌哪肯放过孙志平，逼问孙志平："我们交换信息，仅限于你我之间。我给马明宇定的岗位是人工智能技术开发部总监，年薪是80万元，二级经理。你呢？快说，快说。"

周小萌非要比一比，看究竟输在哪里。孙志平犹豫了许久：

105

"我……我……"

"别磨叽了,快说。"周小萌不耐烦了。

"我给马明宇定的岗位是博通副总经理,负责管理公司信息安全部门,年薪40万。"孙志平到底还是磨不过这位女士,坦白说了出来。

周小萌扑哧笑了出来,带有嘲讽的口吻:"副总经理,还统管信息安全部门,这么重要的岗位才40万。你不觉得少了点儿?我觉得马明宇脑子里有水,要么就是之前脑袋被驴踢过,竟然连这么简单的加减乘除都不会做。"

孙志平看了一眼这个霸道女人,不紧不慢回答道:"哦,我忘了说,是金元。博通是国际化公司,主要用金元结算。"

周小萌顿时脸色突变,一脸煞白道:"金元?"

突然,周小萌发现自己才是被驴踢过的那个人,自取其辱,很丢人。

"对啊,博通都是按照金元定薪资,我们的业务大多是海外客户,用金元结算,国内用K元结算。"孙志平轻描淡写地解释。

霸气总裁顿时变成了泄气总裁,说话也有气无力了。

孙志平看着神情恍惚的周小萌,用手在她面前晃了晃,打断了周小萌的万千思绪,问道:"咋啦?不高兴了?我的周大老板。"

"哦,没有,也许你是对的,我以为华兴已经很重视人才了,没想到博通比我们更牛。对了,孙总,博通现在有多少人?"

"我们才成立几年,目前还在起步阶段,只有1000多人,而且绝大多数都在海外执行安保任务。前段时间就在FL国执行人质解救任务了,你也知道了。"

"你们在京城的办公总部在哪里?是自己的楼?"

"不是,我们租的厂房,不大,只有2000多平方米,总部的人也不多,我们希望能越做越大。当然也希望能得到周总您的支持,华兴公司谁人不知,财大气粗。"

"我也想与博通合作,你看我们能否做个交易。"

"你说。"孙志平知道周小萌本质是个商人，无利不起早。

"能不能让马明宇两边跑，既服务于博通，还服务于华兴，一举两得，我们确实需要这个人。"

"不行，绝对不行。"孙志平一脸严肃，没有商量的余地，"安保工作人命关天，全身心工作都未必做得好，兼职、不专心更是做不好。安保工作的核心就是做好情报工作，马明宇就是要做这个核心业务。我相信你懂这个道理。"

"我懂，理解。"碰了一鼻子灰，但周小萌并不怪孙志平，反而更加钦佩眼前这个初次见面的男人，有些事情绝不能和稀泥，更不能没有原则地包容。

为了彼此有个台阶下，孙志平还得照顾周小萌的面子："你看这么办吧，一个季度，马明宇可以去你们那里交流一次，帮你们做个临时顾问，但你们不能给他安排多余的工作，仅限于会上做些学术交流。再有就是，你们不能给他发任何费用，红包也不行，纯粹帮忙，否则性质就变了。"

"好，我同意。"

说实在的，周小萌很感激孙志平，很大气，一看就是做大事的人。

"孙总，你需要华兴帮博通做点儿什么？尽管说。只要我能做主，我一定答应你。"

"周总，我知道你们的信息技术很牛，全球顶级的通信设备研发制造商。我有两个需求，希望与华兴合作，我们可以付费定制。"

"你说，我听听。"周小萌很愿意与孙志平合作。

"第一个需求很简单，博通有大量安保人员需要做保密通信培训，尤其是骨干成员的培训，希望华兴可以委派培训老师来帮我们，提高这些人的业务能力。博通付费。"

"这个很简单，我答应你，免费提供培训，骨干安保人员，我们会提供一对一培训。""一对一？谁来培训？"孙志平很惊诧。

"我自己啊，我就是培训老师。你要是接受培训，我可以直接对你培训。"

"谢啦,我就不用了。第二个需求有难度。博通有作战任务需求,因此华兴可否帮我们研制一套全景虚拟兵棋推演系统,让我们平时在军事行动前可以真实预演一下,减少人员伤亡。这次在FL国的反恐解救人质行动中,虽然表现还不错,但我们的弟兄还是有受伤的,如果能提前做兵棋推演,相信行动效果会更好。这个项目可能稍微难点儿,博通愿定制这套系统,周总,我来提供具体需求,你们可以先拿个方案来讨论。"

"你还真找对人了。这个不难,我们公司做过应急、海警、消防、军队等单位的推演系统,有丰富的项目经验。你尽快给我们博通的个性化需求,我让开发部门尽快拿出可行的方案。"

"谢谢,太谢谢了。"

孙志平端起小半杯啤酒碰了一下周小萌的酒杯,一仰脖,干了:"先干为敬。"两笔生意就在饭桌上谈成了,互利双赢,两大公司"一把手"见面决策神速。

小半杯酒下肚,周小萌感到脸发烫,很不应该,周小萌酒量不小,怎么可能会这样。周小萌忽然意识到这次喝酒完全不同以往,是一个女人和一个男人在喝酒,自己不是老板,孙志平也不是客户。初次与孙志平喝酒就让周小萌认识到自己原来是一个女人,而不是一个女强人。

谈完了正事,孙志平不知道该说啥了,男人的无趣就在于此,也不知道起个什么话题,更不会主动来讨好女人。

还是周小萌打破了尴尬,也是因为想多了解一下眼前这个男人。

"大英雄,你说说这次FL国的见闻吧。"周小萌十分好奇"男人的世界",在周小萌看来,那些没有打过仗、扛过枪的都不是真男人,所以这辈子最佩服的就是军人。

周小萌原本希望嫁给一个军人,但阴错阳差嫁给了一个"门当户对"的商人,共同语言倒是不少,中心就是围绕如何挣钱。但执拗的周小萌觉得很乏味,除了钱就啥都没有了。可周小萌忘记了一点,只有在有钱人的世界里，钱才不重要，是数字、是废纸，可以找寻钱以外的浪漫和任性。但更多没有钱的人只能为了钱去拼命，甚至拼掉了性命，这就是人与人的不同。很多为钱奔波的人很清楚一点，有了足够多的钱，家庭矛盾就都没有了，这就是穷人不同于富人的宿命。这一点无论科技和文明多么进步，都是难以改变的事实。

还没等孙志平说什么，周小萌就把自己生活的困惑全都倒了出来，毫无保留，有一种诉苦的酣畅淋漓，全然不顾孙志平想不想听，以一种"填鸭"的方式把眼前这只"鸭子"喂得饱饱的。

孙志平只能点头或"嗯嗯"配合着周小萌的"快意恩仇"，时不时还要爆发出一声"真的啊"来迎合周小萌的紧张气氛。一个在讲，一个在演，颇像一场不太协调的双簧。

突然，周小萌闭嘴了，恶狠狠瞪着孙志平，原来不争气的孙志平抑制不住打了一个哈欠，让周小萌出离愤怒。

太不礼貌了，女士兴高采烈说得口干舌燥，结果男人却昏昏欲睡，你这个家伙什么人啊。周小萌真想发作，但忍住了，告诫自己："我是淑女，很贤淑的女人，忍一忍海阔天空。"

孙志平知道失礼了，赶紧端起茶壶给周小萌倒茶，希望缓和、遮掩一下尴尬。

周小萌没有发作也着实让孙志平感到意外，还没等孙志平开口，就看见周小萌双臂架在桌子上托着腮帮子盯着孙志平："我想听你的故事，FL国那些男人的故事。"

终于轮到孙志平了，一下子来电了，调情的话不会说，但要说自己的"丰功伟绩"，估计是个男人都会添油加醋，吹得天花乱坠，好让女人知道自己有多牛，自己多么英雄，老子天下第一。每个男人心里都有一个英雄梦，每一个女人心里都有一个崇拜英雄的少女梦。

孙志平也不例外，一通激昂慷慨、评书般的解说，说得周小萌心里怦怦直跳，时不时配上夸张的表情来配合孙志平的评书。

终于说完了，孙志平俨然把自我打造成了漫威电影里的"超级英雄"，虽不敢说拯救了地球，但拯救了FL国这样的大话还是敢说的。

"FL国总统接见你了吗？"周小萌冷不丁冒出这么一句话，让孙志平更有了狂傲吹牛炫耀的机会。"嗯，我很忙，总统等了半天才见到我，还给我授勋了。本来他想陪我吃顿饭，可我为了早点儿回来见你，没答应他。"

"你真行！"周小萌说这话不知道是在夸，还是在讽刺，反正孙志平听得很刺耳，脸有点儿发烫，其实是臊得慌。

一顿饭吃了很久，孙志平开始犯困，吃多了，人很容易犯困，孙志平总想掩饰，但无奈手掌太小，遮不住打哈欠的那张嘴和流着泪的那双眼。

可周小萌越说越精神，也懒得管那么多，打开了话匣子，想了解孙志平更多，刚才说的那些天上的事情不想知道了，知道有吹牛的成分。殊不知孙志平还算真实，九分真实、一分水分，不像很多男人，九分水分，没有干货。

"孙总，说说你自己吧。"

"我？我有啥好说的？"

"个人问题。我的情况你都了解了，你的情况，我只知道简历那点儿公开的东西，不公平。"

"简历？你查我？"

"对，查你，觉得你的简历造假，所以想来看看你究竟真实与否。"

"现在呢？真实吗？"

"比百分之九十九的男人真实，可比上帝虚伪。"

"谢谢夸奖，谢谢，评价很高了。我和上帝相比还是有很大差距的，这一点我很清楚。"

"你还真不要脸，啥都敢说。我可是阅人无数……"说完这句话，周小萌就后悔了，"你别想歪了。"

看到孙志平的诧异表情，周小萌知道孙志平确实想歪了，赶紧修正言辞："我说的是我接触过的人很多，可很实在的人不多，你算一个。十个男人九个吹，还有一个准备吹，你是第十一个，比较难得。"

孙志平一阵狂笑:"你还是个段子手,佩服,你想了解我啥?"

"一切,一切。"

孙志平挠了挠头,有些为难地问:"我说周大老板,你不会是看上我了吧?"

"你说对了,我是看上你了,意外吗?一'听'钟情那种。当我知道你抢走了马明宇,我就开始注意你了,是谁敢和我抢人,绝非凡人。看你简历上的照片很普通,有点儿傻了吧唧,可电话一听觉得你人还不错,见到本人也觉得还行,就是有点儿……"

"有点儿矮,有点儿黑。"

"我可没说,是你自己说的啊。"周小萌有点儿报复后的兴奋。

"那是你太高了,太白了,凡事要辩证地看,把我扔在非洲,我就是白人。再说了,军人怎么可能白白嫩嫩,除非天天待在机关里,大门不出,二门不迈,你觉得那还是军人嘛。"

"我说不过你,你自我介绍吧。"

"其实也没啥介绍的,时间长了就都知道了。"孙志平很反感为了介绍而介绍,这种事情因人而异。但碍于面子,不得不简明扼要把自己的经历描述了一遍,重点内容都略掉了。

"你觉得我怎么样?"周小萌是商业速度,耽误不起。

"很好,很棒,很有钱。你看我都见钱眼开了。"孙志平睁大小眼睛死死盯着周小萌。

"能不能不贫。严肃点儿,我这儿说正经事呢。"周小萌真想抽孙志平一巴掌。

"哦,嗯,你问吧。"孙志平收敛了嬉皮笑脸般的猥琐笑容。

"那你觉得我和你般配吗?"第一次见面,女强人就如此露骨,确实完全超出了孙志平的想象。

此时的周小萌只希望能得到孙志平的肯定答复。

孙志平抬起头死死盯着周小萌,看了半天,周小萌有些不好意思了,女人的羞涩再次展现了出来。

"不合适。"斩钉截铁,不再拖泥带水,孙志平不想迎合周小萌来和稀泥。

完全出乎周小萌的意料。"为啥?"周小萌出离了愤怒,这不是自己想要的结果,眼前这个男人竟然敢直接拒绝自己,连考虑都不考虑,不可思议。周小萌真想抽孙志平一巴掌,但还是克制住了,自己是淑女,很贤淑的女人,怎么能打人。

"为啥?道理很简单,我们在事业上是一路人,都很要强,但在感情上不是一路人,都太较真儿,也都惧怕被伤害。既然如此,为什么不做好朋友呢?"

说完这些话,孙志平控制不住,突然笑了起来,因为想起了"桃园结义"的梗,这个女人注定就是自己的"兄弟"。

这一笑可把周小萌笑蒙了:"有这么可笑吗?拒绝别人好玩儿吗?"周小萌刹那间感到自尊心受到了极大摧残,有些憎恨眼前这个自以为是的臭男人,眼睛里突然挤满了泪水,长这么大第一次被男人拒绝,滋味不好受。

孙志平赶紧改口,温柔道:"小萌,我们注定会是好朋友,我相信,这是命中注定的。"这句话让想哭的周小萌丈二"尼姑"摸不着头脑,不知从何说起。

"你老实说,你是不是就想和华兴合作,所以也不想得罪我才这么说。"孙志平的几句话也让周小萌稍稍理智了下来。

"你想多了,见面就是缘分,你我的脾气很像,但这样的男女是朋友而不是男女朋友。脾气太像了只能有矛盾,男女朋友要互补、包容。你是很棒的女人,可惜不是我的菜,我就喜欢面食,火锅不能常吃,吃多了会闹肚子的。"

"你才是火锅。"周小萌扑哧笑了出来,眼睛里含着泪花,"你这个家伙,拒绝我,还能说得这么不要脸。"

"朋友间还要什么脸,那就不是朋友了,你说对吧。服务员,再拿一瓶纯生。"

"你还喝啊?"

"嗯，庆祝一下。"孙志平给周小萌满满倒了一杯，自己也斟满。

"没啥庆祝的，庆祝啥？"

"我们是朋友了，不，是兄弟了，如同桃园结义里的那种两肋插刀的兄弟。"说完，孙志平重重地碰了一下周小萌的酒杯，一饮而尽。

"兄弟？真滑稽。"周小萌也满满干了一杯，脸不烫了，眼前这个男人已经变成了兄弟，还有啥难为情的，自己又从女人变成了女强人，再从女强人变成了男人的兄弟，满满的失落和凄凉，自己的爱情鸟还是不知所终。

"哼，我倒要看看你找的老婆是啥样，怎么和你互补，怎么就女人了，必须让我来给你把关。听见没有，如果比我差的话，我就死缠上你了。"说完，周小萌又一杯下肚了，这杯是闷酒。

"必须的，一定，不过早着呢。且等着吧。"

"对了，马明宇确实是个人才，相信他一定能帮助博通做强做大。"

"我也相信这一点，你我的眼光不会错的。这年头，人才难得啊。"

时间过得真快，孙志平与周小萌初次见面一晃已经过去了七八年，往事历历在目。

开完会，孙志平和马明宇就在办公室里聊到了这段历史，十分感慨。马明宇为博通做出了太多贡献，如果没有马明宇负责的信息安全部门提供准确情报，博通很多安保工作都会陷入被动，"知己知彼"靠的就是准确可靠的情报。

## 14. 敲山震虎

表面是清晰明了的谎言，背后却是晦涩难懂的真相。谎言看多了，真相就出来了。

凌霄军团总部机关，祁奕雄正在召开参谋长工作会议，部署军队首长的重要指示。

"同志们，司令、政委委托我给大家做个动员工作。现在的形势想必大家都很清楚了，下面就是要具体落实分工。郝副参谋长，你来宣读命令。"

"好！同志们，命令：一、凌霄保障部队必须做好应急处置预案，保障信息不断路，数据链安全可靠；二、凌霄应急部队必须做好应对突发事件，确保发生冲突不吃亏，并做好航天人员太空应急返回准备工作；三、凌霄应急发射部队必须做好大量应急发射物资储备和发射准备，要求间隔发射时间以小时计，海上应急发射平台进入待机状态；四、凌霄地基应急部队做好应急处置预案，高能激光部队、高能微波部队、反卫星部队进入一级战备；五、凌霄各发射基地、阵地、场站、测量船进入应急保障状态，同时进入系统战时加固保障模式。具体要求，在今日零时前做好全部应急准备工作，希望同志们会后立即组织实施，不得延误。"

郝利新宣布完命令后，各部门分头组织实施。

紧张气氛不仅在凌霄军团总部，其他各军种都在紧锣密鼓地做战时应急安排，除了陆海空军部队外，霹雳军团也是重点做好准备的特殊军种。

高聿新接到命令后即刻赶往所属部队部署应急作战任务。

高聿新，导弹基地作战部队参谋长，少将军衔，测试工程和军事学双硕士学位，也是孙志平的同期战友。经过一系列军事体制改革，这个基地下辖多个导弹发射旅，既有常规战役战术导弹旅，也有巡航导弹发射旅。这几年还换装了高超音速战斗部，针对固定目标和慢速移动目标都具备很强的突防打击能力。不仅如此，高聿新所辖基地还新增了两个独立旅：一个是负责反击近地轨道卫星的作战旅，一个是负责发射应急卫星的信息保障旅。

按照部队首长指示，应急卫星发射能力不仅是凌霄军团的专利，必要时可利用霹雳军团另行组建新的发射保障旅，确保战时多个军种具备战时应急发射保障能力。

除了凌霄军团、霹雳军团外，空军和海军都具备战时应急发射保障能力，如，空军可利用大型运输机和轰炸机挂载小型运载火箭实施空中应急发射卫星，海军可以利用战略导弹核潜艇和大型导弹驱逐舰垂直发射系统实施应急保障发射卫星。

至此，K国军队全面进入一级战备状态。

当然，这一切都逃不过A国间谍卫星等技术侦察手段及隐藏在K国军队内部的情报总局特工的情报网。很快，A国国防部就摆上了K国军队部署的详细计划。据此，A国国防部要求参谋长联席会议制订出相应的作战计划，并上报国家安全委员会批准。

在A国总统主持召开的国家安全委员会上，各位军政大员围绕作战计划展开了讨论。

"总统女士，我们的建议是先公开试验几次我们的超级武器，让K国人和P国人知道我们的厉害，我们的建议都写在报告里面了。您也看过了，不知道有什么建议。"

汇报的正是A国国防部长史蒂芬，一起汇报的还有国安会助理汤姆森、外交部长托雷斯，以及参谋长联席会议主席、五星上将乔治。

"亲爱的朋友们,你们的报告我都看过了,没问题,我同意你们的建议,可以小小地震慑一下我们的对手,让他们知道我们A国人依然是地球上最强大的,挑衅A国地位的结局是悲惨的,我完全同意你们的建议。"

这位就是A国历史上第一位女总统蕾拉,前总统的小女儿。蕾拉做事雷厉风行,敢于冒险,在总统第一任期就两次对其他国家发动军事打击,推翻反A国的政权,并扶持亲A国的傀儡政府。

蕾拉外表非常漂亮,典型的万人迷。为锤炼女儿从政,身为亿万富翁的唐纳德没有"富养"蕾拉。蕾拉就读于沃敦商学院,唐纳德要求女儿上学期间打零工挣钱,家里只提供生活费和教育费。靓丽的蕾拉凭借高挑的身材和自身的努力,兼职模特挣钱,炒股挣钱,出色地完成了学业。为培养女儿尽快从政,蕾拉主动放弃了经营多年的商业品牌,并在父亲的支持下,担任总统特别顾问,这样一来就可以跟随父亲走南闯北,结交各国政商名流。

唐纳德之所以怂恿女儿与一个犹太人结婚,主要考虑到犹太人在A国地位举足轻重,唐纳德自己做梦也没想到女儿会当总统。但当蕾拉想当总统时才发现有犹太教倾向不能当A国总统,于是果断离婚,连孩子都不要了,政治对女人也同样极具诱惑力。

"亲爱的朋友们,如果要正式开战,你们可自行决定,国会那边我去做工作,请求交战权,绝不能因为无休止的辩论,耽误了最佳时机。不排除我宣布国家进入紧急状态来支持你们,你们就大胆干吧!"

在蕾拉任期内已有两次不宣而战了。这位A国女总统早深谙其理。尽管A国国会意见很大,但蕾拉拿国家安全搪塞,让国会议员也哑口无言。

"总统女士,谢谢您的支持,我们这就准备教训一下这些不听话的国家。"三位军政要员快速离开了总统办公室,即刻准备一场针对性的军事演习。

在国防部大厦,国防部长史蒂芬和参联会主席乔治二人共同签署并下达了"高边疆A+"演习命令。

A国太空部队即刻行动起来,在茫茫太空中,一场针对K国的太空震慑行动展开了。

一艘A军太空母舰悄然升空。这种太空母舰采用空天飞行模式,从普通军用机场水平起飞,利用涡扇、冲压和火箭组合发动机迅速将太空母舰送入地球低轨道,直奔K国的"使命四号"空间站而去。

K国"使命四号"空间站正在373千米的低轨道正常飞行,忽然发现左侧舷窗中有六个亮点从一个庞然大物中分离出来,并快速接近空间站。空间站预警雷达即刻告警,几名K国航天员立即对迅速抵近的不明航天器实施跟踪、识别和锁定。这六个亮点就是从A国太空母舰释放出来的太空战斗机,一共是六架,分三个方向,两两一组,迅速逼近K国空间站,实施抵近侦察行动。K国航天员经识别确认是A国的航天器,立即通过灯光信号紧急示警并告知对方尽快离开。可这六架太空战斗机明显在炫耀超机动能力,忽远忽近,忽上忽下,围绕着"使命四号"空间站"秀肌肉"。突然,一架太空战斗机瞄准几十千米之外一颗卫星发出一束强光。刹那间,那颗不知国籍的卫星顷刻间化为碎片,四散开去。

六架太空战斗机秀足了战斗力,一个小时后,快速返回了太空母舰,六个亮点瞬间消失了,那个稍大的亮点闪烁几下后也立即消失了。

地球南半球的B国航天局次日发表声明:"B国一颗气象卫星莫名失踪了。"

A国国防部和航天局立即跳出来澄清:"经查,是K国空间站试验某种定向能武器,摧毁了B国气象卫星。"

A国盟国异口同声强烈谴责:"K国谋求太空霸权,蓄意挑起太空军备竞赛!"

K国外交部第一时间公布空间站视频录像,充分证据显示是A国太空战斗机蓄意摧毁了B国气象卫星。

117

众多A国盟友再次异口同声："是K国空间站挑衅行为逼迫A国太空战斗机开火，误伤了B国卫星，K国空间站是太空事故的始作俑者，必须谴责K国的挑衅行为！"

R国外务省表态："K国谋求太空霸权，R国将被迫实施新的太空计划。"

实际上，R国一直把K国作为头号对手，既然A国老大这么说了，R国正好借机推进蓄谋已久的太空战计划。

就连地处东南亚的VN国外交部也立即表态："继续强化与A国和R国的航天合作，遏制K国在太空的勃勃野心……"

欧洲大国P国外交部发表声明："不希望看到太空军备竞赛，希望A国和K国保持克制，P国有权发展更先进的航天器，打破某些航天大国的太空霸权。"

没有天理，只有强权。A国震慑行动继续进行。

那个稍大的亮点再次升空，很快飞临到太平洋上空，投放了一枚"人造陨石"。这枚钨钛合金智能陨石旋即以极高速精准飞向太平洋一座面积约5平方千米的小岛，只有十几秒，陨石高速坠地。刹那间，天崩地裂，海水漫灌，很快，小岛粉碎后迅速沉没了。K国在所属海域建设的岛礁面积就是5平方千米，A国演习的指向性太强了。

这一起由天至地的太空陨石试验，K国天基侦察体系依旧看得真真切切，并记录在案。

A国国防部在第一时间宣布："A国进行了一次人造陨石常规试验，试验取得圆满成功，对于岛礁和无限深地下掩体具有彻底毁灭性的打击效果。"

但绝大多数国家对此保持沉默，只有K国和P国严重抗议："A国强化太空军事化能力，肆意挑起新一轮太空军备竞赛。"

但A军"高边疆A+"演习计划远没有结束。

一颗携带"太空魔法"的航天器悄然升空，所谓"太空魔法"就是具备由天制陆大面积干扰能力的高能微波武器，可瞬间瘫痪一座城市，切断电力和通信设施，让城市瞬间成为一座"死城"。

为选择一个合适的试验场地，A国军方煞费苦心，这个城市既不能太落后，得有电力通信设施，也不能是A国的城市。最后A国把目光瞄准了PA岛国北部的小城市拉布克，这座城市曾是A国和R国军队反复争夺之战略要地。如今，这座小城市人口不多，有一定工业基础，受火山灾害影响巨大。既然火山多次摧残这座城市，A国认为将其作为靶场也无可厚非。

这就是A国，利用他国或托管殖民地试验各种极具破坏性的大规模杀伤性武器。如今，A国又把眼光瞄准了PA国。

A军研制的"太空魔法"有三个版本：第一个版本是暂时瘫痪对手的电力和通信系统。第二个版本是彻底摧毁对手的电力和通信系统。第三个版本要从软硬件两方面彻底摧毁对手的电力和通信系统，并附带摧毁具备网络链接的城市附属系统。这次在拉布克试验的就是第一个版本，试验轻微瘫痪模式。

"太空魔法"投放后，拉布克整座城市陷入一片寂静，一丁点儿亮光都没有，真成为一座"死城"，惊恐的百姓纷纷走上街头，还以为肆虐的火山再次爆发。但这次不是天灾，是地地道道的飞来横祸。现代社会的人们已经习惯于灯火辉煌，一旦陷入漫漫长夜，死一般的暗黑时，会有莫名的恐惧。这也是人类感官逐步退化，过度依赖现代科技的恶果。

试验结束了，PA国政府三缄其口，惹不起A国。

A国再次指责K国在拉布克试验电磁脉冲武器，造成整个城市一片恐慌。

K国外交部再次公布了A军投放"太空魔法"武器的相关视频，用事实来说话。

A军"高边疆A+"演习继续实施中。K国一颗通信卫星忽然失联，经K国航天部门调查，锁定是A国"太空魔杖"干的。"太空魔杖"卫星在中轨道对K国通信卫星实施致盲演练，导致K国卫星失联15分钟。当A军卫星远离这片空域后，K国通信卫星很快就恢复正常运行。但这件事也给K国凌霄军团提了个醒，那就是A军"太空魔杖"已

119

能超越K国卫星加固方案来实施超强干扰,这是K国凌霄军团之前始料不及的。

张军第一时间将这一情况汇报给郝利新副参谋长,郝副参谋长立即指示,要尽快查明系统抗干扰能力失效的原因,并查明与上次会议讨论的卫星大面积失联是否属于同一干扰源。

郝利新快步走进了祁奕雄办公室。

"首长,我刚已安排不明干扰源致盲卫星原因的调查,等有了结果,我第一时间向您汇报。再有就是今天下午,孙志平来了一趟,您不在,他专程汇报之前您安排调查的不明干扰源的事情。您别说,这小子还挺厉害,通过他们的渠道,已查明干扰源不属于A国,控制卫星的信号频率很蹊跷,感觉是资源占用型的信号频率,具体情况他们还在分析,但不是A国这个结论可以下了。"

"小孙用了几天时间?"

"三天,提前两天完成任务。"

"好,替我谢谢小孙,这小子离开部队可惜了。对了,注意保密,不要外泄,我这就去给司令、政委汇报。对了,今天的干扰源问题一定要尽快查清楚,让航天部门的同志多配合查证,不能耽误,有进展要第一时间汇报。"

"好的,首长。"

一波未平一波又起,太平洋上不太平。

P国在北太平洋一座小岛附近海域引爆了一枚核鱼雷,当量10万吨。刹那间,10米多高的海啸猛然袭击了小岛,岛上全部生物彻底被摧毁。虽然P国采用的是极低辐射效应的小型核弹,但也给周边海水带来了核污染。更为关键的是,P国此举公然违背了《禁止核试验条约》,尤其是在海里进行核试验,早在20世纪就被禁止了。P国这么做就是要显示"鱼死网破"的决心,毕竟与A国相比,P国太空优势越来越不明显,既然在天上干不过A国,那就转到海里对抗A国。

与此同时,A国、P国、K国、R国、I国等国家都开始举行大规模军事演习,陆、海、空、天、电、网各军种、各兵种全方位实弹实兵演练、演练层级、人员数量、实战化程度都是空前的。

不仅如此，国际军贸市场异常火爆，不少武器装备价格持续飙升，国际军火巨头一个个赚得盆满钵满，不亦乐乎。

在20世纪有句不太著名的名言："当AK47突击步枪价格高于1000金元时，就意味着战争即将到来。当AK47价格低于100金元时，天下就太平了。"

如今的国际军贸市场就处在价格高位，"冷战"正向"热战"快速转化。

面对世界军事大国不断进行武器装备试验对K国带来的巨大压力，K国外交部发言人郑义信举行了新闻发布会，就K国的国家立场和反制手段做出阐述。

在回答记者提问环节，A国女记者琼斯率先发问。

琼斯说："听说K国也有了航天母舰和各类太空武器，你能证实吗？"

郑义信说："我们严格履行《外太空条约》规定，不会发展进攻性太空武器，更不会进行太空军备竞赛。"

琼斯说："你们已知道，A国正在搞太空军备竞赛，你们是不是要发展这类武器来反制A国的太空军事能力？或者从P国方面购买这类武器呢？"

郑义信说："你可以劝说P国政府，最好是A国政府，卖给K国这类战略武器，我们倒是可以考虑采购。"

琼斯说："听说你们已拥有了航天母舰这类太空战略武器，能证实吗？"

郑义信说："我无法证实你无法证实的事情，需要你给我足够的证据来让我证明我们拥有了航天母舰这类太空战略武器。"

琼斯说："R国、I国十分担心你们拥有航天母舰这类太空战略武器，他们或许会先发制人，你们不担心吗？"

郑义信说："任何国家都可先发制人，然后就从地球上消失了。K国奉行不首先使用战略武器，这个原则没有改变。"

琼斯说:"你是在暗示你们已经有航天母舰这类太空战略武器吗?"

郑义信说:"明明是你在明示,我只是明示敢对K国使用战略武器的国家会消失,我没说其他,是你说的。"

琼斯说:"你们拥有航天母舰这类太空战略武器就不怕被A国报复吗?"

郑义信说:"A国的盟国都消失了,A国不担心吗?不要试图和K国斗狠,历史上的K国人就很强,现实也是如此。"

琼斯说:"K国会对A国动用航天母舰太空战略武器吗?"

郑义信说:"我们有航天母舰太空战略武器吗?"

琼斯说:"听说你们有。"

郑义信说:"借你吉言。"

琼斯说:"这说明你们已经有了?"

郑义信说:"这是你说的,不是我说的。对了,提醒琼斯女士一下,这类问题下次可直接问国防部新闻发言人。"

琼斯说:"那你是?"

郑义信说:"我是外交部新闻发言人,不专业。"

## 15. 牛刀

我来，我见，我征服，但我低调。

孙志平的手机响了，电话显示是K城。"您好，请问是哪位？"

如果5G电话是"可视电话"，那么7G电话就是"可触电话"，可选择具备虚拟现实的触摸功能，比如，两个人可以虚拟握手。但前提是二人都同意才行。

当然，孙志平肯定不会"触摸"一个陌生人。

"孙总，您好，我是林妙杰，K城PH电视台记者，我在K城一个酒会见过您，有您的名片。我有几个问题想采访您，不知您现在是否方便？"

"你好，林女士，有什么问题，你说吧。"

"孙总，听说贵公司在CU国的安保团队最近屡屡遇袭，伤亡惨重，不知道您怎么看这个问题，后续有何考虑，博通会撤离CU国吗？谢谢！希望您能回答！"

"你的消息很灵通啊！目前还不清楚是谁所为，我们正在全力调查，不会让这些暴徒得逞。另外我要说的是，博通已强化了CU国的安保力量，客户的安全需求一定要满足，我们怎么能离开客户？客户是博通的衣食父母，客户在哪里，博通就在哪里！谢谢！"

"孙总，博通的下一步打算是什么呢？"

"我说得够清楚了，强化安保力量，同时全力找到暴徒，以牙还牙。"

"以牙还牙？用武力？"

孙志平笑了笑，说："除了武力，你还能和他们讲道理？那叫鸡同鸭讲。"

林妙杰也笑着说："谢谢孙总接受我的采访。请问您还有啥要介绍的吗？"

"哦，嗯，不知道你这个小姑娘胆子大不大。"孙志平在电话这一头笑了笑。

"还行。孙总，您的意思？"

"我给你引荐个人，博通在CU国的老总董一飞，如果不怕死的话，你可以去找他，或许会有很多的传奇经历和热点新闻，你可以去挖掘挖掘！"

"谢谢孙总，很期待！我胆子不小。"

"好，我一会儿告知你董一飞的联系方式。再见！"

"谢谢，再见，孙总！"

一分钟后，林妙杰收到了董一飞的联系方式，还真别说，这个孙志平很直爽，很好打交道。林妙杰暗自思量，决心要去CU国采访这个叫董一飞的"传奇"人物。

孙志平考虑的是利用K城PH电视媒体的强大传播力免费宣传一下博通，这绝对是件好事，各取所需。

"养兵千日，用兵千日"，时代完全不同了。

这一日，高聿新正在霹雳军团三十八基地组织"实战化战法经验交流会"，各发射旅和保障旅的主官齐聚会议室，副旅长都留守各旅战备值班。

三十八基地是战斗旅最多的王牌霹雳军团，在东岛战役中发挥了巨大作用。正是三十八基地各作战部队有效钳制、封锁和遏制A国航母战斗群等增援部队，最终让收复东岛实现了"不大战而屈敌之兵"。

这时，基地作战处处长刘晓洲来到高聿新旁边耳语了几句后就走了。"同志们,我去接个电话,大家先讨论一下,我一会儿就回来。"

高聿新离开会议室返回到办公室,接起来"红机"量子保密电话,电话另一头是部队联合作战指挥中心作战部部长朱信河。

"您好,首长。"

"你好,高司令,我是部队联指作战部朱信河。"

"您好,朱部长,请讲。"

"高司令,我受联指委托现在向你宣布作战命令,命令你部在三天内制订西部战区辖区反恐作战计划,上报部队首长批准,并于五天内开赴指定战区实施作战计划,具体作战任务,另密电传达。事关重大,请尽快准备。"

高聿新挂了电话回到会议室,和副司令韩东、参谋长徐春波等几个人小范围碰了一下,徐春波就招呼大家继续开会。

"同志们,刚接到部队联指的作战任务,我和基地几位领导碰了一下头,决定让301旅、306旅执行这次军事任务,散会后,这两个旅的同志留一下。好,散会。"

随后,高聿新带着基地几个领导和两个旅的主官一起步入了作战指挥室,机要秘书给每个人分发了一份印有"绝密"的作战密电文。

"由于盘踞在AF国和我西部地区的分裂分子不断实施渗透、骚扰、破坏,命令你部迅速制订作战计划,并在指定时间内完成作战任务,务必消灭托合提、阿力木两个极端分裂势力的头目……"

机要秘书打开作战室多维度全景虚拟现实沙盘展示系统。顷刻间,战场环境实景浮现了出来。这些实景数据来自卫星和无人机等信息搜集平台,精度极高,可协助准确判断分析对手的实时状况,并及时制订相应的作战计划。在执行任务期间,可实时掌控前方的行动状态,并对攻击效果做详尽的毁伤评估。

"绝密"电文中提到位于西部C号作战地区和位于AF国坎哈以西60千米的D号作战区域。在C号作战区域集结有分裂势力,有一个比较隐秘的前进大本营,位于地下约10米深度的坑道内。在D号作战区域集结有境外极端恐怖及分裂势力,这座基地规模很大,有训练营、生活区、武器库和弹药生产厂,对K国和邻近国家威胁巨大;同时,为确保训练基地的安全,这些极端恐怖分子的设施都采用地下或半地下建筑,隐秘性和安全性很强。

部队联指作战部在制订计划时原本希望派遣特战队员深入虎穴,一锅端了这个老巢,抓活口。但渗透行动失败了,十几名特战队员被杀,部队联指作战部低估了这些基地十分严格的层级安保措施。人与人之间互相认证,想伪装实在是太难了。这种现实情况让作战部不得不放弃原来的计划,这才决定命令霹雳军团司令部承担这项任务,并下达给了高聿新的三十八基地具体实施。

既然决定动用霹雳军团,那就要干净利落,一个不剩全部消灭。秘密作战会议刚结束,高聿新就把制订好的作战计划上报部队联指作战部。当天深夜,修改后的作战方案就即刻下达给了高聿新部。

按照作战计划安排,高聿新亲自带领301旅、306旅部分发射营以高速铁路机动方式开赴西部战区,这是一起绝密的"闪击军事行动",只能胜利,不能有半点儿闪失。

一路上,高聿新一直在琢磨眼前的作战方案,看还有哪些不完善的地方,力求做到万无一失。

次日凌晨5:37,高聿新部以公路机动方式到达指定作战位置,预计攻击时间是5:55,要在对方无法反应的时刻动手。

301旅的打击目标是C号作战地区。由于C号作战区域相对较近,只有200千米,301旅作战部队可利用HS高超音速巡航导弹实施攻击。

306旅的打击目标是D号作战区域。距离比较远,1000多千米,地处境外,306旅作战部队将采用HS高超音速弹道导弹实施攻击。

时钟的指针指向5:55。

刹那间,10枚HS高超音速巡航导弹、10枚HS高超音速弹道导弹腾空而起直冲目标……

200千米,HS高超音速巡航导弹只要两分钟就到达,1200千米距离,HS高超音速弹道导弹也就不到5分钟到达。很快,侦察卫星和无人机就传来了实时攻击图像，20枚导弹分别准确命中C号和D号目标的不同区位，攻击无死角，一枚枚导弹弹头深深扎进地下掩体后爆炸，巨大的蘑菇云不断升腾。弹药库和兵工厂更是连环爆炸，火光冲天，酣睡的极端分子还不知道怎么回事就已在梦里一命呜呼，但这次不是梦，是"死神"在索命。这些极端分裂分子恶贯满盈，死有余辜。

6:10，301旅和306旅迅速转移到安全区域隐蔽待命，并分析评估毁伤效果，等待新的命令。

7:00，极端分裂势力头目托合提以录像方式在AL电视台发表声明，扬言要对K国实施大规模报复，并立即斩首两名被俘K国军人以示强烈报复。

7:30，高聿新接到部队联指作战部准确的毁伤评估报告：

一、C号目标攻击效果：地下掩体全部摧毁，大部分极端分子在导弹攻击中被剿灭，残余分子已被反恐部队击毙、俘获。

二、D号目标攻击效果：地下掩体部分被摧毁，弹药库和兵工厂毁伤严重，大部分极端分子在导弹攻击中被剿灭，少量残余分子溃逃。

三、托合提、阿力木两名极端分裂势力重要头目没有死亡，在逃。

四、新情报显示D号目标还有更深的地下掩体没有被发现并摧毁。

8:00，高聿新接到部队联指作战部的新命令：命令你部原地待命，做好伪装，保持通信静默。

看到这份毁伤评估报告，高聿新心里堵得慌，没有完成任务，莫名失落。毕竟面对的不是正规部队，是恐怖势力，是分裂势力，是不讲游戏规则和战场规则的"游击队"，也就不如当年消灭东岛分裂势力痛快淋漓，几枚导弹过去，机场就报销了，被炸得坑坑洼洼的机场跑道，只能让先进的战斗机沦为靶子。

天刚亮，孙志平的电话响了，是张军打来的，让孙志平尽快赶到凌霄军团总部,有要事商量。

从凌霄军团总部出来,孙志平知道责任重大,是祁奕雄亲自谈的,希望能协助尽快搞清楚AF国D作战区域的极端分子头目的活动情况,情报越准确越好,位置越精确越好。

AF国是齐天全的势力范围,孙志平致电齐天全,强调不惜一切代价、限期三天搞到情报。孙志平也知道三天时间太短了,但没法子啊,祁奕雄催得紧,只给五天时间,只能逼一逼齐天全了。

齐天全人长得魁梧,大胡子,小眼睛,一脸憨厚,又在"地球之眼"混迹了几十年,这可不是白混的,哪里有极端分子,哪里有恐怖巢穴,谁和谁什么关系都门儿清。接到电话当天,齐天全就飞到了喀尔,旋即驱车前往坎哈,这里的熟人比较多,齐天全会说当地语言,有天然优势。在坎哈附近的恐怖分子、极端分子都会来坎哈市采买东西,也会在附近招募队员,可见这里的极端恐怖势力都是半军半民、亦军亦民。

人为财死,鸟为食亡,极端恐怖分子鱼龙混杂,也不都是为了共同的信仰走在一起。钱能通神,仅仅两天,齐天全就知道了D号区域是在一个村里,托合提、阿力木生活在另一个村子。二人为安全起见,一直生活在村民中,也是一种自我保护。等完全掌握了这二人生活习性后,齐天全就迅速上报了准确情报信息给在京城的孙志平。

部队联指作战部经过仔细研究齐天全提供的情报信息,决定在托合提、阿力木前往基地必经之路上干掉二人。

从这兄弟二人出发到基地只有3千米距离,路况不好,需要10分钟车程,由于基地遭到重创,这二人行踪更加诡秘,非常担心自身安全。为了伪装,二人常驾驶着破破烂烂的皮卡前往基地处理事情,或是到坎哈市里招募新队员。这次被K国导弹精确打击的损失太惨重,兄弟俩是真怕了。

第三天5:17,301旅导弹发射部队再次进驻发射阵地,换成了HS高超音速巡航导弹,这型号导弹采用卫星导航,可中途随机变换攻击目标,便于实施灵活机动的攻击战术。

最新情报显示，托合提、阿力木将于凌晨6:00，前往基地或坎哈市区，301旅提前做好攻击准备。

天基高分辨率卫星和无人机全天候、全时段对目标实施监控，高聿新一夜不敢合眼，紧紧盯着目标区域的实时景象，眼睛不敢眨一下，生怕错过蛛丝马迹。

其他人也都紧紧盯着车载全景实时地图，自然少不了301旅的旅长陆长青，基地司令都来了，旅长能不来嘛，总不能只让发射营营长来陪着大基地司令吧。

"高司令，你看，人出来了，1、2、3、4、5，一共5个人。"陆长青兴奋地指着图像。

"别着急，使用超高分辨率制式，看看身形和容貌。"高聿新很谨慎，也怕误伤，更怕错过。旋即，屏幕上的人形和容貌渐渐清晰，通过人工智能甄别系统与数据库内的二人信息进行核对。

"没错，就是这两个人，司令。"作战参谋江洪涛十分确信。

两辆车同时发动，两个人分别上了两辆车，很快就疾驶在颠簸的公路上，兵分两路，一路去坎哈市区方向，一路去基地方向。

就在两辆车分开的岔道处，高聿新下达了攻击命令，两枚HS高超音速巡航导弹顷刻间发射，飞速冲向了目标车辆。

坎哈附近都是山路，悬崖陡立，处处危险，但这两辆车丝毫不敢怠慢，一路疾驶。为确保安全，两辆车建立基于物联网的互联互保机制，任何一辆车出了问题，另一辆车会第一时间感知，并可立即采取应急避险措施。

相比之下，拉着托合提去坎哈的皮卡比较不幸，这辆车迎着导弹开了过来，瞬间，破旧的皮卡就轰然碎成了渣，罪恶滔天的大头目托合提一命呜呼。

阿力木赶紧命令掉头往回跑，一切都太晚了，高超音速不是吹的。深感"死神"即将降临的皮卡司机慌不择路，一头就扎进了深不见底的悬崖。就在皮卡掉进悬崖还没有见底时，导弹就追了上来，轰的一声巨响，如天女散花一样，各种"渣"掉进了悬崖深处的水潭中，溅起水花无数。

　　这次凌霄军团和霹雳军团的联合作战任务完成了，圆满而且低成本。但霹雳军团并不知道内情，尤其是高聿新一直很好奇，这次干掉这两个极端分裂势力头目仅用了不到一周时间，究竟是谁提供了这么准确的情报。当然，这件事心中最有数的就是祁奕雄、郝利新和张军三人，就连部队联指作战部都不知情，认为情报就是凌霄军团的既有渠道。

　　孙志平和齐天全早把这件事忘了，做安保这一行，最大的安全就是保密，最大的隐患也是保密，保密就是保命，这是游戏规则。

　　齐天全悄然离开了坎哈，不动声色。为掩人耳目，这次回程走的是卡奇，悄悄回到了利德。很快，线人得到一笔十分可观丰厚的报酬，博通不玩过河拆桥的卑劣勾当。可凌霄军团这只"铁公鸡"没这笔预算，博通是自掏腰包，谁让孙志平是凌霄军团的编外顾问呢。

## 16. 战地采访

生活总是让我们遍体鳞伤，但到了后来，那些受伤的地方一定会成为我们最健壮的地方，骨头除外。

林妙杰死缠硬磨，承诺会有重磅独家新闻线索，终于得到K城PH电视台高层批准，坐上K城前往达比的航班，还得在达比转机才能去迪马，一路劳顿，加起来有10个小时，虽说是商务舱，可滋味也不好受，但想到能独家采访一个有新闻价值的人，林妙杰的旅途劳顿消散了许多。

PH电视台老板很仁义，不是不想派林妙杰去，关键是到"地球之眼"采访实在太危险，不少国外记者死的死，伤的伤，更可怜的是被恐怖分子绑架杀害。因此，国际各大保险公司都拒绝为战地记者提供人身保险，最后老板亲自拍板，PH电视台以公司名义为林妙杰做担保。就在出发前一天，林妙杰再次与董一飞通话，这次使用的是"可触模式"；"飞哥，我是妙杰，我明天的航班先到达比，然后转机再到迪马。"

二人第一次通话时，林妙杰就套近乎认了董一飞这位大哥，典型的自来熟，根本就不等董一飞同意，林妙杰就一口一个"飞哥"叫起来。

面对这种没脸没皮的记者，董一飞也就顺其自然了，爱谁谁吧。

"你还真要来，我以为你说说玩呢。"董一飞很是惊讶，但更惊讶的是看到了林妙杰是一位大美女。

"君子一言，驷马难追呀！虽然我不是君子。"林妙杰一阵狂笑，有种阴谋得逞的狂喜。

"那好，我去迪马机场接你，你转机的时候告诉我航班号。"

"谢谢飞哥！"

"你呀，别怕死，很危险的。"

董一飞再次提醒这个不知死活的林妙杰，要知道A国、P国、K国、I国、R国等在CU国的博弈越来越激烈、白热化。几十年了，CU国还是那个混乱的CU国，一点儿都不消停。

"电视台老板给我买保险了，放心吧，再说了你能让我死吗？我死了，你咋给孙志平交代？"像是在质问董一飞，林妙杰笑出了声。

"你想得挺美，出门在外，爹死娘嫁人，各人顾各人。有了危险，我还跑呢，哪还顾得上你啊，净想美事吧。"

感觉到林妙杰有些沉默不语，董一飞旋即爽朗地大笑起来："怕了吧，怕了就别来，现在还来得及！小丫头片子。"

"哼，我才不怕，横竖不就是一死嘛。"怄气的林妙杰也豁了出去。

"好了、好了，不闹了，妙杰，你来了一定要听我的，不能擅自采访，一切行动听从指挥。听见没？这不是开玩笑。"

"晓得了，你说啥就是啥！"林妙杰一下子乖巧了许多，也知道安全没问题，权当CU国战场"几日游"，还有向导和保镖陪同着，心里也美滋滋的。

林妙杰到了达比才知道去迪马的航班很少，好多航空公司都取消了航班，因为航路不安全，没几个人愿去，反而是包机离开迪马的人不少。

终于等到了一张高价机票，TU国航空公司，不过是红眼航班，这下可要委屈董一飞了。林妙杰不好意思打电话给董一飞，只好发个信息试探一下火暴脾气的董一飞，看这个男人是不是不耐烦。很快，信息回来了："我就知道你会坐这个航班，我已到，放心，一路平安。到了联系。"

董一飞还是个"暖男",林妙杰心里暖暖的,说不出的感激。

航班起飞了,林妙杰太累,实在扛不住,靠着窗户就睡着了,这次只有经济舱。

航班在夜色里快速穿行,不停与防空识别区保持联系,确保航线安全,这里太不安全了。很快,航班接近迪马国际机场,正副机长长长松了一口气。

突然,航班警报器大作,几道亮光直射天穹,机场上空几声炸雷般的猛烈巨响,刹那间火光冲天,飞机被震得一歪。

航班旋即向东南方向飞去,资深的机长知道这定是某国在空袭CU国,CU国军队在全力反击,那几道亮光就是CU国军队发射的防空导弹,那些火光是某国导弹击中机场附近的巨大爆炸。

太危险了,导弹不长眼睛,哪个目标大就打哪个,机长深谙此理,早早就打开发动机加力跑得远远的,算是躲过一劫。

林妙杰早就被警报器吓傻了,身为佛教徒的林妙杰只能默念佛经,希望逢凶化吉。

天上异常紧张,在机场等候的董一飞也吓坏了,万一航班有个好歹,还真没法给孙总交代。一个无神论者只能不停地骂骂咧咧:"他奶奶的,就知道欺软怕硬,有本事去和强的打,就知道欺负弱小。老子总有一天会收拾你们,等着吧。"

信息来了:"航班落地了。"董一飞心里一块石头落了地,足足比计划晚点了一个小时,当地时间凌晨3点了。

机场接机大厅,董一飞一眼就认出来一脸疲惫、拖着箱子走出来的林妙杰,电话里已触摸过了,不陌生,林妙杰立即把董一飞紧紧抱住。

面对一位大美女主动投怀送抱,董一飞反倒有些腼腆,象征式抱了抱林妙杰:"怕了吧,臭丫头,不让你来,还非要来。"

"是啊,飞哥,是有些后怕,还以为见不到我们的大英雄了。我死不足惜,关键是要采访完你才能死啊。不然不值得啊。"

133

"我可不是什么大英雄，比狗熊强点儿，你会失望的，你可别有过高的期望哦。走吧，妙杰。"

董一飞一把抢过林妙杰的行李箱，大步流星走了出去，林妙杰紧赶慢赶还是差了半步。"飞哥，你走得也太快了吧。"林妙杰说。

"哦，我忘了还有你，习惯了。"董一飞又一阵爽快地大笑。

林妙杰终于跟上了脚步，但没几步又落下了，董一飞的步伐是丈量好的，改不了，刚慢下来了两步，第三步又恢复了正常，可怕的习惯。林妙杰一溜小跑，气喘吁吁，终于来到了一辆越野车旁，匆忙坐上了副驾驶，董一飞顺手就把行李箱扔进后备厢。

"飞哥，你慢点儿，后备厢里有摄像机，贵着呢！那可是我吃饭的家伙。"

"哦，对不起，又忘记了还有你。"董一飞用命令的口吻，不容置疑，"后座上有防弹衣，赶紧穿上，戴上头盔！立即马上。"

"你咋啥都忘记。"林妙杰一边穿防弹背心、戴着头盔，一边质问董一飞。

"也不是，我只是忘记照顾外人罢了。"

心直口快，不考虑林妙杰的感受，董一飞坐进驾驶位，立即启动汽车向代尔方向飞奔，猝不及防，林妙杰一个后仰，头重重地摔到座位靠背。

"哎哟！疼死我了。外人？你把我当外人，我都叫你哥了！哼哼。"林妙杰不依不饶，揉着后脑勺。

"哦，我错了，内人，不对，是自己人！"董一飞又爽朗地笑了，戏弄林妙杰的感觉真有意思。

"你睡会儿吧，黑灯瞎火，啥也看不见，也没啥风景，系紧安全带。"

"飞哥，你咋不让你的手下来接我，你要亲自来？"

"每个弟兄都有事，尤其是夜里要值班，能休息的都让他们尽量休息好，不要打扰他们。再说了，你来采访我是私事，公私分明，这是原则。快睡吧。"

"飞哥，你还挺有人情味，佩服。"

"错，在这种人间地狱般的鬼地方，有人情味就得死，要六亲不认，懂吗？保护自己才是最最关键的。别啰唆了，听话，快睡觉，别干扰我开车。"

"我陪你说说话，你才会精神啊，不然夜里开车，你会犯困的。"

"习惯了，放心吧，我们这些人都是夜猫子，越到夜里越精神，夜里危险太多了，睡觉都要睁一只眼睛。"

"好吧，飞哥，你辛苦了。"

很快，一路奔波的林妙杰就昏睡过去了，梦里还时不时笑出了声："谢谢飞哥，谢谢飞哥。"

"神经病！睡觉都不老实，谢个鸟，我又没做啥。"

董一飞一边骂骂咧咧，一边打开音乐。董一飞最爱听的钢琴曲。孩子就是在学钢琴的路上和妈妈一起遭遇车祸，让自己失去了一切。从此，董一飞爱上了钢琴曲，也可以说是恨钢琴曲，走到哪里都会听听，时不时热泪盛满了眼眶。过去的事，又能如何？只有擦干眼泪，继续负重前行。

突然，董一飞感到不对劲，嗡嗡嗡的声音由远及近，"坏了，"董一飞喃喃自语，"无人机。"董一飞立即关上音乐，关闭车灯，停车，快速跑到后备厢拿出一把突击步枪，对着几百米开外，突突突三枪。枪带着消音器，声音很沉闷，三架黑色固定翼无人机应声掉落。

危险已经到了，董一飞很清楚这几架无人机意味着什么，这时林妙杰已经被沉闷的枪声吵醒了，惊愕不已。

董一飞挂了高速挡，在公路上飞驰，完全不顾林妙杰恐惧的追问。

飞奔到一个三岔路，董一飞选择去往代尔的小路，刚刚飞驰了100多米，一声巨响在车后猛烈爆炸。车压到了一个很迟钝的地雷，几十微秒的延时救了自己。特种越野车底盘呈V字形，可减缓爆炸带来的巨大冲击力，如果换了其他平直底盘的车早就被掀翻了。

135

在这片土地上想杀董一飞的人不在少数，博通不仅得罪过松本未来这样的对手，还杀了不少极端恐怖分子。一个国家、一个地区，一旦乱了，就成为其他国家竞相争夺的饕餮盛宴，谁都要分一杯羹。

董一飞担心还有地雷，不敢走寻常路，CU国和K国一样，靠右驾驶，可董一飞只敢走左侧，凌晨3点多，路上没啥汽车，CU国晚上本也没什么人，兵荒马乱的缘故。

枪声又响了，很清脆，董一飞下意识把林妙杰按倒在座位上，快速拉起手刹，让车来个180度大转向，林妙杰吓得半死，感觉到子弹从自己脑袋上飞了过去，浑身战栗不止。董一飞知道有狙击手就在附近，只能杀出一条新路继续狂奔。

跑了半个小时，董一飞稍稍放下心来，此时才感觉到一阵剧痛，原来手背被子弹擦伤了，鲜血直流。左右车门风挡玻璃碎了。林妙杰此时才意识到，如果不是董一飞把自己按倒，小命已经没了，太惊险了。自己刚到CU国就差点儿死了，多亏董一飞挺身救了自己，不，是舍身救了自己。

"谢谢飞哥，大哥，我的亲大哥，我最亲的大哥。"

"闭嘴，我是救自己！"董一飞一刻也不敢耽误，更不敢大意，只要不到自己的地盘，周围都是危险。

还差四五十千米，董一飞刚想松口气，可更坏的情况随之而来。一架直升机夹带着飓风，在低空轰鸣着飞了过来，有种强烈强大的压迫感。看来对手非要置董一飞于死地。

嗒嗒嗒，直升机开火了，在车顶擦出了点点火花，具有防弹性能的越野车对12.7毫米以下的枪弹还能抵御。董一飞知道武装直升机不仅有轻武装，还有导弹这些重火力。董一飞感到问题的严重性，嘶喊命令林妙杰解开安全带，随时跳车。

武装直升机巨大的马达轰鸣声掩盖了一切声响，尤其是发射导弹的撕裂声，让董一飞在毫无察觉状态下就被一枚导弹"追尾"。瞬间，越野车后半截被炸飞了。"跳车！"董一飞声嘶力竭地怒吼。

林妙杰刚把车门打开，董一飞用力一脚刹车，猛地把林妙杰推下车,林妙杰就地打了几个滚后就一动不动了。

紧接着越野车前冲了十几米,失控撞上一棵大树后再次爆燃,董一飞打开车门,顺势跳了下去,翻滚几下,躺在地上也一动不动了。

直升机上的人探头探脑看了半天,不敢确认董一飞是否已死。直升机缓缓降了下来,下来了两个人,其中一人正是松本未来。自上次输给了董一飞,松本咬牙切齿,恨得牙根疼。听说董一飞只身一人去迪马,知道机会来了,决定在路上干掉他。松本安排了四道拦截网,一是三架可发射导弹的无人机,可惜还没发射就被击落了。二是10多枚触发型地雷,也被董一飞绕过去了。三是三名沿途的狙击手,也让董一飞逃过一劫。

这第四道防线就是松本亲自驾驶直升机追杀董一飞。前三道天罗地网都被董一飞突破了,气急败坏的松本只能孤注一掷,亲自来杀掉仇家。

松本慢慢走近了董一飞,想亲手砍掉董一飞的脑袋来教训教训孙志平,并抢回代尔气田控制权。

松本带着手下,两个人小心翼翼挪到了董一飞跟前,天色黑暗,月色无光。地上血肉模糊一片,董一飞凶多吉少。

"你也有今天,董一飞,你害得我好苦,你死有余辜。"

松本举起枪对准董一飞,嗒嗒嗒三声枪响,枪枪命中要害。

松本用鼻孔"哼哼"冷笑几声:"孙志平,想和我斗,你还嫩点儿,等着吧,我先用董一飞的脑袋祭旗。"

松本从裤腿下抽出了匕首,要把董一飞的脑袋割下来。

就在松本手起刀落即将割到董一飞的脖颈时,松本的手腕猛然间被牢牢钳住,一动不能动。

地上躺着血肉模糊的董一飞,旁边还站着一位紧紧攥住松本手腕的"董一飞"。"董一飞"稍一用力,匕首落地,再一用力,松本手腕顷刻间断裂。疼痛难捱的松本再回头一看,自己的手下早已毙命,"乖巧"地躺在草丛里。

"再饶你一次,事不过三,松本,你不会有未来。"

"董一飞"声音很低沉,是从外面飘过来,绝非"董一飞"发出的声音。

"董一飞"饶了自己,松本提溜着断裂的右手,慌不择路,只顾逃命。直升机只能扔在原地,驾驶员已死。

过了一个多小时,凌晨5点多,董一飞醒了,做了一场噩梦。看到身边一把匕首,很诧异,又发现三枚弹头就在胸口,不远处还有一具莫名其妙的尸首,董一飞觉得好像经历了一场脱胎换骨的人生变故。

汽车爆炸后,董一飞旋即被震晕了,滚到车下就昏死过去了。松本那几枪真真切切打到了董一飞胸口,轻薄高强度防弹衣救了董一飞,也就在胸口留下三个小红点。但凡松本有一枪打中董一飞脑袋,则必死无疑,董一飞也算逃过一劫。

躺在厚草地上的董一飞慢慢爬了起来,晃了晃脑袋,有点儿晕乎乎,起身掸掸身上的泥土和露水,胡乱抹了把脸,有血迹,这才想起四处找寻林妙杰。

就在不远处,董一飞看到了躺在草地上的林妙杰,看样子没有外伤,人好好的,还是厚草丛和防弹衣救了林妙杰。

董一飞用力掐了掐林妙杰的人中,还没等做人工呼吸,她就猛然醒了。看来是没啥事,被吓晕了。林妙杰缓缓起身坐在草地上,看了看不远处还在冒着余烟的越野车,傻眼了,问:"车没了,这可咋办?"

董一飞指了指不远处的直升机说:"还有那个。"

"你会开吗?"

"试试看。"

董一飞跟田裕民老师学的是三发中型直升机,这架是单发直升机,"超级小松鼠",比较简单。董一飞坐进驾驶舱,简单熟悉了一下,很快就吃透了操作流程。

发动机启动,直升机缓缓起飞。在这个混乱不堪的国家,董一飞不敢高飞,很不安全,会成为靶子。田老师说过,要飞出水平就不能四平八稳。董一飞沿着公路贴着地面飞行，一脸茫然的林妙杰再次露出痴迷的表情，对董一飞的崇拜又加深了一层。

林妙杰知道董一飞又救了自己一回，注定是自己命中的贵人。

快到基地了，董一飞担心博通安保人员对自己驾驶的直升机有误会，接通了通信电台与基地联系：我是董一飞，我即将返航，请安排接机，不是接车，请往天上看。

很神奇！开着价值百万金元的越野车出去接人，开着千万金元的直升机回来，这笔交易太值得了。回到博通基地，彻底安全了。

林妙杰好好睡了一整天，第二天来到董一飞办公室。房间不大，布置很简单，正面挂着一幅字——博大通达。这是祁奕雄给博通的题词，孙志平送给了董一飞，董一飞视若珍宝，走到哪里都会随身带着，珍惜之余，更是在自我激励。

"飞哥，我今天能采访你吗？我对你越来越好奇了。"

"好奇？你想问什么？"

"他们为什么要杀你？"

"干我们这行得罪的人能少吗？"

"那你昨晚是怎么干掉他们的？"

"梦游时干掉的。"

"不开玩笑，飞哥，我是认真的。"

"没开玩笑，我也是认真的，信不信由你。"

"看来孙总没说错，你很传奇，看不透你了。"

"我很普通，让你失望了吧。"

"没有啊，我越来越对你有兴趣了。飞哥，能谈谈你的太太吗？"

沉默几分钟，董一飞狠狠瞪了林妙杰一眼："没了，走了。"

"啊，对不起。"

"没关系。"董一飞岔开了话题，"去外面看看吧，我们这里保护的是一家K国石油企业，K国人在外面做生意很不容易，有油、有气、有资源的地方都是狼多肉少，不少人都惦记着，没钱的只能靠抢、靠骗。K国人在外面做生意，靠军队来保护很不现实，我们就是为K国人做生意提供保驾护航的民间武装，你也可以说是雇佣军，是有正义感的雇佣军，K国的雇佣军。"

"飞哥，我想知道上次袭击你们，给你们造成重大损失的是谁，查清楚了吗？"

"妙杰，这件事很复杂，我们的仇家不少，我只能告诉你，或许袭击你我的这帮人就是上次袭击我们的人，因为我们妨碍了他们发财。"

董一飞也不想把松本未来的事情通过媒体告诉国际社会，说多了不利于博通的安全，息事宁人是无奈的选择，但也算是自保的策略。

"飞哥，那你怕不怕他们再来寻仇呢？"

"那是肯定的，打蛇不死，蛇必然会来报复，因为蛇有灵性嘛。而人天性记仇：君子报仇，十年不晚；小人嘛，估计用不了那么久，所以我们要小心点儿。"

"那您得罪的是小人？"林妙杰赶紧追问。

董一飞笑了笑："什么是小人？小人是相对的，不是我得罪了什么人，是博通得罪了什么人，与我个人无关，我就是博通利益的代言人罢了。既然博通妨碍了别人发财，不就要把这笔账算在我的头上。所以嘛，小人是相对的，他们还会觉得我们博通是小人呢，因为我们侵害了他们的利益，这种事情是说不清的。人与人之间不就是为了利益闹矛盾吗？我妨碍了你升官发财，我就是你的小人。你天天设计陷害我，你就是我的小人。如果有一天我离开了这里，我和你就不存在利益瓜葛了，我们彼此就不是对方的小人了。懂吗？"

"嗯，我懂。飞哥，那你觉得小人和君子谁更厉害？"

"君子往往争不过小人，小人因为利益聚集在一起，很团结；君子好面子，各怀心思，不团结。"

"明白，飞哥！您还是要当心点儿！"林妙杰突然间面露难色，真的是担心董一飞的安危了。

"放心吧，妙杰，我命大，命硬，没事的。"

一周后，林妙杰的采访通过媒体发布出去了，董一飞俨然成了K国的英雄，博通也成了K国的"黑石"公司。

身在京城的孙志平面对火爆的媒体再次声明："博通就是博通，黑石是黑石，这盆脏水不要泼给博通，接不住，也不想接。"

深入CU国采访完，林妙杰拖着疲惫身躯回到了K城，但这几天的采访经历让林妙杰终生难忘，更为重要的是，心里一直惦记着那位大英雄——董一飞。

在返回K城的那天，董一飞送林妙杰去迪马机场，林妙杰一步一回头，董一飞不停招手示意快进去，可林妙杰依旧恋恋不舍。看得董一飞异常肉麻，有种异样感觉，仿佛在送女朋友。董一飞没有多想，毕竟身处K城的林妙杰与自己八竿子打不着。

再次败下阵来的松本未来呢？他这次又没死，跑得远远的。

如果说松本之前痛恨的是博通，那如今痛恨的就是董一飞，是董一飞废了自己，此仇不报誓不为人。但只靠自己的力量是远远不够的，松本决定转投A国浑水公司，也就是之前的黑石公司，目标只有一个，整垮博通，杀死董一飞。

浑水公司负责人是一名退役的A国海军陆战队上校军官，名叫史密斯，也是久经沙场。史密斯早就认识了孙志平，二人生意上虽有合作，但史密斯对博通日益做大做强也深感不安，整垮博通也是浑水公司计划中的事，只是松本的加盟让浑水公司和博通之间的矛盾提前爆发了。

## 17. 小精灵

> 白昼之光，岂知夜色之深！神秘基地，岂是外人所知！

神秘的夸克基地坐落于A国格姆湖的干涸湖床上，面积很大，四周全是禁区，这里是A国情报总局的天下，就连大名鼎鼎的"黑寡妇"和"牛车"项目都是由情报总局牵头。在这个基地里，情报总局作为总统情报重要来源，只对总统本人负责，一切都必须服从总统指令，就算是空军也要看情报总局的眼色，要积极配合情报总局搞情报侦察。

A国成立了太空军后，这里就成为太空军重要武器装备研制基地，太空陨石、太空战斗机、航天母舰等都是从这里飞出来，试验成功后再交付太空军部署。由于太空军的介入，夸克基地成为太空军和情报总局分享的秘密基地。情报总局从前是利用空军来做自己要做的事，如今的情报总局则要利用太空军实现自己的行动计划，这两点没什么区别。

A国情报总局情报处处长戴维斯是基地主要领导。别看只是个小处长，但情报总局的情报处处长太牛了。作为总统的耳目，权力极大，有预算审批和调拨权，谁也不会得罪这些人。

戴维斯的个人经历比较传奇。戴维斯自小就崇拜军人，长大致力于从军，因此选择并考取了A国国防大学，本科攻读信息安全专业，毕业后在A国军队服役了8年，曾被派到AF国从事反恐情报保障任务。

离开军队后，戴维斯继续深造，获得应用数学专业博士学位，被大学聘为终身教授。戴维斯后来与人合伙创办了一家小型航空配件公司，主要为大型军工企业提供产品配套。不仅如此，精力过分旺盛的戴维斯参与前黑石公司运作，为A国多家智库公司提供业务咨询服务。

唐纳德就任总统后，在情报总局局长鲁尼的大力推荐下，戴维斯被任命为情报总局情报处处长，并兼任情报总局大学副校长。鲁尼曾是国防大学教官，也是戴维斯本科导师。鲁尼对戴维斯十分赏识，认为他很聪慧、有悟性、肯钻研。戴维斯后来去深造应用数学专业也是鲁尼的建议和推荐。在鲁尼看来，要想做一名优秀的情报人员，数学是基础，是工具，鲁尼知道戴维斯天生就是一名优秀的情报人员。

就在A国挑起针对K国和P国的"冷战"时，情报总局受总统委托，要求深入了解K国和P国那些不为人知的新型武器，这就需要情报总局借助技术手段来获取相关情报。依靠太空军获取情报是情报总局最重要的技术手段之一。此外，情报总局还在K国和P国内部撒下一张庞大的谍报网，利用人工情报来验证和弥补技术情报的缺失。

夸克基地情报总局一号会议室，戴维斯正在召开秘密会议。

"朋友们好，我们今天开会就讨论一个话题，在座的哪位能告诉我，K国和P国有哪些我们还没有掌握的'黑科技'？"戴维斯急于知道答案，因为总统想要答案。

"处长阁下好，据我们太空军侦测系统反馈消息分析，P国由于经济状态不好，已经战略收缩，主要集中开发能在地面和海上反制我们的'黑科技'，比如前几天试验的核鱼雷。"

发言者是太空军情报局副局长威廉姆斯少将。威廉姆斯稍停顿了一会儿，不无担忧接着说："我个人觉得P国不足为惧，倒是K国让人捉摸不透，也是麻烦制造者。由于他们的体制和经济固有优势，决策极快，不像我们总是讨论而不决策。据说，K国还有大量产业补贴，也有不少隐性军费。所以K国人能在短时间搞出来很强大的太空武器。据我们了解，K国也在开发航天母舰，而且K国人设计的碟形太空飞行器比我们的37系列更具优势，机动性更强，我们已观察到多次轨道试验。所以，我想提醒决策者不能再无休止地争论了。"

说到这里，威廉姆斯少将停了下来，似乎有所顾忌。

"将军阁下，您有什么话都可以说，我们坦白些会更好，请继续，这里没有告密者，我也痛恨告密者。"

戴维斯这句话是话里有话，意在警告在座的人不能是告密者，同时打消这位将军的顾虑。"我的想法很简单，一是，我们需要更先进的武器，要领先K国人不止一代，这需要更多的经费预算，我们有想法，但苦于没预算。二是，我们要尽快对K国发动先发制人的大规模军事打击，甚至是全面战争。上次东岛战役失利，已充分证明了K国军队区域作战能力强于A国。我们失去了干预东岛问题的实力和能力，只能眼睁睁看着K国人拿走东岛。如果再给K国十几年、几十年时间，K国人称霸世界的日子就不远了，A国必然沦为二流国家。请相信我的判断，这不是危言耸听。"

"将军阁下，谢谢。我完全同意你的看法，我会转告我的上司关于您的建议。我这里也有个小小的建议，那就是年度《K国军力报告》正在撰写中，希望将军能把K国威胁写多点儿，多写点儿，多强调威胁，多抹黑，让国会那帮浑蛋了解真实的K国，多给我们拨点儿经费。那群浑蛋不仅为难你们，也对我们不断刁难，真是受够他们了，不干事，瞎吵吵，一群废物！谢谢将军！看还有哪位谈谈你们的看法？"

"多抹黑？"正直的威廉姆斯少将一脸的诧异。

"对，情报就是撒谎、欺骗和偷窃，这个道理同样适用于欺骗国会那帮浑蛋。"戴维斯借此说出了心中不满，威廉姆斯尴尬地笑了笑说："受教了。"

"处长阁下，我是克莱军火公司新任的主管研发的副总裁，我叫杰拉德，我能否谈谈我的看法？"

"当然，请，杰拉德先生。"戴维斯看着眼前干瘦的人，感觉年纪不大，但很显老态、疲态。

"各位，我只谈两个问题。一是，A国不缺乏先进的科技能力，长达百年都在引领世界科技前沿，但如今我们落伍了，因为我们的研发经费严重不足。K国人有大把经费预算，当然不是我们给少了，而是K国人给得太多了。K国劳动力成本比我们低很多，相比之下，我们经费自然严重不足。我们要加大对科研工作的支持力度，要知道K国人有大把隐性军费，这比公布出来的数据要多很多。二是，K国可以招揽全球科技人才，大家知道吗，K国这些科技人才平均年龄要比我们低很多，这就是活力，而我们是死气沉沉的。可怕的活力，K国人太可怕了，必须改变这个现状！"

着急上火的杰拉德干咳两声，喝口水继续说："这些事实，各位也都有所感悟吧，关键是我们该怎么办，要想办法。这个问题不是市场问题，如果是市场问题，我就不提出来了，自己就能解决，但这是你们管理流程和政府体制存在的问题，解决不好，我们就会在竞赛中败下阵来。"

会议室陷入静寂，谁也不想正视这个问题，因为体制问题不是夸克基地能管得了的，毕竟A国还在向其他国家极力推销这套自我吹嘘的完美体制，怎么可能自毁长城。

沉默多时，戴维斯打破了死一般的静寂："杰拉德先生，您的顾虑我会转达，上帝保佑A国。"

戴维斯转向旁边的迈克尔，说："迈克尔先生，总统比较关心你们'臭鼬工厂'的'天使工程'进展情况，请您会议结束给我书面汇报材料，我会转呈总统阁下。谢谢。"

戴维斯提到的迈克尔就是"臭鼬工厂"总负责人，迈克尔本人是量子应用工程首席科学家、A国科学院院士，也是神秘"天使工程"总负责人。

"好的，戴维斯先生，我已经准备好了。"

当然，与会很多人对"天使工程"不甚了解，也就知道有这么个代号。

在夸克基地有非常严格的保密规定——按需知密。一旦有人打听不该知道的秘密，一经发现就被立即清除出基地，甚至会以危害国家安全罪名起诉判刑，毕竟谁也不能保证在基地内是否有"鼹鼠"。

夸克基地今非昔比，昔日那些简陋的临时建筑没有了，以前"冷核爆"试验区都得到了很好的净化处理，同时在地下200米深处建设了很多掩体工程，并上覆花岗岩、碳纤维、混凝土等坚固的组合掩体材料，既可以扛住硬打击，也可起到缓冲作用。

基地地下工程星罗棋布，密如织网。既有科研区、生活区，还有行政区、娱乐区等，并且每个区按照字母加数字方式编号，既便于辨识方向，又有利保密。比如，情报总局在夸克基地地下的工程代号是C01~C08专区，其中C02~C05情报专区，横跨四个专区，戴维斯办公室就在C02专区，紧挨着C01专区，C01专区是情报总局局长、副局长等核心成员办公区，这些大领导平时都在苏吉迪桑州的兰利总部办公。

A国情报总局除了情报处，还有管理处、行动处、科技处，能在夸克基地设立办公区的只有情报处、科技处和行动处，尤其是情报处，技术人员多具高学历或是某领域权威专家，因此，情报处一直都是情报总局四个处里最牛的处。这也就不难理解为什么戴维斯权力如此大，连将军们都要给戴维斯这个处长汇报工作。

情报总局行动处主要执行海外"脏活儿"，比如，暗杀某些敌对国家和军事力量的领导。而在夸克基地，行动处只干一件事，确保夸克基地的绝对安全，基地决不允许联邦调查局染指，这里是联邦调查局的禁区。不仅如此，情报总局的组织、人员、经费和行动都被严格保密，即使国会也不能过问，全都涉及国家安全，只对总统一人负责，其权限之大可想而知。

会议结束了，迈克尔院士拿着汇报材料走进了戴维斯C02专区办公室，简要向戴维斯汇报了工程进展。

"天使工程"是A国总统亲自督办的"天字一号"项目，它可不是研制飞机、飞船这类简单的高科技产品，而是研究时空转换机理应用。无论是A军早期的"猛禽"还是"闪电2"隐身战斗机，都是采用外形和材料隐身，属于表层隐身技术，就算采用等离子技术，也只能利用等离子包裹屏蔽内外部电磁信号方式实现隐身，本质还是表层隐身。A国经过多年研究，时空转换才是最佳隐身手段，让同时同处一地的人处在不同空间维度就可实现真正隐身。这个隐身是单向的，也就是人类空间看不到另一空间维度的事物，而另一空间维度可以看到人类空间的事物，就如同"天使"一般，天使能看到你，你却看不到天使，而天使又无处不在，注视你的一举一动。这就是时空转换概念，隐身只是其中一个小应用而已。

"天使工程"的由来还要追溯到20世纪的外星人事件。A国政府和军方一方面否认事件中有坠毁的飞碟和外星人，另一方面用了近百年来研究这些飞碟和外星人，最终才明白这些文明早已掌握了时空转换技术。

说是外星人，其实就是人形生物体，个头儿不高，不到1.5米，脑袋比较大，胳膊很长，身体纤细瘦小，小短腿、大眼睛、小嘴巴。刚开始看到这些幸存的"人"时，他们都穿着绿色工作服，因此一直被误称"小绿人"，其实他们的皮肤是褐色的，在夸克基地的少数知情人都称他们是"小精灵"。

如今，早期研究"小精灵"和飞碟的那些科学家早已作古，但"小精灵"依然健在。"小精灵"精通基因工程，通过基因编辑实现寿命可控可调。据和"小精灵"深入"交流"的A国科学家们讲，他们文明平均寿命在500~1000个地球年。至少要熬死一二十代地球人才能陪伴一代"小精灵"，基因实在太强大了。刚被扣留时，"小精灵"拒绝合作，甚至蔑视地球人的低端和低能，无论A国人用何种手段都无法诱使他们自愿合作。不得已，在夸克基地的科学家只能依靠自身琢磨飞碟残骸的新技术、新材料，但始终进展不大，摸不到窍门。

事情转折点发生在21世纪第35个年头。A国人过去对待"小精灵"采用软硬兼施，甚至暴力胁迫手段，但没想到"小精灵"根本不吃那一套，反而增加了"小精灵"对这一代A国人的仇恨。第二代A国人依旧如此套路，加之"小精灵"对其父辈的极度反感，第二代A国人自然一无所获。

第三代A国人玩心大，好奇心强，虽谈不上怜悯心，但肯定不会对"小精灵"动粗，只会用好玩儿的游戏和好吃好喝来勾引、拉拢和腐蚀这些孤独的"小精灵"。"小精灵"也是"人"，彻底沦陷了。这就是人性的弱点，无论什么文明，是文明就有弱点。

迈克尔院士就与"小精灵"一起厮混，相谈甚欢，无"话"不谈，一起喝点儿小酒，吃点儿小菜。"小精灵"还真上瘾，总想喝两口，不给都不行，跟你急。

等与这些"小精灵"混熟到一定程度，迈克尔就与"小精灵"交流起先进技术了。说是"交流"，实际是意念沟通，"小精灵"很清楚迈克尔想干什么。但为安全起见，迈克尔不可能让他们直接接触残骸，担心会自动修复飞行器逃跑，只能采取物理隔离方式。只有迈克尔等极少数人才能进入E专区接触残骸，"小精灵"则被安置在A专区软禁，被悉心"伺候"着，达到忘我的乐不思蜀境界。

A专区名义是贵宾区，但更像是珍稀活体标本专区，尤其是"小精灵"所在的A0专区，与其他A1～A6专区之间隔着很厚的隔离带，一般人不仅不能路过A0专区，甚至未必知道有A0区，因为其他专区都是从1排序，只有A区例外。

迈克尔知道"小精灵"也是"凡胎肉身"，神奇之处只在已坠毁的飞行器，尤其是那台时空转换设备，只有进入飞行器并使用这台设备才能实现时空转换，而这套设备采用的就是量子瞬移原理，通过这套设备可激发量子瞬移能量组件，立即进入新维度空间，而不需要以地球人超光速的传统方式穿越时空。

听到这些结论，戴维斯很激动，说："迈克尔教授，您说我们何时才能掌握这种时空转换技术，那台设备，我们自己能破解吗？可以逆向仿制吗？相信总统要是知道这些进展一定会很开心。"

"处长阁下，仿制意义不大，因为材料不同、工艺不同、环境不同，他们能做到的，我们未必能做到。但最大收获就是与'小精灵'交流中验证了量子瞬移技术的可行性，一旦这种原理已经掌握了，我们就可以独立设计时空转换设备了。"

"那太好了。不知道迈克尔教授还需要多久才能做出技术样机？"显然，戴维斯很焦急。

"再给12个月吧，我们正在试验，我也希望尽快有成果。但还需要您的支持，现在的经费预算实在是……"

"没问题，需要多少预算，你告诉我，我立即给你批复。总统的意思，是要不惜一切代价尽快搞出来。"

"我这份报告中有一份预算表，也有我们取得的阶段性成果，预算还需要两亿金元。"

"没问题，我希望您能尽快拿出样机，我这就安排给你拨款。"

兴奋的戴维斯立即拿起专线电话通知情报总局预算部门拨款，然后就火速搭乘专机从格鲁姆湖直飞往兰利总部。

正在夸克基地执行的项目不只是"天使工程"绝密任务，还有几个大项目在同步实施，包括"新殖民者""灵魂""绝育""末日"等工程，这些项目也都是由戴维斯作为项目牵头人，并直接听命于情报总局鲁尼局长本人。

戴维斯见到局长鲁尼并简短汇报后，又受命立即飞往北凯泽莱州的莫约克去见浑水公司总裁史密斯。戴维斯之前是黑石公司顾问，与史密斯是老相识，关系不一般。

戴维斯约见史密斯是希望通过浑水公司全球网络渠道协助情报总局获取更多K国和P国情报。这笔买卖价格不菲，戴维斯为人很大方，大笔一挥就拨给了浑水公司100万金元预付款，情报具体价值另算，一事一议。

浑水公司早在"黑石"时代就是情报总局合作伙伴，戴维斯和史密斯也是多年合作伙伴，很多情报总局不方便干的事情都让浑水公司出面，只不过以前是黑石，现在是浑水，换汤不换药，换了个名字罢了。

谈完正事，戴维斯也放松下来，咂了口黑咖啡，漫不经心地问："史密斯先生，你认识孙志平吗？"

149

"孙志平？K国博通的孙志平？"史密斯很好奇。

"对，就是他，博通的老总，熟悉吗？"

"有过业务合作，见过几面。戴维斯先生怎么对孙先生感兴趣？"

"情报总局对任何有价值的人都感兴趣，包括史密斯先生你，不然我怎么会找你合作。对我们有价值的人，我都感兴趣。"

戴维斯从不藏着掖着，毫不隐瞒内心真实想法。

"那处长阁下的意思？"

"孙志平是个关键人物，我很感兴趣。他的背景我们知道一些，但我们需要这个人的帮助，不知道史密斯先生能否牵线，让我和孙先生见上一面？见面地点在哪里都行，当然最好不要在K国。"

这个要求让史密斯很意外，一个A国情报机构头子要见K国安保公司的头儿，还是自己生意场上的最大竞争对手，可见孙志平不是一般人。

思量片刻，史密斯点了点头："好，处长阁下，我可以试试。"

史密斯不想得罪眼前的金主，既然是上帝，就权当100万金元当中介费，这个服务是无法拒绝的，对浑水公司也不是一笔小生意。

"谢谢，期待您的好消息！"

戴维斯喝干净最后一口咖啡，就匆忙离开了浑水公司，只留下一头雾水的史密斯。陷入沉思的史密斯一直思量该如何去请孙志平，这可不是那么容易的事。

戴维斯是真忙，马不停蹄去见另一个人，德兰克公司华裔国际问题专家约翰·吴。这个人之前是K国政府部门研究人员，受到排挤后出国受雇于德兰克公司，最后拿到了A国"绿卡"。由于约翰·吴对K国现行体制和政策十分熟悉，是绝对体制内专家，所以在德兰克公司凡是涉及K国的报告，都由约翰·吴作为报告主笔。这样一个人也就成为A国情报总局重要咨询顾问。

戴维斯走进德兰克公司总部大楼，约翰·吴立即迎了上来，戴维斯是德兰克公司的最大金主。"你好，戴维斯先生。"约翰·吴说。

"你好，吴先生，谢谢等候。"

"好，到我办公室谈吧。"

戴维斯随约翰·吴来到办公室。两人已多次合作，不见外，很快切入正题。

"吴先生，我想让你帮我分析一件事和一个人。"

"您吩咐。"

"一件事，如果A国与K国开战，我们胜算多少？我指的是全面战争，K国的优势有哪些？我希望吴先生能在一周内给我一份报告，详细告诉我答案。"

约翰·吴稍微想了想，点了点头："7个工作日，我给您报告。"

"太好了。吴先生，我相信你，你的效率总是那么高，比那些拖拖拉拉的A国白人强太多了，我很乐意与你合作。谢谢。"

"别客气，这是我分内工作。哪一个人呢？"约翰·吴也不见外。

"孙志平，博通公司老总，我想了解这个人，信息越多越好。他是退役军人，我不知道他现在是否受雇于K国军队，或者孙志平是否能接触到军方高层。我也想要一份关于这个人的详细报告。不知道吴先生是否可提供？"

"孙志平？"约翰·吴迟疑了一下，没敢贸然接话。约翰·吴知道要想了解一个连情报总局都关注的人，一定不是能随便应付的重要人物。如果没有足够的人脉是不可能知道准确答案的，要想知道详细资料或许就要冒险，甚至危害K国国家安全。

看约翰·吴有些犯难，戴维斯也明白不好做："看来这个人的资料不好搞吧。"

"我试试吧，给我15个工作日。"约翰·吴硬着头皮先应承下来，德兰克公司资源很丰富，遍及全球。

"那就谢谢吴先生了，我就不打扰了，希望能尽快有你的好消息，期待。"

戴维斯是一名十分敬业、十分职业的A国资深特工。戴维斯很清楚一点，要想取胜，一方面要努力强大A军作战力量，另一方面还要充分掌握对手的现实实力和未来潜力。在戴维斯眼里，"知己知彼"才是最佳战争宝典，也是情报总局存在的最大价值。

可戴维斯不是喜欢静候佳音的性格，虽说"重赏之下必有勇夫"，但这位资深特工也不忘去找媒体聊聊，看有什么蛛丝马迹能挖掘。

戴维斯约了女记者琼斯。琼斯十分漂亮、性感，二人经常一起喝咖啡，聊聊最新时政新闻。戴维斯很喜欢听琼斯对K国和P国的看法，会有意外收获。毕竟琼斯与K国和P国官方和媒体打交道很多，这个女人不简单。

老到的戴维斯会不断提问，仔细倾听，偶尔会插几句话，从中找寻自己感兴趣、有价值的信息。这种场合不需要付出高昂代价，可能一杯咖啡就解决问题。而琼斯也想通过眼前这位情报总局大处长了解第一手资料，媒体最需要惊爆眼球的新闻素材，二人各取所需。

戴维斯也不是上帝，也有男人的通病，好色，但很有分寸。比如，对眼前这位个头儿高、身材火辣、性格泼辣、眼神热辣的典型西方美女记者，戴维斯则是尊敬有加，绝不会有任何非分之想。一是，因为琼斯年纪虽轻，但资历不浅，采访过很多政要，经常深入战场一线，经验丰富。戴维斯也是琼斯采访鲁尼时认识的。二是，情报总局有非常明确的"美人计"戒令，像琼斯这样的女人属于极度危险人物，记者身份太敏感了，好奇心强，目的性强，背景不清不楚，这类人一定不要招惹，会引火烧身。

更为重要的是：像戴维斯这样的人从不缺钱，也不缺女人，包括女影星，只要想得到都不是什么难事，这也就给戴维斯注入了极强的"美女免疫力"。既然如此，琼斯和戴维斯也就混成了"哥们儿"，有啥事都互相聊聊，反而相处轻松了许多。

但历史和现实反复证明一点，人往往死于弱点。

# 18. 列夫米拉

要让每一天都有价值，我的伏特加。

A国正在紧锣密鼓排兵布阵，大规模研发先进武器，妄图对K国和P国有所动作。作为老对手的P国也没闲着，试验任务繁重。

亚尔斯普，名字很陌生，但对P国很重要，这里是十分神秘的新武器试验场，素有"P国夸克基地"之称。亚尔斯普试验场坐落于亚尔斯普镇东北约30千米处，这里地势平坦、人烟稀少，海拔只有30多米，属于半沙漠地区，面积很大，65000多平方千米。亚尔斯普镇处于横贯东西的公路、铁路线上，距离古雪弗、萨托夫等主要导弹和火箭发动机生产基地很近。

亚尔斯普是P国最早的导弹和航天器发射场，建于20世纪中期，是在与L国战争时期，利用从L国缴获的试验设施和俘获的导弹工程技术人员建立起来的，主要用于试验从L国缴获的导弹，后来逐渐发展成为P国的中央试验场和三军联合试验场。

现在，亚尔斯普依旧是P国国家级武器试验场，很多先进武器都在这里研制试验后交付部队使用。与夸克基地相似，亚尔斯普也建成了一座宏伟的地下工程，用以支撑着P国军事工业创新发展。

P国曾经是一个资源型国家，不过目前的P国成功实现了转型，不再单一靠石化能源产品推动经济发展，P国强化了创新科技综合发展，大力开发东部普利亚的广袤地域，发展极具国家特色的"冻土经济模式"。曾经沉寂封冻数十万年的冻土层孕育着巨大商机和无限潜力，"冻土"是天然世界宝库，P国全方位发展"冻土经济"为国家创新发展提供了重要保障和有力支撑。

很重要的一点是：气候变暖让P国北部不冻港数量与日俱增，交通便利了，北极航道被广泛使用，这对P国经济发展也带来了不可多得的战略机遇，由此衍生出来贸易、航运、能源、旅游、救援等一系列新兴产业。

再一方面，冻土层开发让海量可燃冰和核材料成为P国"绿色能源"出口拳头产品，完全替代了传统石化燃料出口。冻土层还衍生出一场新的农业革命，在渐冻土层生长的农作物，比如，大豆、玉米、花生等农作物产量更高，经济价值更大。更为重要的是，冻土层是地球生物化石宝库，P国对冻土层生物标本深入研究，让P国基因科学和生命科学领跑世界顶尖科技。

从军事角度讲，冻土层科技开发为P国带来稳固的国家安全保障，尤其是"冻土层地下工事及掩体技术"对战略武器基地和地下指挥中心的隐藏、伪装和防护都带来很大帮助，要想摧毁冻土层难度很大。

经过多年的不懈努力，P国摆脱了陈旧经济模式的束缚，可相比K国和A国的经济规模，P国还是相距较远。2035年，K国GDP（国内生产总值）已经突破36万亿金元，超过A国的30万亿金元，P国则只有9万亿金元，勉强进入全球前六，落后于I国、R国、L国，赶上了F国和E国。只要有钱，P国就敢强力发展高科技产业，这就是民族性格，不惧严冬、不畏严寒，一往直前。

仅在亚尔斯普试验场，P国每年预算就高达600亿金元，要知道20多年前，P国军队全年军事预算才600亿金元，简直是天壤之别。从亚尔斯普试验场飞出来的武器很多，包括各类高超音速导弹和反导系统，还有自杀卫星、定向能武器、空间站等堪称科技奇迹的"作品"。

现在，P国的未来科技武器规划和具体的实施计划都集中在两个人的头脑中:一位是列夫米拉少将,P国国防部武装力量装备部科研局局长;另一位是西多洛夫少将,亚尔斯普武器试验场全权任务主管。

列夫米拉,毕业于P国装甲兵军事学院,后进修于总参谋部军事学院,获得军事工程学博士学位。由于列夫米拉在军事科研领域取得诸多成果,曾获得"P国英雄"荣誉称号。列夫米拉是积极推行军事科研体制改革的重要倡导者,也是现任国防部部长罗戈津的军事体制改革的践行者。列夫米拉曾以军工科研主管身份多次深入CU国、IR国等战场,长期通过实战检验和优化新武器性能,对P国空天武器装备试验、定型和列装发挥了重大作用。

之所以说列夫米拉牛,主要是身份牛。在P国现行体制下,武器装备预研、研发、部署、经费预算都归国防部武装力量装备部统管,另有两个直管部门是联邦委员会的安全和国防问题委员会及议会的国防委员会,但具体落实还要交给装备部执行,尤其是列夫米拉任职的科研局最为关键。

10年前,列夫米拉还不是科研局局长,但见证了P国新兴军事发展全过程,如今这些项目和工程都在试验中,有些已在部队列装服役。亚尔斯普试验场研制出的武器主要服务于两大军种:一个是天军,一个是战略火箭军。经过新一轮军事体制改革,P国把天军从空天军中剥离出来,力求资源整合,进一步强化太空部队建设。10年后,P国军事工业创新成果斐然,这与列夫米拉的努力分不开。

列夫米拉办公室的电话响了,来电的是总统办公室,通知明天上午10点到总统办公室给普奇科夫总统汇报,重点谈正在推进的重大项目和工程进度。

10点整,普奇科夫总统在克里宫接见列夫米拉少将,国防部部长罗戈津和装备部部长梅津斯基二人陪同。

"总统先生好。"列夫米拉快走了几步、敬礼、握手。

"列夫米拉将军好,谢谢你的辛勤工作。请坐。"

简单寒暄几句,普奇科夫直切主题:"列夫米拉将军,我们要听你的工作汇报，我知道你很忙，抓紧时间讲吧。"

"好的，总统先生。"

列夫米拉打开汇报材料，逐一演示给总统看，罗戈津和梅津斯基时不时插话解释给总统。与A国类似，P国正在发展空天母舰和太空战斗机，代号"轻舟"。

"列夫米拉将军，我想知道这个工程比A国的优势体现在哪里？"总统直切要害，只想听真话。"恕我直言，我还想知道K国的进度。"总统追问了一句。

"总统先生，与A国的空天母舰相比，我们的载机数量更多，A国是6架，我们是10架。另外，A国研制的太空战斗机综合性能落后于我们，如我们的是全向机动型，与K国人搞的比较类似。战机携带激光武器的功率也大于A国。但据我所知，K国在这方面进步神速，一直在不断进行各类验证性试验。"

"那A国是否在发展第二代空天母舰呢？要知道，A国人的第一代产品已经实战几年了。"

罗戈津赶紧接话道："据我们情报部门消息，A国人确实在发展下一代空天母舰，体积是目前的三倍，并可能携带不同载荷的战斗机，我们一直在密切关注动态。"

梅津斯基也补充道："总统先生，我们也在做下一代空天母舰预研。技术方案成熟后会专题向您汇报。"

"第一代要尽快列装，尽快形成战斗力，形势不等人。A国人这次可不是想搞军备竞赛那么简单。这个女总统不简单，铁娘子，估计会学她父亲的铁血手腕，我和她几次会晤都心照不宣，暗自较劲，所以你们要倍加努力。"

"总统先生，我已给两位将军汇报过了，计划在本年度安排多次试验，力争明年试验性服役。"列夫米拉进一步强调了工程进度。

"好的，各位将军，你们辛苦了。"

汇报的另一项重点工程是"深蓝"计划，这是一个疯狂的末日工程。P国天军计划劫持小行星，并借此拥有制造小行星撞击地球能力的综合战力。P国前总统有句名言——"如果P国都不存在了，还要这个地球干吗"。"小行星撞击地球"就是玉石俱焚，彻底毁灭蓝色星球。

"我记得你们说过，A国的'末日'工程有和我们一样的目标，引导小行星撞击地球。不知道他们的进度如何了，罗戈津将军。"

"总统先生，此类试验很危险，A国也只在太平洋岛礁实施了人造太空陨石试验，没敢做'末日'试验，但A国已做了尝试改变小行星轨道试验。据我们的情报，A国可能会在月球背面做类似试验，引导直径几百米的小行星撞击月球。具体情况，情报部门还在跟踪。"罗戈津进一步解释道。

"总统先生，我们计划在本年度做三次小行星轨道转移试验，分别选择直径200米、500米和1000米的小行星，但不做引导撞击地球试验，重点在积累工程经验。只有在必要时，也就是A国人一旦在月球做类似试验后，我们才会及时跟进。"梅津斯基谈了装备部试验规划。

听到这儿，普奇科夫满意地点了点头："自从A国人退出《外太空条约》和《月球公约》后，太空军事化就愈演愈烈，太空军备竞赛一发不可收。我们要未雨绸缪，早做打算，A国人来者不善。"

普奇科夫还听取了"冰河"和"烈火"工程汇报。同时，针对天军和战略火箭军的几种现役武器的升级改进项目，普奇科夫也一并听取了详细汇报。

"各位将军，你们的工作很有成效，很不容易。尤其是列夫米拉将军身在科研一线更辛苦、更忙碌，但我还是要强调，时间不等人，希望你们今年捷报频传，上帝保佑P国。

"对了，各位将军，我和K国领导人已敲定在太空领域加强合作的几点共识，你们两位也都参与了会谈，一定要尽早落实。同时也可以了解一下K国朋友的实力。我看这次会议的地点就放在K国鸿谷地区的武器试验基地吧。你们可以与对方协商。"

面对罗戈津和梅津斯基，普奇科夫强调："你们两位将军责任重大，一是要做到项目督导、督办，抓好监督落实；二是要切实解决项目和工程实施中存在的问题，比如，人员调配、预算安排，要全力做好保障工作，确保项目和工程按照时间节点和进度实施，确保计划能如期完成，这一点，你们二位要继续努力。"

"明白。"三位将军异口同声。

会议结束了，列夫米拉又赶回国防部向罗戈津和梅津斯基两位上司做了简短汇报，然后立即飞回亚尔斯普。

一周后，列夫米拉就接到梅津斯基电话，要求他即刻飞往莫伊洛，陪同罗戈津前往K国参加代号为"协作伙伴"的军事交流活动。

十分敬业的列夫米拉虽说担任着装备部科研局局长职务，但一年中几乎不去国防部专属办公室，列夫米拉真正的办公室就是亚尔斯普实验室和试验场。

列夫米拉是典型的斯拉夫人，比较粗糙，人高马大，大胡子，但又是位学者型的领导。他长期在军工科研领域和军事院校工作，虽然脾气暴躁，但坏脾气主要冲着领导，对待下属则通情达理，甚至"护犊子"。列夫米拉对上司不客气，不阿谀奉承，也是出于工作原因，如果预算批复太官僚，列夫米拉就会发飙。只要列夫米拉这么一闹一吵，所有官员都不敢官僚了，效率大大提高。列夫米拉的顶头上司们谁也不傻，列夫米拉可以和总统对话，负责的又都是"一号工程"，既惹不起，也耽误不起，除非不想干了，自然多做顺水人情。

列夫米拉也不是不近情理，每次因公求人办事时，都会嬉皮笑脸说事成后请大家喝酒。但每次事成之后，别人都调侃问列夫米拉今晚去哪里喝酒，列夫米拉很爽快地甩过来一瓶伏特加，让他自己回家喝，算自己请喝酒了，一瓶酒也不贵，不算贿赂。

列夫米拉是个好同志，可就是嗜酒如命，每每重大试验成功后，列夫米拉就会"强行"拉着下属一起喝酒。列夫米拉喜欢伏特加，只要伏特加，每每不醉不归。为此，列夫米拉也没少被上司狠批喝酒误事，罗戈津甚至在大会上点名批评列夫米拉，要求这位爱将要好好改改这个毛病，众人面前也一点儿不给面子。可列夫米拉家传的嗜酒传统改不了，与生俱来，天生、遗传，谁也拿列夫米拉没法子。

## 19. 鸣沙基地

建筑艺术的真正意义在于使别人羡慕嫉妒但不恨，愿意找你合作。

K国和P国两军会议没有安排在京城的总部基地，而是安排在K国夸克基地的巴林科沙漠，这里是K国各类空天武器研制和试验中心——砥砺新武器研制试验中心，位于巴林科沙漠腹地，基地面积有4万多平方千米。基地建于20世纪50年代，是亚洲最大的军用机场，两条跑道长度在3500米以上，集体停机坪四座，地下机库一座，可容纳几百架作战飞机，还包括了K国唯一的综合性导弹试验靶场。

砥砺新武器研制试验中心一切设施都是超一流设计和建造，并采用清一色地下掩体工程。从太空俯视，砥砺基地只有沙漠和绿洲，这得益于基地做了集外形、外观和红外隐身于一身的全伪装工程，设计非常巧妙，连两条3500米跑道都消失得无影无踪。这个神奇的基地建设项目就是"鸣沙"工程，堪称世界一流。

巴林科说是沙漠，其实是一块"风水宝地"。沙漠因缺水而被称为"生命禁区"，但在极度干旱的巴林科沙漠却有着沙山和湖泊共存的自然奇观，这让很多来过这片沙漠的人十分费解。不仅如此，巴林科沙漠也是世界最大的鸣沙区。"鸣沙"又叫"响沙""哨沙"或"音乐沙"。"鸣沙"虽不稀奇，但像巴林科面积如此巨大的鸣沙区，在世界上是绝无仅有的，于是巴林科被誉为"地球鸣沙王国"。

初次来到巴林科沙漠的人都会发现无数的高大鸣沙山与140多个内陆小湖相映成趣，形成独特的沙漠景观，美不胜收。

为什么要把砥砺基地改造项目用"鸣沙"命名，是因为工程建设难度如同"地球鸣沙王国"一样在地球上绝无仅有。

P国高级军事代表团应K国军方邀请，首先乘坐重型运输机飞抵京城机场，换乘K国空军提供的大型运输机直飞砥砺基地。如果放在从前，每当快到基地上空时，空乘人员都会要求乘客们关闭舷窗，避免看到不该看到的东西，甚至作战飞机在访客到来之前早早转场隐藏起来，但如今一切都不需要了，随便怎么看。P国高层军方代表确实也十分好奇，空乘人员有意识提醒贵宾快到基地了。就连罗戈津都是职业性贴着舷窗"鸟瞰"，但结果令所有人大失所望，映入眼帘的只有无垠的沙漠和片片绿洲。就算是飞过A国夸克基地和P国亚尔斯普，地面人造景物也不会消失得如此干干净净，这就是K国人创造的人间奇迹，也只有K国人能把每项工程都做到极致。P国军方代表团耳边仿佛飘过了四个字——基建狂魔，不，是"上帝工程"。

"鸣沙"工程建好后，这是第一次邀请外军代表团来这个神秘基地参观，这对P国军方来讲也是最大殊荣。

当客人下飞机后，才更加真切真实体验到"基建狂魔"。机场跑道是立体的，分上、中、下三层，如此的立体跑道工程还有多个，四通八达、彼此通联，让P国军方代表团大为震惊。不仅如此，除了复杂的跑道系统工程，机库和武器库也都是复合多层结构，通过智能托盘实现AI（人工智能）调度、基因甄别、共享服务。

既然跑道和库房都设计建造如此超前，其他地下工程更体现出"未来科技"内涵。在砥砺基地军方人士介绍下，P国军方代表团才知道，砥砺基地包括六大立体区块：生活保障区、行政服务区、科研中心区、共享试验室区、对抗演练区、战场考核区。

每个立体区块各自独立，通过超导管道高速轨道交通系统实现互联互通，设计要求具备"四防"功能，除核生化武器外，还要求抵御人造陨石攻击。

这六大立体区块都与机库和跑道连通，便于做到快速应急响应。

相比之下，行政服务区相对规模较小，体现"行政为科研服务"的宗旨和理念。

科研中心区是基地核心区域，按照军种划分，是具有前瞻性的联合作战科研中心。共享试验室区里的试验设备应有尽有，包括超算量子计算机、高超音速激波风洞、粒子加速器、对撞机、试车台、粒子源、电磁辐射源等。

对抗演练区面积很大，能够满足不同军兵种实兵对抗和高仿真模拟训练的实际需求。

战场考核区重点解决两大问题：一是实战练兵场，体现"赢者为王"；二是检验武器综合性能。这里具备十分苛刻的考核环境，诸如极端电磁环境、极端高低温环境、极端粉尘环境、极端冰雪环境、极端雨淋环境、极端雷暴环境、极端地质灾害环境、极端海洋巨灾环境等。经过这个战场考核区考核的武器不会再有比这里更恶劣的地理环境了，除非是小行星撞击地球。

这次两军高层军事交流是应两国国家元首会晤达成的共识召开的，希望强化两军战略协作伙伴关系，在关键军事技术领域上加强合作，尤其是太空部队和海军两大军种要强化务实合作。

普奇科夫对两军交流非常重视，特别指示一定要谈出成果，增强两军军事科技合作的深度和广度。

围绕两国太空领域的军事交流会议，P国希望能放在K国的砥砺基地召开，K国军方经过严格论证，同意在这里召开会议并邀请同行参观访问。这次参观访问确实让P国国防部部长、装备部部长一行人吃惊不小，甚至感叹两国和两军存在巨大差距。

K国军方出席并主持本次交流会议的是国防部部长王生明上将、凌霄军团司令员田胜利上将、凌霄军团参谋长祁奕雄上将、副参谋长郝利新中将等人，但列席人员当中还有一位身份很特殊的老百姓，一身绿色夹克便装，这便是凌霄军团的顾问孙志平。

尽管孙志平对砥砺基地不陌生，但邀请已退役的孙志平一个外人进入砥砺基地则必须由国防部特批。在祁奕雄建议下，王生明同意孙志平一起参加接待P国军事代表团，主要考虑之一是希望能加强包括两军民间安保服务在内的多领域合作。

砥砺基地行政服务区一号会议室，两国代表团纷纷落座，会议正式召开。

"非常欢迎国防部部长罗戈津上将、装备部部长梅津斯基上将，欢迎P国军事代表团一行莅临K国砥砺科研中心，相信我们两军通过这次高层会谈，一定能达成广泛合作协议，用实际行动来积极落实两国元首达成的基本共识，在各个领域取得丰硕成果。"

国防部部长王生明上将首先致辞，并一一介绍了K国方面与会人员。当介绍到孙志平时，罗戈津和梅津斯基等P国军方代表团很是惊讶。

"就是在FL国营救人质反恐行动中的那个博通公司的孙志平吗？"罗戈津感觉博通和孙志平这些名字有些耳熟，突然想了起来。

"对，就是那个博通和孙志平。看来罗戈津将军听说过博通啊。"王生明也很吃惊。

罗戈津笑了笑，竖起大拇指："如雷贯耳，怎能不知道，地球人都知道了吧。干得漂亮，堪称特种作战的典范。"

梅津斯基略带疑惑地问："博通是你们军方下属安保企业吗？我记得你们军方不允许军人经商吧。"

田胜利点了点头说："部长阁下说得很对，K国军队早就不允许经商了，博通也不是军方下属企业。它就是一家民企。但这个企业很牛，牛就牛在集合了一众训练有素的退役军人，包括特种兵，K国的退伍军人有几千万，这就是博通的最大财富。当然了，像博通这样的企业在K国还有不少，也一定程度上解决了退役军人转业安置问题，这是好事。我们也把这种模式定性为军民融合服务的商业模式。我记得贵国也有不少这样的安保企业，今天把博通的孙志平请来，也是希望加强两军在民间安保领域的全方位合作。"

罗戈津点头称是："好主意，P国人口少，民间安保力量不足，虽然P国有不少安保公司，但像博通这样规模、如此专业的安保公司还没有，我看在这个领域的合作是可行的，我们这两天可以先具体谈谈，等我们回去再好好研究一下合作方式。"

如此一来，P国军事代表团一行不仅记住了博通，更记住了眼前这位不穿军装的中年男子，不简单。

王生明介绍完后，罗戈津上将随后表达了谢意。

"感谢王生明上将、田胜利上将、祁奕雄上将的热情接待，我们期待这次会谈能取得丰硕的成果，让两国元首满意，这也有助于维护世界和平与稳定，毕竟我们这个星球很不太平，想称霸地球的霸权主义国家还在不断惹是生非嘛。"

王生明很赞同罗戈津的讲话："相信我们两军都很清楚一点，那就是A国越来越霸道，对世界构成的威胁与日俱增，只有我们两个好朋友心往一处想，劲往一处使，才能联合起来有效维护世界安全。相信P国的朋友们也是这么想的吧。"

"没错，我们完全赞成K国朋友的观点，我们的立场是一致的。"罗戈津上将再次强调。

"那好，罗戈津上将，接下来我们就把时间交给各位同事尽快做事务性沟通吧。我们也期待好消息。"王生明提出会议谈判建议，罗戈津当即表示赞同。

经过一天半的谈判，两军在以下几个项目达成基本共识：

一、两军发表《关于太空和月球安全的联合声明》，强烈谴责A国退出《外太空条约》和《月球公约》，强烈反对深空和月球军事化，强烈谴责A国计划在月球实施小行星撞击试验，两军认为A国此举将严重威胁地球和人类安全，有悖于构建人类命运共同体的最大共识。

二、K军为P军介绍了K国在研的武器项目，包括空天母舰和月球基地建设项目，并邀请P国军方代表团参观重点项目试验室。

三、两军同意在太空领域启动四类合作项目：一是实现两国卫星导航系统一体化、全面兼容化，确保两大系统融合使用，互为备份。

二是联合启动"方舟"工程项目。面对A国"末日工程"试验,两军决定联合研制抗击小行星撞击地球的拦截系统。第一阶段,建议在一年内实现对直径1千米以下的小行星具备可靠的拦截能力;第二阶段,建议在三年内实现对导致恐龙灭绝的直径10千米以下的小行星具备可靠的拦截能力,借此来拯救地球、拯救人类。三是进一步开展月球项目合作。联合研制地月通用摆渡车,共同打造大型月球科研基地。四是启动P国在"使命四号"空间站上与K国凌霄军团的联合军事行动,必要时可将P国太空武器部署在"使命四号"空间站,并不定期举行太空军事演练。

会议结束后,两军正式对外联合发表了《关于太空和月球安全的联合声明》。一时间,国际社会纷纷评论指出,K国和P国两军已正式结盟。

但K国和P国的国防部发言人各自表达了"两军没有军事结盟,也不需要结盟"的一致观点。

A国国防部则对K国和P国两军在太空领域的密切合作表示严重关注和忧虑。

会议最后一天,K国和P国两军代表团在生活保障区宴会中心举行小范围联谊会。

K国军队早就颁布了严格"禁酒令",但面对嗜酒如命的P国军事代表团,首长和国防部还是破例安排了好酒招待远道而来的尊贵客人。

面对眼前的K国国酒,P国军方代表团无不交口称赞,尤其是列夫米拉这个"酒鬼"必然是贪杯豪饮,赞不绝口:"比伏特加好,我喜欢,我很喜欢。多少钱一瓶,我可以买几瓶吗?"

两瓶酒下肚了,列夫米拉依旧谈笑风生,但走路多少飘了,飘飘欲仙的感觉真好。

罗戈津端着酒杯来到了孙志平旁边,用十分生疏的K国话打招呼:"你好,孙先生,幸会。"

没想到孙志平一口流利的P国话:"部长先生,您好,欢迎您来到K国,期待两军能有更多务实合作。"

"孙先生懂我们的语言？"

"就懂一点点，由于安保业务关系，不得不学习一点点，就是皮毛。您见笑了。"

罗戈津竖起大拇指称赞道："好，很好，这样交流就方便多了，希望有机会能与孙先生单独合作。我知道博通公司实力很强，P国在海外利益很多，我回国后会认真考虑一下合作方式，我相信我们很快还会再见面的。"

罗戈津，一名久经沙场的老将军，军工行业专家，在公开场合从不夸人，典型的一本正经、职业军人本色，不苟言笑，但罗戈津这次一点儿也不吝惜对孙志平的溢美之词。

罗戈津招了招手，梅津斯基和列夫米拉两位将军也走了过来，罗戈津指了指孙志平，说："我想和他合作，你们二位好好考虑一下。我们不仅两军要合作，民间安保也要合作。"

寒暄几句，四个人碰杯，孙志平一饮而尽，这杯酒分量很重，沉甸甸的。

本想低调，可实力不允许，孙志平快步走向王生明、田胜利、祁奕雄，端起酒来，一一敬酒，这种外事场合没有太多话，都在酒里，眼神交流更能说明问题。

作为一名特殊的编外人员，孙志平要在特殊的公开场合做好关系的动态平衡，因为每一双眼睛都在盯着自己，既有K国人，还有P国人。

宴会结束了，孙志平主动走过来塞给列夫米拉两个手提袋子，四瓶国酒，孙志平特别强调是私人馈赠，与贿赂不沾边。列夫米拉非常感激，一把握住孙志平的双手，说："一定要来P国看我，好朋友，我在莫伊洛等你。来的时候什么礼物都不要，带这个酒就行了，多多益善。我的朋友。这个酒太好了。"

列夫米拉是真喝多了，喝好了，P国军方代表团把这位少将搀扶走了。"一定要来，一定……"列夫米拉依旧念念不忘。

"一定，一定，莫伊洛见。"孙志平附和着，看着列夫米拉跌跌撞撞，渐渐走远了。

## 20. 地球毁灭者

上帝给了人们有限的力量，却给了人们无限的欲望。无欲则无求，可人性不允许。

平衡建立起来很难，必须很多巧合、共识和努力，但要想毁掉平衡很容易，一个人、一件事就可轻松做到。

面对全球局势动荡，在K国和P国要求下，联合国安理会召开多个专题会议，讨论如何稳定局势，建立新的平衡机制，并多次提出希望联合国安理会能发表声明，确保太空和月球非军事化。

K国和P国在安理会辩论期间，展示很多直接证据，表明A国正试图打破全球军力平衡，挑起新一轮太空军备竞赛，发展小行星等大规模杀伤性战略武器，要把地球、月球和人类推向毁灭边缘。

K国和P国的联合声明得到了"世界总管"联合国秘书长、B国人哈维的坚定支持。

哈维之前是B国总统，属于国内右翼政党，在哈维执政期间与A国关系密切，尤其是蕾拉的父亲唐纳德与哈维私交甚密，经常面授机宜。如果没有A国极力推荐，尤其是蕾拉的力排众议，哈维想当联合国秘书长是完全不可能的。在竞选期间，哈维面临的竞争对手很多，最后在A国和K国的严重对立下，A国以退出联合国做要挟，K国以大局为重勉强同意对哈维的提名。

但这次面对A国极端霸权行径，连亲A国的哈维也无可奈何，感慨联合国表面风光,"世界总管"其实是"世界总管不了"。A国把哈维扶到这个位置,不是要他与A国作对,他必须配合和帮助A国实现全球霸权。震怒下的哈维只能退而求其次,在联合国大会上投票表决支持K国和P国,通过两国关于维护太空安全的正义要求。并且联合大多数国家通过了谴责A国霸权行径的决议。这份决议不具有约束力,仅限于道义层面,对实质性制约A国鲁莽行动毫无作用,A国依旧我行我素,甚至变本加厉,用实际行动来视这份决议如"废纸"。

哈维刚上台时也是壮志凌云,希望对臃肿、官僚、不合理的联合国大刀阔斧进行改革,尤其想限制联合国安理会常任理事国的否决权,并增加常任理事国的席位,但提了多少次,喊了多少年,依旧步履维艰,哈维也心灰意冷了。

一向礼貌有加的哈维在这起事件上先后两次失态:一次是A国和E国否决决议时,哈维砸着桌子抗议,咆哮着"A国要把人类带入无尽深渊"。第二次就在联合国大会上,当哈维看到还有不少国家依旧支持A国,哈维怒吼道"你们竟然和A国、E国狼狈为奸,危害世界,让地球和人类遭受涂炭"。

A国常驻联合国代表团代表赫莉也毫不客气,对哈维发出严厉警告:"不要忘记哈维是怎么当上秘书长的。"赫莉在公开场合警告如此刺耳刻薄,甚至毫无顾忌。

A国报复心理极强,就在联合国大会通过谴责A国决议第二天,A国太空军就实施了一次小行星轨道推移试验,将一颗直径约100米、位于火星和地球轨道之间的小行星推移到另一轨道。A国太空军精准控制"末日"登陆器在小行星实现软着陆,启动强大的反推火箭,强行将小行星轨道转移到距离地球更近的新轨道。

在随后安理会辩论中,赫莉不断威胁说:"你们抗议你们的,我们想做什么就做什么,你们不要干涉A国内政。"

对这次太空试验,K国和P国空间部门实施了全程监控,并及时向国际社会披露相关信息。

微妙的太空平衡就这样被A国太空霸权彻底打破了,毕竟A国"末日计划"就是P国和K国的底线,"末日计划"目标就是摧毁地球。

P国和K国联合实时监控证实,A国太空军正操控多达10颗小行星做转移轨道试验,提前让这些小行星进入待机轨道,新的轨道距离地球和月球都很近。这些小行星大的直径1千米,小的直径有五六十米,看来A国人决心要在月球上做撞击试验了。

小行星对地球的威胁,古来有之,甚至造成过毁灭地球生命的惨痛历史。

6500万年前的中生代,称霸地球的恐龙突然灭绝就是因一颗小行星猛烈撞击地球。虽然这颗小行星并不直接导致物种彻底灭绝,但其引发的连锁反应却导致恐龙无法面对的巨大生态灾难。

撞击地球的小行星直径10千米,每秒速度几十千米,闯入地球大气层后剧烈燃烧成巨大火球,与地球表面夹角只有三四十度,从大西洋上空掠过,冲向摩尼格湾。小行星表面温度有几千摄氏度,刺眼的光芒遮盖住太阳,炽热的强光灼瞎了恐龙的眼睛。仅仅几秒就穿过大气层,恐龙还没有来得及惊恐和躲避,撞击瞬间就大爆发了。

据测算,这次爆炸威力相当于1亿兆吨黄色炸药当量。由于小行星没有撞击到深海大洋,一点点缓冲都没有,海水瞬间全部蒸发,泥土、岩石气化,抛洒天际。撞击点1000千米开外,气温也高达几百摄氏度,冲击波摧毁了方圆千余千米内的全部生物,就连数千千米外都能看到强烈的爆炸闪光,彻底照亮了地球的天际线。

这还远没有结束,一系列连锁反应才刚刚开始。

冲向天际的岩石犹如新的陨石雨大量坠落,造成巨大的二次伤害,诱发泥石流、地震、火山、海啸、洪水,地球陷入山崩地陷的爆裂中。就算是再凶悍的恐龙也没有见过如此惨烈的地狱般场景,没死的也被吓死了。

持续飞向天际的碎屑和灰霾冲上了几百千米的外空,形成更为恐怖的火流星雨,继续蹂躏着"恐龙世界",燃烧着可怜的地球,空气中的粉尘、碎屑、烟雾、毒素剧烈增加,地球犹如生命炼狱,几个月见不到太阳,彻底进入恐怖的"核冬天"。

只有极少数恐龙苟且活了下来，可依旧面对新的死亡，地球生态系统彻底断裂。真正活下来的只有极少数体形较小、大脑智慧的哺乳类动物。

由此可见，小行星撞击地球的威力惊人。

如今，在世界各地都保存着小行星撞击地球带来的伤疤，卫星提供的遥感照片纷纷揭示出地球在远古时期频繁被小行星"光顾"，留下一连串大小不一的环形山遗迹。当然要说环形山最多的还是月球，这里是小行星撞击留下来的"环形山地质博物馆"。月球环形山也叫"月坑"，高度一般是七八千米，直径悬殊，小的环形山直径不足10千米，更小的就只有一个足球场那么大。大的环形山直径超过100千米，月球上最大的环形山是位于月球南极附近的"贝利"环形山，直径将近300千米。在整个月球表面上，直径大于1千米的"月坑"总数达33000多个，其中直径超过100千米的就占月面的1/10。

从古至今，无论是地球还是月球都面临小行星巨大威胁，也让人类不得不思考这场天灾即将带来的巨大威胁，并思考人类是否有能力抵御可能遭遇到的"外星劫难"。

但劫难未必都是来自外星，A国"末日计划"就是一场物种灭绝的人类新劫难，但这次瞄准的是人类文明，"核冬天"下没有人能活，包括A国自己。这一点，相信A国人也心知肚明。

6个月后，P国和K国联合实施一项代号"拯救地球"的截击小行星计划。

据两国联合天文观测，一颗代号"99942"的"阿登型"小行星即将穿越地球轨道，给地球文明带来巨大的威胁。

为避免这个小行星对人类构成潜在威胁，两国共同发射一枚"拯救地球一号"大型登陆器。这颗登陆器顺利在"99942"小行星"软着陆"。在调整好姿态后，登陆器启动强力反推火箭，将这颗极具威胁的小行星推离地球轨道附近，从而避免这颗小行星对地球带来的潜在破坏。

截击小行星的办法很多，包括用巨量核武器摧毁小行星，但对地球造成伤害最小、成本相对最低的办法,就是利用登陆器改变小行星运行轨道。R国和A国是最早登陆小行星的国家,只要能顺利"软着陆"就能实现对小行星的有效控制。尽管原理说起来简单,但实际操作起来难度极大,危险系数也极高。

K国和P国联合截击小行星这一正义举措,毫无疑问成为A国、E国强烈抨击的口实,并大肆指责K国和P国妄图挑起太空军备竞赛。

客观来讲,"末日计划"和"拯救地球"计划本质是同一技术的两种应用。因此,两国联合实施"拯救地球"计划,就是要严重告诫A国,P国和K国掌握了小行星操控技术。同时,提醒A国不要忘记,在试图摧毁其他国家时,A国也不是"挪亚方舟"。

## 21. 香格里拉

大雨可以阻止我们到达的时间，却不能阻止我们到达终点，除非终点临时变更。

"拯救地球"计划实施一周后，三位重要人物齐聚SG城香格里拉酒店一间小会议室。戴维斯、史密斯和孙志平，陪同的有琼斯和林妙杰。只要能让孙志平和戴维斯见面，史密斯牵线任务就算完成了。戴维斯和孙志平之所以都请媒体人参与，主要都考虑到有些事情要通过媒体公开，也都有避嫌之意，毕竟戴维斯和孙志平的身份都太特殊了。K国安全部门不可能不关注到这次特殊会晤，同样，戴维斯的忠诚度对情报总局来讲也太重要了。

孙志平角色很重要，不仅是博通公司老总，一名退役老兵，还是凌霄军团和霹雳军团的编外顾问，军队内部机密必然一清二楚。军队内的人想了解外部需求，掌握棘手信息，处理难缠问题，都有不便的时候，可孙志平这个体制外的人就不存在这个问题，因此就成了军队和海外沟通的桥梁。情报总局瞄准孙志平，也正因为孙志平有重要价值。

当史密斯说要引荐戴维斯，孙志平就猜到了意图。国家和军队安全部门分析戴维斯这个人后，还是决定让孙志平单刀赴会。毕竟见见面、认识一下情报总局头子没坏处，指不定谁利用谁。孙志平很快回电史密斯同意见面，地点就选在K国附近某个国家，这让史密斯受宠若惊，原以为孙志平会拒绝，没想到会爽快答应，给了史密斯个大面子。

经和史密斯协商，见面地点就定在SG城的香格里拉酒店。

在赶赴SG城之前，戴维斯拿到了德兰克公司关于孙志平的介绍材料，十分详细，从军校生涯开始写起，留校任教，下部队代职主官，离开部队下海经商，立过多少功，得过多少嘉奖，出版过多少专著，材料满满写了几十页，尤其是把孙志平关系网做成"树状图"，戴维斯一目了然。

这些资料再次印证了孙志平与霹雳军团和凌霄军团的特殊关系，尤其是与祁奕雄的关系十分密切。孙志平在应急部门还工作过，后来在祁奕雄支持下创建了博通公司。这份材料让戴维斯如获至宝，看来孙志平就是他要找的人。

小会议室，三个人见面了。

"孙先生好，幸会，幸会。"还没等史密斯引荐，戴维斯就主动迎上去伸出手，说着蹩脚但听着十分真诚的K国话打招呼。

"戴维斯先生好，很高兴认识您，久闻大名，这是我的荣幸。"孙志平客套打着招呼，分别与两位寒暄握手。

"史密斯先生好，很久没见了，谢谢引见，我很荣幸能见到情报总局戴维斯处长。"

"谢谢孙先生给我面子，这也算是我们一次成功合作，谢谢。"史密斯很不见外，直截了当把引见当生意来做。

"史密斯先生，我们都是商人，你老实交代，你引荐我，戴维斯先生给了你多少好处费？"

史密斯尴尬笑了笑，说："哪能呢，我和戴维斯先生是好朋友，举手之劳罢了。"

孙志平比较了解史密斯，指了指史密斯："你呀，无利不起早，也没错，我们就直来直去。我很欣赏您，希望有机会多合作，浑水公司在您的带领下越来越好了，超越了黑石公司。浑水加上博通，我们可继续强强联合。K国有句老话，和气生财，只要我们两家精诚合作，就一定能发财。"

孙志平明示只有合作才能双赢，不要竞争，更不要斗争。

"没错，和为贵，我很希望浑水与博通加强合作，一定，一定！"史密斯也是绝顶聪明之人，知道孙志平话里有话。

"好了，处长阁下，你们聊，你们聊，我先走了，不打扰了。"史密斯知趣地主动与两位暂别，这里不需要自己。

此时，会议室里就剩下戴维斯和孙志平两个人了。

为了表示诚意，双方把有窃听功能的设备，手机、手表、装饰品，甚至戴维斯佩戴的十字架，都统统摘下来存放在另一间会议室。这间会议室也提前由戴维斯和孙志平手下做了精心检查，确保没有任何窃听装置，同时还安装了大功率无线干扰设备防止窃听。

"孙先生好，我是戴维斯，A国情报总局情报处处长。"戴维斯正式介绍自己以示尊重。

"戴维斯处长好，我是孙志平，想必您已经很了解我了，我是一名退役军人，博通公司的负责人。"

"孙先生，久闻大名，希望能交到您这样的朋友，十分幸运。"

"客气了，戴维斯先生，我也很幸运，我就是一介平民，能认识情报总局的核心人物，您说我是不是很幸运。"孙志平特意强调一下"核心人物"。

两个人会意地一笑，心照不宣。

"戴维斯处长，不知道您找我有什么事情，博通公司能帮您和情报总局做些什么，我和博通很愿意为您效劳。"

孙志平已改口处长，正式会谈算开始了。

老到的戴维斯十分干练地说："孙先生，首先我是希望交您这个K国朋友，您的大名在我们总局无人不知。今天见您，我有一公一私两件事相托，希望与您协商。"

戴维斯特地强调情报总局无人不知，就是要给孙志平施加心理压力，让孙志平明白自己是情报总局名单上的人，必然是"黑名单"，也许可转为"白名单"，这就要看孙志平的表现了。

173

孙志平盯着戴维斯，爽朗地笑了笑，说："处长阁下太抬举我了，您的大名在K国也如雷贯耳，只是处长不知道罢了。"

这句话也只有孙志平和戴维斯能明白，K国知道戴维斯的人肯定凤毛麟角，但安全部门一直很关心戴维斯，孙志平在明示自己与安全部门关系不一般。

"你我志趣相投，我很喜欢，都很直白、坦率。"

戴维斯一直不忘夸孙志平，只是想此行有所斩获，夸奖是最不值钱的馈赠。很多人都喜欢被奉承，直到最后被捧杀，戴维斯对K国文化和K国社会非常了解，也就把这一招用在了孙志平身上，但随后就碰到"软钉子"。

"处长大人，您要知道，我和您这样敏感身份的人交朋友会给我带来什么？不被信任！因为您的身份太特殊了。但我还是愿意交您这样的朋友，仅仅是出于私交。我也知道您的能力超强。再说了，您或许能赏博通几口饭吃。博通是国际安保公司，全球性公司。"

孙志平直来直去，毫不遮掩，希望戴维斯能明白彼此相互利用。但孙志平的相互利用和戴维斯的相互利用内涵不同。

"孙先生，能和您合作是我们的荣幸，不知道您有何想法？"老谋深算的戴维斯先抛出了问题，想听听孙志平的想法。

"处长阁下，既然我们是朋友了，这第一个合作就是建立彼此友谊，您认同吧？"

"当然，友谊第一。"戴维斯指指自己和孙志平，强调友谊无价。

"您是大老板，如果在K国，您是甲方，甲方都很牛，可以发包项目。我觉得我们可先从项目合作开始，比如情报总局有大量海外安保项目，那些累活儿、脏活儿、黑活儿、苦活儿，你们不想干的，博通可以代劳，不要都给浑水公司一家吧，可以竞争上岗。"

孙志平笑了出来，很不好意思的样子，第一次见面就要钱。实际上，孙志平和戴维斯都是国家级演员，都会演戏，也都在演戏。

"这个没有问题，绝对没有问题，我手里掌控的资源和资金很多，具体数字是你想象不到的。给博通一点儿，拿你们K国人的话来讲就是'九牛一毛'。"

戴维斯知道数字是核心机密，孙志平肯定想知道，就拿这个来吊吊孙志平的胃口。

"博通信誉世人皆知，我们信任你们，我愿意把一些干净的活儿交给你们来做，比如，我们的海外工程安保，还有不少重要A国人的海外安保，这些累活儿都可以合作。至于脏活儿嘛，就让浑水去干吧，他们比较脏。"

戴维斯话里有话。所谓脏活儿就是暗杀、破坏，涉及政治因素，只能由值得信赖的人去做。虽然浑水也未必值得信赖，但毕竟是A国人。

"太谢谢了。"孙志平显得很兴奋。

戴维斯很得意的样子："孙先生，你也知道，我们情报总局在海外不会干保护油田、气田这样的小项目，说白了，太小了，我们看不上眼，我们只负责关乎国家利益的大项目安保。比如兰法金矿，这个矿早就被A国人收购了，两万吨储量。再比如柏瑞科金矿，储量也很可观。但非洲国家的安全环境很差，金矿总被恐怖和地方势力无端骚扰。这些年，情报总局一直雇浑水公司来做。我愿意把安保权转让给你们，毕竟你们安保成本要比浑水公司低很多。孙先生，您觉得呢？"

戴维斯是大手笔，出手很大方，但也确实存在博通安保成本远低于浑水的客观事实，这让戴维斯在情报总局内部也说得过去。

"你说的是真的？浑水公司会不会有想法，合适吗？"孙志平眼睛死死盯着戴维斯。

戴维斯低头思索几秒，说："我会说服史密斯，我也会给他们更合适的项目，我和他是多年的好朋友。情报总局也要综合考虑成本。当然，我也希望这两个项目就算见面礼吧。"

"那就太谢谢处长阁下了。"

"为表示诚意，我们尽快准备合同，可以公开签署，也可以秘密签署，孙先生觉得哪种方式更恰当？"

戴维斯有备而来，一切都准备得很妥帖，戴维斯要先交孙志平这个朋友。

"哦，对，戴维斯先生，这是公事，我记得你还说有一件私事，但说无妨。"孙志平毫不避讳，主动挑起这个话题，一只手轻轻松了松领口，太紧了，放松点儿舒服多了，不用那么正式。

"孙先生，你很爽快，钦佩。你知道我是干啥的，尤其我这个处，就是负责情报搜集。我希望孙先生有合适的信息可以分享，毕竟博通有全球信息网络体系，你们也很厉害！两国之间有很多事情可合作，有矛盾也很正常，毕竟你我各为其主。"

"戴维斯先生，你说得对。两国确实要合作共赢，虽然我不是外交官，但我赞同你的看法，K国人说人类命运共同体，两国之间本就是命运共同体，很多事情可以共赢。当然在安保领域、国家安全、反恐领域，我愿意与您分享信息，这个博通能做到。"

"爽快。合同的事情，你有何考虑？"戴维斯要尽快敲定合同，浑水公司合同下个月就到期了。

"戴维斯先生，您看可否后天上午签合同呢？咱们可以搞个小小的仪式，邀请媒体来见证我们的安保合作。"孙志平希望公开、透明，没有暗箱操作，让浑水公司和史密斯都无话可说，同时还借此宣传一下博通。

"当然可以，就按照你说的办。"

第一次会晤很成功，二人各自回去准备。

戴维斯要准备的工作之一，就是告知史密斯不再续签非洲金矿安保合同，但会给浑水公司其他项目。

孙志平赶紧把齐天全和董一飞调到SG城，孙志平要协商派谁去非洲负责这两个金矿安保工作。很多国家都把金矿安保权交给军队负责，毕竟事关国家黄金储备和经济命脉，绝对大意不得。

戴维斯虽把两座金矿安保权交给孙志平，但也只是外围安保，内层安保还是情报总局。

与孙志平分手后，戴维斯立即约见史密斯，把和孙志平谈的情况做了说明，也谈到要尽快回国给浑水公司找更多的活儿，让史密斯能放心。

听到金矿安保项目没了，史密斯很惊诧，不可思议。但也不好驳戴维斯的面子，只能唯唯诺诺点头称是。史密斯虽不满，但也无可奈何，只能顺着戴维斯的想法，但暗中把一个人调到了SG城。

戴维斯精明，早就看出来史密斯的强烈不满。

## 22. 金矿保卫战

惩罚恶人是上帝的事，我们应该学会宽恕，实在不行再找上帝。

回到香格里拉大酒店，史密斯大骂戴维斯背信弃义，竟然把如此重要的合同交给自己的死对头，简直岂有此理。史密斯知道自己引狼入室，甚至后患无穷，如果不引荐孙志平就啥事没有，贪图小利，捡了芝麻丢了西瓜。史密斯懊悔不已，但也不好再说什么。

史密斯打电话给浑水的律师，咨询解约的后续工作，既然项目没有了，只能按照戴维斯的要求办。

听完史密斯的牢骚，律师反问史密斯："老板，您想留住项目吗？"

"你说什么？"史密斯十分诧异。

"您还可以继续做这个项目，当然，如果您愿意的话。"

"怎么做？"一年几千万金元的费用，史密斯怎会舍得拱手相让。律师要为公司利益服务，甚至不择手段，钻法律的空子。

"老板，按照合同规定，我们还有16天才履行完这份合同，目前还是我们提供服务。但合同附加条款有续约部分。如果合同期满，没有和其他家签署新合同，原合同自动续期3年，不需要再签署新合同。"

"你的意思？"

"老板，是您的意思。"律师很严谨，不主动多说一句，很有分寸。

"我明白了,我考虑一下,谢谢。"史密斯挂了电话。

挂掉律师电话后,史密斯当即拨通了另一个人的电话。

这个人连夜包机赶了过来,第二天凌晨,就按响了史密斯的门铃。

"老板,您找我。我连夜赶过来了。"

正是松本未来,连夜从R国赶到了SG城。尽管手腕已恢复,但潮湿季节会隐隐作痛。

"松本先生,你辛苦了,急急忙忙找你来是有一件要事协商。"

"老板,有事您就吩咐,我一定照办。"

人在屋檐下只能如此,唯唯诺诺,松本早就失去了往日的霸道。

"你的仇家来了,就在SG城,孙志平现在人单势孤,这是个好机会。我知道你惦记孙志平不是一天两天了。我答应你,除掉这个家伙后,博通的地盘你说了算,大家一起发财。"

"啊,好,老板,我会处理得干净漂亮。"松本很兴奋,尽管知道史密斯要借刀杀人,利用自己斩杀博通。

"你带了几个弟兄,够不够?"

"我带了十多个兄弟,都是一顶一的R国高手,放心吧,我们能搞定。"

"干净利落,不留后患。"史密斯从牙缝里蹦出期待。

刚刚安排停当,史密斯就接到戴维斯的电话,要求立即过去一趟,口气很强硬,不容商量。

刚走进房间,戴维斯破口大骂:"你跟我玩什么心眼儿?你不知道我是干什么的!你个浑蛋想干什么?你想做什么?你想坏情报总局的好事!"

史密斯万万没想到一言一行早在戴维斯严密监控中,史密斯流露不满情绪,戴维斯这只老狐狸早就察觉了。

"我……我……我……我没有啊!"史密斯有些犯怵,没想到情报总局的耳目如此灵通。

"你把我当傻瓜,还是把情报总局当白痴,你把松本叫到SG城,你想做什么我会不知道?我警告你,赶紧停止你疯狂的刺杀计划,你要是坏了我的好事,我绝不轻饶你。滚,立即滚!"

戴维斯咆哮着,手中咖啡杯摔得粉碎,残余的咖啡液溅了满地。

史密斯彻底蒙了,自己太想当然了,甚至利令智昏,也再次知道了孙志平的强大,史密斯是真滚出了房间,狼狈不堪。

史密斯丝毫不敢耽误,再把松本叫过来,就一句话:"行动取消,你们先回R国吧。"

"为什么?"松本不甘心,不服气。

"没有为什么,行动取消。这是命令。"史密斯不愿解释,也没法解释。

"那好吧。知道了。"松本悻悻退了出去,本来安排好今晚的刺杀行动不得不取消。

今夜的香格里拉酒店格外热闹,孙志平、戴维斯、史密斯、松本未来,还有其他随行人员,一起下榻香格里拉酒店。

合同签约时间快到了,上午9:40,香格里拉酒店签约会议室布置停当。

会议室不太大,可容纳四五十人,戴维斯一方,孙志平一方,中外媒体一方,史密斯作为观礼嘉宾尴尬地坐在下面。正是戴维斯要求史密斯到场,来避免发生刺杀行动。

签约马上开始,孙志平和戴维斯并排站在主席台中间,旁边依次是齐天全、董一飞、林妙杰,林妙杰有意识地紧紧站在董一飞旁边,抑制不住激动的心情。倒不是因参加签约仪式激动,是因能与董一飞再相聚而激动。此时的林妙杰有些不务正业,本是媒体记者身份,却把自己不当外人,主动跑到主席台上充当嘉宾。

身为专业记者的琼斯在台下找寻各种角度抓拍,希望能抓住几个惊心动魄的镜头,虽为美女,但从不想当花瓶。

"飞哥,我们又见面了,特兴奋,特开心。"林妙杰眼睛直勾勾盯着董一飞。

"妙杰，这就是我跟你说过的齐天全、齐总，很牛的牛人；齐总，这就是我跟你说过的记者林妙杰，胆子很大。"

齐天全抱拳拱手："小林，你很厉害，你的采访事迹我都听说了，不怕死，希望你多来我们辖区采访，我帮你安排更多找死的采访，看你还敢不敢来。"齐天全比较欣赏林妙杰的"二劲儿"。

"齐大哥，我不是不怕死，是差点儿就死了，多亏飞哥，没有飞哥，你就看不到我了，就没有我了。"林妙杰不好意思地傻笑了起来。

"没事，做事就要有你这股'二劲儿'，今晚，齐大哥请客，给你洗尘。'二'不是坏事。"

"说我'二'？好吧，那我就'二'吧。飞哥，今晚你也要参加聚会。"林妙杰一口一个"飞哥"，眼睛一秒都没离开董一飞。

"必须的，异国他乡遇故知，必须一醉方休。"

董一飞也很兴奋，第一次来SG城，很新鲜，签完约就可以好好玩玩了。

签约仪式开始了，由K国国家融媒体台著名主持人姜瑄主持。

姜瑄是孙志平特意邀请来的大牌主持人，历史学硕士，自小酷爱播音主持，就职于K国国家融媒体台，很多国内大型活动都少不了极富历史韵味的美女姜瑄的身影。

"女士们，先生们，上午好，很高兴我们今天在美丽的SG城举行一场简约但隆重的签约仪式。说简约，大家看，会议室不大。说隆重，是因为与会者是大腕云集，群星荟萃……"

还没等姜瑄说完开场词，几个大汉破门而入，砰砰砰，枪声四起，目标就是主席台，说得准确点儿，就是冲着孙志平连开几枪。

一下子，会议室一片混乱。孙志平以极快速度推开了戴维斯，又紧赶两步推开了姜瑄，用力压着姜瑄的肩头就地摁倒。姜瑄瞬间趴在地上，秀发散落一地，狼狈不堪。

孙志平躬身顺手抓起一大玻璃杯扔向了一名枪手，只听见啊的一声，枪手手枪落地，却招来了更多子弹。

齐天全、董一飞和几名弟兄都没有带枪，SG城法律不允许公开持枪，只能用身体来保护孙志平，快速近距离与枪手肉搏，能抓到什么就拿什么当武器。

刚被孙志平推了一个趔趄的戴维斯伏地拔枪射击，情报总局几名特工一起拔枪还击，几名枪手应声倒地。

史密斯顿时傻眼了，抱着头蹲在犄角旮旯，惶恐不安，久经沙场的史密斯倒不是怕枪战，但知道这一定是松本自作主张，这个家伙非得害死自己。

毕竟是几个鼠辈，面对博通和情报总局联手出击，不到两分钟，战斗结束了。

一共进来九个人，当场击毙八个，还有一个剩口气，残了，被情报总局特工带下去审问。戴维斯愤怒咆哮道："史密斯先生，我需要你的解释。"

"处长阁下，这与我无关，我告诉松本立即停止一切行动。请您相信我。"史密斯战战兢兢站了起来，陷入了极度恐慌，他知道戴维斯的手腕，不，是情报总局的手腕。

"我不想听你的解释，一会儿再和你算账。把他带下去。"史密斯被两个人带出了会议室。

"孙先生，谢谢你救了我。我们继续签约吧，我倒要看看谁还能阻止我们签约。"

"好，我们继续。"孙志平同意戴维斯的建议。

这时，爬起来的姜瑄，揉了揉腰，晃了晃脚腕，转头看着孙志平："谢谢孙先生。"

"很对不起，请你来帮我，结果差点儿出了大事。姜女士，我会加倍付酬金，算是对你的补偿。"

孙志平从来没有如此紧张过，很担心对不起朋友。

"您客气了，我没事，很惊险，但也很刺激，有惊无险。"姜瑄勉强挤出点儿笑容，心里是真害怕，小心脏在惊吓中快速律动。

10分钟后，戴维斯和孙志平正式签署了两座金矿的安保合同，三年6000万金元。

当天，各大媒体纷纷报道了"签约现场火拼事件，博通与情报总局在火拼后毅然签约，非洲金矿安保服务，合同价值6000万金元。袭击人不详，SG城警方正在全力调查"。

在媒体报道中，只有A国新闻配上了火拼现场照片，这要归功于琼斯的敬业精神，不愧是战地记者，当别人抱头鼠窜时，琼斯稳稳拿着相机对着枪手拍照。这件事对林妙杰触动极大，同样是记者，差别竟然如此之大，自己的新闻修为还不到家。

签约结束后，琼斯和林妙杰本想联合采访孙志平和戴维斯，但被戴维斯婉拒了，戴维斯指了指孙志平："就采他吧，大英雄。"

就这样，博通在媒体圈又露了一次大脸。

"孙先生好，您和情报总局合作会不会给您本人带来麻烦？谢谢。"琼斯的问题一向很刁钻，不留情面。

孙志平笑了笑："琼斯女士，K国有句老话，身正不怕影子斜；K国还有句名言，清者自清。博通走到今天，一路都很正，我们和情报总局合作仅限于为他们提供安保服务，就算博通不做，浑水或其他国际安保公司也会做，这是市场行为，不要把什么问题都政治化。商业就是商业，情报总局出钱，我们出人出力协助做好金矿安保工作。还是请不要浮想联翩，没必要。你说呢。"

"那你不怕浑水公司报复你们，给你们制造麻烦吗？"琼斯不依不饶。

孙志平尴尬地笑了笑，眼睛死死盯着琼斯，一动不动，说："怕，但也不怕。怕是因为你说得没错，浑水是上家，我们毕竟是从他们手里拿走了项目；不怕是因为我们优势明显，情报总局最终选择了我们。我相信史密斯先生，大人有大量，一定会理解这种正常的市场行为。再说了，我们和浑水公司本就有很多合作，大家本就是合作伙伴嘛。"

"那如果浑水不顾及这些，一定要找你们麻烦呢？"

孙志平想了想，说："适者生存。但合作也能生存。就看选择哪条路了。"

琼斯知道孙志平想说什么，本还想继续刁难孙志平，却被林妙杰截住了话题，也算是帮孙志平解了围。

"孙总好，我是林妙杰，我想知道你们是否有能力做好金矿安保工作，这可不同于油田那么简单，据我所知，博通还没有金矿安保经验吧。"林妙杰的问题看似很敏感，但也正好可以让孙志平吹嘘一番。

"谢谢你。我想说的是：金矿也好，油田也罢，可能它们的价值不同，但对博通来讲，它们是同等重要，我们不会因为是金矿就派遣更多人手，我们会综合考虑金矿所在国家的国际局势和社会环境，以及与邻国关系等综合因素，统筹安排并派遣一支适合的安保团队。因此，我们会先期考察这两座金矿，并主动向上一家安保公司，也就是浑水公司虚心请教学习，力争用最佳安保方案来保护好这两座金矿。我可以负责任地说，博通具有十分丰富的安保经验，具备很强的实战经验，这些都是能做好安保工作的前提，相信情报总局也是看中了我们这一点。谢谢。"

孙志平侃侃而谈，洋洋洒洒，信心满满，春风得意。

实际上，这个问题是林妙杰事前和孙志平协商好的。如此一来，博通便更加家喻户晓，频繁上头条，助力博通着实又火了一把。

中午时分，孙志平邀请所有人在香格里拉酒店宴会厅聚餐。

觥筹交错，互相祝贺。当品到K国国酒时，戴维斯竖起了大拇指："好！"实际上，这个竖起来的大拇指并非指向国酒，而是指向孙志平本人。

这一天，孙志平和戴维斯的信任感加深了，这才是初次见面，不全是钱和工作的因素。

傍晚时分，在酒店刚洗完澡，披着浴巾、包着湿漉漉的头发，刚走出浴室的姜瑄，听到两个清脆的声音。

"姜女士您好，100万K元已经转账，请您查收，我们已经代缴税款，请放心。"这一条信息来自博通。

另一条信息是来自K国银行，显示100万K元已进账。

姜瑄很惊讶，说好了税后15万K元，结果给了约定的六倍还要多。姜瑄忽然想起孙志平那句"很对不起，请你来帮我，结果差点儿出了大事。姜女士，我会加倍付酬金，算是对你的补偿"。

想到这儿，姜瑄有种说不出的滋味，自己来SG城不是为了钱，完全是因为孙志平。

夜很深了，酒还没有醒，戴维斯打电话给孙志平让他来一趟，说有很重要的事情协商。

孙志平只身一个人匆忙来到戴维斯的套房。除了戴维斯，还有史密斯，两名特工架着没死的枪手正在审问。

"你再说一遍吧，是谁指使你干的！"戴维斯厉声呵斥。

枪手是东方人长相，可一口流利的英语倒出乎孙志平的意料，原以为是R国人，可R国人英语水平普遍不高。

"是一个R国人让我们干的，我们大哥已被你们打死了。"看来枪手是全都招了。

"你们是哪里人，干什么的？你说的那个R国人长什么样？"

"我们是SG城帮会的，那个R国人个子不高，左脸上好像有个痦子，感觉胳膊有伤，不灵活。说话不太利落。说干完了，让我们去领钱，10万金元。我就知道这么多，具体的情况真不知道，我就是无名小卒。我该说的都说了。"

"押下去，交给SG城警方。"两名特工把枪手带了下去。

"你说说吧，史密斯先生。"戴维斯直勾勾盯着这位浑水公司大佬，无论如何史密斯都脱不了干系。在史密斯身后站着情报总局行动处的两名特工，随时听候"戴老板"发号施令。

"处长阁下，肯定是松本干的，枪手指认的外貌特征就是松本，脸上有个痦子。我已告诉你了，我原本是要杀孙志平，但您警告我后，我就要求松本放弃行动，千真万确。我只是不甘心金矿落到孙志平手里。"

史密斯不时看看戴维斯和孙志平的表情，冷汗直冒，但说的都是大实话。

"我真的让松本放弃行动,真的。"史密斯知道在劫难逃,有这个动机也该死,与情报总局作对只能是死路一条,但也想做最后的努力。

"再说了,如果真想杀孙志平,也不需要找这些笨蛋杀手,浑水就能做啊。"史密斯豁出去了,横竖都是一死,愤愤地瞪了孙志平一眼。

孙志平淡淡地微笑,不动声色。

"史密斯先生,要不是孙先生,估计我也被他们打死了,这笔账该怎么算。"戴维斯依旧不依不饶。

两名特工掏出手枪摁住史密斯脑壳,有消音器,随时可以爆头,只要戴维斯命令。史密斯闭上了眼睛,道:"对不起,是我太贪心,我自作自受。"

"我就想你知道不听话的代价。对不起了,老朋友。"戴维斯摆了摆手,示意可以动手了。

"等一下!"就在两名特工扳动扳机的刹那,孙志平眼疾嘴快,立即叫停。

之所以孙志平最后时刻叫停,是担心戴维斯和史密斯联手演戏,既然不是演戏,那就要及时叫停。

"戴维斯先生,我想说两句。"

"请吧。"

"一是我从浑水公司拿走了金矿确实很唐突,这是事实,史密斯先生的过激反应也是正常的,可以理解。二是想杀我的是松本,松本的安保公司垮了,他把这笔账算给了博通,与史密斯无关。三是,松本投靠史密斯要借刀杀人,史密斯或许并不知道。四是,我们两家刚开始合作,就杀了浑水老板,博通会为行内所不齿,也不利于情报总局声誉。还请处长阁下三思。"

孙志平讲得头头是道,戴维斯不好再说什么,摆了摆手,两名特工收回了枪。史密斯长长松了口气,从地狱大门又回到了人间。

孙志平很清楚一点，杀史密斯不会影响情报总局声誉，但一定会影响博通声誉。

"谢谢处长，我一定记住这次教训，再也不会有下次了，我会好好配合情报总局的工作，希望您别和我一般见识，我会找到松本，杀了他。这个家伙，太可恶了，背着我干这种勾当，我不会饶了他。"史密斯向戴维斯保证。

史密斯转过身对孙志平说："谢谢孙先生，感恩不尽，我是以怨报德，您是以德报怨，钦佩您的为人，我这次领教了您的正直和慷慨，我也知道为什么黑石垮了，博通越来越强大了。我希望浑水能与博通精诚合作，希望孙先生再给我一次机会。"

"言重了，史密斯先生，我们是好朋友，多谢您帮我引荐戴维斯先生，我们三个都是缘分。至于松本嘛，我希望史密斯先生要提防他，以我对他的了解，他不会善罢甘休，这个人心黑手狠，不是一般地狠，心慈手软可能会反受其害。"

"我明白，谢谢孙先生的提醒，我一定不会放过这个家伙。"史密斯赶紧搭腔。旁边的戴维斯也听懂了孙志平的忠告。

"史密斯先生，我言出必行，我会给浑水新生意，你要和孙先生好好合作。但今天要罚你，尽管孙先生饶了你。"戴维斯依旧不依不饶。

"怎么罚都行，你说，处长阁下，我都没意见。"

史密斯知道按照行规，自己身体要少点儿什么，或多点儿什么。

"罚你今晚请客，我们去赌城转转。SG城的赌城，我还没去过。"孙志平抢先建议。

戴维斯笑了笑，道："好。看来你要破费了。"

史密斯也笑了，很不好意思："只要你们尽兴，随便玩。"

三人在保镖陪同下去了赌城。史密斯买了200万金元筹码，可不到两个小时，戴维斯就输了1000万金元，而孙志平赢了600万金元，孙志平自掏腰包400万金元，给戴维斯填了坑，里外里成了孙志平请客，让史密斯和戴维斯更加佩服孙志平爽快的为人。

"别客气,我请客就对了,一来,给史密斯先生赔罪,抢了浑水的生意;二来,我这钱也是戴维斯处长的钱,下次签合同再多给点儿就都有了。"孙志平不忘记奉承几句。

孙志平和史密斯都很明白,戴维斯不敢自己花公款,尽管手里的钱很多,也不敢挥霍,但如果是朋友请客,那就另当别论。

这一夜,三人玩得很尽兴,SG城是"花花世界"。

## 23. 两位美女

我们最大的自由是选择态度的自由。美是中性词,不要赋予它性别。

孙志平陪戴维斯和史密斯去了赌城。齐天全和董一飞也没闲着,难得来到了SG城,都憋坏了。在"地球之眼"时,脑袋里天天紧绷一根弦,哪敢放松,难得能来这里放松一刻。

临出门时,孙志平再三叮嘱,不要喝酒惹事,这里不太平。还嘱托齐天全和董一飞要照顾好林妙杰和姜瑄两位大美女,让她们吃好玩好,想买啥就买啥,要活动安排充实,全部花销都由公司来买单。

小赌怡情,这是众人之共识。齐天全一行四人就先来到赌城。可除了林妙杰,其他三人都不会玩,只能干瞪眼看着林妙杰小赌怡情。

赌博可是一门大学问,玩法忒多,二十一点、梭哈、百家乐、老虎机、幸运轮、骰子、宾果等,可谓五花八门。赌博更需要技巧,不会玩只能交学费,林妙杰以前经常"小赌怡情",每次手气也还不错。

齐天全和董一飞就不一样了,部队全是正统教育,一提到赌博就下意识想到"黄赌毒",绝对不沾染,更不会去赌。这次算是开了眼,但也是"狗看星星一片迷茫"。

看着玩二十一点的林妙杰不停要牌,有点儿顿悟的董一飞着实捏了把汗,担心"爆仓",但林妙杰每次都能化险为夷,这里面还真有学问,并非纯粹靠运气。

齐天全、董一飞和姜瑄最终统统被拉下水了,但也只是玩玩老虎机,交了不少学费。反正有博通买单,不玩才是傻瓜。在赌场里,如果"生瓜蛋子"都能轻松挣钱,那赌城早该关门了。

林妙杰做事很有度,只玩自己懂的游戏,其他一律不碰,不是钱的问题,怕丢人。两个小时,林妙杰赢了几万金元,很不错了。大家张罗着好好娱乐一番,喝酒、嗨歌、蹦迪等。科技发达了,娱乐生活倒没什么本质变化。

可齐天全和董一飞一进迪厅就头大了,实在太闹了,看着林妙杰和姜瑄在舞池里疯狂乱舞,两个老兵只能小酌,二人对啤酒没有丝毫感觉,换了洋酒才有点儿味道。

"一飞,你说咱俩是不是太落伍了,啥也不会,一介莽夫。到了花花世界,连享受都不懂,就知道打打杀杀,就知道拼命。"

"嗯,除了我们会的,剩下就啥都不会了。到了花花世界,我们连花都花不起来。我们这样的人估计都得笨死。"两个人相视而笑,碰了碰杯子一饮而尽,为"笨到一块儿了"干杯。

迪厅太闹,二人说话要扯着嗓子喊,好辛苦。

"一飞,你多久没找过女人了?"齐天全抛出这个让董一飞十分尴尬的问题。

"我?老婆走了后就没有了。没那心情了,也累了。总觉得对不起她,也不想对不起她。"董一飞一仰脖,一口闷酒进肚了,洋酒不好喝,但总算有点儿劲。

"尽瞎掰,你想太多了,男人总有七情六欲的,别把自己憋坏了。我问你,你觉得姜瑄怎么样?"齐天全直勾勾盯着在舞池疯狂跳舞的姜瑄。

"姜瑄?你想得可真美,就你还惦记姜瑄。"董一飞扑哧笑了出来,用手在齐天全眼前晃了晃,齐天全可以闭眼了。

齐天全傻笑着:"嗯,我知道,你想说我是癞蛤蟆想吃天鹅肉,不!我是青蛙,骑着白马的青蛙。"

"你的定位很准确，不过是前者，不是后者。"董一飞大笑起来，又是一口酒灌进肚。

"不对吧，我欣赏癞蛤蟆，敢于追求天鹅就是一种崇高的理想啊，不是吗？什么是理想，不就是水中月、镜中花，癞蛤蟆惦记天鹅吗？我想想总该可以吧，意淫又不犯法。"

"对对对，齐老大说啥都对，喝酒、喝酒。"董一飞不再驳齐天全的面子，毕竟意淫是一个人不可剥夺的心理活动。二人又是一饮而尽。

二人提到的姜瑄是公认的大美女，国家融媒体台"一姐"。姜瑄有1.73米，瓜子脸，凹凸有致，标准北方美女。但姜瑄一直单身，看似心高气傲、目中无人，没有男人能征服她。这样的美女也就成为很多男人可望而不可求的艺术品，只可远观。

说姜瑄心高气傲、目中无人，其实是外人眼里的第一感觉，也就是"高冷"；可现实生活中的姜瑄比较随和，非常谦虚，说话得体，一点儿也不冷。可如此优秀的女人只能让追求者望而却步，这里就有齐天全。人内心的自卑会衍生出对方"高冷"的印象，甚至主观认为拥有这样的女人必须"非官即富"，其他人就免谈。但真正了解姜瑄的人少之又少，姜瑄的过去只有姜瑄一个人知道。

姜瑄来SG城本来很兴奋，意外经历一场惊心动魄的枪战让她惊魂不定，本想有人能陪陪自己，安慰自己。可今晚有个人彻底冷落了自己，这个人就是孙志平。不管如何，是孙志平主动邀请姜瑄来的，结果孙志平却带着戴维斯鬼混去了，放着绝色大美女不陪。姜瑄之所以答应来SG城，就是想来帮帮孙志平，或者说来看看孙志平，为此找各种借口推掉了几个国家大型活动，专门来主持如此一个小场面的签约仪式。对姜瑄而言，心情十分复杂，孙志平说是好朋友，但又像是偶像。

姜瑄是在一场自己主持的大型活动中认识了孙志平。孙志平不爱说话，低调，但很绅士，是融媒体台一位领导把姜瑄引荐给孙志平，姜瑄才知道眼前这位退役军人就是博通老总孙志平。姜瑄对博通一点儿不陌生，在新闻播报中多次提到过博通，尤其是孙志平在FL国的"光辉事迹"，让姜瑄开始崇拜孙志平。姜瑄原以为安保公司的老总应该是五大三粗、毫无涵养的一介莽夫。可当看到孙志平这位文质彬彬、身体健硕的男人就是博通当家人，姜瑄猛然间脸庞泛起潮红。

之后，在一些公开场合，姜瑄也"不经意"与孙志平见过几面。遗憾的是二人交流很少，每次看见孙志平，姜瑄都会感觉不自在，都会偷偷窥视孙志平在和谁聊天、在和谁喝酒。参加活动的姜瑄早就心不在焉了。有时主持活动时，姜瑄也会下意识用余光多看几眼坐在贵宾席的孙志平。当眼神瞬间交会时，姜瑄感到脸上火辣辣的，十分异样的感觉，连姜瑄自己都说不清楚这是为什么。姜瑄甚至搞不清楚孙志平是在看自己，还只是自己自作多情。这就是一个看似高傲但很矛盾的姜瑄。

"一飞，你觉不觉得妙杰有点儿奇怪？"齐天全实在闲得无聊，对身边的人评头论足。

"妙杰？有啥奇怪？"董一飞莫名其妙，这个老齐真是闲得发慌。

"有点儿那啥，你不觉得吗？"齐天全说不出口。

"哪啥，你怎么磨磨叽叽的。快说，哪啥？"

齐天全放低了音量，说："你不觉得她对你有点儿意思？"

董一飞一愣，惊讶道："你说啥呢？她对我有意思？你有病吧？发烧上火了，还是喝多了？没有女人，不至于让你憋成这样了吧。"

"你呀，蠢得可以，我早就发现了，妙杰看你的眼神绝对不一样，含情脉脉，一个女人的温柔，一颦一笑都充满了爱恋。"

齐天全搔首弄姿，学着林妙杰的形态，满脸的坏笑，臊得董一飞顷刻间一张大红脸，好在此时也喝多了，洋酒后劲忒大。

"妙杰对我有意思？我可没有想过这些事情，净瞎扯。"董一飞喃喃自语，不可思议，甚至难以想象地窘。

"环境改变人，你呀，自己好好把握住人生吧，妙杰人不错。缘分天定，我这个人距离真正的缘分太远了，我的缘分在哪里啊？我的姜瑄啊，呸呸呸，谁的姜瑄啊，只有天知道。"齐天全调侃着董一飞，自己却很惆怅。

"拉倒吧，环境改变人？我看啊，不是环境改变你，是你自己早就想改变环境了。后悔离开部队太晚了吧。现在也不迟啊，你还可以继续逍遥，你还年轻。"董一飞解恨地狂笑了起来，有种报复的快感。

就在二人斗嘴正欢之时，舞池那边传出来了吵闹声，齐天全和董一飞最不爱凑热闹，人多嫌烦，但听到了林妙杰大喊大叫，才知道出事了，三步并作两步，急忙飞奔过去。原来有几个小地痞想非礼林妙杰，却被姜瑄严厉斥责，结果双方大吵大闹起来。小痞子非要拉林妙杰走，把好端端的姜瑄晾在一旁。莫名的失落感油然而生，姜瑄暗自发誓再也不来SG城了，这里人审美绝对有问题。

齐天全和董一飞也很错愕，以为是非礼姜瑄，可现实很残酷。齐天全心直口快，问道："怎么不非礼你呀，姜瑄。"

"你有病吧。"姜瑄本就不太高兴，狠狠瞪了齐天全一眼。

怎么不是姜瑄？这是很多人的疑问，这群人都瞎了眼，看着姜瑄着急上火的样子，明显是自己也想不通。齐天全和董一飞彼此看了一眼，都憋住了笑，绝色大美人舍身救另一美女，还是头一回见。

"松开手！"董一飞收回了笑容，用英语大声呵斥，说得很生涩，不知道对方是否听懂。

"让你放开手，听见没！"齐天全厉声叫骂，估计对方一定没听懂，这回是K国话。

"我就喜欢这位美女，老子要的就是她。"对方竟然用K国话回敬。董一飞忘记了SG城也是K国人的世界，K国话在这里更好使。

齐天全快步走上前，拉起林妙杰就走，几个小地痞立即横过来拦着。

"滚！"齐天全大吼一声，一把推开眼前两个人，巨大冲击力让两个小地痞踉踉跄跄摔倒在地，另几个小痞子想上来，却被董一飞堵在另一侧。双方僵持一小会儿，其中一个地痞顺势拿出一把匕首想胁追林妙杰。可刹那间,刀落地了,小地痞手腕有一种断裂痛感,原来是董一飞出手了,还没用几分力气就都这样了,其他几个痞子只能立即作鸟兽散,看来是碰到硬茬了。

齐天全和董一飞带着林妙杰和姜瑄赶紧离开了迪厅,本来就觉得太闹了,这下总算有理由走了。一路上,林妙杰不停揉着手腕,刚被捏疼了,柔情似水的眼神不停瞅着董一飞,说道:"飞哥,谢谢你,又救了我。也谢谢齐大哥出手,谢谢您。"可眼睛压根儿不看齐天全,完全忽视齐天全的存在。

姜瑄一路都在上下重新打量着林妙杰,重新审视眼前这个女人,总觉得这个女人很有味道,但又说不出来是什么味道。当看到林妙杰对董一飞嫣然一笑,姜瑄彻底读懂了这种味道,这是标准的女人味,媚到骨子里了。

林妙杰这个美女高高大大,帅气逼人,看外表像是个美男子,一表人才。第一次见到林妙杰时,姜瑄还有点儿动心,感觉林妙杰还真不错,男女的优点兼具。但此时的姜瑄对林妙杰的好感度已经降到了负数,全是羡慕嫉妒恨。

四个人协商后决定去喝酒,唱歌担心都是外文歌曲,像齐天全和董一飞这样大老粗只会唱点儿部队歌曲,其他一概不会。但喝酒这样的事,人人都可参与,尤其是两位兵哥哥的最强项。

果不其然,齐天全和董一飞不再讨论女人了,开始拼洋酒,一人一斤酒下肚,飘飘然,毕竟洋酒太特殊,喝惯了白酒的K国男人喝点儿洋酒都会很不适应,但男人再怎么也不能说不行,不行也得硬说行,这就是男人本色,军人本色。

林妙杰和姜瑄两个人慢慢品着洋酒,偶尔碰碰杯,也不着急,小资情调,有滋有味,听着两个老男人吹牛炫耀,也是一种特殊的声色享受。但不管怎么说,姜瑄对眼前这两个退役军人尊敬有加,毕竟来SG城惊险无常,连孙志平都出手救过自己,经历真不一般。

"姜瑄,你结婚了吗?"齐天全大红着脸,猛然冒出这么一句,借着酒劲,酒壮尿人胆。

"齐大哥，我还没有结婚，怎么，你给我介绍一个？我倒是不急，一个人比较自由，我害怕被约束。女人也可以把事业看得重点儿，您说呢？"

回答很得体，滴水不漏，齐天全碰个软钉子。

"齐大哥，您呢？孩子在哪里读书？嫂子呢？"还没等齐天全说话，姜瑄就主动开火，堵住了齐天全的嘴，一旁的董一飞憋不住大笑起来。

"姜瑄啊，姜瑄，你好厉害，齐兄，你还是死了这条心吧。姜瑄怎么可能看得上你呢，大老粗一个。"董一飞口无遮拦，也知道自己说漏了嘴，喝多了。

"飞哥、齐大哥，你们说笑了吧，喝多了。我们都是好朋友，你们要多保护妹妹们才是。你说是吧，妙杰。"姜瑄看了一眼林妙杰这个姐妹。

齐天全趁机开启报复模式，说："你还敢笑话我，姜瑄看不上我，太正常了，傻子都知道，可你看看妙杰能看得上你吗？你说，妙杰，你说。"

这句话一说，让董一飞尴尬至极，这话能在公开场合说？齐天全不仅喝醉了，而且脑袋还喝进去水了。

不仅姜瑄难堪，林妙杰更难堪，异口同声道："齐大哥，你喝多了，喝醉了，胡说啥呢。"

嘴上埋怨齐天全，可林妙杰却偷偷瞄了一眼董一飞，双目对视，像触了电一样，林妙杰赶紧收回火辣辣的目光，脸蛋彻底红彤彤了，喝酒太多了。但没想到这点儿小心思被齐天全看了出来，而董一飞继续傻乎乎的，完全没有察觉，可林妙杰认为刚刚和董一飞确认过了暧昧的眼神。

此时此刻，姜瑄也才完全明白了过来，林妙杰总是毫无底线、毫无原则地夸赞董一飞"多男人，多豪迈，多次舍身救英雄救美"，原来所有的奥秘都在于此，被齐天全一语点破了。

都说自古美女爱英雄，此话不假，何况救命恩人，要以身相许来报恩。一层厚厚的窗户纸不经意就被两个局外人捅破了。

　　林妙杰对这种事情完全无所谓，但正统的董一飞难以接受，这算什么啊，自己到底怎么了，是喝多了，还是在做春梦，连董一飞自己都不清楚。只知道喝完了酒，一起回到了酒店，剩下的事情就全然不知了。

　　第二天，酒醒了，董一飞猛然看到身边躺着林妙杰，浑身一惊，极为愕然、茫然。可看到刚睁开眼睛的林妙杰，还对自己嫣然一笑，再一次确认过了眼神，董一飞彻底迷失了方向，我的天哪，这是在哪儿！

　　想起来了，这是SG城，这是香格里拉酒店。

## 24. 深蓝矩阵

你就像黑夜，拥有寂静和群星。我想摘下满天星，但眼前只有流星。

SG城之旅结束了，有惊无险。兵分三路，各自返回。

孙志平和姜瑄一路回京城，因为孙志平有要事，要速归。齐天全和董一飞是一路，直飞S国去处理金矿事宜。

林妙杰独自一路飞K城，继续发稿"吹捧"董一飞，自己男人有多牛，捎带吹嘘一下别人的男人——孙志平。

孙志平被凌霄军团紧急召回，因为K国的深蓝矩阵出事了。孙志平和姜瑄坐在头等舱内，有一搭没一搭闲聊。

"孙总，孩子多大了？男孩还是女孩？"姜瑄开门见山，想知道点儿私隐问题。

"13岁了，男孩。"

"太太在哪儿上班？"姜瑄最关心的莫过于此。

孙志平沉默一小会儿，说："离了，我一个人带着孩子。"

姜瑄眼睛开始放光，道："离啦？离了好。"

"离了还好？"孙志平异样眼光瞅了瞅姜瑄，"咋好了，省心了？两个人吃饱全家不饿？"

"我不是那个意思，我是说很遗憾。"姜瑄赶紧解释。

"估计谁跟我都会走。我这人太无趣，跟着我会很累，我理解她,也祝福她。"孙志平似乎在喃喃自语,眼睛里带点儿亮光。

"孙总,这不怪你,相信缘分还没到。别灰心啦。对啦,你喜欢什么样的女孩?说说看,我看我的姐妹里有没有合适你的。就怕孙总眼光太高,只有七仙女才能配得上你。"姜瑄不怀好意看了一眼孙志平,更像抛个媚眼,试探一下孙志平的"女人观"。

很遗憾,媚眼抛丢了,孙志平压根儿不接茬:"别拿我开玩笑了,我的大美女主持人,你是饱汉子不知饿汉子饥,错,饱女士,女士。"孙志平觉得尴尬,不由得笑起来。

"孙总,我可没吃饱,我也是单身呀,你应该是知道吧,干吗拿我开涮。"姜瑄装出来不满,略带苛责口吻。

"不要总把眼睛朝上看,你也适当低下头来看看人间的烟火,你说呢,那样的话,你早就把自己嫁出去了。七仙女也要下凡。姜瑄,你是'女神',但要做个接地气、食人间烟火的'女神'才好吧。"

言者无意,但听者有心,当孙志平称呼姜瑄"女神"的刹那,姜瑄不由得一惊。虽然叫自己女神的男人一箩筐,但孙志平这么称呼自己着实让姜瑄十分受用。

"不开玩笑,孙总,你喜欢啥样的女人?"姜瑄想了解孙志平真实想法。

"说实在的,我也不知道我想找什么样的女孩,可能是一个能让我心动、眼前一亮的女孩吧。当然,男人是感官动物,肯定都喜欢漂亮的了,我也不是啥圣人,也是俗人,不能免俗。"

孙志平看着姜瑄,憨憨地笑了,有些不好意思。

"性格呢?小鸟依人?"姜瑄继续刨根问底。

"独立点儿吧,有点儿性格,倔强,但不是胡搅蛮缠。你说的小鸟依人在男人眼里是两个概念,感情上依赖男人是一种小鸟依人,金钱上依赖的小鸟依人也是一种。我觉得一个男人如果爱这个女人,应该需要身心结合的小鸟依人吧。再强大、再独立的女性都有小鸟依人的一面,关键是那个男人值得让这只小鸟依靠!很多女人喜欢强大的男人来征服自己,但强大的男人毕竟是少数,大多数都是普通人,又何必强求那么多呢！"

"我就挺独立，也不胡搅蛮缠。孙总，你觉得我漂亮吗？有气质吗？"这句话也就是姜瑄这个"二人"能问出来。

"你？绝对的标准大美女。追你的男人估计有一个加强营了吧。"

"加强营？有多少人？"

"1000人。"

"没那么多，也就装一列磁悬浮高铁吧。"

"磁悬浮能装多少人？"孙志平很好奇。

"你还真较真儿，傻样，说啥都信。"姜瑄捂住嘴笑了出来，笑不露齿是美女的基本素质，新"三从四德"。

聊天是在航班上打发时间最快的方式，不知不觉就到京城了。

孙志平乘坐凌霄军团派来的专车直接赶往总部，孙志平安排自己的座驾送姜瑄回家。

一路上，姜瑄和司机一直聊天，打听孙志平的情况。孙志平的司机见到美女也是知不无言、言无不尽，孙志平那点儿秘密全被姜瑄套了出来。

姜瑄到家了，司机才开始后悔起来，说太多了，平时很谨慎的司机冒了一身身的冷汗。

随着K国科技实力不断提升，"深蓝"射电望远镜也越来越多，"深蓝一号"是一部500米口径球面射电望远镜，安装在九襄。"深蓝二号"安装在"使命四号"空间站。"深蓝三号"则安装在月球背面一座小型环形山内。这三部射电望远镜共同组成K国的"深蓝矩阵"。

"深蓝一号"是地球上最大的射电望远镜，至今已发现数千颗脉冲星，还在继续寻找着外星生命。"深蓝二号"与"使命四号"空间站长期伴飞，既可以天基控制，还可由地面遥控使用，至今也已经发现很多未知天体。"深蓝二号"身处外太空，信号通透性好，在"寻天"中发挥着巨大作用。

"深蓝三号"则是K国这一两年才建成的月基射电望远镜，也是地球人首个建在月球的射电望远镜。"深蓝三号"有200米口径，工程建设都是就地取材，多维打印、模块化组合。月球上可用矿物质非常丰富，月壤中差不多有一半是玻璃状的二氧化硅，还富含铁、钙、镁、铼、锌等，其中还有在地球上没有的天然金属铈。

"深蓝三号"建在月球背面，没有地球环境带来的任何电磁辐射污染，绝对净空，是绝对理想的运行环境。建成没多久就已经发现了数以千计的超新星、脉冲星等未知天体。

射电望远镜本身不发射电磁波，只接受来自宇宙空间的各类极其微弱的信号，并通过透镜效应来放大信号，用以观测脉冲星、暗物质、黑洞，甚至外星文明。如果外星人在火星上打个电话，高灵敏度的射电望远镜就能快速侦听到，尤其是以矩阵组合方式搜集宇宙同一方向的信号，更能精准获取更多有价值的宇宙信息。

K国深蓝工程的厉害之处在于让射电望远镜实现了从地基、天基到月基的全实时、全空域互联互通，打造出来最牛的"寻天"矩阵。

K国人考虑问题不一样，就在A国、P国、R国、F国等不遗余力搞太空和月球军事化时，只有K国独自选择为人类探索外星文明默默在工作。

凌霄军团会议室里，除了祁奕雄、郝利新、张军以外，航天专家吕超凡院士、天文学家怀天宇院士也来了。会议还没开始，大家都在低头私语，交换着意见，只有张军若有所思，低头转着签字笔，偶尔掉在桌子上，啪的一声，又赶紧捡起来继续摆弄，掩饰不住内心的紧张，有一种十分不好的预感。

怀天宇是第一次参加凌霄军团会议，这次会议是应怀天宇和吕超凡共同请求召开的。怀天宇不仅是天文学家，也是K国深蓝矩阵工程首席科学家。深蓝工程很不容易，从"深蓝一号"到"深蓝三号"已经严重透支了怀院士的身体，他身心俱疲。

9点58分，孙志平推开会议室大门，看到满眼的严肃面孔，他轻轻点个头算是打招呼,迅速坐下来。

"人到齐了,我们开会。"郝利新主持会议,"先请怀天宇院士介绍一下情况吧。怀院士请。"

"同志们好,我是怀天宇,深蓝矩阵项目负责人。我先简要介绍一个情况。深蓝项目组网后有很多重大发现,对提高K国深空探索能力发挥了不可替代的作用,目前已取得了十分辉煌的成绩。同志们,我这里用的是辉煌不是吹牛,我们已经对暗物质、黑洞等未知世界有了更深入探索,这完全是深蓝工程的功劳。这里我想给大家透露点儿信息,经过两年多不间断搜索,深蓝望远镜发现并确认了一些十分异常的特征信号,这既不是脉冲星,也不是暗物质,是天体不可能发出的非规律性信号,但有强烈的指向性和暗示性,就如同我们人类说话一样,应该是语言类信息。"

"外星文明?说啥了?"张军好奇心强。毕竟年轻,摆弄笔的那只手紧紧攥住笔杆。

"对,外星文明,我们正在尝试获取更多信息,也尝试破译分析,信息好像有'屠杀''圈养''动物园''半人马''来了''毁灭''死亡''主宰'诸如这类的含义,有一种毛骨悚然的压迫感,声音十分低沉,像是来自地狱或阎罗殿的空荡。"怀天宇院士勉强挤出点儿笑容,稍稍满足了张军的好奇心。

"我们实在不了解那些'语言',完全无法连贯理解,很多也都是我们猜的,很不准确。我们现在面临两大问题:一是需要顶尖的密码破译专家,你们凌霄军团人才济济,一定要帮助我们;二是这几天我们的'深蓝三号'出问题了,有不明信号主动干扰它。我们这两天的信号杂波很多,很不正常,月球背面应该是净空环境。希望参谋长能帮我们尽快查明原因。拜托了,各位。"

"怀院士,您能准确告诉我干扰源的干扰时刻吗?另外,您能给我提供干扰源的信号样本吗?"张军有种发现新大陆的兴奋感。

"没问题,我带来了样本,准确时间是13:12到13:37,持续25分钟。"怀天宇院士记得很清楚。

"参谋长、怀院士、吕院士，A国的'门户'月球空间站在我月球深蓝望远镜的凌空时间就是这段时间，从时间上看比较吻合。接下来，我会对怀院士带来的干扰信号源样本做进一步技术分析，我们会尽快有个结论。"

张军不假思索回答，下意识地用眼睛瞅着祁奕雄。

"好，张军，会后就落实，务必有准确结论。另外，我建议你会同国家安全部门一起成立'深蓝'专项密码破译工作组，配合怀院士做好信息破译保障工作。怀院士，您看这样安排，行吗？"祁奕雄下达了指示。

"可以，谢谢参谋长，非常感谢。"怀天宇很满意。

郝利新继续主持，说："请吕超凡院士谈谈最新情况吧。"

吕超凡轻咳了一声，喝了口水，说："参谋长、怀院士、各位好，可能我每次来都没啥好事，黄鼠狼进村，估计你们又要紧张了。"

在座的人都笑了，张军的笔掉到了地上，赶紧弯腰捡笔。

"说吧，解决问题是我们的工作职责。"祁奕雄示意吕院士继续讲。

"你们早知道了，A国的'末日'工程即将实施，他们试验撞月地点距离我们在冯·卡门区域附近的'深蓝三号'太近了，据称A国试验地点在莱布尼茨区域。我们严格测算过，就算撞击的小行星只有1千米直径大小，其产生的能量也是巨大的，如此近距离撞月足以造成'深蓝三号'重大损害，甚至是彻底损毁。我不知道A国人是否有意为之，毕竟我们的工程在联合国早就备案了，A国人不可能不知道它的存在，A国天文学界还与我们有过深入合作。目前，情况很严重了，必须引起高层足够重视。"

问题显然很棘手，会议室一阵沉默，谁也不知道该如何处理。祁奕雄深吸了一口气，有话要说，但又咽了回去。

郝利新看了看表，又看了看祁奕雄，希望参谋长能打破沉寂。

这本是一起外交事件，但外交手段未必能解决，因为对A国而言，月球是无主之地、无法之地，A国压根儿不承认《月球公约》存在。

"吕院士、怀院士，您二老有何好的建议？"祁奕雄历经东岛战役等各类军事冲突洗礼，多次与军事强国过招，什么大风大浪没见过，可这件事还是要听听两位老院士的看法。

"参谋长、怀院士，我倒有个想法，你们听听看行不行？"吕超凡咽了口唾沫。

"吕院士您说。"

吕超凡双手紧扣，靠着椅背，有些累，尽显疲态，说："怀院士，你刚已经说了，你们和A国天文界有深入合作，是否可以通过这条途径来施压给A国政府和军方，让他们放弃这个计划。同时也可以通过国际天文联合会把消息放出去，让国际舆论进一步施压A国，双管齐下。我记得你还是国际天文联合会的副主席。我也是国际宇航联合会的副主席，我也可以通过这个渠道来呼吁一下，死马当作活马医，我觉得这或许也是一个解决问题的办法。"

"好，好办法，我同意，我开完会就去做。"怀院士难掩内心激动，"深蓝"矩阵是自己的孩子，是命根子，说什么也不能毁掉。怀天宇双手有些颤抖，紧张、激动。

"好主意，可行。"祁奕雄当即表示赞同，接着又补充道，"我们也尽快和外交部门沟通，一是通过国防部外事部门交涉，二是通过外交部门交涉，也要双管齐下，看看A国敢不敢冒天下之大不韪。但同时我们也必须防患于未然，要有最坏的应急预案，这种事可不能有侥幸心理。"

"首长，我看能不能这么做。"孙志平主动接过话茬。

"你说吧。小孙。"

"两位院士和您的想法我都赞成，也赞成通过官方和民间外交手段来协同解决，如果能做到就是最佳选择。我觉得可否考虑有对等措施，如果A国执意在莱布尼茨区域做试验，我们也不妨在智海区域做太空陨石试验，A国的月球基地就在汤姆森区域，我们可以提前宣布，逼着A国和我们谈。"

祁奕雄思量了一会儿后表态："可行，但需要请示部队首长。"

"还有个办法，我觉得也可试试，嗯……"孙志平想说又猛然咽了回去，眼睛紧紧盯着祁奕雄，两只手不自觉微微攥紧了拳头，手心冒出了冷汗。

"孙总，但说无妨。"郝利新招招手，示意孙志平畅所欲言。

深深吸了口气，孙志平身体稍稍放松了一下："我想和戴维斯谈谈，让他出面劝说A国放弃这次试验。但不知道是否可行。"

孙志平还是没忍住，可这种事情太敏感了，说多了会让人浮想联翩，不是孙志平多虑。

会议室沉寂了好一阵，谁都不敢说话，看来孙志平的担忧是有道理的，谁都知道戴维斯是什么人。

"小孙，你看这样吧，我和司令、政委商量一下，你做好这方面准备，等我电话。"祁奕雄一锤定音，老军人应有的硬气，但说话很客气，总是协商的口吻，这里除了他，没人能回答这个问题。

"好，参谋长，我听您的安排。"孙志平眼神有些飘忽，紧紧咬住嘴唇，语多必失。此时的孙志平甚至不敢对视祁奕雄。

这次会议忽然让孙志平少了几分自信，也猛然间明白一点，自信源于信任。

散会了。但祁奕雄没有像往常那样留孙志平多聊一会儿，而是代表凌霄军团向军队首长请示，同时协调国防部和外交部，通报相关信息并协调相应对策。

郝利新和张军则去协调国家安全部门，力争配合做好密码破译工作。两位院士回去协调各自国际联合会，争取能早点儿发表相关声明。

孙志平回到办公室，半天没说话，陷入沉思，福兮祸兮，也未可知。博通走到今天太不容易了，付出了多少心血，付出了多少弟兄的生命才换来了今天的辉煌。但物极必反、日中则移，客观规律不会改变。

翌日，K国国防部和外交部向A国政府严正交涉，国际天文联合会和国际宇航联合会也向A国政府施压，要求取消在月球实施小行星撞击试验。

A国政府态度十分强硬，强调这是A国内政，其他国家和国际组织无权干涉。

又过了一天，郝利新代表祁奕雄致电孙志平，只说了一句话，"开始实施D计划吧"。郝利新电话说明用意后立即挂掉电话，很果断，孙志平心里咯噔一下。D就是戴维斯大名的首字母。

与此同时，郝利新开始制订在月球背面智海区域实施太空陨石撞击试验计划，并在第一时间告知A国政府和军方关于这次月球试验的情况。

K国凌霄军团决定两手准备来反制A国无端挑衅。

## 25. 猜疑

孤独驱散了哀愁，蕴含着一种豪放的意志。

挂掉郝利新的电话，孙志平一刻不敢耽误，立即致电戴维斯，希望能尽快见面协商金矿安保事宜。凌霄军团、霹雳军团，只要是祁奕雄的事，就是孙志平的大事，从不耽误分毫。

戴维斯很为难，这个特务头子手头的事太多了，日理万机，可考虑到孙志平的重要性，还是向局长请了假。最后二人约定见面的地点是MX城，就在戴维斯工作地点的附近。

最终见面地点是在MX城的A国情报总局安全屋，A国情报总局在全球有很多安全屋。按照戴维斯指引，孙志平在希尔顿酒店等候，过了一会儿，有人开车接上了孙志平，孙志平被蒙上双眼，没多久就来到了安全屋。

戴维斯在房间久候了。

"孙先生你好，我们又见面了，你还好吧。"戴维斯开门见山，紧紧握住孙志平的手。

"我很好，戴维斯先生，相信你一切都好吧。"

"很好，我很好，上次在SG城很愉快，最大收获就是认识了孙先生这样的好朋友，很幸运。我把见面情况都汇报给了鲁尼局长，他很高兴。"戴维斯依旧很客气。

"我也很幸运认识了戴维斯先生。刚见面，您就给我一个天大的合同，真是天上掉了个大馅儿饼，还掉到了我的嘴里。幸运至极。"孙志平要继续表达感恩心情。

"孙先生，客气了，我是冲着博通的信誉和实力，并不是完全照顾你的面子和情绪。如果博通不行，我也不会这么做，我是在替情报总局做事。选择博通，情报总局能得到更好的安保服务，还能节省一大笔钱，何乐而不为。这完全是市场选择，优胜劣汰，本就是一桩生意。"戴维斯毫不隐讳，东西方思维有本质差别。

"对了，孙先生，你说有金矿的事情要商量，请讲吧。"戴维斯单刀直入，看着孙志平。

"嗯，是这样，戴维斯先生，我这次见你是有一事相求，不知道您是否介意，并不是金矿的事情。电话里不方便说，我只能说金矿了。"孙志平言语有些吞吐，毕竟这件事不太好说。

"孙先生，你脸色不太好看，最近发生什么事情了？"老辣的戴维斯目光如炬，什么都逃不过他的眼睛。

"稍等。"戴维斯示意孙志平别说话，带他迅速来到地下室，"嗯，你说吧，没关系，我们是朋友，我希望能帮到你。"

犹豫半天，孙志平终于开口了，手心全是汗，说："戴维斯先生，恕我直言，你们正在实施的'末日'计划试验会对我们'深蓝'项目造成严重威胁，很有可能会毁掉我们的射电望远镜。我的意思，你们能否停止试验，或换个地方做试验。莱布尼茨距离冯·卡门区域实在太近了。希望戴维斯先生能本着和平使命，不要破坏来之不易的和平大环境。"

戴维斯很意外，天大事情让孙志平三言两语讲了出来，确实出乎戴维斯意料，戴维斯做梦也不会想到孙志平会求自己办这件事，而这件事还真是自己负责，孙志平哪里得到如此准确的情报。

沉思片刻，戴维斯两眼直勾勾盯着孙志平："贵国政府已提出抗议了。孙先生，实不相瞒，你提出的要求，我只要努力是能做到的，比如，换个地方试验，这不是难事。但对你来说，这未必是好事。你懂我的意思吗？"

"何出此言？"孙志平的担心竟然被戴维斯直接说透了，自己明知故问。

"明知故问，这件事很敏感，一旦你成功阻止我们实施如此重大试验，你们的人会如何想你和我的关系。你们政府和军方已给我们发来了照会，你们还让国际组织来抗议我们，如果他们都没有做到的事情，你仅凭一张嘴就做到了，他们会觉得正常吗？不会觉得有猫腻、有问题？我只是善意提醒你。孙先生，我坦白地告诉你，我可以答应你的请求，关键是你要想好回去后该怎么说，才能让他们继续信任你。"戴维斯这番话彻底戳中孙志平的痛处。

"我懂，谢谢提醒，我会认真考虑。我想再确认一下，戴维斯先生真能答应我的请求？"孙志平还是不放心，两只手明显不知所措，这种紧张感不是来自戴维斯承诺带来的惊喜，而是戴维斯的善意提醒。原本十分沉稳老练的孙志平有这种心态很不应该，但此时此刻却客观存在。

"你们K国人有句话，君子一言，什么马都难追。我答应你，我会换个地方，远离冯·卡门区域，冯·卡门是我们A国人的航天英雄，我们可不想吵醒他老人家睡眠。放心吧。"

一个老牌特工，戴维斯内心充满矛盾，这也是不应有的反常心态，违背常理，连戴维斯自己都知道这样想、这样做是错误的，甚至违背国家利益。但局长本意和自己内心深处多少是希望从长计议，这才会促使戴维斯想去帮助孙志平，但又真担心孙志平失宠，情报总局精心布局付诸东流。

面对孙志平一个实在人，戴维斯心态有些失衡，如果换任何一个人，戴维斯都能狠下心来，甚至痛下杀手，但孙志平太坦诚，还救过自己，多少已经把孙志平当作朋友了。情报总局诫令之一就是"冷血，没有朋友，只有利益"，诫令之二才是"撒谎、欺骗、偷窃"。戴维斯只能走一步看一步了，继续编织"放长线、钓大鱼"老掉牙的故事，糊弄鲁尼，也糊弄自己。

正事三言两语就谈完了，孙志平与戴维斯换了个地方，开始轻松喝酒、聊天。但自始至终，戴维斯一句敏感的话都没有问孙志平。戴维斯和孙志平内心都不平静，各自想着家里那一摊子事，一点儿不轻松，酒也是闷酒，话都是闲话。

两个小时很快就过去了，戴维斯飞往兰利总部见局长鲁尼，简要汇报了一下孙志平对金矿安保的建议，可绝口未提孙志平希望暂停试验的事。汇报的重点却是国际社会和K国对A国"末日"计划试验的一系列抗议和忧虑。鲁尼正为此烦恼不已，不仅是K国、国际天文联合会、国际宇航联合会，就连A国联邦航天局都在指责情报总局此举过于冒险，必将危及A国月球汤姆森基地的安全。蕾拉总统更是致电鲁尼质问是谁泄的密，对鲁尼的工作失误表达出强烈不满。

戴维斯思量片刻，建议更换地点做试验，试验肯定不能不搞，但可以远离冯·卡门区域，谁也无话可说。比如，在拉马克区域试验。戴维斯是项目负责人，不搞试验，根本不可能完成这项计划，鲁尼也要有试验结果才能给总统有个交代。

经再三协商，鲁尼同意了戴维斯更改试验地点的建议，也把试验小行星直径从1千米降到300米，不一定制造巨大伤害，关键是验证技术可行性。

戴维斯刚走，鲁尼就把情报处副处长贝里找来，让贝里秘密调查"末日"计划泄露的原因，怎么会被K国人全盘掌握到了情报。

鲁尼也想知道，戴维斯在MX城和孙志平还谈了什么。听到局长这番话，贝里如获至宝，立马行动起来。

孙志平回到京城，马不停蹄去找祁奕雄和郝利新，详细介绍了全部谈话细节，一点儿也不敢隐瞒，除了没说自己个人情绪前后变化外，其他能说的全说了。

当祁奕雄听到戴维斯同意改变试验选址后，长长松了口气，可表情更加凝重地说了声"谢谢"。

这是祁奕雄第一次对孙志平说"谢谢"，从来没有过。

郝利新很清楚参谋长的担心，这件事情看似解决了，但孙志平能量如此大，着实让众人感到不安。既然孙志平能说服老牌特工暂停如此重要的行动，孙志平一定用有价值的情报做了某种交换，那这个情报又与凌霄军团有什么关系。至少到目前为止，孙志平守口如瓶，可孙志平知道凌霄军团的事情太多了。事情是办成了，但对孙志平个人来讲是搞砸了，是凌霄军团对其信任的崩塌。

祁奕雄和郝利新很清楚戴维斯给孙志平几千万金元大单，而凌霄军团一直都在无偿利用孙志平和博通做事，尽管孙志平从无怨言，但不得不让凌霄军团对孙志平与情报总局的商业行为感到莫名地恐惧。

孙志平离开了凌霄军团总部，不是如释重负，而是套了满满的枷锁，孙志平看出来祁奕雄和郝利新复杂的心思，就算问心无愧，可再多解释都是徒劳，这涉及国家安全，孙志平能理解，也不后悔。

孙志平离开了，祁奕雄若有所思，两只手托住后脑，木然地问郝利新，又像喃喃自语："这个孙志平还可靠吗？我还能信任他吗？"

"这？不好说，说不好。"郝利新不知道该如何回答，谁也不知道孙志平和戴维斯究竟有什么交易，不能感情用事。

"参谋长，您有什么想法？"这件事太敏感了，郝利新不想参与决策，说好说坏都不合适，孙志平为凌霄军团做了太多事情。更为关键的是，祁奕雄和孙志平的私人关系太好了，孙志平要真有问题，那祁奕雄罪责难逃。

"小孙知道得太多了。孙志平到底是什么人？"祁奕雄依旧自言自语。

"利新，这么办吧，让张军抽点儿精力，上点技术手段，看看孙志平都在做什么，盯着点儿他。"

"参谋长，要动用国安吗？他们更专业。"

"不要，还没有到那个阶段，我只是想考察一下孙志平，就算是凌霄军团对孙志平的私下调查吧。一定要保密，要绝对保密。虽说用人不疑，但凌霄军团不是一般单位，容不得半点儿大意和马虎。还是查一查好。你让张军一定要暗查，千万保密。"祁奕雄很谨慎，千叮咛万嘱咐。他内心真不想这么干。

"明白，参谋长，我这就去办。"郝利新走了，留下惆怅的祁奕雄独自在办公室。

一号保密电话响了，祁奕雄缓缓拿起电话："你好，我是祁奕雄。"

"我是王生明，你好，老祁，A国已告知我们更改试验地点，这是怎么回事？部队首长都很关心这背后的原因。"

"老王啊，是孙志平，他见了戴维斯，戴维斯最后答应更改试验地点。"祁奕雄和盘托出真相，因为这种事不可能隐瞒。

"孙志平？是这小子。他和戴维斯私交有这么好？他们才认识几天。"王生明顿时心生疑虑。

"对，是这小子，我也低估了他的能力，具体情况我正在核实。"

"老祁啊，这种事情有蹊跷，一个安保公司老总怎么能有这么大能力，这背后会不会有什么猫腻呢？要好好查查，不能掉以轻心。这个事情光靠你们凌霄军团来查是不够的，我会安排安全部门介入。"

这句话让祁奕雄很是吃惊，本想内部调查一下，可现在问题复杂化了，一旦其他"安全部门"介入，势必会让孙志平极为被动，甚至会上纲上线，这也不是自己想要的结果，毕竟自己和孙志平的感情是多年培养出来的。

祁奕雄有些沉默、犹豫，王生明接着说："我相信这也是部队首长的意见，老祁啊，我提醒你，我们用人一定要做到安全，能力再强，如果不安全了，也不能用，这是最基本的原则。"

"我明白，我同意，那你们去调查吧。"祁奕雄挂了电话，内心觉得很对不住孙志平，但事已至此，只能如此了。安全第一，如果查完了，孙志平没有问题，那就皆大欢喜。

秘密调查启动了。没有人限制孙志平自由，一切都是秘密调查，暗中取证。

祁奕雄本是技术出身，在孙志平所在的学员队当政工干部，祁奕雄提拔后去了霹雳军团基地，历任副总师、副旅长、副司令、司令，再后来就到总部当了副参谋长。组建凌霄军团后，祁奕雄被抽调过去

211

担任副参谋长、参谋长。如果按资历来算，祁奕雄比凌霄军团的司令和政委还老，也正是因为太懂指挥打仗、部队训练，就一直安排祁奕雄担任参谋长要职。因此，算起来的话，孙志平的军龄与祁奕雄"私交"时间完全一致，彼此知根知底。

  祁奕雄离开学院后，孙志平就很少见祁奕雄了，但孙志平坚持要离开部队那段时间，祁奕雄还出面挽留过，但毕竟人各有志，祁奕雄也只能祝孙志平好运了。祁奕雄一直认为孙志平是职业军人的料，脱掉军装是部队的重大损失。如今，自己要调查这位昔日的老部下、学生、多年好友，祁奕雄心里五味杂陈、矛盾至极。祁奕雄坚信孙志平是清白的，不会看走眼，但组织原则就是组织原则，不能更改，有一点点问题都必须按照组织原则调查，把存在的隐患降到最低，这一点作为老军人的祁奕雄十分清楚，只是希望这个过程能早点儿结束，然后把孙志平叫到家里再一起喝酒聊天。

  孙志平心里更纠结，虽心无杂念，一心只想帮教导员解决实际问题，可万万没想到会遭此一劫。别人费九牛二虎之力解决不了的难题，三言两语就摆平了，孙志平想想，换了是自己也会觉得蹊跷。戴维斯是K国的敌人，敌人能顺利答应自己如此请求，是不是背后还有什么更大的阴谋和陷阱等着自己，孙志平不知道，很迷茫，只能走一步看一步，谁也不怪，更不会埋怨老领导了。

## 26. 外科手术

所谓的听天由命，是一种绝望，当你有法子了，就不听天由命了。

离开SG城后，齐天全和董一飞赶到了S国。

博通先接管了兰法金矿安保工作，50名全副武装的弟兄迅速进驻，接替了合同已经到期的浑水公司。浑水公司的人虽不想走，但也没办法，只能降下自家旗帜，灰溜溜离开了S国。

孙志平给金矿的弟兄们配备了两辆最好的履带式步兵战车和两辆8×8轮式步兵战车。其中，新式履带式步兵战车装备一门100毫米火炮，火力强大。不仅如此，这两种新型步兵战车防弹性能和防雷性能俱佳，能有效对抗各类恐怖伏击。

齐天全和董一飞之所以顺利接管S国金矿，也因史密斯不想再与孙志平纠缠，更不想再招惹新麻烦，否则戴维斯一定废了自己。再说，孙志平还算讲义气，关键时刻还救了自己一命。

S国安保项目很顺利就搞定了，下一个要接管的金矿就是位于TN国西南部的柏瑞科金矿。TN国西南部本就丰富的矿产吸引了大量海外投资，在发现金矿后，很快又掀起疯狂的"淘金"热。柏瑞科金矿周边的地缘环境非常复杂，南部紧邻AW国，这对金矿的安全运营和安保绝非好事。

齐天全和董一飞在柏瑞科金矿同样选配了50名全副武装的弟兄，

配备了6辆同型号装甲车。既然此地区比兰法金矿要乱得多,还与多国接壤,博通必须强化在当地的安保力量,绝不能有任何闪失。

等两个金矿安保安顿妥当,已经过了一个多月,齐天全和董一飞精心挑选了一位经验丰富的退役军人来当总负责人,这个人就是韩明军,一位从"蛟龙"特种作战部队营长位置上退役下来的军官。

齐天全和董一飞让韩明军先拿出安保方案,也算是对韩明军的一次考核。提出初步方案后,二人再协助韩明军共同制订完备的安保方案。他们根据S国和TN国当地实际情况新增了特殊要求,并且一再强调,将在外一切要相机行事。

齐天全和董一飞想多待几天,与韩明军和弟兄们多交流交流,但又很担心"地球之眼"事情太多。就在齐天全和董一飞准备离开时,柏瑞科金矿出事了。

一股来自AW国的恐怖势力听说金矿换了安保团队,动了心思,想来捞点儿油水。浑水公司惹不起,但这个叫博通的公司或许软弱可欺。只能说这帮孤陋寡闻的恐怖分子根本不看新闻,愚蠢到家了。

40多名恐怖分子疯狂地冲进柏瑞科金矿,可乌合之众遇到正规军,很快就四处溃散,丢下了不少尸体,还有三名俘虏。剩下几个只能爹死娘嫁人,个人顾个人了。

齐天全和董一飞正好还没离开,就干脆留下,帮韩明军铲除后患,不然回去心里也不踏实。

经审讯才知道,原来这伙来自AW国的家伙无恶不作,主要就是靠收割"人体庄稼"获利。

什么是"人体庄稼"?"人体庄稼"是指在AW国流行的一种传统巫医药,祖鲁语称为Muti。它原本的制作材料是一些有特殊疗效的树和草药,巫医在使用时念念有词,达到治病驱魔或获得强大"魔力"。但后来,Muti出现了异化,制作Muti药的材料越来越异类,一些恶毒的巫医认为人体器官比植物Muti效果更好,结果就导致人体Muti在市场上供不应求。

为得到更多药材来满足富人阶层对Muti的大量需求,AW国个别村落催生出收割"人体庄稼"的产业,而为收割"人体庄稼"的谋杀就是Muti谋杀。在这些狠毒的巫医眼里,人体每个"部件"都能被贩卖,不同的"部件"有不同的魔法。因此,每年都会有很多无辜者被杀掉,一个月就能杀掉几十个人。更为残忍的是,为确保所谓的"疗效",都采用"现场收割""现杀现卖",手段残忍令人发指。

被称为"人体庄稼"的活人或尸体会被收割者带到河边"收割"。首先,收割者到河里把尸体清洗干净,拿走需要的"部件",就像屠夫宰杀猪羊牲口一般。还有的收割者用抽血设备来抽血。巫医称儿童的血有很强魔力,如同鲁迅笔下的"人血馒头",有些"庄稼"单纯就是失血过多而死。

这次袭击金矿的歹徒就是在AW国巫医村这帮无恶不作的"人体收割者"。

听完三名俘虏交代,齐天全和董一飞肺都气炸了,这还是人吗?"人吃人"的社会就在眼前。齐天全和董一飞已不再把报复作为首要目标,完全是要"替天行道",彻底铲除这群恶魔,摘除这颗长在AW国的"毒瘤"。

之前,浑水公司不是不知道这些"人体收割者",但既然没有冒犯浑水,便井水不犯河水。有些浑水公司安保人员也迷信Muti药,个别人员还参与"人体收割"来挣快钱。在浑水这帮杀手眼里,杀人是最简单的事情,也是老本行,尤其在这些无法无天的国度。

博通是要挣钱,但更要维护正义,这就是不同于浑水的本质。

收拾这帮浑蛋必须做到知己知彼。按照三名俘虏的交代,齐天全和董一飞特意派人混进了巫医村,佯扮作有钱人来收购大量"人体庄稼",这几个人很仔细地调查了村子地形、地貌和周边环境,也摸清了几名重要头目住处和日常行踪,还全面摸排了恐怖组织的军事能力和日常警戒部署。结果这里松懈无序的警戒让齐天全感到不可思议,但转念一想,当地政府的不作为和本地村民的极度恐惧,必然会让这些恐怖分子无所顾忌。为此,齐天全制订了全面的斩草除根行动计划。

四天后，万事俱备。尽管这个恐怖组织实力很弱，但齐天全和董一飞不敢掉以轻心，更重要的是，尽量不扰民、不伤民，做到除恐怖分子以外的"零伤亡"。现在存在一个难题，这些恐怖分子都是散兵游勇纠集在一起，纯粹为了钱，也没啥正规服装，扛上枪是武装分子，扔掉枪就是平头百姓，要准确识别目标很难。可齐天全和董一飞下了死命令，为了避免外交争端，一定要做到"零伤亡"。

韩明军最后想出来敌我识别的"土办法"。奔袭行动设三个小组，带一名俘虏做"人肉敌我识别"，每个小组负责击杀两名恐怖头目。这三个俘虏就是村里的人，谁是歹徒，一望而知。同时也警告三名俘虏，配合者生，抗拒者必死。

博通一切准备就绪，行动代号"冷血杀手"，齐天全和董一飞这次怀着强烈"仇恨"，要"替天行道"。

凌晨3点，在三名俘虏引导下，齐天全、董一飞、韩明军各带一组，共30名安保队员悄悄进入这座"三不管"村落。尽管有24小时站岗执勤，但对博通安保人员来讲就是小儿科。这些人平时咋咋呼呼、为非作歹，只能吓唬吓唬手无寸铁的平民百姓，一旦遇到正规军就溃败了。不仅如此，原本该有的岗哨，要么呼呼入睡，要么人不知哪里鬼混去了。三个小组分别按照指引目标实施突袭，几名恐怖头目还在梦乡里就被击杀了，这些人做梦也不会想到K国人"神兵天降"来索命。

半个小时结束战斗，罪大恶极的恐怖头目都被当场击毙，齐天全和董一飞压根儿没打算留活口，就算求饶也一枪毙命，这些人留下来就是祸害，死有余辜。在董一飞和齐天全眼里，只有上帝才能管教他们。剩下的恐怖分子大部被俘，少部分作鸟兽散，再也掀不起大浪了。

在打扫战场时，齐天全、董一飞、韩明军三个人目瞪口呆，大仓库里摆满还没来得及处理的尸体，更有各种浸泡的人体器官，应有尽有，完全就是一座"人体庄稼超市"。如此罪恶的巫医村焉有不被铲除之理。

行动后,收割"人体庄稼"的生意暂时消失,纷纷隐匿到地下。虽然巫医们还在,但又回归到正规的植物Muti,谁也不敢明目张胆做人体器官Muti了。

可当地人依然迷信,尤其富人们更是迷信人体器官Muti。齐天全、董一飞不得不软硬兼施教育这些人。一方面,齐天全带话给"村干部",再发现做"人体庄稼"的,见一个杀一个;另一方面,齐天全、董一飞不惜成本做宣传,让大家明白人体器官Muti不仅无效,还有害,力求从根儿上解决此类愚昧顽疾。这类公益宣传,齐天全要求韩明军坚持做,直到彻底根除丑陋现象为止。

收割"人体庄稼"这伙人披着宗教外衣做非法愚昧的勾当,当地百姓更深陷愚昧宗教之中,这就是典型的邪教。邪教的本质就是教人为虚妄的高尚理由漠视生命,放弃生命,但这些教义传播者从来都珍惜自身生命。

铲除邪教归根结底要用正常、文明的宗教来解决。齐天全反复讲一些宗教典故,其中就提到EY国人的宗教观。EY国视人为精神与肉体的有机体,人死后会被"重塑、重造",所以EY国人善待死者尸体,用香精心熏制,防止腐烂,还举行"张嘴"仪式,是为了激活死者吸收营养的能力。

齐天全告诉当地百姓,宗教核心是尊重人,更要善待死者尸体,而人体器官Muti严重违背尊重人、尊重死者的原则,是邪教。按照文明宗教教规,这些打着宗教旗号的反宗教人士必然下地狱。

第二天,齐天全和董一飞通过K国使领馆与AW国政府取得联系,移交了被俘恐怖分子。AW国政府非常感谢博通的义举,当地百姓更是感谢博通的正义。当地百姓早就痛恨这些无耻勾当,现在他们再也不需要生活在恐怖阴影下了。不少百姓把博通的齐天全和董一飞的画像做成"门神"贴在家门口驱灾辟邪。一时间,齐天全和董一飞"门贴"在AW国脱销了。齐天全、董一飞、韩明军在AW国、TN国、S国无人不知、无人不晓,博通声名大噪。

这一战确实打出博通的威望和尊严,金矿周边的恐怖组织再也不敢有袭扰的念头。在这些恐怖分子眼里，齐天全和董一飞是杀人不眨眼的"魔头"，浑水公司也就把人打跑就拉倒，可博通直接追进老巢斩草除根，手段和狠劲完全不一样。

一周后，孙志平寄来一幅字送给韩明军："犯我博通者，虽远必诛。"

韩明军把这幅墨宝挂在办公室，作为镇邪之宝。从此，两座金矿一直安然无恙。

戴维斯也特意从A国给孙志平打电话，祝贺博通的辉煌战绩，博通在维护金矿安保上干得漂亮，在所在国的反恐行动也干得漂亮，这让A国情报总局很有面子。在电话中，戴维斯特别指出，情报总局局长鲁尼很满意，并强调"可以强化与博通在反恐领域的全面合作"。

## 27. 监控半人马

半人、半马，既是事物的两面性，也是人性善恶的两面性。

在张军协调下，国家安全部门派来两名密码专家，与凌霄军团的两名密码专家、"深蓝矩阵"项目的一名信号处理专家，一起组成"深蓝矩阵"密码破译小组，集中在凌霄军团总部合署办公，指定项目代号"远山呼唤"。

在祁奕雄的建议下，郝利新任小组组长，张军和怀天宇任副组长，其他专家任组员。张军负责各类资源协调、后勤保障，怀天宇负责信号采集和分类，其他五名组员专业负责密码破译。

"远山呼唤"被怀天宇赋予新的内涵，因为这段时间频繁发出"类人信号"的方向在"半人马"星座。怀天宇已把"深蓝矩阵"的关注点调整到以半人马方向为主，以便能获取更多来自半人马的信息，"远山呼唤"核心是监控半人马。

张军调查比对后告诉郝利新，不定期干扰"深蓝三号"的干扰源就是A国月球空间站。除此之外，张军也汇报了关于秘密监视孙志平的安排，除了不限制人身自由外，涉及孙志平的全部电磁信号和房间内语音信号，统统都在侦听监控范围内。至于其他安全部门对孙志平采取何种监控手段，张军并不知情，各部门是独立调查、独立监控，信息互不共享。

不仅是孙志平被调查，A国情报处副处长贝里也启动了对戴维斯的秘密调查，重点放在戴维斯和孙志平的幕后交易。贝里第一时间调取了MX城安全屋监控信息，但一无所获，在监控信息里，只有孙志平与戴维斯谈金矿的一些简单对话。戴维斯是何等人物，想监控这个人太难了，很多监控技术手段都是戴维斯一手打造，哪儿有监控，哪儿有"后门"，戴维斯门儿清。

可戴维斯与孙志平谈话越没实质性内容，鲁尼就越担心戴维斯的忠诚度，毕竟戴维斯知道得太多了，夸克基地核心计划全在戴维斯脑袋里。戴维斯具有不可替代性，每次给总统汇报时，鲁尼必须带上戴维斯。尽管没有直接证据证明戴维斯不忠诚，可鲁尼也不得不提防戴维斯，以前可以说的话，可以开的玩笑，现在都很谨慎了，鲁尼往往是话到嘴边又咽了回去。

戴维斯多聪明，很清楚这一点，也看出鲁尼的变化。贝里近期频繁造访本不属于他管辖的夸克基地，并不断询问有关核心项目的事，更让戴维斯有种不祥预感。他认为自己要失宠了。

昔日的老领导鲁尼对戴维斯变得客气起来，说话小心谨慎，让戴维斯很不自在。情报总局内部的平衡关系也被打破了，鲁尼召见贝里的次数变多，显然有意冷落情报处的大处长。

虽然戴维斯在夸克基地的时间远超过在兰利总部，可戴维斯在总部的耳目也很多，时不时就传来戴维斯的坏消息。戴维斯处境堪忧，但他一不解释，二不辩解，不想越描越黑，只专心做好本职工作，以不变应万变，谋求自保。

借着这次考察，戴维斯也反过来考察情报总局的人心，看看哪些平时巴结戴维斯的人转向了贝里。想到这里，戴维斯释然了许多，开心了许多，认清人的真实面目很重要。

这段敏感时间，戴维斯干脆就躲在夸克基地，哪儿也不去，美其名曰专心督办每一个项目。为A国国家利益，戴维斯太拼了，也太累了，正好借机休息，既然得不到信任，就少做点儿事。戴维斯并不觉得委屈，这就是职场人性。

远在京城的"难弟"孙志平并没有戴维斯那么好的心态，毕竟受到了莫大委屈。凌霄军团会议不再通知孙志平了。孙志平知道正被"有关部门"调查。

为了不给调查出难题，孙志平干脆不出国了，专心在国内等待调查结果，清者自清。

孙志平早就想给自己放个大假，但太难了，博通拥有全球安保网络体系，要处理的事情少不了。孙志平以往不参加的公司内部会议，现在他也开始过问了，并与各部门广泛交流，甚至连制订安保预案这样的小事都要求参与。说白了，孙志平想让自己忙起来，否则会心烦意乱。

孙志平很委屈，但这话又不能说给任何人，如同孙志平总说的"半人马"一样，半人、半马，事物的两面性，人性的两面性。外人想知道孙志平"恶"的一面，可孙志平"恶"的一面究竟是什么，连孙志平自己都不清楚。

每天身心疲惫回到家，孙志平要面对儿子和阿姨两个人。儿子10多岁了，还算自觉，也很聪明，长期都是阿姨照顾生活起居。家里房子挺大，空荡荡的，没有人气。孙志平很早就离婚了，离婚原因很简单，也很俗套，把事业看太重了，忽视对女人的必要关心，连一点点浪漫和情调都没有。在婚姻存续期间，孙志平只管挣钱养家，可女人需要关心，你不关心自然会有人关心，结果就是离婚。

孙志平要了儿子小贝，其他家当都留给了妻子，是自己对不起妻子，这是事实。孙志平对此从不遮掩，好事的朋友询问离婚原因，孙志平都会一五一十坦承是自己的问题。

男人确实很矛盾，绞尽脑汁挣钱，就会忽视家庭生活，可没有经济基础的男人不会得到应有的尊重。前妻对孙志平最大的鼓舞和鞭策，就是那句让孙志平永生不忘的至理名言："男人没有事业连条狗都不如。"

为了比狗强点儿，孙志平加倍努力，玩儿命工作，甚至把事业当作发泄的唯一渠道。也正是在那段时间，孙志平和几个退役战友打造了博通公司，找到了可以奋斗终身的事业。

孙志平离婚后，不少热心人都给孙志平介绍女朋友，但顶多就是见个面、吃顿饭、喝喝茶，就没下文了。女方通过中间人问情况，孙志平用各种理由搪塞，说白了，不想再成家了。孙志平知道自己是个"无趣、无房、无钱、有孩子"的"三无一有"男人，不想拖累其他女人，也不想让儿子有个后妈，自己带着就行，一个人也挺好。

孙志平那时连房子都没有，京城房价是天价，之前买的房子给了前妻，租了个小房子。后来小贝长大了，才租了间稍大点儿的房子，请来阿姨长期照顾孩子。

随着博通生意越做越大，尤其是海外市场急剧扩张，博通开始有钱了，这些钱都是用命换来的。合伙人中还有五位战友，三个人看不到希望就要求退出。孙志平同意拿走资本金，但为三人保留部分股份，希望有一天能给他们实惠。剩下两名战友，其中一位在"地球之眼"安保任务中受伤致残，失去双腿，孙志平把自己部分股份转赠给他，安排他在家安心养身体，并安排最好的医护人员悉心照料。

在博通股东结构中，孙志平虽是大股东，但孙志平的股份更像股份池，每次招来需要重用的高管，只要经过考核可以胜任，孙志平就会给一定期权，三年后，从自己股份中拿出同期权比例的股份给高管。孙志平只会稀释属于自己的股份，其他股东股份保持不变。

考虑到京城、朋城等大城市房价太高，孙志平奖励每位高管一套在京城的房子。钱依旧是从孙志平股份分红中出，其他股东分红的一分钱都不会动用。董一飞在京城的房子就是这么得到的，只是少了试用期，一步到位。

不用出国，孙志平可以和小贝好好相处些日子了，每天都能下班回家，也取消了所有的应酬，只想好好在家里放松一下。

小贝酷爱玩一款游戏："三体城市战专业版"，这款游戏要求玩家要穿戴整齐，头盔、背心、枪械、战靴等，全套体感、触感信息化装备，这种游戏与真实城市战没有丝毫区别。在孙志平不断训练下，儿子也能在虚拟场景中多次击杀老爸。虎父无犬子，孙志平一直在刻意培养小贝的综合素质。

孙志平每次回家，小贝都会缠着孙志平，孙志平就陪儿子过上几招。每当小贝赢了孙志平，孙志平都异常兴奋，但孙志平也提醒小贝，游戏就是游戏，可以失败，但游戏不是战场，心理素质锻炼无法与战场比拟。父子俩乐此不疲搞各种竞赛，孙志平希望孩子尽快强大起来。除了"枪战"，孙志平带儿子学游泳、学潜水、学乒乓球、练长跑、练军体拳、比擒拿格斗……

孙志平并不希望儿子接班，安保行业太危险，九死一生。之所以教孩子这些基本技能，一是要孩子强身健体，二是在危难时能自救。这也就不难理解孙志平敢于把股份散尽，有一种千金散尽还复来之豪迈，孩子自有孩子的未来。

一天上午，孙志平开完会刚回到办公室，秘书泡上了今年的碧螺春。孙志平只喝绿茶，绿茶减压效果最佳，每天压力大，安保工作层出不穷，问题此起彼伏，这个行业本身就充满风险和变数，麻烦事不断。

电话响了，孙志平一看是戴维斯，稍稍犹豫了一下就接听了。二人寒暄几句，互致问候，重点谈金矿安保事宜。这两座金矿有戴维斯的人，戴维斯完全掌握最新信息，但孙志平还是把情况做了简要汇报。

两个人都很清楚这个电话会被监听，因此说话都很放松，谁都没有私心。尽管戴维斯和孙志平从来没说过已不被信任，但又都知道就是这么回事，有一种心灵默契。

或许正是这样的经历让两个人的心走得更近了，虽然违背常理，但却真真切切存在。

## 28. 蝶恋草


人生最大的幸福,就是确信有人爱你,有人因为你是你而爱你,或更确切地说,尽管你是你,有人仍然爱你。你不是你,别人也会爱你,别灰心,单身的人太多了。


刚挂了戴维斯的电话,孙志平电话又响了,是姜瑄。

"姜女士好。"孙志平对女性都很绅士。

"孙总好,我是姜瑄。"姜瑄自报家门,心想孙志平不可能不知道自己是谁,不然自己可要发飙了。

"我知道是你啊,这还用你自我介绍,见外了。最近都好吧?上次吓到你了,我内心一直不安,深表歉意。也一直想找时间看看你,结果你先打来电话了。抱歉。"实际上,孙志平在被调查期间,啥心思也没有,单位、家,两点一线。

"孙总,你不够朋友,没把我当朋友!"姜瑄直接兴师问罪。

"姜女士何出此言,怎么会呢?我们一直是朋友,我从没那么想过啊。"孙志平也是明知故问,孙志平不想欠任何人的人情,尤其是女人的人情,这辈子欠不得。

"你为啥给我那么多钱?朋友帮忙,你需要这样吗?"姜瑄很委屈,还有些责备。

听到姜瑄责备和委屈的腔调,孙志平的称呼也变了,说:"小姜,我没有其他意思,这是公司决定的,按劳取酬,天经地义。你为博通冒了这么大风险,我们太过意不去了。再说了,你主持了签约,也知道我们的合同额,你那点儿钱就是九牛一毛。不亏待朋友是我的原则,你问问博通的高管就都知道了。别再乱想了,都是你应得的。"

孙志平一再强调"公司、我们",尤其是"博通的高管",孙志平只是希望姜瑄能相信这是公司的决定。

"你就是不够朋友,以后你的事情我才懒得帮你了。"姜瑄故意带着一种柔情的愤怒。

"那可不行,博通需要你的鼎力相助,没有你姜瑄的站台,那次签约也不会化险为夷,你是博通的福星,不,是'女神',是我孙志平的'女神'。"孙志平也是口无遮拦,想夸夸姜瑄,让姜瑄不要介意。

"那好吧,我不怪你了。今晚有空吗?你的'女神'今晚要请你吃饭,也算是感谢。拿了孙大老板这么多钱,总该表示一下,不然就太不懂事了。以后还仰仗孙总多给我几口饭吃呢。你还真别说,你孙大老板还真是我姜瑄的'男神'。"女人的善变表现得淋漓尽致,看似假的,但又都是真的。

姜瑄大笑了起来。女人就是这样,刚才的情绪是真的,现在的情绪也是真的。晴空万里和乌云密布,只差一个灿烂的太阳,给一缕灿烂的阳光,女人一定阳光灿烂。

"说吧,想吃啥?孙总。"姜瑄心情一下子大好,'男神'和'女神'要一起吃饭了。

"随便,听你的。我吃啥都行,一碗面条就能打发我,可你不行,所以你随便定。你请客,我买单。"孙志平对吃真没啥讲究,越贵越没兴趣。孙志平前妻就一直感到太无趣,不懂生活,连吃都随便。

"那就F国餐厅吧,我知道一家很不错,鹅肝很好。你看呢?"既然随便,那随便狮子大开口,姜瑄知道孙志平不会让自己买单。

"那好,我把孩子安顿一下,很快就来。一会儿见。"

"你带孩子一起来吧。"姜瑄很好奇，从来没见过孙志平的儿子，只在手机上偶尔瞄见过。

"不了，今天有课，我让他下课打车回去，让阿姨给他做点儿饭。"

"不让司机送他回去？安全吗？你可是大老板，这么粗心。"

"不了，今天是周末，司机都有家有口，不麻烦了，没事的。谢谢。咱们一会儿见。"

"好，我把地址发给你，一会儿见。"

孙志平提到的司机也是一名老兵，张爱民，40多岁了，很实在。孙志平从不让张爱民出私车，凡是私事都自己开车。

姜瑄订的F国西餐厅位于通万大厦，考虑到会喝酒，孙志平就特意叫了一辆有人驾驶的出租车。自动驾驶出租车太枯燥，孙志平也觉得不安全，方向盘没有控制在人手里就不安全。

可京城出租车司机永远都是那么滑稽可爱，还有很强的政治头脑，俗话就是讲政治。听孙志平说要去通万大厦，即刻就打开话匣子："师傅得嘞，如果20年前，我绝不去，忒堵了，现在好多了，交通痛快多了，不堵了。"

"那您挣得多了，还是少了？"

"无所谓的事儿，跑着玩，今儿心情好就多跑跑，钱那东西，生不带来死不带去，早就看透了。前几天有个啥大片儿看了没？说地球快完蛋了，气候变暖了，人类要疯了。钱是啥？钱是王八蛋。"

"您看得这么开，很佩服。钱确实是王八蛋，你也离不开王八蛋吧？每天不也要多挣点儿王八蛋？"

司机瞟了孙志平一眼，说："挣的就是王八蛋。再说了，看不开那又能怎么办，小老百姓，管不了地球的事儿，管好自己就行。每天收车后喝点儿小酒，就挺滋润了，不图啥了。其他事管不了，也懒得管，那是大人物的事儿。"

"您在京城开车多久了？"

"不瞒您嘞，20年，车都换了四辆，我这车是刚换的新车，氢燃料车,绝对的新能源车。您有福,是坐新车的第一人。"

"借您的福气,借您的吉言,也祝您发大财。"

"发大财就不想了,平安就好。命没了就啥都没了,平安才是命好。您说呢?"

"对对对,得嘞,您说得对。钱是王八蛋。"

"到了您嘞,拿好东西,下车吧。拜拜了您嘞。我继续挣王八蛋去了。"

"谢谢。彼此彼此。"

孙志平本想在车里稍休息一会儿,或闭目养会儿神,思考点儿事,可这一路嘻嘻哈哈,很快就到了,孙志平愉快地走下了车。

孙志平特地提前赶到餐厅,结果服务员引导到位子时,发现姜瑄已经到了。

"抱歉,小姜,我来晚了,对不起,对不起,路上耽误了。"孙志平赶紧致歉,其实路上没耽误,是心里感觉耽误了。

"你没迟到啊,孙总,是我来太早了。"

是姜瑄来早了,但孙志平还是觉得让女孩等自己很不绅士,道歉是必需的。

"对了,孙总,我已经点好了餐,你要不要看看单子。不知道是否能对得上孙大老板的胃口。"

"都可以,随便。"孙志平又提到了"随便"。

"随便就是不满意、凑合吧,看来我点的餐不好。"姜瑄故意调侃孙志平,就喜欢看孙志平着急上火的窘态。

"不不不,我很满意,我说的随便就是你满意就好,我这个人很简单,没那么多事。"话音未落,孙志平知道又说错话了。

"你的意思就是我的事儿多呗?"

"不不不,我不是那个意思。我的意思是……嗯,我真没啥意思,随便的意思就是客套、客套,仅此,没别的意思,千万别介意。"本来口才了得、口若悬河的孙志平竟被一个小姑娘折腾得狼狈不堪,直冒冷汗。一物降一物,"男神"被"女神"降伏了。

姜瑄爽朗地大笑道："不为难你了，看把你着急的，真好玩儿。我就是逗你玩。"

"你们电视台的是不是都爱捉弄人啊？"

姜瑄越发笑得发狂，忘记了笑不露齿的美女原则，弄了孙志平个大红脸。

"也不是啊，就是觉得你好捉弄，捉弄你好玩儿。"控制不住自己，姜瑄又爆笑了。

今晚吃饭，姜瑄还算节约，只点了一瓶20年的红酒，据说刚从F国空运来的，今早才飞过来。本来要提前一周预订，服务生说是有客人退订，算是姜瑄捡了个大便宜。反正啥话都是餐厅说，姑且相信吧。当这个世界啥都可信了，这个世界就幸福感爆棚了，也就充满了大爱。

美女葡萄美酒夜光杯，这都是小说里情意绵绵的铺垫。

"孙总，孩子叫什么名字？还好吧？一个人带着累吗？"

"大名叫孙正斌，小名叫小贝。现在好带多了，刚开始是真累，没人帮忙。现在孩子大了，也懂事了，有什么事情我们都是商量着办。"每每想到这里，孙志平脸上都会浮现出昔日的烦忧，像日记一样写在脸上，皱纹的深度和广度印证了烦忧多寡。

"那还不错，你平时陪小贝的时间也少吧。"姜瑄非常关心孩子。

"最近这段时间还好些，以前不行，太累了，我想休息一下。缓缓，给自己放个大假。"孙志平可不想像祥林嫂一样把心里的不快倒给别人，那些不快是情绪垃圾，把自己的垃圾倒给别人很不地道。在孙志平的字典里，没有"诉苦"这个词。

"小姜，我记得你也不小了，赶紧把自己嫁出去吧，老大不小，爹妈会着急。"孙志平成功把话题从男神身上转到了女神那里。

"我的事你少管，我愿意。"姜瑄满脸不乐意，嘴一撇，"现在的男人都长不大、不靠谱，宁缺毋滥。你懂吗？宁缺毋滥，一个人生活挺好，多自在，凭什么让我伺候臭男人，坐等变成黄脸婆，再被男人一脚踢开,除非我有病。"观点很奇葩,孙志平很惊讶。

"话是这么说,你们女孩要求都那么高,男人不都打光棍儿了?你得为社会稳定考虑考虑。男女比例已经失调了,你知道现在有几千万大男人找不到老婆,这可是大问题,社会问题。"

"拉倒吧,别给我讲什么大道理,无聊,我没那么高尚,我不结婚就成了社会问题,想啥呢?不想结婚的人多了去了。男女比例失调又不是我造成的。"

"对呀,不结婚的女人多了,不就成了社会问题?"

"那我不管,我也管不了,我就管我自己,宁缺毋滥,没有好的,老娘绝不嫁。再说了,就算地球人死光了,也不碍我的事,少说教我。"

姜瑄的淑女形象在孙志平心里打了个问号。

"我说老娘,我问你,啥叫好?不要把自己限制死了,好男人还有不少。我们博通就有很多,都是军人出身。对了,我还认识不少现役军人,也有很好的,部队待遇也不错。需要的话,一句话,我能给你找一个加强排,排着队让你来挑选。身体素质超棒,肌肉很发达,怎么样,感兴趣吗?你一句话,我来办。"

"谁让你办了,拉倒吧,我又不是找鸭子,要鸡肉鸭肉干吗,你胡说啥呢。"

姜瑄的淑女形象再次在孙志平心里打了个更大的问号,孙志平心里暗自琢磨,这都是啥人啊,张口闭口老娘、鸭子,看来自己对姜瑄还不够了解,还需要深入了解才行。

"那也不知道你想要啥样的,你总得给我个标准,不然不好找。"

无可奈何的孙志平有些泄气,可姜瑄紧接着"呜噜噜"一句话就把孙志平彻底噎住了,一块嫩滑的鹅肝卡在喉咙。

孙志平用手指按压住喉结:"你说啥?"

"你装啥没听见,我说我的标准就是你孙志平这样的老男人。别给我装,这次听见了吧?老男人,我说过了,你是我的'男神'。你装什么孙子？"

孙志平喝了一大口水，硬生生把没有嚼碎的鹅肝咽了下去，痛苦的脸上挤出一丝苦笑："我这样的老古董白给都不要，要的人都会后悔。"

"我要。孙志平，我喜欢你。"姜瑄如此大胆的表白让孙志平吃不消，啥也不敢吃了，怕再噎着。

"小姜，我跟你说，我比你大太多了，差十七八岁，可以当你爹了，完全不合适。再说了，我还有个孩子，对你完全不公平。还有，我天天提着脑袋做事，九死一生，刀尖上讨生活，完全不合适，懂吗？不合适，想都别想，至少我不想，你还是死了这条心吧。"孙志平一点儿情面都不留给眼前这位人见人爱的"女神"。

"那我不管，我认准的谁也改变不了。你还是死了这条拒绝我的心吧。"

孙志平不想解释什么，解释太累，感情这东西怎么能勉强，总不能强买强卖。孙志平不想再刺激姜瑄，知道姜瑄脑袋正发热、发烧，等过了这个热度就都好了，不用解释，冷却是最佳选择。

孙志平赶紧把话题岔开，询问姜瑄工作上的事情，尴尬的姜瑄也不再提这个尴尬的话题了。10点多，孙志平打车送姜瑄回家，一路无语。

到家了，姜瑄先下了车，孙志平也下了车，姜瑄突然转身紧紧抱住了孙志平，孙志平尴尬地张开了双臂，没敢回抱姜瑄，一脸木讷。

"您走不走，别耽误我拉活儿。"出租车司机不耐烦。

"走、走，马上走。"孙志平忙说。

姜瑄松开了手，孙志平说了声"拜拜"就钻进了出租车，出租车瞬间开走了。

姜瑄怔怔地看着出租车，然后转过身摇摆着双手，慢步走了回去。心里的酸甜苦辣，只有姜瑄心里最清楚。

"你傻啊，这么漂亮的女孩，你都没感觉？我真服了你。"司机调侃着孙志平。

孙志平傻笑了几声，说："不能负责任，总不能硬上吧？我不是那样的人。"

"负责任？你是在开玩笑呢吧？老古董，什么年代了，人家也没让你负责任，你自己想多了吧。玩玩而已，要是我，哼……"

出租司机龌龊地笑出了声，很刺耳。

"我没有你那么开放，想得开。"孙志平有些生气，真想骂几句，但还是克制住了，不值当，远离垃圾人就行。孙志平让司机提前停车，自己慢慢溜达回去，路不太远。

这些日子里，监视行动一秒也没停止，包括孙志平当了回柳下惠，也都成为监控者的谈资，有暗自叫好的，有耻笑说傻的。这就是孙志平，一个很傻的男人。

## 29. 琐碎旧事

也许上帝希望我们在遇到那个对的人之前,先遇到一些错的人。因此当我们最终遇到那个对的人的时候,才知道如何感恩,才感觉相见恨晚。

姜瑄是急性子,刚回到家就致电孙志平,表面是关心孙志平到家没有,实际上是约下顿饭,趁热打铁。孙志平耐不住姜瑄死缠烂打和甜言蜜语,同意明晚继续见面。姜瑄说要减肥,不吃饭,就喝茶聊天,地点在姜瑄家附近。两人约了下午六点,孙志平希望早去早回,回家陪孩子。

姜瑄家附近茶馆叫"品味茶苑",环境不错。说好六点,孙志平五点半就赶过来,上次"迟到"了,说什么也不能让姜瑄再等自己。不过,孙志平与姜瑄还是在茶馆不期而遇,二人相视而笑,一起走了进去。

"老板娘,老地方。"看来姜瑄是常客。

服务员带着两位走进包间,房间很大,中间摆放着自动麻将桌,旁边一张小茶几,几把椅子,两张长沙发。

姜瑄和孙志平一人坐一张沙发,相对而坐。孙志平拿茶单递给姜瑄,姜瑄把茶单扔在茶几上,说:"一壶普洱,一个果盘,好了,就这么多吧。"

服务员走了。

孙志平环顾房间，装修还挺古典，有一股淡淡香氛的味道，很优雅。

"我知道你爱喝绿茶，可今晚怕你睡不着觉，就别喝绿茶了，换个不耽误睡眠的普洱吧。"姜瑄替孙志平做了主，不容争辩，女人霸权。

"小姜，你刚下节目不累啊？也不休息一下。"

"我要纠正你两个问题：第一，我不累，自己喜欢的工作怎么会累呢？第二，不要叫我小姜，你又不是我领导，太俗了，不喜欢你这么叫我。要么叫我小瑄，要么叫我其他的吧。"姜瑄很较真儿称呼。

"哦，其他？算了吧，还是叫小瑄吧，比较顺口。"孙志平也懒得想其他是什么。

"我也不叫你孙总了，太见外了，我就叫你老孙吧，或者志平？"姜瑄似乎在征求孙志平的意见。

"还是老孙吧，志平太肉麻。毕竟你还小，老孙最恰当、准确。"孙志平给出标准答案。

"你也太保守了，有啥肉麻的，别人还叫老公、老婆呢，你叫我老婆，我也没意见。"

孙志平白了姜瑄一眼，好在这会儿还没喝茶，否则孙志平非喷出来不可。

"小姜，错了，呸。小瑄，你可不要开这种玩笑，我们是朋友，我的心脏不好。"

"我帮你看看，哪里不好了。"说着，姜瑄就想动手摸摸，孙志平赶紧躲开，这时服务员进来了，姜瑄把手缩了回去。

"你真太任性了，我怕你了。"

"怕我就好，妻管严不是贬义词，是爱妻的表现。"姜瑄越来越没谱了，孙志平拿姜瑄一点儿办法也没有，只能任其胡闹下去。

服务员走了，留下一套工夫茶具，姜瑄总算有事做了，熟练操作起来，看得孙志平眼花缭乱："没想到你还懂茶道，不错。改天我送你一套茶具，你可以在家喝茶。"

"不要，在家谁喝工夫茶，犯不着，还要收拾，太麻烦了。"姜瑄变戏法一般把小茶盅端到孙志平面前。

孙志平轻轻端起，闻了闻，慢慢品了品，说："好茶道，就是茶叶次了点儿，改天我送你好的普洱，上等的。"

"不要，在家谁喝普洱，犯不着，还要收拾，太麻烦了。"姜瑄慢慢饮了一盅，立即吐了出来，"服务员、服务员！"

服务员匆忙跑了进来，问道："姜女士，你好，有什么吩咐？"

"你今天的茶也忒次了，去给我换好的，上等的。你给你老板说说，这茶也能拿出来糊弄人。"

服务员端着茶具走了。

孙志平眼睛盯着姜瑄，眼睛都不带眨。

"咋啦？"姜瑄觉得是不是自己哪里不对了，拿出小镜子照了照，没发现有啥问题，问，"你发现啥了？"

"我才发现你没化妆。"

"我以为你发现啥了。淡妆，我不喜欢浓妆艳抹，弄得谁都不认识谁。我们有些同事卸了妆就是另一个人了。你放心，我会以真面目展示在你面前，要么我再去洗个脸，你看看，如假包换的姜瑄。"

"我相信你，你的美是天然的，妆前妆后一个样，不装，难得。"姜瑄大大咧咧倒把孙志平逗乐了。

"对了，老孙，我找你来是听故事来了。给我讲讲你的传奇故事吧。"

"你要听哪段？"

"你的传奇工作经历吧。"姜瑄托起腮帮子准备洗耳恭听。

讲到这里，孙志平很兴奋，眉飞色舞，慷慨激昂，连吹带侃。姜瑄听得津津有味，无比佩服，可讲到事业低谷伤心处，孙志平触景生情，姜瑄也陪着唏嘘落泪。这段经历，孙志平滔滔不绝讲了一个多小时。这段事业有成的"演义"经历也是孙志平给一些名牌大学的MBA（工商管理硕士）班和EMBA（高级管理人员工商管理硕士）班的讲课内容，早就烂熟于胸了。学生们听这类课程只好热闹，开心就好，不少学生就是来混文凭的,讲啥课不重要,结交认识点儿有头有脸的人物或找点儿艳遇才是此行重点。

"老孙,你走到今天真不容易,我更佩服你了。我还想听。"

"听哪段?点播吧。"孙志平意犹未尽。

"嗯,那就说说咱爸、咱妈吧。"

"是我爸、我妈。"

姜瑄的话让孙志平沉默了,这段往事是孙志平最怕回忆的经历,但时不时还得去面对。

孙志平家庭背景很普通,母亲是商场营业员,父亲是军工厂普通员工,文化程度都不高,但对孩子教育很上心,希望孩子能做喜欢的事情,学有用的东西。孙志平从小就是街坊里的娃娃头,喜欢带着半大孩子搞各种活动,从父母那儿要钱买奖品发给孩子,鼓励孩子们多学点儿知识,孙志平好为人师的习惯就是打小养成的。

孙志平小时候特别喜欢放花炮,可花炮很贵,父母工资又不高,每次买花炮时,父亲都会对花炮老板说"一样一个,全都要"。每当此时都会让小孙志平对父亲的敬仰犹如滔滔江水一般,父亲大气,有魄力,值得信任。孙志平还特喜欢动手做花炮,做导弹、火箭等,毕竟市场上买不到,可以自娱自乐,很有趣。

母亲则给孙志平买很多玩具,也都被孙志平拆得七零八落,再重新组合,这也是一种乐趣。母亲对孙志平买书一直大开绿灯。虽说"书非借不能读也",这没错,但孙志平喜欢占有书籍,借来不过瘾,不能作为资料保存,更不能"批示""审阅"。上小学的孙志平早早就买来爱因斯坦的《相对论》,看不懂没关系,先略过,等能看懂时再接着看。

由于父母文化程度不高,没办法辅导功课,全靠孙志平自学。而自学的动力,是"金钱诱惑",考多少奖励多少钱,绩效考核。

妈妈最喜欢军人,喜欢整齐划一的军装,家里也有军人。妈妈把军装叠得整整齐齐,规规整整放在柜子里,豆腐块般,层层罗列。当孙志平如愿考上了军校,妈妈欣喜若狂,家里又多个军人,再一次圆了妈妈的梦。当孙志平离开部队时，妈妈很疑惑，想不明白为什么要离开部队，当个军人多好，多神气。

高考那段时间，孙志平要熬夜复习，母亲深夜都会端来一碗热气腾腾的肉茸面条，卧一个鸡蛋，甭提多香了。一碗面条虽小，但寄托着妈妈无限的希望。孙志平最喜欢吃妈妈做的韭菜饺子和卤面，忒好吃。就算去了军校后，每次探家都点名要吃这两样，离开部队后，回家也要求吃这两样。

孙志平事业低谷时，从不愿意告诉父母，怕他们担心，宁可憋在心里。孙志平事业开始走向辉煌时，父母万分兴奋，逢人便夸，以孙志平为傲，但孙志平回到家后也不愿意过多交流，总觉得没什么好说的，时间还长着呢，总有机会。直到一天夜里，孙志平接到哥哥电话，噩耗传来。妈妈突然不在了，孙志平才顿时醒悟，错过太多陪伴妈妈的大好光阴，追悔莫及。

在母亲葬礼上，孙志平不无感慨："宁可自己碌碌无为一生，也想换取妈妈再活20年。"

小姨也十分感慨："妈妈以你为荣，妈妈会安息。"

爸爸身体挺好，孙志平常陪爸爸写写字，动动脑，看看报纸，不想再给自己留下遗憾。

每次回秦安，孙志平都要去母亲墓地看看。妈妈爱美、爱干净，孙志平带一束鲜花，捡一捡树叶，说说话，但久久无法平静。

回忆这一段经历，姜瑄一句话不说，可孙志平能感到姜瑄很愿意听，当一个女人愿意倾听男人的故事，说明她在乎男人，愿意分享男人的喜与悲。

故事断断续续讲了两个多小时，不需要演绎，没有水分，全都是真情流露。母亲走后，孙志平害怕回忆这段历史，所以别人问起时都会轻轻带过，没有必要与外人分享亲情和悲情。在姜瑄的要求下，孙志平第一次讲了很多，很细致，再也不会有第二个倾听者了。孙志平也不知道为什么要讲给姜瑄听，自己与姜瑄完全不可能，但感觉这是个可以倾诉的小女孩。孙志平眼睛湿润了，但没流一滴眼泪。姜瑄流泪了，孙志平停下来劝姜瑄："都过去了，一切都好了，妈妈在天堂那里很美，很安逸。"

故事讲完了，姜瑄安静很多，若有所思。

"小瑄，有空多陪陪父母，趁父母还不老，多陪他们走走看看，不留下人生遗憾，时间都会在不经意中溜走，父母很快就老了。"

姜瑄像听话的小姑娘一样，点了点头，很乖："嗯。我知道了。"

安静持续了五分钟，从第六分钟开始，姜瑄又变了个人，对孙志平提出来更加苛刻的要求：老实交代情史、婚史，不能有丝毫隐瞒。

孙志平最忌讳这个，想搪塞姜瑄："你先讲你的，我就讲我的。"

"好，我讲我的，你讲你的，拉钩。"

两个人像小孩子一样拉钩、盖章。

"讲吧。"姜瑄好奇地盯着孙志平。

"啊，不是你先讲吗？怎么赖皮啊。"

"我说我讲我的，你讲你的，没说谁先谁后啊。肯定男人先讲啊，你总不能欺负女人吧，这不像老孙的性格。快讲，我把小板凳都搬好了。对了，你先吃块瓜。"

姜瑄抓起一块西瓜塞进孙志平嘴里，孙志平咬了一大口，姜瑄抓住剩下的毫不犹豫塞进自己嘴里，这一举措让孙志平异常惊讶。

"你……"

"你你，你什么啊你，我不嫌你脏，你还好意思不讲，快给我这个'吃瓜群众'讲讲吧，求你了。你讲完，我一定讲我的艳史给你听。"

遇到个"大活宝"，孙志平很诧异，很无奈，只能硬着头皮讲爱情故事。

孙志平属于少年腼腆型，成熟得晚，对女孩没啥兴趣，中学和大学都很枯燥地过来了。孙志平又很现实、很保守，不愿过早谈恋爱。一切条件都不具备，早早恋爱、结婚、生子只能给父母带来麻烦和负担。孙志平还有个心态，就是觉得自己还小，不想那么快长大，要是有了孩子，就意味着当爹了，老了，不好玩儿。当女孩主动示好时，孙志平会装傻充愣，一脸茫然，女孩会知难而退，认为这个男孩心智不成熟。其间，也有好事者介绍过，有官员的女儿，有将军的女儿，但孙志平根本就不想谈，自己家境一般，何必攀高枝，太高了掉下来会摔残。如此一来，当战友和同学的孩子都打酱油了，孙志平依旧落单。刚离开部队时，孙志平依然心高气傲，总觉得可以摘下满天星，但后来发现根本就摘不到，连苹果树都够不着。

当孙志平事业低谷时，认识一个女孩，这个女孩就是孙志平的前妻。他们组成了家庭，一切平淡无奇。孙志平不甘心碌碌无为，拼命希望找寻存在的价值，就算孩子呱呱坠地也没让孙志平把心思放在家里，因为妻子曾说"男人没有事业还不如狗"。孙志平清楚，社会现实需要的是真金白银而不是甜言蜜语，孙志平发誓要活出个人样来，不想就这么浑浑噩噩地过一生。

孙志平将心思全部放在事业上，自然冷落了家庭，结果也很俗套，婚姻以失败告终。孙志平坚决要孩子，净身出户，放弃一切财产。

孙志平一路跌跌撞撞走到今天，很坎坷，很充实，很快乐，因为有孩子相伴。孙志平讲这段经历用的时间不长，不少精彩插曲都被过滤掉或一带而过，姜瑄掐着表，一共才26分钟。

姜瑄大呼不过瘾，继续问东问西，很不耐烦的孙志平也都哼哈敷衍。有些事情真不好说，连孙志平自己都未必明白，感情这东西说不清，道不明，就是一种感觉，感觉对了，一切都好了。

"好了，该讲你的艳史了，快。"孙志平急促催促着姜瑄。

"我没谈过恋爱，从来没有，没有故事，我说有艳史是逗你玩呢，不然你怎么会讲呢？我还很单纯的。"姜瑄说得十分轻描淡写。

孙志平上下打量着姜瑄："谁信啊，我才不信。"

"那你可以试试啊。"姜瑄太直白的表达让孙志平心头一紧，这女孩也忒二了，啥都敢说，算我怕你了。

"不试了，我怕失望。"孙志平装作很惆怅的样子。

"嘿，你还敢笑我，反了你啊，你想试，老娘还不让你试。"

"我也没想试啊。"孙志平越说，姜瑄越生气，孙志平是故意的，姜瑄也不傻。

"懂了，明白了，你不行了吧。可以理解，改天我送你点儿补药，好好补补。估计你没说的，就是你老婆觉得你不行，对吧。错，是前妻。"

孙志平懒得搭理姜瑄，男人最烦女人说男人不行。

"哎呀，快11点了，我送你回去吧，太晚了，我要回家陪孩子了。"

"净瞎扯淡，小贝早就睡了，你讨厌我了吧，烦我了吧，就不让你走。"姜瑄开启胡搅蛮缠模式，孙志平一点儿办法也没有，只能任其胡闹下去。

夜深了，茶馆打烊了，姜瑄不得不走了。

孙志平又一次把姜瑄送到家门口，摆了摆手示意快上去。

"上去坐坐吗？"

"不了，太晚了，快上去吧。"

姜瑄刚走两步，猛然又跑回来，趁孙志平毫无防备，在孙志平脸上狠狠吻了一下，立即转身就跑了。

孙志平用手背抹了抹脸，手背上带有淡淡的红色：这个疯丫头片子，跟我装纯。没谈过恋爱，谁信啊？不管你信不信，反正我不信。

姜瑄瞬间就跑没影儿了，孙志平走到路边，招手打了辆自动驾驶的出租车回家了。

## 30. 天外来客

最黑暗的时刻出现在黎明前，黎明过后还是黑暗，周而复始。看看钟表就知道了。

地球人对外星文明探索的渴望从有能力发射卫星那一天就开始了，地球人认为在浩瀚宇宙空间里不可能只有地球一个文明，地球不可能是唯一宠儿。找寻外星文明一直是地球文明矢志不渝的目标。

A国发射了不少探测器，希望能与外星文明取得联系。尽管有地球人反对，怕外星人按图索骥给地球人带来"灭顶之灾"，但这项艰巨的任务一直都在进行。

不仅A国，P国和K国也发射了核动力星际探测器。无论是A国、P国还是K国，都要实现一个终极目标，传递一封问候远方的"地球来信"。

这些探测器携带有摄像机、照相机、各类粒子探测器、信号传送设备和电源系统，同时也携带了地球人的特殊信件，或光盘，或唱片，或硬盘，还有的干脆就放一台笔记本电脑。形式众多，但内容类似：展示地球上的"大千世界"。

于1977年发射的"旅行者二号"探测器，携带一张直径为30厘米的铜制唱片，外表镀有一层金膜。唱片一面录制了90分钟的"地球之音"，包括地球人6种不同民族语言问候语、35种自然界的音响和27首地球名曲，另一面录制地球人类文明照片。这张"地球之音"唱片可保存10亿年之久。

地球人发射的探测器战功卓著，飞越并全景拍摄了木星、土星、天王星、海王星，并成功把冥王星从大行星队伍中开除出去，降格为矮行星。如今，经历几十年的深空飞行，很多探测器早飞出了日光层，进入了星际空间。飞出日光层的标志就是没有太阳风洗礼，太阳已无法普照这些远离太阳的地球宠儿了。

但有些奇怪现象一直困扰着这三个国家的科学家。

A国人很早就发现，他们发射的探测器运行到太阳系边缘时传送回一些奇奇怪怪、难以破解的信号，探测器好像被重新改写程序，或像是被绑架了，至少排除了传输故障导致的信号畸变。同样的情况也发生在P国的"宇宙2451"探测器，也让P国科学家大惑不解，甚至还出现核动力装置间歇失灵，电力间歇消失的异常情况，直到"宇宙2451"最终消失得无影无踪，再也联系不上。

K国发射的"半人马二号"探测器也同样遭此厄运。大量畸变信号飞速传送到月面和地面接收站，"半人马二号"正在跨越空间界限，信号时有时无。说是飞速，实际上每次传送信号都要十几个小时。为了避免信号传输畸变，K国人远程升级了探测器内嵌程序，同样的信号每次传送设定为发送三次，并编制特殊校验码，确保传输过程链路不出现问题。诡异的是，接收到的信号没有丝毫区别，这说明"半人马二号"在准确传送着"看到""听到"的一切诡异信号，并传回来大量惊悚的高清照片。高清照片显示，在太阳系边缘有大量暗行星、暗小行星，这里面或许就有传说中的第九大行星、第十大行星。但这些暗行星自身完全不散发热量，更不能接收并反射来自太阳的丁点儿光亮，失去太阳风抚慰的暗行星是一团漆黑，存在于太阳系的边缘地带。

"半人马二号"之所以能"看见"暗黑行星，关键是携带了一台特殊"照相"设备。当探测器逼近绝对零度空间时，可见光、红外线等探测器统统失效，只能采用新设备来探测电子、光子、质子、重离子和宇宙射线，最终感知黑暗世界。

这种特殊设备是一台粒子照相机，它可在深空中找寻高能电子及高能伽马射线，探寻各类黑暗世界物质存在的证据。尽管暗行星、暗小行星不属于真正意义的暗物质，但这次重大发现也让地球人颠覆了原有太阳系观。

在京城召开的国际天文联合会年会上，K国天文学家怀天宇展示了几张惊人的照片，并指出地球人的探测器还远没离开太阳系，太阳系实际范围远远大于地球人的认知空间。太阳系可分为两大空间：一部分是"已知"或"明亮"的太阳系，一部分是"未知"或"暗黑"的太阳系。地球人如今只能对"明亮"太阳系有初步认知，而对"暗黑"太阳系一无所知。

面对K国公布的暗黑行星照片，本届年会简直炸了锅，谁也没想到太阳系竟有如此神奇的构成。更让A国、P国等震惊的是，迄今为止，还能继续工作的星际探测器只剩下K国的"半人马二号"了，其他国家探测器全部失联。K国发射的"半人马三号""半人马四号"也都在路上，指不定还能发现多少令天文学界惊叹的科学新大陆。

最担心忧虑的莫过于A国的科学家们，A国至今对K国还有不少技术禁令，每次国际天文联合会年会在A国举行，K国科学家都无法获得A国签证，A国人担心K国人"偷窃"A国技术。时过境迁，K国该考虑制订法案防止A国人"偷窃"K国科技成果了。

京城年会后，A国天文学家纷纷致函A国国会，痛斥议员们鼠目寸光，是井底之蛙，"科学近视、技术短视"，要求立即取消K国人赴美交流限制，坚持"科学无国界"。"鼠目寸光、井底之蛙"的议员们有立法、修法、释法权，天文太遥远，议员更关注地球上的竞争，他们认为只有限制K国才能防止K国过快发展。

但天文学家还是有局限性，他们不是涉密人员，属于"按需知密"这类人。因此，就在A国天文学家纷纷指责议员愚蠢时，国会核心议员暗自嘲笑这些天文学家才是"井底之蛙"。不管是A国还是P国，早就秘密发射了更多星际探测器，出于保密，不公开罢了。

在京城年会上，怀天宇展示的照片也只是能公开展示的学术照片，还有数量庞大的数据不能公开，不是K国小气，是有太多信息直接涉及地球人安危，一旦彻底公开，这届天文学会就会彻底失控了。不仅天文学界会失控，整个地球都会失控，因为地球文明要遭受前所未有的文明劫难。实际上，探测器上的"地球来信"永远都不可能送到几光年、几十光年外的外星系，它根本就走不出太阳系"暗黑世界"，太阳系边缘远远超过地球文明的想象。

"半人马二号"探测器核心数据由国家安全部门保管，只有极少数科学家才能接触到。所谓的国家安全部门，具体是指凌霄军团统管的核心数据库中心，核心数据库中心在砥砺基地科研中心区，整个数据库中心占地面积很大，在最深层的地下建筑内，通过多种方式备份，确保数据在物理层面万无一失。同时，通过量子通信链路层实现10多层软硬件验证机制，确保数据传输可验证性和绝对安全性。

数据安全最关键是要管住人，尤其是有权限进入数据库中心的人。数据中心采用活体AI基因比对方式核验身份，确保不会出现冒名顶替的擅入者。砥砺基地数据库与国家天文台数据中心通过量子加密技术实现无缝链接，可国家天文台数据中心仅能获取极为有限的授权共享信息，怀天宇在国际天文联合会年会展示的也就是可被公开的信息。也就是说，即便是怀天宇院士这样重量级的人物都无法完整查阅"半人马二号"探测器的数据，只有砥砺基地数据库中心的信息破译人员才能接触部分顶级绝密信息。而这些信息破译人员是"铁路警察各管一段"，每个岗位多人协同处理，避免个人或少数人知道完整机密信息。

谁都无法得到完整的机密信息，只有凌霄军团的三个人除外，参谋长祁奕雄、副参谋长郝利新和情报处处长张军。这三个人的基因验证信息都存在数据库内，可随时造访数据中心，全盘知密并根据形成简报上报首长。在数据库中心内，不仅有来自深空探测器的绝密信息，还有来自"深蓝矩阵"搜集来的完整深空机密。

尽管怀天宇院士在"远山召唤"项目中任副组长，但只负责信号采集和分类，另五名组员破译后，则将全部数据直接转入数据库封存，至于信息破译的具体内容，怀天宇也一无所知。从凌霄军团角度考虑，这是在保护怀天宇。怀天宇作为国际天文联合会副主席经常出国参加各类学术交流活动，了解核心机密太多反而害了怀院士，只要掌握学术资料就足够了。例如，怀天宇只需要知道在太阳系边缘还有很多暗行星，至于暗行星上究竟有什么就不需要知道了。

这一天，郝利新和张军来到祁奕雄办公室。祁奕雄想问问这段时间对孙志平的监控有什么新情况。

张军把简报递给祁奕雄和郝利新，二人一边翻阅，一边问着张军。

"小张，你觉得孙志平有什么问题吗？"祁奕雄最关心这一点，急于有个结论。好几次重要会议没有孙志平在场，让祁奕雄心里没底。

郝利新也想知道结果如何，毕竟彼此都是霹雳军团的老战友。

"两位首长，这一个月调查没有发现大问题，孙志平就是日常上班，正常回家，陪孩子，与朋友吃饭，正常电话交流。详细情况报告中都有，包括通话记录和交谈记录，很详细，甚至连女人追求孙志平的谈话都记录在案。"说到这儿，张军尴尬地笑了笑，勉为其难干了一件不光彩的勾当。

"那他和戴维斯联系多吗？"这才是问题的焦点。

"前后有五次通话，主要是谈非洲金矿安保，还有互相关心的客套话，每次通话时间都不长，不超过10分钟，也都是戴维斯打给孙志平，来电都是从夸克基地打来的。据分析，戴维斯有一个月没有离开过夸克基地，这倒比较反常。"

"你们有没有对他们通话做技术鉴定，是否存在暗语、密语，或者我们不掌握的加密手段？"郝利新有很强的职业敏感度。

"副参谋长，我安排密码破译人员判读了，目前没有发现有问题，无论是哪种语言，我们都尝试破译，但到目前为止还没有发现任何问题。"张军继续解释这份简报。

"可惜，如果不是国家安全部门介入，我们现在就可以重新起用他了，可现在我们说了不算。我还要和其他安全部门沟通一下，看看他们怎么说吧。小张，你也继续监控吧，不要掉以轻心。对了，只对他和戴维斯的通话监听监控就行了，其他乱七八糟的监听监控就停了吧，不要再干涉个人隐私了。"祁奕雄本想说已经很对不起孙志平了，但话到了嘴边还是咽了回去，不能感情用事，更不能让下属看出来感情用事。

监控孙志平工作依旧进行中，姜瑄也没闲着。

刚消停了两天，姜瑄又约了孙志平吃午饭。

姜瑄选择了老京城涮锅，炭烧铜锅。非常近，就在电视台附近两三百米。

美女都爱吃涮锅、麻辣烫之类，原因不明。或许这也是火锅店开在电视台附近的原因，电视台中的女人忒多了，火锅店老板比较懂女人心理。

涮锅时，孙志平不断给姜瑄涮肉夹菜，姜瑄低着头拼命吃，一秒也不闲着，孙志平感觉这才是美女姜瑄本色，不像吃F国大餐的一本正经、正襟危坐，用刀叉小口吃着、慢慢细品，非常淑女。孙志平很清楚姜瑄不是淑女，她在孙志平面前毫无顾忌，满口胡话，当然仅限于在孙志平面前。

铜锅涮肉挺香，但容易粘锅，下了肉要不停涮来涮去，不能太生，不能太老，也只能牺牲一个人了。半个钟头，姜瑄吃饱了，抬起了头，直勾勾盯着孙志平。此时，孙志平才正式开吃。余光中，他发现姜瑄一直盯着自己看，吃饭低头是躲避尴尬的借口，省得目光对视，更尴尬。

"还没吃完？老公。"

姜瑄看孙志平低着头不看自己，十分不满，女人自私往往一件小事就能看出来。

孙志平一大口羊肉卡在嗓子眼儿里，使劲喝了口水，总算顺了下去。

"老孙，记住，我是老孙，小姜同志。再说了，我把你喂饱了，你总该让我也吃点儿吧，你看你都吃了六盘羊肉了，我还没怎么吃。"

孙志平指着小推车高高摞起来的盘子，"一、二、三、四、五、六"，大声数了起来。

"闭嘴，别数了。"姜瑄很不好意思，没想到吃了这么多。她唯恐邻桌听到，有损淑女的美好形象，竭尽全力用手去阻止孙志平拨拉盘子。

"六盘。你看我才吃了半盘。"孙志平嬉笑调侃着姜瑄。

"你咋这么不绅士？老孙，孙先生。"姜瑄急眼了。

"我说姜大小姐，绅士也要吃饭啊，饿着肚子没法绅士，要不你也给我服务一下。再说了，秀色可餐，可你现在的表情狰狞，也没啥秀色让我餐啊。"孙志平大笑了起来，有种报复的快感。

姜瑄恶狠狠地白了他一眼："美得你了，本小姐才不伺候呢！再说了，你是盲人，当然看不到本小姐的秀色了。吃你的饭，堵住你的嘴。"

"不是小姐，是女士，我不找小姐。我也不让你伺候，自己动手丰衣足食。靠天靠地不如靠自己。这话是谁说的？上帝吧？"

"净瞎扯，上帝说男女平等。"

"瞎掰吧，亚当夏娃平等吗？哪里平等了？吃个苹果都不行，女人还必须是男人身体的一部分，平等个头。"孙志平在姜瑄面前也渐渐放肆起来，把美女当哥们儿处就挺好，仗义、爽快，有担当。

"不许亵渎上帝，你这个三俗分子。懒得理你，我要走了，上班了，你自己慢慢吃吧。"

午休时间很短，姜瑄急着回去播报新闻，匆匆告别就跑了。

孙志平看着姜瑄溜走的背影，又看了看小推车上刚吃完的两盘肉，摇了摇头，笑了笑："服务员，买单。"

"475元，先生。"

"刷脸吧？"

"不行，我们只认钱，不认脸。"服务员很惊愕，有人想吃霸王餐。

"你们连刷脸支付都没有，太落伍了吧。"孙志平很不解，老字号的支付方式太落伍了。

"先生，您别刷脸了，我的权限可以给你打八五折，这已经是最高了，您也别为难我。"担心对方吃霸王餐的服务员不得不祭出绝招。其实服务员撒谎了，他是领班，权限可以打到八折。服务员正神情紧张、严阵以待，等着想刷脸的孙志平讨价还价。

"这是500元，不找了。"孙志平把钱放在桌子上，拿起包就走了。

解释很累，很耽误时间，钱可以不要，脸还得要，不刷脸不就得了。

服务员拿起钱，愣愣地看着走出去的孙志平，大为不解，难道他就是传说中靠脸吃饭的明星？可他是谁呢？有些面熟，就是记不起来，但肯定不是那些大红大紫的"小鲜肉"，挺男人的，是自己喜欢的类型。服务员手里拿着钱，傻傻地笑着，心想应该让他刷脸，可惜了。

孙志平后来也想明白了，不能刷脸是因为这里距离电视台太近了，一张张熟悉的面孔总来吃饭，估计有不少人吃霸王餐，老板拒绝刷脸也很正常。想到这些，孙志平不再疑问，能理解就好，不再纠结了。

太阳系不太平。同一时段，多个重要会议在主要国家召开。

P国总统办公室，总统普奇科夫正听取国防部部长罗戈津、装备部部长梅津斯基工作汇报。

罗戈津向普奇科夫汇报了关于"宇宙2471"探测器的重大发现，在太阳系边缘发现未知文明，可不知文明来自何方。P国之前秘密发射的五颗"宇宙"星际探测器全部失踪，只剩下"宇宙2471"探测器仍继续工作。

梅津斯基指出，在半人马方向有密集不明信号，很可能是发给太阳系边缘的未知文明，P国正在努力破译信号。

"这个情况，你们估计A国和K国知道了吗？"普奇科夫显得焦躁不安。

"他们知道的可能性很大，前几天的国际天文联合会年会，K国科学家披露了暗行星，这是很清晰的信号。另外，还有一个国家也应该很清楚，就是R国。R国深空探测能力不在我们这三个国家之下，他们频繁造访小行星，不断跨越星际，他们知道的可能性很大。大家都只是秘而不宣罢了。"

"这些暗黑文明有何企图？"

"这个还不知道，需要进一步观察。总统先生，我们必须加强天军实力建设了，迫在眉睫，我们要未雨绸缪。"

"嗯，你们有何建议？除了要钱，其他都可以谈。军费已经不低了。"总统诙谐地看着他们，早就看穿二人的心思。

"明白。"罗戈津和梅津斯基相视而笑。

"我们会想办法省钱，把节省下来的军费用于科研。当然，如果总统先生能给我们更多预算，我们当然更乐意了。"罗戈津希望给总统一些建议。

"说吧。我愿意听。"

"总统先生，您听说过博通吗？"罗戈津猜测总统或许知道博通。

"博通，好像听说过，K国安保公司？是不是在FL国解救人质那家安保公司？"

"对，总统先生。我和梅津斯基商量过，考虑让这家安保公司承担部分军事安保工作，费用是我们现役部队的三分之一、四分之一，比如后勤、领馆安保、基地安保等工作。如今，A国已雇用他们了。据我所知，他们都是K国的退役军人，实力很强。我们做过严格测算，如果换成博通安保公司，我们每年可节省六七十亿金元军事预算。这些钱可用于急需的军工领域。"

"那为什么不用我们的安保公司呢？"总统很疑惑，肥水不应流外人田。

"总统先生，客观讲，P国安保公司实力和经验远不如博通，博通已超越前黑石公司，成为第一大国际安保集团公司。P国国内安保可让我们的安保公司来做，如果跨国行动的话，博通优势明显强于我们。P国与不少国家关系不好，如果我们自己的人参与安保可能会带来麻烦。还有，博通老总个人能力很强，很多棘手问题他都可协调。据我们观察，博通老总孙志平和K国军方高层关系很深。所以，我们建议考虑这家公司，至少可以先试试。"

"好，我同意，具体落实吧。不过，天军建设一定要抓紧。"普奇科夫心情很沉重，没想到国内民间安保力量如此薄弱，工作失职。

"好的，总统先生，我们尽快落实。"

离开总统办公室，罗戈津让梅津斯基尽快和孙志平联系，邀请孙志平来莫伊洛尝尝伏特加。

不仅是普奇科夫，A国总统蕾拉同样心情沉重。

A国总统蕾拉在听取国安助理汤姆森、国防部长史蒂芬和参联会主席乔治上将的情况汇报，大家依旧对太阳系边缘暗黑文明感到担忧。

尽管探测器大量失踪，但A国秘密发射的"边界"探测器仍在工作，抓取到暗黑世界的信息与K国和P国完全一致。

"我的朋友、我的将军，我感到十分震惊，看来人类要面临一场文明浩劫。我希望你们尽快做好几件事：一是加快太空军建设步伐，要赶在K国和P国前面，力争只有A国才能代表地球文明；二是要尽快了解K国和P国，还有我们小兄弟R国的信息动态，千万不要忽视R国的能力；三是让鲁尼尽快与那些'小精灵'沟通一下，问问这些暗黑文明究竟怎么回事。这些事情都很重要。"

与P国一样，A国高层同样忙碌、纠结。

京城红星大楼首长会议室，首长正在集体听取国防部部长王生明、凌霄军团司令员田胜利、参谋长祁奕雄、副参谋长郝利新的工作汇报，重点听取"半人马二号"和"半人马三号"的情况。"半人马一号"已失联,"半人马四号"在路上。

汇报完毕后,部队首长做出指示。

一是强化凌霄军团建设步伐,加大投入力度,要求凌霄军团具备更强的"观天、管天、控天"能力,把"深蓝矩阵"交给凌霄军团负责管理,天文台仅作为使用单位之一。

二是七天之内继续发射"半人马五号、六号",要求尽快拥有快速发射暗黑文明探测器的能力,并强化抗干扰性能。

三是强化与P国合作,合作交由凌霄军团负责,但要有所保留。

会议结束了,部队首长忽然插了一句:"老祁,那个孙志平怎么样了?之前还说见见小孙,结果耽误了。"

祁奕雄非常惊讶,首长竟然知道了。"首长,我们的调查没有发现问题。"他说道。

"首长,我们还在调查孙志平,他和情报总局来往密切。"王生明接过话来。

"用人不疑,我相信他,对年轻人要放手让他们去干,要充分相信他们。不要寒了这些人的心。"部队首长语重心长,略显忧虑,"老祁,孙志平情绪如何?"

"一切正常,但还是能感觉到委屈吧,工作倒没什么变化。他已离开部队了,如今都是义务给我们做工作,截至目前,凌霄军团没有给过他一分钱。"祁奕雄本以为首长会夸自己,结果却招致首长严厉批评。

"老祁,这就是你们不对了,做事给钱天经地义,博通,是叫博通吧?他们做生意,裤腰上别着脑袋挣钱,我们不能白用他们。博通又不是你们下属机构,不归你们管,亲兄弟还要明算账,这一点你们可要注意。还有生明,你们也要注意,店大也不能欺客,大家是平等的,没有人白听你使唤,这样不好。军队不能做生意,这是对的,但有些服务外包就是军民融合,千万别念错了经。我的意见,孙志平的问题要尽快有个结论,不能一拖再拖,耽误时间,寒了人心。"

首长批评非常严厉,王生明、祁奕雄既委屈,又难堪,但军人以服从命令为天职。"明白。"二人起立、立正,异口同声。

## 31. 舰队

真正的行者本无目的可言,没有目的才是无上的行者。但他们没有未来,因为盲目。

京城时间上午8点50分,齐天全、董一飞、韩明军、梁栋、魏明亮和郑伟六人被虚拟视频会议吵醒了。魏明亮是南美片区老总,郑伟是欧洲片区老总。

虚拟会议室中,齐天全和董一飞衣冠不整,甚是狼狈,这可是CU国凌晨时间,两个人一看就是刚从睡袋里爬出来。魏明亮还好,B国时间刚晚上10点。郑伟最头痛,当地时间凌晨2点,活脱脱被吵醒了,急忙刷牙洗漱,不想以丑态示人。

博通公司要求片区高管24小时待命,没有固定休息时间,这也好理解,干安保这行当不可能有固定休息时间,越是休息时间,越是最危险时刻。

孙志平主持会议,京城这边只有马明宇参加会议。

虚拟会议室,孙志平一身军绿色夹克,内搭白衬衫,这简直成了孙志平标配。孙志平天天都是皮鞋,一尘不染,办公室常备一把鞋刷、一部擦鞋机,闲时就动手擦擦,除非有任务才穿陆战靴。

9点整,会议开始,分秒不差是博通的要求。博通要求一律按照"北极"系统精确授时。军人出身,时间观念极强,平时可以嘻嘻哈哈,但开会时都坐得笔直。

"大家好,我今天急急忙忙把大家召集起来开个会,是有重要事情协商。我知道现在每个人手里的活儿都不轻松,少则几十人,百余人,多则几百人,弟兄们安危生死都在你们手里。每个片区都不能掉以轻心,要对几千号弟兄负责。"

孙志平迟疑一小会儿,继续说:"昨天晚上,P国重要人士联系我,要与我们谈谈安保合作的事情。大家都知道,P国和其他国家关系一直不好,他们的安保任务不太好做,但既然对方开口了,我们作为一家国际安保公司就义不容辞。A国情报总局的钱,我们挣了。P国国防部的钱,我们为什么不挣?既然承诺服务全球,那就必须对客户负责。我本想直接点将,但思来想去还是和大家商量一下。大家看看有什么想法,直言不讳。另外谁和我跑一趟P国?"

虚拟会议室如同实体会议室,孙志平坐在大会议桌中间,其他几位依次落座。

齐天全是绝对的老资历了,在孙志平旁边落座,也第一个发言:"孙总,你来定吧,弟兄们都听你的,叫我做啥都行。"

董一飞随声附和道:"孙总,你定吧,我和老齐这边您放心,一定安顿好,不会拖公司后腿。"

韩明军是非洲片区新任老总,说:"我听公司安排。"

魏明亮也是个老人,在南美摸爬滚打10年,与博通同龄,更是九死一生:"孙总,您有什么想法就吩咐吧。我这里都可以处理好。"

郑伟来博通6年了,承担欧洲的安保服务。郑伟为人很谨慎,做事也很踏实:"孙总,我有个问题。"

"小郑,你说吧。"

大家很好奇,看着郑伟。

在K国军队里,郑伟的名字很占便宜,郑伟谐音政委,一听就是领导,容易搞混谁是"政委"。遗憾的是,郑伟在部队最高职务是副政委,副团职,别人一叫就是郑副政委,很别扭,退伍后就不用继续当副政委了,这才是真正的郑伟。

"孙总,各位战友,中东欧最敌视的就是P国,我们现在承担的主要项目就是这些国家安保外包,包括后勤保障。我担心P国找咱们去做安保,如果对立双方都是博通承担了,博通兄弟会不会骨肉相残?"

这个情况确实存在,很多人没想到,还是"政委"有政治眼光。

"小郑说的情况也是我担心的事情,所以要和大家协商。我这次希望带两个人去P国谈判,大家不要勉强,首先看看自己片区是否走得开,千万不要勉强,不要逞强,否则会误大事。"

"明白。"大家交头接耳一阵。

"孙总,我就不去了,非洲这边毕竟是刚建的基地,我在这里心里踏实点儿。"韩明军率先表态。

"老齐、一飞,你们那里呢?能不能抽出一个人,再加上梁栋来处理你们那里的业务,其中一个人跟我走,你们协商一下。"

"老魏、小郑,你们两个也协商一下,出一个人吧,看谁去合适。"

"孙总,让郑伟去吧,他说的问题有道理,正好可以去协调P国和中东欧安保团队之间的关系。P国安保团队可以考虑纳入欧洲片区。"

"那好,老魏,你就继续在B国坐镇吧。你在,我心里踏实。"

"放心吧,孙总。"魏明亮和孙志平交情不是一般地深。

"孙总,让一飞去吧,一是,我来照看这里,心里有底;二是,让一飞多锻炼锻炼,有好处,孙总您就多带带他吧。"

"那好,老齐,那边的事情,你和梁栋就多担待了。"

就这样,孙志平、董一飞、郑伟三个人将赶往莫伊洛会合。

会开完了,决定马上去P国,但孙志平不敢擅自做主,赶紧去见祁奕雄。由于处在被调查期间,为了不给祁奕雄添麻烦,孙志平通过郝利新来预约祁奕雄,公事公办。孙志平不是凌霄的人,没必要请假、请示、汇报,但毕竟名义上是顾问,孙志平还是想和祁奕雄打个招呼,也算是辞行。

在凌霄军团总部,孙志平见到了祁奕雄,有些日子没见了,很是亲切。

当孙志平告诉祁奕雄，P国国防部邀请博通去莫伊洛谈谈安保合作项目时，祁奕雄原本放松的笑容骤然紧张起来。孙志平被调查期间去P国，这让祁奕雄很为难，尽管孙志平不是凌霄的人，但属于涉密人员。思量再三，祁奕雄只能告知孙志平回去等通知。

本以为打个招呼、叙叙旧就行了，结果出了岔子，很委屈的孙志平还想说些什么，最终还是把一肚子委屈硬生生咽了回去。不要给老领导出难题了，一向率直的老领导一定有苦衷。

按照祁奕雄的要求，郝利新专程到国防部去见王生明，汇报孙志平最新情况。王生明又和祁奕雄通个电话，最后决定允许孙志平去莫伊洛，但要求张军全程陪同。当郝利新通知孙志平最终决定后，孙志平愣了好半天，陪同就陪同吧，谁让自己不被信任。孙志平暗自思量，以后凌霄和霹雳的事情不介入就行了，学会"脱敏"才能自由行走天下。

这一拖就是七天，一行四人分别从三个地方赶赴莫伊洛会合。耽误时间主要是张军作为现役领导身份，办理签证很麻烦，因为凌霄军团比较敏感，需要特批才行。

到了莫伊洛，负责接待孙志平和张军一行的是P国国防部。

P国国防部部长罗戈津显然把孙志平作为接待对象，而对张军这名军方代表仅仅是礼节性问候。张军也很清楚此行定位，陪同孙志平与P国国防部会谈，实则是监控孙志平。

完全出乎张军意料，这次P国国防部谈判级别很高，国防部部长罗戈津和装备部部长梅津斯基主谈，军方其他人员配合谈判，外加一名K文翻译。孙志平懂一些P国语，但商务谈判必须严谨，就托K国驻P国大使馆推荐了一名翻译。

谈判进展很顺利，一天时间就敲定全部合作内容。P国国防部承诺交给博通的安保项目有四类：一是三条天然气海底管线的海上安保服务；二是CU国海空军基地外围安保服务；三是P国与第三国合作油气田海外安保服务；四是P国遍布全球货船的随船安保服务。

为满足P国安保要求，博通必须购置中小型水面舰艇和小型潜水艇作为安保装备，P国要求二分之一的海上和陆地装备须采购P国军方的二手舰艇和车辆，P国国防部承诺以最优惠的价格提供这些二手武器装备。P国装备部很快与博通就洽购二手武器装备达成协议。事实证明，羊毛必须出在羊身上。

这次总交易合同额为3.5亿金元。经友好协商，博通出资1.3亿金元购买P国制二手武器，包括两艘轻型护卫舰、两艘潜艇、30辆装甲输送车，P国海军另外赠送6条近海巡逻艇。这个价格不包括舰载直升机和全部弹药。通过这次合作，博通花了1亿多金元就打造了一支属于私营安保公司的海上舰队。

张军全程参与了博通与P国装备部的谈判和签约，当P国要求博通购买二手武器时，张军告诉孙志平这绝对是个坑，要慎重。可孙志平有自己的主见，最终还是购买了一个"二手舰队"。在孙志平看来，这笔交易还算合理。

P国国防部官员也懂K语，对张军有意阻挠颇有微词。

晚间，P国国防部举行了小型宴会，庆祝双方签署安保合作协议。席间，孙志平频频给罗戈津和梅津斯基敬酒，但伏特加不是国酒，孙志平只能硬撑着陪好两位将军。张军、董一飞和郑伟早被P国陪同人员灌趴下了，论酒量，P国人绝对是"星球第一"。

这次谈判最大的受益者是郑伟。除20辆装甲输送车让董一飞带回CU国，其他全部装备都留给了郑伟，郑伟成为博通第一支拥有海军的安保力量。兴奋异常的郑伟焉有不多喝、不喝多的道理。

第二天，众人酒醒，在P国国防部安排下，P国卫星网女记者苏珊娜专访了踌躇满志的孙志平。"孙总，您好，您这次到P国可以说是满载而归，对此有何感想？"苏珊娜开门见山。

"苏珊娜女士，您好。这种合作体现了P国对K国的高度信任，体现了两国的真挚友谊，也体现了P国国防部对博通公司的高度认可。我们希望用实际行动来回报客户，让客户得到最好的服务。"

"那您会不会觉得有压力呢？毕竟P国和西方国家关系不好，你们安保服务是否会侵害其他国家的利益？"

"我们做安保这行，压力一直都很大，但我们绝对要对客户负责。博通合作伙伴越来越多，关键就是博通做事认认真真，做人踏踏实实。只要答应客户的，我们一定都会做到，诚信为本。"

"刚签了合同就掏了1亿多金元购买P国淘汰的二手装备，你不觉得吃亏了吗？"

"这就是双赢，花这么点儿钱，博通就能拥有属于自己的海军，你不觉得这是好事吗？至少把博通发展空间拓展到了陆海空三栖，这是巨大进步，也是我们在P国的最大收获。可以说，我连做梦都没想到会有如此好事，竟然梦想成真了。"孙志平笑了，发自内心。

"孙总，博通现在是全球最大的安保公司，也抢了很多安保公司的饭碗，比如你抢走了浑水的金矿业务，你不怕博通成为安保行业的公敌？"苏珊娜的问题很刁钻。

"博通希望与其他安保公司合作共赢，关键是要把安保这块蛋糕做大，而不是抢食一块小蛋糕。比如，我们和浑水就分享了第三方市场的安保服务，这就是造大蛋糕再分蛋糕的概念。所以我觉得博通不仅不会成为公敌，反而会成为更多安保公司的合作伙伴。这也是博通想做的事情。"

"黑石公司就是做得太大了，太招摇了，结果就倒了，博通会不会也步黑石后尘呢？"

"谢谢你的提醒，黑石的昨天不是博通的今天，更不是博通的明天。博通是正义之师，黑石缺乏道义，这能一样吗？博通是一群K国退役军人组成的安保公司，黑石是一帮乌合之众打造的安保公司，鱼龙混杂，有奶就是娘，这能一样吗？黑石做的，博通不会做；黑石倒了，博通不会倒。再说了，博通倒了，P国也会受损，我们可拿了你们不少钱，你还是多祈祷保佑博通成为百年老店吧。"

"但愿吧。对了，孙总，您对P国美女印象如何？"

孙志平笑了笑，略显腼腆，说："很好啊，比如苏珊娜女士就是标准、绝对的大美女，不光人美，才学也惊人，还比较勇敢。我知道你去过CU国和UK国东部地区战地采访，绝对的女汉子。有机会欢迎到博通安保区去看看。直观感受一下博通的人，博通的文化，也让博通兄弟们好好看看P国美女，慰问慰问我们这群可爱的人吧。"

苏珊娜低下了头，眼前这位K国男人真有意思，很会讨好女人，一定是好色之徒。但这次，老到的苏珊娜看走眼了。

"谢谢孙总接受P国卫星网采访。"苏珊娜很有礼貌地握了握孙志平的手，致谢。

"谢谢苏珊娜女士采访。"

采访刚结束，会议室门突然被推开了，一名P国军官走了进来，请孙志平立即跟自己走。这名军官神情紧张，孙志平有些不解，不知道出什么大事了。

上车后，径直奔向总统府邸，孙志平恍然大悟，原来要接见自己的是P国总统普奇科夫，太出人意料了。

孙志平疾步走到近前，普奇科夫主动伸出手与孙志平握手。"你好，孙志平先生。"普奇科夫主动打着招呼。

"您好，总统先生，见到您非常兴奋，感谢您能接见我。"太紧张了，说话甚至磕巴，总统的突然接见，对孙志平绝对是莫大殊荣。

"孙先生，博通在国际安保领域做得很出色，相信博通与P国合作会很成功，合作也会越来越多。"

"谢谢总统先生，博通一定尽全力做好保障工作，请您放心。"

"他们二人没少说你的好话，你要好好感谢他们，要用P国人的方法。"普奇科夫笑了笑，指了指旁边作陪的罗戈津和梅津斯基。

罗戈津和梅津斯基点头会意。

"谢谢总统先生，我昨天尽全力给两位将军敬酒了，可不胜酒力，现在还头疼。"孙志平不好意思地笑了笑。

孙志平简要介绍了一下博通，希望与P国有更多合作，比如，在北极和普利亚这些区域。

普奇科夫指了指罗戈津和梅津斯基说："很好，你和他们协商就行。"

三言两语就聊完正事，孙志平赶紧拿出华兴手机，希望与总统先生合影，太难得了。普奇科夫招呼工作人员协助拍照，罗戈津和梅津斯基一起凑过来合影。

"你会把合影放在你的办公室吧。"普奇科夫笑了笑，"你们K国文化特色。"

"全球文化特色吧。我肯定要把合影放在办公室，可我不会打着您的旗号，说我和P国总统很熟，是铁哥们儿，不会的，那绝对是骗人的伎俩。"

普奇科夫爽朗地笑了起来，说："我不介意你说是我的朋友，虽然我们是第一次见面，但感觉很有缘。"

"谢谢总统先生，非常荣幸能见到您。期待有机会再见到您。"

"会的。一定。"

交谈了半个小时，军官把孙志平送回了酒店。

孙志平一行决定翌日离开莫伊洛，孙志平和张军直接回京城。

天亮了，张军和郑伟在莫伊洛国际机场等候孙志平和董一飞，可登机时间快到了，孙志平和董一飞还没有来，郑伟先走了，张军也登上了飞往京城的航班。

飞机准时起飞了，张军旁边的座位是空的，孙志平没有登机，去向不明。

## 32. 普利亚天坑

说是人生无常，却也是人生之常；说是神秘莫测，却是意外收获。

张军很无奈，不在国内，有劲使不出来，这里没有资源和手段可用，明显感到P国不待见自己。毕竟没有邀请自己去，只能先回去再说，孙志平自求多福了。张军内心很矛盾，一方面，任务没完成，人跟丢了，回去没法交代；另一方面，这次任务很尴尬，充当"监视者"的不光彩角色，监视的还是参谋长的得意门生，左右不是人。

张军不知道P国近日发生了一件咄咄怪事。

就在博通和P国国防部签约前三天，在P国普利亚冻土区，突然间出现一个硕大无比的天坑。巨大的爆炸声和塌陷的震动引起了五级地震，住在附近100多千米的百姓都感受明显，真以为地震了。

一夜之间出现的这个天坑跨度几千米，深不见底。这起自然灾害导致几千米长的公路塌陷掉进天坑，这一段公路上正在行驶的汽车也一并掉进了天坑，目前具体数量不详。

P国的汽车导航系统最后时刻定位显示，天坑里有三辆车，但数据可能存在因地形屏蔽信号导致的漏报。因此，这起事件成为由于自然灾害导致的特大突发公共安全事件。

普利亚冻土地区有不少天坑，这些天坑不是一两天形成的，可如今的普利亚天坑越来越多，大小不一、阴森恐怖，被称为"地狱之门"。P国科学家普遍认为，天坑成因是普利亚永冻土层随气温升高而融化，导致冻土层气体释放，并在地层不断累积最终爆炸所致，而这些气体就是易燃的甲烷和让气候变暖的二氧化碳。

永冻土层是储存地球碳元素的关键，也是地球碳循环的重要组成，能够调节地球环境的碳含量，但前提是冻土层被封冻。如今，一切发生了变化，永冻土层不断向地球释放大量碳元素。同时，不断出现的天坑改变着普利亚生态环境，并造成铁路、公路塌陷等系列灾害，无时无刻不在威胁着普利亚的人类文明。

但更为可怕的是，普利亚永冻土层中封冻的远古动物尸体和土壤，含有10万年甚至百万年前的古怪且致命的细菌、真菌和病毒，一旦它们被释放出来，就会给人类带来一场浩劫。

灾难发生后，P国联邦紧急情况部立即出动救援力量赶赴事故地点。

由于P国面积太大了，1000多万平方千米，尤其普利亚更是地广人稀，只有空中救援最靠谱，四架救援直升机直奔天坑。

此次参与救援的直升机，是直升机中的"巨无霸"，可把20吨物资轻松吊起来，采用"共轴旋翼"，没有尾桨，体积较小，可在狭窄的天坑区域内飞行。根据坠入天坑的车辆导航信息反馈，出事车辆属于中轻型，最重不过4吨，直升机执行任务绰绰有余，但天坑里还有什么别的危险，所有人都一无所知。

除了直升机，救援人员还带来了救援装备套装，包括固定翼无人机、无人直升机、轮式机器人、履带式机器人、全地形机器人、蛇形机器人等。

救援人员利用三架固定翼无人机携带激光雷达在天坑上反复盘旋飞行，精准测量天坑平均深度和地形地貌。经救援车载数据中心实时计算，天坑三维全景数字地图很快绘制出来。天坑平均深度3500米，远超过其他天坑。如此深的天坑，掉落车辆和人员凶多吉少。截至目前，没有任何求救信号从坑底发出。

为便于精准搜救，救援人员利用两架无人直升机外挂红外可视吊舱深入坑底查找。天坑面积有五六平方千米，地形极不规则，经红外可视吊舱三个多小时点面拉网结合式搜索，也没发现出事车辆和出事人员。由于无法缩小救援区域，其他先进机器人也无用武之地。

没有办法，救援指挥部决定派一架直升机深入天坑近地观察。但这异常危险，直升机进入未知空域，尤其是气流场未知、存在乱流的空域，危险系数极高。

直升机裹挟着发动机巨大轰鸣声飞进了天坑，地面救援人员焦急等待，期望尽快听到好消息。

几名机组人员不间断汇报着飞行中的所见所闻，他们感觉进入了"地狱之门"，一片阴森恐怖。怪石林立、白烟缕缕、云雾缥缈，这里是生命禁区。直升机在石林中快速穿梭，还要经受山石崩塌和断层的考验，但更多是漆黑一片、雾气弥漫、幻象频发的恐惧感，驾驶员不得不紧急悬停来辨明前行的方向。

驾驶员小心翼翼驾驶着直升机，机组人员汇报着情况，一直没有看到失事车辆。也很正常，很多深不见底的沟壑直升机无法接近，这种沟壑在天坑里比比皆是。

突然，传来驾驶员大喊"天哪"，领航员和四名救援队员大喊"上帝"，然后通话瞬间中断，死一般沉寂。

直升机出事了，可在地面听不到也看不到直升机坠落后的爆炸声或冲天的火光，仿佛人间蒸发。

救援指挥中心人员有些慌乱、不知所措，要不要再派一架直升机涉险，谁也不敢拍板，救援工作陷入停顿状态。

为稳妥起见，救援队决定加大无人装备的搜索力度，用无人机把无人装备投送到天坑谷底，看个究竟。但每次无人机释放了无人装备，无人装备的数据链就中断，音信全无。

这很不应该，P国联邦紧急情况部救援队装备与P国军队装备一模一样，抗干扰能力超强，怎么可能如此不堪一击。

时间一分一秒过去了，救援工作再次陷入瘫痪。三天的"黄金救援时间"已过。

P国联邦紧急情况部立即联系了P国国防部求援。

经罗戈津和梅津斯基再三考虑，决定派见多识广、有"科幻武器专家组合"之称的两个人前往支援，一位是国防部武装力量装备部科研局局长列夫米拉少将，另一位就是亚尔斯普武器试验场任务主管西多洛夫少将。这两位都肩负P国最先进武器装备研发使命，所承担武器研制任务都近似科幻。二人思路宽广、思维灵活，这次高难度救援工作非二人莫属。

接到命令，列夫米拉和西多洛夫立即从亚尔斯普赶到天坑事故救援指挥中心。

两位将军来到天坑坑口往下看去，一眼看不到头，阵阵白烟从谷底徐徐飘了出来，分不清是烟气还是雾气。看了很久，二人与救援人员会商最新情况，听取情况介绍，并仔细查看了无人机拍摄到的全景数字地图。

列夫米拉指着天坑地图，说："我来之前在卫星上看了看，这个天坑是整个普利亚最大、最深的天坑。合成孔径雷达卫星发现这个天坑很蹊跷，天坑的深谷很多，但每个深谷形态比较类似，像是人为雕琢的痕迹，这不符合自然规律。另外，红外卫星探测发现，天坑谷底不是我们想象的冻土层，并不寒冷，并且在不断向外辐射热量，这就是我们在地面上看到的那些白色热气。"

西多洛夫清了清嗓子，说："如果判断没错，正是这些白色的热气导致天坑地下气流紊乱，乱流导致直升机失控坠毁。可见派遣直升机进入天坑很危险。"

"那怎么办？"救援指挥中心救援队员们满脸迷茫。

"关键是要把人送下去，看看谷底到底有什么。如何才能把人送下去？这是问题关键。"西多洛夫提出建议和疑问。

大家七嘴八舌，有说用降落伞的，有说用热气球的，有说用滑翔伞的，还有说直升机索降的。但都被西多洛夫一一否掉了，因为每个选项都有巨大风险。

列夫米拉想了想，说："还是把我们最新研制的喷气式人翼装备拿来试试吧。这类装备虽然不是什么新东西,可我们做了大量改进,结合了太空舱舱外宇航服设计,具有更好的生命保障能力,同时姿控系统更完善,人体控制更灵活。不妨拿来试试。"

"这可是我们最新型的人翼产品。"西多洛夫补充道。

在场的救援队员都表示赞同,可以试试。

两天后,两套喷气式人翼装备被空运到天坑。但究竟谁下去,却成了问题。这种新装备会用的人不多,试飞员都在亚尔斯普。再说了,装备毁了还可以再生产,但试飞员都是宝贝疙瘩,天坑情况不明,列夫米拉和西多洛夫不想拿试飞员冒险,因此在空运装备时就想到这个问题,"让谁来飞",至少需要两个人,两位将军心里一直没谱。

救援队员面面相觑,谁也不熟悉这套装备,见都没见过,更不熟悉天坑情况,贸然下去无异于找死。大家你看看我,我看看你,谁也不搭话。这种找死的话没法搭。

"为啥不让熟悉的人飞?比如,试飞员。"救援队员还是忍不住发问了。

现在轮到列夫米拉和西多洛夫面面相觑,支支吾吾了,这种事情还真不好说,只能瞎编理由搪塞:"他们任务太重了,抽不开身,他们不仅是这款装备的试飞员,很多项目都要飞。基地离不开他们。"西多洛夫忙不迭解释。列夫米拉和西多洛夫都知道这借口太牵强。

在场的人也知道解释根本站不住脚,因为一款装备需要做极限测试,这个天坑就是最好的极限测试地。借口就是糊弄鬼,谁都知道他们怕试飞员死了,这些人的命可比救援队员要金贵得多。

列夫米拉向梅津斯基汇报了现场情况。梅津斯基一时半会儿也很犯难,谁都不希望军人在平时有非战斗减员,很不值得。

梅津斯基秘书提醒了一下:"部长先生,我们和博通刚签了安保协议,是不是可以——"

话音未落,梅津斯基一拍桌子:"就是他们了,赶紧联系他们,别让他们跑了。"

就这样，大半夜，孙志平电话响了，很急促，返回京城的前夜接到这种电话，孙志平有种不祥的预感。

"孙先生你好，打扰你休息了，我是P国国防部装备部部长秘书，我们部长梅津斯基找您有急事协商。"

"好，何时呢？"

"现在。我已派车去接您了，你准备一下吧，谢谢。"部长秘书口吻坚定，不容讨价还价。

"好，谢谢。"孙志平翻身起床。

20分钟后，孙志平见到了梅津斯基。

"孙先生，很抱歉，这么晚把你请来，没有打扰你休息吧？"梅津斯基客套两句。

"部长先生，出什么事情了吗？"孙志平不兜圈子，开门见山。

"我们碰到一件棘手的事，很麻烦，必须博通来帮助我们……"梅津斯基把天坑情况向孙志平简要介绍，希望博通能尽快拿出解决办法。

"部长先生，咱们之间的协议本来不包括P国境内，既然您开口了，博通一定全力协助。你们是博通的上帝。"孙志平笑了笑，"您看，我们何时去现场看看？"

"连夜动身吧，事不宜迟。"梅津斯基迫不及待，时间不等人。

"好，我让博通另一位同事和我一起去。"孙志平说的同事就是董一飞。

稀里糊涂、晕头转向的董一飞被孙志平强拉上飞机，直飞普利亚天坑。

翌日一早，张军登机那一刻，孙志平和董一飞已赶到天坑。可限于P国军方保密要求，孙志平不能告诉张军，只能不辞而别，一切等回去再解释吧。

在天坑救援指挥部，孙志平见到久违的列夫米拉这个酒鬼，二人亲热拥抱、打招呼。

"列夫米拉将军，你很不够意思。"孙志平先声夺人。

"亲爱的孙先生，何出此言？"列夫米拉明知故问。

"你知道这个工作很危险，九死一生，你让我来做。你在K国，我们可是用好酒来招待你们，你都忘记了。"孙志平笑着盯着列夫米拉。

"不不不……"列夫米拉忙不迭否认，"我们是合作伙伴，我们遇到困难，朋友要出手相助。"

列夫米拉把天坑情况向孙志平和董一飞做了详细介绍，并把目前拟订的救援方案告诉了两位K国人。

"列夫米拉将军，西多洛夫将军，我们已了解基本情况，你看能否这样修改方案。首先，我想先驾驶直升机进入天坑看看，这次我要开重型直升机；其次，我们会根据勘察结果再使用你说的人翼装备定点进入谷底。不知两位将军意下如何？"

"那你希望我们如何配合你们呢？"西多洛夫比较好奇，"我们已有一架直升机失踪了，我是担心……"

"谢谢关心，我心里有数，你们给我准备一架直升机。我和董一飞两个人去就行了。"

孙志平知道P国人去了也没用，因为交流比较困难，自己那点儿P语没法对付，关键时刻会耽误事儿。

"孙先生用过人翼装备吗？"列夫米拉担心现学习浪费时间。

"博通有专门课程培训这类装备，在FL国反恐时，我们几乎所有队员都在使用。估计你们的装备也大同小异吧。"

"那就好，我们的装备更先进，是升级版的人翼。"列夫米拉很兴奋，终于有人可以使用装备了。

"原理类似，稍微适应一下就行，放心吧。"孙志平给两位将军吃了颗定心丸。

孙志平之所以要选择重型直升机有两个原因：一是重型直升机对气动乱流抑制能力更强；二是这款直升机是两国联合研制的新型直升机的P国版本，K国命名为Z30。孙志平驾驶过Z30，此型号的直升机完全不陌生。

孙志平负责驾驶，董一飞作为副驾驶、领航员。

任务执行前一天晚上，列夫米拉执意拉着孙志平喝酒，但考虑到第二天行动的特殊性，孙志平还是婉拒了，等执行完任务回来再喝酒也不迟。同时，孙志平把密封好的一封信件交给了列夫米拉，说是信，实际上是一封亲笔签名的遗书，如果回不去就转交给博通董事会拆阅。

列夫米拉接过这封信，感觉沉甸甸的。自己国家的事情要K国人来处理，还要K国人来承担可能的牺牲，列夫米拉也想不通。

两台发动机巨大的轰鸣声震耳欲聋，直升机缓缓起飞了。

直升机转过头冲着地面人群上下点了点头，算是告别，很悲壮的气氛，然后径直冲着天坑飞了下去。

天坑里的白色烟雾本就很大，完全遮挡了视线，董一飞在一旁睁大眼睛，环顾四周。孙志平稳稳控制着操纵杆，把速度降下来，慢慢飞行，时不时悬停，寻找下一个目标点。

"一飞，怪不怪我带你走鬼门关？我们很可能一去不复返了。他们很聪明，送死的事情才交给我们去做。"孙志平很感慨。

"大哥，我不会后悔，有了你才有我的今天，能与您生死与共，我这辈子值了。"董一飞是直性子，有啥说啥。

"唯一遗憾的就是我的孩子，希望我们能平安回来。"孙志平不敢想象自己"走后"孩子该怎么办，他是唯一的牵挂。

"大哥，我们会平安回来的，我会全力保护你，我孑然一身，无牵无挂。你放心，博通弟兄们都有情有义。"董一飞试图安慰孙志平。

"一飞，你要活着，一定，我担心我走了，公司就乱了、散了，没有实现正规化管理的公司，靠我一人的威望很危险。我早就意识到了，可一直难以改变现状。"

"一飞，我听说你和林妙杰的事情了，挺好的。你可不是孑然一身。"孙志平转移了话题，笑了起来。

"大哥您别笑，啥事都难料啊，这都是命运。妙杰有男朋友，东岛人，目前在K城工作，我们也是有一搭没一搭。别太认真。"董一飞感到膆得慌。

"那你也有了一份牵挂,好事、好事。对了,一飞,有件事我一直没有告诉你,现在不告诉你估计没机会了。"孙志平突然想起来这件事。

"大哥啥事?"董一飞很好奇。

"你还记得李弘吗?"

"当然记得啊,我的老营长,对我很好,没有他,估计我早就离开部队了。营长还一直答应给我提干,结果调走了,很可惜。"董一飞眼睛紧紧盯着舷窗外。

"是李弘向我推荐的你,说你很棒,他也提到没能帮你提干,很懊悔,错过了最佳时机。"

"我懂了。"董一飞此时才知道孙志平亲自面试的原因,原来有这层关系。

"一飞,我着力培养你,希望你好好干,我们能活着回去,你董一飞就会有更好的明天。"孙志平知道此时说这些话很苍白,但依旧要给董一飞信心,两个人一起面对风险是肯定的,这或许也是最后的风险。

"大哥,我们不会有事,慢点儿开,前面雾气太大,你看,5点方向有亮光。我们过去看看。"董一飞用手指了指前面。

"好,去看看。"

刚刚接近亮光边缘,一股强大气流从谷底涌上,直升机飞速跃升近百米,又狠狠坠落了下来,仿佛有一股巨大力量上下拍打直升机,孙志平用力拉操纵杆试图控制住直升机,可直升机依旧快速坠落。

救援指挥中心监控系统显示,直升机信号瞬间消失了。所有人都大惊失色,直升机又失事了。

列夫米拉和西多洛夫二人目瞪口呆,暗自盘算如何给K国政府和军方交代。

## 33. 地狱无门


最悲伤的事，莫过于在痛苦中回忆起往昔的快乐。死亡除外，没法回忆。


孙志平经历过太多生死考验，但这一次有些莫名其妙，直升机仿佛进入真空环境，无论直升机长长的旋翼如何疯狂旋转，也抑制不住直升机自由坠落。孙志平无力控制，只有抱着必死的想法。此时此刻，难兄难弟无暇再想其他任何事情，快速坠落让二人面部扭曲，仿佛地狱之门打开，近在咫尺。

比较奇怪，深谷里并不黑暗，反而越往下坠光线越强。猛然，谷底涌上来一股巨大热流，直升机瞬间腾空而起，巨大旋翼开始发威，强行把直升机拉了起来，从亮光深处狠狠拽了出来。

孙志平牢牢控制住直升机，没有急于掉头回去。他在距离亮光几百米处悬停，仔细观察亮光区域。这里有规律地出现气涌现象，时而有热气流喷涌，时而平静如常，有时甚至出现短暂真空状态，由此造成了亮光区域气流异常波动，正是这种乱流导致直升机坠落。孙志平之所以能把直升机拉回来，是正好赶上一波强烈气流，否则肯定无法自救了。

"大哥，你看，那边也有亮光。"董一飞提醒孙志平。

透过浓浓的雾气，孙志平看到四周散布很多亮光，虽然直升机有雷达设备，但面对亮光全部失效，这些亮光如同一扇扇巨大的"地狱之门",在吞噬着无知无畏者。

"一飞,放一架无人机到亮光区。"

"好。"

董一飞遥控一架小型固定翼无人机飞进巨大亮光。很快,无人机失速坠落到亮光深处,信号全无。

突然,直升机强烈晃动起来,险些失控。

"这里太危险了。"孙志平意识到两个亮光同时出现气流就会对周边的气流造成巨大扰动,只能把直升机悬停在远离两个亮光区的中间地带。

"再试试火箭助推无人机。"

"好的。"

董一飞释放一架火箭助推无人机到亮光区域,这架不依靠空气动力的无人机在亮光区域上下飘动。火箭助推无人机不是在空气中飞行,是依靠小型火箭发动机推动前行,所以不会受到气流干扰。董一飞遥控无人机释放回收降落伞,降落伞根本打不开,无人机连同降落伞一并掉进亮光深处。

"我们要想办法进入亮光区,只有这样才能解开真相,揭开谜底。"孙志平喃喃自语。"大哥,我们先回去想想办法,不要蛮干,再想对策吧。"董一飞劝说孙志平要理性。

"好,现在就回去。"

孙志平用力拉动操纵杆,直升机迅速上升,快速远离了亮光区。

"一飞,李弘说得太对了,你是福将,大难不死,我是沾了你的光。"

"大哥,是你技术好,我们运气也好,是你救了我才对。再说了,老天怜惜博通,相信我们都会平安无事。"

"是啊,孩子还在家等我,我不能有事,我们都要活着。"

"一定会。"

突然间,发动机巨大轰鸣声从天坑里传了出来,马达声越来越大,救援指挥中心人群顿时炸开了锅。救援指挥中心监控设备上没有直升机的任何位置信息，显示失联状态，时间定格在57分钟前。这个来自天坑的马达声究竟是什么，不少人顿时心生恐惧。

直到直升机从天坑完全露出脸，所有人的恐惧才消失了。孙志平稳稳把直升机停在临时停机坪，两个人很疲惫地走了出来。

经历了生死时刻，人的能量几乎被耗尽，但两个人依然稳健地走了下来，不能失去K国军人的铮铮风骨。

列夫米拉和西多洛夫快步迎上前去，紧紧抓住二人的双手。孙志平和董一飞的手心满满的汗渍，湿漉漉，必是经历一场想象不到的劫难。谁也没有说话，径直走进临时救援指挥中心。

孙志平和董一飞酣畅淋漓地喝了几大杯水，就说了一句话："将军，我们还要再下去。"

孙志平和董一飞把在天坑的所见所闻详细告诉两位将军，二人惊恐不已，原来这个天坑不简单。孙志平提到亮光区域时，列夫米拉一惊，说："这或许就是零境时空吧。"

孙志平很好奇，问："啥是零境时空？"

"零境时空就是处在两类时空之间的交界时空，此类时空会出现很多异常现象，因为两个时空会交替出现，所以时空规律会出现错乱。"列夫米拉解释着，有些人听懂了，有些人听得似是而非。

"是不是就是K国八卦里面的阴阳之门的概念。"董一飞突然想到这么一个新名词。

列夫米拉很疑惑地问："八卦，八卦是什么？"

孙志平也很惊讶，问："一飞，你懂八卦？"

董一飞赶紧摇头，说："不懂，听别人聊天说过，太极生两仪，两仪生四象，四象生八卦，很神秘的样子，万物万象都出自八卦，所以我觉得阴阳代表的就是两个空间，这个叫零境空间，不就是阴阳八卦之门嘛。"

孙志平看看董一飞，说："忙完了回去好好再学习一下吧。八卦博大精深，没那么简单。"

"孙先生，你们在说什么？什么是八卦？"

"将军阁下,没啥,很复杂,我们还是先说天坑吧。八卦的事情,如果感兴趣,我以后可以给你介绍介绍。"

两位将军面面相觑,估计孙志平说的是很神奇的东西。"那就期待了。孙先生。"

"对了,将军,你们那个人翼装备要借助空气动力,下天坑还勉强可用,但到了你说的零境时空就有问题了。如果能有火箭推进的人翼装备,如同宇航服那样就可以解决问题。这个天坑环境太特殊了,既有空气动力区,也有真空区域,要想完全揭秘天坑,必须有一套两全其美的个人装备才行。"

孙志平提出想法,希望两位将军尽快协调。

"进入天坑后,所有导航都失效,包括航空罗盘,领航完全要靠目视,估计这也是你们认为我们失联的原因吧。"作为临时领航员的董一飞补充道。

"那你们有何打算?"列夫米拉急于知道答案。

"我想进零境空间看看,如果能给我们提供恰当的装备,我们可以再去试试。"孙志平很想知道天坑里究竟隐藏着什么样的惊天秘密,这是好奇心和责任心的双重驱使。

列夫米拉和西多洛夫对视了一下,思量有啥合适的装备能满足孙志平的要求。

两个掌握P国核心装备研发的将军手里肯定有这类装备,但交给K国人来使用是否安全,是否会泄密,心里没底,只能说协调一下。

当晚,列夫米拉请示了梅津斯基,又逐级请示了罗戈津,最后才批准K国人来测试使用这款名为"天翼"的智能装备。不同于人翼,天翼既有空气动力飞行能力,又有真空飞行能力,还有完备的生命保障系统,就是一套简化版本的智能宇航服。天翼具有折叠伸缩式机翼,可自动感知环境变化,并可按照穿戴人员意念自动切换工作模式,电池可确保连续工作两小时。不仅如此,这套天翼装备也是一套完美的全自动骨骼助力系统,可以协助穿戴者在地面快速行走。

第二天中午,三套天翼送到了天坑救援指挥中心。此时,临时救援指挥中心已改名,因为救援已没有意义了,剩下的工作是要尽快揭示天坑秘密,一种科研探秘工程。

为工作方便,P国连夜把这三套装备"汉化",这在人工智能高度发达的年代是再简单不过的事情。

孙志平和董一飞各穿一套天翼,按照操作规程在室外先做了短期培训。说是培训,实际就是自学。孙志平和董一飞对人翼很熟悉,但要适应天翼在非空气动力环境下的操控有些难。这里不是亚尔斯普,没有真空失重环境,附近也没有什么湖泊江河,二人只能将就着摸索。

经过一天熟悉,孙志平和董一飞决定第二天再探天坑,并把两套天翼的通信模式调整好,可在应急环境下开启多种应急通信模式。

如果说驾驶直升机是冒险,那穿戴天翼更是冒险。毕竟直升机比较成熟,而天翼是新东西,还没定型,性能不稳定。加之,孙志平和董一飞此行要进入完全陌生的零境空间,可能无法生还,让这次出征更显得悲壮。

孙志平让列夫米拉等他们两个小时,如果二人在限定时间没回来,估计就回不来了。准备出发了,孙志平和董一飞两只大手套击掌后紧紧扣在一起,又彼此竖起了大拇指。

"保重!"

之后,两个"太空人"一起向列夫米拉和西多洛夫等人挥了挥手,转身跳入天坑。

"一飞,一直跟着我,保持20米距离。"孙志平命令道。

"收到,大哥。"董一飞时刻保持通信畅通。

两个人跳下天坑一刹那,天翼装备自动启动空气动力模式,也就是人翼模式。二人在天坑里任意飞翔,似腾云驾雾。董一飞紧随孙志平,始终保持20米安全距离。很快,孙志平带着董一飞把天坑摸了个遍,这个天坑底部有七个直径为50米的零境空间,还有一个比较大的零境空间直径有80米,同样如喘息一般吐着气浪。

"一飞,我们就去这个零境空间。"

"收到,大哥。"

"转换手动控制模式,关闭空气动力模式,直接切换非空模式。"孙志平一口气下了几个指令。

"收到,大哥。切换完毕,非空模式启动。"

"保持30米距离,注意观察我进入亮光区后的一举一动。"孙志平为董一飞安全着想,全然不顾及自己安危。

"明白。"董一飞明白孙志平的赴死行动,再争也无济于事,只能眼睁睁看着孙志平一米一米接近零境空间。

"……10米、9米、8米、7米、6米、5米、4米、3米、2米、1米……"孙志平喃喃自语,也提示董一飞注意观察。

就在孙志平进入亮光区一刹那,一股气流喷涌而出,孙志平被强行推高几十米,但随后就开始急速下落进入了零境空间。

"一切正常。"孙志平不忘记提醒董一飞。

孙志平刚开始不太适应"非空"模式,但很快就调整好姿态,用"非空"模式不断抵消上涌气流干扰。

P国天翼装备还不错,空天一体,真像航天员一样。想到这里,孙志平之前的紧张感全然消失,也彻底放松下来。

"来吧,一飞,调整好姿态,用巧力。"

"明白,大哥。"董一飞纵身跳入零境空间,早把生死抛诸脑后,孙志平让做什么绝无二话,生死兄弟就是这么炼出来的。

很快,董一飞也适应了天翼技巧,并快速接近下落中的孙志平。现在,下落完全受控,不再是自由落体,很随意的感觉,二人心里踏实了很多。

"天翼还真不错,如果博通能有几套就好了。"董一飞很羡慕。孙志平笑了笑,说:"可以买几套。回去问问多少钱吧。"

孙志平心里明镜似的,P国人担心K国人知密、泄密,两位将军是请示之后才拿出了天翼。

"大哥,你估计多少钱一套?"

"估计买不起,一套怎么也要上千万金元吧。看能不能送咱们一

273

套试用，反馈意见。"

"大哥你看。"

董一飞指着快速下落时途经的岩壁上，大量疑似动物遗体保存完好。崖壁上还有明显爆炸烧焦的痕迹，估计是形成天坑那次大爆炸留下的烙印。

他们早就听说了普利亚冻土层发现过几万年前的完整猛犸象、洞穴狮子、远古豹等高等动物，还有阿米巴变形虫、鞭毛虫和纤毛虫等低等原生动物。

"名不虚传，远古生物冷库啊！"孙志平惊叹不已，不虚此行，二人不是来探险，而像是专程来逛史前动物园的。

"大哥，你看下面，快到底了。"

孙志平往下看，谷底是热气蒸腾的气浪，这些气浪如同从地缝里钻出来一样，仿佛是生命体在喘气。但不知谷底究竟是固体还是液体，二人变得小心翼翼。要知道几千米下的大气压强增大，水的沸点也提高，稍微碰着就皮开肉绽了。

"一飞，左前方有个洞穴，你注意一下，我们过去。"孙志平提醒董一飞。

"明白，看到了，我这就过去。"

"好，一起过去。"

缓缓地，两个人接近洞穴，一起悬空看着这一人多高的洞穴，不像是天然洞穴，是修葺过的人工建筑。孙志平和董一飞很诧异，全部的秘密或许都在洞穴里。

"我先进去，你在外面等着我。"孙志平每到关键时刻都是命令口吻，不容商量。

"这……好……明白。大哥，注意安全，一定。"董一飞有些犹豫。

"大哥，生命保障系统还剩一小时，注意把握时间。"董一飞再次提醒孙志平，依旧悬空在洞穴外部观察。

"明白，放心吧，一飞。"

孙志平稳稳站在洞穴门口，试了一小步，感觉地面比较结实。由于天翼手脚遍布传感器，这时的头盔屏显上显示"岩石成分主要是黑褐色的玄武岩，温度为83摄氏度"。

天翼系统有很好的冷热适应能力，可确保人身绝对安全。

孙志平有一种登月的奇特幻觉，"自己的一小步就是人类的一大步"，想到这里，孙志平没忍住笑了出来。

"没事吧？大哥。"在外面守候的董一飞胆战心惊，以为出什么事情了。

"没事，放心吧。"

董一飞一句问候惊醒了幻觉中的孙志平，孙志平一步步往洞穴深处走去。

## 34. 神秘洞穴

　　灿烂生命中一个忙碌的时辰，抵得上一世纪的默默无闻。可我宁可要一世纪，人本低调。

　　与零境空间不同，洞穴里很黑，天翼全景照明系统自动开启，四周一片光明。

　　孙志平不自觉掏出武器套装，左手是激光枪，右手是脉冲枪，并把天翼调整为助力步行模式，一步一步缓缓往洞穴深处走去。

　　孙志平看了看屏显温度，外部空气温度是50摄氏度，而岩壁温度要高得多，这里距离热源很近，温度很高。

　　"一飞、一飞。"孙志平呼叫董一飞，没有反应，信号被屏蔽了。

　　执着和信念让孙志平继续探个究竟，要说一点儿畏惧感、恐惧感都没有，那不可能，毕竟进入一个未知世界，尤其是明显人工雕琢过的洞穴，孙志平怎么可能不恐惧。

　　屏显显示前行了560米，这时出现了独立隔开的类似房间的空间，门很完整，屏显温度显示这里只有10摄氏度，距离热源越来越远了。

　　孙志平先右拐入一个房间，隐约看到岩壁上有画痕，虽然画迹模糊，但也能清晰看到是聚会的图案，有大人、孩子、男人、女人。这些人普遍个子不高，颜色发暗，不知是不是因岩壁色彩脱落导致颜色失真。看样子这间房子姑且称之为客厅，四周满是这类雕琢的岩画。

孙志平用带有传感器的手指微微触碰一下这些颜料碎屑，屏显显示这些材料已有10多万年历史，可人类文明有记载的才区区五六千年。

孙志平小心翼翼地全景拍照、扫描、录像，怕破坏岩画完整性和美感，动作十分细微、小心。从这些人的服饰和周边饰物来看，他们不是原始人，服饰样式更像是东方人。

孙志平又走进另一间房间，依旧空空荡荡，同样在崖壁上有大量画痕。看样子这间是厨房，岩壁上画的是各式"美食"，尽管看不清楚究竟是什么，但能看得出来如同K国人过年，一家人围坐在一起，聚餐的样子。旁边还有不少似猫似狗的宠物，这也说明豢养宠物不是我们这一代地球人的专利。

第三间房间很大，更像是正规客厅，刚才第一间估摸就是小客厅。岩壁上有形形色色的人，它们在聚会，有的坐着，有的站着，有的弯着腰，人群背后放着不少摆件，就像是现在的家用电器和各类家具，应有尽有。客厅正对门一侧，还写了不少东西，一定是它们的文字，可多种形态并存，有类似K国的方块字，也有字母，还有如阿拉伯文一样的扭曲形状的文字。孙志平深深认识到，当今地球上各国文字可能都是史前文明留下来的，只是分支不同，这才有五花八门的各类语言文字。

孙志平不停拍照、摄像和扫描，希望带回去好好研究。孙志平没忘记一点，这套设备是P国提供的，普利亚是P国领土，这些数据的所有权也必然属于P国。但孙志平认为，自己卖命了，数据要共享才合理。

正兴奋之时，孙志平忽然听到洞穴中出现有规律的异响，声音渐渐靠近。孙志平全身紧张起来，像针扎一般，手中紧紧攥着武器，一动不动，屏住呼吸，眼睛紧紧盯着声音传来的地方，立即关闭了照明系统。眼前一片漆黑，但这丝毫不妨碍孙志平的观察力，头盔本身就是全景彩色红外夜视设备。

孙志平很清楚一点：岩洞里所有东西都不是现代地球文明的产物，与地表这些人类毫无关联。这让他极度恐惧。孙志平之前面临再多困难，也都是"与人斗"，这个"人"是地球人，无论多么无耻狡诈、心狠手辣，也都同属人类。但如今要面临未知文明、高度文明，自己可能毫无还手之力，必然恐惧万分。孙志平真正明白了人外真的有人，而且是高人。

脚步声越来越近了，孙志平彻底屏住呼吸，眼睛直勾勾盯着大门。渐渐地，一片亮光飘了过来，越来越近，孙志平感到窒息。

突然，一个身影出现在孙志平眼前，孙志平喊了一声"一飞"，对方停住了："大哥，我是一飞。"

"你快要吓死我了，一飞，我不是让你在外面等我吗！你就吓我吧。"

"我联系不上你，担心你，就进来找你了。你没事就好，大哥，说好了，生死与共，不离不弃。我这不来与您生死与共了嘛。"董一飞很激动，不想与孙志平分开。

二人的天翼系统有多种通信模式，在几米内就开启面对面交流模式，不会再失联。

"好兄弟，生死与共。对了，一飞，我发现很多新鲜事物，你看看墙壁上。"孙志平指了指岩壁，说，"真有史前文明，这都是证据。我们地球人比起他们太嫩了。"

"真的吗？"董一飞用照明系统来照亮，让孙志平节省点儿电，然后仔细看着岩壁画迹。

"大哥，几万年前就有计算机了，你看看这个，不就是一台计算机吗？感觉还是台笔记本电脑。"

孙志平仔细一看，还真是那么回事，刚才由于恐惧没看仔细，也只惦记拍照了。

"真是高度文明。"

"为什么这些房间里没有摆设，只有壁画？"孙志平不解。

"大哥，我们以前打坑道时经常会遇到很多古墓和一些说不清楚的墓葬，都有很多陪葬品，尤其是金银和石头制品等。这个地方没有陪葬品是很奇怪，要么是风俗习惯，要么是把壁画当作陪葬吧，比如敦煌壁画吧，还有好多远古的洞穴也都是壁画多，估计这个好保存吧。我也是瞎猜。"

"你说得有道理，我们继续往里走吧。"

"大哥，你等一下，我在前面探路，你跟着我。"不容分说，董一飞快步走到了孙志平前面。

此时，屏显距离为1239米，两个人继续往前走。沿途还有几间房子，两人一一走进去看看，布局类似，但墙壁上的岩画各不相同，有的看似是工业生产活动，有的看似是农业活动，有的看似是祭拜一颗星星的宗教活动，有的是场面宏大的娱乐生活，还有个房间里看似是男欢女爱的岩画，火爆程度比孙志平看过的还刺激。

董一飞对着壁画指指点点，说说笑笑。但最令孙志平和董一飞惊讶的还是最后三间房子。

一个房间里充满人造航空航天器的宏大岩画场景。在岩画中间有一颗巨大的恒星，旁边标注着看不懂的文字，但怎么看都不像是太阳，所有航天器都在围着这颗恒星运行。

另一面墙壁上雕刻着一个硕大无比的球体，但明显被分割成了八大块，每一块的颜色各不相同，并标注着稀奇古怪的刻度和文字标识。董一飞注意到球体最上面的一块是透明的，其他七块不同程度发暗、发黑。同时，在八块之间还两两画着像城际列车铁轨一样的图案，但每个"铁轨"各不相同，颜色深浅不同，宽窄不同。

看不懂也无所谓，两个人不停地拍照、摄像。

第二间房像是到了动物园，千奇百怪的动物，与现代地球动物相似的不多，这些动物看来是史前动物。有恐龙、蜥蜴一样的爬行类动物，也有像巨型老虎、巨型狮子的哺乳类动物。在岩壁最上面刻着一些不知所云的文字。同样，在动物园的最上方也有一颗硕大的恒星图案，这个恒星也许就是这个文明的图腾。

第三个房间看样子是图书馆，圆形房间，很大、很高，是个穹顶式建筑，在穹顶上依旧是那颗恒星，高高刻在制高点，整面墙周围嵌满了文字、公式、图案和图表等内容。

孙志平和董一飞完全看不懂，天书一般。只能猜测，文字是科技名称，公式是科技和数学算法，图案是简介和方法论，图表是科技应用。如果按照这些内容去实践，或许一项新技术就会诞生，一个新理论就会被发现。孙志平和董一飞深感这次意外发现的重大意义，董一飞配合孙志平抓紧时间拍照摄像，希望留下足够多的有用信息。

还有最后一个房间，这里相对特殊，所有文字、图案、图表不是直接刻在墙上，而是刻在一张硕大无比的金属板上，估计是担心重要信息流失。这些金属板历经至少10万年之久，依旧光亮如新，一点儿氧化痕迹都没有，可见当时的工艺水平之高。

孙志平猛然想起曾经在秦安博物馆里看到的一把青铜剑就是如此。那把青铜剑上涂有薄薄一层铬盐氧化膜，这种抗氧化处理技术让秦代青铜剑保存2000多年依旧锋利无比。孙志平感慨，史前人类早在10万年前就开始使用这种技术了。

好东西来之不易，不能都留给P国，孙志平是有祖国的，他思来想去还是决定做点儿事情。很多资料不再利用天翼直接获取，孙志平获取信息的手段足够多。

"看来这是个高度发达的文明，但不知道这个文明现如今在哪里。"孙志平自言自语。

"看样子是。"董一飞随声附和。

"啊！"突然，董一飞感觉神经像被针扎一样疼痛，大叫了一声，急忙后退几步。眼前这个场景曾经在梦里来过，还不止一次来过这里，董一飞顿时毛骨悚然，因为在那个梦境里遭遇过不祥之物。

"怎么了？一飞。"孙志平很惊诧董一飞的过激反应。

"不好！"董一飞后退几步，逼着孙志平不得不紧跟着倒退几步。在梦里，董一飞曾被不明物体所伤。

突然间，非常急促的脚步声由远及近地快速走过来，带着刺耳的啸叫声而至。"大哥，快跑！"

董一飞急忙用身体挡住孙志平，自己却被不明物体"穿越"后撞翻在地，然后这个光亮的身影急速消失了。

孙志平躲过了一劫，可董一飞瘫倒在地，一动不动。

洞穴还很深很深，可孙志平不能深入探秘了，董一飞如今生死不明。

孙志平搀扶起瘫倒的董一飞，协助董一飞启动助力骨骼和自动返回模式。孙志平紧紧扣住董一飞的手，拉着董一飞急速往洞穴外走。但孙志平这个久经沙场的人竟然迷路了，一定是刚刚穿越的光影关闭了来时的通道，要把这两个擅自闯入者困死在洞穴内。

"一飞，我们兄弟俩真要死在这里了，不求同生，但愿同死，别怪我害了你，一飞。"孙志平很绝望，后悔坚持带董一飞来P国。

"一飞，来生再做兄弟、战友吧。好兄弟！"

孙志平实在找不到出去的路，大口喘着粗气，氧气量不多了，电量也快耗尽了。

"大哥，沿着刚才进去的路一直走，一直走……"董一飞发出微弱声音，一定是听到孙志平的话了，"记住，一直走……"董一飞又昏迷了。

孙志平设置探路模式，拉着董一飞快速往洞穴深处急速走去，屏显提示还剩20%的电量和10%的氧气量，好在P国天翼具有很好的兼容模式，可实现信息和资源共享。孙志平接管了董一飞的天翼，利用董一飞剩余电量维持工作，但氧气量不能共享。屏显距离为4560米，走了这么远，却没看到丝毫的希望，但孙志平坚信董一飞的方向指示没错，只能快步前行。

就在5201米处，孙志平看到一点点亮光，但瞬间就消失了，新的通道门再次被关闭。孙志平不信这个邪，拉着董一飞继续沿着洞穴前行。

时间一分一秒过去了，救援指挥中心地面时间显示过去了两个小时，大家都在焦急等待，但又都无能为力。

每当孙志平看到一点点亮光，亮光就会瞬间消失。就这样，孙志平拽着董一飞拼命疾步快走,但希望越来越渺茫。

孙志平没有力气说话了,也不敢大声说话、大口喘气,担心耗尽最后一点点氧气。

"大哥,别担心,你是在重复我的梦境,很快就出去了……别放弃……"微弱的声音再次传出来。

"一飞,大哥不会放弃,你要好好的,别说话,保存体力。"孙志平搞不清楚已经看到了多少个亮光,但就知道要一直往前走。

终于,孙志平又远远看到一个光点,孙志平想揉揉眼睛,可没法揉,穿着天翼,戴着头盔,只能使劲眨眨眼睛。那绝对不是"海市蜃楼",真是亮光,孙志平赶紧快走几步,奔向光点。

光点越来越大,越来越亮,孙志平担心光点突然又消失了,不敢有半步歇脚。就在孙志平脚步踏上大门那一刹那,天翼氧气量彻底归零,孙志平快速打开连接外部呼吸孔,大口呼吸一口外部空气,空气很烫,一股难以忍受的烧灼感。

孙志平急忙帮董一飞启动自动切换模式,自己启动"非空"模式,拽着董一飞向上快速穿行。

"大哥。脚底下,你看……"董一飞醒了。

孙志平往下一看,四辆汽车和一架直升机完好无损停在下面的云雾中,时隐时现,根本就不是残骸,倒像是在停车场、停机坪的感觉。

终于逃离了零境空间,孙志平长长松了口气,继续拽着董一飞飞向救援指挥中心。

两个多小时过去了,人渐渐散去了,谁也不相信两个人还能活着回来。但二人真回来了,驾着七彩祥云。说是七彩,是因为白色雾气折射阳光出来的彩云。

当有人看到两个人飞了回来,立即大声呼叫。所有人都跑了出来,两位将军跑得最快,迎接两位凯旋的英雄。

落地后的孙志平第一句话就是"快救一飞,快救人"。随后,孙志平彻底瘫倒在地,天翼电量彻底归零。

医护人员帮助董一飞脱掉天翼，迅速抬进救援医护车实施抢救。

孙志平也在别人帮助下脱掉笨重的天翼。医护人员把孙志平放在担架车上，抬进了观察室。

"不要管我，快救救一飞，快去。"孙志平歇斯底里喊叫着，全然不顾自己已虚脱。

医生和护士检查孙志平生命体征，补充生理盐水和葡萄糖水。很快，孙志平就缓了过来，毕竟身体素质好。

孙志平稍有精神就掀开毯子跑了下来，问："董一飞在哪里？一飞在哪里？"

"孙先生，别着急，正在抢救，稍等。"医护人员解释道。

"严重吗？严重吗？快说！快说！"孙志平焦急万分。

"没有生命危险，还在检查，天翼有很好的外部保护功能。"闻声赶过来的列夫米拉和西多洛夫解释着。

"董一飞被不明物体狠狠撞击了一下，但医生检查说没有内伤，很奇怪。"

听到这里，孙志平坐了下来，说："老天保佑！"

列夫米拉下意识问了一句："你说啥？"

"我说上帝保佑，上帝保佑！"孙志平内心不安，想尽快看到董一飞。

三个小时过去了，天渐渐黑了下来，董一飞从救援医护车里被推了出来，白色床单蒙住了董一飞的脸。

"啊，怎么回事，人怎么了？怎么死了？"面对这一幕，孙志平傻了，喊道，"不是说没事吗？"孙志平失态了，大呼小叫起来，"他怎么死了？怎么死了？"

"大哥，我没死。"床单下传来了董一飞俏皮的声音，"怕刺眼，是我把床单拽上来的，吓着大哥了，抱歉。"

董一飞露出小脑袋，调皮地笑了："我没事。"

列夫米拉也吓一跳，说："你兄弟玩笑开大了，你们不要小看天翼，这是我们的杰作。"列夫米拉意识到说漏嘴了，赶紧转移话题。

看透不说透，孙志平苦笑了一下，说："谢谢将军，等我们稍事休息，再聊聊吧。"

"今晚你们好好休息，明天等你们都睡好了，我们再聊。"

列夫米拉要求安排给两位勇士最好的食宿，然后急急忙忙走开了。

## 35. 空难

*你在乎的人越多，你就越脆弱；你可以不在乎，但有人在乎。*

列夫米拉心急如焚，急急忙忙去找那两件天翼，全部天坑秘密都在两件衣服里。列夫米拉担心夜长梦多，急于拿到天翼内存卡。

当列夫米拉和西多洛夫看到两张卡时，心里踏实了很多。两位将军连夜把两个多小时的数据资料快速看完。当看完全部资料后，两位阅历异常丰富的将军被震撼了。

一是被资料内容震撼了，原来天坑隐藏着这么多不为人知的秘密。

二是被孙志平和董一飞的冒险经历震撼了，死里逃生，不愧是军人本色，可惜不是P国军人。

列夫米拉和西多洛夫担心资料外泄，协商后决定由列夫米拉连夜带资料赶回莫伊洛向国防部汇报，西多洛夫则留下，次日与孙志平和董一飞交流，了解更多有价值的口述信息。

当罗戈津仔细看完这些数据后，立即下令接管天坑并实施全天候监控，把天翼数据列为"一等绝密"，并由国防部接管临时救援指挥中心，设立国防部天坑科研指挥中心，联邦紧急情况部救援人员被要求立即撤离。同时，按照罗戈津要求，尽快协商妥善安置好两位K国朋友。

次日一早，孙志平和董一飞就被叫到国防部天坑科研指挥中心办公室，西多洛夫详细听取孙志平和董一飞情况介绍。孙志平负责全面汇报，董一飞来做补充。但二人说只是所见所闻，对自己的想法和判断一概不提，说的也都是T卡内记录的内容，不说也能查到。

离开西多洛夫临时办公室，已傍晚时分，整整盘问了一天时间。

孙志平心情很沉重，有种接受审讯的屈辱感。董一飞也看出来了，很过分，正想说话，被孙志平暗示制止了，隔墙有耳。此时，孙志平很清楚自己和董一飞知道得太多了，可能引来杀身之祸。

这不是孙志平多虑。

关于如何妥善处理孙志平和董一飞，P国国防部内部会议上议论纷纷。有人建议重奖两位K国人，勇气可嘉；有人希望杀掉二人，因为知道得太多了；还有人考虑把二人的记忆抹掉，绝密信息不能带回K国；更有人建议劝说二人留在P国，人才难得。

总而言之，这两位都是牛人，一定要"妥善"处理好，不能放虎归山。

回到住处，孙志平倒头就睡，董一飞想说点什么，可孙志平已呼呼睡过去了，弄得董一飞一头雾水，也只能找点儿东西吃了。本以为可成为英雄，结果不尴不尬，很是被动。

董一飞觅食回来后，孙志平依旧呼呼大睡，董一飞只能躺下来睡觉了。可怎么也睡不着，闭上眼睛就是天坑噩梦。不知过了多久，董一飞才缓缓睡着。

凌晨时分，董一飞被摇醒了，睁眼一看，正是孙志平。

"啊，你没睡啊！"

"嘘……"孙志平示意不要说话，"我们必须把所见所闻都写下来，免得忘记。我们可能会被彻底洗脑，在我们出事前，一定要记录下来，想办法带给祁奕雄。这不是小事，记住。"

孙志平在睡袋外面罩了一层细细的金属网，钻进睡袋用袖珍电脑记录下全部所见所闻所想。孙志平写完了，示意董一飞钻进来做补充。等二人都写完了，孙志平把文件保存好，并告诉董一飞，这张存储卡中除了刚写的文件，还有这次天坑所见所闻全部资料。

董一飞很惊讶，问："你怎么得到这张卡的。不是在天翼里吗？"

"做我们这行谁不留一手？我早就备份了，但如果他们较真儿的话，很快就能发现。你我各带一份，藏在最私密的地方，以防万一。"

天亮了，P国国防部指派八名特种兵再次穿戴天翼进入天坑，可他们完全没有看到那些所谓的洞穴、车辆和直升机。一头雾水。更诡异的是，当这八名特种兵时隔一天再次进入天坑时，天坑轰然崩塌，掩埋了天坑，活埋了八名特种兵。

西多洛夫听闻后半天说不出话，双手紧紧攥住拳头，迟疑良久才想起来汇报这个噩耗。

P国国防部把孙志平和董一飞请到了莫伊洛，罗戈津代表国防部给予二人重奖，每个人奖金20万金元。可左手刚给一个蜜枣，右手就立刻打一巴掌。两个人同时被要求再做一次详细问询和测谎，结果与之前得到的信息完全一致。

P国国防部不甘心，总认为二人还有什么没老实交代。杀掉二人，就无从知道秘密，而诱导二人为P国国防部效力也得到了坚定的拒绝。孙志平说，博通早就在给P国国防部打工了，这次探险也是附加服务内容之一，只是P国还没有付钱罢了。如此一来，孙志平和董一飞在P国被足足耗了一个多月，就是拖着不让回国。

孙志平迟迟不回国可把一个人急坏了——祁奕雄。

听张军说孙志平没上飞机，人跟丢了，祁奕雄震怒，大发脾气，把张军臭骂了一顿。

为一个外人把自己人骂得狗血喷头，郝利新和张军是第一次领教。左等人没回来，右等人还没回来，一点儿信息都没有，手机完全打不通，董一飞也联系不上。直到这个时候，祁奕雄才意识到问题的严重性，赶紧上报情况给王生明，希望调查孙志平和董一飞失联事件。这已经不是一起单纯的民间外交了。

一天后，P国国防部接到K国国防部协查函，要求协助寻找两名K

国公民。本来这种事情应通过两国外交部门协调，但孙志平是P国国防部请去的客人，肯定要向P国国防部要人。如此一来就让罗戈津很犯难，放人，不甘心，谁都要维护本国国家利益；不放人，因为两个人影响两军关系很不值得，大敌当前要团结为重。

权衡再三，P国国防部通知K国国防部，因邀请孙志平等人参与国内安保服务，故多停留了一个月。任务如今已完成，两个人可以回国了。

天坑事件对孙志平和董一飞绝对是深不可测的"天坑"。

为安全起见，孙志平和董一飞分别赶赴不同的目的地。孙志平说要处理TH国安保事宜，决定取道莫伊洛经停南谷再直飞京城，计划在南谷逗留16个小时。董一飞要回CU国迪马，但莫伊洛没有直航航班，只能从莫伊洛先到达比，再转机赶赴迪马，很折腾。董一飞的航班是早上8点多，孙志平的航班是下午6点多。两人从不同的机场起飞。孙志平一大早先送董一飞到机场，P国国防部派专车送机。

"多保重，一飞，一定多保重。"孙志平话里有话。

"大哥，你更要多保重，我们京城再见吧。"董一飞很不舍。

"快到点了，进去吧。记住，回去要好好调养身体，身体要紧，一定多保重。"

孙志平显得有些啰唆，但很有必要，又挥挥手，示意董一飞尽快安检、登机，夜长梦多。看着董一飞消失在安检门里，孙志平稍稍放下心，转身就走，赶往另一个机场。

两个机场相距不算远，但要穿城而过，很费事，好在航班是在傍晚，孙志平也不着急，P国军方专车怎么走都行。董一飞乘坐的航班隶属P国航空，相当于董一飞在落地达比前都还在P国领土，飞机随时可以返航。孙志平心里不踏实。

不到两个小时，专车到了机场，孙志平感谢了随行人员，径直走进贵宾厅。要在这里等候8个小时，孙志平忐忑不安，但必须做到一脸平静，相信有太多双眼睛盯着自己，一言一行不能有丝毫破绽。最简单的办法就是睡觉。"大梦谁先觉，平生我自知。机场今睡足，登机又迟迟",这是孙志平用最喜欢的一首诗,胡编的。

孙志平起来后四周看看,确实有人盯着自己,他装作浑然不知。可有一点孙志平确实不知,那就是关注自己的不仅有P国安全部门的人,还有A国情报总局的特工。

看了看表,董一飞到达了,孙志平心里稍稍踏实些许。很快,孙志平就收到了董一飞的信息:"一路平安,已到达,放心,勿念。"指不定还有多少人跟着董一飞,想到这里,孙志平又无法释然了。

终于挨到登机时间,孙志平离开候机室。刚坐进头等舱,几张熟悉的面孔也登上飞机,坐在不远的位置,孙志平这个位置一览无余,看得真真切切。

TH国空姐很热情,问:"孙先生好,您喝点儿什么?咖啡,茶?"

"绿茶,谢谢。"孙志平礼貌地笑了笑。

接下来还是惯用应对的手段,放倒座位睡大觉,把这些天缺的觉都补回来。可一睡就做噩梦,时不时惊醒,一身身冒冷汗。

天蒙蒙亮,飞机广播响了,即将下降,前方是南谷机场。飞机将在南谷停留16个小时,孙志平要下飞机到TH国公司处理些业务,博通在TH国安保任务也很繁重。当孙志平走进博通分公司后,几个人又尾随而来,可没办法走进公司,只能在周边守候。

十几个小时很快过去了,孙志平没有离开公司半步。

距离再次登机还有两个小时,孙志平从公司走了出来,后面跟着几位送行的同事,一并上车前往素普机场。到机场后,一行人在机场候机大厅安检处与孙志平挥手告别。

半夜零点,飞机起飞了,预计凌晨五点半到达京城。那几个人依旧在孙志平四周,孙志平有意侧过脸去,让他们只能看到半边脸。很快,孙志平进入了梦乡,只有在梦里最安全。

飞机上所有人都睡着了,空姐也停止了空中服务。两名黑西服悄悄站了起来,在另外两名监控孙志平的胡须男面前快速掠过,瞬间,这两个身体健硕的胡须男就昏迷了。然后两名黑西服快步走到驾驶舱，拉上门帘，用一把万能电子钥匙悄然打开驾驶舱大门，正副机长也正昏昏欲睡，飞机处于自动驾驶模式。两名黑西服麻利地"处理掉"正副机长，接管了飞机，转为人工驾驶模式，并立即发出求救信号，要求紧急迫降。

沿途航管服务区要求飞机立即返航。在接收到指令后，飞机开始180度转向并飞往南谷机场。但这架飞机掠过了南谷天空，转向西南方，穿过麦拉卡海峡北口，从ML国和ID国西北角的中间国际空域飞到了中梵竺洋上空。一路上，飞机关闭了所有通信和应答工具，沿着一条规划好的航迹飞向一个指定的目标，沿途规避开所有国家军队雷达监控，但完全在A军雷达监控范围。

凌晨4点，飞机降落在梵竺洋一个岛屿上，岛上的全部通信手段均被切断了，任何一名乘客都无法与外界取得联系。

飞机停稳后，孙志平也醒了，下意识向窗外望去，很奇怪，这是京城吗？很是疑虑。这时，上来了一群荷枪实弹的大兵，要求所有乘客立即下飞机。所有乘客都是一脸困惑，不少人还在梦境中，以为到了京城，但仔细一看是如此陌生的环境，眼前只有荷枪实弹、吆五喝六的一群大兵。当大家看见到处悬挂的A国国旗，才恍然大悟，这里是A军军事基地。

A军大兵拿着乘客名单，把这些人按照国籍分类管理，并强行带走了两名P国人，就是一直盯着孙志平的那两位。同时，又来了两个大兵把孙志平请走了。孙志平走下舷梯时，看着一片陌生环境和一群A国大兵，很是茫然。

"我要去的是京城，这是哪里啊？"

"到了就知道了。"A军大兵还算客气。

从飞机上下来的其他乘客都在焦急等待，不清楚发生什么事情，这时从人群中传来孩子和女人哭泣声及人群嘶吼声。

"这是哪里啊？""我们要回京城。""我爸妈在机场接我呢。""我爱人接我呢！""放我们回家吧。""你们要钱，我给你们，这是我的钱包，都给你们……"

人群骚动起来，不安，愤怒，但面对黑洞洞的枪口，很快就平静了下来，这群人被A国大兵分类后带到不同地方羁押。但他们不知道的是，等待他们的将是无限期的羁押。

听到哭闹声，孙志平很不忍，说："能不能把他们都送回去，有什么事，我一人承担，我跟你们走，他们是无辜的，放他们走吧。"

"快走吧，孙先生，有人在等你，不用和我们说。"A国大兵催促着。

让孙志平做梦也没想到的是，凌晨四点半，飞机又起飞了，但这次是无人驾驶，一直向南飞行，飞行1000多千米后进入南梵竺洋，突然，飞机在高空爆炸，一团火球坠落入广袤深邃的南梵竺洋里，消失得无影无踪。

天亮以后，飞机消失的消息让全球震惊，A国立即发布消息称，天基红外卫星在南梵竺洋上空监控到爆炸火光，同时A军给出疑似飞行雷达轨迹图，显示飞机从TH国南谷接近MD国，再直飞到南梵竺洋，执行了一次蓄意自杀飞行。据"调查"，机长神志不太正常，早就开始研究南梵竺洋飞行路线图了，这似乎就坐实了机长自杀作案的可能性。最倒霉的就是TH国航空，一是要承担恶名，二是要承担巨额赔付。

凌晨五点多，军事基地一间大办公室里，孙志平坐在沙发上焦急地等待，满脸疲惫，不知道外面发生了什么，那些人又都去了哪里，也不知道谁会来见自己。

正在胡思乱想时，门开了，一个身材健硕的人大步流星走了进来，向孙志平伸手致意："孙先生您好，我们又见面了。"

孙志平稍微迟疑一下，说："您好，又见面了。"

"你怎么了，孙先生，你的情绪很不对啊，他们对你无礼了吗？"

"那倒没有，就是觉得奇怪，这是哪里？为什么要用这种方式请我来？"孙志平不解地质问。

"这是我们在中梵竺洋的空军基地，这种方式很特殊，但也是没有办法的办法。很抱歉。"来人不停地道歉。

"好吧，你把我弄到这里有啥事？"孙志平接着问。

"我通报孙先生一件事，您乘坐的航班已失事，坠毁。你很幸运，还活着。"

"啊！"孙志平惊叫一声。

这一声"啊"让来人也很惊讶！

"你不是孙志平，你究竟是谁？"来人早就按捺不住，不想再兜圈子。

"我？我是孙志平！"孙志平很惊讶。

"你不是，一进来我就觉得你不对劲。你还骗我！"来人上去一脚就把孙志平踹翻在地，"你究竟是谁？孙志平在哪里？"

来者正是情报总局情报处处长戴维斯，戴维斯和孙志平不是一般的熟悉，况且老牌特工对人的特征识别相当精准。眼前这个人身高体形和脸比较像孙志平，但一张口就露馅了，面对熟悉孙志平的人，根本不可能隐瞒。

"你到底是谁？"

"我就是孙志平。"

戴维斯又是一脚，拔出枪顶着孙志平太阳穴，逼问道："快说，你是谁？"

"我就是孙志平，这几天太累了，有点儿感冒。"孙志平很坚决，一点儿妥协的意思都没有。

"那你知道我是谁？"戴维斯问道。

孙志平一时语塞。

戴维斯又狠狠用枪顶了孙志平太阳穴一下，说："去死吧。"

就在此时，情报总局情报处副处长贝里快步走了进来。

"戴维斯先生，把这个人交给我吧，我来处理这个冒牌的孙志平，放心吧。"

"交给你处理，便宜了这个家伙。"戴维斯愤愤不平。

贝里刚想带孙志平走，孙志平转过身对戴维斯，说："能不能求你们一件事，放了他们，他们是无辜的，祸不及妇孺，求你们了。放了他们吧，我愿意留下来做人质。"

"他们已经死了，带走吧。"戴维斯狠狠地盯着眼前这个假冒孙志平。

戴维斯很清楚鲁尼派贝里来一起审理孙志平，就是要看自己的忠诚度。但一进门就发现来人不是孙志平，戴维斯心里说不清楚是悲哀还是开心，但还要假装和冒牌货周旋交流一番。

一周前，天坑的绝密消息就被A国情报总局全盘掌握。孙志平深度参与这个项目，并很可能携带有天坑的绝密资料，设法控制这个人就至关重要。

据A国情报总局情报分析，天坑资料所能带来的科技进步将是跨世纪的，哪一个国家都想把这些资料据为己有。

更为重要的是，A国情报总局获悉P国将在第三国"处理掉"孙志平，于是A国就暗中派人全程保护并绑架孙志平。

在飞机上，一共有四个人与孙志平同行，P国两名特工盯着孙志平，A国情报总局两名特工紧盯P国人，同时盯住孙志平。在南谷时，P国特工曾想动手，A国特工在暗中破坏了刺杀行动。可以说，在南谷的每时每刻，情报总局都在暗中干扰P国暗杀行动，而P国人却一直没有发现A国特工的存在，最终一无所获。

当孙志平再次进入南谷候机大厅后，四个人继续紧盯孙志平。等孙志平从洗手间出来后，径直走向登机口。在登机通道里，孙志平扣上夹克衣扣，竖起领子，有意识地慢下脚步。那四个人尾随其后，感到孙志平的举止有些奇怪，估计是跟踪被发现了，不过任务还要继续，四人依次登机，在孙志平不远位置坐下来。

飞机起飞后，一个人从候机大厅的洗手间走出来，戴着一副墨镜，穿着一身黑色长风衣，双手插兜，快步走上一辆电瓶车，疾驶到贵宾登机口处，转乘了一辆摆渡车直奔一架商务飞机。

15分钟后，这架商务飞机腾空而起，一路北上，目的地就是京城。

当这架商务飞机进入K国境内，飞机上所有人长长松了一口气。

看着旁边护航的K国空军战斗机，孙志平标准地敬了个军礼。

情报总局之所以制造空难假象，对外宣称这些人都死了，就是要强行把孙志平留在A国，同时也可以收拾掉两名P国特工。主意是贝里出的，戴维斯并不赞成，但贝里得到了鲁尼的支持，鲁尼还要求戴维斯配合贝里执行这项绝密的绑架计划。

通过贝里策划的这项行动，戴维斯明显感到这个人急于邀功请赏，手腕强硬，心狠手辣，视人命如草芥。戴维斯也深知这个人一定会得到鲁尼的赏识，迟早取代自己，因为自己对孙志平心存一丝怜悯，这是特工行当的大忌。

两个小时后，商务飞机在京城机场降落，飞机下来一个人，正是孙志平。来接机的是张军，二人见面稍事寒暄后，立即驱车赶往凌霄军团总部。

由于时间比较特殊，从莫伊洛到京城没有直航航班，都要经停第三地，孙志平特意挑了经停TH国的航班，而不是经停其他与P国关系密切的国家，以免遭遇不测。在南谷逗留期间，除情报总局在暗中保护孙志平，博通的人也在暗中盯着情报总局的人。因此，孙志平的安全保护做到了万无一失。"螳螂捕蝉，黄雀在后"，其实黄雀后面还有一只夜里都会睁大双眼的猫头鹰。

在博通TH国分公司协商脱身对策时，有人建议孙志平找个替身，开始孙志平不同意，但实在拗不过众人，就默许了。被扣押在迪亚岛上的那个人就是孙志平的替身，但一眼就被戴维斯看穿了，如果是贝里出面审讯，估计还能蒙混一段时间。事后，孙志平很后悔没有时间来训练替身。

当这架商务飞机起飞后，孙志平立即联系张军，这才有了K国空军派遣战斗机护航商务飞机，当进入P国境内后，战斗机才安心离开。

在赶往凌霄军团总部的越野车上，孙志平一路目光呆滞、沉默不语。不知道替自己受过的替身如何了，心中百般不忍、后悔不已。这个替身是一名武警退伍军人，博通TH国分公司员工，名叫张守义，一个有情有义的退役军人。

## 36. 追杀令

时间很贪婪，有时候，它会吞噬所有的细节。其实吞噬细节的是死亡。

戴维斯和贝里回到兰利总部向局长汇报情况，鲁尼大骂二人无能，人在眼皮子底下被调了包，还瞒过P国和A国两大情报机构，简直不可思议。戴维斯虽然被骂，但很开心，这次暗杀计划全是贝里一手策划和实施，和自己半毛钱关系都没有。不仅自己无过，还第一时间识别了假孙志平，自己有功才是。戴维斯高兴的是老板在指桑骂槐，换成自己绝不会失手，副处长就是副处长，怎么能和正职比能力。

"孙志平回到京城，立即就被接到凌霄军团，音信全无。再说了，就算有了行踪，K国人什么都知道了，孙志平还有什么价值？你们这两个人浑蛋。"

"局长，是我办事不力，请您处罚吧。"贝里主动请罪。

"处理你有什么用，人都跑了。"鲁尼抱怨着、咆哮着。

"局长，那一飞机的人怎么处理，那个假孙志平怎么处理？"戴维斯很关心如何纠错。

"贝里，你的意见呢？"鲁尼很不高兴，质问贝里。

"让他们彻底消失吧，下地狱去吧，我这就去做。"贝里心狠手辣。

"浑蛋，你还嫌不够乱吗？那可是一飞机的人，没有不走漏的消息，要妥善安排好，不能再招惹新麻烦了。你们已经给A国BE航空制造公司带来足够多的麻烦了。"

"BE公司？"戴维斯和贝里异口同声。

"是，国际舆论都在质疑BE飞机的性能和安全性，这下可好了，你贝里帮助BE的竞争对手做了件好事，免费广告宣传。"

"这……"贝里蒙了，绝没想到这一点，戴维斯暗自讥笑贝里活该出这个风头。

"总统亲自过问了此事，你们要知道BE的政治背景很强大，连总统都要替BE说话。十几年前，BE的飞机出了重大事故，连续两架飞机机毁人亡，全球一片指责声，损失惨重，但最后还是不了了之，这里面主要是那些BE的幕后政治力量在支持。你们说，得罪了BE，对我们情报总局有什么好处。"

"那您的意思？"戴维斯追问一句。

"不是我的意思，是总统的意思，尽快平息事件，安抚BE客户。这是命令。"

"是。"

"戴维斯处长，你有什么想法？你经验丰富。"鲁尼特意强调"经验丰富"，就是打贝里的脸。

"局长你看可否这么办，一是征求这些乘客和机组人员意见，是否愿意长期隐姓埋名，并邀请他们来A国定居，提供合理的工作和生活环境，这个可以协商。这些国家有些人还是希望能得到A国永久居留权。二是把那个假孙志平交给我，我会拿他和真孙志平做一笔交易，孙志平这条线不能断。局长您的意思？"

戴维斯并不想得罪孙志平，内心深处总想做点儿什么。

"绝对不行，局长，纸里包不住火，这些人迟早会把我们出卖了，不，是把A国出卖了，他们怎么可能一辈子隐姓埋名。假孙志平也不能放，我要继续找到突破口。"贝里很生气，戴维斯是在全盘否定自己，不得不反驳直接上司。

"你们别争了，这件事让我想想。关键是天坑的事情怎么处理，我给总统夸了海口，我该如何收场，你们说！你们让我太不省心，一群废物。"

鲁尼无奈背靠着厚实的转椅，挠了挠头，一筹莫展。

"局长，我有个办法，可……"戴维斯欲言又止，头不动但眼神白了贝里一下。

"贝里，你先回去吧，有事我再找你。"鲁尼说。

贝里狠狠瞪了戴维斯一眼，转身走了出去，自己和戴维斯矛盾彻底公开化了。

戴维斯报以微笑，轻蔑地看着走出去的贝里，太年轻了，太着急上位了，心急吃不了热豆腐。

K国的俗话就是这么说的，尽管戴维斯不爱吃豆腐。

"局长，孙志平走了没关系，还有董一飞没有回国，人在CU国。以我对孙志平的了解，他一定会让董一飞和自己做同样的事情，这才是万全之策，孙志平喜欢冒险，但也会给自己留条后路。董一飞身上应该有我们想要的东西。"

"真的吗？太好了！"鲁尼显然很兴奋，从转椅上腾地站了起来。

"那你的想法？"鲁尼显然很着急。

"董一飞航班是在达比转机，我早就在达比安排我们的人一直跟着董一飞，现在一直在等我的指令。董一飞坐了TU国航空航班回到了迪马，如今在博通CU国基地。我增派了人手24小时监控博通基地。"

"做得太好了，接下来你打算怎么办？"鲁尼很想知道下一步计划。

"局长，我的想法有两点，一是不要让贝里知道这件事，刚才你也看到他对我的态度，他知道得太多了只能坏我的事，这个局长比我更了解。"戴维斯毫不顾忌要排除异己。

"那第二呢？"

"第二就是，我会找时间接触这个董一飞，必要时控制住这个人，只要董一飞在我们手里，就不愁得不到第一手资料。再说了，董一飞是进入天坑第二人，这个人本身就有价值。"

"好，我答应你的要求，也同意你的计划，但一定要计划周详，确保万无一失。"

"局长，成功与否，关键是保密工作。"

戴维斯再次暗示局长，担心局长继续派贝里监控自己，那样又会前功尽弃了。

"我明白，尽快落实吧。"局长有点儿不高兴，不习惯下属和自己这样说话，有点儿逼宫的味道。

"好，我这就亲自去一趟CU国。"

戴维斯离开兰利总部，直接赶往CU国迪马。A国情报总局很牛，定期有专机去这些国家。

董一飞已有感觉，自从航班落地迪马，就感知到身后有眼睛紧紧盯着自己，还不止一双。董一飞上了博通专车直奔代尔的博通基地，可很快就发现后面有两辆越野吉普紧随，始终保持一定距离。董一飞清楚被盯上了，可想而知，孙志平也被盯上了。走了一路，尾随的两辆车始终没有超车截停的意思，看来对方只想盯着自己，并不打算动手，董一飞心里稍稍平静了下来。

"小江，开快点儿，后面有车跟踪我们。"小江是博通安保公司的专职司机。

"好的，董哥，放心吧。"一脚油门下去，车冲到了180千米/小时。但后面的车也加速赶上，继续保持一定距离，都是训练有素的人。

"看样子，一时半会儿没啥威胁，那就带他们转转代尔吧。"

"好的，董哥。"

两个多小时后，车进了代尔地区，小江带着尾随的两辆车东转西转，想甩掉尾巴，但谈何容易。

"回去吧，没事，这里是我们的地盘，他们也不敢怎么样。"董一飞也累了。很快，车转进了博通基地，那两辆车在基地附近停了下来。

很快，一辆车又开动了，围着基地画圈，估计是想看看是否还有其他出入口。当两辆车再次会合，车上的人向戴维斯汇报了情况。

董一飞也派人盯紧这两辆不怀好意的车。

董一飞回到基地后，一直不放心孙志平，发了几条信息，可一直石沉大海，打电话也关机，这让董一飞有一种不祥的预感。但董一飞太累了，这几天没怎么休息，天刚一擦黑，董一飞倒头就睡着了。

凌晨时分，董一飞被吵醒了。

"董总，大事不好了！"来人是董一飞的助理小靳。

董一飞腾地坐了起来，问："咋啦？基地出事了？"

"不是，董总，有个航班坠毁了，好像是孙总的航班。"

"你说什么！"董一飞瞪大双眼，不相信自己的耳朵，"不可能！你不要胡说！"

"你自己看。"

小靳拿着信息让董一飞看，黑色大字："TH国航班坠毁在南梵竺洋，无一生还！"

"哎呀！"董一飞脑袋瞬间就蒙了，全身颤抖。

董一飞颤颤巍巍拿出电话，也不管保密不保密了，立即直拨孙志平，但依旧是"不在服务区"，太不正常了。按照时间表，孙志平应该已经到京城了。实际上，孙志平已经到京城了，但按照要求，电话不能开机，要保持静默。

但董一飞不知道这个情况，两行热泪瞬间流了出来，放声痛哭，老婆和孩子过世时也没这样哭过，再劝也无济于事。小靳也失声痛哭起来了。

"孙总太不容易了，太不容易了！"董一飞念念叨叨，"没有孙总就没有我的今天。"

"是啊，董总，孙总对我们亲如兄弟。"小靳抹着眼泪。

"孙总，我知道是谁害死你的，我发誓为你报仇，我一定为你报仇！"董一飞暗暗发誓。但转念一想，孙志平交办的任务还没完成，

299

如今自己手中的材料成了孤品，必须把材料转交给祁奕雄，要不惜一切代价。

董一飞很清楚，外面监控自己的人就是害死孙志平的人，真想出去宰了这几个人，但鲁莽一定会误了大事，把材料安全送回国才是头等大事。在基地里，只能相信自己，也只能亲自送回国了，否则会对不起孙志平的在天之灵。董一飞默默地收起了眼泪，可依旧没完没了唉声叹气。在FL国、在P国，如果没有孙志平全力保护，自己恐怕早没命了，但这一切都好像是昨天才发生的，历历在目。

一整天，董一飞茶饭不思，连水也没喝一口，在CU国沙漠戈壁环境下，不喝水的滋味难以忍受，董一飞想折磨自己，心里能好受点儿，但也好受不了。

天又黑了，董一飞躺在床上，脑袋里胡思乱想，像电影一样，还都是雪花点般乱闪，孙志平和自己的经历，从面试开始到天坑里的一幕幕在脑中浮现。

如今，董一飞想得最多的就是如何才能安全回国，如何能避开追杀，必须做到万无一失，孙志平已经牺牲了自己，自己一定要亲自完成孙志平最后交办的这项任务。

董一飞两眼发呆，直勾勾盯着天花板。

夜里两点多，董一飞保密电话突然响了，董一飞怔怔地盯着电话屏幕，一个陌生的K国电话号码。这么晚了，谁打来的电话？

"你好，我是董一飞，您是？"董一飞接了电话，自报家门。

"一飞，是我，不要说话，你听就行。"

董一飞瞬间就听出来是谁，胸口一热，大脑瞬间一片空白。他有种接到来自天堂的电话的感觉，不敢相信，但又很愿意相信是真的。董一飞狠狠掐了胳膊一下，很疼，不是梦，没错，董一飞清醒了一点儿，口中不自觉连连说"好好好"。也是，孙志平是谁，怎能轻易就死！

"你不要来京城，原地待着，销毁全部数据，销毁全部数据。我的事情保密。注意你身边的动静，确保自身安全，切记、切记！好，我挂了!"

"好,大……"还没等董一飞说出"哥"字,电话挂断了。

电话挂了,董一飞还有些蒙。不敢相信这是真的,董一飞猛然喜极而泣,孙志平没死,这次是开心的哭。有了孙志平,董一飞就有了底气和勇气,博通可以没有董一飞,但绝不能没有孙志平,博通就是孙志平,孙志平就是博通,至少在董一飞眼里就是这么回事。如今,董一飞有了必胜的信心,外面几个小毛贼不足为惧,可董一飞不知道即将面对的是老狐狸戴维斯。

夜里三点半,董一飞把T卡烧了个干干净净,看着这些拿命换来的资料,董一飞哭了,可还是这么做了。他把灰渍碾碎,分三批冲进了洗脸池、马桶和浴盆,还不放心,又倒了瓶强酸进去,彻底毁尸灭迹。董一飞也不明白怎么流泪了,可就是忍不住。这些资料太重要了,有这些东西存在,董一飞绝不可能安全。孙志平和董一飞的命运从此就被这些东西裹挟在一起了,不分彼此。

几天过去了,代尔的博通基地一切正常,监控的人始终都在。

又过了两天,博通的人来报告董一飞,监控的人不知去向,也不知道何时离开的。

董一飞心里没底,不知道这些人是撤了还是有别的计划。但无论如何都要留个神,毕竟自己是他们特别惦记的人,资料虽没有了,但董一飞的脑袋还在,这就足够了。

为成功抓捕董一飞,戴维斯也是颇费心思。一路人马来自情报总局情报处和行动处,负责监控和诱捕;另一路人马是松本未来的势力。松本恨董一飞恨到牙根疼,戴维斯希望利用松本来对付董一飞。

自从松本违背史密斯意愿,敢在签约仪式现场干掉孙志平,戴维斯就注意到这个人。本来,戴维斯想通缉并除掉松本,松本太不给情报总局面子。但抓到松本审问时,戴维斯想法变了。这个R国人心狠手辣,睚眦必报,这可是当枪使的绝佳人选。干掉这个人很简单,但很可惜,情报总局少了一个得力的帮手。不效忠浑水公司和史密斯没关系,效忠情报总局就行,不效忠情报总局也没关系,效忠金元也行，只要能成事。

戴维斯不会轻易用一个人，必须千方百计了解松本的底细。松本的童年并不快乐。母亲早年偷渡到R国，嫁给了当地人，一家几口住在一间小公租房里，终日不见阳光，家里唯一的家具就是一张小桌子。夜里一家人都挤在地板上睡觉，生活很窘迫。松本从小就感受到歧视，虽然周围的有些人未必真歧视他，但由于敏感，有时一句玩笑话也会被松本当作歧视，松本一直有无法克服的自卑感。

小时候的松本就不合群，母亲一度认为松本有孤僻症，但松本学习很刻苦，希望能通过优异成绩赢得同学尊重，但事与愿违。R国人虽崇尚知识，可更崇拜实力，学习好是远远不够的。松本依旧免不了被同学歧视和霸凌，最后松本狠狠教训了这些人。松本打架不要命，让那些年长的霸凌者付出了惨痛代价，从这之后周围的人都对松本望而生畏。如此一来，松本依靠成绩和拳头赢得了同学的尊敬。从此，松本变了个人似的，开始自觉当起了大哥，帮别人出头，一时间在学校内外声名大噪。

中学毕业后，成绩优异的松本如愿考上了R国的名牌大学，选择了医学专业。R国医生既体面，又挣钱，是"金领"，而这所大学的医学院是R国最出色的。经过一路勤奋打拼，松本最终考上了医学博士，松本面前的道路一片光明。

但不幸的是，春风得意的松本被学校勒令退学了，因为松本带人打伤他人，有重大的涉黑违法嫌疑。尽管大学崇尚自由、独立，看似散漫，但对黑社会组织绝对"零容忍"。

退学后的松本一怒之下正式加入黑社会组织，虽然博士没毕业，但也算黑社会组织中的"高才生"和"杰出人才"。在R国，黑社会大多是企业化运作，拼命洗白，黑中带白，白里透黑，松本这个极度聪明的人很快就发现了大商机，不再是收保护费、放高利贷、开赌场和妓院那么低级。几年后，精明的松本就拥有了西武安保公司，目标就是"黑石公司"。

学医出身的松本有洁癖，家里十分干净，别人干活儿都不放心，每天都撅着屁股来回擦地，直到一尘不染。虽然很累，但每次干完活儿都会坐在地板上欣赏，哪里还有一粒灰尘，就赶紧爬过去擦拭干净。

松本的痛苦经历也只有自己知道，他嘴巴很严实，从来不会向外人提，这也是从小自卑养成的。长大反而成了好事，尤其是干黑社会这一行，嘴巴太松，很快就完蛋了。但松本的嘴巴再严密，也瞒不过戴维斯的情报体系。

离开浑水公司后，不服输、不认输的松本又把原来的西武安保公司做了起来，招兵买马，很快就有了100多号人。但松本的安保公司规模小，很难找到合适的业务，结果就做起了打家劫舍勾当，既当山贼，又当海盗，完全背离了安保公司的业务，成为其他安保公司要对付的一伙高智商强盗。但A国人不管那么多，A国一手扶持起来的恐怖组织数不胜数，如今的戴维斯只是故技重施罢了，利用松本来做一些符合A国利益的黑活儿和脏活儿。

这一次，戴维斯给松本下了死命令，要活的，不要死的，要不惜代价。

戴维斯亲自坐镇代尔，指挥两路人马盯住博通，盯住董一飞，一旦有机会就抓捕董一飞。这段时间，董一飞在孙志平的提醒下足不出户，有任何事情都让手下人去办，戴维斯一时间也找不到合适的机会。这样干等下去也不是回事，戴维斯和松本协商要引蛇出洞，让松本来挑衅董一飞，戴维斯来负责抓捕董一飞。

松本带着几十号人不断骚扰董一飞保护的油气田，董一飞不得不把安保力量派到了油气田，基地的人手就少了许多，同时戴维斯利用卫星和无人机把董一飞活动路径摸个通透，抓捕行动立即开始。

情报总局行动处特工两两一组，一共安排了五组，其中两个行动小组各携带一套"双人翼"，也就是两个人背负一套人翼装备。双人翼动力更强劲，速度更快，携载能力更强，火力也更强，可充当掩护。一旦机会出现，双人翼可像老鹰抓小鸡一样把人质轻松抓走，迅速离开现场。

另外三个行动小组携带单人人翼装备，负责实际抓捕工作，分工十分明确。

为确保火力支援，情报总局调来一架火力强大的隐身静音武装直升机，在附近待命，防范博通外部增援。

凌晨4点多，情报总局行动开始了，松本开始袭扰油气田。

董一飞在基地实时监控油田战况，身边只剩下几名安保人员。

忽然，外面一阵密集枪声，董一飞知道这伙人就在外面，以为这伙人就是针对博通，并非针对自己，急忙准备应战。

戴维斯下了死命令，要抓活的，这一下便宜了董一飞。情报总局特工十分谨慎，生怕误杀了董一飞不好交代。A国特工专门携带了两种枪械，其中一种装备的末敏弹药，具备DNA（脱氧核糖核酸）人体特征识别能力。戴维斯与董一飞打过交道，很容易搞到了董一飞的DNA样本，再与末敏弹药匹配，让这些子弹见到董一飞就躲着走。另一种是非致命性武器，戴维斯不想杀博通的人，毕竟还是合作伙伴，他要求特工"能不杀人，尽量不要致命"。

当博通基地几名安保人员被非致命电磁枪放倒在地后，基地就只剩董一飞一人。董一飞知道大事不好，但想跑已来不及了。当董一飞想拔枪自尽，不落入他人之手时，也来不及了，四名特工迅速用电击枪把董一飞击倒在地，董一飞顷刻间失去知觉。两个人架起董一飞奔出房间，一个双人翼小组带上董一飞，罩上氧气面罩后就快速起飞，像老鹰一样抓走了董一飞这只小鸡，很轻松，很成功。

整个行动不到半个小时，戴维斯做到知己知彼，连董一飞在哪个房间都一清二楚。

戴维斯得知成功抓捕的消息后立即致电鲁尼。戴维斯要用实际行动证明自己的价值，也希望鲁尼能顿悟并远离贝里这样的小人。

抓捕任务一结束，松本就停止一切袭扰行动。博通这些人感到很奇怪，袭击者怎么没得手就跑了？当他们回到基地才发现出了大事，原来是中了对方调虎离山之计，董一飞失踪了。

## 37. 两只懒猫

生活优雅的人，将环境布置成看得见的灵魂翻版，目的是要让你的灵魂出窍。

博通CU国基地临时负责人丝毫不敢耽误，直接致电人在SA国的齐天全，把这里发生的情况详细描述了一遍。齐天全大为震惊，赶紧联系孙志平，但死活联系不上，齐天全对孙志平的情况并不了解，没办法，只能连夜飞到CU国代尔安保基地商量对策。

虽然博通抓了一个袭扰油气田的人，但只是个小角色，根本不知道情报总局的事情，只知道主子是松本未来。如此一来，齐天全只能把要对付的目标定为来寻仇的松本未来，这必然也造成严重误判。

这一日，林妙杰正在K城家里享受着阳光沐浴，很温馨、很舒适，两只小猫咪也懒洋洋地仰卧在林妙杰身边，眯缝着小猫眼，似睡非睡的样子。

这些日子，男朋友约了好几次，想一起吃饭或来家里玩，都被林妙杰婉拒了，借口就是这几天身体不适，需要好好休息。男朋友一通冷嘲热讽，说林妙杰不体贴人，提醒多喝热水，别冻着，多穿点儿。林妙杰实在懒得搭理他，以沉默代替吵架。男朋友气得摔了电话，林妙杰也懒得理，还是小猫咪们最乖，能懂自己的心。

就在林妙杰和男朋友斗嘴时，两只小猫抬起头看着林妙杰，可没多久就懒得看了，嫌烦了，四只耳朵耷拉下来，堵住耳朵，耳不听心不烦。

这两只小猫是董一飞在SG城送给林妙杰的礼物，林妙杰也送给董一飞一副名牌太阳镜，一边送还一边振振有词，"眼镜戴在眼睛上，要目不斜视，眼中没有美女，只有林妙杰"。但林妙杰忘记了一点，戴有色眼镜，眼睛真看什么就不知道了，美女遮不住，俗人自扰之。

这两只漂亮的小猫，一只是带有E国高贵血统的英短折耳，一只是看似普通的波斯猫。林妙杰当时看上后非要买。可把两只小猫带回K城很麻烦，必须给小猫做全身体检，开各种检验检疫证明，可禁不住林妙杰死缠烂打，这两个小祖宗终于被带回了K城。

猫是好猫，就是太懒，有暖暖的太阳就一动不动，连主人都懒得搭理。"我们睡着呢，别烦我。"猫是最没良心的宠物，好吃懒做，终日无所事事，见到老鼠躲得远远的。但物以类聚，林妙杰和猫是一类，平时很慵懒，也不给猫做好吃的，买一大堆超市猫粮。本来也不给自己做好吃的，何况猫乎？懒到一起了。

不过猫挺通人性。林妙杰这两只猫，一白一黑，白猫是公猫，黑猫是母猫，性格迥异。白猫平时对林妙杰爱搭不理，傲气，爱摆谱。黑猫对林妙杰很依赖，林妙杰走到哪里，黑猫一定跟过去捣乱，林妙杰看电视，黑猫就趴在电视前挡着；林妙杰要写东西，黑猫就趴在电脑上喵喵叫，总之必须以我为中心。这也让白猫一百个看不上黑猫，"离我远点儿，真没出息"，但每到饿的时候，两只猫就会集体撒娇，让林妙杰不禁欢喜。

这一日午间，林妙杰正在午休，两只小猫突然从睡梦中惊醒，喵喵叫了几声，直接扑到林妙杰怀里，瑟瑟发抖。林妙杰一惊，怎么了？从没见过小猫这么恐惧，究竟发生什么事情。传说猫有九条命，还能看到不干净的东西。可仔细听了听，家里并没有异常响动，难道是董一飞出事了？董一飞买猫给林妙杰的，猫认人。

林妙杰有种不祥的预感，立即给董一飞发了条信息，但10多分钟过去了，石沉大海。这很不正常，董一飞平时都会秒回，再忙也就几分钟后回复，但今天不是。林妙杰给董一飞打电话，但"不在服区",林妙杰担心不已。不怕、不怕,虔诚的林妙杰默念佛经,可很不顺利,竟然忘词了,磕磕巴巴的,前所未有。林妙杰自我安慰,董一飞是何等人,大英雄,不会有事,肯定是在开会或有其他事情。比如和女人在做坏事,不方便。再说了,在P国有几天,不也是联系不上吗,没事的。但林妙杰一想到董一飞可能和别的女人做坏事,顿时失落万分,心如刀绞。

两只小猫又喵喵大叫几声,头一次让林妙杰在大白天感到阴森。K城的午间很寂静,但此时的寂静很恐惧,林妙杰在屋里走来走去,查看有无异响和异物,小黑猫也不缠着林妙杰了。

不知所措的林妙杰赶紧拿起电话打给姜瑄,可半天没人接电话,林妙杰更加失落。打开电视,也没看到姜瑄播报新闻,这个可恶的家伙在和哪个男人销魂呢?林妙杰彻底乱了方寸,脑袋里一直胡思乱想。

半个小时后,姜瑄电话来了。

"妙杰你这丫头,怎么有空联系我呢?有啥事呢?"

"你完事儿了?"林妙杰没好气。

"啥完事儿了?"姜瑄很纳闷儿,没往那方面想。

"男人啊。"林妙杰一点儿也不想掩饰烦躁。

"你说啥呢,净胡说八道。我们刚讨论选题,没带电话,你说你脑子怎么那么肮脏。"姜瑄一直把林妙杰当姐妹,当闺密,说话很直接、很随便。

林妙杰很焦急,说:"小姜,我联系不上董一飞了,你帮我问问孙志平吧,拜托了。"

姜瑄感到林妙杰的迫切和焦急:"好好,别着急,我马上联系,你等我。"

10分钟后,姜瑄回来电话:"妙杰,很奇怪,孙志平也联系不上,自从他和董一飞去了P国后,我也很少能联系上他。怎么了,董一飞怎么了?孙志平呢?怎么也消失了?"

"是啊,我联系不上他,今天突然心里急慌慌的,是不是出什么事情了？我的直觉很准。我害怕，我好担心。"林妙杰一点儿不掩饰忧心和恐惧。

"对了，你联系一下齐天全，估计他知道，我继续联系孙志平，有消息及时沟通。"

一会儿还有直播节目，可姜瑄也有点儿心乱了。的确很多天都没有孙志平的消息了，姜瑄几次想约饭，可孙志平手机总也打不通。姜瑄开始并没多想，可如今董一飞消失了，不得不让姜瑄多想，恐惧感也油然而生。

姜瑄打电话给孙志平，依旧不在服务区，再打，还是不在服务区。姜瑄更慌了，赶紧打齐天全的电话，占线，再打，还占线，连打了六七次全是占线。姜瑄无名火腾地就冒了出来。

此时，齐天全正在应付林妙杰。林妙杰不依不饶，可齐天全死活不肯说出董一飞的下落，支支吾吾，一会儿说可能在开会，一会儿说可能CU国代尔地区太落后，信号覆盖不到。不管齐天全怎么解释，林妙杰都不信，总认为齐天全在骗自己。

"骗子，你是个骗子。"林妙杰真急了，眼圈一红，哇地哭了出来。

"妙杰，我真不知道，我没骗你，我说啥你能相信我呢？"

齐天全这辈子最怕女人哭，哭得让人难以忍受。"我求求你了，我真不知道，谁骗你谁孙子。"齐天全说。

"你就是孙子，你骗我，孙子！"林妙杰带着哭腔，满腹委屈。

自己就是孙子，齐天全就算当回孙子也不能告诉林妙杰实情："我不是孙子，谁骗你谁孙子，孙子才骗你。"

林妙杰绝望了，齐天全宁愿当孙子也不愿意告诉她实情。林妙杰不想纠缠了，连招呼都不打，狠狠挂断电话。

"这丫头片子，真是！"齐天全挺感动，这丫头片子，挺重感情，董一飞这小子还挺有福气。一看表，这通电话打了快一个小时。再一看，无数个姜瑄的未接来电。更猛烈的暴风骤雨要来了，真头大。

果不其然，齐天全电话又猛响了，真是姜瑄打来的。

"小姜你好！"

"你干什么呢？干吗电话一直占线？我打了五六十个电话，都占线，你这么煲电话粥，不累啊？"姜瑄劈头盖脸一通骂，齐天全既好气，又好笑。

"我说大小姐，你至于吗，我看看，才23个未接来电，不到50个。林妙杰一直不挂电话，不怪我吧？啥也不问，不分青红皂白骂我一通，你觉得合适吗？"

齐天全急忙辩解，对齐天全而言，姜瑄是"女神"，就算被"女神"骂也要欣然接受，面带微笑，不敢怒更不敢言。

"你不知道我在不停地给你打电话吗？还有理了，有我电话进来，你就应该挂掉别人的，先接我的，下次要注意。"姜瑄开始胡搅蛮缠了，心里着急万分。

"行行，下次先接你的，我明白了。谁让你是我的'女神'呢？'女神'优先。说吧，大小姐，啥事？"齐天全拗不过"女神"，就只能顺着来。

"孙志平呢？人死哪里去了？我找不到他，你让他联系我。"姜瑄很不满孙志平玩失踪。

"孙志平？我还找他呢！你找着他了告诉他，让他给我个电话，我这里有急事，千万别怠慢。我说的是真的，没开玩笑。"齐天全一本正经，却被姜瑄抓住了话柄。

"你别学我，我生气了！"姜瑄很不高兴。

"姑奶奶，我没空学你，我说的是真的，我也联系不上孙志平，不知道被哪个女人拐走了！"齐天全说这话确实带着气。

"齐天全，你狗嘴里吐不出象牙，我十分、特别以及非常讨厌你。"不等齐天全解释，姜瑄啪的一声狠狠挂掉电话，立即哇的一声哭了出来。姜瑄不想当着齐天全的面失态，难道孙志平真在别的女人的床上？画面简直不敢想象。

应付完两个丫头片子，齐天全压力更大了，一堆事情都等着处理，可偏偏联系不到孙志平和董一飞。齐天全也没心思逗姜瑄玩，甚至觉得女人挺麻烦。

此时，姜瑄和林妙杰又开始煲起了电话粥，都带着哭腔，都在骂齐天全不地道，明显在欺骗两位美女。这两位数落半天齐天全，这才想起来该怎么办。林妙杰想去CU国找董一飞，姜瑄要去博通总部找孙志平。话说了一大堆，这才是正题，谁也没劝谁，就这么下定了决心，女人的决策就是这么简单，凭直觉就可以定了。

姜瑄去找孙志平很简单，都在一个城市，下了班或请个假去就行。可林妙杰去CU国找董一飞就没那么容易，还要跟单位请假，但最近台里记者人手紧张，假也不好请，就这样不得不拖了半个月。

姜瑄肯定是一无所获，在博通碰了壁。刚开始她以为孙志平有意不见自己，让美女秘书挡驾，但硬闯进去才发现人真的不在。姜瑄在孙志平老板椅上坐着，头向后仰着，用鼻孔看着美女秘书，说："我就在这里等，你忙去吧！"

美女秘书啥也没说，转身走了出去，过一会儿端了杯热茶走了进来，说："姜女士，请，孙总今年最新的绿茶。"然后嫣然一笑转身又走了出去，姜瑄恶狠狠地瞪着走出去的秘书。

"狐狸精，还想和我比媚，你还嫩点儿。我当老板娘了，第一个开了你。又是绿茶、绿茶，还今年的。这个孙志平，啥都是绿的，看我怎么绿你。"姜瑄有股气发不出来，看谁都不顺眼，愤懑不已。

天黑了，孙志平还没有回来。姜瑄悻悻地离开了，美女秘书送姜瑄，姜瑄招呼也不打就走了。

姜瑄在路上给林妙杰发了一条信息："人真的失踪了。"她的心好累，也不想打电话，慢步走回家，一路上思绪万千，更是担心不已。尽管孙志平总躲躲闪闪，顾左右而言他，到现在都没有任何爱不爱的承诺，可姜瑄对孙志平不死心，得不到的才是最好的，不仅是崇拜那么简单。姜瑄此时才发现自己一直在暗恋孙志平这个老男人，也难怪要替孙志平操着本不该操的心。

这一天，戴维斯电话突然响了，说意外也不意外，打电话的正是消失了的孙志平。

孙志平联系不到董一飞，就知道他出事了，赶紧致电齐天全，齐天全在电话里告知是松本所作所为。孙志平坚决不信，告诉齐天全不是松本作为，要盯紧P国和A国的安全部门，同时要尽最大努力在CU国找到董一飞的踪迹。一旦人离开了CU国，进入A军基地、A国领土，那董一飞想再出来就难了。

思来想去，经请示祁奕雄同意，孙志平决定和戴维斯好好聊聊，至少先探探口风。

电话接通了，戴维斯开门见山，说："孙先生好，一切都好吧！"

"我不太好，你很清楚原因。戴维斯先生。"孙志平很不客气。"戴维斯先生，我今天和你通电话，是希望能协调两件事。"孙志平单刀直入。

"你说吧，孙先生。"戴维斯不温不火，很客气。

"一是放了董一飞，我知道是你们抓的，不要拿松本说事，他没那本事，希望你们慎重考虑。二是放了飞机上那个博通的人，据我所知，他还没死。他什么也不知道，你们没有必要继续关着他。至于其他乘客，希望你们三思，不要做出违背常理的事情来。"孙志平一口气说出两大条件。

"拿什么做交换呢？"戴维斯不承认，也不否认，直接提条件。

"我可以答应你在第三国见面，记住是第三国。"

"见不见面还有什么价值？你能给我带来什么？"戴维斯显然不满足这个交换条件。"对了，飞机坠毁了，乘客都遇难了，这个忙，我帮不了你。"戴维斯一口咬定飞机失事。

"戴维斯先生，如果没有足够证据，我不会给你打这个电话。既然我能说出来，就一定有足够的证据。我要再强调一点，董一飞是博通的员工，你们没有理由抓他，这完全违反国际法。"

"国际法？"戴维斯笑了笑，心想，A国就是国际法，国际法就是A国的"家法"。尽管戴维斯和孙志平有交情，但各为其主，底线

311

和原则不变。

"那你想怎样才放人?"孙志平很无奈。

"给我情报总局想要的东西,你很明白我要什么。"戴维斯直接开出条件。

"当时情况比较紧急,所有数据都被P国拿走了,数据都在他们的装备存储器里。"

"孙先生,你很专业,也是职业军人,你会做什么,能做什么,我会不知道吗?明人不说暗话,我只想要数据。其他都可用来交换。"戴维斯一口咬定孙志平绝对有数据。孙志平此时也基本能断定董一飞什么也没有说,戴维斯还是一无所获。

"孙先生,你考虑考虑吧,考虑好了我们再联系。"戴维斯果断地挂掉了电话。

孙志平很无奈,面对戴维斯的强硬,一点儿办法也没有,毕竟人在戴维斯手里,自己比较被动。

戴维斯也想到孙志平会打电话,也想到孙志平不可能把数据交给自己,孙志平的数据已经提交给K国军方,早就不在孙志平手里了。孙志平本人唯一的价值是事件亲历者,能详细讲述具体情况,但也可能胡诌一通。

电话结束了,双方情报部门都在分析刚才二人通话内容,看能否从蛛丝马迹中分析出有用线索。结果分析得都八九不离十,戴维斯知道孙志平手里肯定有备份数据,但未必还在孙志平手里;孙志平知道戴维斯手里有董一飞,而且客机上的人还没死。

两个人相互试探口风之后都有了比较确定的结果。

但有一点没法确定,就是戴维斯现在究竟在哪里,是在"地球之眼",还是连夜回国了,打电话时完全无法定位,戴维斯比较老到。孙志平很想知道戴维斯在哪里,戴维斯和董一飞必然在一起。

怎么办?继续协商交换条件来救人,还是用武力强行解救?就算用武力解救,董一飞究竟在哪里,这都是一个大问题。

还有一点让孙志平对戴维斯很不满,戴维斯让松本打掩护,情报总局来抢人，做法很不地道。如今，博通连老总都被人掳走了，这极大损害博通的国际声誉，这样的安保公司谁还敢用。孙志平现在考虑最多的就是如何能扳回一局，让戴维斯吃点儿苦头。就算是朋友也要比个高低、见个高下。此外，孙志平要求对董一飞被俘一事秘而不宣，仅限于极少数人知道真相。

在凌霄军团参谋长办公室，祁奕雄听完孙志平与戴维斯通话内容汇报，沉思了片刻，说："小孙啊，你准备怎么办？有什么想法。"

"我准备用武力去营救董一飞，我已安排人打听董一飞下落。谈判、协商都不现实，戴维斯说得没错，我没有可以用来交换的条件。东西都给你们了，就算没给你们，我也不可能交给他们。"

那天，张军把孙志平从苑西机场接到凌霄军团总部，孙志平第一时间就把T卡交给郝利新副参谋长，郝利新还与祁奕雄一道详细听取孙志平汇报。听完汇报，看完三个多小时资料后，已经很晚了。祁奕雄深知资料意义重大，不敢耽误，一方面要求严格管控数据，做好安全保密；另一方面赶紧向司令、政委做全面汇报，并向军队首长报告天坑事件。

为确保孙志平人身安全，祁奕雄要求孙志平短期内不要回家，不要回单位，要"失踪"一段时间。电话也不能接听，只能按需打出去。这样一来，齐天全、林妙杰和姜瑄肯定联系不上孙志平了。等孙志平和齐天全电话联系后，齐天全知道董一飞被抓，孙志平就再也无法"失踪"了。请示祁奕雄后，孙志平打算现身联系戴维斯。孙志平很清楚替身是瞒不过戴维斯的，他知道自己跑路了。

"参谋长，'地球之眼'太大了，我安排博通人员撒网式搜索确实也有难度。现在没有一点儿眉目。"孙志平可怜巴巴，用一种求援的眼神望着祁奕雄。

祁奕雄笑了笑，说："大海捞针啊，张军，你把这几天在CU国代尔地区的卫星资料看一下，能帮就帮一下，小孙、博通，他们都很不容易啊！具体需要哪些凌空时间的卫星数据，你和小孙协商吧。"

"对了，小孙，我帮你也不违反原则，你们也是在维护国家和军

313

队利益,但我可以帮你找到目标,具体行动就只能靠你们自己了,我们不方便出面。再说了,博通不是很牛吗?我看可以去练练兵嘛!对手可是情报总局,一顶一的高手,能不能打出K国军人的威风来,就看你们博通了。"

"谢谢教导员,我明白,这已经很感激了。"孙志平很清楚这次调用的是军事资源,孙志平向祁奕雄的"诉苦"终于有了回报,通过卫星来广域查找目标肯定要快得多、精准得多。

"有时候真想到你的博通当个兵,听你的指挥,出去好好练练手,一晃10多年没打仗了,老不打仗,手都有点儿痒了。看来这辈子没指望了。"祁奕雄笑了笑。

"看您说的,您要来博通,一定能把博通做得更好,比我强百倍。要不,您当个顾问吧。"孙志平边调侃,边捧着老领导。

"你小子逗我玩,知道我不可能,再气我,我就不帮你了。"

"我真没逗你玩,好了,我不说了。你多帮帮我吧。"孙志平挤了挤眼睛。

"小张,你们快去办吧,有什么事情告诉我。"

"明白,参谋长,我马上去办。"这点儿事对张军就是信手拈来,关键是授权,张军一个人可不敢擅作主张,这些卫星都是军用资产,稍微动动都是钱,责任重大。

"好,快去吧,小孙,有事提前告知我。"

孙志平和张军立即赶往战情分析室查看卫星数据资料。

凌霄军团侦察卫星体系已实现全天候、全时段监控全球,手段包括光学卫星、雷达卫星和红外/紫外卫星,无论是空间分辨率,还是时间分辨率都是一流水准。由于事发当天是当地时间凌晨四五点,张军立即调出雷达卫星和红外/紫外卫星相关数据,结果还真找到不少线索。

卫星资料显示,两架A军直升机从代尔地区的博通基地附近起飞,直飞IQ国的空军基地,在这儿停留了半个多小时,一架直升机再次起飞前往SA国赛凯亚南部的瑞德沙漠。

沙漠通常带有神秘色彩，就在瑞德沙漠腹地有一处A国情报总局重要据点，也是一个重要的无人机基地，对IQ国、CU国和YE国非法武装军事打击的"超级死神"隐身无人机，都是从这里起飞的。

考虑到"地球之眼"国家对A国情报总局的高敏感度，A国情报总局秘密基地一直不显山不露水，并做了大量外部伪装，特意选址在人迹罕至的瑞德沙漠。由于这个基地名称一直不为外界所知，又地处瑞德沙漠，张军就把这里标注为瑞德基地。

瑞德基地有一条1500米长的跑道、10座沙漠机堡、一座指挥控制中心、一座维修工厂。瑞德基地不同于IQ国空军基地，IQ国空军基地是A国空军和IQ国空军共用基地，情报总局也只是借道。瑞德基地也不同于A军在SA国其他军事基地。情报总局和A军存在利益之争，使用这些军种基地，高傲的情报总局不放心。这也是要打造特立独行的瑞德基地的原因之一。

当然，情报总局建专用基地最重要的理由是保密。假如与A军或其他国家共享军事基地，情报总局的秘密属性就不存在了，A军和情报总局之间的钩心斗角会让情报总局一事无成。比如，在某侦察机项目上，A国空军就痛恨情报总局，因为情报总局拿走了本属于空军的高空侦察项目。昔日的情报总局局长甚至还羞辱过当时的A国空军司令。

言归正传，张军和孙志平接下来要对情报做准确分析判读。从直升机配属来看，这次劫持董一飞应该是情报总局在A国驻IQ国空军基地的配合下完成的，其中一架直升机再飞瑞德基地，这架直升机上大概率就有董一飞。对董一飞的审讯要做到保密而不能让A国空军这些外人知道，放在SA国的秘密基地更符合情报总局做事一贯风格。因此，基本可以判断，董一飞就在瑞德基地。

通过精细卫星照片进一步分析，瑞德基地只有指挥控制大楼比较独立，内部应该有独立的审讯空间，这就排除了基地内其他建筑，可以把全部注意力放在这座大楼。

解救人质难度很大，在这里没有A军重兵保护，只有情报总局的安保力量，但这里地处沙漠，比较空旷，地势平缓，缺乏足够传统掩护手段，要想做到悄无声息地进入基地太难了。尤其是基地建在一座沙漠高地上，几部警戒雷达一览无余，想潜入基地几乎不可能。

张军和孙志平制订了几套营救预案，经过兵棋推演都被自己否掉了。推演结果，要么伤亡惨重，要么折戟沉沙。真不能把情报总局当吃干饭的。如此一来。孙志平一筹莫展，更是焦急万分。

## 38. 沙漠飞蝗

我愿永远站在大海面前和波涛之巅,也可以是沙海面前和沙丘之巅。

在孙志平的要求下,齐天全和梁栋第一时间飞到京城,一道协商解救董一飞。这两位老总对"地球之眼"这些国家非常熟悉,尤其是齐天全常驻地就在SA国的利雅,对这个国家更加熟悉,对瑞德沙漠也比较了解。孙志平请他们过来就是希望听听解救董一飞的好建议。

在凌霄军团总部会议室,孙志平把张军提供的高清卫星照片给齐天全和梁栋看,解释了照片内容,让二人明白瑞德基地是一座没有A军保护的情报总局专属基地,这里既具有传统的安全屋功能,还肩负着利用"超级死神"无人机对周边国家实施战术侦察和定点清除的特殊使命。这一点很敏感,A国情报总局和SA国军方都讳莫如深,坚决不予承认。

在详细介绍基地时,孙志平特别强调,这个四层主体结构的指挥控制中心是这次营救行动重点搜索的目标区域,目前尚不知道这栋建筑是否有地下室,人究竟关在哪层,这还需要进一步判断。

从卫星数据分析,瑞德基地安保包括两层,外层交给安保公司,孙志平判断是浑水公司,几十号人;内层是情报总局行动处的安保力量。由于这个基地位于人迹罕至的沙漠腹地,非常神秘,绝大多数人不知道基地的存在,因此安保力量相对较弱,谁也想不到这里会有军事基地。

瑞德基地正常补给保障有两个渠道，特殊物资保障直接由A军基地航空补给，日常生活物资则通过附近两个城镇提供正常补给。因此，瑞德基地情报总局和安保公司对这两个城市不陌生，常来常往。

关于制订营救预案，孙志平先谈了自己的看法。

他制订营救预案的基本原则如下：第一，力争不伤害情报总局人员，不要把事情闹大；第二，不破坏基地基本功能，比如不攻击雷达、无人机、机堡、跑道等敏感目标；第三，要尽最大可能减少双方人员伤亡和装备损失；第四，尽最大可能不出现被俘人员；第五，建议使用非致命性武器。实际上，这些原则会给营救预案戴上"脚镣"，不能放开手脚一搏，必然极大增加营救难度。

接下来，孙志平提出三套与张军协商后、相对可行的营救预案，但这些预案也都存在比较现实和棘手的难题，孙志平希望征求两位"勇士"的意见和建议，看看哪个方案更可行。

第一套营救预案是：分三个小组，运输保障小组、火力压制小组和营救小组。在凌晨时分，利用夜色和基地人员深度休息时，打时间差，以突袭方式进入基地实施营救。这个预案最大问题是：运输保障小组如何进入基地周边空域而不被对方警戒雷达发现，如果做不到这一点，后面的行动都免谈。

齐天全和梁栋当即否决这个预案，成功概率太低了。

第二套营救预案对第一套营救时机做了修改，建议在瑞德沙漠出现严重沙尘暴时实施营救，沙尘暴、雾霾等恶劣天气对雷达等实时监控设备影响巨大，有助于有效躲避对方警戒雷达搜索。这套预案最大问题就是己方人员装备的安全，无论是运输装备还是单兵装备，都会产生重大安全隐患。

这套预案可行是可行，但要求人员和装备都具备更强的恶劣环境适应能力，人员更需要超出一般的装备操控能力。此外，这种恶劣天气也会对非致命单兵装备效能带来很大影响，激光枪、电磁枪等都无法正常发挥性能。说白了，这套预案最大问题就是人的问题。

还有一点不确定性就是，"万事俱备，只欠沙尘暴"，必须了解哪些天会出现极端恶劣天气。齐天全和梁栋陷入了沉思，虽然都认为这个方案可行，但是实施难度非常大。

第三套营救预案是"守株待兔"。如果在基地里不好解决，那就等人员转移时，在路上或空中动手拦截，抢回董一飞。但这个时间点不好确定，需要全天候监控基地动态，也需要对被转移人员实施甄别，别截错了，这对情报准确度要求极高。张军十分犯难，一旦情报失误导致博通出现重大人员伤亡，自己要承担的责任太大了。

最终，众人选择了第二套营救预案。

这次营救行动的运输保障小组的装备，孙志平建议选择A军和SA国军队使用比较多的"灰鹰"隐身通用直升机，具有欺骗性。加之，这款直升机战场适应能力强，可携带14名武装人员，最大航程2000千米，完全可从CU国代尔地区博通基地直飞SA国瑞德基地。代尔地区博通基地一共集结五架直升机，三架"灰鹰"、一架ZT直升机、一架松本送的"小松鼠"，都提前做好消音处理，加装特殊隐身涂层，确保做到全程飞行隐身静默。

火力压制小组武器选择大量制式传统杀伤性枪械和非致命激光、微波、电磁压制单兵装备，要求先使用非致命武器，实在不行再使用致命性武器。

营救小组配备人翼单兵装备，同样携带非致命性武器和自卫枪械。

由于CU国与SA国不接壤，营救路线需要跨越第三国，如IQ国或JR国，也可以沿着IQ国和JR国边境"骑线"飞行。

JR国国土面积不大，但防空预警能力不弱，加之JR国A军基地距离很近，孙志平决定静默进入IQ国西南部地区，在接近SA国的位置待命，一旦确定时间就直飞瑞德基地。一旦完成任务，则考虑走捷径穿越JR国和IQ国领空快速返回CU国达尔地区博通基地。

"下面我们讨论一下人员安排，四架直升机正常配备技师八人，运输保障小组就按照八人设定吧。"孙志平提出自己的想法。

"三架'灰鹰'每架多配一名技师,为保险起见,'松鼠'正常配置。您看好吧?沙漠环境多变,还是小心点儿。"齐天全对沙漠气候很有发言权。

"同意。那火力压制小组呢?你们的看法?"孙志平想多听两位建议。

"至少20人吧,毕竟基地安保能力较强,我建议,两架'灰鹰'作为火力保障小组,一架'灰鹰'作为营救小组,也就是营救小组安排10个人,另外,ZT也别闲着,作为保障梯队待命,可携载十来个人,以防万一。"

梁栋直升机驾驶水平绝对一流,以前就是出色的舰载直升机驾驶员,驾驶过多个型号的直升机。

"同意梁栋的安排。老齐,你有啥补充。"齐天全自告奋勇,要亲自救出来老战友,"没问题,营救小组我当组长,让梁栋当保障组组长吧。"

"我来带营救小组,你带火力组。"孙志平知道很危险。

"别争了,就这么定了。孙总,这里环境,我比你熟悉。"

"梁栋,你觉得呢?"孙志平还是不放心。

"孙总,没问题,我同意老齐的意见,不过我建议孙总你不要去了,就待在京城,你短期内不适合出国,情报总局还在惦记你。你这样去了反而很危险。"

"对对对,我咋把这个茬儿给忘了,孙总,你不要去了,不合适,真的。火力组我可以找人,你放心吧,我那里的老兵一顶一,都很牛。孙总。"齐天全规劝着。

"绝对不行,我不放心,这是大事,再说了,你们谁也不熟悉戴维斯,只有我熟悉,他不能把我怎么样。不要劝了。"孙志平态度很坚决。

"对了,再提醒大家一次,戴维斯上次没杀博通一个弟兄,我们也要如此,彼此不要结下梁子,这个切记吧。不到万不得已,不能杀人,这是命令,告诉弟兄们。"

"好，明白。"两个人齐声答道。

既然一切部署稳妥，三个人就把全部营救预案讲给祁奕雄和郝利新听。

汇报完后，郝利新感觉总体可行，只提了几点修改意见，比如，关于待命梯队距离问题，关于规避对方雷达警戒的问题，还有关于营救人质的细节问题。

祁奕雄脸色不太好看，说："我研究过A军沙漠环境作战案例，A军和友军误伤很多，很多武器发挥不出来作用，性能大大衰减，尤其是便携式定向能单兵武器，在沙尘暴中是否有效，你们要提前做测试，不能掉以轻心。还有运输装备也要注意，适应性如何？你们用的是什么型号的'灰鹰'直升机？哪个批次？"

"P型号。"孙志平详细解释着。

"型号有点儿老，为什么不用我们的ZT45？我们的ZT45做过严苛的沙漠环境测试，我看过测试报告，在十分恶劣的沙尘暴下依旧可用，很难得。K国直升机工业进步很快。"老将军感慨万千。

"为做到战术欺骗，这个型号直升机，A军、IQ国、SA国、JR国都在用，希望瞒天过海。"

"一定要带上夜视设备，严重的沙尘暴会让飞行员失去方向感，另外要把导航设备做好检修，多些备份导航，确保没问题。对了，还有主驾驶员一定要经验丰富，不能马虎。"

"我都记下来了，首长。"孙志平详细记下来两位领导谈话要点，准备回去调整预案。

"还有什么需要强调的吗？两位领导。"

"没有了，打算何时出发？"祁奕雄很关心。

"一周内，他们两个人先回去准备，我随后就到，估计行动时间要等当地的天气预报。"

"一定要多保重，要考虑周全，不能掉以轻心。不要给K国军人丢脸。"

"明白。"孙志平、齐天全、梁栋三位老兵起立后，齐刷刷给两位将军敬个军礼,转身就走了。

看着三人走了,祁奕雄有些不舍,说:"回来了我给你们接风洗尘,摆庆功酒。"

"好的,参谋长。"郝利新以为说给自己听。

祁奕雄笑了笑,说:"没说你,等他们回来再说吧。对了,你多关注一下他们的行动,必要时在保密前提下给予技术支持。"

"好,参谋长。"

三人离开了凌霄军团总部,回到博通总部,在自己的地盘,人顿时轻松了很多。

三人把营救预案又好好修改了几遍,充分考虑到祁奕雄和郝利新提到的棘手问题,等一切搞定后,最终拟定行动代号"沙漠飞蝗",因为沙漠蝗虫飞行能力强,生存能力极强。

一切都准备好了,夜已深了。

"想吃点儿啥?我们去哪里吃?"孙志平想和大家小聚一下。

"瑰园吧,那里的东西很可口。"梁栋就是京城人,很久没吃过瑰园了。

"你呢?老齐。"孙志平征求齐天全的意见。

"我都行,有酒就行,京酒,极品那种。"齐天全就好这一口,但在"地球之眼"国家喝酒不太方便,正好在京城放纵一下。

"好,瑰园,不醉不归。"三人出发了,打了辆自动驾驶出租车。

路上,齐天全忽然想起一件事,赶紧悄悄发条信息,背着孙志平和梁栋。

瑰园环境不错,炭烧火锅,孙志平猛然想起什么似的,怔了一下。三人坐在一个大包间,齐天全和梁栋疯狂点菜,点了二十几盘纯羊肉和十几盘龙利鱼。"你只吃羊肉啊,换个花样不行啊。你们俩在CU国吃羊肉还没吃腻啊。"孙志平大晚上不想吃那么多羊肉。

"孙总,这就是你的不对了,我想吃点儿鲜的东西,只有羊肉加上鱼才是鲜,好吃。那你想吃啥,我帮你点点儿。"梁栋给孙志平上了一课。

"干豆腐皮、素鸡、宽粉、手擀面，就这么多吧。"孙志平很简单，走到哪里都是这几样，基因决定一切。

"服务员，拿酒水单来。"齐天全很关心喝什么，饭可以不吃，酒不能不喝。

"老板，我们这里有国酒，特供的，价格全市最低，要吗？"齐天全感觉服务员是个酒托儿，合上酒水单，"极品京酒，三瓶，极品的。"

极品京酒也不便宜，酒托儿知道遇到有钱的主："不来瓶特供国酒吗？"

"我对特供没兴趣，十个特供九个假，还有一个待造假。再说了假的比真的多，一说都是国酒镇，国酒镇有几家是真的？极品京酒，我就好这一口，去拿吧。快点儿。"齐天全最讨厌被人强买强卖。

酒托儿没推出来效果，不高兴了，转身就走了，鼻子里"哼"了一声。

"素质！要不是看你长得漂亮，看我怎么投诉你。"齐天全很不满，但被孙志平压住了火，何必和不懂事的漂亮女孩计较呢。

"菜齐了。"服务员把桌子和小车摆满了各式菜品。

"准备开吃！"齐天全刚想夹一盘肉扔进铜锅里，突然被一声"慢着"叫停了。

"我还没入席，你们三个都敢吃，吃火锅不叫上我，你们也忒不够意思。我是不请自来。"

一个不速之客招呼也不打，一屁股坐在孙志平旁边的椅子上。孙志平很惊讶，装作若无其事的样子。

"孙总，你说呢？"来者正是姜瑄，憋着一肚子气来了。

齐天全发短信的人就是姜瑄，之前姜瑄交代过齐天全让孙志平给自己打电话。齐天全看出来姜瑄想当老大的女人，不再有非分之想了，这次是给姜瑄助攻。

"我……我是想通知你，还没有来得及，你就来了。"孙志平辩解得很不高明。

"谁信,谁信。要不是齐大哥发信息给我,我还真不知道你们在瑰园鬼混,明知道我家就在附近,太不够意思了。姓孙的,那个叫志平的,还是老总,说你呢。"

齐天全赶紧打圆场,说:"是孙总让我发信息给你的,你误解他了。"

"继续编,继续,瞎话不好圆场,懂吗?我可是学过男人心理学,男人想干什么,瞒不住我。哼!"姜瑄张口也是瞎话。

"对了,这几天,你死哪里去了?电话也不开机,有啥情况,介绍一下你的她呗。"女人第一感觉就是男人外面有人了,不会认为是工作上的问题。

"什么'她',一会儿给你解释,我先给你介绍一下,这是梁栋,这是姜瑄。"孙志平介绍姜瑄给梁栋。

"早就听说姜瑄是大美女,果然名不虚传,女神级别。"梁栋赶紧拍姜瑄马屁。

"看来梁栋也是泡妞高手,尽拣好听的说。"姜瑄一句话把梁栋说个大红脸。

"还是齐大哥仗义,交代的事情言出必行。"一句话又把齐天全卖了。有时候,女人才不管哥们儿面子,怎么痛快怎么来。

齐天全用手理了理本就不多的头发,看了看孙志平,说:"受人之托,受人之托,必须的,必须的。"

"饿了吧?赶紧吃点儿吧,你最爱吃的火锅。"孙志平关心地劝着姜瑄。

"假惺惺,我都做好饭了,一口没吃,就跑过来了。你说咋办?"姜瑄本意是,为了你,我啥都不顾了,来找你,可你没良心,吃饭不叫我,还是朋友通知的,心里老大不痛快,必须彻底发泄出来。

"对不起,我罚酒,自罚。"说完就想喝酒道歉。

"谁让你罚酒了,酒又不是啥好东西。不用罚!"姜瑄说酒不是好东西时，眼睛瞪了齐天全一眼，齐天全浑身不自在，知道姜瑄还在为SG城的事闹心。

"好了，快吃吧。"孙志平无可奈何，女人真麻烦，比宠物还难伺候，因为她会说话，还不让别人说话，吃都堵不住她的伶牙俐齿。

姜瑄终于闭嘴了，不是累了，而是铜锅里的肉熟了，浓香的味道让姜瑄不得不干点儿正事，正式开吃。家里费劲做好的牛腩面来不及吃，肚子早就咕咕叫了。

三个男人开始喝酒，一大玻璃杯酒下肚，刚想吃点儿肉，才发现锅里的肉已经干干净净，全捞光了，再看看小车上，空盘子厚厚一堆。

孙志平又下了几盘羊肉，端起来酒杯，三人继续觥筹交错，等该吃肉时，又没了。

"喝酒误事吧，我要用事实证明这个道理。"姜瑄一边吃，一边解释，尽是歪理邪说，为自己"太能吃"找亮丽的借口。

"小姜，你要是出家的话，法号叫'能吃'。"说完，孙志平大笑起来，挺解气的嘲讽。

"呸呸呸，你才出家，你全家都出家，法号'白吃'。再说了，堂堂的孙大老板还怕我这小女子把你吃穷了啊，嫌我吃多了。我就吃。"姜瑄狠狠夹一筷子，肉啊，菜啊，全有，红彤彤的，好辣。

齐天全和梁栋在一边起哄架秧子。

"小姜，吃你的，别管他，今天这顿饭我请客，还想吃啥，告诉哥，哥来点。"

"那倒不用了，我有钱，我请你们，没出息的三个大老爷们儿。"姜瑄继续埋头苦吃，也不忘记斗嘴。

孙志平心里很清楚，姜瑄吃饱的时候，就是话匣子打开的时候，不管她了，三个大老爷们儿先喝酒。

"你们明天多看看天气预告吧，我们协商时间。"博通的人很注意保密，保密就是保生命，一点儿不能马虎。

"好的，孙总，环境治理好了也不是啥好事，好怀念沙尘暴的日子。"齐天全说这些话让姜瑄莫名其妙:"你有病吧,老齐,没发烧吧,环境好了碍你家啥事了。京城现在天天都是生态蓝,多好啊。你脑袋刚刚被驴踢了吧。"

"嗯,京城治理得真好,你有福了,好好呼吸,享受你的蓝天白云。哎,我没那个命,小姜,跟我去CU国吧,你考虑一下。"齐天全故意把话题岔开。

"老大的女人你也敢想,你不要命了。老孙,他和你抢女人,你说咋办吧。"姜瑄故意把矛盾引向孙志平。

"老齐没那个意思。"孙志平真不知道该怎么说。

"那你承认我是你的女人喽。"

面对胡搅蛮缠的女人,最佳选择就是不搭理这个话题,让它自生自灭。

很快,三个老兵一人一瓶极品京酒干掉了,还想继续要酒,被姜瑄坚决制止了。这一下,漂亮酒托不高兴了,这个女人真讨厌,影响生意,以为漂亮就了不起啊。女人啊,见到漂亮就嫉妒,见到有钱也嫉妒,这位漂亮酒托比较典型。没办法,齐天全只能要了一箱啤酒来漱口,很不过瘾。

"小姜,早知道就不通知你来吃饭了,真耽误事,酒都不让喝。"齐天全开始抱怨。

"咋啦,后悔了,为了你好,真没良心。"姜瑄决不吃亏,有仇就报,有仇必报。这是遗传,姜母就是这样豪爽之人。

"好好好,我没良心,我没良心,你有,你有,来来来,喝酒,喝酒。"三人端起酒杯一饮而尽,像喝水一样,没滋没味。

姜瑄吃饱了,开启喋喋不休模式,规劝三个老男人喝酒伤身,年龄都不小了。

三个老男人只能"嗯嗯嗯,下次注意,下次一定注意",如此应付着,边应付、边频频举杯。

"孙志平,你这领导咋当的!"姜瑄急眼了。

"我说大小姐,这个场合哪有什么领导,都是战友,你懂什么是战友吗？一起扛过枪的老爷们儿。说了你也不懂。"孙志平嘴有点儿飘，最讨厌掺酒喝。

姜瑄哪知道三个老男人的心思，这也许就是最后一顿酒了，明天面临一场恶战，谁知道谁生谁死，要做最坏打算，打仗前那顿酒说白了就是壮行酒、送行酒。

三个人喝得都有点儿高，姜瑄开车把三个人送回了家。三个人的家都很近，博通买了半栋楼，分给博通的高管，齐天全、梁栋都住在同一栋楼上，复式，比较气派。孙志平住在附近的一个别墅里，不大，但地段很好，很方便，这也是姜瑄第一次来孙志平府上。

阿姨在家，孩子睡了。

"这是王阿姨，这是电视台的姜瑄，小姜。"孙志平介绍两人认识。

"好漂亮啊！"王阿姨赞不绝口，姜瑄有些不好意思了。

姜瑄轻手轻脚地走进孩子房间。光线很暗，姜瑄端详着孩子，眉宇间还真很像孙志平，两只手放在被子外面，头倒向一侧，发出轻微的呼吸声。姜瑄很想摸摸孩子的头，但还是忍住了，怕打扰孩子的好梦，蹑手蹑脚走了出来，轻轻关上房门。

"小姜，我最近要出个远门，去趟国外，希望有机会回来再见。"语气有些沉重，若有所思。

"去哪里呢？"

"还没定，好几个国家。"

"对我还保密。"

"对你才保密，你的嘴啊，服了你。"

这时，阿姨端来两杯茶，普洱，不影响睡眠。

"小姜，以后常来家坐坐吧。"王阿姨说。

"谢谢王阿姨，那也要孙总请我才能来啊，我总不能不请自到，多没礼貌，对吧，孙总。"

王阿姨笑了笑，点了点头，就回房间了。

"我也正想说这个事儿呢，小姜，我有件事想告诉你。"

"啥事，整得这么严肃。"姜瑄很少看到孙志平一本正经严肃地说话。

"我最近出国不知道何时能回来，我想你要是方便，就来家里看看孩子，替我照顾一下小贝吧。"

"可孩子还没见过我，怎么可能呢，他怎么会接受我呢？"

"我会告诉他的，再说了，看到漂亮阿姨，他会主动搭讪的。"

"随你？这么色。"姜瑄盯着孙志平，扑哧笑了出来。

"没有啊！天性吧。"孙志平也尴尬地笑了。

"还有一件事，你等我一下。"

孙志平走进书房，拿出来一封信，递给姜瑄，说："这封信你要保存好，不要打开，切记不能打开，一个月后，你才可以打开，记住，一定记住。下次见到我，你要还给我，谢谢。"

"啥东西，这么神秘，好，我知道了。"姜瑄也不好再问什么。

坐了一会儿，闲聊了半天，姜瑄感觉孙志平心不在焉，在想什么事情，总是走神，就告辞回家。孙志平也不多留，送了出来。

姜瑄上了车，看了看孙志平，突然有些不舍，孙志平摆了摆手，姜瑄犹豫了一下，还是把车子开走了。孙志平看到车子走远了，转身走进了家门。

路上，姜瑄有种不好的预感，孙志平一定有事情瞒着自己，很可能又要去冒一个天大的风险。姜瑄很想拆开这封信，但忍了忍还是没有打开。

翌日一早，姜瑄独自来到了市中心的一座教堂。姜瑄是一名虔诚的基督徒，坐在教堂里，姜瑄长时间默默祷告，含泪唱赞美诗，期待挂念的人平安归来。

## 39. 灰鹰坠落

真正的英雄从不邀功请赏，为正义和公平而战，只因他本性如此。但他不想死也是真的，要做活着的英雄。

姜瑄知道孙志平的工作性质，也不好多问，但不知道孙志平何时出国，去哪里，连送行都没有资格。姜瑄突然感到爱上一个不回家的男人太累了，很不值得，扪心自问，凭啥爱上孙志平？脑袋被驴踢了，短路进水了。可这种念头转眼就消失了，这就是命运。

姜瑄记得《圣经新约》之《罗马书》中说："不但如此，就是在患难中也是欢欢喜喜的。因为知道患难生忍耐，忍耐生老练，老练生盼望，盼望不至于羞耻；因为所赐给我们的圣灵，将神的爱浇灌在我们心里。"

既然选择了，既然爱上了，那就要忍耐。

三天后，孙志平接到齐天全电话，"东风要来了"。

次日，孙志平就走了，没告诉姜瑄。为掩人耳目，孙志平化名王锋山，一切手续都提前准备好了。

孙志平来到代尔地区的博通基地，看着董一飞办公室，于心不忍，潸然泪下。P国那些经历就在眼前，但没想到竟然是诀别。

拿起放在桌子上的一副眼镜，孙志平知道这副眼镜是林妙杰送的，董一飞走到哪儿都会带在身边，孙志平想象得到董一飞被抓时的仓促感，一切都来不及了。戴维斯太厉害，根本不给董一飞一丁点儿反应时间。

　　根据天气预报，在后天凌晨1点后，瑞德沙漠会出现很严重的沙尘暴，能见度不足百米，局部能见度不足50米，属于超强沙尘暴。孙志平很担心这样的天气能否顺利执行任务，这绝对是对技能和装备的重大考验。不要说博通这样的安保公司，就连A军也没什么把握。

　　这次行动的制约因素很多，不仅是受到沙尘暴影响，飞行高度也受限，只能超低空隐蔽突防。飞行全程要经过三个国家的防空体系监控，飞行高度尽量控制在30米以下，飞行时速不能低于300千米。这种飞行方式导致油量消耗过大，航程缩短，在撤离时可能会存在问题，因此在执行任务时要尽量加满油，还得准备备用油料，而这些举动势必对执行战斗任务的装备带来很大风险。

　　时间分秒过去了，孙志平、齐天全、梁栋三人一直在军用地图上一点点琢磨，细抠每一个细节，成败在于细节，打仗更是如此。

　　这时，有人报告说外面来了个人，一定要找董一飞，不让进都不行，闹得很凶。

　　"让她进来吧。"齐天全知道是谁，还能是谁，舍她其谁！

　　孙志平和梁栋也明白齐天全，孙志平赶紧把眼镜藏了起来。

　　"董一飞，董一飞，你给我出来，快点儿出来！"话音未落，一个人就闯了进来。一进门，林妙杰就傻眼了，孙志平和齐天全都在，还有一个不认识。

　　"董一飞呢？"林妙杰根本就顾不上打招呼，直接要人。

　　"妙杰你来了，路上辛苦了，还顺利吧？"孙志平很担心林妙杰。

　　"董一飞呢？人呢？告诉我。"林妙杰啥也不想回答，就想看见董一飞。

　　"你听我说，妙杰。"孙志平想安慰几句。

　　"快点儿告诉我，董一飞呢？其他我都不想听。告诉我，求求你们了。"林妙杰感觉到出事了，不然孙志平不应该在CU国，看到孙志平的林妙杰更加感到绝望，而不是希望。本来是冲着齐天全兴师问罪，可竟然遇到了孙志平，绝没好事。

"妙杰，一飞被人抓走了，我们正准备营救一飞，请相信我们。"事已至此，孙志平想瞒是瞒不住的，只能全盘告诉林妙杰。

林妙杰刹那间痛哭流涕，不敢相信这是事实。

孙志平把事情一五一十告诉了林妙杰，但该保密的事情一个也没说。

"妙杰，我们近期就有行动，你就等我们好消息吧，请相信我们。"孙志平安慰着林妙杰。

林妙杰不傻，落入A国情报总局还能落个好？"唉，但愿吧。"

林妙杰只盼望董一飞好人有好报，自己却无能为力，只能默默为董一飞祈祷，怪就怪和董一飞认识太晚了，没想到这就到了生死诀别时刻，自己的命可真苦。

忽然，林妙杰看到书架里的眼镜盒，走过去打开书架，拿起眼镜盒。孙志平没藏好眼镜盒，还是让林妙杰看到了。

睹物思人，林妙杰抽泣不止。"孙大哥，我能求你一件事吗？"

"妙杰，你说。"孙志平猜到了林妙杰想干什么。

"孙大哥，我是记者，一名战地记者，去过不少战场采访，我想随你们到战场采访，你就答应我吧，我会保护好自己。我知道该怎么做。"

出乎孙志平意料，林妙杰没拿董一飞说事，拿记者职业说事。如果说董一飞，孙志平会断然拒绝，但如果说到职业，不得不让孙志平感到林妙杰的伟大，林妙杰不是小人物。同样，也出乎齐天全和梁栋的意料，孙志平爽快答应了林妙杰的请求，说："妙杰，这是梁栋，一飞的好战友，这次行动，我就把你交给梁栋，你要时刻听梁栋安排。"

梁栋很吃惊："这行吗？太危险了吧。"

"相信你一定能保护好妙杰。"

"谢谢梁大哥，我也会自我保护。"林妙杰脸上挤出点儿笑容，伸出手来主动和梁栋握手。梁栋赶紧伸出手握住林妙杰的手，可身上担子加重许多。

营救时刻快到了，五架直升机先后启动了。每架直升机起飞间隔15分钟，避免大机群目标过于集中引起外界警惕。梁栋载着林妙杰和十几名突击队员沿着CU国和IQ国边境线超低空飞行，高度只有20米，无线电缄默，灯光关闭。

此时，起风了，沙尘暴就在路上。

五架直升机的第一个集结点就在距离SA国城市阿拉最近的IQ国边境地带，这里距离IQ国和SA国八十号公路约10千米。凌晨时分，公路上车辆很少，灯光稀疏。阿拉是SA国北部一座城市，靠近与IQ国边境，也是北部边疆省首府，是SA国八十号公路上重要补给和中转站。

很快，五架直升机陆续安全停靠在指定集结点，从IQ国八十号公路过来一辆加油车在这里守候，等五架直升机加满油后，再次起飞潜入SA国境内。这一次，梁栋要求将直升机飞行高度控制在15米。五架直升机依次起飞，间隔10分钟，第二站集结点就在阿拉以西约10千米，距离八十号公路10千米，一路很安全，依然安排加油车待命加油。当任务完成后，既可以选择在IQ国境内第一集结点加油，也可选择在阿拉第二集结点加油，各直升机视油量状态而定。ZT直升机作为预备队在第二集结点待命，不参与救援行动。

一路上不允许有任何无线通信，只有灯光信号示意，博通每一位突击队员都很紧张。

沙尘暴来了，由北向南，如滚滚洪流。很快，能见度只有50米了。当梁栋通过卫星实时显示沙尘暴即将覆盖瑞德基地时，立即命令直升机起飞。梁栋驾驶的直升机在黑暗中频闪三次后起飞，其余直升机按照约定，间隔3分钟起飞，纵向要求飞成一个点，减少在雷达屏幕上的反射截面。

等直升机飞起来后，梁栋才发现，直升机操控性能严重下降，受沙尘暴影响太大了，能见度几乎是零，巨大砂砾拍打在旋翼和机体上啪啪作响，直升机高速飞行时的卫星导航也受到严重干扰，无论哪种卫星导航统统失效，梁栋只能凭借罗盘导航找寻方向和目标。

姜还是老的辣，祁奕雄提醒太到位了，不然连基地的门都找不到了。

飞行47分钟，梁栋的直升机跟跟跄跄率先赶到瑞德基地附近，在距离基地约15千米处紧急降落。这里是第三集结点，其他三架直升机将在这里会合。但沙尘暴肆虐影响了整个计划，并不是每位飞行员都有梁栋这样出神入化的驾驶水平。

梁栋足足等了一个小时，其他三架直升机才姗姗来迟，好在没出现什么意外，这说明利用沙尘暴瞒天过海成功了。接下来要突袭了，这才是全盘行动成败的最关键一步。

一路上，林妙杰感受到惊险，也留下很多惊险记忆，人生头一遭。同时对梁栋的飞行技能赞不绝口。紧张和刺激让林妙杰一时间忘记了痛苦。

沙尘暴依旧在肆虐，瑞德基地一片寂静，情报总局早有准备，所有无人机已入库，室外装备都做好了防护工作。情报总局大楼里的人进入了梦乡，只留下外围安保力量。还真让孙志平猜中了，浑水公司负责瑞德基地外围安保工作。虽是合作伙伴，但也是冤家对头，各为其主。

孙志平、梁栋和齐天全各负责一架"灰鹰"直升机，三个人商量好了，一旦孙志平出现意外，齐天全和梁栋就依次顶上指挥岗位，绝不能出现指挥真空和决策断点，营救行动要以秒来做决策时间单位。

忽然，孙志平手机频闪了一下，信息显示"大狗在窝里，小狗还未认领"。

这条信息来自K国"北极"卫星信息服务功能，表面上是陌生人的信息，实际是凌霄军团友情提示，"大狗"就是戴维斯，"小狗"就是董一飞，二人名字首字母都是D，孙志平就用dog来分别指代了。有了凌霄军团提示，孙志平更有信心了，只要戴维斯在，董一飞就一定在。在孙志平第二预案中，就算找不到董一飞，也要抓戴维斯来交换。如今，既然确定戴维斯在里面，至少第二预案实施就不存在问题了。

凌晨3点整，孙志平命令突袭瑞德基地。"小松鼠"直升机继续在第三集结点待命。

在强沙尘暴掩护下，三架"灰鹰"直升机携载着30多名突击队员快速飞向瑞德基地。林妙杰异常紧张，眼睛紧紧盯着前方，手里紧紧攥着摄像机，生怕漏掉好素材。就在快到基地时，三架直升机舱门悉数打开，突击队员个个手持各种武器快速瞄准机舱外，戴着全景夜视仪的眼睛紧紧盯着地面一举一动。

沙尘暴太大了，狂风卷着黄沙，漫天遍野，分不清是沙尘暴声音，还是直升机马达轰鸣声。三架"灰鹰"直升机做过特殊减噪处理，并涂有吸波涂层材料，雷达没有反应，地面人员也没有听到淹没在沙尘暴下的马达噪声。

但当直升机临近基地上空时，还是被浑水公司安保人员发现了，几名护卫大呼小叫并对着直升机开枪，好在这些声响也被淹没在巨大的沙尘暴嘈杂噪声之中。随着博通突击队员的还击，几名护卫纷纷"中枪"倒地，他们被非致命性的高能微波武器致伤，暂时陷入昏迷，失去了行动能力。突击队员携带的激光枪在沙尘暴中不能克服恶劣环境影响，无法使用，但高能微波枪好很多，这类武器不仅能"软杀伤"武器中的电子元器件，也可使人精神错乱、行为失常、双目失明，甚至能引发心肺功能衰竭而导致死亡。由于这次行动不想和浑水公司、情报总局结下更深的梁子，孙志平要求使用低功率的高能微波枪。这些浑水公司护卫仅仅是暂时失能，过几个小时就能自行恢复。

三架直升机顺利降落在指挥控制大楼旁，30多名突击队员分两组，一组负责火力掩护，另一组快速穿插靠近大楼，伺机进入大楼找寻董一飞，抓捕戴维斯。

整个大楼内一片寂静，没有任何人觉察到这次天降的祸事。

通过深红外生命探测仪快速扫描，孙志平发现这座四层大楼的三楼和四楼是工作室、办公区，但此时这两层没有生命迹象。进一步探测扫描，发现了大量生命迹象集中在一楼南侧，但没有活动迹象，估计在睡觉。二楼只有零星生命迹象分散在五个房间里，有活动迹象，或许就是值班人员。

孙志平和齐天全带着突击队员缓缓逼近了大楼,轻轻挥手,其他突击队员紧随其后,依次进入大楼。

一个点射,大楼护卫倒地,来不及呼叫。又一个点射,另一个刚走出来的护卫又倒在地上。

孙志平挥挥手,让齐天全带着十几个弟兄去一楼南侧对付那一群休息的生命迹象,自己带着十几个弟兄轻轻走楼梯上二层,去找寻那五个房间的生命迹象。

孙志平示意,三个人搜一个房间,分五组,自己带其中一组去搜索最里面一个房间。

突然,听到一楼有嘈杂声音,估计是吵醒了熟睡的人,但很快就安静了,一定是被齐天全快速制伏了。

二楼听到一楼有动静,三个房间立即有人跑了出来,看看究竟发生了什么。可刚一出门就被守候在门口的博通突击队员放倒在地。一声没吭。

如今,二楼就剩下两个房间了。

孙志平仔细听着最里面这个房间,有异常声音,孙志平猛然踹开大门,闪身冲了进去,两个突击队员尾随冲了进来。一张桌子后面坐着一个人,昏暗灯光下,孙志平仔细一看,喊了一嗓子,"一飞!"果然是董一飞。

枪响了,董一飞对着孙志平三个人就是一梭子子弹,嗒嗒嗒嗒嗒。

孙志平一个闪身躲了过去,但两个突击队员就没那么幸运,子弹打中两人胳膊,鲜血直流。"一飞,是我,孙志平!"

董一飞一梭子子弹又打来了。

"你疯了!董一飞,自己人!我们是来救你的。"董一飞疯了一样继续向孙志平扫射。

孙志平不得不举起高能微波枪,又降低能量等级,瞄准董一飞一个点射,董一飞应声倒地,昏迷了过去。孙志平示意来人把董一飞背走,让受伤的两个弟兄赶紧返回直升机接受医疗救助。

这个时候,另一突击小组押着一个人来到孙志平面前,孙志平一眼就看出是戴维斯,就是另一个房间的那个生命迹象。

"戴维斯先生,别来无恙,你还好吗?"

"孙先生,别来无恙,我能好吗?你们就这样对待老朋友。"

"放开他。"两名突击队员松开手。

"戴维斯先生,是你逼我这么做的,你知道,我不想这么干。"

"孙先生,你已经得手了,你想怎么处理我?"

"我不想怎么处理你,我只想要回董一飞。你告诉我,董一飞究竟怎么了?你们究竟对他做什么了?为什么他神志不清。快说!"

"他已经废了,废人一个,没救了!"戴维斯不屑的眼神让孙志平异常愤怒。

"孙先生,我还要告诉你一句话,你们一个都不能活着出去,这里是你们葬身之地。实不相瞒,A军已经赶过来了,你们谁也跑不了。一旦这个基地出事儿,A军会第一时间感知,并在第一时间支援。这是情报总局和A国国防部的互助协议。"

出乎意料,也在情理之中,孙志平感到此行过于顺利,不像是进入情报总局的地盘,倒像进入无人之境,孙志平知道最近的A军基地到这里只需要一个小时,这也在预案考虑之中。

"戴维斯先生,我们是好朋友,我不想兵戎相见,可你们做得太不地道了,抓人、劫机,有违人道主义精神。"

"对不起,各为其主,我也没办法。我只想提醒你,现在走还来得及。我知道你会来,否则就不是你孙志平了。"

英雄相惜,英雄相知。

"董一飞究竟怎么了?"孙志平急切想知道真相。

"脑控,被植入了脑控技术。他现在完全听从我们摆弄,已经是个废人了。"

孙志平震惊了,他知道脑控技术惨无人道,没想到他们竟然对董一飞下手,一旦使用脑控技术,这个人就会把知道的所有事情说出来，不需要刑讯逼供，但比刑讯逼供还可怕，因为要在人脑内植入脑控芯片来控制人的思维。

A国情报总局一直在研究这种人脑接口技术，虽然要彻底了解大脑工作机理很难，但只通过神经来控制大脑工作就简单得多。情报总局可以利用这种芯片来控制任何想控制的人，据说某些被捕的间谍被植入芯片后释放，就成了自己的谍报人员。

脑控芯片是一枚无线通信芯片，可通过远程程序发出脑控指令，让被控制的人被动做事，用被动思维取代主动思维，所以这个人基本是废了。刚才董一飞会向孙志平开枪，就是在程序里把孙志平等人设定为敌人，董一飞必然被迫开枪。如果没有程序控制时，这个人会清醒，但随时会被新的指令遥控，从而进入脑控状态。意志力强大的人，会清醒地知道自己被脑控，陷入脑控与自控的博弈，极端者会在万分纠结的清醒状态下自杀。

来不及想那么多了，孙志平命令撤离。他本想带着戴维斯和董一飞一起走，但一旦戴维斯被抓走，退路就没了。于是孙志平打消了拿戴维斯当人质的想法，赶紧带着人事不省的董一飞离开大楼。

"好自为之，得罪了。"孙志平用微波枪"轻轻"点了戴维斯一下，戴维斯瞬间昏死过去。

孙志平把董一飞放在"灰鹰"直升机上，叫林妙杰也上了这架直升机照顾董一飞。

孙志平和梁栋、齐天全耳语几句，立即起飞。这架"灰鹰"消失在漆黑夜色和沙尘暴之中。一路上，林妙杰紧紧抱住董一飞，用头依靠着董一飞的头，一刻不愿分开，眼泪喷涌而出。

梁栋和齐天全也各自上了直升机，三架直升机分头离开瑞德基地。

孙志平赶往第一集结点，齐天全赶往第二集结点与ZT直升机会合后返回基地，梁栋赶往第三集结点与"小松鼠"会合后一起返回基地。

此刻，A军正在路上，赶过来的是A军"超级科奇"重型武装直升机，这种武装直升机速度极快，时速600千米每小时，远超其他直升机的300千米每小时。观测能力极强，具备300千米超视距攻击能力，并可携带远程对空拦截导弹。

天气开始转好了，能见度越来越高，沙尘暴渐渐南下远去，博通完全暴露在A军的立体监控体系中，不仅是SA国的A军在行动，JR国和IQ国的A军也在行动，疯狂围追堵截这几架博通直升机。

就在孙志平即将赶到第一集结点时，地面一片火光，A军发射导弹击毁了加油车。

孙志平立即掉头沿着IQ国边境线飞往CU国，全速飞行。忽然，后面火光一闪，孙志平知道A军发射导弹了。"灰鹰"迅速跃升并发射干扰弹，尾随的导弹呼啸着擦肩而过，在前方不远处爆炸了。一股巨大热浪震得直升机发颤，孙志平稳稳把住操纵杆以蛇形机动躲避对方导弹锁定追击。

突然，前面两架A军战斗机呼啸而来，势在必得，要一举击落这架"灰鹰"。瞬间，两枚格斗导弹迎面飞来，孙志平知道是红外制导导弹，快速压低机头，做了一个大俯冲动作，同时发射四枚干扰弹迷惑导弹，而后仰头在天空画了一道完美的弧线。机舱突击队员拿起便携式导弹发射器对准这些不可一世的A军战斗机，接连发射了三枚导弹。由于过于轻敌，躲闪不及，一架战斗机中弹坠落在IQ国境内，两名飞行员跳伞，另一架僚机旋即掉头远去。孙志平压低飞行高度，掠着地面快速飞向CU国境内。在CU国境内还有第四集结点，也是加油车的待命点。当孙志平降落到这个集结点时，油量已耗尽。孙志平下了直升机，长长呼了口气，总算回来了，看着东方泛白的夜空，期待着齐天全和梁栋早点儿回来。林妙杰目睹了这一场惊险空战，吓傻了，泪水已风干，依旧紧紧抱住董一飞，不愿意走下直升机，但董一飞还在昏迷。

齐天全按照约定赶往第二集结点与ZT会合，然后再起飞直飞CU国。现在也不管什么领空限制了。此时的"灰鹰"油量不够，刚才根本就没有时间停下来加油，好在ZT油箱满满，齐天全要求"伙伴加油"。这架ZT左侧小翼挂载了伙伴加油吊舱，右侧小翼挂载四枚空对空导弹。两架直升机保持在较低飞行高度还要伙伴加油，真是艺高人胆大。完成加油任务后，两架直升机把高度降到10米，几乎贴着地面飞行，以躲避A军追踪和攻击。一切顺利，齐天全很快就赶到了第四集结点与孙志平会合。

此时，博通安保力量在第四集结点建立起比较完整的防空体系，用众多防空导弹组成阵列，瞄准东部天空。

梁栋赶往的第三集结点距离瑞德基地最近，当这架"灰鹰"飞到"小松鼠"上空，立即灯光示意起飞。很快，"小松鼠"起飞后跟随"灰鹰"向西部空域飞去。

由于耽误了时间，A军四架"超级科奇"发现了这两架向西急飞的直升机，并把目标引导给IQ国和JR国的A军，要求围追堵截这两架直升机。由于运输任务很重，这架"灰鹰"没携载导弹武器，只配备有干扰弹。10名突击队员携带六枚便携导弹严阵以待，做好空战准备。梁栋并不知道即将面对四架"超级科奇"和两架来自IQ国空军基地的"默鹰"。

由于速度优势，"超级科奇"和"默鹰"对这两架直升机形成"围猎"态势，"超级科奇"有两架在后面追击，另两架绕到前方堵截，两架"默鹰"在不远处伴飞。

"请迅速降落，否则我将奉命击落你们。"A军开始喊话。

"超级科奇"综合性能和作战能力比"灰鹰"足足领先一代，A军完全不把这架落伍的"灰鹰"放在眼里，这是A军玩剩下的上一代通用直升机。

"伙计们，咱们逗逗这个家伙。"

"好的，'猫捉老鼠'是很好玩儿的游戏。"

"这是我们陆军的老鼠，空军朋友们，你们看着吧。"

在A军武器序列里，武装直升机主要装备给陆军和海军陆战队。

"好的，伙计们，祝你们好运。"这两架"默鹰"真开始了沉默伴飞之旅。不打猎，看打猎也很有趣。

梁栋知道在劫难逃，紧急打出灯光让"小松鼠"超低空快点儿跑，自己牵制这几架A军作战飞机。梁栋拉起直升机跃升到很高的高度，掉头就向东南方向飞去。A军六架作战飞机果然跟上这架"灰鹰"。在A军眼里，"小松鼠"太小，不足一盘菜，"灰鹰"这道菜还有滋有味，有嚼头。

看到"灰鹰"没有屈服的意思，这四架"超级科奇"急了，开始发起攻击，四枚红外制导导弹统统射向"灰鹰"。

梁栋何许人也，他在东岛战役中曾独自驾驶武装直升机深入敌后，击毁击伤前来驰援的A军武装直升机5架，击毁6辆主战坦克，自身毫发无损，获个人"战斗英雄"荣誉称号。这样的战斗英雄本该一直留在部队干到将军，可来自京城的梁栋天生任性，就想多看看外面的精彩世界。离开部队后，在孙志平多次邀请下加盟博通。

如今，面对A军装备技术优势，梁栋毫无惧色。来吧，一起玩玩。但梁栋忘记自己驾驶的不是武装直升机，只是一架通用直升机。猛然间，梁栋醒悟过来，说："弟兄们，我找好角度，你们对准了，狠狠打。让他们看看谁狠。"

"明白。"博通弟兄们视死如归，死也要死在一块儿。

A军第一波导弹攻击被梁栋完美化解了，连干扰弹都不用释放。"灰鹰"这款直升机超机动能力让梁栋玩得得心应手，时而蛇形运动，时而上下跃升，时而大回转，时而紧急悬停。

尽管四架"超级科奇"性能很牛，但遇到牛人驾驶的"灰鹰"也发挥不出装备优势。连续三波导弹都打偏了，这也让A军驾驶员对眼前这个对手刮目相看。

"天哪，这个家伙究竟是谁，看来我们要当回事了。"A军驾驶员相互提醒。

猛然间，"灰鹰"绕到一架"超级科奇"侧后，两名突击队员来个齐射，两枚导弹快速抵近直升机。随着两声轰鸣，A军一架"超级科奇"尾桨被击毁，打着转坠落，一片火光。

"上帝啊！"A军驾驶员惊呼。

另三架A军直升机急忙调整战术，准备分三路对攻。没想到，就在A军协商战术分工之时，梁栋快速绕到另一架直升机身后，再一个导弹齐射，又一架直升机大头冲下就坠毁了，又是火光冲天。

A军被打蒙了。"浑蛋！浑蛋！"

原以为是"猫鼠"游戏，没想到自己才是那可怜的老鼠，对手才是经验丰富的老猫。

"快跑！快跑！"一架直升机慌不择路，直接撞到枪口上，突击队员打出最后两枚导弹，不偏不倚，命中A军直升机，对手凌空炸得粉碎。

最后一架直升机傻了，只想逃命，梁栋直接绕到直升机驾驶舱左侧，让没有导弹的突击队员集中用高能微波枪瞄准驾驶员，几个点射，"使命送达"，失去理智的驾驶员驾驶着直升机直接坠地爆炸。

"小样儿，我让你跑，知道爷爷厉害了吧。"

在一旁伴飞观战的两架A国空军"默鹰"战斗机飞行员眼睁睁看了一场空战。

"哦，我的上帝！"一架手无寸铁的"灰鹰"竟然干掉四架最先进的"超级科奇"，这是一场不可思议的不对称空战，是空战史上的奇迹！

这时，"默鹰"不再沉默了，否则会上军事法庭。"我们一起发起攻击！"长机下达攻击命令。

瞬间，两架战斗机齐射四枚雷达制导的导弹直奔"灰鹰"直升机。

"瞧好吧！"虽自信，但梁栋也不敢怠慢，除了大角度机动规避外，还发射了六枚干扰弹，成功化解了这波攻击。直升机对战斗机不存在任何优势，只有挨打的份儿。

A军"默鹰"飞行员佩服这名"灰鹰"驾驶员，但毕竟是敌人，是对手，两架"默鹰"从两个方向又发射两枚导弹左右夹击，四枚导弹一起飞向梁栋。

"去死吧！你这个家伙！"A军飞行员咆哮着，杀红了眼。

"坐稳了！"梁栋不慌不忙，把直升机一仰头，直升机高速跃升,来了个快速倒飞动作,四枚导弹穿越而过,没伤及皮毛。

这下子,"默鹰"长机急眼了,迎头飞了过来,梁栋稍微让机身一侧,命令道:"把能量调最大,打残这个狗日的!"

刹那间,十几把高能微波枪直射美机,也不知是"击中"了飞行员,还是强大微波干扰导致战斗机设备出了问题,这架"默鹰"旋即坠落,沙漠升腾起一片云烟,没看到弹射出来的A军飞行员。

僚机已经来不及想了,长机被击落了,自己责任重大,索性把机载的全部八枚导弹统统射向了"灰鹰"。说是超视距,实际上都在视距范围内,梁栋看得一清二楚,一点儿也不着急,胸有成竹。

就在导弹距离不远处,梁栋稳稳控制住直升机,同时启动发射双路干扰弹,迎战八枚导弹。此时,僚机已开溜了,成不成就这最后一哆嗦,A军飞行员擦着冷汗,回头看看打出来的八枚导弹有无战果。

"小菜一碟,看我的!"梁栋再次发射了干扰弹。

可万万没有想的是,打出去的干扰弹没有全部"开花"形成干扰弹幕,"啊!有臭蛋!"梁栋一惊,自信的笑容瞬间凝固了,下意识急忙拉起直升机,可一切都晚了,八枚导弹中的六枚被成功干扰,打偏了,但有两枚干扰失败了,直接命中"灰鹰",导弹钻进驾驶舱,猛然爆炸,这架"灰鹰"在天空划过一道亮光,坠毁在沙漠地带,十几名K国军人和梁栋一起殒命沙场。

"五比一",一场绝对的非对称空战。

看到一片火光,僚机知道命中了"灰鹰",逃跑的"默鹰"又飞了回来,围着"灰鹰"残骸转了几圈,这名A军飞行员由衷感叹,不自觉敬了一个军礼,向K国飞行员致敬,他不知道这名飞行员是一位久经沙场的K国退役军人,也不知道自己是侥幸击落了梁栋,不然鹿死谁手还真不好说。

这时,"小松鼠"安全回到了第四集结点,孙志平和齐天全焦急等待梁栋的直升机回来,眼巴巴看着天际发白的东方。

## 40. 制裁博通

风筝顶着风高飞，而不是顺着风，可断了线后就顺风飞远了。

天快亮了，孙志平心凉透了，好兄弟们没有回来。

叮咚，孙志平的短报文信息响了，"天堂很美"。

孙志平失声痛哭，这是与凌霄军团约定的暗号。"灰鹰"坠落了，梁栋和13名弟兄再也回不来了，他们都走了，还那么年轻。

齐天全得知好战友就这样走了，万分悲痛。齐天全和梁栋在这块热土一起并肩战斗了快10年，生死与共，感情极深，如同亲兄弟一般，可如今却没想到再也不能朝夕相处了。

没办法，不能一起回去了，博通弟兄们从第四集结点快速返回代尔基地，协商处理弟兄们的后事。齐天全全权处理，怎么抚恤都不为过，他们是英雄，是客死他乡的K国军人。

孙志平考虑如何处理董一飞。经协商，决定送董一飞回国治病。无论如何都要治愈董一飞，博通不能再损失人才了。

SA国瑞德沙漠地带爆发了一场惨烈空战，但A国情报总局、陆军和空军一致对外严格封锁消息。一是不想让SA国和国际社会知道A国情报总局的瑞德沙漠军事基地。二是要替A国情报总局和A军遮羞，一家安保公司就轻易把情报总局基地干翻，还以一比五的战绩让A军丢人现眼，如此天大新闻一旦曝光，A军颜面何存？A国老大地位势必受损。这件事只能吃哑巴亏，秘而不宣，但可以用公开和秘密两种方式报复博通公司。

一周后，公开报复就来了。

A国政府宣布，有证据显示，博通公司违反国际法，支持极端恐怖组织，包括向恐怖分子提供武器和人员培训。鉴于此，A国政府决定，一是中止与博通公司在安保领域的新合作，其他合作到期后不再续签；二是不允许博通公司在A国境内承担任何安保服务；三是不允许向博通公司出口A国武器；四是暂时冻结博通公司在A国的一切资产；五是将向盟国提交博通支持恐怖主义的违法证据，鼓励盟国加入制裁博通的行列。

秘密报复也来了。

A国已暗中布下天罗地网，一旦孙志平与博通高管再入境A国，或进入与A国有引渡条约的盟国，A国要求必须扣人，如在盟国，则引渡到A国受审。扣人和引渡的理由很充分，博通高管支持恐怖组织。

这个帽子实在太大了，但好用，A国屡试不爽。

说是秘密报复，但孙志平已得到内部消息，消息源提醒博通高管近期行程要注意，避免去A国和A国盟国。

这种秘密和公开的报复并不奇怪，A国情报总局和A军双双栽在博通手里，气急败坏。但博通手里握着足够多的证据可以自证清白。孙志平打算回国协商是否对A国实施反报复措施，让这场军事行动大白于天下。

戴维斯醒来后，立即返回兰利总部去见鲁尼，得到局长的高度赞赏。戴维斯利用脑控技术撬开董一飞的嘴，拿到了鲁尼想要的数据。董一飞已在不知情的状态下全盘介绍了天坑的情况。但T卡已被董一飞彻底毁掉，A国能知道的就只有董一飞大脑里那些记忆。

"局长先生，您放心，董一飞还在我们的控制范围之内，也会不断告知我们对方的信息。局长您安排的这个局很不错，让我们打开了突破口。"

"做得好，总统很满意。"鲁尼认为还是戴维斯能力更强，自己没看错人。"你身体如何了？"鲁尼很关心戴维斯的健康。

"没事，小小的烧伤，没事，放心吧，局长。"戴维斯被微波武器放倒后四个小时才清醒过来，除了头稍微有些痛外，基本完好无损，戴维斯知道孙志平有意放自己一马，于是就连夜赶回A国。

实际上，孙志平到瑞德基地营救董一飞的行动安排，A国情报总局一清二楚，甚至连"沙漠飞蝗"代号都清楚，但唯一误判的就是博通选择在沙尘暴天气下行动，这完全出乎戴维斯意料。把没用的董一飞送回给孙志平也是戴维斯的意思，不然的话，孙志平不可能轻而易举攻陷瑞德基地，而没有遭遇到情报总局像样的抵抗。

戴维斯本想在博通突袭前夕离开瑞德基地暂避一时，但巨大沙尘暴让戴维斯有了误判，一是孙志平不敢来，这天气来的话就是找死；二是自己也走不出去，飞机飞不了，飞行员不敢飞，说等沙尘暴过了就飞。就这样，戴维斯差一点儿就成了博通阶下囚。好在孙志平念旧，有意放自己一马。一旦真被俘，戴维斯不仅不能得到鲁尼重新赏识，很可能会被直接划入"黑名单"。冲这一点，戴维斯就感谢孙志平。

让戴维斯感谢的，还包括在"攻陷"大楼后，孙志平没杀一个人，都采用非致命手段让手下失去反抗能力。这也就孙志平能做得出来，仁义。

可让鲁尼和戴维斯吃惊的是，原本策划好让A军在半路上截杀博通，至少要让博通损兵折将，可没想到A军如此不堪一击，竟然被击落五架作战飞机，完全不可思议。

空战事件发生第三天，A军就完全彻底清理掉空战地面残骸，让外界无从了解曾经还有这么一场空中搏杀。

出于尊敬，A军在瑞德基地以北约5千米处，把梁栋等14名K国人遗体集体安葬，并在墓地上竖了一个不太大的墓碑，上书"Chinese Hero"。A军多名阵亡飞行员遗体则被秘密送回国安葬。对待强者，每个人都会肃然起敬，纵然是敌人也不例外。

这场惊心动魄空战全程不会被磨灭。林妙杰用摄录一体机录制了行动的一部分，而这场空战被在天上观战的K国凌霄军团详尽记录了下来。

"惊心动魄，难得的人才。"祁奕雄不停赞叹，"他们都是真正K国军人，为K国军人争得荣誉。可惜啊，梁栋，太可惜了，还有13名K国军人牺牲了，他们都是好样的，好样的。"说到这里，祁奕雄很是悲痛，14条鲜活生命就这么没了。

"博通很不容易，这场行动可圈可点，突破了几个军事行动禁区，很精彩啊！"郝利新说的军事禁区就是指强沙尘暴下的快速推进，通用直升机与作战飞机的较量。

"可以说，这场行动指挥得很不错，完成了全部推演的百分之九十九，不，是百分之百，虽然'灰鹰'被击落了，那么多人牺牲了，但让人解气，这才是K国军人的本色出演。为英雄点赞，唉，也为英雄默哀。"郝利新抑制不住内心的兴奋和痛苦，心情极为复杂。

在一旁坐着的张军也不时竖起大拇指，说："这场军事行动可进入教科书，堪称经典。"

"老郝、小张，尽快将书面材料和视频材料一并上报部队首长。唉，可惜，这些牺牲的K国退伍军人连个烈士都不能评，毕竟他们脱掉了军装。"祁奕雄很是感慨，总想用什么方式来补偿这些牺牲的战友。

"明白，参谋长，我们立即去准备。"

"对了，孙志平他们明天回国，老郝，你代表我去接一下。"祁奕雄本想亲自去接机，但部队首长那边有个会，走不开。

"放心吧，参谋长，我和小张去接。"

第二天下午4点40分，一架商务包机飞抵京城，孙志平、林妙杰走下飞机，董一飞也被担架抬下了飞机。

齐天全留在当地善后，一下子失去了董一飞和梁栋两位帮手，齐天全要负责全部这个地区的事务，压力之大可想而知。孙志平让齐天全多方打听梁栋他们的遗体，希望能找到并带回国妥善安葬。

飞机舷梯下，郝利新和张军快步走上前与孙志平和林妙杰握手，说："小林，没想到你这个记者也这么厉害，太勇敢了。很是佩服。"

"谢谢首长关心，谢谢。"林妙杰面无表情，心思全在董一飞身上。

在郝利新、张军、孙志平、林妙杰共同陪同下，董一飞被紧急送到凌霄军团总医院。郝利新召集全院最好的医生来给董一飞会诊。

郝利新告诉医院张院长："要不惜一切代价挽救生命，这个人很重要。"

孙志平把董一飞情况简要给医生做了介绍，重点谈到董一飞的大脑被移植进一枚脑控芯片。

核磁共振、CT等能用的检查手段都用了，经过全面检查，在大脑脑干部位确实有一个很小的硅类异物，很可能就是孙志平所说的脑控芯片。董一飞颅骨上也有动过手术的明显迹象。

要取出这枚芯片难度极大，一是，部位就在脑干，稍微处理不好，人会立即死亡，这是很高难度的脑部手术；二是，这枚芯片受外界实时控制，一旦控制者察觉到芯片有被移除的危险，很可能远程激发自毁程序，这也会要了董一飞的命。最好的办法就是找到这枚芯片的控制源，或者截断脑控控制链路。

为确保董一飞生命安全，只能先让他进入昏迷状态。一旦董一飞清醒，就会按照新脑控指令执行各类破坏任务，如果董一飞意志力足够强大，知道自己的行为危害国家安全，势必自杀身亡，造成新伤害。休眠是最佳选择，也是最无奈的选择。

郝利新把孙志平和林妙杰叫到了张琛院长办公室。

"孙总，张院长想和你们说说情况。"郝利新介绍大家认识。

"孙总，你们的战绩我也听说了，为你们自豪。你们是K国军人的楷模。"张院长抑制不住内心的激动。

"谢谢张院长，这算不了什么。请问，董一飞怎样了？"孙志平只想了解董一飞病情。

"我找你们来就是要说这个。董一飞身体素质很好，生命力也很顽强，暂时让他休眠不会对身体有太大影响。我们医院会全力确保董一飞安然渡过难关。但这里面有一件事要你们协助。"张院长很为难的样子。

"你说，院长。"林妙杰催促着张院长。

"我们希望能找到这枚芯片的控制源或源代码，这样或许能让董一飞完全恢复健康，不然的话……可能会落下残疾，甚至成为废人。我们没有足够把握能完全治愈。"张院长毫不隐瞒病情。

"可……我们到哪里能找到呢？情报总局肯定不会给我们。"孙志平很犯难。

"孙总，我有个学生在A国一所医院工作，主要从事的专业就是脑神经外科，我记得几年前他回来告诉我，正在从事一项脑控技术研究，好像就是受雇于情报机构，具体他也没有详细说，我也不好问，我估计他应该很清楚芯片的来源。"

张院长希望孙志平能顺着这条线索摸下去，最终找到脑控芯片源头。

"好，我们试试。"孙志平心里没底，"对了，院长，这个人叫什么，在哪家医院？"

"李梅诊所的张守仁，联系方式我一会儿发给你吧。"

"李梅诊所？A国很牛的神经科医院。"孙志平早有耳闻，A国排名前十的神经科医院。

"对，就是这所医院。但你们要尽快，如果董一飞休眠时间超过一个月，就会出现脑萎缩等严重后遗症，时间不等人。"张院长不无担心。

郝利新急切地问道："需要我们帮什么忙吗？"

"谢谢，不需要了，我们想想办法吧。"孙志平不想给凌霄军团再惹麻烦。

"谢谢张院长，你们尽量想想办法，我们也想办法找找这个张守仁。"郝利新说。

林妙杰请了一个月长假，早就没心思工作了。她拿出一张T卡递给郝利新，说："首长好，这是这次瑞德基地行动的全部数据资料，我摄录的，我留了一份，这一份送给你们。"

"太谢谢小林了。"郝利新十分感激。

"不过我有个请求。"林妙杰带着哭腔。

"你说，小林。"

"我希望你们一定要救救董一飞，一定，我不能没有他。"

没说完，林妙杰哇地哭了出来，双膝一软，要给郝利新跪下来。

这可把郝利新吓了一跳，赶紧搀扶起林妙杰，忙说："我们一定会全力救助，你放心吧，董一飞也是我们的好战友，我们不会让他掉队。"

"谢谢首长。"林妙杰连声道谢。

回到博通总部，孙志平找来几个好朋友聊聊，天弈智库汪栋、华兴公司周小萌、私家心理诊所刘庆新。没啥可隐瞒的，认识几十年了，大家对梁栋离世感到十分惋惜，对董一飞感到很痛心，这些人都是董一飞和梁栋的培训老师，很了解董一飞和梁栋了，没想到出现这么坏的情况。

"老孙，你也别着急，我看看我们公司找出这类通信芯片的破解办法，至少切断通信芯片通信链路问题不大，我这就回去布置。"

"谢谢周总。"

"和我有啥客气的！"

"对了，老孙，你不能去A国，我是有切肤之痛，他们手段太狠了，上次我去R国教训很深刻，有人提醒我了，是我大意了，你一定要注意。"周小萌很担心孙志平以身涉险。

"我知道，我也收到信息了，他们想扣留我，A国军方恨死我了。这次是军方的意思，欲加之罪吧。"

"小心就好，不能掉以轻心。"汪栋也很担心，"总觉得最近的国际形势很诡异，军备竞赛加剧，科技竞争加剧。老孙，这次去P国有啥收获？"

"收获很大，几句话说不清，但我可以肯定的是，存在文明冲突的可能。这场冲突未必是我们认为的大国之间，而是两类文明之间，但具体是什么，我也不清楚，有一种不祥的感觉，预感吧！"孙志平若有所思。

"你打算怎么办，一飞的事情不能拖下去。"刘庆新很得意这位弟子，但更伤心弟子的今天，董一飞这辈子真不易，苦难太多了。

"还是找个不相干的人去找张守仁吧，不那么敏感，也好说话。就是不知道张这个人政治立场如何，他一个K国人，在国内干得好好的为什么离开。再说了，能为情报总局工作，难道不知道他们是为了对付K国人吗？"刘庆新善于分析心理。

"不想那么多了，他红也好，黑也罢，我们就事论事，只问他一件事就行。能做就做，不行就拉倒。"汪栋开导着孙志平，孙志平也不无担心，人心难测啊。

"老孙，你有啥合适人选吗？要不要我们推荐？博通出人或许不合适吧。"周小萌希望能帮帮孙志平。

"我有几个人选，最合适的是两个人，姜瑄和林妙杰，她们的职业有优势，但我很担心她们的安危，也拿不准。"

"你怎么考虑？"刘庆新问，他觉得孙志平已有合适的人选，只是希望别人来肯定一下，帮他下决心。

"谁不会危及A国国家安全呢？谁都会，国家安全是筐，什么罪名都可往里装，A国'双标'就是靠罗织这些罪名，所谓的国家安全都是以危害其他国家安全为代价。"孙志平愤愤不平。

"老孙，你可以来我这里看医生了，有点儿愤青了，这是病，心理疾病，压力太大造成的。"刘庆新笑着提醒孙志平。

"我知道我有病，等我不忙了一定去看看。"孙志平很认真，不是在应付刘庆新。

"你继续说。"周小萌示意孙志平说出自己认为合适的人选。

"我相信你们和我的想法一样，认为林妙杰是最合适的人选吧？"

周小萌接过话来，说："对，我也是这么认为，妙杰是境外媒体，不如姜瑄那么敏感，妙杰还是记者，可以采访张守仁，比主持人更能自圆其说。再有，就是妙杰对董一飞有意思，一定会全力以赴。我听说姜瑄对你孙大老板有意思，你舍得让她以身犯险吗？"

"是啊，妙杰采访经验比姜瑄强很多，就她了。另外说点儿正事，什么时候也让我们见见姜瑄这个大美女主持，你们到什么程度了？有了吧？"汪栋也十分好奇。

"瞎扯啥，有啥有，我是啥人你不清楚？连手都没有拉过，有啥？啥也没有。"孙志平不自觉地也笑了，自我调侃也很爽。

"是啊，老孙，一个人这么多年了，也该有个伴了，给孩子找个妈，我之前也见过姜瑄，人很不错，要抓住机会啊。"在这些朋友里，最关心孙志平的就是周小萌，想当年她还主动追求过孙志平。女追男很少见，但周小萌无所谓，感觉好就追。但孙志平觉得不合适，不是周小萌不漂亮，是家庭背景太显赫，标准的超级富二代，孙志平不希望依靠任何人上位，否则早就在部队找将军们的千金结婚了。

"你们想法太简单了，哪有那么容易，女孩子找我不是为了当妈，是想过日子，找个关心自己的男人。你看看我，我为啥离婚，你们都很清楚，我真的不想再拖累任何人。一个人挺好，带孩子也是天伦之乐，一种享受。对了，小萌，你离婚不也没有找吗？麻利点儿，给孩子找个爸吧。"

孙志平和周小萌是同病相怜，周小萌前夫就是受不了周小萌家庭无形的巨大压力，最后选择离婚。在那样一个家庭，无论你再努力，别人都会说是老丈人提携，与自己努力无关，门当户对还真不是玩笑。但孙志平不信邪，还坚信老鼠儿子不仅会打洞，也会"跳龙门"。

"要不要今晚聚聚，把姜瑄请来，我们也看看。"刘庆新想不虚此行。

"今晚就算了吧，没心情。等一飞的事情搞定了，我一定会请大家好好聚聚。"

"记住带上姜瑄，一定哟。"周小萌不是开玩笑，但很矛盾，既真心祝孙志平幸福，毕竟和孙志平早就是"好哥们儿"了，同时也想看看孙志平找的女朋友比自己强在哪里。

"又取笑我。好了,就定下来林妙杰吧,我也征求一下她的想法。"

"老孙,需要的话,我去看看一飞,我这个心理医生或许还管点儿用。另外,我认识一个中医界的神医,擅长针灸,很神,手到病除,我被他扎过几针,挺灵的,可以一起过去看看一飞。中西医加起来,再结合我的心理疗法,一飞兴许能好得快点儿。"

"你还有病啊,刘教授。"孙志平扑哧笑了出来,"好,我觉得行,那咱们约个时间吧。"

朋友们都走了,和朋友们在一起很轻松,一点儿不功利,甚至暂时忘却了烦恼,这才是真朋友。

孙志平在办公室踱来踱去,盯着眼前硕大无比的导弹模型,"东风快递,使命必达",看来这必达使命必须是林妙杰去做了。可怎么和林妙杰开口呢?会不会太残忍?孙志平不得不想,实在不行就自己去,是"狼窝"还是"虎穴"都探探,大不了一死。

正在胡思乱想、犹豫不决时,林妙杰推门进来了,说:"孙大哥,让我去一趟A国吧,我的身份合适,我去采访这位张守仁医生。我刚看了他的简历,他有一项神经学研究成果刚刚获得医学界大奖。这个理由十分充分,我觉得我去最合适。"

"妙杰,我也想到了你,可担心太危险了,一直犹豫不决。"

"孙大哥,让我去吧,我不怕,我想为一飞做点儿事情,我是K城护照,不敏感,我还是记者,采访张守仁也顺理成章,不会引起别人的怀疑。我觉得没有人比我更合适了。"

"可是……"孙志平还是不放心,觉得对不住董一飞。

"孙大哥,我知道你是担心我的安全,我没事,放心吧。你不让我去,你才对不起一飞呢,我也不会心安!"

话已至此,孙志平点点头:"好吧,那你去吧,见机行事。不行的话,早点儿回来。别让我们担心,我真为一飞高兴。"孙志平特意强调"为一飞高兴",林妙杰有血性,敢作敢当,这比很多男人还爷们儿。

"好的，谢谢孙大哥。"

"妙杰，我教你一些电话密语，说话要简洁，电话里不该说的话，一句话都不能说，切记。"

孙志平教了林妙杰电话密语，方便在电话里交谈时"顾左右而言他"，让窃听者很难短时间破译。林妙杰特别聪明，很快就掌握了密语规则。

孙志平还是不放心，让林妙杰当面演练了几遍，等林妙杰滚瓜烂熟了，才稍稍放下心来。接下来，林妙杰要熟悉的就是李梅诊所和这位叫张守仁的医生。

李梅诊所，名称虽小，看似是诊所，其实是一家大医院，是世界最著名的医疗机构之一，总部位于A国明利苏州的曼菲拉特，弗仁达里州的约翰逊维尔有一家分院。

林妙杰第一站直飞往A国明利苏州的曼菲拉特，专访这个医学界赫赫有名的张守仁，可又像"不速之客"。

宋忠平 著

CENTAURUS
CODE
OF THE
EARTH'S
CORE

# 半人马1
## 地心密码 下

SPM 南方传媒 花城出版社
中国·广州

## 图书在版编目（CIP）数据

半人马 . 1，地心密码：全2册 / 宋忠平著 . -- 广州：花城出版社，2024.3
ISBN 978-7-5749-0158-2

Ⅰ．①半… Ⅱ．①宋… Ⅲ．①长篇小说－中国－当代 Ⅳ．①I247.5

中国国家版本馆CIP数据核字(2023)第249172号

出 版 人：张　懿
责任编辑：王铮锴
责任校对：衣　然
技术编辑：凌春梅
封面设计：拼棘设计

| 书　　名 | 半人马 . 1，地心密码 |
| --- | --- |
|  | BANRENMA.1, DIXIN MIMA |
| 出版发行 | 花城出版社 |
|  | （广州市环市东路水荫路11号） |
| 经　　销 | 全国新华书店 |
| 印　　刷 | 佛山市浩文彩色印刷有限公司 |
|  | （广东省佛山市南海区狮山科技工业园A区） |
| 开　　本 | 880 毫米 × 1230 毫米　32 开 |
| 印　　张 | 22.625　2 插页 |
| 字　　数 | 630,000 字 |
| 版　　次 | 2024 年 3 月第 1 版　2024 年 3 月第 1 次印刷 |
| 定　　价 | 98.00 元（全 2 册） |

如发现印装质量问题，请直接与印刷厂联系调换。
购书热线：020-37604658　37602954
花城出版社网站：http://www.fcph.com.cn

# 目录

41. 外科医生 / 355
42. 自杀 / 364
43. 异国葬礼 / 371
44. 使命五号 / 382
45. 鼹鼠故事 / 391
46. 遗书 / 401
47. 窥视者 / 410
48. 航天城 / 416
49. 一飞冲天 / 424
50. 保密局 / 431
51. 麦克风外交 / 437
52. 甘尼迪二号 / 446
53. 末日试验 / 454
54. 顾问 / 461
55. 休眠工程 / 471
56. 噩梦岛 / 479
57. 活火山 / 487
58. 天机 / 495
59. 董飞飞 / 504
60. M城赌场 / 513

61．国际影星 / 522

62．营救 / 531

63．混合冲突 / 539

64．忠诚 / 548

65．WE 工程 / 557

66．浑水公司 / 566

67．炸毁小行星 / 574

68．愤怒女人 / 583

69．噩梦岛沉没 / 592

70．海战 / 601

71．空海谍影 / 610

72．影子卫星 / 617

73．史前科技 / 625

74．地心文明 / 633

75．第七类接触 / 641

76．代号 MASTER / 650

77．地球争夺战 / 659

78．文明使者 / 667

79．爱恨 / 676

80．求医 / 685

81．同一个地球 / 692

## 41. 外科医生

生活不可能像你想象的那么好，但也不可能像你想象的那么糟。"平凡"二字就概括了。

张守仁这个人很传奇，打小就很聪明，上了少年班，对医学很感兴趣，这与出身医生世家有关，爷爷、爸爸、妈妈都是医生，接触多了，当医生的感觉就有了。小的时候，别的男孩子都喜欢玩飞机、大炮、汽车，可张守仁就喜欢玩听诊器、注射器、血压计、体温计，还常常扮演医生给小朋友看病。长大后上医科大学也就顺理成章了。

张守仁从同济医科大学博士毕业，就职于京城花坛医院神经外科，担任副主任医师，后来又到L国、F国、A国等多个国家工作学习10多年，最后受聘于A国李梅诊所。

张守仁主攻神经外科，脑干部位病变是世界神经外科手术领域最棘手的难题，但年轻的张守仁敢于尝试，打破了这一神经外科领域的绝对禁区。

曾经有个20多岁的病患，脑干旁有巨大的血管网织细胞瘤，这是遗传病和家族病，患者有不少年长的家人相继去世。带着一线生机，母亲带着患病儿子来到京城，慕名找到张守仁医生。张守仁知道这类手术极为复杂，稍有不慎就有生命危险。后来历经10多个小时手术，巨大肿瘤被完整切割下来，手术成功了，一个家族延续几代的厄运终结了。

张守仁到李梅诊所不单为高薪,还因为这里能接触到世界顶尖医学人才,能更好地从事神经外科医学理论研究和临床应用,不再纠缠于论文发表和烦琐的人事关系,一切都很简单。张守仁本就是一个简单的人,需要简单工作、简单生活。

　　张守仁对神经网络很感兴趣,总想搞清楚人的大脑究竟是什么机理,人工智能究竟如何借鉴大脑原理,这也是他要选择神经外科作为主攻专业的原因。张守仁对人脑结构相当熟悉,熟悉到每一根脑部神经末梢机理都一清二楚,能做到这一点的神经外科医生并不太多。

　　一大早,张守仁在弗仁达里州约翰逊维尔的李梅诊所坐诊,电话响了,是来自罗切斯特李梅诊所总部电话。电话通知K城电视台一名林姓记者要专访他。听到来自K国的消息,张守仁很兴奋,谁都想听到乡音——尽管说话未必听得懂,K国方言太多了,南腔北调。张守仁约定明天在约翰逊维尔李梅诊所附近咖啡馆见面。张守仁这一周在这个城市坐诊,走不开。

　　第二天下午5点整,张守仁下班了,脱掉医院白色制服,穿上笔挺的西装准时来到咖啡馆。平时的张守仁一身休闲,难得正规一次。

　　一进咖啡馆,张守仁一眼就看到一位靓丽高挑的K国美女,一种很怪异的感觉涌上心头,他对林妙杰产生了莫名好感。

　　在A国待久了,K国话反而生疏,可张守仁还是用K国话打招呼。

　　"你好,是林女士吗?我是张守仁。"很客气,一点儿架子都没有,不像是极负盛名的外科医生。

　　林妙杰也很惊诧,这就是张守仁,很帅气,比照片看着年轻。

　　"张先生您好,很高兴能采访您。您是K国人的骄傲,没想到您这么年轻,比照片上年轻好多。"林妙杰不是装作兴奋,是真兴奋。

　　"见笑了,林老师,我只是每天健身,没啥烦心事,你如不采访我,我就去打球了。"

　　"打球,什么球呢?张医生。"

　　"网球,我喜欢打网球。林老师,不,你看着就比我小,我叫你小林吧。"

"当然可以,你也可以叫我妙杰,张医生。"

"好的,妙杰,你是哪里人?"

"我是鹭岛人,很早就去了K城。我知道您是沪城人,不,准确说,您祖籍是岱山,后来到沪城定居,对吧?"

张守仁笑了笑,说:"你说得很准确,记者的职业习惯?先要把被采访人了解清楚。"

"没错,职业要求。张医生,要不介意,明天我陪你打网球,我也很喜欢这项运动,可惜的是当记者太忙了,没有闲下来的时候。"

"好啊,我也愿意,那就一言为定吧。"

"好。"

"妙杰啊,你采访我,想聊聊哪些事情呢?"

"我还是叫你大哥吧,张医生,叫医生挺别扭。"

张守仁笑了笑,说:"好,当然可以。你要不陪我,我估计连K国话都不会说了。"

"没那么严重吧,嫂子、孩子呢,他们不说K国话吗?"

张守仁沉默了一会儿,说:"离婚了,孩子在国内,我在A国又结婚了,老婆是一个金发碧眼的老外,在家里只说英语。"

"大哥,我不该问这些,抱歉,初次见面,我就……"

"没关系,放心吧。你想采访我什么呢?"

"你先看看,这是采访提纲,你看有啥不合适的,我再修改。"

林妙杰把采访提纲递给张守仁,张守仁瞄了几眼,说:"你还真了解我啊,看来是认真研究了我吧。"

"您是医学界的大腕儿,不备课敢来采访您吗?我知道您最近得了一项医学大奖,才请示领导来采访您这位大腕。据说这个奖项堪比诺贝尔奖,是这样吧?"

"'拉斯克医学奖'仅仅是生理学和医学领域的专业奖项,与诺贝尔奖不同,这个奖知道的人太少了,太专业了,也就被忽视了。"张守仁轻描淡写地谈及此事,显出一副淡泊名利的态度。

"对对对,我记得,这个奖主要表彰在医学领域做出突出贡献的科学家、医生和公共服务人员。我还听说，得奖者通常会在随后一年就得诺贝尔奖，算得上是医学界'诺贝尔奖风向标'，有这么回事吧？大哥。"

张守仁笑了笑，说："未必吧，这种事可遇而不可求，看淡了就真淡了，就算是诺贝尔奖又能如何呢？我的兴趣点在临床应用，医学的真谛是治病救人，不是得什么奖。可现在的医学过于功利，我们小时候说的'一寸光阴一寸金'成了现实，谁有钱谁就能享受延续的生命，没钱只能等死。这个世界，这个社会，太不公平了，可我无能为力，我自己太渺小了。科技进步了，但人性没有丝毫变化，可悲啊，人依旧是那么贪婪。"

张守仁十分感慨，发出肺腑之言，让林妙杰感同身受，社会病了，一切向钱看。

"我就亲眼看到很多没钱的人只能放弃治疗，等待死亡，生命就是靠金钱来延续，这很不公平，但社会就是如此不公。我现在信奉上帝，在公义的道路上有生命，其路之中并无死亡。我渴望公义，并不惧怕死亡。"说这些话，张守仁并不知道林妙杰是否能听懂其中的含义。

自从来到A国，张守仁很快就转变了信仰，成为一名虔诚的基督徒，每到星期日，雷打不动地去教堂礼拜。

没想到第一次见面，张守仁就能打开心扉。林妙杰看到张守仁说得有些激动，就能深切感受到这个人很真诚、很善良。"大哥。我理解你，我信佛，也算得上是虔诚的佛教徒，佛说众生平等，但众生又怎么能平等呢。"

"但求无愧于心，多想无益！妙杰。你这份采访提纲，我今晚再看一遍，明天下午这个时间，我们先打球，然后开始采访，这样会精力充沛。如何？"

"好啊，不过我没带球拍，只能借您的了。"

"好的，明天见吧，今晚就不陪你吃饭了，我还有点儿事，先走了。"

张守仁离开咖啡馆，留下林妙杰一人，反正也没啥事，就静静一个人思考。这个张守仁究竟是什么样的人？一个淡泊名利并十分重视医德的人，可为什么还要参与脑控技术研究？有些矛盾，不可思议。

　　约定时间到了，张守仁开车接上林妙杰一起去网球场。地广人稀的A国，网球场大得有些奢侈，满眼绿色，想想K城那点儿地方，哪儿哪儿都挤，但K城房价却比这里贵得多。

　　林妙杰学生时代就喜欢打网球，水平还可以，张守仁可算找到了陪练对手。在A国社会里，找个人玩不容易，都很忙，都有事，送上门来的林妙杰自然成了张守仁的消遣对象。张守仁完全不在乎采访这件事，就算在K国能播出，又能带给自己什么？什么也不会有，自己不再需要靠名来获利，那种刺激已经麻木了，那个年代已经过去了。名誉、地位、金钱、女人、尊严，这一切都是虚无缥缈，如果以前在国内，还要为这样一些虚名争得头破血流，真是何苦。既然前妻放不下，看不淡这些虚无名利，张守仁只能选择离开，过自己想要的生活。背井离乡的滋味不好受，但无愧于心。

　　打了几局，各有输赢，林妙杰也是手下留情了，毕竟年轻，总想让张守仁开心点儿，不然计划就会落空了。

　　"妙杰，你的球打得不错，很有力度，很有技巧，看来你也常打吧。"

　　"从小就喜欢，运动量比较大，每次打完都觉得酣畅淋漓。"

　　"我知道你让着我，怕我这个年过半百的人打不过你，没必要，打球不图输赢，开心就好。不过你很有同情心。"看着林妙杰，张守仁爽快地大笑起来。

　　"大哥，你取笑我了，我只是怕你太累了，所以才……"

　　"妙杰，你忘了我是外科医生，必须身体素质好，不然在手术台上根本就坚持不下去，我做手术一站就是几个小时、十几个小时，病人不等人，尤其是开颅手术，马虎不得，懈怠不得。"

　　"对对，我把这个忘记了，那好，下次我们好好打，大哥您让让我吧。"

"不行,谁也不许让,比赛第一。"

"好。"

两个人击掌为誓。

"妙杰,我们去采访吧,你那些问题,我昨晚仔细看了一遍,我想问你个问题,能说实话吗?"

"大哥,你问。"林妙杰心里咯噔一下,自己露出什么马脚了。

"你最后一个问题问我,神经外科与脑控技术有什么关联?未来脑控技术发展趋势是什么?你怎么能想到这个问题。我很奇怪。"张守仁严肃起来。

"大哥,是这么回事,我认识一个医院的院长,吃饭的时候,聊了起来,他给我做了普及,我才知道,原来脑控技术和神经外科医学密不可分。"

"哪个院长?"

林妙杰很清楚,张守仁是圈内人,谁都认识,骗肯定不行,那就实话实说:"是张琛院长,凌霄军团总医院院长,我也是上次采访他认识的。出于好奇,我才问他的。"

"张琛院长?他去了凌霄军团总医院当院长,唉,离开太久了,你不说我都不知道,一心只读《圣经》了,两耳不闻国外事。"

"大哥您认识张院长?"

"他是我的博士生导师,没有他就没有我的今天。他还好吧?"

"挺好的,就是头发都白了。"

"是啊,我离开他都13年了,前几年去京城开会见了一次,一晃又几年没见了。"

"感觉他很器重你,总是在夸你。"

"导师不希望我在国外工作,说学习可以在国外,但学成一定要回国。为此我们闹了矛盾,我一气之下就辞职来到了A国。"

"那您对张院长还有成见吗?"

"早就没有了,我理解他,可他不理解我,人各有志吧。"张守仁很惆怅,"走吧,现在就去我办公室采访。"

"好的,大哥。"

张守仁办公室不大,但布置得很精致,能看得出来张守仁很讲究生活品质。

林妙杰架起机器调整好位置,就与张守仁面对面坐了下来,准备开始采访。"大哥,一会儿我称呼您张教授吧?"

"都可以。"

"我可以随机问问题吗?"

"当然可以,轻松点儿、随意点儿更好。"

"明白,那我们开始吧。"

"随时。"

林妙杰按下了采访机器按钮。

"张教授好,感谢您能接受我们电视台采访。您能简单说两句,打个招呼吗?"

"谢谢大家,我很荣幸。人在A国,但心系祖国,一点儿没有变。"

"您作为今年'拉斯克医学奖'得主,有什么感受?"

"我对奖项看得不重,既然这个奖项颁给了我,这或许证明我的研究成果有价值,我希望能尽快用这些成果回馈社会,实现成果的价值化和产业化,而不是仅仅停留在实验室……"

"那张教授您对您这项研究成果有何感悟呢?我记得您的获奖研究课题是'大脑神经网络机理的内在研究和有效控制',不知道张教授为什么对这个领域比较感兴趣?"

"人类终归是要搞清楚大脑机理是什么,搞清楚我们人类思维活动究竟是怎么回事,思维究竟该如何量化。我们大脑本质就是网络化布局,但这些网络节点如何分布,哪个节点负责什么机理功能都还是未知数。人工智能必须立足人的智能,但人的智能究竟是什么?人工智能本质是大数据经验累积,而不是自思维、自学习、自适应,为什么人能做到,机器做不到?关键就是人的智能不是人工智能可以做到的。目前我们对人的智能知之甚少。我这项研究就是为了探索人体的智能机理这个目标。"

"张教授，您觉得您的研究成果可以做到完全透析人的智能吗？"

"我在努力，但还在起步阶段。首先要搞清楚大脑神经系统的功能区和控制区如何能做到精准控制。这才是关键。"

"张教授，您说的这个意思就是我们常说的脑控技术吗？"

"脑控技术很复杂，并且存在社会伦理问题，就如同基因编辑一样不能随便去做，但作为科学是可以研究的。比如可以在动物身上做基因编辑实验，但不能用于人的生育。同样，脑控也可以从动物开始，这就避免了道德伦理问题。"

"那张教授是否已做过动物实验呢？"

"动物实验是可以做，这也是为人类科技进步做尝试。"

"那您是在哪类动物身上做实验呢？"

"灵长类动物的基因跟人类比较接近，在这类动物身上的实验比较接近人类实际。"

"您不怕动物保护组织找您的麻烦？"

"动物为人类进步做出太多贡献，比如太空探索等。这已经是比较人性化的做法，科学探索如果顾忌太多，会一事无成。"

"张教授，您觉得脑控技术是否可用于疾病治疗呢？"

"这是根本所在。很多病人身体机能丧失，是因为大脑某个区域神经激励机制出了问题，如果能了解这个原理，找到控制区域，就可以对症下药。脑控技术研究目的就是用于人类治愈疾病。"

"那您觉得，全球脑控技术发展趋势是什么？哪一个国家做得最好？"

"发展趋势概括起来就是：全面剖析大脑网络，精准实现末端控制。至于哪个国家做得好，我不好说，因为都是保密项目，我估计A国应该做得不错。"

"好，张教授，感谢您接受我们的采访，谢谢您。"

"好，谢谢。"

林妙杰关闭机器，采访结束了。

"妙杰，我说得如何？你感觉。"

"大哥，很棒，您的镜头感很强，超帅，能看得出来您是久经考验的老司机了。"

"老司机？"

林妙杰笑了，知道张守仁不懂"老司机"，赶紧解释道："老司机就是经验丰富的意思。"

"夸我？"

"当然是夸您啦。"两个人都笑了。

采访结束了，林妙杰回到了酒店，立即电话孙志平沟通了采访情况，谈了个人看法，归纳起来就是，张守仁对脑控技术很熟，应该有很强的临床应用经验。

## 42. 自杀

我们只能看到树的外观,不能了解树的心情。但树不想被砍,这是可以肯定的。

孙志平希望林妙杰能劝说张守仁回K国参加学术会议。这个学术会议是专门为张守仁量身打造的,由和谐医院、花坛医院、凌霄军团总医院联合发起,会议主题是"脑科学的应用研究",将邀请全球主要国家医学界大咖与会交流。

采访后的第二天,张守仁请林妙杰吃饭。饭桌上,张守仁告诉林妙杰昨天收到K国发来的会议邀请,想听听林妙杰的意见。

林妙杰装作很惊讶,说:"好啊,好事,我们一起去京城吧。大咖云集,不能错过啊。您也可以给我引荐更多人来采访,我一定能火起来,大哥您就帮帮我吧。"

"可是……"张守仁很犹豫,有些事情不能说,也不敢说。

"大哥,没啥可是的,给自己放几天假吧,京城变化很大,可以回去看看,或许对您的研究还会有帮助。K国市场太大了,A国才几亿人口,完全没法比。您不是说要产业化吗?产业化的市场只可能在K国,如果这些医院院长都支持您,何愁您的产业化不早点儿变成现实?"

林妙杰说得不无道理,但张守仁还是比较犹豫,说:"我考虑一下吧。"

林妙杰也不好再说什么了，言多必失。

回到家里，张守仁一夜未眠，思绪万千，难忘的回忆跃上心头。

几年前，A国国防高级研究计划局找到了张守仁，希望张守仁来牵头主导一个项目，终端用户是国防情报局和情报总局。这两个情报部门在A国历史上绝对是冤家对头，但在这个项目上竟然有高度默契。这个项目就是要完成可应用级别的脑控技术，这对A国在谍报活动中控制对手，甚至让对手"为我所用"都大有帮助，得到了历届A国总统高度重视。

实际上，这个项目并非新课题，A国已经探索了很多年，失败了很多次。这次A国决定重新上马这个项目，重要原因就是看重张守仁这个天才科学家的智慧。前任总统亲自点将要张守仁来做项目负责人，同时要求高统、斯科等科技企业巨头积极配合项目研制工作。这个项目被列为一类绝密，参与项目的任何人、任何企业都不允许有丝毫泄密行为，否则不仅会面临刑事指控，更会面临死亡威胁。

就这样，历经几年研制，做了大量动物实验，并在A军战俘营基地关押的恐怖分子死刑犯身上做了大量临床试验，效果十分理想。

张守仁内心极其矛盾，作为一名虔诚的基督徒，《圣经》有太多教义让张守仁夜不能寐。"凡杀人的，没有永生存在他里面""作恶的，必被剪除""离恶行善，就可永远安居"，张守仁怕死后会下地狱，每当对那些死刑犯动刀植入芯片时，张守仁的心都在淌血。但既然上了这辆肮脏不堪的车，就已经下不来了，只能与车上的人同流合污。每每看到那些被植入芯片的人十分乖巧听话，张守仁脑袋里唯一想到的词汇就是"行尸走肉"。

脑控技术研发完成后，张守仁又提出第二阶段研发计划，因为这个初级版本改造出来的人不太正常，很木讷，与改造前反差很大，必然会引起怀疑。第二阶段研发计划就是要让植入芯片的"改造人"与正常人没有任何区别，只是在需要时才启动程序控制人的思维和行动，芯片平时会处在休眠状态。

很快，在天才的张守仁努力下，在天才的高统芯片公司的开发下，这项助纣为虐的脑控工程实现了技术突破，完成了各项设计指标要求，又有不少人成了试验品。但不同于其他试验品，这批充当试验品的死刑犯被无罪释放并遣返回各自国家，成为第一批被A国人牢牢控制的"活死人"。

戴维斯抓住董一飞后，经与鲁尼协商，就派专机把张守仁从明利苏州的曼菲拉特家里连夜接到瑞德基地，为董一飞做脑控芯片植入手术。当张守仁看到"试验品"是一位K国同胞时，内心的痛苦即刻浮现在扭曲的脸上，迟迟不肯动手。

戴维斯也理解张守仁这种心态，便安抚道："张教授，这个人是K国人不假，但他是我们从CU国抓获的恐怖分子，无恶不作，毫无人性，K国人也有恐怖分子，相信你应该明白这个道理吧。另外，我要提醒你的是，你是A国公民，你要效忠的是A国，不是K国，你是这个项目负责人，你觉得你的手还干净吗？"

张守仁知道自己彻底被A国政府绑架了，毫无自由，毫无尊严，毫无道德，甚至很后悔不听导师劝说，愤然离开了K国。他每天在外人面前装得一本正经和幸福无比，充分体现出A国的无限优越性，但这一切都是美丽的谎言。

张守仁为董一飞做完了手术，很成功。离开临时手术室，张守仁跑回房间，对着马桶疯狂呕吐，想把全部恶心和委屈都吐出来，直到绿色黏稠的液体也吐了出来，张守仁彻底心力交瘁、筋疲力尽了。

《圣经》里说："恒心为义的，必得生命；追求邪恶的，必致死亡。"张守仁知道等待自己的必然是死亡，是地狱，是无限的暗黑世界。

回到酒店，林妙杰把情况告诉了孙志平："能不能让他的导师打电话给他，我感觉他很在意自己的导师……"

"好，我去协调。"

第二天上午，张琛就打电话给张守仁，希望能在京城见面，好好聊聊。这样一来，张守仁也不好再推托了。

经请示戴维斯，张守仁和林妙杰一道坐飞机飞往K国京城。林妙杰长长地松了口气，总算不辱使命。

这次国际医学学术会议会址选在京城会议中心，是个"闹中取静"的绝佳场所，内部建筑错落有致，环境清幽，绿树环绕，彩色喷泉与奇妙山石交相辉映，呈现出一道和谐宜人的独特景观。在这里召开国际医学会议，也是希望给与会的国内外专家学者提供一个能彻底放松休息的场所。为了这个，孙志平煞费苦心。

会议主题为"脑科学的应用研究"，这是人类医学研究前沿领域。尽管会议是为张守仁量身打造的，但也要力求做成真会议，不仅要有形式，更要有实质内容。会议有分论坛，有交流报告，有研究成果，有学术论文。包括凌霄军团总医院在内的多家知名医院纷纷发出邀请函，只要是神经外科和脑科学领域国内外权威专家，都邀请参会。

由于办会时间仓促，不少国内外权威专家不能成行。尽管如此，还是邀请来不少医学界权威人士。比如，这次会议邀请的最重量级嘉宾，"拉斯克医学奖"得主、李梅诊所的张守仁教授。在会上，张守仁教授将就"大脑神经网络机理的内在研究和有效控制"做主旨发言。

这次会议的与会专家、教授达30多位，还有R国医科大学山口武雄教授、R国帝京大学大山教授、凌霄军团总医院张琛教授、京城花坛医院马晓光教授、和谐医院王斌教授、京城医科大学宋晓君教授、陆军总医院李斌延教授、秦都医院王守信教授等，这30多位国内外顶尖专家围绕神经外科在基础研究、发生发展相关机制、临床诊疗等方面进行广泛讨论，分论坛研讨话题包括功能区神经功能保护、神经电生理检测在微创手术中的应用、忆阻器在人脑与计算机的接口应用等领域热点问题。

很快，为期三天的"脑科学的应用研究"国际研讨会在京城会议中心圆满结束，招待宴会后，各国专家纷纷打道回府。

这时，张琛提出要单独宴请张守仁，这也是人之常情，毕竟有多年的师生情谊。

在饭桌上，张琛试探性地问学生："小张，我仔细听了你今天发言的内容，难道A国真的已经开始实际应用了吗？"

张守仁没说话，点了点头，默认，隔墙有耳。

"那你是不是也参与项目开发了？"张守仁依旧点了点头。

张守仁很清楚，不能说话，导师的问题都是不能回答的问题。自己必须遵守A国情报总局和国防部十分严苛的保密规定，这是原则问题，涉及国家科技实力竞争。如今，张守仁已是A国公民，必须维护A国国家安全，这是底线。A国政府和军方对危害国家安全行为决不宽恕，会用严苛刑法甚至死亡来严惩"叛国者"。

张守仁沉默片刻，站起来走了出去，把手机远远放在隔壁十分嘈杂的房间，然后又走回房间。"老师，您想问什么？我知道您这次召开会议不简单，也不单纯，肯定是希望让我回国。您知道吗，从林妙杰到A国找我，还提到了您，我就知道这一切都是安排好的。"

"既然你看明白了，我也不兜圈子了，我就把事情都告诉你吧。"张琛就把事情的来龙去脉都说清楚。

"我明白了，老师。这个叫董一飞的手术是我做的，取出芯片难度很大，但不是不可能。一是要在十分严格的信号屏蔽环境下手术；二是要想办法停止芯片中的自毁程序，一旦芯片感受不到血流脉动就会爆炸，芯片中有极少量的高爆炸药，足以毁坏人脑；三是如果不能停止自毁程序，那就要在取芯片时，让病人保持清醒状态，这样脉动才会更强烈些，稳妥些。这么做难度大，芯片频率安装后就会跟随人体频率，一旦有较大偏差就会启动自毁程序。"

"那你有自毁程序吗？"

"我没有，这些芯片和嵌入式软件都是高统的软件工程师开发的，我们只负责芯片原理设计和应用。A国政府部门对任何一个项目都会有严格开发限制，不允许一个人掌握全部核心技术。老师，到目前为止，还没有一例芯片拆除成功的案例，您要小心加小心。另外，我还给他们提议新的升级方案，不开颅的芯片植入技术，更隐秘，估计高统正在努力吧。"

"我明白了。小张,你还要回A国吗?要不留下来吧。K国更安全一些。"

"不行,我的工作、事业、家庭、生活都在A国,我怎么能走呢?再说,我现在是A国公民,也不可能离开A国,那不成叛国了?放心吧,没事。"

"那你要不要多待几天?"

"不了,我明天就走,还有好多事情要做。老师,要不是您给我电话,我是不会来参加会议的。我就是想来看看您。"

"我懂,谢谢你。最后问你一句。"

张守仁看出了张琛的渴望:"您说,张老师。"

"解铃还须系铃人,你能替董一飞做这个手术吗?"

张守仁早就猜出导师的想法,稍稍犹豫一下,说:"对不起,张老师,我没有把握,这个芯片已启动工作模式,我担心做不了,时间也不允许。"

"理解,明白了。"张琛理解学生的难处,也不再勉强。

张守仁惜别了导师,返回了A国明利苏州的曼菲拉特。张守仁家在这座城市,一栋三层独栋别墅,很豪华。张太太也在这座城市工作,是一名内科医生,地地道道的A国白人,很漂亮,就是张守仁说的"金发碧眼"类型。

小别胜新婚,虽是老夫老妻,可老两口儿也是一夜缠绵,夫妻感情一直非常好。第二天,张太太就去上班了。

中午时分,张太太接到警察局电话,说家里出事了。

等回到家里一看,院子草地上盖着一席雪白色床单,张守仁静静躺在草坪上,人死了。

张太太有些恍惚,不敢相信自己的眼睛,怎么会这样,昨天一切还都好好的,丈夫生龙活虎,可今天怎么就会……太不可思议了。

警官把一封信交给张太太,张太太颤颤巍巍打开信,上面写道:"……我身患严重的抑郁症,实在无法忍受精神折磨,只能选择自杀这唯一方式。我对不起太多人,尤其是我的太太、我的前妻、我的孩子、我的国家，死亡是快乐的解脱，我不入地狱，谁入地狱……"

看这笔迹，确是张守仁的，但事情发生得太蹊跷了，完全出乎意料。一名神经外科教授会被神经系统疾病折磨致死，说出来谁也不信。

很快，张守仁自杀的消息不胫而走，全世界都知道了，都震惊了。医学界还指望张守仁获得诺贝尔奖，但如今不可能了，诺贝尔奖不会颁给死去的人。

张琛和林妙杰更是惊愕不已、后悔不已，认为是自己亲手杀死了张守仁，是自己干的。

全世界都在质问："到底是怎么回事？"

很快，阴谋论浮出水面，全世界也都普遍接受这个说法，虽然没有证据，但舆论一致谴责A国政府谋杀了张守仁。

A国政府立即辟谣，并拉出来张太太再次强调，"张守仁是因严重抑郁症自杀身亡，请媒体不要过多联想"。

掩人耳目，欲盖弥彰。

事实是，"有人"指控张守仁做了危害A国国家利益的事情，情报总局得到消息后，眼里不揉沙子，岂能让危害国家安全的张守仁再活在这个世界？再有本事如果没有忠诚，也要送他到上帝那里施展才华。

就在情报总局行动处派人赶去"惩戒"张守仁时，却在院子草地上看到张守仁的尸体，于是情报总局特工赶紧报警。这个"有人"恰恰是害死张守仁的始作俑者。不是自杀，是谋杀。

究竟是谁杀死了张守仁，"背锅"的A国情报总局很受伤，鲁尼要求展开秘密调查。

## 43. 异国葬礼

*岁月在听我们歌唱。我们唱到自己流泪，但其实只是自作多情。*

张守仁死了，他究竟给A国情报部门主导的第三代脑控技术制订了怎样的方案和远景规划？这个脑科学天才内心究竟在想什么？他真的很满足于现实生活吗？内心纠结的张守仁果真死于抑郁症？他的死带走了太多的谜团，也让很多人心中充满不安的情绪。

情报总局要求对张守仁做尸检并提交尸检报告，查明死因。这件事闹大了，连蕾拉总统都火冒三丈，如此重要的A国科学家不明不白地死了，不可思议。鲁尼告诉蕾拉，张守仁可能叛国，情报总局打算对张守仁予以惩戒，但没想到还没等动手，有人已先动手杀了张守仁，这是A国决不允许的，要处决也必须自己来处决，轮不到外人代劳。尸检报告就是要查明谁杀的张守仁，至少鲁尼和戴维斯都不相信自杀这个理由。

张守仁不单是医生，也是一名很成功的商人，名下有一家医疗公司和一家私募基金公司。他通过医疗公司研发新产品，通过基金公司融资推出更多新产品。张守仁事业如日中天，在李梅诊所也是合伙人。张守仁正在做自己想做的很多事情，没理由自杀。事业是男人最好的"春药"，也是治疗抑郁症的最佳良药，一个事业处在上升期的男人怎么可能会自杀？绝无可能。加之，A国政府和国防部对张守仁高度信赖和支持，大项目都能轻松落入他囊中，有这背景，自杀？除非是神经错乱。

张守仁死了，张琛要竭尽全力挽救董一飞的生命，也算是一次重大考验。

为确保手术万无一失，张琛院长召集众多院内外专家一起来会商，包括花坛医院马晓光教授、和谐医院王斌教授、京城医科大学宋晓君教授、陆军总医院李斌延教授、秦都医院王守信教授、华兴公司周小萌、心理诊所刘庆新、中医世家朱辉、凌霄军团情报处处长张军、博通公司孙志平，林妙杰由于和张守仁的特殊关系也被邀请列席。

张琛院长对董一飞的病情做了详细介绍，并指出董一飞已被强制昏迷半个月，有肌肉和大脑萎缩迹象，强制昏迷不能再继续了，否则人就彻底废了。张琛毫不避讳谈到张守仁给董一飞植入脑控芯片，这个事实让在座者大吃一惊，原来张守仁的脑控技术已达到炉火纯青的应用地步，可对大活人做如此精准的手术。

林妙杰听罢一阵酸楚，既为董一飞的境遇痛心，也为张守仁的行为感到震惊，没看出来张守仁如此心狠手辣，竟然能对大活人下得去手，原有那些好感渐渐降温、消失。

当在座的人听张琛提到"张守仁讲的破解芯片三条路径"，大多数人都认为手术难度太大，希望渺茫。

"这不是外科手术问题，牵扯到通信和软件工程，需要考虑的问题太多了，医生很难专心做手术，压力更大，而脑干手术本身风险系数极高，我觉得手术风险太大了，建议暂时不要做。"王守信教授先表达自己的看法。

"是存在王教授说的问题，尤其是如何确保芯片频率保持脉动频率而不消失，这很难控制，要有极高的控制精准度。再说了，还要避免金属手术器械造成短路而引爆芯片。"李斌延教授也很担心意外发生。

"对，李教授说得对，手术不仅是医学问题，也涉及很多其他学科的问题，需要制订完善可行的手术方案和更多预案。"说话的是宋晓君教授。

"我来说两句吧。"京城花坛医院的马晓光教授接过话来,"我和张守仁共事多年,比较了解张这个人的性格,张比较谨慎,动手术一定会确保万无一失。刚才听张琛院长讲的,他应该是在临时手术台为董一飞做的手术,相信那里的环境并不比我们这里好,只能更差,张在这种环境都能精准做手术,或许说明两点:一是这个手术的风险不是来自芯片,而是来自手术本身;二是芯片也没有那么脆弱,作为远程遥控的终端设备,可靠性和安全性都会有考虑,如果装在脑袋里,就会锁频不能调整频率,这简直不敢想象。人在不同状态下的脉搏是不同的,发烧了就会心跳加快,难道人就要死掉?我看了董的病历,这段时间一直在发烧,脉搏本身就不正常,但芯片没出现问题,这说明张的话不能不信,但也有其他的可能在里面。我的意思是就把这个事情当作手术来做,其他学科问题不要作为主要考虑,更不能喧宾夺主。"

马教授讲完环顾一下四周,看看大家反应,也只有周小萌点了点头。

"马教授,首长要求务必把人救活,不能出任何意外,这……"张军还是有点儿不放心。

"做任何事情都会有意外,但我们会争取最好的结果。"马教授说。

"我同意马教授的观点。"说话的是和谐医院的王斌教授,"生命不等人,虽然任何手术都不能保障百分之百安全,但作为医生会百分之一百努力做到最好,这是责任心。我们不要自己吓自己,这就是一台手术,不是在实验室调试芯片,看它的性能是否合适。我支持尽快手术,我可以参与这台手术。"

谁也不说话了,会议室陷入沉寂。最后还是张琛院长打破了沉寂,说:"你们几位也发表一下见解吧。"张琛看着周小萌、刘庆新、朱辉。

"刘教授、朱教授,我先说几句吧。各位专家教授,我是搞通信专业，对芯片比较了解，我同意马教授的观点。一是我们在做这类芯片时首先强调的是安全性和可靠性，也就是能不能用，至于用得好不好是第二位。所以我同意马教授的观点，这个芯片没有那么可怕。张守仁教授提到的自毁功能，应该是他设计建议书里的性能指标要求，但实际是否能做到，张未必知道，只有高统公司最清楚，也就是设计不等于实际，这是工程上常见的事情，工程指标往往都会低于设计指标，也是因为设计指标通常会提得很高，甚至是不切实际的理想状态。"周小萌停顿一下，"第二，我的想法是，我们公司可以在手术室内协助搭建一套完全信号屏蔽的净空环境，确保外界信号不会干扰手术，让动手术的医生能专心，只考虑手术专业问题，不分心。"

"那万一爆炸了呢？毕竟都是假设。"张军强调安全第一。

"这就是我要说的第三点，假设这个芯片有自毁功能，我们可以先拆除这个自毁功能，让它彻底失效。"

周小萌这句话震惊了全场，怎么拆除？先让工程师给芯片做手术，再让医生摘除芯片？这不是笑话吗！

孙志平睁大眼睛，盯着昔日追求过自己的这位女强人，孙志平坚信周小萌既然说了就一定有办法，这就是信任。

周小萌不紧不慢，继续说道："我之前也考虑用软件方式解决掉自毁程序，但短时间内几乎不可能，也没有更多时间给我们，还存在莫大风险。但我们知道一点，无论是什么芯片，在研制时都会做高低温试验，这类植入人体的芯片有很好的人体保温环境，其高低温试验极限值不会超过工业级芯片，也就是最低使用温度不超过零下80摄氏度，一旦芯片温度低于这个温度，工作性能就会彻底丧失，这是极限温度。相信各位专家教授都知道'液氮'温度低于零下190摄氏度，只要能用液氮快速精准、'点对点'给芯片降温，这个芯片会立即失效。由于芯片多采用硅材料，有一定热传导能力，这就可以在降温后快速实施手术。我的想法是两个人同时来做手术，做好衔接。相信各位专家手术精准度都不存在丝毫问题。这或许是一条暂时可行之路。我也是和我们公司芯片工程师商量了很久才考虑到这个技术路径，或许可行，也相对简单。"

在座的谁也不说话了，周小萌有些失落，沉默片刻，张琛站起来，带头鼓起掌来，大家都站起来集体为周小萌鼓掌。早就想鼓掌的孙志平十分用力鼓着掌，频频点头示意"你最棒"，但赞赏的话含在嘴里。

"就这么办吧，我同意。谢谢周总。"张琛率先表态，"我建议这台手术，我和马教授一起来做，毕竟我和他都比较了解张守仁的手术风格。"

一个是导师，一个是同事，张守仁走了，却给导师和同事出了个天大的难题。

刘庆新和朱辉还没来得及发言，会诊就有了结论，感觉自己是多余了。做手术难道不需要心理咨询一下？不需要针灸一下？看来暂时还真不需要。董一飞还在昏迷状态，听不见，也感受不到痛。

会诊结束了，林妙杰立即跑到周小萌身边，深深鞠了一躬，说："谢谢周总，我替一飞谢谢你，是你救了一飞。"林妙杰想哭，但还是止住了，因为看到周小萌惊诧的表情。林妙杰觉得失态了，周小萌还不知道自己和董一飞的关系。这时，孙志平对周小萌挤了挤眼睛，周小萌便道："别客气，都是好朋友，放心吧，一飞是我的学生。"

手术开始了，安排在次日上午10点。手术室红灯一直亮着，其他人焦急等待着，林妙杰时而走来走去，时而抱着腿坐在椅子上，时而默念佛经，时而摇摇头、晃晃脑袋。

周小萌走了过来："别担心，一飞吉人自有天相，相信两位医生，他们可是K国最棒的神经外科专家了。"

"嗯，相信，一定会的，阿弥陀佛，菩萨保佑。"林妙杰嘴里一直没闲着，念念有词。

手术室红灯灭了，孙志平看了看表，三个小时。

又过了差不多半个小时，手术室门开了，张琛和马晓光穿着手术衣走了出来，张琛摘掉口罩，喘了口气："一切顺利，放心吧。"

一下子，手术室外沸腾了，林妙杰失声痛哭，转身紧紧抱住了周小萌。有点儿男人性格的周小萌突然被一个大美女紧紧抱住,还有些不适应,顺势拍拍林妙杰的肩头,安慰林妙杰:"一切都好了,放心吧。"

"有点儿小插曲,有惊无险。"张琛继续说,"多亏周总的建议,这个芯片很厉害,感觉对环境突变非常敏感,这个张守仁很不简单,如果不是强制降温,后果不堪设想。"

张琛从口袋里拿出一个小塑料袋,里面装的就是这个芯片,很小一个。

"张处长,相信你一定对这个很感兴趣吧,可以拿回去研究破解一下,人体我们可以破解,但这个小东西我们就不行了,无能为力。"

张军顺手接过来这小小的东西,仔细看了半天,然后放进军装口袋里了。

孙志平和周小萌想看一眼,但被小气的张军婉拒了,指出"这是国家机密"。

"真小气,看看又不会少什么。"孙志平有些愤懑不满。

"你在P国那笔账,我们还没算呢。"张军记得很清楚。

"行行行,算吧,算吧。"孙志平懒得搭理张军,径直走开了。

这时,张琛和林妙杰一起走到孙志平身边,示意到一旁商量点儿事,孙志平正好借机走开。

"大哥,我和张院长刚协商要不要出席张守仁葬礼。您说呢?"

"是啊,毕竟是我的学生,不去不合适吧。"

"我倒是把这事给忘了,我觉得张院长你的身份不便,就让妙杰代劳吧。葬礼是哪天,知道吗?"

"后天,我早点儿动身还来得及。那就把一飞托付给你们。他现在还在昏迷,替我好好照料他吧,等我回来。我连夜就走。"林妙杰说完就要走。

"妙杰!"孙志平叫住了林妙杰,塞给一张没有消费限额的信用卡,"这些日子让你破费了不少,这个你先拿着。"

"我不要,我有钱,我不要。"

"别争了,拿着,听话。"孙志平硬塞给林妙杰。林妙杰也不再推托,赶紧告辞准备去A国参加张守仁葬礼。

林妙杰走了,董一飞还在昏迷期。

忽然,孙志平想到一件很重要的事情,拿起电话打给梁栋的妻子。原本说好去家里看看,但这一忙给耽误了。

在齐天全精心安排下,梁栋的妻子、孩子和父母已被妥善照料,博通给了一大笔抚恤金,同时把梁栋的股权转给孩子继承。梁栋的妻子叫何甜甜,小学老师,这次受到的打击太大了。

解决好董一飞的事,孙志平第一时间就赶到梁栋家里。

一见到何甜甜和孩子,何甜甜就痛哭流涕,毕竟人走了,牺牲得那么惨烈。

"老孙啊,谢谢你给我们家精心安排,我相信梁栋在天之灵也会安息,不过我还想求你一件事。"

"你说,甜甜。我一定尽全力做到。"

"我想找回梁栋的尸体或骨灰,不能让我的梁栋漂泊在异国他乡,我们想祭拜都没个墓碑可以去啊。求你了,让他回来吧。"何甜甜又失声痛哭起来。

"甜甜,我们正在想办法,不会让他们一直在外面,叶落归根,他们一定会回来,相信我。"

"我相信你,孙总。我的孩子长大了也要去当兵,学他爸爸。梁栋是英雄,可惜脱了军装,不能当英雄,我想让孩子继承他爸爸的想法,实现梁栋的愿望。"

"甜甜,孩子还小,等孩子长大后,我们看孩子的想法吧。你要保重身体,这是最主要的。"

"孙伯伯,我不怕,我可以,我从小就爱打仗,我要学习爸爸,等爸爸出差回来了,还会教我。"孩子一句话,何甜甜哭得更伤心了,孩子还不懂事,让孙志平更加伤心。

"妈妈不哭,我长大了会保护你的,爸爸也会保护你,我们一起等爸爸回来。"

童真的可爱让孙志平心生无限感慨。为了让孩子不受到刺激，何甜甜一直没有告诉孩子爸爸没有了，只说爸爸出差了，家里也不挂爸爸的遗像，就好像爸爸很快就会回来，一切都没有发生。孩子一直都是这么认为的。

离开梁栋家，孙志平狠狠抽了自己一个大嘴巴，没有保护好梁栋，留下孤儿寡母，谁之过？

此时，从来都不"重色轻友"的孙志平想起了姜瑄。孙志平拿起电话打给姜瑄，强烈希望能见个面，一起吃顿饭也行。姜瑄也强烈感到孙志平迫切想见自己。

一个小时后，二人在姜瑄家附近一间咖啡馆坐了下来。这间咖啡馆比较独特，军事文化主题，军事化布局，连服务员都穿军装。姜瑄和孙志平坐的桌子就是几个炮弹箱搭起来的。在防空洞布局的几个小房间里，有各类全景军事模拟项目，免费体验。

姜瑄是这里的常客，她打小儿就喜欢军事，喜欢军人，本来立志嫁个军人，可见到孙志平后就改变主意，立志嫁个退役军人，更成熟、更有沧桑感、更有男人魅力，还能开开心心、无忧无虑，没有部队的约束和两地分居的苦楚。

一见面，还没等孙志平开口，姜瑄就把孙志平那封信甩出来："物归原主，你收好吧。孙大老板。"

孙志平听得不对劲，姜瑄说话带着气，便问："谁惹你了？怎么气鼓鼓的。"

"没谁，谁敢惹我？我怕谁？"

"到底怎么了？说说看。"

"你是大老板，呼风唤雨，我算啥啊，一个大傻瓜，我发现自己病得不轻。"

孙志平越听越糊涂，说："小姜，到底发生什么事情了？你告诉我吧，我哪里做错了，你告诉我，我改。"

"我到底算你什么人？你凭什么对我任意摆布？你算老几？你征

求我的意见了吗？我姜瑄可不是嫁不出去了，非你孙大老板不嫁。"姜瑄一下子就爆发了。旁边的人把注意力转移到了这边，看样子是情侣吵架。

"我怎么你了？"孙志平一下子被说蒙了。

"你这封信写的什么，你不清楚？还要我给你念一遍吗？"孙志平全明白了，姜瑄拆开了信件，看了里面的内容。

"什么叫你死了，把遗产都给我，委托我负责监管你的儿子，抚养你的儿子长大成人。那是你的儿子，不是我的，我还没结过婚，我凭什么给你当老妈子，带你的孩子，你想啥呢？你是很有钱，找律师去委托，找我干吗？你以为我稀罕你那点儿破钱，我是没钱，但有尊严，你少来恶心我，我不稀罕你的烂钱，谁爱要谁要，我姜瑄不要……"竹筒倒豆子，姜瑄全倒了出来。

孙志平不停抹着冷汗，衬衣湿透了。

"小姜，对不起，是我考虑不周，我给你道歉，我没那个意思，是我没有表达清楚，我本意是想说我很信任你，没其他意思。你别乱想了。对不起。"孙志平磕磕巴巴，又被姜瑄这个女人彻底制住了。

"信任我？让我当老妈子，我不当，我也不要你信任我。对了，你把钱都给我了，好啊，我要，我立即把你儿子送孤儿院，我就辞职不干了，然后就拿你的钱找小白脸，多好的事啊。你说对吧。一辈子吃喝不愁，还有分红。你觉得如何？"姜瑄改变策略，调侃孙志平。

"小姜，我错了，以后我有什么事都会第一时间和你商量，这次是我不对。我深刻、诚挚、真诚、发自肺腑地向你赔罪。对不起！"

"少来，你对不起我的事情还少吗？少来这一套。"姜瑄完全不买账。

"你早回京城了，今天都几号了，现在才想起来我。我是啥啊，我不是鸡，招之即来，挥之即去，你看清了，我是谁。"姜瑄继续教训孙志平，要让孙志平好好长长记性。

"小姜，我是一直在忙，今天才闲了下来。没有骗你，我真的是太忙了。"

"哪个'忙'字，对我心死的那个'忙'字吧？你给我记住，孙志平，从今天开始我对你死心了。你死也好，活也罢，与我无关！"

撂下狠话，姜瑄起身就要走，孙志平急忙起身一把拽住姜瑄的手，这也是孙志平第一次触碰姜瑄。二人身体接触刹那突然有触电般的感觉，还有噼啪的响声，孙志平赶紧松开手："求你了，你别走，给我点儿面子吧。"

姜瑄没打算真走，假装没站稳一屁股又坐了下来，说："你还知道要面子，我给你面子，我的面子呢，都包饺子喂狗了。"

"有话好好说。"事已至此，孙志平就把最近发生的事情统统告诉了姜瑄，女人不好对付时，那就实话实说，实话最能打动女人心。

听完这些介绍，姜瑄不说话了，心里只有一种感觉，眼前这个男人还能活着回来已经是奇迹了。

"对不起，是我脾气不好，让你受委屈了。"姜瑄也开始真诚道歉。

"是我的问题，我想问题太简单了，心思都在工作上，忽略了你的感受。"

一场激烈矛盾就这样趋于平静，孙志平成功化解了这场小小的情感危机。但孙志平真不知道该如何定位、定义姜瑄，是朋友，还是女朋友，一切都没想好，一字之差，天壤之别。

林妙杰赶到A国明利苏州的曼菲拉特。张守仁是虔诚的基督徒，葬礼就在附近的教堂举行。与K国葬礼类似，A国葬礼也有守灵的习惯。在葬礼前，灵柩要放在教堂中由亲友轮流守灵。守灵是对死者表示尊敬的传统做法，但给张守仁守灵的只有张太太一人。

墓地选择也有讲究，张守仁是死于自杀或他杀，属于非正常死亡，《圣经》认为这是罪，只能把张守仁葬在公墓北面的墓地。基督教教堂圣坛北面是宣读福音的场所，福音主旨就是要让罪人忏悔，北面墓地是为那些需要拯救的罪人设置的特殊墓地。张守仁入葬采用A国常见的土葬，胸前放上十字架，双手交叉放在胸前。

教堂牧师在为死者祷告，参加丧礼的朋友也默默为张守仁祷告、送行。其中就有远道而来的林妙杰，还有不少穿着黑色西服的陌生人。这些人在葬礼期间警惕地环顾四周，紧盯来往悼念的人群。

葬礼结束了，两名黑衣人来到林妙杰身边，说："林女士，请跟我们走一趟，我们有事情找您。"

"你们是谁？找我有什么事情？"林妙杰很警惕，这些人看着不是善茬。

"到了就知道了。"不容解释，这是命令。

"我还有事，请你们理解。"林妙杰不愿意去。

"不会耽误你很久，林女士，A国是法治国家。请吧。"黑衣人再次警告林妙杰，"请协助调查，谢谢。"

不得已，林妙杰上了车，跟着两名黑衣人走了。孙志平怎么也联系不上林妙杰，看来又出事了。

就在张守仁葬礼当天，林妙杰采访张守仁的节目播出并引起了全球轰动，这期节目也创了电视台收视率新高。可看完电视后的观众更加充满疑问，精通脑科学技术的张守仁到底怎么死的？看来又是历史悬案了。

## 44. 使命五号

每个人的人生都要有一段浑然忘我的时间,这样才能全力冲刺,完成任何事。但成功后还是先醒醒吧,准备继续冲刺。

董一飞醒了,睁开眼睛就问自己在哪儿。当医护人员告诉他已经昏迷快一个月了,董一飞万分惊诧,可依旧有些头痛,一打听才知道经历这么多变故,死里逃生。

医护人员当即就通知博通天大的好消息。孙志平第一时间赶到凌霄军团总医院,两个生死战友再次见面格外激动,但考虑到董一飞身体还没完全恢复,害怕刺激董一飞,孙志平没敢把梁栋的死讯和林妙杰失踪的消息告诉董一飞,除此之外的其他事情他给董一飞讲了一遍。当董一飞听到自己被脑控,浑身发抖,简直不敢相信事实,好在一切都过去了。当知道林妙杰为救自己,不顾个人安危跑到CU国、SA国和A国,深入虎穴,董一飞感动至极。

"妙杰在哪里呢?我想见见她。"

"她回K城了,等闲下来我会让她来见你,我一会儿就告诉她这个好消息。放心吧。"孙志平不能说实话。

"老齐、梁栋都还好吧,CU国的事情怎么办?"

"都很好。老齐现在负责你那一摊,很辛苦。等你好了再去帮他,好好休养,不着急。"孙志平只能半真半假。

但孙志平知道瞒不了多久,很快,董一飞就会知道一切。

次日，朱辉和刘庆新来到医院探望董一飞，刘庆新和董一飞聊天，开导着董一飞，朱辉给董一飞把着脉。

朱辉是中医世家，祖传针灸，很神奇，但并没有接过祖辈衣钵去行医，只是在单位拿同事练手，一是帮助同事们解决病痛，二是让祖传技能不至于遗忘。就这样一来二去，"朱神医"就名声在外了，很多人都慕名而来，针到病除。刘庆新曾经胃不舒服找到朱辉，几针下去，刘庆新的胃病就治好了，太神奇了。就这样，一个心理医生和一个针灸神医算是认识了，从此联袂出诊，一个解决心理疾病，一个解决生理疾病，珠联璧合。

朱辉把过脉后觉得很惊讶，看着董一飞，问："你是不是受到过重击？"

"对，几个月前，在P国。"董一飞感到这个朱辉有两下子，他一直没觉得身体不舒服，就把这事忘记了。

"你可能脾脏有损伤，需要调理一下。"

"怎么调理？"

朱辉拿起一根长长的银针，说："肯定是针灸了。"

话音未落，长长的银针就消失在董一飞身体里，深深地扎了进去。

"朱神医，我还没同意你扎我呢，你就扎了，你消毒了吗？我咋没看见。"

"请叫我朱大夫、朱老师，不要叫我神医。对了，针在我来之前消过毒了，放心吧。再说了，不用你同意，你又不是小孩，我扎你，你不也没有什么反应？"这句话还没说完，第二根长长的银针又消失在董一飞身体里了。

行云流水，一气呵成，朱神医就行完了针："搞定。"

"这几针有啥用呢？"董一飞很好奇。

"放血。"朱辉不假思索，"你的脾脏有瘀血，不放出来，你的身体会有大问题。"

"朱神医……"

"嗯？"朱辉皱了皱眉头。

"哦，朱大夫，您这么一说，我突然觉得这里是不舒服。"

"这是心理作用。"刘庆新一旁解释说，"没事，我能解决你的心理问题。你还活着，你比梁栋幸运多了，知足吧，一飞。"

"你说什么！刘教授，梁栋怎么了？"董一飞蒙了。

"梁栋？梁栋死了。你说你多幸运吧。"刘庆新不假思索。

"刘教授，你说的是真的？"董一飞声音在颤抖，几个银针在剧烈抖动。

"啊，你不知道？"刘庆新知道说错话了，狠狠抽自己一嘴巴，"我这嘴真欠抽。"

"能告诉我，梁栋怎么死的吗？"董一飞渴求刘庆新告诉实情。

既然如此了，刘庆新就把从孙志平、林妙杰那里听到的真实战况悉数告诉了董一飞。

"哎呀！"听完后的董一飞浑身发抖，"是我害了梁栋，是我害了梁栋，还有那么多战友……"董一飞失声痛哭起来，让朱辉和刘庆新不知所措，就算是心理医生也无法抑制病患内心悲痛，只能打电话给孙志平坦承自己的愚蠢。

孙志平立即赶到病房，知道瞒不住了，就把全部事情告诉了董一飞，包括林妙杰失踪的事。

这些话确实如刀子扎董一飞的心，好兄弟因为自己只剩下孤儿寡母，恋人为自己下落不明，博通弟兄们为自己牺牲13人，他痛感无地自容，都是自己大意所致，还不如一死了之，就没有这么多麻烦了。

"一飞，想开点儿，这么多人为你牺牲了，你更应该保重自己，为他们报仇，为博通争气，绝不能瞎想。"

"大哥，对不起，我拖累了博通，拖累了您。我此生无以为报。"

"好好的，养好身体就行，博通不能没有你，懂吗？"

"好，我知道了，大哥，还要麻烦你尽快找到林妙杰，她太不容易了。拜托了。"董一飞想起身给孙志平鞠躬，但被孙志平一把按在床上，一动不能动。

"妙杰是我们的好兄弟、好姐妹，你别多想了，好好休息，我正想办法，你别着急。"

孙志平太清楚，林妙杰为博通付出了太多。但A国政府限制博通在A国境内活动，之前A国办事处不得不撤销。孙志平猜到可能是情报总局在作祟，但如今的大环境，也不能直接给戴维斯打电话要人，孙志平也是一筹莫展。

日子不好过的不仅是孙志平，还有在地球另一端的戴维斯。鲁尼命令戴维斯尽快查清张守仁被杀事件，可也是一点儿线索都没有。虽然把林妙杰找去协查，但从目前的口供来看，林妙杰与张守仁之死没有关系，林妙杰没有杀害张守仁的动机，相反这两个人倒有些投缘。

只是张守仁到K国参加一个医学会议让戴维斯感到蹊跷，怎么回来人就死了？尽管"有人"揭发张守仁在京城没有遵守保密规定，但就算惩罚也是情报总局的事。戴维斯认为问题就出在京城，必须查个水落石出。可在京城能靠得住的，除了线人，就剩下孙志平了。这个事情让线人冒险不值当，于是戴维斯果断拿起电话直拨孙志平。

孙志平正在办公室踱步，心神不安，电话响了，竟然是戴维斯。

"戴维斯先生，你好。"孙志平缺少了客套，也缺少了热情。

"孙先生好，最近还好吧，很久没见了。"戴维斯依旧是礼貌、客套，语气平和，好像什么事情都没发生过。

孙志平冷笑了几声，说："你觉得我能好吗？我都成了你们制裁的对象，托您老兄的福。对了，好像咱们没有很久没见吧。"孙志平说这句话是为提醒戴维斯不要忘恩。

戴维斯干咳两声，立即转移话题，戴维斯不想让鲁尼知道孙志平放过自己："A国优先，这是原则。孙先生，我们现在还是合作伙伴，我想问你一件事，希望你能坦诚相告。"

孙志平明白戴维斯想问什么，反客为主问戴维斯："我先问你一件事，希望你能坦诚相告。"

"好，你问吧。"戴维斯也知道孙志平的问题。

"林妙杰呢？我的朋友，为什么在你们讲法治的A国参加个葬礼就突然消失了？我希望您这位大处长帮我找找她。"

"你说林女士，我们请她来喝咖啡了，如今咖啡喝完了，她很快就能回国了，我们谈得很愉快，放心吧。我这个回答你还满意吗？"

"谢谢，我希望能尽快见到她。"

"没问题。"

"你问吧，戴维斯先生。"孙志平愿意投桃报李。

"我就想知道张守仁为什么从贵国回来后，突然就死了。"

"我也想知道这个问题，我一直觉得是你们怀疑张的忠诚度把他杀了，制造了自杀假象，难道不是吗？"

"绝不是，我们需要张这个人，就算忠诚度有问题，我们也没必要杀了他。我希望你帮我查查究竟是谁杀了他。就是这个事情，拜托。"

"你这是拿林妙杰和我做交换吗？"

"不不不，A国是法治国家，林妙杰很快就可以回去了，与这件事无关。我就是想知道，一个A籍人究竟得罪了谁，我也不相信你们K国人会杀了他。我就想知道答案。"

"我觉得你可以直接和K国国家安全部门合作，我们就是个安保公司，没有办法帮你。我只能说我尽力找找线索。我在京城与张先生也有一面之缘，很是钦佩他的学识，他的离世太可惜了。我也很意外，甚至有些不可思议。"

"这一点，我们有同感，谢谢。"

戴维斯挂了电话，从和孙志平的交谈中，一直在揣测K国人杀死张守仁的动机，难道是为阻止A国发展脑控技术？但又觉得不大可能，张守仁是个天才，谁会舍得对他动手。

刚挂了电话，戴维斯就拿到了张守仁的尸检报告，很厚一沓，但结论只有几句话：张守仁身体健康，没有迹象显示死于突发疾病；不存在死于慢性毒药的可能；身上没有明显外伤，初步排除因外力致死；身上没有异常指纹和异常痕迹，初步判断是坠楼撞击伤导致死亡。但此判断尚存疑问，一是楼层不高，坠楼力度不足以致死；二是心肌纤维撕裂，心脏出血，不像坠落撞击所致，或是受到过度惊吓致死。

人在不断受到恐吓或情绪剧烈波动时，体内分泌的肾上腺素将逐渐积累或迅速积累，到一定量时，就损害心肌细胞，造成病变导致死亡。很多文献报告显示，对被吓死者尸体解剖结果表明，死者心肌纤维均发生撕裂与损伤，心肌中还夹杂着大量玫瑰红色血斑。这说明心脏出血过多，损害心脏功能，心脏急剧衰竭而停止搏动导致死亡。

可张守仁何许人也，作为医生什么恐怖场景没见过，要真是被吓死，那一定非同小可。问题是，张守仁究竟是先被吓死再扔下楼，还是自杀跳楼后受惊吓而死。

戴维斯排除了后者，但是谁惊吓了这位医生，再把吓死的医生扔下楼。戴维斯要尽力找寻这个吓死张守仁的恶人。

孙志平知道林妙杰要回来了，十分兴奋，专门跑到病房告诉董一飞，让董一飞不要担心。看到董一飞今天气色不错，孙志平的心放下许多，也希望董一飞尽快恢复，毕竟太多事情等待董一飞去做。

"对了，大哥，替我谢谢朱神医，我觉得身体好多了。"

"朱神医是谁？"

"朱辉，就是上次刘庆新带来的那位，你见过。还不错，有空让他给你扎扎，管用。"

"哦，我没病，你歇着吧。没事别瞎扎，小心扎出毛病来。我先回家了。"

难得心情好起来，孙志平提前回了家。

一进门，孩子就迎了上来，手里拿了本书，问："爸爸，什么是'使命'空间站？我想去看看。"

孙志平拿过孩子的书，这是姜瑄给小贝买的《走进"使命"》，一本科普书籍。

孙志平一边换衣服，一边耐心解释着："'使命'是K国空间站的名称。'使命'空间站有一个可大的舱段，叫作'人和'核心舱，正是'人和'的凝聚力，才有了今天'使命'的宏大。"

"为什么叫'人和'？"小贝习惯刨根问底。

孙志平耐心给孩子解释"人和"中的"人"和"和"文化。

"人和"核心舱取自"和"字，"和"在K国文化中博大精深，意义深远。

《道德经》有云，"道生一，一生二，二生三，三生万物。万物负阴而抱阳，冲气以为和"，从宇宙本体论、生化论层面，阐释了"和"是阴阳二气矛盾统一，是生成万物的内在依据或存在状态。

《庄子·天道》篇称"与人和者，谓之人乐；与天和者，谓之天乐"，天和、人和，即是顺应自然，而不要人为干扰，甚至破坏自然，这是万物之美产生的哲学理据。

"人和"自然就是天地作和之美，阴阳协调之意，人与自然和谐之美。K国空间站核心舱用"人和"来命名就体现出人与宇宙空间的完美结合，也体现出"人类命运共同体"之深意。

说到"人和"，实际上是从"使命三号"才有了核心舱概念，之前的"使命一号""使命二号"只是目标飞行器和第一代空间站。"人和一号"是K国第一个大型空间站"使命三号"的核心舱，是空间站的管理和控制中心，负责空间站组合体的统一管理和控制，支持实验舱、载人飞船、货运飞船等飞行器与其交会对接和在轨组装，并具备接纳航天员长期访问和物资补给的综合能力，并配置大型机械臂，具有气闸舱功能，支持开展航天医学和空间生命科学实验。核心舱模块又分为节点舱、生活控制舱和资源舱，主要任务就是为航天员提供居住环境，支持航天员长期在轨驻留，支持飞船和扩展模块对接停靠并开展少量空间应用实验。

历经10多年经验积累，K国即将发射更为先进、更为宏大的"人和三号"核心舱，将与"人和二号"核心舱一起组合成为"双核心舱"的超大型空间站——"使命五号"。"人和三号"和"人和二号"核心舱的尺寸大小和重量比较类似，"人和三号"是"人和二号"的技术升级版本，自动化程度更高，新材料应用比例更大，太空使用寿命更长。

与已经陨落的第一代国际空间站只能容纳6名常驻航天员相比，千余吨的"使命五号"可同时容纳15名航天员工作生活，也就备受国际社会的广泛关注。

按照"使命五号"空间站发射部署计划，ZC9超重型运载火箭将会发射4次，主要是将重达百吨的核心舱、服务舱、实验舱、生命保障舱分别送入轨道，并实现自动对接。同时，ZC5运载火箭也将发射10多次，将把各种功能载荷送入空间站后完成组装。建设"使命五号"空间站工程，加起来至少要有14次发射任务，这对每年上百次发射能力的K国航天来讲并不困难。

四枚超重型的ZC9运载火箭顺利把这些太空舱送入轨道，"使命五号"主体框架已建设完毕，接下来就是要用多枚ZC5运载火箭把众多20多吨重的不同载荷送抵"使命五号"。

开始一切顺利，但当第六枚ZC5运载火箭发射时却发生了重大意外。这次运送的载荷内部代号为"粒子一号"，对外说法是能源附属舱。"粒子一号"就是中性粒子定向能武器，这类武器配属于"使命五号"就是要强化空间站自卫能力。在A国太空军事化和军备竞赛促使下，A国太空军已经实现了全面"攻防一体"作战能力，逼迫其他国家不得不被动跟进，K国是被迫实施太空军事化，但强调自卫能力。

很蹊跷的是，这枚ZC5运载火箭已经把载荷推进到近地轨道，但载荷却莫名其妙坠入大气层烧毁了。由于这项任务十分保密，K国并没有过多声张。

第七枚ZC5再次成功发射一枚空间站内部试验载荷，并计划以第八枚ZC5发射"粒子二号"作为替补。但蹊跷的是，"粒子二号"命运依旧，还是入轨后就坠毁了。紧接着再发射其他载荷又都成功了，只要是"粒子"载荷就出问题，而其他载荷都很顺利。

这种怪异现象和这两次发射失败让K国航天部门和凌霄军团坐不住了，这太不正常了，损失的两枚"粒子"载荷价值不菲，发射失败影响"使命五号"正常使用和试验计划,军队首长要求必须查明原因,并暂停"粒子三号"载荷发射,一切等查明原因后再发射。

经仔细检查内外弹道遥测系统数据,两枚ZC5运载火箭全程工作正常,包括星箭分离也很正常。

但当"粒子"载荷要与空间站对接时,在过渡轨道运行期间,载荷突然姿态失稳,轨道快速降低,并坠落到大气层烧毁。这说明"粒子"载荷姿态控制系统瞬间出现严重问题,但调取坠毁前的相关遥测数据又显示一切正常,不可能出现姿态失稳,除非是强大外力所致。问题核心是这个无形的外力只针对"粒子"载荷,其他载荷都顺利与空间站对接。究竟是谁将"粒子"载荷发射机密泄露出去的,这才是问题关键,对手可以说是"定点清除",就是针对K国凌霄军团的军用载荷,如果没有"内鬼",外人是不可能知道这些核心军事机密的。

"内鬼"究竟是谁,K国国家安全部门制订了捕鼠计划,代号"鼹鼠故事",发誓要挖出这只深藏泥土中的"鼹鼠"。

## 45. 鼹鼠故事

就算要出卖灵魂，也要找个付得起价钱的人。可是与灵魂谈价，灵魂会弃你而去。

"董一飞脑控事件"让K国政府和军方十分担心，A国有多少这样的"活死人"散布在K国重要部门和行业，没有人知道，他们危害极大，这类人就是A国豢养在其他国家的"地下鼹鼠"。

林妙杰回到国内后第一件事就是做个全身体检，在张琛发现没有脑控芯片痕迹后，大家才稍稍放心。但接连两次"粒子"载荷发射失败让凌霄军团深刻明白一点，内部真有"鼹鼠"，于是，一场大规模"捕鼠行动"秘密展开。

经过调查核实和尸检报告分析，戴维斯将张守仁的死因完全定性为他杀，但究竟是谁杀的，戴维斯无从查起。张守仁之死成了A国的一宗悬案。当然，情报总局也因保护专家不力，被蕾拉总统一通狠批。失去张守仁这个大脑，A国第三代脑控技术发展将会大大延缓，这一点，戴维斯比谁都清楚。

戴维斯把松本未来叫到兰利总部。在绑架董一飞事件中，松本积极配合并发挥了重要作用，让戴维斯在局长那里挽回面子。但与此形成鲜明对比的是，史密斯的浑水公司在瑞德基地防守上严重失职，导致博通如入无人之境，并险些把戴维斯当了人质，这让戴维斯大为恼火。可这些事都不能让鲁尼知道，用松本的西武团队替代史密斯的浑水公司就再自然不过了。

不仅如此，在戴维斯支持下，原本交给浑水公司的一些项目都转给了西武安保。松本有戴维斯的支持，史密斯只能忍气吞声。情报总局项目没了，史密斯对松本则恨之入骨。这个时候，史密斯才想起来孙志平提醒过自己要当心松本，这是一条喂不熟的狼。但此时的松本早就不把史密斯放在眼里，而从实力来看，西武也是越做越大，甚至可以与浑水分庭抗礼，关键就是情报总局的支持。

史密斯受不了被松本侮辱，打电话给孙志平，希望能见面聊一聊。孙志平盛情邀请史密斯来趟京城。很快，两人就在博通总部见面了。

孙志平带着史密斯参观博通总部，当看到"走黑石的路是死路，走博通的路是生路"这幅字时，孙志平有些不好意思，忘记摘掉了，可史密斯竖起了大拇指，说："孙先生，你说得对，黑石已经没有了。如果浑水再不努力的话，浑水也很快就没有了。我们倒是想走博通的路，所以来京城学习博通经验。"

孙志平笑了笑，说："您说笑了，浑水实力很强，我们博通需要向你们学习。"

史密斯一脸迷茫，说："孙先生，我没有和你开玩笑，我说的是真的，浑水目前遭遇了天大的麻烦，需要博通来帮帮我。"

"哦，究竟怎么回事？有那么严重？"都说同行相欺，但这句话不适合孙志平。

史密斯就把松本的西武安保公司挖墙脚的事清清楚楚地说了，一点儿也不隐瞒，尤其提到戴维斯非常重视和松本的合作，并且点到松本帮了戴维斯一个很大的忙，让戴维斯很有面子，具体帮什么忙就不知道了。这时，孙志平猛然想起来，在情报总局抓捕董一飞时，正是松本的人带头干扰了博通的正常安保部署，导致情报总局乘虚而入，绑架了董一飞，原来这个家伙才是帮凶。

"史密斯先生，我明白了。这个松本不仅是你的敌人，也是我博通的敌人，我会帮你对付他的。"

"太好了，有博通的支持，我就放心了，不然我真担心松本这个人，太阴险、狡诈。"

"史密斯先生，你的担心是必要的，我也认识你这么多年，有句不好听的话不得不说，不知道你是否介意？"

"你说吧，我们是朋友。"

"史密斯先生，你太心慈手软了，我们K国人有句老话，打蛇不死反被蛇咬。我担心你的软弱和退缩可能会害了你，对付松本这样的人一定要心狠手辣，他黑、他狠，你要比他还黑、还狠。"

孙志平也不想避讳什么，在孙志平看来，浑水公司是可以合作的对象，尽管有矛盾，但商业矛盾可以调解；而西武是不可以合作的对象，不仅是竞争对手，更是你死我活的敌人。帮助浑水对付西武是博通义不容辞的责任，帮助浑水就是帮助博通。

"我明白，谢谢提醒，上次在SG城没听你的忠告，追悔莫及啊。"史密斯十分感慨。很快，双方在对付西武的问题上达成了共识。

忙完正事，孙志平亲自带着史密斯转了转京城。不料，没过几天，史密斯就出事了。

原来，心态快速膨胀、资本快速增加的松本在史密斯前往京城期间，立即飞赴A国北凯泽莱州浑水公司总部，用重金收买了浑水公司高管，并承诺事成后给予丰厚利益。浑水公司被情报总局不断打压，这些高管灰头土脸，觉得再跟着史密斯也不会有什么前途。史密斯回到总部的第三天，就被乱枪打死了，打死史密斯的正是这几个浑水公司高管，浑水变天了，也变得更浑了。

听到这个消息，孙志平万分震惊，可心知肚明，这一定是松本策反浑水公司的人干的。可惜了史密斯，还算仗义、有节操。如今浑水公司换成松本当家，必然更加阴损，博通公司也将面临最大的行业挑战。和史密斯一起来京城的浑水公司总裁助理在威逼利诱下也背叛了，供出了孙志平和史密斯协商对付松本的全盘计划。松本和孙志平的新账老账必然要一起算。吞并了浑水公司的西武已不同往日，松本有市场、有资金、有装备、有人员，更有野心，尤其是一颗强烈悸动的复仇之心。

松本接管浑水公司后，更重视招募K国对手国家的老兵，这些人具有天然的反K国情绪，不用刻意去培养，比如I国、R国、A国等，都是招募人选的最佳国家，松本决心要与博通死磕，拼个鱼死网破。

戴维斯刻意排斥浑水公司，甚至支持松本干掉史密斯让一个人很不满意，这就是戴维斯的死对头贝里。贝里倒不是多喜欢浑水公司，与浑水公司也没啥利益瓜葛，就是看不惯戴维斯，总要找点儿事儿罢了。贝里继续在局长鲁尼面前给戴维斯上眼药，说尽坏话。但鲁尼老奸巨猾，贝里想说就说，自己听着，偶尔点点头表示支持，下属钩心斗角，自己善加利用就是了。但有个做人的原则，天天说别人坏话的人也不是什么好人，告密者不被待见，不被重用。贝里说来说去，鲁尼就一句话：加强对戴维斯的监控，有什么越轨行为及时汇报。

在鲁尼眼里，贝里是一条忠诚的狗，当然忠诚不忠诚不好说，毕竟现在手里有权，贝里要忠诚的是自己手中的权力，但这也足够了。在戴维斯的背后有很多双眼睛时刻在盯着，盯着这个处长位置。

这一天，祁奕雄把孙志平叫到办公室，想咨询最近接连发生的航天事故。祁奕雄先说了自己的看法，也想听听孙志平的想法，郝利新在一旁作陪。

祁奕雄和郝利新关系不一般，郝利新是祁奕雄从霹雳军团带过来的老部下，有啥事都一起商量。郝利新和孙志平也都是霹雳军团出身，三人有很多共同经历和共同语言。

没外人时，孙志平喜欢叫祁奕雄"教导员"，这是有感情的称呼，毕竟刚认识祁奕雄时，他就是孙志平学员队的教导员。

"教导员，我觉得这件事确实很蹊跷，像是定点清除，我同意你们的判断，有内鬼。这次通过董一飞事件，我感觉这个内鬼有两类：一类是身体有鬼的，一类是心里有鬼的。"

"小孙你说得对，就是这么回事。"郝利新认同孙志平。

"这身体有鬼的，就如同董一飞被脑控，是被动的，没办法，只能按照指令办事。这类鬼好找,让大家都做个体检就会水落石出,对拒绝或找借口不愿意体检的人做重点排查,这个容易些。最难处理的就是这心里有鬼的人,没有芯片,查不出来,但脑子里肯定憋着坏,全员做测谎有难度,这就需要重点对某些特定人员进行忠诚度测评,方法有很多,教导员、郝副参谋长,你们有的是招儿对付这些人。"

"小孙说得对,我们可以先对身体有鬼的人做测评,找出那些'活死人',这个相对简单,我尽快向司令、政委汇报。郝副参谋长,你联系张琛来给大家做全面体检,要快,一个都不能少,包括你我,要尽快拿出报告。"祁奕雄指了指自己和郝利新。

"明白。我一会儿就去安排。"

"现在就去落实。"祁奕雄一秒都不想耽误。

"好。"郝利新走出了办公室。

"你继续说,小孙。"祁奕雄很着急。

"教导员,这第二类人比较难查,我觉得还是要针对重点岗位,尤其要从知密和携密的人入手。知道这类任务的人毕竟是少数,这就把圈子缩小很多。具体从谁开始查,我不好说,这毕竟是凌霄军团内部的事情,相信教导员比我更清楚。"

孙志平不愿在背后说别人坏话,仅仅是怀疑不能说明问题。

冷不丁地,孙志平想起一件事,问:"教导员,你见过董一飞脑袋里取出来的那枚脑控芯片吗?"

"芯片?什么芯片?我没见过。"祁奕雄很惊讶,"哪里有?在哪儿?"

"我记得是张琛给了张军,你可以问问张军。"

"我不知道,我现在就问。"祁奕雄立即拿起电话,但被孙志平按住了。

"教导员,您先别打,这件事只有我、周小萌、张琛知道,等我走了你再问吧,这样好些。"

祁奕雄放下电话,说:"好,我一会儿问问郝利新知不知道。"

"教导员,你要多保重身体,我很担心你压力太大。"

"没办法,军事斗争白热化,连续两次失败,明显就是针对凌霄军团,不可掉以轻心,我比较担心不是敌人多强大,而是内部的鬼太多,最近几年凌霄军团太多秘密都被A国知道了,被境外媒体披露了,让我们工作很被动。"

"我理解,这需要时间,着急也解决不了问题。人心难测,人心也不好管。科技再发达,人性也不好说。"

"是啊,知根知底的人太少了,外面诱惑太多了,人心隔肚皮啊。"祁奕雄十分感慨。

"教导员,这都是正常的,我也知道你们一直在调查我,认为我和情报总局走得太近了,要不是我和情报总局闹这么大矛盾,或许你们也不会相信我。我都理解。"孙志平憋在心里的话还是吐了出来。

"小孙,相互理解吧,都不容易,我知道你很委屈,我相信你,真金不怕火炼,你就是孙悟空,百炼成钢,但也要走一遭太上老君八卦炉,淬淬这三昧真火吧。"祁奕雄笑了起来,很轻松,压在心中的一口闷气吐了出来。

"教导员,我是你的兵,你教我的,我都记得。我没什么大话,军人就是为国家而生,我内心就是一名军人,效命疆场是军人天职。"

"好,不说活了死了的,你不是还让我给你当顾问吗?我没忘记,你小子不能说话不算数。"

"一言为定。"孙志平笑了起来。

孙志平走了,心里痛快许多,很久没单独和"教导员"说心里话了。

祁奕雄刚面带的笑容渐趋平静,拿起电话直拨张琛,电话后就让郝利新和张军来一趟。祁奕雄又感到了压力,他要保护孙志平。

"小张,刚才张琛院长电话说给了你一块芯片,让你去破解,有什么进展没有?"祁奕雄态度很和缓。

"对了,参谋长、郝副参谋长,我正想向两位领导汇报这个情况。"

"嗯，你说吧。"

"芯片在实验室丢了，我问遍了实验室所有人，都不知道去哪里了。"

张军出语惊人，祁奕雄和郝利新完全没有料到会是这个结果，在凌霄军团实验室竟然会丢失如此重要的物证材料，完全难以想象。

祁奕雄瞬间震怒道："怎么会这样？彻查原因，郝副参谋长，你来查，看看是谁这么大胆，敢在凌霄军团总部偷东西，一定要彻查，决不姑息养奸！"

"明白，首长。"郝利新也很愤怒。

"内鬼，一定有内鬼，不抓出这个内鬼，我这个参谋长就失职、失职，真他妈浑蛋！"祁奕雄更清楚一点，如不是孙志平提醒，自己压根儿就不知道这件事，张军估计就不汇报了，想大事化小，这里面必然大有猫腻。

"你张军是干什么吃的？这么重要的东西怎么会丢？张院长给你这个东西，你给谁说了？郝副参谋长，张军跟你说了吗？你知道吗？"祁奕雄大声质问。

"啊，我不清楚，第一次听说。"郝利新也觉得事情很蹊跷。

"两位首长，我当时没想那么多，觉得一枚芯片也不是什么大事，就没有汇报，我想的是先检验一下，如果有结果再汇报也不迟。"张军彻底慌了神，说话也磕磕巴巴。

"这么重要的东西，你懂什么？不研究如何破解？直接送去实验室，你开什么玩笑，这个东西是我们这里能破解的吗？如果弄坏了，这个责任实验员能承担吗？你这个处长会不懂这些？如今，芯片竟然在眼皮子底下丢了，太不可思议了，太不可思议了。"祁奕雄越说越生气，心中先入为主，认定张军有问题。

"首长，是我考虑不周，事情已发生了，我愿意接受组织调查处理。"

"你回去吧，等候处理。"祁奕雄怒气难消，张军灰头土脸地离开了办公室。

"郝副参谋长,尽快对张军做全身体检,看看他脑子是不是有问题。"

"我明白。"

"这件事,你要尽快查出究竟问题出在哪儿。要快,秘密进行。我去和司令、政委说。"祁奕雄认识到问题的严重性,没想到凌霄军团总部藏着"鼹鼠",还不知道究竟有几只,有多大。

调查工作开始了。此时最轻松的就是孙志平,准备约朋友晚上到家吃饭,于是就分别致电汪栋、刘庆新、周小萌、田裕民,还有大家都惦记着想见一见的美女姜瑄。

林妙杰已回到K城,两只猫都快疯了,董一飞也还躺在医院休养,没办法,这两位就没这个口福了。

每次在家请客,孙志平都会从附近大酒店叫来熟悉的大厨为好朋友设宴。每当这个时候,王阿姨都不高兴,她认为孙志平肯定嫌弃自己手艺不好。其实,孙志平是怕累着王阿姨,带孩子够辛苦了,他不想让王阿姨再为请客的事费心劳力。可每次吃到尽兴时,王阿姨都会再下厨炒几个家常菜,在王阿姨眼里,饭店的东西看着花哨,却不如自己做的好吃、有营养。王阿姨早就是家里的女主人,说话很随便,能当孙志平半个家。

刚下节目姗姗来迟的姜瑄一踏进客厅大门,孙志平这几个朋友就眼前一亮,纷纷起身相迎,特别是周小萌,上下打量眼前这位美女,用一种审视、苛责的眼光来替孙志平把关。

"快来坐、坐、坐。"大家一起招呼姜瑄。

姜瑄一一打过招呼后径直走进厨房,一点儿没把自己当外人,说:"王阿姨好,我又来了。"姜瑄知道王阿姨能替孙志平做主,也想多亲近王阿姨。

"王阿姨,我来帮你做点儿啥。"说完就开始挽袖子。

"小姜啊,你来了就好,什么也不要你做,快去陪客人吧。我一个人就行了。快去吧。"王阿姨用胳膊肘把姜瑄推出了厨房,"快去,快去,我需要你的时候会叫你。"

"那好吧,我先去了。"姜瑄大献殷勤,朋友们都看在眼里。

"孙总,你真有艳福。"刘庆新就管不住自己这张臭嘴。

"是口福吧。"汪栋更是蔫坏得紧。

"祝贺老孙,啥时办事?"当兵出身的田裕民是老实人,不像这两个大滑头。

"办啥事啊,搬一起住就得了。"周小萌也不闲着,"都什么年代了,还这么保守,你说是吧,孙大老板。"眼睛死死盯着孙志平。

"我说各位,能不能别调侃我,别逗我了,我们就是朋友。"孙志平越发尴尬,只能自我解嘲。

这时,姜瑄走过来,对孙志平说:"错,是女朋友。你占了便宜就想开溜啊,没门儿。"

孙志平太佩服姜瑄了:"还是你厉害。"

"你都占便宜了,还不认账。"众人七嘴八舌,哄堂大笑,都信以为真。面对如此天仙美女,孙志平怎么可能当柳下惠?

孙志平的脸发烫,可姜瑄笑得更开心了,丝毫不觉理亏,孙志平越发佩服,要么怎么是电视台主持人,见过大世面、大场面,说谎都不脸红,如此坦然,必然是工作性质决定。

"小姜,我啥时候占你便宜了?"孙志平想反驳一下。

话音刚落,姜瑄快速吻了孙志平脸蛋:"你看,是不是占我便宜了。"

孙志平摸了下被吻的脸,惊叫:"非礼啊,你!"手背上有点儿嫣红色。这一下,全场又是哄堂大笑,只有周小萌心里不是滋味。

小贝写完作业要睡觉了,过来和叔叔阿姨们打个招呼,当看到姜瑄阿姨时,小贝眼前一亮,男孩子都这样,腼腆地说了声"拜拜,晚安",就上楼睡觉去了。

这一夜,大家都喝多了,朋友先后都走了,只有姜瑄留下来帮王阿姨收拾残局。孙志平倒头便睡,很久没这么开心,心太累了。

姜瑄收拾完家就来到了卧室,看着孙志平狼狈的样子,摇了摇头,过来帮孙志平脱掉拖鞋,脱掉外衣,盖上薄薄的毯子,然后就想

399

出来。

这时候她听见孙志平说:"姜瑄,我知道你好,我不傻,我不傻,可我是提着脑袋工作,我怕对不起你……"

姜瑄以为孙志平醒了,回应道:"我不在乎,没事啊,我愿意。"

"你说你是我的女朋友,是真的吗?"孙志平又冒出一句。

"是啊!我是这么想的。"

孙志平缓缓转过身背对着姜瑄,鼾声渐响……

孙志平早就睡着了,说的都是梦话,姜瑄狠狠地嘟囔:"又气我,做梦都气我。你这个家伙!"

姜瑄慢慢退出来,倒了一杯绿茶,拿了一瓶酸奶放在床头,下楼准备走了。

"小姜,太晚了,你别走了,住在这里吧,房间多。"

"王阿姨,不了,我回家住。我开车,没事。"

"我很喜欢你,真想你早点儿搬到这个家来住。孩子也和我说,姜瑄阿姨特好,要是能当妈妈就好了。"

"真的吗?王阿姨,不过,这事情我说了不算,你多劝劝志平吧。我先走了。"姜瑄心里美滋滋的。

"好的,你放心,小姜,路上小心点儿。"

姜瑄没喝酒,一路上想着孙志平刚说的那几句梦话,酒后吐真言。

## 46. 遗书

岁月可以这样安静而单纯地流过去，太阳依旧升起，月亮也会在夜空升起，可你的衰老无法阻止。

孙志平又来到祁奕雄的办公室，这一次是为了协商如何答复戴维斯。戴维斯追问张守仁的死因，他们得给戴维斯一个交代。

祁奕雄思考了半天，说："小孙，就告诉他，仔细调阅了会议全程录像和酒店录像，K国与张守仁没有进一步接触，大家一起住酒店，一起吃饭，没有离开会议中心半步。张守仁只与自己导师单独吃过一顿饭，也是在酒店内，其他都是工作餐。经调查，张守仁之死与K国无关。"

"对了，你可以暗示，董一飞身体不太好，希望得到戴维斯帮助，看他怎么说。"

"好，我明白。"

孙志平只能回博通打电话，否则很容易被戴维斯定位到凌霄军团总部。

戴维斯对孙志平的答复很满意，至少知道孙志平把这件事当作事情来做了，戴维斯已确定这件事与K国无关，也知道孙志平不是应付自己。

"戴维斯先生，你让我做的事情，我做完了，你能否帮我一件事？"

"你说，我尽力。"戴维斯不知道孙志平想说什么，不敢贸然答应。

"董一飞的事情，他状态一直不好，人比较反常，我们发现你们对他动了手脚，脑袋里植入芯片，这该怎么办，你告诉我。董一飞是我最好的兄弟。"

"这……"戴维斯有些语塞。

"你们总有办法吧，希望能帮帮我。"孙志平追问戴维斯。

"问题是张守仁死了，只有他有能力帮你们，可惜啊。我只能表示遗憾了，实在帮不上你。"

"那你们给董一飞装的芯片究竟是干什么用的？"

"具体我也不太清楚。张守仁最清楚，可惜啊，他已经死了。"戴维斯有些慌乱，把什么事情都推给死人。

"孙先生，我这边有个会要开，先挂了。"等不及孙志平告别，戴维斯匆匆挂了电话。但这通电话让戴维斯明白，董一飞还是手里的玩偶，将来可继续操控这个玩偶的线绳，只是这根绳子是无线超远程的"隐形绳"。

这边刚挂了电话，新电话又来了，孙志平接起电话："妙杰你好，我就知道你惦记一飞，他好多了，放心吧，让我给你带好呢。一飞让我问问，你们家的猫还好吗？"

"他咋不惦记我呢？还惦记猫，这个家伙，重猫轻友。"林妙杰愤愤不平。

"没啊，他先惦记你，再惦记猫，有次序，你比猫重要。"孙志平笑了起来。

"大哥，我找你不是为了董一飞。我有事情找你，很重要。"林妙杰言语变得严肃起来。

"你说吧。"孙志平也收敛了笑容。

"我还是飞京城一趟吧，这件事电话里不能说。"林妙杰声音很急促，还有些颤抖。

"好，你一会儿坐最早的航班，我去机场接你，顺便可以来看看一飞。"

四个多小时后，孙志平在京城机场接到林妙杰，一见面就发现林妙杰脸色很难看，蜡黄蜡黄的，好像是被吓的。

"怎么了？发生什么事情了？"孙志平感觉很奇怪。

"还是去你办公室说吧，我感觉有很多双眼睛盯着你我。"林妙杰有些神神道道。孙志平什么也不问了，开车直奔博通总部。

路上，孙志平警惕地四处张望，没感觉有人跟踪，才稍稍放下心来。很快，两个人来到孙志平办公室。

一进办公室，林妙杰拿起一瓶纯净水，咕咚咕咚喝个精光，抹一把嘴，说："孙大哥，你看看这个。"林妙杰从西服内的口袋里哆哆嗦嗦地拿出一个信封，颤颤巍巍交给了孙志平。

孙志平拿过信件，只见信封上写着，"林妙杰女士亲启"，落款写着"Medic Zhang"。

"Medic Zhang就是张守仁，他在出事之前写这封信寄给了我。信是两天前到的K城，我昨天到单位才看到。信里详细介绍了A国脑控技术发展现状和趋势，还附有很多张设计图纸。信里还说预感到生命受到威胁，看这封信时或许他已经不在了。还说之所以要把信件寄给我，是因我不敏感，相信我能把信件转交给需要的人。"

听到这些，孙志平快快翻看了这几十页信件，意识到事关重大，决定立即带着林妙杰前往凌霄军团总部汇报。

祁奕雄看到张守仁留下的遗书，十分感慨。在这封遗书里，张守仁说加入A国国籍并非出于本意，是家庭变故，让自己失去了温暖，工作中烦琐的人情世故让自己感到厌倦，于是想到了逃避。A国李梅诊所待遇优厚，让自己难免心动。张守仁希望能做成点儿事情，在权衡利弊之后，最终选择背井离乡去了A国。

更为关键的是，当情报总局决定征召张守仁从事脑控技术研究时，张守仁作为一名医生，认为这有助于解决病患痛苦，有助于探索人工智能技术，但没想到A国情报总局和军方希望利用这项技术来控制他人大脑，培养更多隐秘的"活死人"，充当A国遍布全球的间谍。曾积极建议研制脑控技术的张守仁是第一个反对把脑控技术用于军事和情报方面的人，就如同爱因斯坦早期鼓励研究原子能技术，但对原子弹扩散忧心忡忡。不仅如此，张守仁在信件里提到五种脑控技术的原理和设想，其中前三种是比较清晰的原理设计图，后两种是基于未来架构的技术构想图。目前，A国正在努力研发第三代脑控技术，他们没想到，第四代、第五代前瞻技术方案早就在张守仁脑袋里了，张守仁是个天才，具备超凡想象力、创造力和实践能力。

祁奕雄在感慨之余也很兴奋，说："这些东西太重要了，我尽快向部队首长汇报这一重要情况，妙杰，你立了大功，这份文件太重要了。但你以后会有麻烦，你知道这些绝密信息，如果A国人知道后会对你采取手段，你千万要多加小心，尽量避开去A国和A国盟国，我担心你的安危。"

"谢谢首长的关心，我会万分注意。"此时的林妙杰有些超脱，反而不紧张了。如今绝密信件已提交，使命完成了，也不用担心了。之前真怕这封信件毁在自己手里。

"小孙，你今天替我好好请妙杰吃顿大餐，我现在要去见部队首长。你们晚上就多喝两杯吧，抱歉了，两位，没时间照顾你们了。"祁奕雄大步流星走出办公室。

事关重大，祁奕雄请示了司令、政委，然后立即约见国防部部长王生明，并以最快的速度向部队首长汇报了这一特殊情况。这封信分量实在太重了，对了解A国第三代脑控技术并实施技术反制有重要帮助，同时也为跨越式研制第四代、第五代脑控技术提供了可借鉴的重要思路和可行方案。

经过首长会议研究，决定将相关资料转至军事科学医学院和K国科学院共同研究，同时指示相关部门切实做好林妙杰的安保工作，不能让有重大贡献的人出现任何人身意外。

离开凌霄军团总部，林妙杰没和孙志平去吃大餐，而是迅速来到凌霄军团总医院去看望董一飞。为救董一飞，林妙杰九死一生，二人见面格外激动，她兴奋不已，又面似桃花，略带羞涩。

孙志平也发自内心地祝福这对患难鸳鸯的真挚爱情。

"一飞，你好些了吗？"林妙杰早就不再叫董大哥了，尽管孙志平听得有点儿肉麻，但这两个人听着舒服就行了，与外人无关。

"孙大哥在。"董一飞小声提醒林妙杰注意点儿用语，林妙杰才不管那么多，继续含情脉脉地盯着董一飞。

"我先出去一下，你们聊吧。"虽然在内心祝福，但也不能忍受两个人在自己面前秀恩爱，孙志平主动退了出来，到外面透口气。

"我好多了，医生说再过一周我就能出院了。你呢？打算在京城待多久？"

"我明天就要走了，最近请假太多了，后天要上班，就不能陪你了，等我有假了就来看你。你要保重身体，千万别让人家担心。"林妙杰很是不舍。

"我出院了也可以去看你，如果回CU国，我就到K城转机，正好在K城待几天。"

"好啊，那最好了，我等你。"

"那两只猫呢？都挺好吧。"董一飞依旧挂念两只小猫。

"都挺好，这段时间不在家，寄养在宠物商店，回来都快不认识我了。一个多月不见，波斯猫好像怀孕了。"

"啊，谁干的？"董一飞很惊讶，"是英短吗？"

"不知道，就算是英短干的，种也不纯了。等生下来就知道了。"

"真不省心，让人操心，不懂得自爱自怜。以后让波斯猫注意点儿身份，你提醒它一下。"董一飞觉得遗憾。

"我咋提醒，告诉它要有选择，不能乱搞，要门当户对？还是你去K城提醒吧。"林妙杰很不满地说，"人有人权，猫有猫权，自由恋爱，没法管。"

"对了，晚上吃饭了吗？"

"吃了，这个医院的伙食不错，想不想吃点儿？"

"不吃，我一会儿和孙大哥到外面吃，他欠我一顿好吃的，这是

405

祁参谋长的命令，他必须执行。"

"你做了啥大事，竟然惊动了参谋长？"

林妙杰还是没有保密意识，一五一十说给董一飞听。

董一飞听完，脸色突变："妙杰，这件事到我这儿为止，再也不能告诉任何人，记住，是任何人，否则你会有生命之忧，记住了吗？记住了吗？"

林妙杰不以为意，随便点了点头。

董一飞很不满意林妙杰不以为意的态度，继续说："妙杰，记住了吗？我说的话你不能当作儿戏，记住了吗？记住了吗？"

董一飞一分钟内连续五次强调"记住了吗"，林妙杰很是诧异，反问："至于这么大声音吗？"

"至于，太至于了，记住了吗？都是为你好。"董一飞继续质问林妙杰。

"记住了，你好烦啊。"林妙杰不高兴董一飞嘟囔自己。

孙志平进门了："你们两个腻够了吗？要吃饭。妙杰。"

董一飞把刚发生的事情统统告诉孙志平，让孙志平继续提醒林妙杰保密的重要性。就这样，啰唆开始接力了，在去吃饭的路上，孙志平就像唐僧一样絮絮叨叨，没完没了。林妙杰听腻了，拿起电话就打给姜瑄："快过来管管你家男人吧，太啰唆了，我受不了了。快来救救我吧。"

"好！"姜瑄挂了电话就飞奔过来。

孙志平继续说："妙杰，这件事不能告诉姜瑄，记住了吗？记住了吗？"

好一会儿，姜瑄赶到了，天下太平了，三个人聊起来今天的新闻和明天的天气。姜瑄说今天播报新闻，有个记者直播时竟然把"耄耋"读成了"毛至"，自己差点儿在节目里笑场，好在忍住了。林妙杰说，明天京城的天气有点儿阴沉，但不影响飞机起飞，K城没有台风，不影响飞机降落，要回去上班了。

孙志平说："你们俩别没话找话，多没劲，还是多吃点儿菜堵住你们的嘴吧。"

结果出乎意料，两个人一起给孙志平夹菜，一起塞进孙志平嘴里。

"闭嘴，你懂什么，女人的世界，你永远不懂！"

…………

祁奕雄把孙志平叫到办公室，郝利新也在场。

"小孙，张军被停职了。"祁奕雄开门见山。

"他？不可能吧？"孙志平很惊讶。

"这次停职是因芯片丢失，其他问题还在查。"郝利新补充一句。

"真的丢了吗？"

"我们还在追查芯片下落，但张军起码要负领导责任。"祁奕雄很生气。

"其他人都做体检了吗？结果如何？"孙志平很关心这个结果。

"结果都出来了，没有发现问题，但不等于没有鬼，有的就是你说的心里有鬼的人。"

这个结果出乎孙志平意料，但也是好事，没有，至少说明"活死人"还没来得及渗透到凌霄军团，这是不幸中的万幸。

"但你知道吗？其他军种体检时发现了你说的'活死人'，包括咱们的老部队。"

孙志平惊呼："太不可思议了！"霹雳军团是敌人最想渗透的，还真渗透了进去。"什么级别的军官？"

"机要参谋，团职；发射旅副旅长，副师职；阵地高工，团职……一共有6个人。"郝利新一一罗列出这些人，"基本上重要岗位都被渗透了，多么触目惊心。"

"那心里有鬼的有吗？"

"这个太难查了，但也在全力以赴。好在凌霄军团一个'活死人'都没有，真是难得，但凌霄军团一定有心里有鬼的人，我看张军就是一个。"祁奕雄异常愤怒，"情报处处长，要真是鬼的话，我颜面何存？这会给凌霄军团带来多大损失？张军可是我亲自挑选的干部啊！"祁奕雄说着说着，备感内疚，"用人不当，用人失察啊！"

"教导员，这都是假设，一切等有了证据再说吧。"孙志平安慰着昔日老领导。

"张军好几次来我这里打小报告，说你孙志平有问题，我最讨厌这种告密、打小报告的人，看来我的判断没错，真有问题了吧。芯片丢了，这么大的损失，如果不是你小孙告诉我，我和郝利新压根儿不知道这回事，这算什么啊！"

"是啊，孙总，后果很严重，张军责任不轻啊。"

"可问题是'粒子'载荷问题还没查清，先不要轻易下结论吧。再等等吧。"孙志平此时很理智，不断地劝说老领导三思，尽管孙志平和张军关系一般，但孙志平也不想冤枉张军。

"教导员，你也查查咱们几个主要'粒子'情报知情人，我侧面了解一下他们和A国那边有啥关联性，可能我出面会方便些。"

"好，我看可以。郝副参谋长，你负责整理一份名单给小孙吧。另外，让那个副处长黄湘庆来暂时代理处长，直到张军的问题查清楚。"

"好，参谋长，我这就去办。气大伤身，您注意保护好身体。"郝利新非常担心老领导气出个好歹，赶紧去办他交办的事情，祁奕雄最见不得办事拖沓了，要雷厉风行，军人就要有军人的样子，兵贵神速。

"小孙，谢谢你，你不在五行中，看得更透点，我们都是云深不知处啊。以后多提醒提醒我。"

孙志平苦笑了笑，说："那不成告密了？我可不当小人。"

"这不一样，告密者有私心，搞掉别人是为自己上位，是图谋不轨，你不是，你不在体制内，不存在利益之争，你是建设性意见和建议，不一样。"

"教导员，那可未必，我要是看不惯你们内部的谁呢？这不就会误导你了，让你不辨忠奸了？"

"气我是不是？我看人会有那么不准吗？哦，张军除外。对你小子，我是知根知底。"

"谢谢教导员，不过就像我跟你说的一样，不能有冤假错案，但别人未必敢这么提醒您的。"

"臭小子，我明白你的意思，《邹忌讽齐王纳谏》，我可以倒背如流的。"

"那就好，谢谢教导员。不过倒背肯定是吹牛。"孙志平笑了起来。

祁奕雄也笑了起来，说："你也是用心良苦啊，可惜你离开部队太早了，不然——"

"教导员，不然我也不敢给你提意见了，我会怕你不高兴，我还想升官呢，何必违背你的意愿？就像您说的一样，我是跳出五行外的人，所以才敢胆大妄为，才敢说真话。我要还是你的下属，我会唯命是从。"

"嗯，你说得对，有道理……"

一会儿，郝利新来了，把整理好的资料递给了孙志平。

有些话只能两人说，有第三人在场，祁奕雄和孙志平都会注意分寸，这也是规矩。

## 47. 窥视者

宽容者、温柔者总是站在稍高的位置，身姿是俯瞰的，这是他的道德馈赠。但最好是走下来平视，否则会弯腰驼背。

K国政府正式宣布，"使命五号"投入运行，欢迎各个国家到空间站开展技术合作与交流。

尽管"使命五号"因为前两次莫名被干扰还没完全建设好，但K国提前开放了民用空间站部分，要展示和平利用太空的坚定决心和切实行动。

K国人很大度，不像某些国家小肚鸡肠。A国和P国曾经主导的国际空间站有很多舱室，但都有门牌号，比如P国服务舱、A国实验舱、R国实验舱、欧空局轨道设施等，都是专用的，还有一定私密性，谁的舱，谁掏钱建设。而且一律不欢迎K国人的到来。

K国"使命五号"是一个庞大的太空酒店和太空实验室，其中有些房间专门提供给外国人使用，还有一个共享实验室提供给其他国家的航天员公用。经过一定时间的训练，外国航天员可以免费或有偿搭乘K国"腾云"飞船抵达"使命五号"空间站，并安排相应的房间和工位。

免费只是针对发展中国家，发达国家使用是有偿的。帮助发展中国家算是"济贫"，让发达国家付钱就是"劫富"，很公平，童叟无欺。

就在K国宣布空间站投入商业运行没几天,不少国家都找上门来,有的本是发达国家却冒充发展中国家,就是想吃顿免费午餐。

A国要面子,不愿意亲自来,在A国人看来,自己既有空天母舰,还有月球轨道空间站,不需要建造地球空间站。可A国又很想知道"使命五号"究竟如何,就怂恿几个小弟去报名。

一个是伤了元气的E国,已沦落为发展中国家了,请求免费太空站几日游;一个是发展中国家的I国,总和K国争来争去,A国认为K国或会同意I国航天员到"使命五号"转转;还有一个是SI国,与K国关系不错,也要争取上去看看。

P国比较特殊,K国"人和三号"单独给P国留出了对接口,P国将发射独立舱段实现对接,打造"P国之家",K国很够意思。

K国航天部门对已报名的国家层层筛选,BK国、B国、KS国、E国、I国和SI国六个国家都入选了第一批"新一代空间站合作伙伴国",各国即将派遣航天员来A国受训。

K国对来培训的人有两条严苛的要求:一是,受训人不能是军人和情报人员,也不能是现役或退役航天驾驶员、航天飞行工程师,只能是载荷工程师;二是,载荷工程师在空间站不能从事军事科研项目试验。

这些要求也很正常。军人肯定不合适,这里不是战场,不能有硝烟味;情报人员来了是引狼入室,肯定不行;航天驾驶员更是不行,空间站是K国的,不能被别人操控;航天飞行工程师不行,这类人太了解空间站结构和原理了,搞破坏很容易,不受欢迎。载荷工程师就是科学家、工程师,专注某个领域科学试验,对人类科技进步大有好处,K国必然会支持,这是人类命运共同体。

第二条要求至关重要,K国一再强调"和平利用太空",在K国空间站不能做"非和平的军事项目研究",比如对地观测、精确制导、定向能原理试验等,这些都可直接用于军事目的。很快,六名载荷工程师齐聚京城航天城,名单上有BK国的阿茨基、B国的贝克尔、KS国的金东林、E国的欧文、I国的加拉瓦、SI国的佩雷斯。

在这六个国家中，只有I国具备独立载人航天能力，而且一直把K国作为赶超对象，但也希望到K国空间站取经；BK国则依靠K国发展航天技术；KS国一直希望自己独立搞航天，但一直无法摆脱对A国和P国的航天技术依赖；E国和SI国依靠A国和欧空局来发展太空技术；B国则依靠K国和A国的太空领域技术。

BK国的阿茨基是农业专家，兴趣点在太空育种；B国的贝克尔是医药专家，对在微重力下的新药品研发很投入；KS国的金东林是物理学家，关注太空环境下的霍尔效应；E国的欧文是天体物理学家，关注点在外太空中天文深度观测；I国的加拉瓦是微生物和免疫领域专家，专业是对微重力下的生物繁殖和DNA测序研究；SI国的佩雷斯是物理专家，兴趣点在微重力下常温超导体"金属氢"制作工艺。

客观讲，金东林的太空环境下的霍尔效应实验可以作为航天动力，军民两用；欧文的天文深度观测实验既可以观天，也可以看地，也是军民两用实验，这些载荷工程师都属于打擦边球。

载荷工程师训练项目分为两类：一是与飞行任务有关的训练，主要是与太空科学实验有关的训练内容；二是与飞行任务无关的训练项目，这部分内容主要是航天飞行本身的、需要被载荷工程师了解的项目，即进入太空的人必须了解航天环境和航天知识的训练，也就是"一般性训练"。

对载荷工程师飞行任务训练要求是：要熟练掌握太空科学实验每个项目的操作方法、了解设备仪器，还要熟悉与其有关的学科实验的特殊目的和技术水平，熟悉科学实验人机界面，掌握故障维修技术。同时要在地面频繁训练数据处理、收集、分析，手动操作指令和数据管理系统界面。既有集体联合训练，也有单个训练，每项技术训练都不少于10小时。

载荷工程师的一般性航天训练，除体质训练、基础理论学习外，还要经历航天特殊环境的考验，即在飞行模拟器中进行飞行体验。只是比专职航天员训练时间要短，次数要少。

早期载荷工程师培训至少需要两年，一般都会制订严苛的训练计划，包括制定载荷工程师的实验内容、项目及相应的训练日程；确定参加飞行的具体载荷工程师名单；接受医学复查和航天环境适应性测试，并做出可行性评价；载荷工程师与其他专业航天员在航天器模拟器内进行综合演练等。在发射前三个月，全体航天员要与外界隔绝，除特殊批准外，任何人不准与外界接触。在发射前一周，载荷工程师与外界彻底隔离，要求做飞行前最后的检查和健康稳定性试验，之后就是等待发射。

随着航天技术不断提高，航天训练装备日益人性化，如今的载荷工程师培训已经从两年缩短到三个月，重点训练与飞行任务"无关"的项目，即"一般性训练"。其他与飞行任务相关的实验训练则要求载荷工程师在所属单位做好培训工作。

K国航天部门为六个人制订了详尽的培训计划，与此同时，对六个人做了"双向测评"，即背景调查和动机测试。背景调查很容易，通过全球大数据就可以掌控相关履历，包括是否有履历造假等情况，但背景调查很难避免国家造假，也就是国家配合载荷工程师来造假。

动机调查是通过培训老师观察和提问来掌握受训载荷工程师详细专业技能，最后分析是否具有不良动机，比如，农业专家肯定不能说外行话，K国航天部门找国内农业专家直接来对话就一清二楚。

三个月训练期，随时可淘汰不合格或动机不纯的载荷工程师，以确保K国空间站绝对安全。

第一个通过"双向测评"的是阿茨基。第二个通过测评的是SI国的佩雷斯，在国际超导领域，佩雷斯绝对是响当当的专家。第三个通过测评的是B国的贝克尔，这个人是一家大型药企老板和首席专家。第四个通过测评的是I国的加拉瓦，此人在DNA测序等基因工程领域代表I国最高水平。KS国的金东林和E国的欧文让K国航天部门很头痛，履历不全，还有从军经历，说是物理学家和天体物理学家都很勉强。K国航天外国载荷工程师遴选委员会有一种意见，把二人列为动机不纯者予以送返。

但也存在不同声音，两人已经通过了第一轮选拔，贸然送返对国家声誉不好，不如让二人继续接受训练，就算有不良动机，也可让他们在空间站没有施展的机会，只是确实存在风险。

来自国家安全部门的航天安全专家王超认为，可以让二人去，但提出了几点处理意见：一是，只要在进入载人航天器前对二人做全面安检，排除违禁物品，那么风险就可控。二是，可安排专人监控，必要时可采取强制措施。三是，为外国人准备的太空酒店和太空实验室是独立的，与K国其他舱段有严格出入限制。想通过间谍活动了解空间站核心技术或搞破坏不太可能。四是，一旦发现此类害群之马，K国可告知所在国，如果是国家行为，该国将背负国际舆论谴责，也会进入联合国制定的"国际外太空合作实体名录黑名单"。

K国航天外国载荷工程师遴选委员会名誉主席由K国军队首长兼任，主席由国防部部长兼任，常务副主席由祁奕雄担任，另一位副主席由航天专家吕超凡院士担任，委员会成员来自航天部门、安全部门、工业部门、信息化部门、外交部门、凌霄军团、装备部门等。

围绕"送返与否"，会上争执不断，各有各的道理，谁也无法说服谁。最后，祁奕雄看了看旁边的吕超凡院士，问："老吕，您的意见呢？"

"参谋长，我觉得稳妥些好，毕竟不知根知底，其他同志说得对，万一出点儿问题，责任谁也负担不起。再说了，确实有不怀好意的人盯着空间站。我个人建议还是送返。相信KS国和E国政府都会理解。"

"嗯，我知道了，吕院士。在座谁还有想法？"祁奕雄环顾四周。

"我说几句吧。"说话的是外交部专家腾云飞，"KS国和E国这两个国家很特殊，他们都是A国盟国，但也都对A国有意见，希望多元化发展对外关系。这一次，这两个国家对K国空间站感兴趣，也希望加强与除A国之外国家的航天合作，如果我们贸然拒绝，或许会把他们完全推进A国圈子，他们会认为K国在搞小圈子，排斥这两个国家，不利于K国外交工作。我建议大度点儿，至于安全问题，我同意王超的想法和做法。我就说这么多。谢谢。"

接下来又是议论纷纷，航天部门专家认为风险太大，不值得冒险。

工业部门和信息化部门专家基本一致，认为从可靠性和安全性角度考虑，要排除外界干扰，这两个人就是干扰因素。

安全部门王超坚持自己观点不变，外交部门腾云飞坚持刚才谈到的观点不变。副参谋长郝利新和装备部门两位专家都没有发言。

"这么办吧，我们发扬民主，投票表决，一人一票，少数服从多数。委员会专家今天到场16位，同意送返请举手。"祁奕雄不想落下"一言堂"的坏名声。

同意送返的人纷纷举起手来，航天部门、工业部门、信息化部门全部专家和安全部门一名专家举起手，吕超凡作为航天专家也举起手。

祁奕雄点着人头："一、二、三、四、五、六、七，七票同意。好，手放下。不同意请举手。"

这时，凌霄军团、装备部门专家全部举起了手，安全部门、外交部门各有一位专家举起手，祁奕雄没举手。

祁奕雄继续点着票："一、二、三、四、五、六、七，也是七票反对。好，手放下。弃权请举手。"

外交部门一位专家举起了手："我弃权。"这位老外交专家叫吴兴明，长期负责对A国外交工作。

"说说吧，老吴，怎么就弃权呢？"祁奕雄很纳闷儿。

"从我的工作性质来讲，送返与否都会对与A国外交关系产生消极影响。如果我们送返，A国乐见其成，会主动拉拢他们，说K国坏话；如果我们接纳，A国依旧会说K国与A国人争夺世界领导力，依旧对K国不利。这件事本就是'双刃剑'，不好做判断。因此，我弃权。"

祁奕雄大笑了起来，说："你呀，老吴，你真是个老外交啊。滴水不漏。好了，现在是七比七，还差一票，老吴已经弃权，就剩我的一票了。"

## 48. 航天城

没有好人坏人之说，只有利益你我之分，利益没有了，小人也就消失了。

祁奕雄环顾一下四周，看看大家期待的目光，说："我这一票太重要了，有点儿一言堂，但我这儿可就一票，不代表更多权重，你们可不要过度解读。再说了，我也是不得不表态，本来以为你们就可以有个结果了。"

祁奕雄喝了口水，润了润嗓子，说："作为军人，我认为不能前怕狼后怕虎，我很欣慰，在座的军人都投了反对票。其实我的态度很明确，不同意送返。道理嘛，很简单，就算他们是敌特分子又能怎样，我们只要有足够手段应对就行。空间站上有我们凌霄军团官兵，难道还怕几个坏人吗？难道他们连一两个坏人都应对不了吗？那就可以回家卖红薯了。我的意见是不怕。另外，我们工业部门、航天部门总担心空间站的安全，我认为不要怕空间站这儿坏了、那儿坏了，坏了不就说明不可靠、不安全，质量不过关吗？不正好需要来优化改进吗？空间站不是温室里的花朵，不能经历严寒酷暑，这是不行的，打仗不能不考虑极端环境。我知道工业部门担心出了问题要追究责任。这不怕，没什么，谁没有错的时候？但这个责任如果是战争时期那就不一样了。要是贻误战机，就不是追责的问题，是要牺牲前线军人的，这个巨大代价是无法挽回的。同志们，严把质量关，但更要严把性能关，这个性能的磨炼需要日常点点滴滴的养成，不能一蹴而就，平时都不敢经历考验，战时一定抓瞎，我可以打包票，这不是武断。大家或许知道我以前在霹雳军团当副参谋长，比如，弹道导弹，如果也是担心这个、担心那个，那这场仗就不用打了，我们可以缴械了，什么都怕，什么都不会做好。"

祁奕雄顿了一下，继续道："我给大家讲一个真实故事，不是杜撰的，就发生在我们霹雳军团。航天部门或许知道一些。在东岛战役时，我们就有一个导弹发射营装备出了问题，导弹打不出去，打出去也凌空爆炸，死伤了不少自己人。这个营还是年年先进、年年评优，结果打起仗来才发现如此不堪。我不得不临时改变作战计划让其他发射旅顶上，否则这个败仗是吃定了。后来一查，你们知道怎么回事，这个营的先进、评优都是弄虚作假，糊弄上级，欺骗考核组。他们每年考核都是全营凑一套好的装备参加考评，其他装备都存在这样那样的问题，深刻教训啊。这个营的营长脑袋里坚信一点，不会打仗，打不起来仗。结果可想而知。营长、教导员都被送上了军事法庭。我作为主管训练的副参谋长严重失职，背了一个记大过处分，其实我认为对我处理太轻了，应该直接开除军籍，一起送上军事法庭。我后来建议部队首长重新考虑对我的处理，不能大事化小，因为我训练的部队发生如此欺上瞒下的问题，我竟然毫不知情，我本人必须为自己的官僚作风负责。这就是我自身经历十分深刻的教训啊。"

在座的所有人都想知道后来的结果，都在细细聆听。

祁奕雄接着讲道："后来，部队首长同意了我的请求，没有把我送上军事法庭，但记大过并降职使用，担任副参谋长。那一年我已是代理参谋长了，结果让我的副手当了参谋长。对我来讲，教训还不深重深刻吗？太重了，也太痛了，不是因为我丢了参谋长的位置，而是后怕由于我的失误导致战争满盘皆输，如果那样的话，我就是民族罪人。我那段时间夜不能寐，天天做噩梦，惊醒后就是一身冷汗。这就是我亲身感受啊！"

"同志们，家丑不是不可外扬，我就想揭自己的丑，让大家好好明白一个道理，战争不是儿戏。同志们，世界格局正在经历翻天覆地的深刻变化，时不我待，我们的装备，我们的人，都要能经历各种极端考验，这才是实战，这才是适应实战。我知道A国空间站就不会那么娇气，他们甚至会考虑如何应对极端的陨石撞击。同志们，娇气要不得，无论是人还是装备，都不能那么娇气，谁娇气，谁就会输掉这场战争。为什么我不同意送返？关键原因就是可以练兵，养兵千日、用兵千日，而不是一时。不送返还可以协助外交部门做好外交工作，送返会失分，留下来就算他们出了问题也是外交上的胜利。几个蝼蚁就想翻天，完全是螳臂当车。我要说的都说了。作为一名老军人，责任和使命是军人的担当，不怕事是军人的本色，能平事是军人的能力。没什么大不了，天塌不下来！我这一票投给不同意送返。谢谢大家。"

雷鸣般的掌声响起来，这个掌声不是恭维，不是溜须，是为祁奕雄的人格魅力鼓掌，为祁奕雄的使命担当喝彩。

吕超凡院士激动地站了起来，紧紧握住祁奕雄双手，道："参谋长，我老了，我老了，糊涂了，我们国家有你这样的军人，我放心了，放心了。"

"吕院士，您过谦了，我是军人，责任在身啊。"

K国航天外国载荷工程师遴选委员会最后形成一致决议，全部六名载荷工程师通过"双向测评"，上报首长审议。又是一阵雷鸣般的掌声。

会议没有结束，祁奕雄示意大家安静一下："我有个提议，刚才决议是通过了，但不能不做万全准备，刚才我们统一了精神，接下来我们要统一行动。"

"同志们，我给大家引荐一个人。"祁奕雄示意郝利新，郝利新会意地走了出去。不大一会儿，一位中年男子跟了进来。

"孙志平！"吕超凡院士认识孙志平。孙志平对吕院士点头示意。

"我给大家引荐一下，在座估计有人认识他，孙志平，大老板，博通安保公司老板，有钱，有兵，有枪，现在听说还有了海军，东北话叫老牛了。"

"见笑了。"孙志平有点儿不好意思了，在座的都是航天、工业和安全领域的顶尖专家、大咖级人物。

"他最重要的身份是退役老兵，以前我手底下的兵，后来转业了，下海混成这个样子。但绝没给当兵的丢脸，连A国情报总局和P国国防部都认识这个孙志平，把项目给了博通公司。"祁奕雄三言两语的介绍，让在座大咖们不得不另眼看待眼前这位中年人。更为重要的是参谋长主动介绍，这个分量实在太重了。

在祁奕雄一一介绍在座的各位大咖时，孙志平很有礼貌，略带羞涩地与每位大咖点头示意、打招呼。

"同志们，我把孙总叫过来，是想让博通参与我们空间站项目。对那两个疑似敌特分子，我们既不过度紧张，但也不能不提防。可派我们凌霄军团的人去不合适，军人身份，盯控意味太明显，对方或许会抗议。于是我就想到博通，就算委托一个项目给博通代劳吧。我和孙总说了，A国情报总局给了你几千万金元，P国国防部给了你几个亿金元，我没钱，权当做公益了。行不行？孙总。"

"参谋长您说了算，请吃饭就行。"

"那就一言为定，中午你和我们一起吃饭，吃食堂，算是我请客了。"祁奕雄爽朗地笑了起来。又说："那孙总，你说说你的想法，大家一起讨论一下。"

"参谋长、吕院士好，各位专家好。我的想法很简单，博通派一名专家担任载荷工程师，咱们飞船荷载能力是七人，正好可以一道去空间站。平时我们的专家会做各类专业实验，同时也会注意其他人动态，有问题会及时汇报处理。"

吕院士很关心孙志平会派什么人去，问道："什么领域专家呢？"

"土木工程领域。我们这个人以前是霹雳军团工程兵，对土木工程很有研究，有很多导弹重大洞库施工经验，还有不少科研项目经验。在微重力环境下，工程材料效能会如何变化，是不是在微重力环境下能合成更好的复合工程材料？这些都值得去做做实验。"

"会不会太简单了？小孙。"吕院士有点儿不放心。

"吕院士，建筑行业是一门大学问，没那么简单，我们今后要建设火星基地都用得到。"

"你要选的是什么人？综合能力如何？"王超不得不从安全角度来把关。

"有传奇经历的人。他叫董一飞。"孙志平把董一飞的经历简要介绍了一下，还简要介绍了"天坑事件"。

在座大咖中只有极少数人知道"天坑事件"。听说过的人，当知道董一飞是"天坑事件"当事人之一，不由得肃然起敬，竖起大拇指。其他人则比较愕然，交头接耳打听什么是"天坑事件"。

"好，好，一飞冲天。董一飞，好名字。"吕院士突然叫起好来。

"一飞冲天……"大家纷纷点头赞同。

"孙总，上次我去医院看他，精神还不错。不知道董一飞身体恢复得如何了，手术后可以上天吗？我担心这个，其他我没意见，我也认为一飞冲天很不错。他的经历有意思，这是巧合，也是必然吧。"祁奕雄更多了解董一飞了。

"参谋长，董一飞出院了，在家休养。我去见了张琛院长，也详细问了董一飞身体恢复情况，张院长说董一飞这个人身体很特别，恢复得很快，而且不留疤痕，让他觉得不可思议。张院长说经过适度训练，上天没问题。"

"那就好，为稳妥起见，我也再问问张琛。如果没有问题，就尽快安排董一飞入驻航天城训练中心。这件事由郝副参谋长来抓落实。"祁奕雄比较谨慎。

"好，参谋长。我一会儿去趟医院见见张院长，也到家里看看董一飞。"多年的老部下，郝利新最了解祁奕雄。

散会了，孙志平很客气地和每位行业大咖握手、打招呼、交换名片,大咖们很客气地握了握手,但也有个别大咖不忘扬起高昂的头颅。习惯了俯视一切的人,对市场上打拼出来的孙志平完全不放在眼里。

吕院士走过来紧紧抓住孙志平的双手,说:"辛苦了,小孙,辛苦了。找机会来我们单位做个讲座,我去安排,一定要来。"

"吕教授,我随叫随到,您安排,就是有些在你们面前班门弄斧了,会让你们见笑的。"

吕院士用力握了握孙志平的手,说:"谁敢笑话你?你是好样的。一定要来。"

"一定,一定。您多保重身体。您方便时,我会去看您的。"

祁奕雄远远喊了一嗓子:"吕院士,小孙,你们别着急走,到我办公室再坐会儿,再聊聊。"

祁奕雄这一嗓子是故意喊的,当看到有些所谓的大咖对孙志平傲慢无礼,祁奕雄很气愤,特意通过这种公开展示来告诉那些人,孙志平是我的客人、我的朋友。你们都没有资格到我办公室。现在你或许位高权重,别人不得不巴结你、奉承你,可一旦离开你的位置和权力,你会一落千丈,曾经巴结你、奉承你的人连正眼都不会瞧你,这是人品使然。

三天后,郝利新拿着张琛开具的董一飞体检报告来到祁奕雄办公室。

"参谋长,董一飞体检报告出来了,没问题,适合上天。您看看。"祁奕雄接过报告仔细看了几项关键指标,用手指头点了几个数字。

"还真不错,这个董一飞简直天生就是飞行员的身体素质,不错。你通知孙志平吧,让董一飞明天入驻航天城参加训练,让董一飞尽快一飞冲天吧。"

郝利新笑了,说:"好,我这就去办。"

就这样,董一飞来到了京城航天城参加为期三个月的特殊集训。对董一飞来讲,集训的关键是要和那六位外国载荷工程师打成一片。

语言不是障碍,董一飞有英语基础,那六个人也有汉语基础,实在不懂还可用AI多语种翻译机交流。再说了,大家工作语言都是专业英语,而专业语言词汇量有限,也很容易熟悉掌握。

就这样一来二去,七个人很热络了,无话不谈,甚至敏感问题也会聊,比如性取向、宗教信仰、工作性质,毕竟都是老男人,说起来也都是满嘴跑火车的腔调。

"董先生,你为什么来我们这个组?你可是K国人。你是来监督我们的吧。"E国的欧文说话很直接。

"怎么会呢?欧文先生,我们单位报名晚了,其他舱室都满了,你们这儿正好还有一个位置,我只好来填空了。"董一飞尽量详细解释,早就想好一堆充分借口。

"怎么会报名晚呢?不可思议。"I国的加拉瓦也难以想象。

"因为我的专业是土木工程,评审委员会部分专家认为没必要上天,争执很久。这些专家看不上我们土木工程专业,其实没有我们专业,哪来的现代社会?可惜他们不懂,隔行如隔山。"

谈起自己专业,董一飞如数家珍、头头是道,毕竟干了10年,早已经是专家了。

听到这个解释,加拉瓦心里"呵呵"笑,他打死也不信。

I国的老对头,BK国的阿茨基倒很乐意看到董一飞加入:"我很喜欢K国朋友,这样就不单调了,我们需要一个东道主,欢迎董先生。"这么友好,要不怎么管BK国叫"B铁"?就是因为时刻都很铁。

B国的贝克尔对钱感兴趣,在他眼里,K国是巨大市场,通过董一飞来学习汉语是贝克尔的私心。对董一飞的加入,贝克尔是欢迎的,实际上是"K国欢迎我,京城欢迎我,K国的钱欢迎我"。

KS国的金东林态度很谨慎,一贯对K国人有敌对感。金东林是典型KS国人,但凡好事情都是KS国的,比如K国药、端午节、中秋节等,不胜枚举;坏事情都来自K国,最典型的就是雾霾来自K国,沙尘暴来自K国,流行性疾病来自K国,各种威胁都来自K国,不胜枚举。对董一飞的加盟，金东林嗤之以鼻："我觉得你们专家是对的，土木工程在地球做就行了，来这里不合适，浪费资源。"

SI国的佩雷斯是个有涵养的物理学家。K国和犹太民族关系本就密切，佩雷斯对有机会长时间接触K国人感兴趣。"双方都很聪明，都很善良。"

就这样，七个人在京城航天城实施了为期三个月的残酷训练，董一飞还好，各种体能测试都没问题，身体素质使然。

欧文和金东林也没问题，按照报上来的履历，他们之前都是军人，有过严格训练。阿茨基也没问题，农业学家，天天都是田间地头，没有闲时，身体素质杠杠的。佩雷斯、加拉瓦和贝克尔就差点儿，属于天天泡实验室和坐办公室的人，严重缺乏锻炼，一上超重训练的离心机就总是喊停，受不了。

航天员训练内容必须设置得很苛刻，比如最基础的前庭功能训练，就要用旋梯、四柱秋千和转椅等，可减少或适应航天运动病。再如失重训练，就要用大型飞机做抛物线飞行，或在浮力模拟池做失重状态下的动作练习。超重训练就是使用大型离心机旋转来增强人体对超重的耐受能力。不仅如此，考虑到航天生活环境单调、苦闷，还需要用隔离舱来提高人员对航天寂静环境和枯燥生活的适应性。更为重要的是应急逃生训练，比如利用逃逸塔的救生训练。

要通过如此众多的科目训练，这绝对不是一般人能做到的。

三个月后，七个人都顺利毕业了，都成了"不一般的人"。有的学员曾经面临被淘汰，比如，佩雷斯、加拉瓦、贝克尔，但他们突然有如神助，顺利过关，让测评老师惊讶不已。

接下来，等待七人的就是乘坐"腾云"飞船飞向"使命五号"空间站。

## 49. 一飞冲天

当大浪退去时，我们才知道谁在裸泳，还有谁在岸上偷窥。

K国"腾云"系列飞船有三种型号，早期是8吨级飞船，使用ZC2F中型运载火箭，可携带三名航天员，这种飞船已经退役；第二代是13吨级飞船，使用ZC7中型运载火箭，可携带六名航天员；第三代是20吨级飞船，使用的是ZC5B重型运载火箭，可携带七名以上航天员。

这一次即将送这七名载荷工程师上天的就是ZC5B重型运载火箭。由于K国第三代"腾云"飞船性能十分先进，自动化程度很高，可自主完成与"使命五号"空间站的精准对接，也就不需要配备随船飞行的航天驾驶员和航天飞行工程师来操控。

这次发射地点在南海滨海发射中心，它是K国最大的航天中心，也是全球为数不多的低纬度发射场之一，主要承担载人飞船、空间站、同步轨道卫星、大质量极轨卫星和深空探测卫星等航天器发射任务。

董一飞一行七人提前一周就从京城飞到滨海，进驻K国最大的航天城。董一飞第一次上天，感觉既新鲜又紧张。航天中心培训教官反复强调，新一代运载火箭和飞船的稳定性和安全性更强，可董一飞依旧紧张。这艘飞船座椅设置很特殊，七把航天座椅呈环形排列，确保每人都可看到另六个人。教官解释说，这是为了七个人相互鼓励，董一飞清楚,其实是为了监督其他六人,但董一飞此刻紧张心态已替代监督心理,这也是人之常情。

董一飞在登上飞船前,祁奕雄来到现场特别嘱咐董一飞,一是要注意人身安全,自身安危是第一位,关键时刻可呼叫核心舱的凌霄军团战友来支援;二是不到万不得已,不要与对手发生正面冲突,一切等回到地面再解决;三是要团结大多数,让少数人的阴谋不能得逞;四是不要紧张,坐飞船和坐飞机差不多,很稳定,要放心。

听到第四点,董一飞放心了许多,他相信领导说的话,问:"首长,你坐过多少次飞船了?"

"啊,我没坐过。火箭和飞船都升级了,人性化了,放心吧。"祁奕雄很坦然、很淡定,大将风度依然。

"啊……哦。"董一飞刚落进肚子里的心脏又跑回到了嗓子眼儿,更加忐忑不安。

"腾云"飞船进入发射倒计时准备。七个人牢牢把自己捆绑在座椅上,默默地在心里倒计时。

一切准备就绪,倒计时阶段开始。指挥中心向发射场、火箭飞行过程中箭体分离后的落区、分布在各地的测控站、远洋测量舰队和相关部门统一发布口令。各部门、各单位接到口令后,根据时间统一勤务系统提供的统一时钟各自进入临射前的工作程序。

K国运载火箭倒计时从发射时间前1个小时开始,这叫作1小时准备,然后是30分钟准备、15分钟准备、5分钟准备、1分钟准备,最后是从10开始倒数至1,运载火箭点火起飞。

发射工作进入1小时准备后,发射场各项工作均按时间程序由地面测试发射控制设备来操作,它可以半自动,也可以全自动。在这段时间准备过程中,主要工作有:对箭上系统通电以进行射前功能检查,对火箭装订飞行程序和数据进行精确瞄准,对推进剂贮箱增压,对采用低温推进剂的火箭补加推进剂,气路连接器、加注连接器自动脱开,遥测系统、外测系统连接插头自动脱落。

到1分钟准备时,箭上系统由地面供电转为由箭上电池供电,经

10秒自检正常后，电缆连接器自动脱落，电缆摆杆离开运载火箭摆到预定位置。这时运载火箭除底部有一根电缆尚与地面连接外，其他一切与地面连接插头均已完全脱开。

射前30秒，发射场测控系统与各地测控跟踪站开始启动；射前7秒，发射台周围高速摄影机开拍，开始记录火箭点火起飞实况；0秒时，火箭点火。

当火箭离开发射台时，底部唯一连接的电缆脱拔插头被强行拉脱，火箭与地面有线控制完全中断。如果在火箭点火尚未离开发射台时，发现火箭发动机工作不正常，地面可通过这根电缆对火箭实施紧急关机。

这些都是小常识，乘坐飞船的载荷工程师们都心里有数。

"点火！"随着发射口令下达，ZC5B重型运载火箭托举着"腾云"重型飞船缓缓上升、加速，很快就消失在天际线了。

运载火箭在上升阶段，尤其是飞出大气层前几分钟是最煎熬的一段时间，恶劣的超重感强压于身。祁奕雄说火箭改进了很多，但一般人也受不了，必须经过严苛训练才能适应。董一飞第一次飞天的兴奋感已被身体严重过载的焦虑感所替代。董一飞就是董一飞，脑子一点儿没忘记使命，他的眼睛一直环顾着四周，看着其他六个人。董一飞大惑不解的是，佩雷斯和加拉瓦二人十分轻松，没任何异样感觉。一定是飞过天的人才能如此从容应对，这几个在训练期间都快被淘汰的人竟然深藏不露。

董一飞强忍身体的不适，仔细观察六个人的一举一动，希望能从中找到更多蛛丝马迹。

K国"腾云"重型飞船经优化改进，具备快速与"使命五号"空间站对接的能力，只要短短的一个小时就能实现精准对接。

飞船对接全程很顺利，六个人都在仔细观察对接过程，只有董一飞在仔细观察六个人的动静，心思完全不在飞船上。

佩雷斯发现有人盯着自己看，就问："董先生，你干吗总看我？"

"我感觉你很厉害，你的适应能力很强啊。"董一飞毫不掩饰自己的想法。

"你好奇我训练不行,为啥上天没事?"

"是啊,觉得很奇怪。"

"这是心理素质吧,训练时候是真的,现在也是真的,我的心理素质很强大。"佩雷斯轻描淡写地回答。

舱门自动打开了,七个人鱼贯飘进"使命五号"的"太空之家"。之后舱门关闭,飞船进入休眠状态,静静等候七人返回地球那一天。

这次任务为期三天,要求每位载荷工程师利用半天时间来适应失重状态,并在两天半时间内完成全部实验内容。

"太空之家"共有10张太空床,每张床都显示人名,七人必须按照人名标注就寝。这些床会根据七人身体特征来自动调整,以给予每个人最佳的舒适角度。但这些兴奋过度的人哪有心思休息、睡觉?只想飘浮或趴在舷窗往外看,看看这颗神奇的蓝色星球和那颗苍白的月球。如果想去太空实验室,还要打开另一扇舱门,但工作时必须把舱门关闭好,确保太空之家和太空实验室形成两个密闭独立的空间。

太空之家和太空实验室的不同之处在于:太空之家是失重环境,可体验失重的乐趣,而太空实验室带自重力系统,当有人工作时,自重力系统工作;当没有人时,自重力系统自动关闭。自重力系统只对人有用,实验台和实验舱仍是失重状态。为方便起见,太空之家和太空实验室的卫生间也都有自重力系统,确保如厕安全和方便。

在地面训练时,K国航天部门本想指定一人当班长来管理,并点名BK国的阿茨基当班长,但被其他五人当场否掉,说要民主推荐,投票选举。选举的结果是佩雷斯当班长,理由是德高望重。董一飞是K国人,理所应当做副班长,协助班长协调处理各类事务性工作。

由于七名工程师的实验项目各不相同,也无法协调统一实验时间,最后决定太空实验室全天开放,每位工程师自由进出,这必然加大董一飞贴身监控的难度。虽然太空之家和太空实验室都有全视界监控系统,但有些细节还是无法通过监控看到,存在死角。董一飞只能减少休息时间,全天候待在太空实验室了。

按照航天指挥中心指引,董一飞重点关注欧文和金东林。

欧文的实验内容很简单,天体物理学家就是要观天,观天时间要根据天象变化而定。这可把董一飞折腾惨了。但他只看见欧文在计算机上不断记录数据,并没看到其他不合适的行为。

金东林要做霍尔效应推力实验,自带了一台实验设备,每天都会利用精密仪器测量。在航天器推进中,霍尔推力器是离子推力器的一种,霍尔推力器主要由霍尔加速器和空心阴极两部分组成,其中霍尔加速器提供推进剂电离、加速区域产生推力。金东林要做的实验就是针对霍尔加速器这部分,通过实验检验在微重力环境下的霍尔加速器可控推力。董一飞也没看见金东林有什么不妥的行为。隔行如隔山,董一飞也未必看得懂。

董一飞眼睛几乎都在其他几个人身上。

阿茨基一直摆弄着小麦、水稻育种试验包,里面是在地球上精心培育的种子,通过特殊仪器设备,阿茨基每隔三个小时就看一下小麦、水稻发育状态。太空育种是通过强辐射、微重力等太空综合环境因素诱发植物种子基因变异,太空育种可以大大缩短育种时间。

加拉瓦的注意力在微重力下的生物基因编辑。

佩雷斯的关注点在微重力下的常温超导的太空领域应用。

太空实验室给每位实验者提供了相对固定和独立的私密试验空间,有些试验是不公开的。这给董一飞监视带来不少麻烦,想看又不能走得太近,但远看未必知道对方在做什么。董一飞只能把情况通过暗语及时通报给航天指挥控制中心,希望能得到地面配合。

实际上,每位载荷工程师的实验包在上天前都经过严格安检,避免把违禁物品带上空间站。航天指挥控制中心要求董一飞主要关注他们的言谈和反常举止,如果都是正常行为就不再盯控。但说起来容易,做起来很难,什么是反常和正常,董一飞没标准可依,只能凭感觉。

董一飞自己的实验简单,也没啥事儿做,只好发呆。太空实验室灯光忽明忽暗,董一飞愣了一下,四处张望。

嘭嘭嘭,有敲击声,董一飞意识到声音来自太空舱外,顿时紧张起来。仅仅一两秒,啪的一声,太空实验室的灯光全部熄灭。瞬间,重力消失,董一飞和其他人站立不稳,全都飘浮了起来。

最惨的就是正在如厕的金东林,重力全消失,马桶里的污秽物飘出来,金东林躲闪不及,没少"中标",好在卫生间是独立封闭的,否则这些恶心之物会飘满整个太空舱。金东林想跑出来,但根本就出不来,漆黑一片,只能一个人在小房间独自"享受"。其他几位也帮不上金东林,自顾不暇地飘着。谁也没想到重力会突然消失,好在试验材料都在试验包里,否则就彻底乱套了。

没人知道究竟怎么回事,也不知道是只有太空实验室断电了,还是整个空间站都出了问题。只能飘在空中干等着。每个人四周漆黑一片,只有舷窗外有点点亮光。

又一阵嘭嘭嘭的敲击声,太空实验室剧烈震动起来,舱门似开非开地摇晃着,似乎有人正打开舱门进来。

每个人的脸都吓绿了,不知到底怎么了,第一次上天就赶上这种咄咄怪事,太可怕了。

舱门终究没被打开,但忽然,一道光影穿门而过,从董一飞面前急速飘了过去。董一飞惊诧万分。此情此景,董一飞不是第一次遇见,最近一次就在天坑,光影撞倒了自己。但这次的光影"很友好",没伤害董一飞,可董一飞听到了嗷嗷嗷几声惨叫。仅仅一秒,光影就消失得无影无踪,但董一飞脑袋里却回响起一句莫名提醒:"B国人。"

瞬间,灯亮了,一切恢复了正常,重力又来了,悬空飘浮的人重重摔在地上。最惨的还是金东林,满身秽物,没脸见人了,只能直接把卫生间转换成淋浴模式。从"黄金浴"到正常淋浴,金东林也算有了一次难得经历。

是谁在黑暗中惨叫,董一飞不知道。他有些恐惧,但好奇心还是驱使董一飞扒着舷窗往外看,想确认是不是有神秘物体。他换了一个又一个舷窗,只有满天繁星,密密麻麻,充满深不可测的神秘感。

这一异常经历,航天指挥中心完全不知道,只知道监视屏出现几秒黑屏,以为是信号传输短暂中断。

同样,经历这场莫名恐惧后,每个人心有余悸,冷静半天才继续工作。

让加拉瓦感到困惑的是,本来试验用的生物基因编辑的小白鼠竟然瞬间长大,是之前体积的三倍,龇着牙,虎视眈眈看着加拉瓦,仿佛在说:"小样,你还敢来编辑我吗?你看我不弄死你。"加拉瓦怕了,把试验包收拾了起来。

带着困惑、焦虑和恐惧,每个人心情极不平静,只想一件事:赶紧回家。原来地球如此可爱,不,是安全、踏实,试验完成与否不重要。

煎熬下的三天行程就要结束了,一切安好,这让航天指挥控制中心松了一口气。董一飞也感到轻松很多。

猛然间,董一飞想起来梦境般的提醒——"B国人"。B国人还能有谁?只有贝克尔。

## 50. 保密局

虽然一个宽容的时代正在到来,然而它更虚伪了,那是因为你的要求太高了。

当董一飞把注意力完全转向贝克尔时,却意外地看见欧文给贝克尔打了个手势,贝克尔下意识地点了下头,继续做着试验。

董一飞很清楚每个人的试验包,在贝克尔的试验包里有一台微型3D打印机,还有用于新药试验的药品。

试验已经结束了,大家开始收拾东西,可贝克尔还在工作,董一飞很不解,再看到欧文的反常表情,董一飞疑云丛生。

董一飞不动声色地盯着二人。

其他几人都离开太空实验室了。过了15分钟,贝克尔才开始收拾试验包,把垃圾扔进特殊的专属垃圾桶。垃圾放在空间站很危险,为保证空间站后续任务,垃圾必须都带走。董一飞觉得不对劲,贝克尔扔掉的垃圾鼓鼓囊囊的,不知装的什么。可欧文和贝克尔都在这儿,董一飞不便直接去看,只能秘密汇报这个新情况。

航天指挥控制中心要求董一飞按计划搭乘"腾云"飞船返回地球。

就在太空实验室与太空之家对接舱门彻底关闭后,航天指挥控制中心要求凌霄军团派人通过应急舱口进入太空实验室,找到了贝克尔遗留下来的垃圾袋。

原来垃圾袋里有一枚两级起爆器,即一枚定时简易打火装置,这个装置并不在贝克尔申报清单里,是贝克尔在空间站期间用3D打印机打印出来的危险品,而图纸是欧文提供的。不仅如此,鼓鼓囊囊的垃圾袋里装满了细小碎屑,这也都是贝克尔临走时用微型3D打印机打印的纳米粉尘,这些纳米粉尘极易燃烧、爆炸。

按照欧文和贝克尔的设想,用第一级打火器把垃圾袋冲爆。由于太空实验室在无人状态下自动关闭重力系统,大量纳米颗粒会极快散布于整个舱内,从而形成大面积粉尘飘浮物。一旦这些纳米颗粒在舱内大面积散布,加之太空实验室留存有空气,只要打火器定时打火,必然造成粉尘爆炸。由于这些纳米颗粒分布均匀,更为易燃,其爆炸威力远远超过我们熟知的粉尘爆炸效果。一旦爆炸了,不仅会摧毁太空实验室与毗邻的太空之家,也会让核心舱姿态发生偏移,导致运行失控。

看来,这个被航天指挥中心忽视的贝克尔才是空间站上最危险的人物,表面是商人,但其背景绝不简单。凌霄军团航天员迅速拆除打火器,并完成全部取证任务,同时把物证放在保险箱内,让即将返回地球的"腾云"飞船带回去。

当然,后面发生的事情董一飞就不知道了。那一大包垃圾是什么,董一飞完全不知道,但也正是董一飞的细微观察才让这样一场太空灾难得以避免,董一飞又立功了。可董一飞依旧糊里糊涂,只是有"人"提醒他罢了。

但此后,要想进入K国空间站又多了一条强制性要求,不允许载荷工程师携带3D打印机,空间站提供共享3D打印机。

"腾云"飞船脱离空间站,进入返回阶段。七个人把自己牢牢锁在太空椅上,飞船和每个人都要经历最大过载和穿越大气层的严苛考验。

就在飞船返回舱即将制动进入返回轨道时,返回舱被外面的不明物体重重撞击了一下,差点儿失稳。大家不知道是什么重物撞击的,这年头儿的太空垃圾实在太多了,防不胜防。

返回舱里每个人都万分紧张,很担心返回舱防热外壳出意外,无论是防热大底,还是隔热材料,稍稍有点儿裂纹,都会导致返回舱被烧毁。

此时舱内的基督徒和犹太教徒只能在心里暗自祈祷平安。

飞船通过自动姿态调整维持了稳定,但错失了返回地球的最佳时机,只能绕着地球再飞一圈。直到制动发动机第二次工作,飞船才快速进入返回轨道。

返回舱速度越来越快,与大气层摩擦越来越剧烈,返回舱窗外燃烧了起来,嘎嘎作响,还伴随着隔热防火材料烧蚀剥落的噼啪声。每个人都清楚,如持续下去,玻璃窗会碎裂,耐火材料会被烧穿,只求这可怕的穿越早早结束,时间仿佛凝固了一般。

轰隆一声巨响,每个人都快窒息了,认为返回舱肯定完蛋了。但这是一场虚惊,是巨型返回降落伞弹了出来。当每个人感受到返回舱被降落伞拉起来的那一刹那,提到嗓子眼儿里的心脏终于稍稍降下来了。

返回舱穿云破雾,快速下降,这时的窗外能看到白云。

与第一代"腾云"飞船相比,新一代"腾云"飞船制动能力更强,返回安全性能也更好,降落时依旧采用大型降落伞结合缓冲发动机的方式,乘员们会稍稍感到冲击力。

所有人都担心缓冲发动机被撞击后是否还正常。突然,又是一声巨响,缓冲发动机工作了,返回舱安安稳稳地降落,舷窗外一片草原的绿色。大家都长出了口气。

外部一切准备就绪,航天器着陆场的工作人员早早就在舱外耐心等候舱内的人自主出舱。

舱内七个人自我松绑,挥挥胳膊,用手抬抬腿,再伸伸腿,感觉适应了,才打开舱门出舱。

七个人依次自主走出了返回舱,看起来都很精神,董一飞最后一个出舱,满脸疲惫,监控不好做,要睁着眼睛睡觉,72小时几乎没合眼。

三架直升机就近候命,七个人分乘三架直升机赶往京城航天城。董一飞与贝克尔在一起,阿茨基和欧文在一起,其余三人在一起。

到了京城航天城后,七人分三批接受严格航天体检。等一切工作都做完了,三拨人就有了各自的归宿。国家安全部门和凌霄军团保卫部门来了两拨人分别把欧文和贝克尔带走了。

其他人休整两天,一是看看身体有何异常反应,二是尽快熟悉地球重力环境。虽然只上天三天,但程序一个都不能少。

第三天,航天指挥中心举办小型庆功宴,祝贺圆满完成本次飞天试验任务。

在庆功宴会上,董一飞没看见欧文和贝克尔,其他几个人也感到莫名其妙,平白无故怎么会少了同路人?

祁奕雄上台致辞,对多国合作航天工作给予高度评价,希望太空之家真正成为"好朋友之家"。

但随后,祁奕雄话锋一转,说:"大家也看到了,你们七人少了两人,对,这两个人有问题,他们妄图炸毁K国空间站。"

此话一出,其他人目瞪口呆。

祁奕雄停顿了几秒,看看大家反应,说:"有些话我不方便说,因为涉及国家安全,但证据确凿。我只想说,E国的保密局,你们到底想干什么?我不相信这件事是这两人的个人行为,背后必然有指使者。当然,B国的贝克尔也就是一把枪,他本就是保密局的人。这件事,我不便多说,但我们会把这件事书面提交联合国安理会去讨论。"

这里提到的"保密局",又称E国秘密情报局。

祁奕雄又停顿几秒,继续观察每个人的异样表情:"K国政府愿意为世界各国提供便利,但不是让这些国家派人来捣乱。K国会一如既往提供空间站服务,这个大门永远不会关闭。"

在场每个人心情都难以平静,想不通怎么会这样。

敬酒时,祁奕雄走到董一飞面前,只说了声:"谢谢,辛苦了。"祁奕雄这位老军人一仰脖,酒干了。董一飞赶紧干了杯中酒,一切都在酒里。

很快，K国政府发表声明，鉴于欧文和贝克尔危害K国国家安全，已被国家安全部门羁押审查，允许领事探视。

在交代问题时，欧文还算配合，一点儿也不否认自己E国保密局成员的身份，同时也指出贝克尔就是自己的下线，也是保密局的海外特工。这次就是利用二人不同国籍、不同身份，一起混上K国空间站伺机动手。至于是谁指使欧文做的，欧文说是通过正常指令，并没见到人。欧文是E国保密局安插在航天界的一枚钉子，平时与保密局并不来往，隐藏身份很多年了。

但欧文提到一个细节值得关注，就是欧文得到关于"使命五号"舱室内部的情报很准确，自己登上空间站后很惊讶，完全一模一样，这个情报必然是K国人提供的。

贝克尔更配合，有一说一，知无不言，他知道自己罪不可恕。K国有死刑，曾经就有E国毒贩被处决的先例。欧文是策划，贝克尔是主犯，想到残酷的现实，贝克尔后悔听了欧文的指令，好好当自己的CEO多好，保密局名头挺响，可出了事立即就会切割。

还真让贝克尔言中了，E国政府第一时间发表声明，否认保密局有危及K国空间站安全的行为，并指出保密局没有欧文和贝克尔这两个人。E国这份声明意图很明显，二人只能自生自灭，好自为之。

K国驻联合国代表团代表马良镛在安理会展示了炸毁空间站的图片证据和欧文、贝克尔的部分口供。对此，E国代表继续矢口否认，A国代表也帮腔，指责K国肆意污蔑。

F国和P国代表呼吁双方克制，愿意配合查明事实真相。

这起事件让祁奕雄更深刻认识到凌霄军团内部有鬼，但这个鬼究竟在哪里，难道真是张军？连祁奕雄自己都不愿意相信这一点。祁奕雄还是决定亲自讯问一下还在停职反省中的张军。

在调查组房间内，祁奕雄紧盯着张军的双眼，可张军不敢正视祁奕雄，低下了头。

"张军，我听调查组说，你说你是冤枉的，你想见我。我来了。"

你说说看，你怎么冤枉了？"祁奕雄只想知道答案。

张军浑身颤抖着说："首长，您终于来了。我是冤枉的。"他的眼泪唰地流了下来。"我怎么可能背叛凌霄军团？我是有工作失误，丢了芯片，但这只是我工作疏忽，绝不是我有意的。首长，请您相信我。"

"你让我拿什么相信你？拿什么？"祁奕雄很愤怒。

"芯片是我亲自拿到实验室的，我亲手交给实验员的，我要求他们尽快出个结果。"

"那怎么会丢呢？"

"我真不知道，一周后我去取结果，实验室就告诉我芯片没有了，不翼而飞。检验结果倒是有了，说这个芯片不是用一般硅材料制作的，而是用特殊复合硅材料，具有仿人体脑细胞的能力。一般的身体检查查不出来这类芯片。这是第二代，效果会差一点儿，等到第三代就会彻底瞒天过海。"

听了这一番话，祁奕雄大吃一惊，难道还有"活死人"安装了第三代芯片？他瞬间出了一身冷汗。

"张军，你觉得芯片为什么会丢失？"

"首长，我当时就查了全部监控录像，有一天录像记录全部被抹掉了，应该就是这一天丢失的。白天人多，估计是夜里干的，但是谁，我还不清楚。"这时，祁奕雄的秘书来了，在祁奕雄耳旁说了几句话。

祁奕雄脸色一下子绿了，腾地站了起来，一句话没说转头就走。张军知道出大事了，十分沉稳冷静的祁奕雄从未如此恐慌过。

原来祁奕雄接到了国家安全部门打来的电话，电话通知他，"欧文死了"。

欧文的死状很怪异，E国人白皙的皮肤变成绿色，皮肤和内脏的水分急剧流失，如同干尸一般。

欧文是在K国被审查阶段意外死亡的，这可就说不清了，祁奕雄意识到了问题的严重性。

## 51. 麦克风外交

只有阳光才能造就风景，让颜色浮现，让万物生机勃勃。感谢后羿射掉了九个太阳。

K国政府第一时间通知E国政府欧文意外死亡，E国旋即将欧文之死政治化，并提交联合国安理会讨论，指责K国致欧文死亡。K国驻联合国代表团代表马良镛拿出众多证据来证明欧文的死与K国无关，纯属意外死亡。

A国代表赫莉一如既往地支持E国谴责K国，污蔑K国杀人灭口。

对这样一起意外事件，F国和P国保持沉默，要求尽快查出真相，对国际社会有个交代。

A国和E国不依不饶，谁也不肯让步。

最后，在联合国秘书长哈维的斡旋下，K国同意成立第三方联合调查组彻查欧文死因，A国和E国被排斥在调查组之外。哈维亲自点将，由F国、P国、R国、I国、EY国等八个国家派员成立联合调查组，调查结果将由八国会商后向秘书长和安理会提交报告。

在K国的建议下，调查包括两部分：一是欧文是否涉及危害K国空间站安全；二是欧文的死因。

调查组组长是P国前任总理苏尔科夫，副组长是F国前驻联合国女代表雅克琳，八个国家分别派遣了监督员和技术人员。联合调查组可传唤与此案件相关的人做证。由于涉及面比较广，联合调查组分三个小组，第一小组负责空间站问题调查，第二小组负责欧文死因调查，第三小组负责各类证据验证及证人测谎。

第一小组传唤的第一人就是B国人贝克尔。此时的贝克尔已无所谓了，听闻欧文死了，他心灰意冷，一五一十全部告诉了调查组。第一小组将人证物证悉数交由第三小组核验调查，做痕迹和效应力分析。

第一小组同时对其他乘组人员做了全面调查，包括K国的董一飞、BK国的阿茨基、KS国的金东林、I国的加拉瓦、SI国的佩雷斯。董一飞、阿茨基和金东林是面对面沟通，加拉瓦和佩雷斯是通过场景电话询问。

经全面调查，第一小组对两个现象很好奇，一是每个人都描述了在空间站奇特、惊恐的经历，虽然只有几秒，但印象极为深刻。尤其是金东林，这辈子都忘不了那些秽物。第二个就是加拉瓦带上天的小白鼠变成大硕鼠，而且回到地面后就死了，也都变成了干尸，严重脱水。

第二小组传唤了审理欧文的K国工作人员。为配合调查，K国提供了完整的监控录像，包括审讯期间和拘留所内部的录像，以及欧文的口供和签名等。

两周后，联合调查组最终形成统一意见，准备回联合国总部向秘书长哈维汇报。

K国对调查结果完全不知情，相信调查组会对K国有个客观公正的调查结论。

很快，哈维拿着调查报告要求紧急召开联合国安理会，并公布了报告的全部内容。

A国十分重视这次紧急会议，在A国代表赫莉的坚持下，蕾拉总统要求副总统赫利斯来到联合国总部，代表A国来听取调查报告。赫利斯是军人出身，四十来岁，立场很强硬。成熟老练的蕾拉总统一直让赫利斯在国际场合替自己出席各类国际会议和外交活动。

首先是调查组组长苏尔科夫做调查总结："第一，欧文和贝克尔策划实施了对K国空间站的破坏行动。二人对供职保密局供认不讳，但E国予以否认。调查组对二人实施恐怖行为予以强烈谴责。第二，欧文之死与K国审讯无直接关联，与发生在空间站的异常现象有关联，需要进一步核实异常现象。第三，传唤的人证和提交的物证都真实有效，不存在虚假和伪证现象。"

副组长雅克琳补充道："K国对此事十分重视，积极配合，并提供了很多便利条件，让案件调查能快速得出结论。"

其他调查组成员也都在最终报告上郑重签下了名字，认可报告内容的独立性和真实性。

可当调查组报告出台后，A国和E国代表立即对报告内容大加挞伐，认为K国收买了调查组成员，让调查组出具有利于K国的报告。赫利斯和赫莉要求重新派一个A国独立调查组单独赴K国开展事件调查，要求K国必须答应A国的要求。E国代表卡梅尔也随声附和，要求开展独立调查。

面对这两个国家死不认账、百般刁难，哈维很气愤，这明明就是在质疑联合国的权威性。"什么叫客观公正？这个星球只有你们能代表客观公正吗？只有你们是真理化身吗？在你们眼里，联合国的权威性在哪里？"哈维说得很直接。

"对不起，秘书长先生，我没有质疑您的能力，不然我们也不会推荐您当秘书长。只是质疑调查组的能力罢了。"赫利斯极尽讽刺，一点儿副总统身份也不顾忌，赫莉在一旁帮腔。

雅克琳听罢也大声回应："赫利斯阁下、赫莉女士，什么叫质疑调查组的能力？你真以为这个星球只有A国有能力吗？你们A国干的坏事还少吗？CU国和AF国至今还一团糟，你们的责任在哪里？"

"雅克琳女士，你们也是我们的同盟国，这两个国家混乱不堪，你们F国没有责任吗？你当联合国代表那么多年，又做了哪些有用的事呢？好像我没有看到吧。"赫利斯毫不客气，强烈反击。

"我们F国是维护和平，你们是破坏和平，这就是我们两个国家的本质区别。"雅克琳就看不惯赫利斯和赫莉那副傲慢狂妄的嘴脸。

"嗯，如果没有A国救你们，这个星球早就没有F国了吧？你们投降比谁都快，地球人都知道。你们这次倒向K国也很快嘛！"赫利斯继续冷嘲热讽，不依不饶。

"总统先生说得对，一针见血，如此一来，美丽的F语早就失传了，不不不，在博物馆还能找到。"赫莉随声附和，极尽讽刺之能事。

雅克琳看了看F国代表马丹，说："大使阁下，你能容忍这两位另类人士嘲讽F国吗？"

马丹早已忍无可忍了："秘书长阁下，我们将向A国政府发出严正照会，要求这两个没有礼貌的A国公民向F国人民道歉。"

哈维点头称是："我支持你，马丹大使先生。那是你们的权利。我支持你，雅克琳女士，你为联合国做的贡献有目共睹，某些人看不到是视力不好，近视眼。我记得，当年世界各地暴发超级病毒时，A国人纷纷要求后撤，而雅克琳你一个女人主动要求F国和K国一道留下来抗击病毒。有些国家道貌岸然，关键时刻就是自己优先了，优先的意思就是优先撤退。我没说错吧？雅克琳女士。再说了，超级病毒到底怎么回事，估计两位高贵的A国人很清楚是谁制造了这种丧尽天良的病毒。"

"谢谢秘书长阁下，这是任何一个有良知的人都会做的，除非缺少这份良知。"雅克琳很感激，狠狠瞪了一眼赫利斯和赫莉。

"够了，哈维先生，马丹先生，雅克琳女士，你们说够了吗？A国强大是无所不能，A国人的强大足以毁灭这个星球，包括你们F国，还有对面坐的P国和K国，不要试图挑衅A国利益。A国的忍耐是有限度的。懂吗？"赫利斯早就不耐烦了，甚至开始威胁，还把自己当军人。

调查组组长、P国前总理苏尔科夫一直冷眼观瞧，早就憋了一肚子火："赫莉女士，那个好像叫赫利斯的先生，我作为调查组组长可以说几句话吧。"

看到A国不反对，苏尔科夫继续说道："到目前为止，这件事调查的前因后果都和A国没关系,目前说的是E国情报机关介入此事,无论E国是否承认,这都是铁的事实。E国人试图炸毁K国空间站,再嫁祸给他人。但作为组长的我百思不解,E国怎么敢招惹K国呢?当今的E国全球地位每况愈下,连昔日的E国殖民地I国都不如了,怎么就敢挑衅K国呢?我百思不解,但今天的安理会现场,我终于想明白了,原来背后有人啊。"

赫莉当即打断苏尔科夫:"你血口喷人!"

苏尔科夫不紧不慢:"赫莉女士,你要懂礼貌,没有哪个男人喜欢粗暴的女人,你还是稍微温柔一点儿,让我把话说完,现在还轮不到你插嘴,按照级别我比你高,按照年龄,我比你大,你给我先闭嘴,听我说。"

会场哄堂大笑,赫莉满脸臊红,赫利斯示意赫莉先听苏尔科夫说什么。

"原来E国人背后有人,这个人就是A国。大家看,卡梅尔后面有赫莉,赫莉后面有赫利斯,赫利斯后面有蕾拉,蕾拉后面有A军。A国人不好意思直接出来做坏事,就找了小兄弟来帮忙做坏事,你们狼狈为奸做的坏事还少吗?这次做坏事翻车了,你A国人就想让E国人来顶雷,还想合起伙来让K国背黑锅,你们太幼稚了。如果需要的话,我明天会带来我们P国的直接证据证明我的话。赫利斯阁下,相信我的话,你比赫莉女士更明白,你可是国安会成员之一。至于赫莉女士、卡梅尔先生,你们谁也代表不了,就是个传声筒罢了。至于你赫利斯阁下威胁的毁灭全球,相信你也明白P国有能力毁灭A国很多次吧?所以嘛,就不要用核大棒来吓唬别人了,很可笑。"

苏尔科夫连珠炮似的炮轰A、E两国,让三人如坐针毡。苏尔科夫还在继续:"对了,我最后再强调一下,欧文的死与K国完全无关,他的死就和BK国阿茨基的那几只小白鼠一样,连死状都一模一样,这足以证明欧文的惨死是事出有因,与K国审讯毫无关系。"

苏尔科夫一席话,让三位代表脸上再也挂不住了,仿佛今天的安理会成了对两个国家的公审大会。赫利斯、赫莉和卡梅尔立即起身要离场。

"稍等一下，几位。"K国驻联合国代表团代表马良镛叫住了赫莉和卡梅尔，"请听我说几句。"

赫利斯、赫莉和卡梅尔只好又坐了下来，眼睛直勾勾盯着马良镛，想听听事件当事国的说法。

"女士们、先生们，可能出乎大家意料，K国政府刚刚才知晓这份联合国报告的调查结论。首先，我们尊重调查组的辛勤努力。但客观讲，报告虽然还了我方清白，但问题真相远远没有查清，对此我方感到遗憾。"

马良镛转向赫利斯、赫莉："其次，赫利斯副总统阁下、赫莉女士，你们的建议，关于派遣独立调查组来我国深入调查此事件。我这里明确告诉你，我们同意。"

马良镛一句话让所有人愕然，连赫利斯都一头雾水，怀疑是否听错了。

马良镛继续说："我希望赫利斯阁下和赫莉女士尽快和卡梅尔先生协商一下，要不要组成两国联合调查组，你们定，我们都欢迎，但希望不要再节外生枝了。我等你们的答复。"马良镛代表K国政府的大度和包容让安理会其他成员国很吃惊。

皮球踢到了这两国一侧，赫利斯、赫莉和卡梅尔交换了一下眼神。

赫利斯有些磕巴，说："谢谢马良镛大使答复，事关重大，我们要协商，请给我们时间。"

马良镛很清楚，赫利斯是为强硬而强硬，心里根本不知道K国的实际态度，结果狠狠打了赫利斯那张红里透黑的脸。

一周后，A国和E国联合调查组启程了，调查组组长是情报总局局长鲁尼，副组长戴维斯，另一位副组长是E国保密局副局长布莱尔。

接待调查组一行的是国家安全部门和凌霄军团，K国重复了一遍上次的工作，让那些人证和物证再次在联合调查组面前亮相，调查组可自由与这些证人接触、交谈。待一切调查结束，K国安排了一次重要会晤,由祁奕雄牵头,国家安全部门协助,一起与两国联合调查组交流。考虑到与鲁尼和戴维斯的关系,祁奕雄特意安排孙志平和董一飞参加。

"鲁尼局长,第一次来K国吧,不知道有何感觉?"祁奕雄很关心鲁尼的感受。

"谢谢参谋长,百闻不如一见,K国变化太大了,我们更多是通过情报了解贵国,但这次来看看确实不一样。尽管我们工作重点不是参观,但所到之处都留下很深的印象。"鲁尼人生第一次来K国,而对付K国和研究K国的大多数A国人都是没来过K国的纸上谈兵者。

"还是希望局长阁下以后来多走走,多看看,会有不同感觉。对了,你们A国,我就去过五次,每次去的地方都不同,国防部大楼去得最多,看了不少你们允许我看的地方,感悟很深。很遗憾的是,你们的航天局和情报总局大门一直对我们关闭,不欢迎我们。还有E国的保密局,也不允许我们进入,但你们的特工电影早就在K国家喻户晓了。"祁奕雄笑了笑。

在这种场合,国家安全部门不便说话,仅仅在业务交流时出面回答问题,凌霄军团只能唱主角了。

鲁尼和布莱尔尴尬地笑了笑:"希望参谋长下次有机会专程来访,我一定好好接待你们。"

"希望是真的,不是客套话啊。"祁奕雄显得很认真的样子,"我可当真了,要列入我的年度计划。你们回去就发出邀请,我总不能自己要求去吧。"在场的人都笑了。

"好,言归正传,各位朋友,你们的调查有什么新发现?需要我们协助你们做点儿什么?国家安全部门的人都在这里,看你们有什么需要问的。"祁奕雄直接把话题引回来。

"谢谢参谋长阁下,这次你们安排得很好,我们这次调查取得了丰硕成果,会形成报告上报总统阁下。这里确实有几个问题想咨询一下。"说话的是戴维斯处长,孙志平的老朋友兼金主。

"请问你们为什么要安排董一飞上天?我们百思不解。能否直

443

言？"戴维斯对人证中的董一飞很怀疑。

"确保空间站安全。你们情报总局不也请博通保护金矿吗？我们的空间站可比金矿值钱得多。事实证明，安保不仅在地球上，也可在太空，这可是新兴市场，你不会反对吧？戴维斯先生。你和博通老总孙志平关系不一般，这不，我把他请来一起陪你。"祁奕雄干脆利落的回答让鲁尼和戴维斯不得不佩服，本来想继续质问的话都咽了回去。

"谢谢参谋长的爽快。我第二个问题是，空间站里究竟发生了什么？能否坦白相告？调查报告还缺少这最关键一个环节。"

郝利新笑了笑，说："戴维斯处长，这个问题我们也想知道。你们如果知道真相可以坦诚告诉我们。毕竟你们不仅有丰富的国际空间站经验，还有丰富的月球空间站经验，这类异常事件见得更多，不妨把你们遇到的事情分享给我们。"

鲁尼笑了笑，说："A国人第一次登上月球发现外星人基地是以讹传讹，别当真，你们都已定居月球背面，我们说的话总该相信了吧？"

"还有很多事情，你们可不够诚实啊，比如'小精灵'。"郝利新一句话顿时让鲁尼和戴维斯笑容凝固了，"小精灵"是夸克基地的内部代号，外人不知道，顶多知道"小绿人"。看来内部还真有"鬼"。

鲁尼为避免尴尬，赶紧转换话题："不知道为什么K国空间站不允许A国人进入？"

祁奕雄转过头来问问郝利新："你们不允许A国人进入我们空间站？"

郝利新接过话来："我们的空间站是开放的，对发展中国家免费开放，任何与K国建交的国家都可以申请。我们原则上同意A国人加入，但A国国会立法限制了与K国在航天领域的交流，一旦A国人进入K国空间站，你们的人就违法了。这个问题就需要你们自己协调国会来解决，我们也是爱莫能助。"

戴维斯担心鲁尼尴尬，立即接过话题："局长先生，我回去就与国会协商，看能否解除相关立法，再向您汇报。"

"如果能解除你们的立法最好了。礼尚往来，不知道鲁尼局长能否协调航天局让我们K国人也进入你们月球空间站？这样才有助科学进步，促进人类共同进步。我们很希望有这么一天。"

鲁尼当即答复祁奕雄："我们回去就先与国会协商，再与航天局沟通，希望在'甘尼迪'空间站上能看到K国人。"

"甘尼迪"空间站就是A国主导的国际月球空间站。

整场会谈，E国保密局的布莱尔完全找不到共同话题，E国一没地球空间站，二没月球空间站，三没月球基地，只有一间位于"甘尼迪"空间站的小舱段，面积也就200平方米。就连欧洲空间局都疏远了昔日的盟友，E国也不得不退出了联合科技计划。

退出后的E国找不到准确的国际定位，却自诩为世界大国。A国本想借E国在世界上的影响力替A国多发声，但如今的E国势单力孤，其他国家早就不把E国当盘菜了，A国对E国的态度也就可想而知了。

不仅如此，更可悲的是，不少昔日的E联邦国家纷纷选择脱离E联邦。E联邦本是一个国际组织，由50多个独立主权国家和属地所组成，成员大多为前E国殖民地或者保护国。随着E国的没落，E联邦只剩下17个小国了，大的国家都纷纷退出来。E国自顾不暇，何谈保护别国？

在A国人的努力下，调查事件不了了之，最为不满的就是E国政府，A国人不用心，E国人也无能为力。

没多久，E国保密局特工、B国的贝克尔被K国法院以危害国家安全罪、间谍罪，数罪并罚判处有期徒刑15年。欧文意外死亡，不再追究刑事责任，尸体送还家属。

445

## 52. 甘尼迪二号

既来之，则安之。来者都是客，京城欢迎你。

A、E联合调查组一行完成调查后，先后参观访问了K国国家安全部门、凌霄军团总部、霹雳军团总部，并参观了京城市区和近郊的名胜古迹。

"听说你们的秦安也很好、很棒，我们很多总统都去过，还有兵马俑，很壮观。"鲁尼对K国文化很感兴趣。

郝利新一旁补充："没错，秦安是十三朝古都，更有历史韵味，有机会可去看看，K国很大，A国也很大，但文化和而不同，我们要彼此尊重对方文化差异性。您说呢？局长阁下。"

"您说得对，参谋长阁下，我完全同意。我们是两个伟大的国家，要和，不要斗。"

"对了，你们认识的孙志平就是秦安人。"郝利新突然提醒鲁尼和戴维斯。

"我了解孙志平，知道他是秦安人。"鲁尼突然冒出这么一句话。郝利新惊讶于鲁尼的反应。

鲁尼稍停顿一下，突然想起什么，问："戴维斯处长，我们下面安排是什么？"

"局长阁下，我们将会去航天城参观，然后回去休息，准备参加凌霄军团举办的欢送晚宴。"

"我希望去博通看看,可否安排?"戴维斯当即与郝利新协商这个新变化。

很快,郝利新请示后同意临时变更安排,晚宴时间不变,客人休息时间减少一小时,安排两个小时参观博通总部。

参观航天城时,鲁尼风风火火,脚步匆匆,能看到的都是该看到的东西,交流也是礼节性的,没太多实质性内容,彼此都是同行,心照不宣。

之后,鲁尼一行驱车来到博通总部,孙志平带着几名高管迎候,周围部署一圈警力,为A国最大的情报头子保驾。

不少好事群众看到这边声势很大就围了上来:"这是谁啊!没听说哪个国家领导人来啊,也没见挂国旗啊。"

"A国情报总局局长!"警察随口应付着。

"啥是情报总局?"

"最大的特务头子,知道了吧。"

"送上门来了,那还不把他们抓起来?"果然是一群不明真相的人。

"人家是来参观访问的,又不是来搞破坏的,你看我们不是在保护他们吗?来者都是客。京城欢迎远道而来的客人,你忘记这句口号了。"

"可京城不欢迎坏人啊。"

"我们的职责是保护他们安全,他们坏不坏不是我们的事儿。你们散开,别围观了,都什么年代了,没啥新鲜的。走了走了!"警察继续维持着治安。

鲁尼和戴维斯去过黑石公司和浑水公司,这次来到博通总部,有一种耳目一新的感觉。黑石公司和浑水公司都有一种"匪气",可在博通公司完全感觉不到。而且这里不像安保公司,倒像是有书香气息的高端文化公司。整个大楼布置得井井有条,富有文化内涵。东西虽不多,可没一件摆设是多余的,透出一股规矩的力量。

孙志平带着鲁尼一行从大堂开始参观,再到二楼的荣誉室。荣誉室有2000多平方米，很大、很军事化，也很肃穆，陈列着大量一手照片、视频，还有遗物。这里可以领略到博通的企业文化，真可谓"十年博通，天翻地覆"。

在"牺牲人员铭记墙"上，戴维斯清晰地看到了梁栋的大名，上面清清楚楚地写着他在瑞德沙漠殒命疆场。戴维斯对着铭记墙给鲁尼指指点点，回过头来又对孙志平诡异地笑了笑，彼此心照不宣。

来到三楼，是博通的沙盘推演室，这里很现代、很前卫，很有科技含量。

孙志平重点介绍道："这就是你们制裁的K国华兴公司帮我们打造的多维全景虚拟沙盘推演系统，这个系统在全球都算得上是最领先的。"

应客人之约，孙志平给鲁尼演示了一场博通反劫机虚拟对抗演练。前后不到20分钟，六名劫机恐怖分子被击毙，乘客毫发无损。

鲁尼和戴维斯带头鼓起掌来，这套民间安保公司的系统一点儿不输A军。

"不知道你们的营救计划是不是也在这里推演？推演了几遍？"戴维斯也没有啥可避讳。

"两遍，行动比推演要好，但都有伤亡。"孙志平也很直白。

鲁尼和戴维斯不约而同竖起大拇指。

随后，一行几人来到六楼的孙志平办公室。孙志平办公室是门牌号606，鲁尼和戴维斯都注意到了，这种细节也只有这类人会注意。他们也看到了那幅警示标语："走黑石的路是死路，走博通的路是活路。"鲁尼笑了笑，说："黑石公司早就不在了，浑水也更浑了，只有你博通还一枝独秀啊。"

戴维斯接过局长的话："是啊，不过你面临的挑战还很激烈，你也要注意啊。"戴维斯话里有话，指的是松本掌控的新浑水公司。

"是啊，这还要仰仗局长和处长大人不断提携啊。"孙志平打个哈哈。

在房间内，鲁尼看到了导弹模型，那再熟悉不过了。"孙先生，这是你老部队的东西吧？"鲁尼指着导弹模型。

"是啊，局长，我很怀念昔日的部队生活，没有部队的培养，就不会有我孙志平的今天，我感恩部队。"

鲁尼笑了笑，说："我说的不是这个。你知道我们过去为搞你们这个型号的情报费了多大精力？你们的保密工作世界一流啊。"

"理解万岁，我们过去与你们相比实在太弱小了。K国老祖宗有句话，'国之利器岂能轻易示人'，这句话意思就是弱小一方只有保存实力才能生存下来。这是真理。您说对吧。"

鲁尼是武器行家，指着大航母模型说："你说得没错，我同意。你看你们的航母都已赶上我们的水平了，20年前，我们的战区司令就告诉过我，要早点儿对你们动手，再晚了就来不及了，现在看来，他的思维是正确的，我们失去了最佳的动手时机。"

鲁尼说这话时显得很懊悔，但更多是无奈。

"不打就对了，和平共处才是正道，两国对抗不会有赢家，您说呢？至少东岛问题的有限战争解决方式已很说明问题了，如果A国坚持把东岛战役打到底，相信贵国会输得更惨。还是应该以和为贵。"孙志平绵里藏针，不愿对手先声夺人。

孙志平安排鲁尼一行来到大会议室交流。他首先把S国等地的金矿安保工作做了详细汇报，并针对今后的工作谈了几点想法。

"局长阁下，如今博通与贵局的合作进入寒冬期，您也知道原因所在。现在A国无端制裁博通，博通本想拓展更多合作，现在看来不现实，也不可能了，但我还是希望继续推销博通业务。你们也知道，我们具备一支规模不大的海军，可在海上承担安保工作，目前正履行与P国的协议。同时，我们也承担K国空间站安保服务，这一点你们也知道。博通安保涉及方方面面，我们还是希望能与贵局开展更多合作。我知道你们更信任另一家公司，但可以公平竞争，安保不仅是实力之争，也是文化之争、信誉之争，没有文化和信誉的安保公司走不远。心胸太狭隘，必然限制人的思维和公司发展。还请局长和处长阁下三思。"

449

戴维斯很明白孙志平暗指松本未来这个忘恩负义的家伙，他连史密斯都能背叛、都敢杀，还有什么不敢做的？

"孙先生，我专门找人调查过你，对你还算了解。我也知道博通业务能力全球第一，我说的是实话，我相信我们还能继续合作。我会尽快解除对博通的制裁，情报总局需要拓展与博通的进一步合作。"鲁尼说话很直白，不拐弯抹角。

"那就谢谢局长阁下了。"

可鲁尼的第一句话让孙志平心里咯噔了一下。调查自己？可知根知底、很了解自己的人屈指可数，是谁会出卖自己？

"孙先生，我很欣赏你的为人和能力，可惜各为其主。"

"局长阁下，您错了，您也是我的金主，我不会和钱过不去，您说呢？你是博通最大的客户之一，我希望为你们提供更好的服务。这也是我们的荣幸。"

"那好，我同意。戴维斯处长，回国后考虑如何与博通继续强化合作，至于解除制裁，我会去游说上层那些难缠的家伙。"

情报总局和博通在京城博通总部又达成了进一步合作意向。

傍晚时分，孙志平获邀参加凌霄军团为鲁尼一行举行的欢送宴会。席间，孙志平给鲁尼敬酒，鲁尼举起茶杯笑了笑，说："孙先生，我不喝酒，滴酒不沾，我太太不让我喝酒，说我的身体欠佳。"

孙志平干了杯中酒，以示对这位老特工的敬意。孙志平清楚当特工都不是一般的人，何况是特务头子，绝对不是一般牛。真正的特工比影视剧中的角色牛太多了，孙志平早就见识过。

孙志平和戴维斯在一桌，戴维斯很爽快，两位老朋友频频举杯。虽然K国国酒酒劲很足，可戴维斯也举杯就干，来者不拒。尽管二人有过节，但都是工作中的过节，彼此心里都能理解或者谅解对方，一切都在酒里。

说实在的，戴维斯对孙志平在瑞德基地的营救行动很钦佩，对梁栋的能力也十分佩服，这也是戴维斯不断说博通好话的原因。博通是真的好，人才济济，不是瞎吹。

"戴维斯先生，局长说很了解我，他究竟有多了解我，您知道吗？"孙志平想知道消息来源。

戴维斯虽然喝了酒，但也很警觉："估计你的底细都知道吧，这年头儿，大数据什么人查不到？"

"知道我底细的人不多。"孙志平装作自言自语。

"那可不一定，A国国内就有很了解你的人，比如咨询公司。"戴维斯感到说漏嘴了，赶紧刹住车。

"咨询公司对我感兴趣？不可思议。"

"市场经济，买服务，信息是可交易的，这也算得上有价值的情报吧。"

"那你们一般会在哪些咨询公司买服务呢？"孙志平逼问着戴维斯，知道过了这个村就没这个店了。戴维斯难得喝了很多高度酒，虽说清醒但也有点儿飘。

戴维斯憨笑几声："这太多了，我也忘记是哪家了，好了，不说工作了，来继续喝酒。"戴维斯又举起酒杯，频频与来敬酒的人碰杯，拒绝再回答孙志平这类敏感问题。

鲁尼和戴维斯一行离开了K国。鲁尼承诺回去要和航天部门沟通与K国共享太空资源的问题，但实际上是要加快太空武器研制的步伐，比如小行星撞击月球试验。尽管K国和P国坚决反对，但鲁尼必须尽快完成试验，好向总统有个交代。

之前，鲁尼被蕾拉总统狠狠批了一通，要求彻查"末日计划"的泄露原因，但查来查去也没有头绪，还耽误了试验进度。虽然鲁尼怀疑过少数知情人，比如戴维斯、贝里，但也都没有真凭实据。之所以要尽快实施"末日计划"试验有多重考虑：一来确实必须试验，这是技术需求；二来要放个鱼饵，等着鱼来咬钩，看看是否还会有机密信息泄露。鲁尼这次多了个心眼儿，告诉戴维斯和贝里的试验时间不同，真实时间只有鲁尼一人知道。这样一来，就能很快查明是谁泄的密，或者说是哪条线泄密了。这次试验总指挥是鲁尼，戴维斯和贝里都是副手，谁也不掌握全部试验机密。

在鲁尼直接安排下，A国太空军紧锣密鼓准备试验。一是要把小行星转移到距离月球轨道很近的待机轨道，做好撞击前的准备工作。二是要调整"甘尼迪二号"月球空间站轨道，既要有效躲避小行星直接或间接撞击带来的伤害，也可近距离观察撞击的实际效果，做好撞击后毁伤效果评估。

A国太空军早将已捕获的不同尺寸小行星分类编号，如Ast1000就是直径1千米，Ast500就是直径500米。这次选择的是编号为Ast300的小行星。目前，这颗小行星正运行在地球和火星轨道之间，十分靠近地球一侧。把这颗小行星转移到月球轨道附近还需要一周时间。这次月面撞击区域选定在拉马克区域，避开冯·卡门区域，也是考虑到K国的月球"深蓝"工程。

"甘尼迪二号"月球空间站是在"甘尼迪一号"基础上建造而成。

"甘尼迪二号"月球空间站是由A国航天局牵头、昔日国际空间站主要成员国参与建造的月球轨道空间站。A国航天局提供服务舱和节点舱，欧洲空间局和R国宇宙航空研发机构各提供一个居住舱，P国航天公司负责提供气闸舱，KA国航天局提供机械臂。与第一代月球空间站相比，"甘尼迪二号"月球空间站有更强的军事能力，攻击力更强，A国太空军是"甘尼迪二号"唯一的军事用户。上次对K国"深蓝三号"实施"软攻击"的，就是"甘尼迪二号"的定向能武器。

"甘尼迪二号"月球空间站轨道比较特殊，在晕轨道运行。晕轨道的"晕"可不是晕头转向的晕，是日晕或月晕的"晕"，这条轨道也确实让人晕头转向，不如平时地球轨道那么好理解。

晕轨道有几种，有一种晕轨道，叫作近直线晕轨道，也就是NRHO，被称为"直晕轨道"。直晕轨道有个好处，就是很容易作为地月转移轨道，从直晕轨道可轻松进入月球极地轨道，周期只有12个小时，比其他过渡轨道都快，而保持轨道所需能量最小，这样就非常有利于轨道维持。空间站也要"吃饭"，只是"饭量"大小不同。直晕轨道还有一个好处，在直晕轨道的空间站与地球之间的通信不受月球屏蔽干扰，同时对空间站热控系统要求更低。

"直晕"属于比较特殊的晕轨道，轨道周期为6到8天，可绕拉格朗日点做大椭圆运动，近点距离为2000多千米，远点距离75000多千米，轨道面几乎垂直于地月系平面。选定这种特别的晕轨道，主要是考虑到登月的实际需求。

但从超深空探测来讲，如果想登陆火星、小行星，就需要选择另一条"晕轨道"，这就是L2晕轨道，这条轨道以拉格朗日L2点为轨道"质点"。这个轨道被称为"二晕"，"二晕"有个绰号，叫"深空之门"。"二晕"轨道更容易执行载人登陆小行星和火星等深空探测任务。K国早在2018年发射的中继卫星就在"二晕"轨道运行。

"直晕"和"二晕"轨道不是一成不变的，如果A国需要开发和利用月球，就依托直晕轨道。如果要奔向火星，那"甘尼迪二号"月球空间站就依靠大功率电推系统机动到"二晕"轨道，也就是"深空之门"的轨道位置。

经总统蕾拉批准，鲁尼下令执行"末日计划"试验。A国太空军已操控"甘尼迪二号"月球空间站在直晕轨道运行，这里能很便利地移动月球背面，去观察小行星撞击月球的壮观场面。同时，A国太空军正在紧锣密鼓地控制Ast300小行星快速向月球方向移动。

所有这一切都在秘密进行，可许多双眼睛早就紧紧盯着这次惊天动地的实验，各怀心思。

## 53. 末日试验

生存斗争的存活者并不是最美丽的,有时只是最无情、最幸运、最顽强的,也有可能是最孤独的。

Ast300是一颗外形不规则的小行星,呈雪茄状,这类小行星不好控制,必须把"末日"登陆器设定为特定的登陆模式。在登陆前,"末日"登陆器必须围绕小行星转圈,尽管A国太空军数据库已有这颗小行星的基础数据,但也要"末日"登陆器再实地测量计算,找到这颗小行星的准确质心,这样才好计算登陆器着陆地点。

由于小行星飞行速度很快,着陆时一定要顺着小行星飞行速度方向,这样只需要用较小的推力就可改变小行星的飞行姿态和飞行轨迹。截获小行星理论上讲很容易,实际上对"末日计划"登陆器的智能化水平要求极高,同时要选择那些飞行轨迹和飞行姿态易于控制的小行星,这才能确保截获工程顺利完成。A国太空军就是在位于火星和地球间的小行星带选择了10颗这类易于控制的小行星,并对它们做了早期姿态校对和轨道修正,让它们处在随时可控状态下。

为了确保试验具有普适性,A国太空军选择了直径不同的小行星实施各类验证性试验,试验的小行星最大直径是1千米,最小直径只有50米。一旦对这类小行星实现随机控制,那其他直径大小在范围内的小行星就可直接调用程序来实现快速控制。终结恐龙时代的小行星的直径有10千米,这类小行星控制难度就很大,需要巨型"末日"

登陆器，要有超强劲的动力。A国不是没有这个能力，是没必要来做这种尝试。"末日工程"的目标是其他国家，而不是连带A国在内的"世界末日"，A国可不想玉石俱焚。

A国太空军稳稳控制Ast300小行星向月球轨道靠近，在距离月球还有五六十万千米时，K国凌霄军团的小行星预警系统骤然报警：这颗小行星正在高速飞向地月系，几天后就会抵达。无论是撞击月球还是地球，对人类文明都是巨大的危害。很快，凌霄军团计算出了这颗小行星的目标是月球背面。同样，P国也发现这颗飞行轨迹异常的小行星，也准确预测出这颗小行星即将撞击月球背面。

K国和P国国防部部长紧急通电话交换意见，一致认为这颗小行星是受控的，是A国的"末日"试验。两国当即决定组成联合反应部队来应对这场人间浩劫。这项任务最终下达给K国凌霄军团的祁奕雄和P国装备部部长梅津斯基，具体落实则交给P国装备部科研局局长列夫·米拉和凌霄军团副参谋长郝利新。

经双方快速会商决策，K国和P国决定立即发射一颗"天兵"多光谱遥感卫星到"二晕"轨道，实时监控小行星的动向。同时，两国联合发射一颗"拯救月球"大型登陆器来强行登陆这颗异常凶猛的小行星，并试图将小行星彻底推离撞击月球的轨道。

要对付的小行星不是自然的天体，而是"人控天体"，必须发射大型登陆器，并携载大型反推火箭才能彻底抵消A国小行星登陆器带来的巨大威胁。

"天兵"遥感卫星上路了，紧接着，"拯救月球"大型登陆器也发射升空了。K国和P国的全球航天测控中心及凌霄军团联合指挥中心都在紧张地观察着这两个航天器的动态。只能成功不能失败，否则后果不堪设想。祁奕雄和梅津斯基手里都捏着一把汗，眼睛直勾勾盯着大屏幕。

"天兵一次变轨成功。""天兵二次变轨成功。""天兵已经进入拉格朗日L2点晕轨道。"

目前每个阶段都成功，但此时没有掌声，因为成功是必须的，这

455

是实战，不是试验，不需要掌声。

"拯救月球一次变轨成功。""拯救月球二次变轨成功。""拯救月球三次变轨成功。""拯救月球捕获小行星。""拯救月球进入环小行星轨道。""拯救月球完成星体扫描，已获取小行星数据。""拯救月球已捕获不明人造天体，距离小行星表面高度10千米。""拯救月球准备释放人造陨石，十、九、八、拐、六、五、四、三、两、幺。"

一枚质量10公斤的人造陨石瞬间坠落到了小行星表面，准确命中了A国太空军"末日计划"登陆器，登陆器旋即爆炸成碎片，小行星失去外部动力，但依旧沿既定轨道高速飞行。

"目标已被摧毁。"

掌声响了起来，但只是开始，还不容乐观。小行星距离月球只有10万千米了。小行星速度高达每秒10千米，一小时飞36000千米，10万千米最多也就飞三个小时，时间很紧迫了。

10分钟后，"拯救月球"登陆器顺利绕到小行星背面，准备缓缓降落在小行星表面。

"登陆器反推火箭已经点火。""高度10千米。""高度8千米。""高度6千米。"

反推火箭持续正常工作。"高度3千米。""高度1千米。""高度800米。"

所有人都屏住呼吸，时间彻底凝固了。"高度500米。"

虽然胜利在望，但所剩时间不多了，修正小行星轨道难度极大，尤其是距离月球太近了，就算修正了也无法保证不与月球相撞，要成功还需要有运气成分。

"高度400米。""高度100米。"

登陆器放下辅助登陆支架，准备降落在一片平坦开阔的沙地上。"高度90米。"

"信号消失，信号消失！"

"登陆器消失，登陆器消失了！"

不明原因，登陆器在88米高度，反推火箭突然失去动力，登陆器重重摔在小行星表面，火光一片。"拯救月球"登陆器携带了太多燃料，完全炸成碎片，巨大的爆炸冲击力让小行星迟滞了一下，稍稍改变了飞行轨迹，但目标依旧是月球背面。

"不好，这次小行星撞击区域发生了变化。"负责弹道诸元计算组人员惊叫起来，"目标，冯·卡门；目标，冯·卡门。远离拉马克区域！"

全场人员都傻眼了，一切都来不及了，再发射登陆器也要几天时间。直径300米的小行星即将撞击K国"深蓝三号"射电望远镜所在的广袤区域，"深蓝三号"将被彻底摧毁。毫无疑问，这是一次彻底失败的拯救计划，K国的月球工程要毁了。

祁奕雄和郝利新已无力回天了，P国也爱莫能助，大家都只能眼睁睁看着小行星撞向月球并摧毁"深蓝三号"。

此时，在A国太空军指挥中心和"甘尼迪二号"空间站，A国人也紧紧盯着这次重要试验，蕾拉总统和其他阁员在指挥中心密切注视天上发生的一切。

"末日"登陆器被摧毁，A国一清二楚，当登陆器不再发出图像信号和遥测信号时，A国就知道登陆器失去功能与P国发射的航天器有关。当小行星背面发生剧烈爆炸，A国太空军明白是有人搞鬼，估计是P国人干的。两个月球探测器从K国滨海发射场和P国东方发射场升空，一个直奔"二晕"，一个直奔小行星，这个情况A国第一时间就知道了。

A国人此时幸灾乐祸，因为探测到这次拯救任务失败了，小行星直奔冯·卡门区域。鲁尼和戴维斯很诧异，因为目标地点有K国的月球工程。A国打算静观其变，等待测算这次撞击的实际毁伤效果。只是他们原本没想到要把K国的"深蓝三号"作为试验品。

戴维斯喃喃自语："孙志平，这可怪不得我了，我帮你了，你们又何必多此一举，上帝也救不了你们了。"

"你说啥呢？你帮谁了？"鲁尼反问道。

"哦，我说这下K国月球工程完蛋了，我们特意修改了撞击轨迹，没想到P国这群浑蛋竟然如此疯狂，摧毁我们的登陆器，K国人要怪就怪P国人吧，怨不得我们A国人了。"戴维斯解释道。

鲁尼鼻子"哼"了一声，嗤之以鼻。

戴维斯不知顶头上司嗤之以鼻是对自己还是K国人，心里七上八下。

此时，地球上无数双眼睛紧紧盯着这颗疯狂的小行星，有的捶胸顿足，有的幸灾乐祸，有的作壁上观，有的渔翁得利，也有的默默无语。月球是地球的伙伴，地月是"双行星系统"，一旦对月球造成巨大破坏，地球和月球共同打造的天文生态系统势必被彻底破坏，对地球的影响也是巨大的。人未必胜天，但人可以轻易毁掉这片天。

还剩一个小时，代号Ast300小行星就将撞向冯·卡门区域，A国太空军指令"甘尼迪二号"及时调整轨道，重点监控冯·卡门区域，K国"天兵"遥感卫星也将观察窗口指向冯·卡门区域。

如此大的小行星一旦撞击月球，爆炸威力相当于几十颗几十万吨当量的氢弹的总和，方圆几百千米都会受到严重破坏，脆弱的射电望远镜必然被彻底炸成齑粉。

还剩30分钟，"甘尼迪二号"和"天兵"都已准确捕捉到这颗最后疯狂的小行星，就连月球空间站的A国人都不寒而栗，恐怖气氛渐渐笼罩。

小行星高速飞行，距离月球还有9000千米，15分钟。

地球指挥中心，无论是A国人、K国人，还是P国人都异常紧张，毁灭地球生物圈的浩劫即将在月球重现。

月球劫难倒计时开始了。"8000千米，800秒。""7000千米，700秒。""6000千米，600秒。""5000千米，500秒。"

地球人都屏住呼吸，不知所措，有种玩火自焚的心态。森林大火一旦被点燃，要想扑灭就太难了。

"高度3000千米。"

"啊，小行星消失了，消失了！"

地球人惊讶了，怎么会消失？太不可思议了！

"甘尼迪二号"和"天兵"传来了同样的消息，Ast300小行星在2000千米高空时气化了，消失得无影无踪。但怎么会气化呢？月球没有大气层，不存在剧烈摩擦温度升高的可能。尽管太阳直射会让小行星温度迅速达到100多摄氏度，但这点儿温度也不足以快速气化一颗小行星。就算这个小行星是冰结构，也不可能靠100多摄氏度让冰行星瞬间气化。如果小行星是石质结构，那点儿温度就更微乎其微。除非小行星在刹那间遭遇到某种强大外力，才有可能瞬间气化，但与其说是气化，还不如说是"粉化"。巨大能量瞬间把小行星粉碎，形成对月面不具备任何威胁的小行星尘埃，很快融入月尘、月壤中。

现在，"深蓝三号"的表面覆盖了一层厚厚的粉尘，来自粉碎后的小行星的粉尘。"深蓝三号"莫名其妙地逃过一劫。不约而同，K国、P国、A国都要求尽快彻查原因，看一看究竟是哪股神秘力量摧毁了小行星。三国都担心这种武器属于另外两国，那太可怕了。

"末日计划"试验没成功，鲁尼大为不满。他早就把测试戴维斯和贝里忠诚度的事儿忘到脑后，一门心思只想查明原因，不然没法向总统交代。查明原因的任务不出意外地落到了戴维斯和贝里身上。

不仅是"末日计划"失败了，K国和P国的"拯救月球"计划也失败了，两国也成立联合调查组，一是调查拯救计划失败的原因，二是调查小行星消失的原因。

可调查工作刚开始，麻烦就接踵而至。

一颗直径20米的小行星快速飞向月球，速度极快，每秒超过20千米。更让三国航天部门大跌眼镜的是，这颗小行星显然是一颗受控天体，就在接近月球2万多千米时，小行星突然改变飞行轨迹，直奔月球背面的拉马克区域，这是A国太空军刚刚错失的试验靶场。想拦截是不可能了，哪一国都做不到。眼看这颗小行星高速撞上拉马克区域月表，砸出一个硕大无比的环形山，小行星彻底粉碎了，扬起的月尘溅落到几百千米之外广袤区域，"深蓝三号"再次经历了严峻考验，覆盖的月尘加厚了。

"这是谁干的？"三个大国再次不约而同地质疑这次典型的人为撞击事件。鲁尼和戴维斯怀疑一个国家，但不能肯定一定是这个国家干的，还没有足够证据。

更让这三个国家不明白的是，为什么撞击冯·卡门的小行星会被拦截，但撞击拉马克的小行星成了"漏网之鱼"？究竟这个幕后黑手是谁呢？

按照常理来讲，冯·卡门是K国"深蓝三号"所在地，K国有必要保护这个区域，拦截这颗小行星合情合理。但拉马克区域就与K国利益无关了，K国出手拦截没有太大必要。按照这个逻辑，这颗撞击拉马克的小行星或许是P国和K国的试验品，而拦截A国小行星的新武器必然属于K国。想到这里，鲁尼和戴维斯脑门子直冒冷汗。

带着无数问号，鲁尼带着戴维斯来见蕾拉总统，一并汇报这一连串的咄咄怪事。

蕾拉从办公桌后腾地站了起来："你说什么？难道我们A国科技已经落后于K国了？不不不，不可思议，不可能，不可能。A国一直都领先，不可能被超越。你们情报有误。我要求你们立即彻查，不能假设，要有足够证据。我不要猜测的结果。懂吗？两位先生！"

"是！总统女士。我们会尽最大努力查明原因，但这需要时间。"鲁尼摇了摇头，信心不足。

"时间可以给，但不是无限的，我希望你们在两周内告诉我答案，要明确的答案。"蕾拉态度十分坚定地设定最后时限。

同样，很迷茫的还有祁奕雄和郝利新，不知该怎么跟首长解释事情经过。虽然在"二晕"轨道值守的"天兵"睁大眼睛看着月球背面发生的一切，但调出全部数据分析后，依旧是一团疑云，撞击发生期间，"天兵"的眼睛被蒙上了面纱，图像一团漆黑。

在办公室久久不能平静的祁奕雄若有所思，考虑如何找到蛛丝马迹，并最终查明原因。祁奕雄拿起电话，接通了孙志平。

## 54. 顾问


顾问顾问，顾上了一定要问。

孙志平火速赶到祁奕雄办公室。孙志平是凌霄军团总部的编外顾问，不担心泄密问题，加之孙志平与祁奕雄的特殊关系，二人无话不说。

"小孙，我希望你能配合我们调查这两起事件。我们很被动，不仅是我们，P国也很被动，相信A国也不好过。这次事件很蹊跷。"

"教导员，能否动用'天兵'卫星对拉马克撞击坑做详尽普查？首先要确定是人为撞击还是自然撞击，博通来配合找其他信息，看看究竟是谁干的。"

"这个我们已做了。"

祁奕雄拿出几张高清卫星照片，还有对扬起的月尘做的分析报告。

"分析发现了多种地球所属的金属物质尘埃，还有化学物质爆炸形成的光谱。这显然是没有使用完的推进剂撞击月表时混合爆炸的结果。这说明操控小行星的登陆器已被彻底撞碎了，还可以确定这颗小行星撞击拉马克地区是人为操控的。但究竟是谁？A国操控的小行星失败了，A国不可能同时操控两颗小行星，P国和我们一起拦截，也不存在这种可能，还能有谁呢？"

"近期，是否有其他国家发射小行星航天器？比如欧空局、R

国、I国等。"孙志平掰着指头罗列着有能力的国家。

"都在我们监控之中,这几个国家近期都没发射小行星探测器。但有一点比较奇怪。"

"什么?教导员。"

"这颗撞击坠毁的小行星富含铂族金属,也就是白金,而且含量非常高,我们通过采样和光谱分析已证实这一点。不知道是刻意的还是巧合。"祁奕雄显然对这起事件有个人理解,但苦于没有证据。

祁奕雄稍做停顿,说:"小孙啊,依据空间探测数据,一颗直径约500米的小行星所蕴含的铂金资源就相当于迄今人类开采铂金的总量。此外,近地小行星上几乎都含有水,其中不少还藏有镍、铁、金、钴等富矿。而在地球上这些密度较大的金属,早在宇宙洪荒之际便沉入了地核之中。你懂我的意思吗?"

孙志平点点头,说:"我明白了,这是一个大胆的尝试,接下来这个国家一定会有所动作。劫持小行星不是目的,目的是开采小行星掉落下来的'聚宝盆'。"

"对,这是一个线索,你考虑一下。"祁奕雄很希望孙志平能证实这个大胆的猜测,"至于另一个小行星莫名其妙粉碎了,我也百思不解。"

祁奕雄把具体情形都告诉了孙志平,提出来几点疑问:"这么大的小行星要想彻底粉碎难度很大,如何做到的?就算用核武器炸毁也不会如此粉碎。为什么我们的'天兵'会失效?为什么我们拦截器意外坠毁,但遥测系统显示一切正常?"

孙志平也觉得蹊跷,但不能臆测,他没有证据,至少缺乏足够的直接证据。

"我可以负责任地说,A国和P国不具备把这颗小行星摧毁成粉末的能力。但这股神秘的力量不是来自它们两家,又会是谁呢?"

"神秘的力量?"

"对,神秘的力量,外来的力量。"

很沉重,这件事情调查起来难度很大,博通再有能耐,地上的事情可以管,但天上的事情不好管,太高了。

"教导员,我试试看,希望能找到些线索。"孙志平的话不敢说那么满。

"小孙,还有件事也要和你商量一下。"祁奕雄似有所思。

"领导,你说,我听着。"

"博通需要做更多的事情,比如到空间站上去,到月球基地上去,到太空母舰上去。安保服务要全方位,不仅在地球表面,也要在太空。以我们的凌霄军团为例,博通可提供辅助安保服务,这也是军民融合。首长一直鼓励我们思维开拓点儿,思想前瞻点儿,不能太保守。我想了很多,也和司令、政委交流过,他们赞成我的想法,让我拿主意。你觉得呢?愿意吗?"

"当然愿意了,博通如今只在陆海空领域提供三栖服务,我还真想拓展太空安保服务,教导员能给我机会,那太好了。上次董一飞去空间站算是第一次合作,我们期待那是个开始。"孙志平显得十分兴奋。

"那好,就这么定了,我会安排制订合作方案,从这次开始,我要给你们博通付安保费了,不能再做公益了。"

"教导员,不需要,你的事情就是我的事情,不谈钱。"

"这次必须谈。首长严厉批评我们不大气、吝啬,说不能让老实人吃亏。提供服务就必须给钱。"

孙志平笑了起来:"那给多少啊?比情报总局和P国国防部呢?只多不少吧。"

"想得美,象征性给点儿吧。"祁奕雄摊了摊手,"我也没有多余经费,给点儿算点儿吧。言归正传,我希望和博通有三方面合作,我说说,你感觉一下,咱们爷儿俩协商。"

"好,您说。"

"第一,我认为博通要有太空运载服务能力,如同A国太空探索公司一样。博通能否收购一家这类公司?我们凌霄军团有很多发射业务、人员投送业务,都可从你们这里购买服务,你们要做到廉价、高

463

效、有竞争力。第二，比较简单的合作模式，空间站、月球基地、太空母舰，你们派遣值守人员配合凌霄军团开展工作。第三，你们可打造博通卫星星座网络，建立属于博通的数据服务，凌霄军团可从你们这里购买数据。如此一来，博通就能实现转型，多业务平台型的服务公司，一举多得。"

说完如此宏大的畅想，祁奕雄期待得到孙志平高度肯定。

"教导员，您不愧是博通大顾问，大手笔啊，很好的设想。我觉得可行。"孙志平果真肯定了祁奕雄的想法，"不过……"

"不过啥？我就知道你是在奉承我，不说实话。快说，不过什么？"祁奕雄也很好奇自己的想法为何不可行。

"领导，我的意思是，您的想法是对的，可行，但博通需要一步步来。打造也好，收购也罢，类似太空探索技术这样的公司可不是小钱能搞定的。博通一年产值也就约100亿K元，但成本开销很大，主要是人力成本居高不下，一旦收购会导致资金链断裂。包括您说的打造数据服务网络，我很认可，但耗资更大，博通如今并不具备这样的实力。我觉得可先从第二点合作开始，让我们有量的积累，逐步过渡到质的飞跃。"

孙志平一席务实的话让祁奕雄低下头陷入沉思，过了很久，祁奕雄抬起头来："你说得对，路还是要一步步走，不急于求成。那就先从第二点合作开始。"

"教导员，您人脉广，如果有合适的私营发射服务提供商，博通愿意股权投资，这样的合作简单易行，强强联合实现双赢。据我所知，国内有不少这样的公司，比如，寰宇空间、星辰科技等，实力都很强，如果能合作也很好。"

祁奕雄听罢又燃起信心："你小子早说啊，这几家老总我都很熟，没有我们支持，他们怎么可能走到今天。你等我消息。你也快去帮我打听其他消息。"

孙志平一直都把老领导交办的事当头等大事来做，一点儿不敢懈怠。

实际上，孙志平和祁奕雄是老领导和下属的关系，同时也是互为顾问关系。没有祁奕雄，就没有博通。祁奕雄协助博通做点儿业务拓展，拿孙志平的话讲是"老谋深算"；孙志平协助祁奕雄做点儿把风、跑腿的具体事情，拿祁奕雄的话讲是"后生可畏"。不管怎么说，相互当个顾问，尽管彼此都不拿一分钱报酬，但也都干得兢兢业业、任劳任怨，这就是多年友谊和感情的积累。

回到办公室，孙志平立即把任务布置下去，博通驻各国基地、站点都把搜集这两类情报作为头等大事来抓。孙志平最明白一点，情报就是战斗力。博通总部有信息部门，每个基地和站点都有对应的信息部门，这既是博通自身业务维护和拓展的实际需求，也是其他客户希望博通来做的业务。

博通信息安全部总负责人是马明宇。部门很大，下辖三个相互独立的部门，即信息部、安全保障部、数据分析部。

孙志平把这项艰巨的任务直接布置给马明宇："老马，这两个问题，不知道你有什么好的想法？"

"孙总，第一个问题好解决，地球上的事情都好办，事在人为。第二件事比较难办，我去不了月球，无法实地看看。"

"尽力而为吧，希望有收获。那边在等我们的消息。"

"第一件事，我会尽快有结论；第二件事，我会尽全力去办。"

"好，凡事都要努力争取有最好结果。"

"我明白，孙总。"

"老马，除了这两件事，还有件事你也考虑一下。"孙志平忽然想起来，怕忘记了。

转身想走的马明宇停下脚步："孙总您说。"

"你说，如果博通也有属于自己的卫星，你觉得如何，有啥好的建议？"

马明宇一听就瞬间兴奋起来："好事啊，我坚决支持，博通需要信息获取的技术手段，需要第一手情报。我们现在买信息的渠道太单一，也不准确。如果能有自己的卫星，我们也可成为情报服务商，好事，好事。"作为信息部门主管，马明宇深知情报的价值。

"老马，那你考虑一下，我们最好能有个整体规划，你来具体负责这个项目吧。"

"放心吧，我马上落实。"接到孙志平一堆新任务，马明宇一刻也不敢耽误，立即召集团队着手分析三大问题解决方案。

针对博通卫星体系建设，马明宇把初步想法告诉了信息部主管，要求一周拿出方案。

针对小行星意外粉碎性爆炸，马明宇交代给数据分析部主管，要求提出解决建议，在一个月内有结论，并告诉部门主管"没有结果也是结果，但要争取有结果，有最好的结果"。

针对撞击月球小行星的问题，马明宇与安全保障部主管商量后制订了初步行动方案。由于怀疑有几个国家具备这方面能力，因此不能守株待兔，"等、靠"都不现实，需要重点出击去找寻蛛丝马迹。经过筛选，最后定下兵分四路：一路去近邻R国，一路去A国，一路去F国，还有一路去SG城和K城。

由于信息部门专业性很强，在组建信息部时，马明宇就提出这个部门未必都是退役军人，要招聘其他身份背景的技术性人员。因此，信息部和数据分析部人员大多是非退役军人，安全保障部属于行动部，以退役军人为主，这些部门和岗位设置都是按照实际需求设定的。

也就两天时间，四路人马纷纷反馈消息回来。数据分析部筛选甄别后，把可信可靠的信息呈报给马明宇。

据来自欧洲的情报分析，以F国和L国为主的欧洲空间局在关于开发小行星上存在重大分歧，包括高额经费预算、项目运作模式、收益模式、风险控制等。因此，这些事件与欧洲国家无关联。

SG城和K城属性相同，都是全球情报中心。在这个社会里，情报可以作为商品来交易，其中就有一条来自SG城商品期货交易所的消息，一位神秘卖家说一年内将有一大批铂金、黄金进入期货市场。这条重磅消息让SG城商品期货交易所很快受到国际社会关注。但这一批铂金究竟来自何方还不得而知。这条消息也立即引起了戴维斯的高度关注。同样，这条消息让马明宇兴奋不已，这算得上是突破口。

A国博通的情报源显示，A国情报总局同样把这三件事列为最高调查对象，看来A国也正为这几件事头痛不已。

R国方面的情报很蹊跷，比较多，很混乱。有消息显示，千江岛一家小酒馆很反常，这几天来喝酒的人特别多，嘴里总提到一个词——"休眠"，看来这些人是在庆祝什么，要知道这里是R国最大的航天发射基地。

另一个消息同样来自这个发射基地，R国宇宙开发事业团正在积极组织一次新的发射活动。马明宇查询R国向国际宇航中心报备的发射材料，R国即将发射一颗月球登陆器，这难道只是巧合？

还有一个消息是来自R国贵金属协会。该协会三天前召集国内几家有实力的贵金属公司，协商一笔有关贵金属交易的大单，参会公司包括田中贵金属工业有限公司、日贵金属有限公司等著名企业，会议具体内容不详。同时，就在这几天，R国国家安全保障会议连续秘密开会，并以《特定秘密保护法》为由拒绝对外发布任何消息。

通过这一系列蹊跷的现象，马明宇最终分析得出结论："R国有问题。"他立即向孙志平汇报。

"孙总，我想去一趟R国，希望能彻底搞清事实真相。"

"好，你准备带谁去？"

"R国那边有咱的人，我一个人就行了。"

孙志平犹豫了一下："我推荐一员福将和你一起吧，去R国最关键是安全。"

"您说的是一飞吧？"马明宇太了解孙志平了。

"对，就是一飞。他或许能帮到你，你是敏感人物，我担心你的安全。一飞陪你，我放心一点儿。要不是A国把我列入黑名单，我就陪你去了。"

"没事。不会有事吧。"马明宇自言自语。

"要做好最坏的打算。搞情报就是深入虎穴，能不危险吗？"

467

"也是，没事总是和虎较劲，总会遇到吃人的老虎，还是小心点儿好。好，我听你的，孙总。我尽快联系一飞。"

"让一飞先回趟京城，从这里一起走，我也交代他一下。"

"好，我立即联系一飞。"

接到电话，刚到CU国屁股还没坐热的董一飞立即启程返回京城。

三人小范围协商后，就定下来赴R国重点调查两个内容：一是"休眠"是什么意思；二是R国贵金属协会会议内容是什么。

让孙志平最放心不下的是松本未来，R国可是松本未来的主场，这个人可是对董一飞恨得牙根疼，董一飞这次是"自投罗网"。

为掩人耳目，孙志平给董一飞和马明宇变换了身份，董一飞化名为张云飞，马明宇化名为李义杨，二人的身份是京城恒信重金属贸易有限公司副总经理和销售总监，此次R国之行就是要谈稀有重金属采买的合作事项。

事不宜迟，一天后，董一飞和马明宇就到了R国。

在博通R国站女主管李秀琴陪同下，三个人当天就赶到了茂岛。茂岛最著名的就是R国的航天中心。茂岛航天中心隶属R国宇宙开发事业团，是R国应用卫星发射中心。它在茂岛东南端，在鹿岛航天中心以南约100千米处。茂岛航天中心是为适应R国新型运载火箭发射而兴建的，包括P-2、P-3、P-4运载火箭等。

李秀琴早年留学R国，专修计算机专业，回国后被博通招募并派遣到R国。由于R国情况很特殊，非常排斥K国人承担国内安保服务，李秀琴只能带着几名员工从事信息服务，说白了，就是搜集信息。

李秀琴带着董一飞和马明宇来到那家不太起眼但"很有故事"的小酒馆。

下午3点多，人都还没有下班，小酒馆里也没啥人。李秀琴和董一飞、马明宇坐在酒馆里聊着天，耐心等着。马明宇是李秀琴的直接领导，但李秀琴似乎对董一飞更感兴趣，她早就听说了董一飞不少光辉事迹，反正闲着也是闲着，就没完没了打听董一飞那些离奇经历。

李秀琴也算得上是标准东方美女,董一飞见到美女就口若悬河地吹嘘过去那些经历。在一旁作陪的马明宇笑而不语,比较深沉。武林高手一般都不会轻易暴露自己,马明宇觉得自己就是那位隐藏很深、身怀少林寺七十二绝技的"扫地僧"。

有美女相伴,时间过得很快,眼看就7点了,小酒馆里的人多了起来。来的全是老爷们儿,他们喝着小酒,吹着牛,吆五喝六。董一飞和马明宇听不懂,只有李秀琴仔细看着四周,认真听他们的聊天内容。

说酒话要等喝到一定程度。夜里快11点,不少人都喝高了,其中有一个人勾起了马明宇的兴趣。酒馆里其他人都很尊重这个人,看样子是干部。

李秀琴告诉他们,这人是科长,总来这里喝酒,但很谨慎,"我们休眠很成功"就是这位科长说的话。李秀琴曾想去套近乎,却被科长严词拒绝,李秀琴很没面子。

色诱不行,只能来硬的。董一飞暗下决心,等科长回去的路上收拾他,一定要撬开科长的嘴。

夜很深了,三个人都在等着,盯着科长的一举一动。

快零点了,科长才准备回去,董一飞三人赶紧买单,尾随了出来。

科长走路有点儿飘,喝了不少,但没什么机会下手。茂岛早就形成了基地经济,一片繁荣景象,满眼灯火通明。董一飞几个找不到合适的地方下手,到处都是人,还有巡逻的警车,眼看科长打了一辆车走了。李秀琴只能开车尾随其后。

很快,科长来到一座公寓楼下,下了车准备上楼。李秀琴立即停车,喊了一声:"科长,您等一下。"

科长有点儿晕,看着眼前走来的美女,问:"你叫我?"

"是啊,科长。"李秀琴很主动走上前去。她环顾四周,看到不少固定摄像头紧盯着这里,不敢轻举妄动,李秀琴打个手势示意不能动手。

耳机传来马明宇的声音:"拖住他,给我三分钟时间。"

"贵人多忘事啊,科长,我上次在小酒馆和你说话,你也不理我。"

科长有点儿印象了:"我想起来你了,你是……"

面对如此绝色美女,科长也不是无动于衷。他上下打量这位穿着白色连衣短裙、身材凹凸有致的性感女人,下意识咽了口口水,身体稍稍晃了晃。

李秀琴赶紧上前扶住科长,有意用身体碰了碰科长:"我是公司小职员,本来想高攀您,和您聊聊,可您对我不屑一顾,让人家很伤心。"

科长猛然一激灵,想躲开这致命诱惑:"哦,对不起,我不是有意的,你叫什么名字?"

李秀琴放开了手:"我叫高桥洋子,最近这段时间都在这里出差。我看酒馆的人都很尊重你,知道你很厉害。我想推销我们公司的产品,感觉您能帮我。抱歉,我很冒昧。还请多多包涵。"

"你们公司是做什么的?"

"我是日贵金属有限公司的销售人员,想必您听过这家公司。"

"当然,大名鼎鼎。"科长酒醒了一点儿,紧紧盯着眼前这位自称高桥洋子的女人,"我能为你做什么呢?"

"科长,不用做什么,就交个朋友吧。"

忽然,科长脑袋往右侧一摆,使劲用手拍了一下脖子,感觉被什么咬了一口:"天这么凉,竟然还有蚊子。"

"没事吧?科长。"李秀琴表现得极为关心。

"还好,没事。"

耳机里又传来微弱的声音:"走吧。"李秀琴会意地点了点头:"科长,您到家了吧?那我就不打扰了,明天见。请多多包涵。好好休息,晚安。"

"好,再见。晚安。"

科长扭头就走进公寓大门,没有丝毫留恋,这类诱惑见太多了,早就免疫了。但回头再想想,科长也觉得很遗憾,公寓里空无一人,很寂寞,很空虚。

## 55. 休眠工程

狡诈、欺骗、伪装、告密、偷窃。

李秀琴不敢直接上车,担心身后那些监控设施,先打了一辆车在前方1千米处停下,才换上了自家的车,谨慎是必须的。

马明宇竖起大拇指:"好样的,搞定。"几个人立即掉头开回到公寓附近。

原来马明宇看绑架科长很难,就释放了一只纳米仿生蚊子去叮咬科长的脖子,把一块极其微小的仿生窃听器植入科长体内。这块仿生窃听器完全没有任何硅质和金属材质,任何探测器都无法发现它的存在,不然马明宇也不可能堂而皇之把这些特殊蚊子带入R国境内。这种窃听器的缺点是使用距离很有限,不能超过500米,否则信号会急剧衰减,同时信号会被特定材料屏蔽,比如金属网等。

马明宇把车开到合适接收信号的位置,经过全景定位,确认科长家就在公寓东侧23层,但窃听器里没有任何对话,只有稀稀拉拉的声音。忽然,科长拨打了一个电话,叽里咕噜说了一大堆,然后立即挂掉了。

李秀琴突然间脸色煞白:"坏了。"

"怎么了?"董一飞和马明宇都很惊讶。

"他联系日贵金属有限公司了,对方说没有叫高桥洋子的人,看来他早就怀疑我了。"

"好，秀琴，你连夜飞回东畿，去了解一下R国贵金属协会那边的情况，这边我们来想办法。如果还不行，我会尽快安排你回国。"

"那好吧，看来穿帮了，没演好。实在对不起。"

"不关你的事儿，这是只老狐狸了。"马明宇安慰着李秀琴。

李秀琴打了辆车赶紧赶往茂岛机场。

估计科长是独居，家里没有任何日常对话，只有不停接听电话的声音。马明宇和董一飞也听不懂，全都录下来，再立即用AI翻译软件同声传译。当听到通话翻译中提到"注意保密""休眠工程时"，董一飞和马明宇再次确定了科长还真是很有价值，看来必须动手了，否则会错失良机。指望这么精明的人在电话里说这些机密事件很不现实。

就在这时，公寓门口驶来一辆越野车，上面下来四个人，车里还留了一个人。四个人径直上了楼。董一飞和马明宇觉得不对劲，这四个人是冲着科长去的，但不知道究竟是什么人，也不好轻举妄动，只能静观其变了。

果不其然，监听系统听到对话声音，有R语，有E语，很嘈杂。

曾经干过侦听的马明宇耳朵极为敏感，他R语听不懂，但E语听得真真切切。这伙人自报家门是A国人，确切地说是A国情报总局特工。看来，A国情报总局早就盯上了科长，应该就是为了"休眠计划"。如此铁的盟友之间也有很多不透明的事情。

"如果田中先生不愿意配合的话，你也知道我们的手段。我们不会杀了你，没有那么笨，但我们能把你变成'活死人'。这个不难，我们带来了外科医生，就看你是否合作。一个小手术，15分钟，很快就好。"马明宇听到了电锯声。

相信田中科长早就酒醒了，他声音发抖："你们要我说什么呢？"

"明知故问，你们做的好事，你会不知道？你可是基地安保科长，角色不一般。快说吧。我们不想伤了和气，我们两国是朋友，是盟友，可你们不够朋友。"

田中很清楚，刚才来自基地总部的电话就是强调保密工作，让他继续加强安保，确保后续工作安全稳妥。但他依然装糊涂地说："我真不知道你们想知道什么。"

"看来田中先生没有吃过苦头，我们可以先试试。"

"不不不，你们提示我一下啊，我不知道你说的哪件事。"

"休眠计划。"一名特工估计是头儿，毫不掩饰地说出了口，"你还想装！"

"我说我说！"田中科长经不起恐吓，把"休眠计划"全盘告诉了这帮人。马明宇和董一飞得来全不费工夫，螳螂捕蝉，黄雀在后。

原来"休眠计划"是R国国家安全保障会议五年前的规划，就是要把富含贵重金属的小行星推移到地球附近，并派遣"隼"探测器登陆"挖矿"。

21世纪初，R国就着手实施一系列"隼"工程计划。这个计划要加大对小行星的深度开发力度。在R国人眼里，小行星比月球更具战略价值，而"隼"计划就是要不断发射小行星探测器、登陆器，并做大量试验，包括小行星就地取样分析、样品返回分析、撞击小行星、任意控制小行星姿态和运行轨道等。R国对小行星的掌握程度和控制能力不在A国、K国和P国之下，只是太低调，光做不说罢了。

可仅仅依靠返回器采集贵金属，成本太高，经济效益有限，R国国家安全保障会议协商决定，控制富含贵金属的小行星撞击地球或月球，撞击之后再大规模开采。这样一来，开发成本会大大降低。经R国多次测试，强烈撞击不会对小行星上的贵金属造成损失。

R国国家安全保障会议最终认为，这种方案一举两得，既可开采资源，也可把小行星作为战略武器来用。这对提升R国的军事实力大有帮助，毕竟如今能操控小行星的国家只有A国、K国、P国和R国。R国唯一的顾忌，就是操控小行星撞击月球或地球，没有哪个国家做过，如果提前做必然会成为众矢之的。这个项目命名为"休眠工程"，就是让项目休眠到时机成熟的时候再来试验。为此，R国在几年前就接连发射几颗小行星登陆器，为掩人耳目，这些发射都采用

"一箭多星"模式,众多小行星登陆器并没有向国际宇航组织申报,属于秘密发射、秘密登陆。R国的登陆器在多颗有价值的小行星潜伏下来,A国、K国和P国一无所知。

可就在近期,R国通过情报渠道得知了A国小行星撞击月球试验的准确时间,并知道撞击区域就在拉马克,于是打算等A国撞击完后,R国紧接着就来一次小规模撞击,这样就不会引起更大关注。但万万没想到,A国撞击失败了,R国的撞击已经展开,无法撤回。这就是R国参与这次事件的始末。

"那你们的新计划是什么?"特工严词喝问。

"我真不知道。"田中怯生生的,不知所措。

"你觉得我们找你会找错吗?"

田中科长知道在劫难逃了,只好老实回答:"我们接下来要在月球背面的拉马克地区建R国重金属工厂,开发小行星的撞击物。按照我们的规划,凡是引导一次小行星撞击,就在撞击区建立一座R国工厂。"

"你们要建立的第一个工厂生产能力如何?"

田中叹了口气,说:"这颗小行星蕴藏的铂金,还有黄金,完全超过地球已开采量的总和,必然让R国成为最大的铂金和黄金拥有国,绝对能在行业领域实现完全控制权,甚至能改变当今世界金融格局。"田中眼里泛出希望和贪婪的目光。

"建立工厂时间表?"

"一年,避免夜长梦多。"

"是谁摧毁了第一颗要撞击的小行星?"

"这个我不知道,我们还纳闷儿呢,怎么我们成了第一个撞击小行星的国家?R国国家安全保障会议正为此协商对策,要求保密,不敢承认这次撞击的事实。"

"真不是你们干的?"

"第一颗小行星据说是粉碎性消失,我们哪里具备这种能力?估计A国也没这个能力吧?这是我们的基本判断。我能说的都说了,希望你们能言而有信，不要为难我。"

"你知道我们还会来找你，也希望你能成为我们的一员。我们合作愉快，这是你的酬劳。"

看来A国情报总局两手准备，应该给了一笔数额不菲的酬劳。

又过了一小会儿，董一飞和马明宇看到四个人快速钻入车里，越野车很快消失在夜幕中。看来今晚可以好好睡个觉了，董一飞和马明宇难得放松一下，紧张的神经第一次松弛了下来。茂岛很美，只是之前无心欣赏，现在能好好享受一下了。

两人坐在海边一个叫吉信的小饭馆里，拿起餐牌，看得眼花缭乱，还好服务员懂K语。服务员介绍说这里的黑猪肉、生鸡片、黑毛和牛都很有名，主食种类也很多，鸡肉饭、拉面、鲣鱼料理、番薯、轻羹等。

轻羹是一种特殊主食，用天然山芋与高品质的粳米粉加上白砂糖蒸的白色糕点，与众不同的甜味与松软的口感就是最大的特色。但一般品尝轻羹时，最好配上鹿岛茶。这种在丰富的自然与耀眼的太阳下育成的茶叶，为当地人和外地客人带来满口的清香。

说到酒，当数鹿岛的烧酒了，鹿岛是烧酒王国，据说有几百个品牌。以红薯、黑砂糖、小麦等为原料，无论是用热水与烧酒混合，或是用苏打水混合，再或者只加冰块，都非常美味、清爽、可口。

两人看着餐牌，点了些黑猪肉、生鸡片、番薯、轻羹，又要了壶烧酒，但董一飞和马明宇总觉得烧酒不如K国国酒过瘾。烧酒看着度数不高，可喝多了也上头。

猪骨汤也是当地特色，把鹿岛特产猪的大骨头加上黑砂糖和味噌等调味料，长时间慢煮而成，这种汤是喝烧酒时最好的下酒菜。喝完酒，董一飞要了一份来解酒。

李秀琴为董一飞和马明宇选了阿拉基酒店，这里交通很方便，风景很美，坐落于西表中心地段，距离茂岛航天中心不到20千米，半小时车程。

眼看天黑了，董一飞和马明宇继续谈天说地，聊到过去霹雳军团那些事、那些人、那些牢骚、那些乐趣。说到开心事，碰一杯庆祝；说到烦忧事，抿一口消愁，心中有数。

博通要求在外执行任务不能喝大酒，尤其在R国这个虎穴更不能饮酒误事，还要求坚决做到喝酒不开车，开车不喝酒。两个人把租来的车就放在小饭店，打车回阿拉基酒店。

出租车开了，两个人有些微醺，还算恰到好处，车程不太远，在市区绕来绕去，一路繁华。董一飞用手指指后面，马明宇转过头看了看，原来有一辆白色越野车一直尾随。过了好几个路口，这辆车紧紧跟着，毫无疑问是"尾巴"。董一飞早就注意到了，从饭店出来就有几个人急忙买单，不太正常，自己这只黄雀后面还有更厉害的角色盯着自己，但不知道谁在盯梢。

到了阿拉基酒店，董一飞和马明宇下了车，但故意在门口耽搁了一会儿，"尾巴"也在酒店停车场停下了，但没有人下车。

两个人走进酒店直奔电梯，余光看到"尾巴"下了车，有四个人。"不是情报总局的人吧？"马明宇小声问董一飞。

"不知道，静观其变，没事。"董一飞经历很多了，心态很沉稳。

电梯到了28楼，董一飞和马明宇分住在2811和2813房间，彼此隔壁，两间房的应急门还相互打通。二人一起走进2811房间，旋即又通过应急门走进2813房间，通过"猫眼"看着外面的动静。几分钟工夫，四个"尾巴"来到28层，径直抵近2811房门。很快，门被打开了，四个人快速闪身进入房间，房间内空无一人。四个人嘀嘀咕咕说了一大堆，董一飞和马明宇也听不懂，看来不是情报总局的人，是R国人。

董一飞和马明宇掏出李秀琴提供的手枪，坐在沙发上对着应急门。四个人打电话问清楚酒店前台，知道还有一个人就住在隔壁，随即便打算从应急门过来。

当四个人撞开了应急门，顿时傻眼了，黑洞洞的枪口正对着自己，带着消音器。"进来吧，请。"马明宇用E语客气地打着招呼。

四个人很自觉地双手抱头走了进来。

"不要耍花样，把枪扔到床上，快，我数三下。"

四个人乖乖把枪扔到床铺上。

"说吧，谁派你们来的？任务是什么？"马明宇厉声问道。

一个看样子是头儿的人说话了："我们是浑水公司的，上头让我们来干掉你们。"

"我们？你们知道我们是谁吗？"

"董一飞、马明宇。不是张云飞，也不是李义杨，你们一进入R国境内，我们就知道了。"

董一飞和马明宇吃了一惊，看来瞒天过海根本不可能，行踪早就在他们掌控之中了。

"是谁派你们来的？"

"松本未来，我们的头儿。"

又是松本未来，董一飞的死对头，马明宇对松本不太熟悉，尽管情报总与松本有关，但马明宇从未见过松本本人。

董一飞问："你们怎么知道我们是谁？"

"这个我们就不知道了，我们就是奉命而来。"

董一飞思量如何处理四个人，他们就是打手，没啥价值，董一飞看了眼马明宇。二人心领神会，快速连开四枪，枪枪命中要害，四人顿时倒地。这四发子弹都是麻醉弹，"尾巴"可以睡上一天了。

马明宇立刻用暗语联系李秀琴，还好那里一切平安，可这也只是暂时的。既然松本能找到董一飞和马明宇，就一定知道李秀琴是博通的人，如何保护好李秀琴，是两个大男人优先考虑的大问题。马明宇要求李秀琴立即停止与R国贵金属协会的一切联系，即刻转入安全屋，一切静观其变。

凌晨，董一飞和马明宇离开了茂岛，到安全屋与李秀琴见面。

一见面，李秀琴就告诉二人一个坏消息：那个叫田中的科长死了，坠楼身亡。董一飞和马明宇大为震惊，刚刚找到的线索就这样断了，太遗憾了。

既然身份已被识别出来，相信R国安全部门和海关都已经知晓了，董一飞和马明宇决定让李秀琴一起搭乘K国国际航空公司航班回国。

可李秀琴坚决不走，她认为自己还不至于出问题。田中已经死了，死无对证，自己应该安全许多。再说，R国这块根据地好不容易占领了，一旦撤了再想回来可就难了。马明宇思来想去，还是同意李秀琴留下来，但再三叮嘱她要潜伏，不要轻举妄动，宁可不要情报，也不要付出不该有的代价，保存实力最重要。这次任务已经完成得很好了。

董一飞和马明宇不敢耽搁，即刻驱车赶往西泽机场。

在路上，马明宇收到李秀琴的暗语信息："新闻报道，车祸，同昨晚牌照，五人死亡。"

马明宇和董一飞十分震惊，这绝不是简单的车祸，究竟是谁干的呢？竟然连情报总局的人都敢做掉，接下来要干掉的必然是博通的人了。

## 56. 噩梦岛

我不指望人生过得很顺利，我只希望碰到人生难关时有能力应付过去。

西泽国际机场建在人工岛上，以跨海大桥相连。董一飞担心事情有变，在过跨海大桥路上告诉孙志平可能有麻烦，孙志平立即回复，要随机应变，不循常规，确保安全第一。

马明宇担心回不去，将调查情况也通过暗语发给了孙志平，也算不辱使命。孙志平回复了一句"收悉"，马明宇心里一块石头落了地。

下了车，董一飞和马明宇拿着张云飞和李义杨的护照走进西泽机场，路上一切顺利，没有发现有人尾随，二人稍稍松了口气，但愿此行平安。

K国国际航空公司AC162航班在T1航站楼E值机柜台办理行李托运和登机手续，一切顺利。选择K国航空公司也很踏实，一旦飞机腾空而起，人身安全就有了保障。在安检时，安检人员检查得很仔细，把二人全身都"照"个通透，不放过一点点细枝末节，二人很不舒服，心里很不安。

终于，安检放行了，董一飞和马明宇虽很不自在，但总算过了最后一关，只要能上飞机就万事大吉了。

过了安检，董一飞和马明宇还是不放心，东张西望，没看到异常情况，至少没有发现有异样的眼光注视这里。看了看登机牌，南楼33号登机口。董一飞和马明宇虽是头等舱，但也不想去贵宾室，他们心急如焚地径直来到登机口。

人不多，只有来往的人熙熙攘攘。董一飞焦急地看了看表，还有一个多小时才登机，来早了。

一大早赶飞机，两个人也没吃早餐，一起来到一家西餐馆，点了两份三明治和两杯加奶咖啡，边吃边聊，同时四目如炬，警惕地观察周围一切动静。

快到8点45分，董一飞和马明宇拖着小行李箱走向登机口，人依旧很少，稀稀拉拉，估计其他乘客都上了飞机。

这架飞机是改进型的737-1000，单通道，头等舱在前面，只有两排，经济舱被门帘遮住，估计已经坐满了。空姐在后舱不断用三国语言提醒乘客们坐好，扣好安全带。

董一飞和马明宇的座位紧挨着，小行李箱随手送给空姐来安排。很快，飞机滑动了，飞速滑向跑道。

西泽国际机场很忙碌，飞机依次排队等待起飞，9点20分，飞机加速滑跑，瞬间就冲向蓝天。

董一飞和马明宇心里安稳许多，可以回家了，从这里飞京城两个多小时，不太远，但有一小时时差。董一飞和马明宇也不好聊天，毕竟邻座是陌生人，说话要谨慎。

空姐给头等舱的几位客人送来热饮，董一飞和马明宇要的热茶，稍稍喝了几口。奔波一路，很是劳顿，眼皮发沉，很快就迷糊过去了。

不多时，飞机落地时起落架重重的撞击力震醒了正在熟睡的董一飞和马明宇，这么快就到了？两个人揉揉眼睛往外看，很奇怪，没看见那熟悉的京城机场，而是一望无际的大海。

"这不是京城！"二人立即惊醒了，"这是哪里？"

飞机滑行一段距离缓慢停了下来，一辆旅客客梯车接驳上飞机，很快，舱门打开了。

董一飞和马明宇知道出事了，只能静观其变。敌情不明，不便判断下一步的行动。这时，头等舱1C、1D和后面四个座位上的"乘客"纷纷拔出手枪顶住马明宇和董一飞的脑袋；与此同时，后舱门帘被撩了起来，一个人从后舱走了出来，正是松本未来。

董一飞和马明宇此时才发现后舱只有一位空姐，一位乘客都没有。

从舱外又上来几名荷枪实弹的人，也是松本的手下。几个人把董一飞和马明宇团团围住，两人插翅难逃。

"我们又见面了，董一飞先生，还记得我吗？"

马明宇没见过松本本人，董一飞从容地对着马明宇介绍说："这位是西武公司，不，现在是浑水公司新老总，松本未来先生。我们打过很多次交道，也是老朋友了。"

董一飞伸过手要和松本握手："你好，松本先生，别来无恙。"

"董先生，不不不，我没法跟你握手，你知道我刚刚养好身体，现在还很虚弱。你不会忘记了吧？真是贵人多忘事。"

董一飞收回手，说："一切都是误会，我们可是战友，别忘记在FL国，我们可是共同面对恐怖威胁，同仇敌忾。"

"哦，你不说我都忘记了，FL国还有一笔账没算，SG城还有一笔账没算，CU国一共是两笔账也要一起算算，你说呢？董先生。这些你不会都忘记了吧。"

"哦，你记得很清。"董一飞知道落在松本手里凶多吉少，看来要新账老账一起算了。

"别着急，还有一笔账。你们化名来R国干什么？危害R国国家安全，窃取R国国家机密，你们胆子也太大了。跑来R国撒野，你真以为R国国中无人了？有我松本在一天，就不容你们博通胡闹，你给我记住了。实话告诉你，你们踏上R国国土那一刻，我们就盯上了，我们指的是R国安全部门。你们到茂岛干什么？那里有你们想要的什么东西。你们是间谍。"

"松本先生，你误会了，我们没有危害你们R国国家安全，我们

481

只是想了解是谁在危害这个星球,是谁想毁灭这个星球的文明。你不是不知道这些,你就是为虎作伥罢了。"人为刀俎,我为鱼肉,董一飞也豁出去了,"松本先生,你为了抓我们竟然敢劫机?你们懂国际法吗?"

"哦,这个嘛,这架飞机是我们R国的,不是你们国航的。你也是聪明反被聪明误,你看看他们,哪个是K国人?就连空姐都是R国人。为抓你们确实需要成本,但也值得。为了诱骗你,我们的机场也煞费苦心,把你们的国航临时更改了登机口,你们航班早就飞了,这会儿估计快到京城了。"

松本很得意,一阵狞笑,神情甚是狂妄。

"哦,对了,我听说你董一飞很牛,很厉害,连天坑都无所畏惧。都说猫有九条命,不知道你董一飞有几条命呢?"

董一飞笑了笑:"你的命也很大嘛。"

松本咬紧牙关,狠狠地说道:"你知道这里是什么地方吗?这里是别谷岛,我们正在别谷岛机场。这个岛很有意思,相信很快你们就知道这个岛的神奇之处了。"

董一飞没听说过别谷岛,但搞情报出身的马明宇很清楚,别谷岛是R国一处旅游胜地,也是一座流放犯人的岛屿。马明宇曾在卫星图上仔细研究过这个小岛,的确很神秘,全岛荆棘丛生,卫星无法窥其真容。

别谷岛是R国旭罗群岛中一个岛屿,位于东畿以南将近300千米,面积只有不到70平方千米,在行政区划上属于东畿都八町,在主岛附近还有一座面积不大的小岛。别谷岛上有东山和西山两座活火山,最近一次喷发是在800多年前,岸边的礁石就是黑黑的火山岩。这里受黑潮影响,气候温暖湿润,有"常春之岛"之称。岛上有一座别谷岛机场,仅有一条2千米长的跑道。

董一飞和马明宇被押下飞机,旁边停着一架直升机。"董先生、马先生,我知道你们都很牛,我会送你们去别谷岛附近的一座小岛,距离这里不太远,也就是几十千米吧。那里很好玩儿,也有个很好听的名字,叫噩梦岛。我费尽心机把你们二位请到这里,不是要杀你们,不然的话你们活不到今天。我会把你们的命运交给噩梦岛来裁决,你们到底能做美梦还是噩梦,就看你们的造化了。"

董一飞和马明宇被押上直升机,松本坐在副驾驶位置,其他几个人用枪顶着二人后背。

直升机起飞了,向东一路飞去,20多分钟,直升机降落在一座面积不大的小岛。从天上看,小岛不大,马明宇估计小岛只有不到2平方千米。郁郁葱葱的原始森林与黑黑的火山岩交替呈现,四周的海水发黑,黑得瘆人。

董一飞和马明宇被赶下直升机,旋即直升机起飞。松本对着董一飞和马明宇摆了摆手,喊道:"祝你们岛上生活快乐!"仿佛是死神在招手。

马明宇不慌不忙戴上一副特制的黑色眼镜,用目光死死盯着副驾驶舱的松本,一只"小蚊子"迅速飞了出来,直奔松本而去。

"该死的蚊子,以后这岛还是少来吧。"松本狠狠拍了脖子一下,打死一只"蚊子",但脖子上留下了小小的吻痕。

二人的电话被松本一伙拿走了,无法定位自己在哪里。直升机渐渐远去,董一飞和马明宇这才正视眼前这座荒岛。放眼望去,到处都是一人多高的荆棘,到处都是说不出名字的植物,到处都是人和各类动物的尸骨。地上有1米多长的水蜈蚣,偶尔几条碗口粗的大蛇爬来爬去,昂起头吐着蛇芯子,很快又潜入荆棘中,没了踪影。

马明宇曾听说别谷岛上有一种叫"水鬼"的动物,长得像水猴子。"水鬼"水性极好,力大无比,一旦抓住猎物,会先拖入水底溺死,然后再拖上岸吸食血肉。

不仅岛上危险,海边更危险。噩梦岛四周没有浅滩,全是刀劈斧剁的海崖,深达千米。看着黑漆漆的海水,一股莫名的恐惧感直冲心头,不知道有多少隐匿在海底的神秘生物会突然间跃出海面,吞噬岛上无辜生命。

这就是噩梦岛,在这个岛上可能连噩梦都没时间做,就喂了岛上的猛兽。

中午,太阳照耀着小岛,董一飞明白,必须赶在夜晚来临前找到活路,一旦夜深了,活下来的可能性就不存在了。一切恐怖的事都会在深夜发生。要想生存,一要有食物和水,二要有武器。尽管骷髅身边有不少枪械,但早已风化腐朽。

别看小岛只有不足2平方千米,可一旦进入原始荆棘林中,就如同进入迷宫,很大概率会困死其中。董一飞和马明宇只能游走于海岸和荆棘林之间的狭长地带。

二位都是军人出身,野外生存能力还是很过硬的。趁着有太阳暴晒,董一飞就近砍了一大堆灌木晾在空地上晒干,又找了一大堆蒟蒻做干粮。马明宇好不容易找到几把文物级别但堪用的军用刺刀。他在黑黑的火山岩上打磨了半天,算是开了刃。这样一来工具和防身武器就都有了。

马明宇把磨好的刺刀递给董一飞,董一飞上下打量着打磨锃亮的刺刀。

"R国的东西还真不错。老马,你知道这刀叫啥吗?"

"不知道,叫什么?"

"三零式,很牛的R国刺刀,以前的R军都用这种刺刀。给P军、A军和咱们造成了重大伤亡。你看刺刀刀身是倒三角形,杀伤力极大,刀身两侧有血槽,放血后方便拔刀。"

董一飞掂了掂刺刀的分量,说:"奶奶的,你还别说,还挺沉。你看,这钢材多好,都100年了,稍微打磨一下,还是锋利无比。"董一飞又用手比了比,说:"有半米长,不长不短,拿起来很顺手,今晚过夜全靠它了。来,一人两把,一把我帮你淬毒。"

听着董一飞讲解,马明宇也端详着刀,品味着刺刀的独特魅力。

作为一名老兵,董一飞不仅对武器精通,对蒟蒻也不陌生。蒟蒻就是K国传过去的,这东西好吃,但要处理好才行。董一飞把蒟蒻挤出来的剧毒液体涂抹在刺刀血槽里,准备用带毒的刺刀来对付猛兽和蛇虫。董一飞找了半天也找不到可用的锅和干净淡水,所以也不敢贸然吃蒟蒻来充饥，好在早餐的三明治还在起作用，不算太饿。

不吃东西还好，可烈日炎炎下，不喝水就不行了。一旁的淡水坑周围全是动物尸体和年代久远的骷髅，董一飞清楚这水没法喝。

一片乌云飘了过来，马明宇期盼下点雨，可滴雨未下，本想接点雨水解渴也泡汤了。不过，乌云遮住了太阳，没有了太阳的极度暴晒，岛上生命也活跃了起来。

一条三四米长的大蛇从荆棘中跑了出来，以一副势在必得的狠劲冲向董一飞和马明宇。可大蛇错估了对手的实力。

"送饭的来了。"董一飞笑了笑。董一飞冲向蛇头，马明宇冲向蛇尾。就在大蛇张着血盆大口时，董一飞刺刀如闪电般快速刺进七寸，马明宇也把刺刀深深扎进蛇尾。两把刺刀牢牢固定在地上，任凭大蛇随意扭动也无法摆脱利刃的束缚。大蛇挣扎了一会儿就死了。董一飞一刀下去，蛇血喷溅，权当解渴的饮料了。马明宇生了一小堆火，董一飞扒下蛇皮烤起蛇肉充饥。这条大蛇吃个两三天绝对没问题。

天快黑了，董一飞和马明宇准备了足够多的干柴，点起一堆篝火。谁也不知道黑暗中究竟隐藏着什么威胁，白天炙热的阳光遮蔽住了太多威胁。

夜深了，几个人形物体从岸边快速移动，这些物体看来并不怕火。董一飞提醒马明宇注意身后，两个人背对着篝火，看着几个人形物体快速接近自己，这就是传说中的致命"水鬼"，董一飞知道"水鬼"是一种力大无穷的水猴子。

董一飞和马明宇丝毫不敢怠慢，拿着淬了毒汁的刺刀，等待"水鬼"来近身袭扰。

突然，一个活物快速爬过来抓董一飞的脚踝，董一飞两腿快速分开，用刺刀精准刺进怪物的后背，一阵惨烈怪叫，活物快速爬向岸边，但动作明显慢了许多。

马明宇就没那么幸运了，一只脚被活物紧紧抓住往岸边拖去。怪物力气极大，马明宇完全无法反抗："救我！一飞。"

董一飞快速疾步上前手起刀落，刺入怪物的头部，一声惨叫，怪物放开了手，快速逃向水边。

一堆怪物扑向两只受伤的怪物，一阵阵凄厉惨烈的叫声，这两只怪物被同类"五马分尸"后，拖进水里。

董一飞和马明宇冒了一身冷汗，这还只是夜幕刚刚开始。

## 57. 活火山

我们都有光明和黑暗的一面，重要的是我们选择表现哪一面，那才是真正的我们。正常人都会选择光明的一面。

看来是"水鬼"吃饱了，夜里没再来骚扰。

噩梦岛的黑夜繁星似锦，这种天象在京城想看，门儿都没有。

董一飞看着天象找到了北方，看来和白天辨识的方位完全一致。

"多美的星辰大海，那边是K国，这边是R国，这下边就是被R国人占据的留丽群岛。你说，老马，如果咱俩来这里旅游、探险的话，该有多好啊，可惜了，咱们是被囚禁在这里。你说，咱们有什么办法回去？"

马明宇一边往篝火里添着干柴，一边若有所思："没有任何通信工具，无法和外界交流，只有松本这个浑蛋知道我们在这里。估计一周后会来给咱俩收尸吧。"

"别那么悲观，你多想点儿好事，我们就一定会好的。心想事成，首先你要心里想好事。"董一飞经历的事情多了。

"嗯，咱俩要想得救必须有奇迹发生，不然……"马明宇的话还没说完，就感到一股阴风从荆棘丛林里冒了出来，令人毛骨悚然，汗毛直立。

"是不是奇迹要发生了？"董一飞自我安慰，警惕地看着荆棘丛林。

董一飞当兵在原始森林里待惯了,很清楚只有足够大的面积才能有猛兽存在,而这区区一二平方千米不足以养活大型猛兽。从生活常识来分析,董一飞不担心会出来大象、老虎、狗熊之类的大型猛兽,但蛇虫、野猪、狼之类的动物则少不了,这些董一飞完全不怕。董一飞最担心的是那深不可测的黑色海水,而不是岸上一人多高的荆棘丛林。

真让董一飞猜中了,一团黑乎乎的东西冲了出来,"野猪!"董一飞大喊一声,"小心,让开!"

这头野猪个头很大,像个牛犊,两颗长长的獠牙分外突出。这头野猪第一波冲击董一飞失败后,异常愤怒,转而冲击马明宇。马明宇站在篝火前面,稍稍躲闪一下,野猪一脑袋扎进篝火堆,烫得乱叫。

恼羞成怒的野猪再次冲击董一飞,董一飞跑向岸边盯着野猪,野猪一个猛子又扎空了,结果一头扎进水里。瞬间,董一飞眼睁睁看见海里伸出几条硕大无比的爪子,把这头笨重的野猪快速卷进海里,野猪"嗷嗷"惨叫着,即刻就消失在黑漆漆的海水中。董一飞知道野猪遇到了更厉害的主儿:巨型章鱼。要远离岸边,越远越好。

海上的天气瞬息万变,一大片乌云飘了过来,黑压压地压到头顶。暴雨将至,董一飞还没想好该如何处理,顷刻间电闪雷鸣、巨浪滔天,一场特大暴雨泼了下来。瞬间,篝火就被浇熄了,干柴变成湿柴,二人全身都湿透了。

衣服湿了不可怕,但没有了火源,二人的安全感即刻降到了零。之前还顾忌篝火的那些蛇虫猛兽开始纷纷行动了。

不仅如此,特大暴雨导致海水上涌,董一飞和马明宇的生存空间被压缩到最小。这边是隐匿着神秘海底生物的海沟,不时有长长的爪子、高高的背鳍露出海面;那边是藏着野兽蛇虫的荆棘,巨蟒爬行、猛兽嚎叫。本来还信心满满,自认为有回旋余地的董一飞,也深刻意识到巨大的危险正在逼近。

海岛的疾风骤雨来得迅猛。董一飞和马明宇衣不蔽体,浑身冷冰冰的,瑟瑟发抖。海水快速涌了上来,不断挤压着已经很狭小的陆地空间，逼迫董一飞和马明宇不得不向恐怖的荆棘丛林慢慢靠近，从一个危险走向另一个危险。

危险一刻也不消停，董一飞听见荆棘中由远及近传来巨大沉重的脚步声。完全不应该啊，区区小岛怎能有如此重量级的巨型动物，董一飞深感来者不善。"老马，注意点儿，发生任何事情，都要紧紧跟着我，一定。"

董一飞有一种保护马明宇的强烈使命感，但也明白即将面临一场无法预料的灾难，只能听天由命。董一飞这员"福将"还能继续有福吗？

一股飓风袭来，一头高达两米多的庞然大物猛然冲出了荆棘，朝着董一飞和马明宇就奔了过来。天太黑，看不清是什么。董一飞双手紧紧握住刺刀："老马，快到我后面来。"

"不，那不行。"

"快，别啰唆。"

马明宇赶紧跑到董一飞身后。

庞然大物不是在爬行，而是快速站立疾步行走，脚步沉重，所到之处，荆棘倒下一片。猛兽猛然仰头一声长啸，震得两个人头脑发昏。

当这个大家伙走近，董一飞仔细辨识，再定睛一看："啊，是人熊！"

人熊是统称，黑熊、棕熊都是人熊，高大威猛，成年熊两米多高。董一飞对人熊太熟悉了，部队就在深山老林，经常看到人熊，但那时"巡山"都带着枪，熊怕人，人不怕熊。可现在不一样，仅凭几把刺刀想对付皮糙肉厚的人熊难度太大了，危险系数极高。万万没想到这个小地方竟然有如此猛兽，人熊发起疯来连老虎都不是对手。

这头人熊朝着董一飞旋风般冲了过来，四脚并用，快如疾风。董一飞闪过一边，用力拿刺刀扎向熊腿。扎中了，但根本就扎不进去。董一飞换另一只手再用力扎下去，嘎巴一声，刺刀断了，董一飞惊出一身冷汗。

就在人熊冲过董一飞的一刹那,躲在他身后的马明宇急忙冲上前,双手紧握刺刀用尽全力刺向人熊腹部。刺中了,可刺刀拔不出来。人熊嗷的一声惨叫,回过头来对着马明宇后背就是一巴掌。这头熊的巴掌比人的脑袋还要大好几倍,拍到哪里,哪里就会稀碎。马明宇反应快,只被熊掌边缘刮到,可依旧留下深深的熊爪印。马明宇鲜血直流,疼痛难忍。

"快跑!"董一飞急忙招呼马明宇,也顾不上荆棘的陌生和恐惧了,沿着人熊踩踏的路径冲进了荆棘丛。人熊在后面迈着沉重的脚步快速追了上来。不要小看这种庞然大物的跑步速度,比人类起码快几倍,尤其是被激怒的人熊,跑得就更快了。

二人慌不择路,董一飞在前面开路,马明宇紧紧跟随,脚下是泥泞和荆棘,夜色中到处都是动物和人的遗骨,一脚下去,遗骨就被踩得粉碎,百年战场的惨烈可见一斑。董一飞一路狂奔,快速爬上一个小山坡,马明宇在后紧跟。暴雨冲刷后,黑色火山岩满目疮痍。一路上,各种爬虫、蛇蟒、豺狼、野猪遍布荆棘丛中,但看到人熊死追两个异类动物,也就不敢出来拦截。人熊倒是帮了两位人类。

董一飞和马明宇不敢有丝毫怠慢,拼了命往小山上爬,摔了不知多少跤,全身都擦破了,但他们早就忘记了疼痛,逃命要紧。当两个人狼狈不堪地爬上小山顶,才发现人熊就在山脚下对着山顶嗷嗷嗷狂叫,可就是不上来。

董一飞感到安全了,但很纳闷儿,这个百米高的小坡对人熊应该不在话下,怎么能轻易放弃呢?

这座小山上到处都是火山岩,被大量荆棘灌木覆盖,从高空完全无法窥视其真容。马明宇曾试图通过卫星看看别谷岛及其附属岛礁,但都被这些植被及云雾所遮蔽。到了夜晚,云开雾散,可黑夜又是另一道遮蔽。

人熊在山脚下依旧嗷嗷叫着,还夹杂着其他动物的啸叫声,似乎这些动物都在山脚下仰望山顶,像在"朝圣",或是在礼拜图腾。

董一飞和马明宇刚喘了口气,还没反应过来,就感到身后一阵剧烈的震动，地动山摇。一下子，山下的动物们四散溃逃了。

董一飞的第一判断是地震，或是火山喷发。但不应该啊，据说这座活火山已800年都没发作了，凭啥自己就这么倒霉？巨大的火山口开始冒起白烟，越来越浓，越来越亮。马明宇终于明白为什么这座小岛永远都是云雾缭绕了，原来火山口无休止地喷发着腾腾热气，这些热气环绕着整座小岛。这或许是岛上的动物都敬畏这座小山的原因吧。随后发生的事情再次震惊了马明宇。雾气散去，深深的火山口豁然洞开，一片亮光，像是打开了一道大门来欢迎二位到来。

董一飞感觉很奇怪，但又感觉很亲切，似曾相识，仔细想来这不就是P国天坑的翻版吗？当初进入天坑仿佛进入了时空隧道，这个地方莫不是另一个可穿越时空的隧道？

董一飞记得很清楚，P国天坑内藏着神秘文明密码，自己和孙志平因为进过天坑而招致杀身之祸。看来这里也隐藏着另一个神秘的文明密码。

"老马，看来我们俩来探险了，还记得天坑吗？我估计这里是另一座天坑。小心跟着我走。"

怀着忐忑不安的心情，马明宇看着脚下的斜坡："好，豁出去了。"

火山口斜坡并不陡，有人工雕琢的味道，董一飞在前面探路，马明宇在后面紧跟，一步不落。

"老马，你怕吗？"

"怕，但没法子了，要死就死吧。我是被水鬼差点儿整死过的人了。你怕吗？老董。"

董一飞笑了笑："我都死过好几次了，不在乎多这么一次。"

"你知道孙总为什么让我和你一起来R国吗？"

"不知道。"

"他说你是福将，一定会帮到我。看来说准了，你救了我好多次了。"马明宇难得放松地笑了起来，稍稍不那么紧张了。

两个人说说笑笑，没多久就下到几百米深的火山口里，接近谷底的岩壁上。此时的火山口雾气已全然消散，往上面望去，火山口还真像是人工开凿出来的，十分规整。

这谷底也可以说是海底。这座小山海拔100多米，可二人已深入几百米深的谷底，这已经低于海平面很多了。与P国天坑一样，谷底充满热气，不知道热气下面究竟是什么。在P国天坑，董一飞和孙志平始终不敢踏足热气源下面一探究竟。董一飞忽然有一种直觉，撞击自己的那个"人形物体"或许就来自热气下面的那个时空，而热气上面的岩洞和雕刻只是神秘文明历史沿革的遗迹罢了。

董一飞小心翼翼踏着火山口岩壁四处张望，果不其然，找到了一个岩洞口。不同于之前在P国还有一套先进装备护身，现如今的二人啥也没有，只有一身湿漉漉的衣服，此刻也快干了。两个人虽然一身冷汗，一身热汗，但也禁不住火山口内四五十摄氏度高温炙烤，唯一的感觉就是口干舌燥。

董一飞在前面走，马明宇一步不落跟着，两个人侧着身子挨到了岩洞口。洞内漆黑一片，深不可测。董一飞想进去，但苦于没有光亮，进去也是两眼一抹黑。就在董一飞犹豫进退之时，洞穴内忽然亮如白昼，就好像有人打开了灯一样。

万分惊讶，但没有退路，董一飞迈步走进岩洞，马明宇紧随其后。岩洞里一下子凉快了很多，但有些窒息感，董一飞知道洞穴里的空气很少，要减少运动量，尽量保持充沛体力。还真别说，蛇肉真解饿，董一飞和马明宇体力依旧饱满，也是好奇心驱使，两个人无暇再考虑其他事情，能活命就是幸运。

两个人继续走了很久，董一飞感觉熟悉这里的一切，像是再次进入同样的房间，再次欣赏同样的壁画，再次领略同样的文明，再次感到同样的兴奋。

马明宇对这一切都很陌生，感悟到的是神秘，是好奇，是探险，更是探索。尤其是面对墙壁上那一大堆公式算法时，马明宇久久不愿意离开，但又无法记录。精通应用数学、人工智能和计算机技术的马明宇深刻感到这些东西是先进文明的神秘代码，有些能看得似懂非懂,像是时空转换,或是星际航行,或是巨能量开关。在马明宇看来,地球人所拥有的全部文明都来源于这个洞穴,连文字、字母、数字、符号都如此接近,这难道只是巧合?肯定不是,这应该是一脉相承的史前文明。

岩壁上有一幅壁画让董一飞很有感触,这幅壁画中画的,像是从地球内部进出地球表面的很多种"通道",里面竟然还标注有董一飞所在部队施工营房附近那个惊奇的墓穴通道。原来当天夜晚站岗的敲门声就是来自那个洞穴的地下文明。此时此刻,董一飞才猛然意识到这个星球有很多深浅不同的天坑,很多大小不一的火山口,很多超长的奇特洞穴,很多深不可测的海沟,这些"通道"不是孤立的,存在必然的内在联系,或许这就是地下先进文明的纽带。这些深入地下的洞穴都是连通的,也是可以共享的。

董一飞先后经历过神秘的墓穴、坑道、天坑、火山口,这些案例还不说明问题吗?董一飞感到自己的想法是对的。信心满满的董一飞对着壁画,对马明宇高谈阔论起他的独特发现和独家观点,一点儿被困的恐惧感都没有了。董一飞不再像是要死里逃生的"困兽",更像是被邀请来参加人类文明学术研讨会的主讲嘉宾。

面对董一飞这位"草根专家"的新发现、新理论,绝对权威的双博士马明宇频频点头称是,不住叫好,他就像发现了新大陆,也全然没有孤岛求生的窘迫感了。

"老董,你太牛了!你的理论太新潮了,我认为你说得对,你已经摸到地球新文明的边界了。不不不,我说错了,与之相比,我们才是新文明。"

董一飞人生头一次被双博士夸奖,简直乐开了花:"哪里哪里,我是一家之言,瞎猜的,无厘头的想法。你老马有学问,我要多向你学习。"董一飞被夸得反而不好意思,谦虚起来。

"老马,说实在的,我还很纳闷儿为什么这座小岛会有人熊这样的大型动物,不合常理。"

"我也不懂。老董,你来看看这个壁画,这里面真是大有文章。"

马明宇指着墙壁上雕刻着的一个被分割成八大块的硕大无比的球体。

董一飞对这幅壁画一点儿也不陌生："我在P国天坑也看过这个图，一模一样。"

"对，这就是文明密码。这些东西在高等数学叫象限，一个球体分成八个象限。"马明宇显然很兴奋，这次R国之行太值得了，这比情报本身还重要，事关人类文明进步。是人类，而不是某个国家，马明宇已然感悟到人类命运被这张图联系在了一起，不分彼此。

"球？还象限？象限是什么？啥球，干什么用的？"对董一飞来讲，这些术语就是天书。说点儿实际的董一飞还能听得懂，但一上升到理论高度就两眼一抹黑了。

"象限就是……"马明宇想解释，但知道解释不清楚，董一飞压根儿就没学过高等数学，"怎么说呢？坐标系懂吗？"

"啥是坐标系？没球了？"董一飞晃了晃脑袋。

"你这个家伙，文明点儿，别张口闭口球啊球的。简单说吧，球就是库房，现在要把库房分个类，不同房间放置不同东西，但每个房间放的东西不一样。宇宙就是个大库房，大球，我们地球就是被放置在其中一个房间里的东西。明白了吗？"

"似懂非懂。光听见球了。你说话俗不可耐，还文明人呢。"

董一飞憨憨傻笑了起来，马明宇也被董一飞憨憨逗笑了："我服了你了。"

"哦，这句我听懂了，你骂我蠢！"

## 58. 天机

本以为爬到人生顶端就可以豁然开朗,但真理不会凭空出现,只能靠自己去挖掘。

董一飞不笑了:"我想问你一个问题,大博士。"

"你说,老董,别那么客气,啥博士,叫战友多亲切。你说。"马明宇自信能回答一切问题,这点儿自信要没有就枉读"双博士"了。

"咱们怎么才能离开这里,让你我的理论能让其他人知道呢?"董一飞先回归了现实,心思落了地。

飘在空中的马明宇突然从天上摔到地上,瞬间坠落,摔得挺惨。"啊,哦,这个,我也不知道。这个,你比我经验丰富。你说呢?老董。"

"我知道还问你?咱俩估计只能等死吧。可惜了两位天才,参透了宇宙奥秘,但还不能驾驭这座孤岛。什么噩梦岛,奶奶的,老子连觉都不能睡,哪来什么噩梦?倒是想做噩梦,可惜啊。我看,这个岛要改个名字叫'白日梦岛'。"

马明宇笑了起来:"等我们出去了,我帮你改名。"

"帮我改?咋改?"

"白日做梦董啊!"

就这样,两个人在洞穴里消磨着时光。这次时间充裕,也就顺便把壁画看个通透。上次在P国，孙志平和董一飞都不太懂，只顾着照相、摄像，哪有时间欣赏？而且也看不明白。现如今身边有马明宇这个大才子，董一飞还真能学到不少东西，但想出去则比登天还难。知识如何变成力量是个问题。

过了很久，咕噜噜，两个人肚子开始叫起来。没有吃的，连干净的水都没有，不知道还能坚持多久。

"老董，哪里能弄点儿吃的？"

"你看那头熊可以吗？没吃过熊掌吧？"

"刚被吃过了，你看看我后背，还有熊掌拍过的血印子。奶奶的，你不提醒我，我都忘记了疼，还真疼。"马明宇的血渍和衣服粘连到了一起，稍微动动衣服都疼得彻骨。

"放心吧，这里绝对安全，人熊不敢来，其他动物也不敢来，不用担心。这里是武侠小说里说的禁地，进来者死。"

"那我们呢？算是闯进其他文明的禁地吗？我们会死吗？"马明宇提醒董一飞。

"禁地，禁地……"董一飞喃喃自语，想起上次在P国就是擅闯天坑禁地，险些没命，或许那是一次文明的警告。现在是"二进宫"，难道真要死？董一飞很是发蒙，警惕地竖起耳朵听有啥异常声响。

咕噜噜噜……马明宇肚子又叫了起来。

"捣什么乱。"无聊的干扰声打乱了董一飞的思绪。

"我也不想，你再不想办法弄点儿吃的喝的，咱俩都得饿死在这个岛上。"

"好吧，我出去打猎，你等着。如果我被熊吃了，你就自尽为我殉葬吧，不要独自偷生。听见没。"

"殉葬那是封建社会的东西，我不会的，我一定帮你收尸，给你树碑烧纸……"

"闭上你的乌鸦嘴，我都被熊瞎子吃了，你还收什么尸呢。尸在哪里？净瞎扯。对了，咱们一起去洞口，你在那里等我，你一个人在这儿我不放心。"

"我还没看完这些壁画呢。"

"不在乎那一会儿，安全第一，跟我走。"说完，董一飞拉着马明宇就往外走。

到了洞口，董一飞让马明宇在洞口站着："说句吉利话，快。"

"祝你打只野猪，熊就算了吧，不吃也罢。"

"你这是吉利话吗？野猪有那么好打吗？不盼我点儿好。我走了。"

董一飞噌噌噌三两下快速往坡顶爬去，不愧是工程兵出身，走山路如履平地。几百米小山对董一飞是小儿科，要知道部队所处的山脉都是几千米海拔，这里完全没法比。部队那里的深山才叫山，这里充其量就是小山丘。

此时，火山口外面的天蒙蒙亮了。登到火山口顶部，董一飞找到了一把还算锋利的刺刀，没武器完全没法打猎。董一飞四处瞅瞅，看有哪只不开眼的动物自告奋勇当猎物。当然，人熊不在"菜谱"内，太危险，不知道谁吃谁。没想到还真让马明宇说中了，山下正好有一头不太大的野猪。就你了，烤乳猪，不，烤野猪。这头野猪正在狼吞虎咽一堆动物腐肉，董一飞悄悄走了下去，十分机警的野猪立即停下来，睁大小眼睛紧紧盯着从山坡上下来、满身戾气的董一飞。这头野猪也气势汹汹，不甘示弱，准备坚决反击。

可没想到，董一飞顺手捡起一大块黑黑的火山岩用力砸向野猪，不偏不倚，正砸中黑黑的猪头。不幸的野猪还没来得及嗷嗷叫唤就扑通倒地了，不停蹬着四只蹄子。董一飞冲上去手起刀落，就结果了这头可怜的猪。

"人间美味。对不起了，人类的朋友，谢谢你为我们人类的事业献身。我会牢牢记住你的恩德。你不死，我们就得死。你说呢？"

野猪哼哼哼几声，就断气了，像是听懂了人话。

看着这一顿美食，董一飞欣喜若狂，得来全不费工夫，怎么也能对付个十天半个月。董一飞拖着这头死猪就走。可刚刚迈了几步，就

497

感到身后一阵阴风。荆棘林沙沙作响，"不好！"董一飞知道"大家伙"来了，回头一看，人熊果然就在荆棘林里躲着，根本就没走远，就等董一飞彻底干翻野猪，人熊果断冲出来。这次是三头人熊，两大一小。

董一飞见状撒丫子就跑，比兔子还快。可跑出几百米，董一飞感到熊没追自己，回头一看，三头熊正撕拽着野猪肉，时不时抬起头来看看董一飞，估计在感谢送来的美食。

"奶奶的，老子还饿着呢，你们这群不讲道理的畜生、笨熊。"

熊一点儿也不笨，懂得以逸待劳，不用动手就能吃到新鲜的野猪肉。

"我才是笨猪。"没法子，回去也不合适，马明宇还饿着，空手回去有损一世英名。董一飞只好坐在山坡上，远远看着三只熊大快朵颐，好不懊恼，右手紧紧攥着匕首，左手死死抓住一大块火山岩。

人熊吃了很久，终于吃饱了。董一飞放眼望去，野猪连个渣都不剩，吃得太干净了。两只大熊躺在荆棘丛里昏昏欲睡，只有小熊四处玩耍。冷不丁，小熊朝着山坡的董一飞冲了上来。

董一飞惊出一身冷汗，赶紧站起来，说是小熊，也有一人多高，和大熊比是小熊，但是和人比一点儿也不小。小熊越跑越近，把董一飞逼到火山口悬崖边，董一飞不想招惹小熊，否则大熊不会放过自己。顽皮的小熊这次玩过了火，才下过暴雨的火山岩十分滑，小熊一不小心就滑了一跤，眼看着就要跌落山崖。

小熊凄惨的叫声惊动了两只大熊。两只大熊猛然站立起来，看着火山口方向，迅速飞奔过来，全然不顾及敬畏图腾了。

小熊没有掉下去，千钧一发之际，董一飞一个箭步冲过去，在崖壁边死死顶住小熊笨重的身躯。小熊太重了，少说也有100多公斤。董一飞用尽全力把小熊顶上了悬崖。这是工程兵再熟悉不过的标准动作。工程兵面对巨石跌落，要用身体死死顶住，避免更多伤亡。但这次董一飞面对的不是巨石，是一只可能会吃掉自己的人熊。

小熊得救了，董一飞又累又饿，全身无力地瘫倒在崖口上。

两只大熊已经赶到崖口，嗷嗷大叫一声，抬起厚实的熊掌就要踩死躺在地下且毫无还手之力的董一飞，但被小熊及时挡住了。

人有人言，兽有兽语，三只熊用"熊语"交流片刻，两只大熊带着小熊就下了山。小熊时不时回头看董一飞，嗷嗷嗷叫着。

董一飞实在没有力气了，躺在地上便睡，睡得很沉很沉。

也不知道过了多久，董一飞感到浑身发痒，眼前黑乎乎一片。朦胧中睁开眼睛，董一飞吓出一身冷汗，小熊正用毛茸茸的熊掌抚摸着自己，旁边卧着那两头大熊，脑袋不停地东张西望，但完全看不出恶意了。

董一飞一屁股坐起来，反倒吓了三头熊一跳。就在不远处，董一飞看到一头死野猪和一条死蟒蛇。小熊顽皮地看看这些"猎物"，又看看董一飞，意思是这是送给董一飞的见面礼。看到两头大熊全然没有恶意，甚至有点儿温驯，董一飞稍稍放心下来，试探性用手摸了摸小熊的脸。小熊很温驯地撒起娇来，在地上打起了滚儿。董一飞又对两头大熊摆了摆手，两头大熊对董一飞点了点头。董一飞终于明白了，这三头熊一直在这儿保护自己，不然自己早就被野猪和蟒蛇吞了。它们一家三口用独特方式感谢小熊的救命恩人。

董一飞渴急了，拿起旁边的刺刀对着蟒蛇就是一刀。血喷溅了出来，喷得董一飞满脸是血。董一飞顾不上那么多，使劲吮吸着蛇血，这下彻底解渴了。董一飞用脏兮兮的袖子抹了一把脸，又温柔地爱抚了一下小熊。

一头大熊也挪动着笨重身体，缓缓爬了过来，董一飞伸过手去摸了摸硕大的熊鼻子，好冰凉。董一飞心里乐开了花，谁说老虎屁股不能摸？至少自己能摸摸大熊的鼻子了。大熊温驯地摇了摇头，另一头大熊也挪了过来。一个都不能少，董一飞用手爱抚着另一头大熊的脸，猛然发现，这头熊就是被马明宇扎伤的那一头。董一飞走过去蹲了下来，看着伤口依然有血迹渗出，看来很深。再仔细看才发现，在熊的大腿外侧还有两个新伤口，正在淌血。董一飞看看野猪，明白了，大熊和野猪搏斗时被獠牙刺中了大腿。

董一飞摸了摸这头熊健硕的身体，又看了看那双无助的熊眼，拍了拍熊背，示意它躺下来不要动。也不知是人熊通人性，还是真累了，它顺势趴了下来，眼巴巴瞅着董一飞。

董一飞喝完蛇血，满血复活，直接就下了山。

过了一会儿，董一飞从荆棘丛中钻了出来，手里拽着一大堆杂草和树叶。

董一飞小时候住在农村，从小跟大人在山上玩大，割过猪草、做过农活儿、挖过野菜，磕磕碰碰在所难免，万一受点儿伤，都是就近找点儿野生植物来止血消炎，最常见的就是刺儿菜、白茅花、野三七、蒲棒、灰包、车前子、大青叶等，这些野生植物都有神奇疗效。止血时，只要薅点儿刺儿菜叶子，揉搓挤出汁液，连汁液带刺儿菜叶子捂到伤口上，不一会儿伤口就止血了，不容易感染。熟透的蒲棒也是最好的止血消炎药，不管伤口多严重，只要撕点儿蒲棒绒绒，摁到伤口上，马上就能止血消炎。还有就是白茅花，摁住伤口也能止血，效果特别好。

董一飞从小就见过这些东西，一看就知道是什么。在荆棘丛中，董一飞找到一大堆刺儿菜，连拖带拽来到大熊身边。岛上没有捣药的工具，董一飞就地在石头上用刀背使劲捣碎了刺儿菜的叶子，弄成一大堆糊糊，小心翼翼地涂抹在大熊的三个伤口上。大熊可能有点儿疼，稍稍惊了一下，立即抬起头来瞅了董一飞一眼，很快又低下头，知道眼前这个"异类"不会害自己。

还真是立竿见影，这个草药十分神奇，很快就止住血了，大熊也感觉到了。另一头大熊和小熊爬过来舔着大熊的伤口，希望大熊的伤口能快点儿好起来，但可能是舔到苦苦的刺儿菜了，一脸痛苦的表情。

董一飞不知道该如何和这一家三口解释，他想告诉它们，可以先回去，但要每天都来换一次药。董一飞比画了半天，这些"异类"也看不懂。于是董一飞想到了另一个办法，硬拽着死野猪到火山口不远处，就地点了一堆篝火，再用刺刀把野猪割开，一块块架在火上烤。

不多时，一阵阵肉香飘了出来，董一飞拿了一大块七八成熟的肉，用嘴使劲吹着，希望快点儿凉下来。凉得差不多了，就拿到大熊这边，说："吃吧，比生肉好吃，吃吧。"

大熊有些惧怕，不敢吃。董一飞拿过烤肉，自己咬了一大口，咀嚼着，很享受的样子。看到董一飞吃了一大口，受伤的大熊也开始动嘴了，一口就把一大块烤野猪肉咬在嘴里，慢慢咀嚼着，有滋有味。熟肉比生肉好吃，很有味道。

另一头大熊和小熊跑到篝火旁等着，董一飞一个个喂食这些巨大的"熊宝宝"。

很快，半头野猪就烤完了，也吃完了，野猪腰子烤一烤也很好吃，董一飞就独享了，这么多天了，需要补一补，太累了。

吃饱了，董一飞想到马明宇还在谷底，自己上来折腾了半天，马明宇可能已经饿晕了。董一飞又烤了一大块肉，又带了一大块生肉，准备返回谷底。

董一飞和三头熊说了声"回头见"，就带着战利品慢慢走下火山口。

"老马，我回来了，饿了吧？"董一飞在洞口喊，但没有人回应，这可吓坏了董一飞。

走进洞口，依旧没看到马明宇，董一飞更加担心，莫不是出了什么事情？一种不祥的预感涌上心头。董一飞扔下战利品，匆忙跑进洞穴，四处找寻马明宇。

"老马，你在哪里？"依旧没有任何回应。董一飞越发担心了，想到自己的亲身遭遇，知道洞穴里发生什么都可能。难道马明宇真的失踪了？董一飞一路深入洞穴，不放弃寻找每一间洞窟，可每每都是失望。马明宇究竟发生什么事情？董一飞不敢想，越想越害怕。

猛然间，董一飞在最神秘的那间洞窟里看到躺在地上一动不动的马明宇。董一飞快速跑过去把他抱起来："老马，老马！"

董一飞摸了摸马明宇的脉搏，很强劲，只是他太累、太饿、太困了。董一飞稍稍放下心来，背起马明宇就往洞口走。不太长的一段

501

路，董一飞走得气喘吁吁，呼吸不畅。终于来到了洞口，董一飞把马明宇放在地上。

"老马，老马！我给你带好吃的来了。"董一飞用力按压了一下马明宇的人中，马明宇猛然睁开眼睛，吓了董一飞一大跳。

"按什么按？睡个觉都不安稳。"马明宇哈欠连天，用力伸了个懒腰。

"你吓死我了。你真行，还能睡得这么踏实。"

"我左等你不回来，右等你不回来，以为你回不来了。我总不能继续傻等吧？就进去仔细研究那些壁画，看着看着就睡着了。不过我又有了重大发现，你想听吗？"

"你先吃点儿东西吧。不饿了？"

"饿，更渴，带水了吗？"

"没法带。吃点东西吧。"董一飞顺手捡起地上的烤肉，撕开一块递给马明宇。

马明宇接过来，使劲咬了一大口："好硬，咬不动啊。"

"啊，怎么可能？"董一飞试着咬了一口，硌牙，真咬不动。"奶奶的，跟我上去吧，有吃有喝。"

趁着天还没黑，董一飞拉着马明宇就往山上走。马明宇太饿了，跟着董一飞一路跟跄地爬着山。很快，两个人就爬上了小山顶，董一飞在前，马明宇在后。

马明宇刚一露头，受伤的大熊就冲着马明宇咆哮起来，吓得马明宇差点儿掉下悬崖，多亏董一飞一把抓住。董一飞对着大熊使劲摆了摆手，示意马明宇是朋友，不要伤害他，但大熊清楚刀伤就是马明宇扎的，很记仇，继续咆哮着，不依不饶。没法子，董一飞只能站在大熊和马明宇之间，阻挡大熊发飙。大熊发了一通脾气，渐渐平静，又趴了下来。

马明宇被眼前的一幕彻底惊呆了，董一飞什么时候和人熊混熟了？不可思议。董一飞总算是调解好了人与熊的矛盾，带着马明宇来到死蛇跟前。书生气的马明宇也大口大口吸食着蛇血，蛇血都快流尽了。董一飞又烤了点儿野猪肉，这下马明宇有了口福，终于可以美美地饱餐一顿了。

熊一家三口在旁边看着两个人大吃大喝。小熊闲不住，跑了过来。马明宇摸了摸小熊的头，毛好扎手，这还是小熊吗？马明宇喂了一块烤肉，小熊一口就吞进肚子里。

熊一家三口又多了一位"异类"朋友。

夜深了，董一飞和马明宇躺在火山口的悬崖边仰望星空。密密麻麻的繁星，真的太美了。

"对了，一飞，我听说你有个绰号叫'董飞飞'，究竟咋回事？也给我讲讲呗。"马明宇突然也八卦起来，让董一飞很不适应。

"谁告诉你的？你咋也八卦了？"董一飞侧过头看了一眼马明宇，又回过头望着浩瀚的星空，长叹一声，"一言难尽啊！"

# 59. 董飞飞

离家的路有千万条，回家的路只有一条，可地震时，就先别回家了。

董一飞从小在雍城长大，雍城在关中平原最西端，距离省会城市秦安不太远，距离巴蜀蓉城也不算远。但巴蜀和雍城之间横亘着龙岭和大巴山脉，历来有"蜀道难"的说法。没出过远门的董一飞总是好奇崇山峻岭那一边究竟是什么样的世界，而厚重的山脉也让董一飞多了几分安全感。

小时候，父亲总告诉董一飞，雍城是个好地方，人杰地灵，7000多年的北首岭遗址比仰韶文化半坡遗址还早了2000多年。雍城还是典故里"明修栈道，暗度陈仓"的地方。风调雨顺的关中平原坐落于黄土高原之上，如同巨大无比的减震气垫，一般的小地震、小灾难根本不会波及雍城，而山的那一侧是有"天府之国"美誉的巴蜀盆地，夹在两大福地之间的雍城独享天时地利。

然而，一场发生在20多年前的大地震深刻改变了这一切。那时，董一飞才8岁，上小学二年级。

虽然雍城四周压着厚重的两大山脉，但也压不住七级地震。地震的一刹那，雍城响起了一种由气压急剧变化造成的"吼声"，让人感到强烈的压迫感和恐惧感。

此时，董一飞的父亲董晓平正在雍城南坡家里午休。因为经历过地震，董晓平立刻冲出低矮的平房，刚跑出来，北坡一带的房子就接二连三地倒塌了。大地剧烈摇晃，天空继续发出低沉的呜咽声。雍城南坡本就是斜坡地形，地质灾害多发，这次大地震对南坡地带带来了毁灭性的摧残。夺路而逃的人们尖叫着、嘶喊着，无头无脑四处乱窜，但那一刻又无处可逃，到处都是低矮、摇摇欲坠的房屋。大地在颤抖，斜坡上站立不稳，逃命的人们没有选择，只能四处寻找没有坠落物、没有倒塌物的空地去。

董晓平独自从家逃出来，但最放心不下的就是还在工厂上班的妻子和还在学校上学的董一飞。尽管大地还在摇摆，房屋相继倒塌，董晓平还是跟跟跄跄地冲向学校，他想早一点儿看到孩子，把孩子搂到身边。原本十几分钟的路程，董晓平走了很久。路都没了，到处是瓦砾和残垣断壁，董晓平只能绕着走，还要躲避随时出现的危险。他一路上过于着急，手也划破几个口子，脚也崴了，蹒跚地继续往学校走，心里生起一股不祥的预感。路上的人很多，都是奔向学校找孩子的父母。他们争先恐后，早到一秒或许就是孩子的生机。

地震发生时，董一飞所在的学校也在剧烈摇晃，几百名学生在老师的组织下迅速向操场跑去。一名腿部有伤的女同学落在后面。教学楼在剧烈晃动，拐杖根本就撑不住，也没法走。女同学特别害怕，双腿发软，声嘶力竭地叫喊着。看到这一情景，两名同学立即跑过去帮忙，董一飞就在一旁，这两名同学叫董一飞快过来扶一把。但令人震惊的一幕发生了，董一飞看了一眼，头也不回就飞跑出去，旋即冲下楼梯。

"什么人啊！"两名男同学惊呆了，不可思议，但也顾不了那么多，齐心协力把女同学搀出了校舍，最终安全来到操场空地。短短几十秒，行动不便的女同学就从危险的教室转移到安全地带。在操场焦急等候的老师和学生急忙围了过来，安慰着惊吓过度的女同学，并对两名男同学的义举竖起大拇指。一名救人的同学东张西望，终于在一个角落看到了董一飞。他快速飞奔过去，骂道："董一飞，贪生怕死，胆小鬼！你不是个男人，你是胆小鬼！"

不少老师和同学都围过来。难堪的董一飞大声驳斥："我不是胆小鬼！我不是！你不要血口喷人。"

"让你救人，你跑什么跑？你就是胆小鬼，胆小鬼！"另一名救人的同学也跑过来大声质问。

董一飞急了，说："凭什么要我去救人？我没有这个义务！"说完，他推开老师和同学，捂住耳朵跑到操场另一侧，这里实在太烦、太闹。

不少老师看着董一飞的背影，摇了摇头。很多同学在董一飞背后指指点点，"胆小鬼"之声不绝于耳。

董一飞双手严严实实地堵住耳朵，可忍不住眼眶满含眼泪。倔强的小董一飞忍住不哭出来，不想丢人。他早已把地震的恐惧抛诸脑后，脑袋里只剩耻辱了。

地震余震没完没了，操场地面在抖动，远处楼舍在摇晃、坍塌。董一飞坐在草地上，眼泪模糊了视线，可没有人搭理董一飞，每个人都躲得远远的，连老师都嫌弃这个懦弱的学生。董一飞躲在角落里，没有人时就默默流泪，偷偷擦眼泪。他心里说着："我不是胆小鬼，我不是胆小鬼……"

董一飞一肚子委屈无处倾诉，只想能快一点儿见到妈妈爸爸。

终于听到爸爸撕心裂肺的喊声："一飞、一飞……"董一飞擦干眼泪站了起来，冲着爸爸飞奔了过去。

董晓平问了很多老师和学生，都说没见到董一飞。董晓平担心孩子的安危，急得在操场大喊大叫，董一飞这才听见爸爸嘶哑的嗓音。董一飞一头扎进爸爸怀里，哇一声痛哭起来。董晓平以为是地震吓着了孩子，不停地安抚，让董一飞不要怕。可孩子越哭越大声，董晓平吓了一跳，担心孩子身体受伤，赶紧蹲下检查董一飞的身体。董晓平没有发现血迹和衣裤破损，总算放下心来。

董晓平搂着孩子准备回家，可万万没想到，在穿越人群时，听到了不和谐的声音。学生都指指点点地说"胆小鬼，胆小鬼"，董晓平一怔，这是在说谁呢？十分刺耳。当董晓平看到孩子紧紧捂住耳朵，一脸恐惧的样子，忽然意识到孩子一定发生了什么事情。董晓平看到了班主任张老师，三步并作两步走了过去，问："张老师好，我们家孩子咋了？为什么同学都歧视他？到底发生什么了？"

张老师也是一脸轻蔑："你没问问他自己吗？像个男孩子吗？"

董晓平看了一眼孩子："张老师，到底发生什么了？一飞这孩子我刚问了，啥也不说。求求你了，这可是非常时期。"

"你们家孩子见死不救，胆小鬼。"张老师和孩子们七嘴八舌念叨起来，都在数落董一飞贪生怕死。

董晓平听明白了，知道了事情的前因后果。

张老师讲完后，无意中加了一句"胆小鬼"，这下子彻底激怒了董晓平："凭什么要求孩子救孩子？你们老师干什么吃的？对孩子如此苛刻就不对，你们怎么能这么教育孩子？你们老师怎么不去救？我们家孩子跑了怎么了？碍谁的事儿了吗？他跑了就对了，每个人都要对自己的安全负责，有能力可以帮助别人，没有能力也不能逼着他去送死。你们做老师的不能这么教育孩子，见义勇为永远都是少数。"

"你这家长是怎么当的？你怎能说出这样的话？你能这么教育孩子吗？"张老师从教以来第一次被学生家长教训，觉得很没面子，但张老师又不知如何反驳，只能重复那些没用的话。其他学生都看着呢，辩论可不能输。可董晓平不给张老师任何反击机会，撂下一句狠话："你真不配当老师。"说完拉着孩子就往回走。张老师被气晕了，其他老师和学生纷纷过来声援张老师，一再强调这对父子没素质，真是有其父必有其子。

董晓平父子走了，张老师依旧气鼓鼓的，嘴里嘟嘟囔囔。她心里也认为董一飞爸爸说得没错，但真相事小，面子事大，老师丢面子就会在同事和学生面前抬不起头。

回家路上，满目疮痍，董晓平却想着与张老师的不快，生了一肚子闷气，也知道得罪了老师，孩子的日子也不会好过，被穿小鞋是必然的。

"爸爸，妈妈呢？"孩子突然想起来妈妈。

董晓平也是一惊,赶紧打电话给妻子,可总是忙音。董晓平急了,拨打了好多次,依旧占线。妻子单位很远,现在交通一片混乱,没有车可坐。现在余震不断,董晓平带着孩子很不放心,继续打电话,继续忙音。董晓平这下可真急了,拽着董一飞往工厂跑。一脚深一脚浅,脚崴了,身上刮烂的伤口渗着血,这些他全都不顾。董一飞在后边紧赶慢赶,也想快点儿见到妈妈。

一路上,父子俩既要看着坑洼路,又要躲避随时掉下来的碎石。父子二人相互搀扶,一不小心就摔倒在地,爬起来再继续赶路。这一路,董一飞感觉一下子长大了,懂得照顾父亲了,时不时拉爸爸一把,就这样跟跟跄跄一个多小时才赶到工厂。

很多人在厂区空地站着,三三两两,交头接耳,惊恐不安。董晓平走一路问一路,也不知道妻子在哪里。董晓平焦急地大喊妻子名字,没人回答,不少人用异样的眼光看着董晓平。

此时此刻,众人心情各异。第一时间找到亲人的欢天喜地,互相鼓励安慰。亲人杳无音信的,万分沮丧,着急上火,四处打听,渴望奇迹。刚开始,董晓平以为来了就能找到妻子,然后一家三口直接回家。就算家回不去,只要一家人都在就是幸福。但当四处都找不到妻子时,董晓平慌了,六神无主,他的直觉告诉他,出事了。

这时,董晓平妻子的同事告诉他,那边有楼倒了,有人没跑出来。董晓平一下就蒙了,差点儿没站住。董一飞用力搀住父亲,二人赶紧往倒塌的房屋跑去。

废墟里,有人在瓦砾下寻找生者。董晓平不顾身体有伤,蹒跚着过去,看着倒塌的残垣断壁,真傻眼了,根本不知从何下手。董晓平除了撕心裂肺扯着嗓子喊叫妻子的名字,一点儿办法也没有。他两只手扒着瓦砾,鲜血直流。

雍城附近的驻军赶来救灾了。军队第一时间清理废墟,寻找被掩埋的人,各种救灾设备都用上了,生命探测仪、救援机器人等,力争在"黄金72小时"之内挽救生命。跟时间抢生命,这是紧急救援的真谛。

董晓平不停地跪求现场官兵："同志，你们一定要救救我的妻子！她是个好人，一定要救她！求你们了，她一辈子没享过福，我对不起她……"

两名战士安慰着董晓平，并把父子俩送到安全地带。清理瓦砾时，余震又来了，官兵赶紧避险，等余震稍停，就又冲了上去。这些战士都是毛头小伙儿，20岁左右，很多都是头一次参与地震救援，现场的凄惨场景也从没见过。不少战士没见过死人，更没见过死状恐怖、残缺不全的尸体，他们的脸上充满恐惧，闭上眼睛不敢直视，心理阴影挥之不去。

一天过去了，董晓平失望了。两天过去了，董晓平绝望了。

第三天，董晓平妻子的尸体在残垣断壁下找到了，她怀里紧紧抱着给孩子买的几本新书，书已经被血渍完全浸透了。地震来时，母亲跑出去，或又跑回来取书，残忍的地震带走了可怜的妈妈。

战士们不想让董晓平见到妻子的模样，可耐不住董晓平不断哀求。当看到尸体真是妻子，死状如此之惨，董晓平彻底崩溃了。他大喊大叫，号啕大哭，被战士们硬拽了下去。

董一飞远远看着母亲躺在废墟里，没有过去。他眼含热泪，没有流下来，只是把爸爸死死抱住，生怕再失去亲人。妈妈遗体被运走了，过了很久，爸爸依旧瘫软着坐在地上，看着一片片废墟，眼泪干了，内心的泪继续哗哗地淌。他的脑海里回想着妻子的好，像电影一样。

天黑了，父子俩坐在原地，沉思了很久。董晓平猛然冒出一句话："一飞，你没有错，地震了，你要赶紧跑，一刻也不留。能多快就多快，能跑就跑，能飞就飞。老师说得不对，不要听她的，逃命最要紧，记住了吗？灾害无情，活着就是希望，一定要活着。"

董晓平哽咽了一下，说："妈妈就是舍不得给你买的几本新书，没来得及跑，牺牲了自己。太不值得了。地震来了，洪水来了，留住命就行，其他都可以再挣，懂吗？"

董晓平长吁短叹，捶胸顿足，这些话早点儿说给妻子，她就能逃出来了，都怪自己没本事，家境不富裕，为了几本书丢掉了性命。董晓平狠狠抽了自己几个嘴巴，片刻间，两颊红了，黑黝黝里透着红。

"爸爸，我记住了，我懂了。"孩子就是孩子，这次哭了，哭得很伤心。他再也没有妈妈了。

董一飞感悟到了什么，说："爸爸，为什么楼会倒塌？就没有不倒塌的楼吗？"

董晓平一怔："是啊，就没有不倒塌的楼吗？就不能有吗？"

"有，一定会有，我长大就建不倒塌的楼，就算地震来了也不怕。你说好不好，我要当建筑师，设计坚固的房子。"

董晓平紧紧抱住孩子，轻吻孩子的额头："好，好。孩子，我们回家吧。"董晓平知道家肯定是回不去了，但也要回去看看。毕竟妻子熟悉那里，她的灵魂独自回到家里，会害怕。

回去的路很漫长，父子俩心情坏透了，一路沉默不语，内心却难以平静。快到家了，很多房子都倒了。忽然，父子俩听到有嘤嘤嘤的声音，走近一看，原来是一条小狗找不到家了。它的家没了，主人也不知去向。董一飞看了看这条小土狗，抱了起来。这狗也就几个月大。

董一飞说："爸爸，我们来养它吧。"

董晓平此时只想到一个词——相依为命。"好，我们收养它吧。"

小狗吐出舌头舔了舔董一飞的脸蛋，很痒、很刺，这时董一飞才意识到，脸不知什么时候被划破了。

"爸爸，给这个狗起个名字吧。"

董晓平想了一会儿，说："就叫'惜惜'吧，珍惜的惜，惋惜的惜，怜惜的惜，可惜的惜。珍惜生命。"

董一飞知道爸爸痛失爱妻，心中满是不舍。董一飞叫了声"惜惜"，小狗仿佛听懂了，摇头摆尾起来，很可爱。

那一夜，家回不去了，一家人赶往政府安排的应急避难场所，再后来去了安置房，直到政府的新房子盖好，董晓平一家两口人搬了进去。

一进新房大门，董一飞就四下敲敲墙壁，问："爸爸，这个房子结实吗?"

爸爸没说话,默默收拾着新家。

在那次大地震之后,董一飞就认识到一条真理:要活着,逃跑就是为活着,不丢人。

董晓平怕孩子回学校受委屈,想给孩子转学,但董一飞坚决不转,自己又没错,为什么要逃跑?真转学才丢人。董晓平也觉得孩子说得有理,就打消了这个念头。再说转学谈何容易,没有点儿门道,想都别想。

董一飞从此恋上各类盖房子的书和玩具,总想盖个结结实实的大房子,就算地震来了也不怕。每次董一飞用玩具盖了一个高高大大的楼,惜惜都会故意冲过来撞倒这座大楼,害得董一飞不得不重建。董一飞告诉自己,惜惜是想当监理,它是借此告诉董一飞,连小狗都能干倒的大楼不是好大楼。

或许正是痴迷这个行当,董一飞上学时严重偏科,高考也就名落孙山。但阴错阳差,董一飞去当兵了,还当了工程兵,真的可以盖房子了。这次是给导弹盖房子,十分坚固的大房子,董一飞终于实现了人生目标。

从那次地震以后,老师和同学都把董一飞叫作"董飞飞"。刚开始,董一飞很生气,还会和他们争个脸红脖子粗,后来不争了。不仅不争,还知道自我调侃。老师有时上课点名会故意叫"董飞飞",如果是以前,董一飞权当没听见,可后来直接会答"到"了。再有同学叫他"董飞飞",董一飞也来者不拒地问"有事吗"。

时间一长,老师和同学也觉得无趣。董一飞心理素质如此强大,想靠叫绰号羞辱他不可能了,就又回过头来叫"董一飞"了。

班里有个叫柳晴姗的女孩和一个叫孔海鑫的男生从来没叫过"董飞飞",不仅不叫绰号,还经常为此打抱不平,和其他孩子斗嘴。尤其是柳晴姗,甚至为此和别的同学动手。别看柳晴姗年纪小,下手挺狠,挠得其他男孩四处乱跑,有的还到老师那里告状,甚至家长都找到学校来了,问老师孩子身上的血道子是怎么回事。每次面对老师的

511

质问,才八九岁的柳晴姗都一脸不屑地反问:"谁让他们欺负董一飞了?我是路见不平。再说了我又不是君子,能动口也能动手,别招惹董一飞,否则……"

柳晴姗振振有词,毫不相让,老师也没办法。

很快,柳晴姗也有了绰号——"柳飞侠"。柳晴姗无所谓,还挺享受,甚至认为是一种无限荣耀。后来"柳飞侠"和"董飞飞"成了无话不谈的好朋友,经常一起上学、放学、玩耍、打架、过家家。这个好打抱不平的"柳飞侠"后来成了董一飞的结发妻子。

相比之下,董一飞的发小儿孔海鑫就很腼腆,虽有正义感,但是怕事,唯一感兴趣的就是钱。他信奉钱是万能的,不是一般的财迷。孔海鑫学习挺好,只要给钱就愿意帮同学做作业,从小就落个"小财迷"的绰号。

在董一飞的成长记忆里,早就有太多次逃跑经历了。比如和同学打架,只要打不过,撒丫子就跑没影儿了,连同伴也顾不上。第二天同伴们鼻青脸肿,再也不理董一飞,董一飞也觉得无所谓。

董一飞和小伙伴一起到龙岭山玩耍。董一飞捅完马蜂窝,立即就跑没影儿了,结果几个同伴家长带着被蜇成猪头的孩子到董一飞家里讨说法,董晓平只能赔医药费。但人一走,董晓平就夸董一飞跑得好,有事就跑,这是对的。

董一飞在每年的学校运动会上,都能拿短跑和长跑冠军,后来还拿到了省级冠军,高考可以加分。遗憾的是,董一飞学习成绩实在太差了,加这点儿分是杯水车薪,除非哪所大学能免试,否则上大学根本没戏。

不仅能跑、会跑、敢跑,董一飞本人也养成了很强的风险意识。龙岭山上有很多蘑菇,市场上也很便宜,爸爸经常买来吃。董一飞每次都会等爸爸吃完蘑菇,观察5分钟以上,自己才会吃。董一飞最爱鲜嫩可口的蘑菇料理,如蘑菇炒肉、小鸡炖蘑菇、蘑菇汤等,但一定要先把风险化解掉,他才会安心享受这些美味。

听完董一飞添油加醋狂吹了一通,马明宇的评价就一个字——"牛"。

## 60. M城赌场

欣赏你拥有的东西，而不是你没有的东西，你才能快乐，但挑战你没有的东西，你才觉得刺激。

董一飞和马明宇失踪了，一天、两天、三天、四天、一周，孙志平实在沉不住气了，多方打听，也没有一点点消息。

孙志平让李秀琴立即回趟京城，希望了解更多行动细节。

经过李秀琴的详细介绍，孙志平终于明白了。A国情报总局也在调查此事，而且损兵折将。董一飞和马明宇已调查清楚全部的事件经过，本来能利用被植入芯片的田中科长，但没想到科长和五名情报总局特工意外死亡，线索断了。

李秀琴坚信一点，这一系列事情是R国精心策划并实施的，为了隐藏小行星事件的真相而杀人灭口。李秀琴在R国待了10多年，很了解R国人的行事风格。他们连自己人和A国情报总局的人都敢毫不留情做掉，更何况作为对手的K国人。董一飞和马明宇凶多吉少。可让人搞不懂的是，李秀琴知道二人坐的是K国航空的航班，中间还联系过一次。就连孙志平也和马明宇在机场路上有过暗语交流，可一进西泽机场，两人就信息全无了。显然董一飞和马明宇就是在机场出事的，可能被绑架或被杀害了。究竟是谁干的？R国国家安全部门、军方，还是黑社会？孙志平一头雾水。

了解情况后，孙志平说："秀琴，时间拖得越久，他们的生命就越危险,时间不等人。"

孙志平不愿意相信二人罹难,坚定地认为董一飞一定会逢凶化吉,不然就对不起"福将"二字了。

"孙总,你需要我做什么呢?"

"秀琴,我很担心你,我本想让你回去打探消息,但这个时候打听这类消息太危险了。你先回R国,要保护好自己,不要刻意去打听。如果出现什么情况就告诉我。"孙志平发自内心地担心李秀琴的安危,也很清楚R国人的凶悍和绝情,为达目的不择手段。

"孙总,我会努力找到他们两个人。"

"不,不需要,我再想想其他办法。听我安排。"孙志平坚决制止任何冒险行为。

这时,孙志平办公室进来一个人——李琰,马明宇的副手,也是孙志平手下的一员大将,就读于京城理工大学,计算机专业博士,没穿过军装,但对军人很崇拜,业务能力强。

李琰看到李秀琴,说:"你还好吧,辛苦了。"两个人彼此很熟悉,同期进入博通,同时经历严苛的业务培训,算是同门师兄妹。

"李师兄,我还好,就是事情处理得不漂亮,给博通丢脸了。"

"任务圆满完成了,不要自责,这与你无关,秀琴。"孙志平安慰着要强的职业女性。

"对了,有事吗?小李。"

"有几个事关董总和马总的重要线索。"

"哦,快说。"孙志平迫不及待,李秀琴也睁大眼睛。

"孙总,秀琴,这段时间,董总和马总手机信号时有时无,能确定这两部手机偶尔会开机,但很快就关机。我们已多次定位,手机曾出现在三个地方,一个是西泽机场,一个是一座叫别谷岛的机场,最后一个就是M城。我们初步分析,这两部手机应该与董总和马总分离了,拿手机的人极有可能不是董总和马总。董总和马总出事了。"

孙志平早就想到了结果,但不愿意承认。李秀琴听罢一脸愁容。

"还有吗?"

"有。"

"快说。"

"孙总,你知道咱们的'纳蚊'项目吧?"

"知道,怎么了?"

"纳蚊"项目就是"纳米蚊虫监控"项目的简称。马明宇这次到R国带的就是"纳蚊"系统。马明宇有一副特殊眼镜,眼镜内最多可以配备10只"纳蚊",每个"纳蚊"可植入一枚不可探测的纳米窃听器。纳米窃听器具有多模式卫星定位功能,但要想实现语音监听必须在一定距离范围之内,根据地形和环境不同,监听距离有较大差别。城市里高楼林立,遮蔽比较多,距离就很有限,也就四五百米,但如果在空旷地带就可在一两千米外监听。

"孙总,秀琴他们三个人在一起的时候,马总就成功把一枚'纳蚊'打入了田中身体里,我们一直在监控其位置的变化。从家到医院,再彻底消失,这就说明田中是在家被杀的,然后进入医院,再然后可能被烧掉了。但前几天,也就是在马总他们消失的同一天,我们又监控到另外一枚'纳蚊'被植入一个人的身体。依我对马总的了解,这个人一定非同寻常,不然也不会这么做。这个人的位置在不断变化,应该与马总他们消失有很大关系。"

孙志平和李秀琴眼前一亮,看到了希望,他们催促:"你快说,继续,继续。"

"这个人行踪的第一站是别谷岛,再就是东畿都,接下来是北凯泽莱州的大迪斯莫尔,第四站就是M城。"

"你说什么?大迪斯莫尔,这不是浑水公司吗?我知道是谁干的,松本未来,对,绝对是他。董一飞是松本的眼中钉、肉中刺,欲杀之而后快,这下全明白了。你刚说他现在就在M城?"

"对,孙总,此时此刻,这个信号正在M城赌场。"

"不去R国赌场,不去SG城,单单去M城?"孙志平感到有些奇怪。

"孙总,我这就查查这个人的出入境记录。"

515

"好，要快，另外准备几个弟兄，你和我，我们一起去趟M城。"

安排完任务，孙志平拿起电话，直拨郑伟。郑伟是博通欧洲和P国片区的老总。

"小郑你好，我是孙志平。你那里一切都好吧？"

"孙总好。还好，就是欧洲这些客户和P国关系越来越差，咱们成了和事佬，平衡关系，谁也得罪不起。"

"好，难为你了。我给你电话，是需要你这个海军司令的帮助了。"

郑伟笑了笑："您说，孙总，您才是三军总司令。不，听说我们会有天军了，那就是四军总司令了。"

孙志平也笑了笑："你立即调动一艘距离K国最近的军舰过来，要带上一架直升机，越快越好。集结地点在胶岛以东外海约35海里处，尽可能做到隐蔽。具体行动等我上军舰后详谈，一切保密。"

"弹药呢？齐装？"

"对，齐装满员。"

"好，我立即安排。"郑伟挂掉电话后就开始调动军舰，一刻不敢耽误。

十几分钟后，李琰又进来了："孙总，查清楚了，这个松本好赌，几乎每个月都去M城。R国赌场早就合法化了，但毕竟历史短。拉维拉加太远了，SG城也不近，只有M城最合适。另外，最为关键的一点，松本在M城还有一个家，据说有个情人，是华裔，还有一个儿子。"

"原来如此，松本一般会在M城逗留多久？"

"看了出入境记录，最长两周，最短也要三四天时间，今天是松本到M城第二天，估计还不会走，我们一直在监控。"

"好，我们现在就出发，都准备好了吧？"

"一切准备好了。"

"我也要去，带上我。"一旁的李秀琴有些着急。

"秀琴,你尽快赶回R国,解救一飞和明宇需要你的支持。明白吗?我会给你发暗语。"

"那好吧,我马上回去。"

孙志平单独去了趟凌霄军团总部,然后就立即搭乘K国航空公司航班,与李琰一行飞往M城。

到了M城国际机场,博通M城站站长接机,并送五人前往M城酒店。松本只去这家酒店附近的"百利宫"赌城,其他赌城从来不去。而松本的"家外家",就在M城最贵的豪宅卧龙山庄。这个豪宅区聚集着一众商界名流和影视明星,安保出了名地严格,24小时值守和巡逻,并安装无死角自动监控系统。

听完M城站站长介绍,李琰很感慨:"还没几个钱就开始嘚瑟,这个松本真败家。"

"他每天大概几点来赌场?"孙志平很关心松本的行踪。

"晚上10点到零点,两个小时,其他时间都在卧龙山庄不出来。每次出来带两个保镖和一个助理,形影不离。但卧龙山庄里的情况,我们只能通过卫星图来看,进不去,这一带也不允许使用无人机。我们拿到了资料,知道松本住哪一栋,以及周边住客的情况。"

站长递给孙志平一本详细资料,孙志平翻阅着资料,猛然看到上面一个人名,指着资料上的人名:"这个安红是当红女明星安红吗?"

"对,就是她。除了拍戏,这个女人每年大半时间都住在M城。"

"哦,好,今晚咱们就住她家吧。"

众人一脸惊讶,这可是国际一线当红明星,我们这位高深莫测的老总,难道和安红有一腿?

"她老公在家,我们这些大老爷们儿去家里不太合适吧?"李琰问。

"她没结婚,我先给她打个电话。"孙志平不想解释什么,这种事情越描越黑,还是顺其自然的好。

517

"哦,对,她至今没结婚,影迷也很奇怪。这事您也知道啊?"站长越来越佩服孙志平,自己费劲巴拉还找了半天资料,结果老板竟然认识。

孙志平懒得解释,走进另一房间打电话。过了10分钟,孙志平出来了:"好,今晚就住在安红家里。你们准备一下,半个小时后出发。"

"得嘞。"大家分头去做准备。

一辆轿车和一辆七座商务车准时在酒店门口等候,孙志平径直上了轿车,其他五人上了商务车,一起前往卧龙山庄。

两辆车距离不远,依次开进卧龙山庄,值守保安规规矩矩地敬礼。

两辆车直接开进私家车库,一众人下了车。这时,李琰等人才看清,轿车司机就是戴着太阳镜的大明星安红。她竟然给孙志平当司机,可见关系真不一般。

安红十分客气,摘掉眼镜,走过来和大家打招呼,一点儿明星架子都没有。大家都清楚那是看孙志平面子。但更难得的是,大家看到的是素颜的安红。安红没化妆,可依旧靓丽,看来不是所有明星都要化妆出门。安红就是自信满满的一类女人,少见。

安红家的院子正对着松本家。李琰带着几个人在院子里布置设备,准备监听松本。这里的别墅都是小楼,信号通透性不错。当侦听天线方向对准松本家的小阁楼后,就传来十分清晰的声音,听着像在开会。李琰负责录音、记录,旁边还有两个人,分别熟悉日语和英语,他们一起侦听,确保不漏掉一个字。

"老板,你看我们要不要去岛上看一看他们死了没有?"

"再等等吧,这两个人不是一般人,过个把月再说吧。心态放平稳,那个岛很荒凉,没吃的,可岛上很多动物要吃东西。这两个人能周旋一段时间吧,不然就不是老兵了。"

"那好,老板。"

"最近有什么异常情况吗?"松本很谨慎。

"隔壁住进来几个人,还不知道底细。"

"你说的是安红那个骚娘们儿?进来的是男人还是女人?"

"对,就是她。具体还不知道,需要了解一下。"

"好,我这就去了解一下。"

"要沉稳,别着急。小川先生,做事不要毛糙。"

"好。"这个叫小川的唯唯诺诺,松本霸气十足。

"木村先生,那个孙怎样了?我让你盯死他,我不想他还活着,董之后就是孙了。董的事情做得很漂亮,但孙才是心腹大患,必欲除之而后快。"

"老板,咱们安插的人一直在盯着孙,孙估计做梦也想不到。"

"那孙现在在哪里?"

"还在京城,已确认了。"

"一定要在孙出境的时候干掉他,你要盯紧他。"

"好。"

"老板,今天还去百利宫吗?如果要去的话,我来安排。"

"看看天意。"松本拿出一枚硬币抛向空中,双手快速一拍,把硬币夹在掌中,"你们看,运气还不错,走,赌一把去。"

"你们不吃夜宵了?"女人的声音,一定是松本的情人。

"赢了回来再吃。"

李琰知道他们要出发了,就安排人先赶到百利宫赌场守候和监视。孙志平要求先不要动松本,看看这个心狠手黑的家伙还有啥举动,只要监控住就好。

孙志平基本上搞清楚情况了,博通内部有浑水耳目,浑水下一个要对付的就是自己。董一飞和马明宇被困在一座R国海外荒岛上,生死未卜。

"李总,你帮我仔细分析一下那个别谷岛,最好能找到董一飞他俩所在的那个小岛,情报一定要准确。那里不是K国领土,擅自进入很危险,我们只有一次机会,不然会很麻烦。"

"好,我马上安排。"

"不，你亲自去做，今晚你和我回京城，让其他人盯住松本就行。"

决定后，孙志平上了阁楼去找安红。安红很自觉，不过问孙志平工作上的事，她知道孙志平很有原则，不会胡来，更不会伤害自己的朋友。孙志平做事情一定有他的道理，默默支持就行。安红太了解孙志平了。

安红是艺名，她的本名是张艳红，自幼就爱好音乐，喜欢弹钢琴、唱歌、跳舞。由于父亲是一名军人，官至战区装备部部长、少将军衔，安红从小就对军人有很深的感情。毕业后，战区部队文工团招人，安红终于实现了从军梦想，穿上了梦寐以求的军装，甭提有多神气、多潇洒。

那一年，孙志平正在霹雳军团代职，安红所在的文工团来部队慰问，作为主要领导的孙志平参与文工团的接待任务。孙志平第一次见到安红，眼前一亮，惊为天人。孙志平陪同文工团时有意无意打听着这位漂亮的女军人，总想套套近乎，联络一下感情。

可听说是部长千金后，孙志平就打了退堂鼓。门不当户不对，不想攀什么高枝了。想接近安红的念头不到半天就彻底消失了。原因很简单，身边有不少这样的人，很多都离婚了，与其说是过不下去，还不如说是忍受不了对方家境优越造成的心理反差。孙志平很务实，不想那些没谱儿的事，也就放弃了这种痴心妄想。

可往往事与愿违，就在当晚，慰问演出结束后，安红竟然主动打电话给孙志平。孙志平很是惊讶，是谁这么长舌头？一定是多嘴多舌的夏干事，自己曾向他打听过安红。

"您是孙参谋吗？我是张艳红。"

"哦，我是……我是孙志平。"原本不结巴的孙志平打了磕巴，太紧张了。

"听说你在四处打听我？是吗？想了解我点儿什么？你直接告诉我，我会告诉你真实的信息。"

"我，我……对不起……哦，对了，不是四处，是一处。"孙志平彻底不知道该说什么了,语无伦次。

"你还挺幽默。对了,军营外面有个茶馆,我在那里等你,一会儿见。"安红直接挂掉电话,根本不给孙志平考虑的时间。孙志平也挺纳闷儿:我怎么就幽默了,莫名其妙。

"哦,好吧。"对方电话早就挂了,孙志平才反应过来。

孙志平赶紧收拾利落,把皮鞋又狠狠地擦了擦,对着镜子打个立正,敬了个标准的军礼:"你不是孬种,见就见,谁怕谁,将军的女儿也是女儿。"

孙志平自我动员鼓舞一番,转身一路小跑,直奔"一品香"茶馆。

"孙参谋,干啥去?"打招呼的正是多事的夏干事。

"出去转转。"

"不对吧。出去转也不需要这么正式吧?老实交代。"夏干事不依不饶,似乎看穿了孙志平的心思。

"多管闲事,好好玩你的去吧。"孙志平脸红了,做贼心虚。

走了没多远,猛然听到夏干事吼了一嗓子:"祝你好运。"

孙志平头也不回,大步流星地走了:"多管闲事,咸吃萝卜淡操心。"

## 61. 国际影星

生命太短暂了，没时间恨一个人那么久，你说恨几天吧？

一进茶馆，孙志平环顾四周，没看到安红，就找了右手边靠窗户的位置坐了下来。看来美女迟到天经地义，还说要等自己，分明就是自己等美女才对。

可左等没人来，右等没人来。孙志平看看时间，过去了10分钟。军人天性，守时第一，不能马虎，但面对安红，孙志平没脾气，这毕竟不是打仗。孙志平有些坐立不安，不会是一场恶作剧吧？孙志平突然感到自己真蠢，还当真了。

就在孙志平懊恼不已时，旁边小包间的帘子挑了起来，从里面走出来一位高挑靓丽的美女，正是安红。她笑嘻嘻地走到孙志平面前说："你来了，来多久了？"

"刚来。"孙志平眼前一亮，有些紧张，女人比敌人难对付，此话不假。

"久等了吧？"

"没有久等，你久等。"孙志平更加语无伦次，失去应有的自信。

"来，进来吧。"

安红走进了包间，孙志平跟进来，一点儿军人样子都没了。两个人落座后，安红给孙志平倒了杯茶："你最爱喝的龙井。"

"你怎么知道我爱喝龙井?"孙志平很纳闷儿。

"只许你打听我,我就不能打听你吗?再说了,你那点儿事也没啥好打听的,一板一眼,是个人都知道。"

孙志平傻笑了一下:"也是,我是老实人。"

"老实人?不觉得。我觉得你是蔫坏,老实人不干老实事。说吧,干吗调查我?想知道啥?一手资料要问当事人,其他人怎么可能知道,都是道听途说,还会以讹传讹,丑化我。想问啥我会直接告诉你。孙大参谋长,不,错了,是孙大参谋。"安红故意说错的。

孙志平臊得脸发烫,说:"爱美之心,人皆有之吧。关关雎鸠,窈窕淑女,君子总可以欣赏吧?再说了,你们文工团的不就是让人看的吗?我也是个君子啊。"

"不懂《诗经》就不要瞎引用。你知道吗,《诗经》都是求爱的民间诗词,别用错地方,难道你想追求我?"

"不不不,我没那个意思。"孙志平急忙解释,但口齿已经不清了。

"不是?那你打听我干吗?逗我玩?"安红明显带着气,但感觉是故意的。

"交个朋友总该可以吧?"孙志平终于觍着脸说话了。

"哪一类朋友?纯洁的战友情,同志情?"

"哦,我就是想了解一下你,仅此而已。"

"磨磨叽叽,一点儿都不男人,和你说话真累。"安红看似有些不耐烦了。

"那好吧,你告诉我,你是哪里人?在哪里长大?有啥喜好?爱吃啥?爱玩啥?"孙志平一股脑儿把疑问不假思索地倒了出来。

安红扑哧笑了出来:"不结巴了,正常了。"

"嗯。"

"好,我一一向您老汇报,我是棉阳人,在秦安长大,到金陵当兵,爱好艺术,喜欢吃火锅,身高你看到了,体重比你轻,身材很标准,不然也不会到文工团。汇报完毕,孙参谋。还有啥要问的?"

523

"家境呢？"

"我妈在战区医院工作，我爸正如你所知道的那样，战区装备部部长，小小的少将，我家还有个哥哥，我是老二。你还想知道啥？"

"哦，没啥了，谢谢，我都知道了。"

"我可以反问你吗？孙参谋。"

"你问吧。"此时的孙志平莫名坦然了许多。

"那就说说你的家境和个人情况吧。"

"我母亲是一名营业员，父亲是军工厂保卫人员，还有两个哥哥，都是退役军人，在军工厂工作。我是高考考的军校，后来留校工作了。"

"这么简单？"

"嗯，就这么简单。"

"我能问你一个问题吗？"

"可以，知无不言，言无不尽。"

"你找我，是看中了我漂亮，还是看中我父亲手中的权力？还是兼而有之？"这个安红直白得不能再直白了。

孙志平瞬间脸色煞白，嘴角轻微抽搐了几下："我……我，我从来没想过这些问题。"

安红的质问让孙志平感到一种侮辱。孙志平也豁出去了："我并不了解你，我找人打听你，就是单纯地打听，当打听过后，我就啥想法都没有了。我知道所有找你的人都可能是兼而有之。贪图你的美貌，贪图你父亲的权力，这无可厚非，但这类人中不包括我，我啥也不图。我就是单纯地想认识一下，仅此而已。"

孙志平本来还想说，"我也不打算追求你，从没想过吃'天鹅肉'"，但话到嘴边还是咽了回去，毕竟这样说会很伤女人自尊，也会让自己沦为"癞蛤蟆"。

安红遗传老爸的精明，绝顶聪明，听出来孙志平的不满，但她骄傲惯了怎么可能轻易低头？

"那我们算是认识了吧？"

"认识了，你好。张女士。"

"你好，孙参谋。哦。对了，我要回去了，马上团里开会。"安红看了看表，示意快到点儿了。

"好，快回去吧，这里不用管了，别迟到。"孙志平很礼貌。

"好，谢谢。"安红头也不回地走出了包间。孙志平知道安红找借口离开了，女人相亲的惯用伎俩。

孙志平咂巴了几口龙井，有点儿苦，轻轻抽了自己一巴掌："你真蠢，得罪了安红，不应该。唉，爱谁谁吧，无所谓了，大不了转业离开部队。好男儿志在四方。"说这些硬话，孙志平一点儿也不理直气壮，外面的世界很精彩都是歌曲里唱的，还没有亲身经历过。

自讨没趣的孙志平买了单，离开了"一品香"。

在路上又碰到倒霉催的夏干事，垂头丧气的孙志平懒得理他，可刚想走就被夏干事拦住了。夏干事问："你和她说啥了？"

"和谁？"

"你还给我装？装个鸟啊，小张啊。"

"没说啥，就是正常聊聊天。"孙志平知道这家伙什么都知道了，纸里包不住火。

"你真厉害，佩服。我们的孙大参谋。"

"你有病吧，我怎么了？"孙志平丈二和尚——摸不着头脑，猜想夏干事可能是说自己得罪了部长千金。

"小张说你这个人很不错，值得交往。"

一句话让孙志平近似五雷轰顶："你说梦话呢吧？"

"真的，这件事我能骗你吗？我和你实话说了吧，我和小张从小一个大院长大，青梅竹马。她老爸和我老爸是战友。我之前还追求过她，她压根儿看不上我，还说和我太熟，下不去手，对我没感觉，还说我——"

"还说你啥？"孙志平来了八卦的兴趣。

"还说我不男人，不像爷们儿，娘娘腔，这不，我才决定到部队来锻炼锻炼。可她还是看不上我，觉得我不是她的白马王子，对我没感觉。那天你向我想打听小张的情况,是我把你打听她的事情告诉她了,她就对你很好奇。我给她讲了半天你的好话,不然她怎么能主动约你呢?我够意思吧。你得请客。"

全明白了,都是夏干事一手导演的戏。"请客?我和她不合适,请什么客?你们才门当户对,都是将门之后,我不行,一介平民,拉倒吧,人贵有自知之明。"说完,孙志平扭头就走。

"哎哎哎,别走啊,我说真的呢,小张可不会轻易夸人,我可没骗你。不信你走着瞧。"夏干事很不满孙志平的态度,"这都啥人啊,我这个媒人还不落好。把心爱的美女拱手推给别的男人,别的男人还不领情,这不是有病是什么?唉,谁让这个女人看不上自己,没法子。"

果不其然,第二天下午5点,安红又主动给孙志平打电话,约下班后一起吃火锅。孙志平也不好拒绝,下班后就早早来到附近的"山城火锅"。

思来想去,孙志平越来越觉得两个人太不合适了,尤其是性格反差太大,想着如何体面地婉拒安红。

"孙大参谋,对我的印象如何?还能接受吗?过得去吧。"安红开门见山。

"你说哪里话呢,太能接受了,太过得去了。"

"太过得去就是凑合的意思吧。"安红明显不满这些应付的言辞。

孙志平知道说错话了:"不是那意思,我是说你太优秀了。"

"我也说说我对你的观感吧。想听吗?"安红卖了个关子。

"嗯,想听,我洗耳恭听。"

"你这个人吧,还行,我个人到目前为止还比较满意。你知道我为什么还约你吗?"

"不知道。"

"你不趋炎附势,不打听我家庭情况,难得。我害怕男人不是爱我,是爱我爸爸手中的权力。我感觉你不是,所以觉得你还行。"

孙志平笑了笑："小张，你父亲是你父亲，我现在的直接上级；你是你，战区文工团的团员。两者八竿子打不着。我只希望靠自己能力去做事，凭能力去吃饭，其他歪门邪道，我不是不会，是不屑罢了。如果哪天在部队混不下去了，我会很自觉地离开，不会给部队添麻烦。"

"说得好，来，干一杯。这才是男人，纯爷们儿。"满满一杯啤酒，安红一饮而尽。果然豪爽，是性情中人。

"你觉得咱俩有可能继续吗？"面对孙志平这个不太说话的"棒槌"，安红只能大胆表白了，心里想："这究竟是谁追谁啊？"

孙志平犹豫了半天，希望组织一套无懈可击的言语来婉拒安红，却脱口一句："夏小辉不是挺好吗？"

一句话可把安红惹毛了："刚说你男人，你就开始不男人了，有这么说话的吗？你这是人话吗？我说咱俩，你提姓夏的，你眼瞎啊。"气鼓鼓的安红不依不饶。

"我不是那个意思。"

"那你啥意思？我说咱俩，你提夏小辉干吗？你有病吧。他都和你说什么了？"

"他没说啥，真的。"孙志平知道惹祸了，眼前这位姑奶奶一定会找夏小辉兴师问罪，这个女人真不好惹。

就这样，这顿火锅吃得红红火火，气氛比较火爆，脸色很红。之后，安红又约了孙志平四五次，可每次结果都一样，不欢而散。本就没耐心的安红终于失去了耐心，两个人彻底不谈了。

孙志平不是不懂安红好，正是因为安红太完美了，连家境都如此完美，孙志平只能望而却步。如果安红没那么好，自己一定会死皮赖脸追求安红，但强烈的自卑和自负让孙志平选择忍痛割爱，这是宿命。

三年后，孙志平在霹雳军团学院任职，安红专程跑到学院见了孙志平一面。原来战区文工团大裁员，安红决定离开部队，想到学院来看看这个曾经拒绝过自己的男人。

527

这次相聚，两个人百感交集，安红此时才知道孙志平的真实想法。如果不是家境，孙志平一定会追求自己，正是父亲手中的权力让孙志平彻底放弃。安红不太理解这些，孙志平告诉安红，自己最在乎的就是外人的眼神和男人的尊严，一切都希望靠自己，不想走所谓的捷径。靠自己奋斗，此生才能无悔。

此时此刻，安红理解眼前的男人，但孙志平拒绝自己这口恶气始终咽不下去。安红告诉孙志平，她本来可以不离开部队，但她要去演艺圈发展，有投资人看中了自己。

安红这个艺名就是这次见面时，孙志平给张艳红起的。

"安红"本意就是离开部队后，万事要"安"全第一，顺其自然就必定能"红"，这个名字寄托了孙志平的嘱托和希望。

这一夜，二人喝了很多白酒，有些神志不清了。安红希望孙志平能留下来陪自己过夜，就一夜，可没有情趣的孙志平还是放开安红的手走了，临走时只是轻轻吻了一下安红的脸颊。孙志平坚持酒后不能乱性。

安红离开部队后几年就拍了很多大火的电影，《另类文明》《半人马》《小行星》《逃出噩梦岛》等10余部，很快就红了，成为家喻户晓的国际大明星。

大红大紫的安红追求者甚众，很快也结婚了，丈夫是一位年轻巨富。但念旧的她很快离婚了。安红生了一个女孩，和安红一起在M城过着恬静富足的生活，从此与孙志平就再没有联系了，直到这次孙志平贸然带人来访。

孙志平和李琰连夜赶回京城。路上，孙志平给李琰安排了两件事：一是尽快查出博通的内鬼；二是尽快掌握别谷岛的全部地理信息，越快越好。

孙志平又致电郑伟，问舰艇到哪里了。此时，在梵竺洋执行护航任务的一艘轻型护卫舰接到命令，正进入K国南海海域。

这艘军舰上悬挂K国国旗和博通的七彩旗。"七彩"代表七大洲。博通虽然不属于K国军队序列，但要求所属军舰必须严格遵守国际法，不得擅自进入任何国家的领海，包括K国。如果需要靠港补给，必须提前与沿岸国确认。

按照任务需求，这艘名为"龙岭"号的轻型护卫舰配备满装武器。在舰首甲板区域部署有一座76毫米自动速射主炮，一座六联装近程防空导弹，两座八联装垂直发射系统，配备16枚中程防空导弹；在舰尾甲板区域部署有两座八联装垂直发射系统，配备16枚反舰导弹或混装巡航导弹。同时，停机坪搭载一架中型直升机，但没有固定机库，长途跋涉必须把直升机捆扎好。

"龙岭"号轻型护卫舰配属的就是久经考验的"小松鼠"轻型直升机。但由于巡航导弹射程太大，过于政治敏感，P国在弹药销售时仅配备给军舰射程200千米的反舰导弹。

武器配备为什么要如此精良满载，孙志平没明说，但郑伟此刻很清楚，"龙岭"号面对的是强大的R国海空军。不断强军备战是R国的既定国策，近些年来，比照A国军队体制打造的R国军队实力迅猛提升。

随舰一起来的郑伟一路催促，"龙岭"号护卫舰一分钟也不敢耽误，从南海海域到目标海域共耗时三天，并提前一天密文告知孙志平。

随舰一起来的"小松鼠"直升机前往胶岛机场，把孙志平和李琰接到"龙岭"号护卫舰上。别看孙志平是博通大老板，这可是孙志平第一次登上博通自家军舰，倍感亲切，也倍儿有面子。哪个大老板能和自己比？就算那些不可一世的科技企业大佬也达不到这个程度。想到这里，孙志平顿时有股冲天豪气油然而生。

郑伟本想安排一场小型阅兵式，被孙志平叫停。时间紧迫，无关事项尽量精减。

"郑伟，你看看这个。"孙志平拿出一张密封海图给郑伟。郑伟打开看了看，说："好，明白，全速赶往B区。"

"注意隐身，无线电缄默。"

"明白。"

郑伟走进了驾驶舱,把命令传达给舰长张海波。旋即,"龙岭"号走宫谷海峡向别谷岛海域挺进。

按照P国船厂设计,该型护卫舰具备很强的外形和红外隐身能力,如果从岸基或海基雷达照射,这艘轻型护卫舰在雷达反射截面上只有一条小渔船那么大。

"龙岭"号护卫舰一路上还算顺畅,只遇到一架A军的巡逻机在舰船附近转悠拍照,巡逻机很快就飞走了。

## 62. 营救

只有鸡同鸭讲成为现实，世界上的人才能彼此被理解。

这艘军舰上的人都很清楚，既然A军巡逻机发现了"龙岭"号，按照A国与R国的情报共享机制，R国军队必然知道这艘军舰的存在。A国和R国唯一不知道的是这条军舰将驶往何方，只能持续用天基系统跟踪目标动态。

在舰上作战指挥会议室里，孙志平召集郑伟、李琰、张海波舰长、宋飞峰副舰长等核心人物协商下一步的行动方案。孙志平先把这次任务向大家做了详细通报，主要任务就是营救董一飞和马明宇。

直到这一刻，包括郑伟在内的舰上核心人员才知道本次行动的任务。孙志平担心博通内部的"内鬼"，不得不保守秘密到最后一刻。一旦泄密，R国军队有了准备，必然会功亏一篑。博通要以小博大，打时间差，这是唯一选择。

最后研究决定，由孙志平和李琰驾驶直升机前往指定无人岛搜寻董一飞、马明宇，郑伟在舰上随时接应，必要时阻拦R国军队和海上保安厅的骚扰。

"小郑，切记，不要进入十二海里领海，不要给R国人口实。"孙志平再三叮嘱遵守国际法，避免博通处于被动。

"放心吧，我会用多种导航手段确保军舰方位。"

"小李，你谈谈无人岛的情况。"

531

李琰对着全景虚拟海图，介绍道："我们多方掌握的情报显示，董一飞二人在别谷岛以东约100千米的无人小岛的可能性最大。别谷岛主岛本身是旅游胜地，上面有大量岛民，附近几千米虽有无人岛礁，但如果把董一飞二人放在这里，凭他们的本事早就逃了出来。除非是他们被安置的岛礁远离主岛。这里有三座比较大的无人岛屿，也是第二次世界大战的古战场，A军和R军在这里逐岛争夺，伤亡十分惨重，但目前尚无法确定究竟是哪座岛，还需要我和孙总登岛确认。其中一座岛礁上有座火山，终年烟雾缭绕，实在看不清真实面目。另外两个岛相对平坦，但也丛林密布，有野生动物出没。"

"小李，如果换了你，你会把犯人放在哪个岛上？"

"孙总，我仔细看了这三座岛的多维地理信息图，带火山的小岛地形比较险要，山高林茂，暗藏杀机和凶险。更为重要的是，这座小岛四面完全被深不可测的海沟包围，这是典型的火山喷发构造的火山岛，另外两座岛礁与别谷岛之间有大陆架相连，而这个火山岛不是，严格意义上讲，这个火山岛不属于别谷岛，也不属于R国。"

"小李，你说得很明确了，我们就把第一坐标定位在这座火山岛。"

孙志平用手指点了点数字地图上的这个小标志。很快，小红点持续放大，全景地形地貌直接映入眼帘。但空间分辨率很有限，时间分辨率也很低，如果博通有了卫星系统就不会有这个问题了。孙志平不得不服祁奕雄的战略和前瞻眼光，决心一定要建设博通的卫星系统。

孙志平眼睛紧紧盯着这个被云雾遮蔽的火山口，时隐时现，四周灌木丛郁郁葱葱。孙志平很想看到人工痕迹，哪怕就一点点，也说明两位战友还有生的希望。但遗憾的是，一点点痕迹都没有，孙志平不知道他们是否还活着。

"小李，我们的卫星数据是哪天的？"

"目前显示的卫星图是今天的，6小时前获取的，但空间分辨率不高，毕竟是商业标准。"

"等马明宇回来，你和他协商一下建立博通卫星系统的事，我们要尽快拥有自己的卫星系统，力争把空间分辨率和时间分辨率做到极致。明白吗？我和马明宇提过这个项目。"孙志平不相信马明宇死了，继续安排下一步工作。

一旁的郑伟提醒孙志平："孙总，军舰距离火山岛还有30海里，即将进入毗邻区。您看下一步工作怎么进行？"

"好，不进入毗邻区，在26海里处抛锚，直升机准备。另外，给我带两套单兵装备，两架无人机，固定翼和旋翼各一架。使用C套加密手段应急联络。'小松鼠'挂载四枚多用途导弹。就这么多，准备吧。"

"孙总，你去太危险了，我去吧。"郑伟不放心。

"不争了，你去我也不放心，没事。你在军舰做好保障工作就足够了，有什么突发事情，按照我们协商好的应急预案，做好应急处置。"

"好，孙总，这边您放心。咱们军舰上的舰员都是海军部队退役的，很多人都经历了东岛战役和南海战役的双重磨炼和考验，张海波舰长之前就是'隆兴'舰副舰长，宋飞峰副舰长是'诗城'舰舰长，实战经验丰富。放心吧。"

"听说你们定期举行演习？"

"对，对抗性演练，主要针对护航反恐、防空科目。演习海域主要在梵竺洋、波罗海和瀚海等海域，也就是咱们的护航区。兵要常练，不能懈怠。张舰长训练很有一套。老张，你有啥心得，也给孙总说说。"

张舰长带兵一流，但说话很腼腆："孙总，您放心，我会把博通海军带好，不让您失望。"

孙志平笑了笑，握了握张舰长的手："你是海军司令最佳人选，我们期待和展望一下，博通将组建更强大的海上力量。宋副舰长，你和老张一起努力吧。"

"您放心，孙总，我很佩服您的魄力。对了，您要的装备都准备好了。"宋副舰长插了一句。

533

"好，我们现在出发，宜早不宜迟。"孙志平带着李琰走向舰尾停机坪，二人检查了单兵装备和无人机，又仔细绕着直升机看了看外观。孙志平拍了拍挂载的导弹弹体，摘掉前端保护罩，然后登上直升机。二人迅速戴上头盔。

孙志平对郑伟竖起大拇指，四名维护人员迅速解开捆扎线缆，孙志平启动了直升机。由于海风很大，六级海况，必须尽快起飞才能避免天气和海浪摇摆带来的双重威胁。很快，巨大的轰鸣声传来，孙志平和李琰对舰上人员敬个军礼，然后操控直升机顺着军舰行进方向从侧前方快速飞了过去。"龙岭"号护卫舰也就近抛锚，同时做好全面警戒工作。

六级海况浪高6米，这对驾驶直升机是极大的考验。孙志平不敢把直升机拉高，越高越安全，但更容易被R国和A国的军用雷达侦测到，只能掠海飞行。孙志平飞行高度控制在10~15米，如此高度，稍有不慎就会坠海。孙志平紧紧把住操作杆，丝毫不敢马虎，李琰在旁边辅助导航，并时不时提醒孙志平。二三十海里对直升机来讲只有十几分钟行程。很快，火山岛就呈现在二人面前，一片稍微平坦的滩头成为孙志平要降落的着陆场。

滩头沙土飞扬，噼里啪啦地拍打着直升机机体，"小松鼠"缓缓降落在火山岛。孙志平停稳直升机，李琰则警惕地环顾四周，看看有什么异常情况。当确定没问题后，二人打开舱门，小心翼翼走下直升机。

为安全起见，两个人各自放飞一架无人机，来个全岛全景扫描，但岛上的荆棘林实在太茂密，只能看到一些大的活物，如野猪之类，没什么其他的发现。看来两人只能踏着累累白骨走进这片原始森林了。

现在是大白天，阴森的荆棘林不时传来沙沙响声，背后则是巨浪拍击滩头的轰鸣巨响。二人背靠背，手持突击步枪环顾四周，小心翼翼往前挪着碎步。

忽然，荆棘丛林中响起一声震天巨吼，然后就是十分沉重的脚步声,越来越近。

"不好,小心!"二人枪口直指丛林,随时准备着不知名的怪兽冲出来。

刹那间,三头巨大、黑乎乎的动物从荆棘丛冲了出来,嗷嗷咆哮着,极为凶猛,其中两头猛兽足足有三米来高。

孙志平端起枪来正想射击,但被对方一声"孙大哥"叫蒙了。

定睛一看,孙志平发现其中一头熊脖子上骑着一人,不是别人,正是董一飞。

不可思议,真成了"熊人",人与熊的完美组合。

董一飞拍拍这头熊的肩头,巨熊趴了下来,另外一大一小两头熊也都安静下来,董一飞从熊背上跳了下来,直奔孙志平和李琰二人。

"大哥、李兄,可算把你们盼来了。"

孙志平再仔细一看眼前的董一飞,既开心又难过,开心的是董一飞没死,福大命大,难过的是好兄弟已经是野人一般,衣衫褴褛,没个人样,头上还戴着一顶荆棘编织的遮阳帽。才一个月咋就成这个样子?

董一飞飞奔过来,紧紧抓住孙志平的双手:"大哥,我还活着,马明宇也没事,我们都没事,我就知道你们会来救我们。"感觉他不像是落难,倒像是来体验荒岛求生的野营活动。

孙志平激动得说不出话来:"活着就好,活着就好,好。"

"我们没事,你都看到了。"

"明宇呢?"孙志平很惦记马明宇的安危。

"他在火山口里,正潇洒呢。"董一飞很得意的样子。

"那这熊是咋回事?你占山为王了?"孙志平还是很好奇。

"说来话长,以后给你说吧。我先带你们去看一样东西。"董一飞想让孙志平去看看神秘洞穴的新发现。

"大哥,我听到直升机的声音,以为是松本他们来给我们收尸,可没想到是你们,太意外了,没想到你们来得这么早。这个松本,我不会放过他。"

535

董一飞的朋友就是熊的朋友，三头大熊紧紧跟着董一飞三人一路飞奔上山。原本的荆棘丛在三头大熊和董一飞的连番踩踏下，早已变成了一条路。世上本无路，人和熊走多了也就成了一条人走的路。孙志平慢慢下到火山口谷底洞穴，终于见到了马明宇。这家伙还在苦苦研修这些壁画上的文明密码，没心思和孙志平、李琰打招呼。

马明宇问道："孙总，你带相机了吗？快给我，快。"

孙志平被洞穴壁画震惊了，与天坑惊人地相似。他赶紧把摄录设备递给马明宇。该拍啥、照啥，早在马明宇脑袋里了，马明宇一路拍下去，几个人一路跟着、看着，惊叹不已。

"孙总，我和明宇在这里都有了更深的感悟，希望能把这些资料尽快带回国去，很有帮助。马明宇简直就是天才，相信一定大有收获。"董一飞掩饰不住内心的兴奋，真把这次遇险当作探险和科考了，两个人的心态太强大了。

终于，马明宇心满意足地完成了资料收集工作："咱们快走吧，赶紧离开这里。"

董一飞说："大哥，我们俩有个想法，咱们边走边说。"

"好，先出去再说。"孙志平担心夜长梦多，毕竟军舰和直升机隐藏不了太久，R国很快就会知道领土被"侵犯"。

"我安排熊一家三口守护这座火山岛，保守机密，一般人不敢登陆这个岛。这岛上的累累白骨就是最佳的安全保证。这三头熊就是火山岛的守护神，太难得了。尽管我很舍不得它们。另外，R国允许岛屿私有化，这个岛礁看来还没有被开发，属于无人状态，博通可通过购买或租赁的方式把这个岛控制在自己手里，明里可做训练基地，暗里可保护好火山口秘密。您看呢？这是很有价值的小岛。"

"好，我完全同意，可熊这一家三口能同意你的想法吗？"

董一飞笑了笑，随即一声长啸。三头熊飞奔过来，董一飞指指火山口，又摆了摆手，三头熊听懂了，但也感觉到董一飞可能要走了，一副依依不舍的样子。

四个人赶紧往滩头飞奔，三头熊紧追不舍。到直升机旁，董一飞和马明宇恋恋不舍地走过去，爱抚和亲吻着三头朝夕相处的熊，随即登上直升机。

直升机启动了，三头熊惊天动地吼叫着，四肢拍打着沙滩，砸出来一个个深坑，借此表达强烈的思念和不舍。直升机飞远了，熊依旧望着天，不断哀嚎着，渴望重逢。

"小松鼠"刚飞出去十来海里，孙志平就看到远处一架军用飞机迅速靠近，定睛一看，是R国海军3B型隐身双座双发舰载战斗机，这说明排水量八万吨的R国"翔风"号航母就在附近海域，估计随之而来的还有排水量超万吨的"夜魔"级驱逐舰及攻击型核潜艇等。

"你已进入R国领空，我奉命驱逐你，请尽快离开R国领空。"R国战机警告着"小松鼠"。"小松鼠"缄默不语，按照既定航向飞行。

刚警告完毕，R国3B型战斗机立即发射一枚红外格斗导弹直奔"小松鼠"。孙志平此时想到战友梁栋的惨死，一股无名火就涌上来。"小松鼠"来了个大回转，发射两枚干扰弹化解了红外导弹的突袭，同时锁定这架R国战机。孙志平按下导弹发射按钮，一枚多用途导弹嗖地飞了出去，这架R国战机飞行员做梦也没想到"小松鼠"会反抗，一点儿心理准备都没有就被击落，掉进了深不可测的大海沟。两名飞行员来不及跳伞，一同坠入大海中。

孙志平知道闯大祸了，立即让李琰密电郑伟做好战斗准备。

10分钟后，"小松鼠"稳稳地降落在"龙岭"号护卫舰上。"龙岭"号立即起锚向西南方向疾驶。最新情报显示，R国海军航母编队就在"龙岭"号以北130千米处，R国战机只需要10分钟就能飞抵"龙岭"号海域。孙志平命令以最大航速南下，但一切都太晚了。孙志平要应付的不仅有R国航母编队追兵，前方还有留丽群岛基地和小内元群岛上的海军岸防部队。

经过现代化改装的"龙岭"号具备隐身探测能力，几分钟后，就发现R国空军六架35A型战斗机从前方飞速驰援，同时侦测到六枚反舰导弹鱼贯而出，直逼"龙岭"号护卫舰。

"龙岭"号只有1300多吨的排水量，只要被一枚导弹击中就会彻底报销，只能拼死一搏。现在面对的不是恐怖分子和海盗，是R国军队，但曾是"隆兴"号副舰长的张海波舰长毫无惧色，有条不紊地指挥全舰沉着应对。

张海波不想消耗有限的弹药。瞬间，几枚干扰弹腾空而起，"龙岭"号急速拉个大转弯，六枚导弹擦肩而过，纷纷坠海自爆，震得"龙岭"号大幅度左右摇摆；与此同时，六枚中程防空导弹陆续出筒，迎头拦击这六架35A型战斗机。可能又是轻敌，五架战机毫无躲闪，全部被击落，只有一架侥幸逃脱。

"注意左舷，有10枚导弹来袭。"宋飞峰报告最新敌情动态。

"干扰弹密集发射。""快速蛇形机动。""火力侦测岸基导弹阵地。""远程火力打击单元准备，四枚加电。""岸基导弹阵地侦测完毕。已装订方位数据。""拦截发射。""攻击发射。"

随着张海波连续下达命令，密集干扰弹和六枚近程防空导弹纷纷发射，全数拦截和干扰了10枚来袭导弹。同时，四枚反舰导弹快速腾空而起，直奔小内元群岛上的岸基导弹阵地。既然能打移动目标，那打固定目标更是信手拈来。过于自信的R国海军岸基导弹阵地压根儿没想过要机动，就被突然打过来的四枚导弹尽数摧毁，满地残骸。

"R国航母编队距离我舰60海里。"

"已侦测到10架3B型战机陆续升空。"宋飞峰不断通报战情。

张海波毫无惧色，道："准备迎战。"

## 63. 混合冲突

最困难的时候，其实是最接近成功的时候。

一艘排水量只有1300吨的护卫舰即将面对R国海军强大的航母特混编队，实力悬殊可想而知，想以小博大完全不可能。可这些K国退役军人毫不畏惧，大不了以死相搏，同归于尽。可现在毕竟不是甲午海战年间，想同归于尽，连近身都做不到，想跑也跑不过飞机。张海波一边指挥"龙岭"号急速向西南方向驶去，一边准备反击空中的巨大威胁，弹药已很有限了。

几分钟后，10架3B型战机即将接近"龙岭"号护卫舰。由于有了"前机之鉴"，这些战机不敢贸然靠近，在视距外开始发动第一波攻击。每架战机同时发射两枚空舰导弹，快速射向"龙岭"号护卫舰。R国航母第一编队司令长官吉野一雄打算用一轮饱和攻击把这艘不明国籍的军舰彻底炸碎并送入海底。刹那间，20枚超音速反舰导弹携风带电冲向"龙岭"号。

此时，"龙岭"号只剩下10枚中程防空导弹及重新装填的6枚近程防空导弹可用，要对付20枚反舰导弹和10架战机，显得力不从心。此时的张海波只能拼死一搏。

"中程导弹10枚，加电，目标：战机。发射！""6枚近程导弹，加电，目标：来袭导弹。发射！""干扰弹，全方位密集发射！""远程火力打击单元准备，6枚加电，目标：翔风。发

539

射！""大幅度蛇形机动。""启动红外抑制系统。""启动雷达抑制系统。"

张海波一口气下达连串口令，希望能躲过一劫。"孙总，如果军舰中弹，你一定要驾驶直升机快速离开，博通不能没有你，留住一线生机，博通就还有希望。"张海波命令道。

"不行，我们共存亡。"孙志平坚决不同意当逃兵。

"这不是意气用事的时候，我是舰长，必须听我的。舰在人在，这是舰长天职。"

其他人也上来劝孙志平尽快离开，留得青山在，不怕没柴烧。

"来袭导弹被尽数拦截。""10架敌机被击毁7架，剩余逃窜。""6枚导弹未命中目标，全被拦截。""舱尾因导弹近炸撕裂破损、进水，已启动损管。"宋飞峰及时通报实时战况。

"中程导弹告罄，远程打击火力6枚，近程导弹6枚……"宋飞峰点验着火力单元数量，"肩扛导弹还有20具发射器，备弹40枚。"

"好，配发肩扛导弹，两人一组。"

战斗没有结束，"龙岭"号依然坚挺。面对一群K国老兵，R国军队损失惨重。张海波和宋飞峰有条不紊地部署下一步防御工作，深知仅靠远程火力打击根本就无法突破航母防御圈。

第二轮导弹攻击到了，是几艘R国海军新"夜魔"战舰发射的20枚超音速反舰导弹，又是饱和攻击模式。

6枚近程防空导弹尽数发射，拦截了6枚导弹。20枚肩扛导弹发射，但仅仅拦截了11枚导弹，还剩3枚漏网之鱼。除两枚被干扰弹干扰后落海，还有1枚冲破重重拦截。导弹的飞行轨迹偏高，直接穿透了停机坪上的"小松鼠"。直升机彻底开膛破腹，撞落入海并爆炸。位于甲板尾部的十几名舰员死伤一片，损失惨重。

损管系统人员和随舰卫生员立即投入扑火、堵漏和人员抢救工作。

孙志平等人无不黯然神伤，指挥妥善处理，并继续组织应对新一轮的导弹攻击。看来"龙岭"号今天凶多吉少。

宋飞峰再次点验装备，只剩下20枚肩扛导弹和一炮未发的76毫米主炮及配属的百十发制导炮弹。用舰炮反导不是不可以，但效率不高，危险系数大。舰上所有人都有一种不祥的预感，唯一可撤退的直升机已被击毁，只能与"龙岭"号共存亡了。

但很奇怪，R国新一轮导弹攻击没有开始，R国战机也没有再次攻击。"孙总，情报显示R国航母编队快速撤退了。"宋飞峰很是兴奋。

"撤退？情报有误？"孙志平很惊愕。

"已确认。"张海波进一步强调情报的真实性。

原来一场孙志平所不知道的外交和军事博弈同步打响了。

由于博通执行的是国家任务，一举一动被K国凌霄军团严格监控和掌控。当孙志平向祁奕雄汇报并决心派遣战舰去R国近海时，祁奕雄就请示了首长，提出做好协助安保工作的建议。为配合此次博通的安保行动，首长同意凌霄军团、霹雳军团、空军部队、海军部队协同掩护好博通的营救行动。但特别强调，如果有必要施以援手，也只能在R国毗邻区24海里以外采取军事行动，具体行动计划由祁奕雄会同其他军兵种自行决定，要求确保K国海外人员绝对安全，决不吃亏，这是原则和底线。

得到首长的全面授权，祁奕雄如鱼得水。R国试验撞击小行星违反国际法，一旦昭示天下必然引起国际社会的极大公愤，此时就算揍了R国，A国这个盟友也只能干瞪眼。谁让R国理亏，活该倒霉。

就在R国航母全力堵截"龙岭"号时，K国和R国的军事热线电话打通了，K国国防部要求停止对K国船只的骚扰行动，不然K国军方会立即做出必要反应。但此时吃了大亏的R军根本听不进去，断然拒绝了K国的严厉警告。

"看来R国在东岛战役惨败的记忆消失了，皮又松了，该给他们紧紧了。"祁奕雄拿起来电话，说道，"接霹雳军团高聿新参谋长。"

高聿新就是之前三十八基地的参谋长，是祁奕雄的学生，如今已

541

调任霹雳军团参谋长。

"高参谋长吗？我是祁奕雄。"

"老首长好。"

"我命令你部，针对R国航母编队实施一次全面软攻击、一次硬打击，硬打击务必在距离航母舰首200米处准确命中海域目标。听懂了吗？"

"明白，老首长，放心吧。"

祁奕雄又接通海军参谋长电话。

"吴参谋长吗？我是祁奕雄。"

"你好，祁参谋长。"

"立即启动代号V作战预案。"

"明白。"

祁奕雄第三个接通的是空军参谋长电话。

"老周，我是祁奕雄，立即启动V作战计划，等你好消息。"

"好的，老祁，瞧好吧。"

职业军人闻战则喜，听说要打仗，手都痒痒，摩拳擦掌，这是军人本色。

代号V作战计划就是"威慑加实战"双重计划，空军派出一架大型4000型预警机协同20架20C型重型隐身战斗机进入宫谷海峡，海军派出"东岛"号核动力航母战斗群，配属四艘55B型万吨大驱、四艘17型核动力攻击型潜艇，快速赶往小内元群岛附近海域。

就在R国"翔风"号航母编队准备加大力度攻击"龙岭"号护卫舰时，在航母舰首200米处，一枚反航母导弹似流星一样冲入大海，激起滔天巨浪，8万吨的航母巨舰前后剧烈震荡。这还仅仅是开始，刹那间，航母编队头顶约10千米高空一片亮光，如同闪电。咔嚓一声巨响，航母和其他战舰一片静寂，全部通信指挥系统中断，只剩动力系统工作。

吉野一雄这下傻了，知道这是K国的强力电磁脉冲弹。K国军队手下留情了，不然"翔风"不可能还在移动，早被击沉了。如果此时再去挑战"龙岭"号护卫舰,就连这艘小舰都能轻易对付"翔风"了。

没有通信系统,吉野一雄命令打出旗语和灯光信号,"尽速撤退"。

"龙岭"号护卫舰安全了。就在孙志平等人还在纳闷儿时,便携式"北极"系统收到提示短信:"安全了,返航,祝顺利。"

孙志平一看就全明白了,是祁奕雄在帮助博通,但怎么帮的,他一无所知。

归途中,孙志平看到黑压压一群战机飞过来,心中一惊,仔细看,熟悉的K国军徽时隐时现。同时,悬挂着K国国旗和军旗的"东岛"号航母战斗群渐渐映入眼帘。

很快,"龙岭"号护卫舰就与航母战斗群会合。航母战斗群把这艘刚刚经历战斗洗礼的战舰裹在中间,天上的战机也放慢速度,一起驶过宫谷海峡。

A军巡逻机和R军巡逻机一直在远处盘旋、尾随,但不敢再抵近舰队分毫,明显感到被火控雷达照射时的恐惧。

孙志平带着剩余舰员列队两舷,一起向祖国战舰、战机齐齐敬礼:"感谢祖国的强大,有你,博通才更有底气!"

翌日,R国外务省和防卫省先后向K国发出照会,严厉谴责K国军队侵犯R国主权,并对R国军队造成巨大伤害。

同日,K国外交部和国防部发表联合声明,强调五点:

一、R国悍然进行小行星撞击月球试验,公然违反国际法,必须严厉谴责,谴责声明将提交联合国安理会审议。

二、R国政府公然对K国在R国旅游的公民实施非法扣押,严重侵犯K国公民的人权和人身安全,违反国际法准则。

三、R国军队在公海对K国安保公司船只实施军事打击,严重侵犯K国公民海外利益,威胁K国公民生命财产安全,目前已造成K国公民八死六伤,后果极其严重。K国要求对K国公民生命财产损失予以赔偿,并已将该议案提交给联合国安理会。

四、K国军队为保护K国公民的合法权益，针对R国军队的军事挑衅行为，采取了必要但极为克制的军事应对手段，此举完全符合国际法准则，所造成的实际后果，R国方面要承担全部责任。

五、K国军队保持高度警惕，希望R国要引以为戒，以大局为重，切实维护两国友好关系，切勿再做有损K国利益和全人类福祉的任何非法行径，以实际行动来维护和改善两国关系重回正常轨道。

联合国安理会针对K国代表议案进行表决，结果14票赞同，1票反对，严厉谴责R国在月球实施小行星撞击试验，反对票是R国投的。同时，对R国提议的"K国侵犯R国主权谴责案"不予表决。

R国在这一轮国际较量中彻底失败后，R国政府在军方的强烈要求下，开始秘密研制核武器，要求100天内完成核武器研制工作，并秘密进行一次核武器验证试验。

早在孙志平赶往M城之前，祁奕雄就授意孙志平主动联系戴维斯，把R国试验小行星及情报总局特工被杀的事情全数告诉戴维斯。一方面算是博通履行与情报总局的安保情报交换合作的义务，另一方面是要离间R国和A国的关系，一石二鸟。

在K国国内，按照首长要求，秘密专项成立了"新文明探索及合作领导委员会"，多位首长出任主席、副主席，凌霄军团参谋长祁奕雄被任命为秘书长，郝利新被任命为副秘书长，全权领导委员会工作，委员会下设新文明探索办公室。

按照祁奕雄的工作安排，原"深蓝矩阵"密码破译小组归属新成立的"新文明探索及合作领导委员会"，相关人员同步归属新建制单位。

祁奕雄任命马明宇为新文明探索办公室副主任，主任人选暂缺，董一飞、李琰、孙志平为核心成员。同时，从国家安全部门、霹雳军团、网络部队、华兴公司、航天公司、国家天文馆等单位抽调精兵强将充实专项委员会。

在A国，A国总统蕾拉连夜召开国家安全会议，紧急协商最新的国际局势。

蕾拉总统严厉批评情报总局局长鲁尼，R国行动失败，既损害情报总局声誉，同时又损害A国和R国的盟友关系。

同时，蕾拉对R国这个盟友秘密搞小行星试验，并企图瞒天过海、嫁祸给A国的行为感到震惊，她一定要就此向R国领导人提出严正交涉。

针对"天坑"项目进展，鲁尼告诉蕾拉，从董一飞那里得到的信息支离破碎，无法形成有用的研究成果。但也不是什么好消息都没有。A国太空军的新型空天母舰、太空陨石等装备都已投入实战部署；A国小行星撞击计划虽没完成全部试验，但基本验证了技术和工程可行性。

鲁尼还告诉蕾拉："经与'小精灵'友好沟通，证实了'小精灵'与天坑无关，但与暗黑世界有关联。如今，K国的天坑项目进展迅速，正式成立国家级的专项研究和领导机构，这说明K国已掌握大量数据。其中的关键人物有三个——孙志平、董一飞、马明宇。"

"又是孙志平、董一飞，他们已成我们心腹大患。但我记得是孙志平告诉了戴维斯关于小行星和我们特工被杀的情报。"

"是，您的意思是？"鲁尼心中不满，自己本想揽功，所以汇报里并没提及孙志平给戴维斯打电话。那就很明显了，戴维斯擅自向蕾拉汇报了相关情况。

"我没什么意思，你们自己看着办。"

"好，总统女士。"

紧接着，A国国防部部长史蒂芬、国安会助理汤姆森、外交部部长托雷斯、参联会主席乔治也分别把K国、P国和A军部署及备战情况做了详细汇报。

听完全部汇报，雷厉风行的蕾拉当场做出了几个决定。

一是免去鲁尼情报总局局长职务，由戴维斯即刻接任代理情报总局局长，正式任命须提交参议院审议。这一意外人事变动让鲁尼愤愤不平，开始对戴维斯这个学生心生怨恨。

二是鉴于托雷斯在外交领域导致A国处处被动，毫无建树，决定免去托雷斯的外交部长职务，提名情报总局的贝里为代理外交部长，正式任命也须提交参议院审议。

三是加大对R国的侦察。对朋友也要多关照，不能对其行为一无所知。

四是要求国防部继续强化对K国和P国一切军事行动的监控，务必做到全面掌控这两个国家的情报信息，同时强化战争准备，要立足打大仗。（在史蒂芬和汤姆森鼓噪下，蕾拉也开始坚定地认为，阻止K国发展并强大，只有战争这唯一的手段，别无他选）

五是要求情报总局与浑水公司加大合作力度，一方面阻止博通在全球持续扩张，另一方面让浑水公司出面与某些极端恐怖组织合作，干扰破坏K国和P国的全球合作项目，达到迟滞K国全球发展和布局的战略目标。

六是督促戴维斯加快秘密项目的研制进度，时不我待。

一场来自A国的"热战"即将部署到位。

在P国国内，普奇科夫总统紧急召见国防部部长罗戈津，原装备部部长、现总参谋长梅津斯基，新任装备部部长列夫米拉，新任装备部副部长兼科研局局长西多洛夫。

开会讨论的只有一个议题：天坑项目的进展情况。

最熟悉这个项目的就是列夫米拉和西多洛夫。按照总统要求，他们早就成立了专家委员会，专题研究孙志平和董一飞带回来的天坑秘密材料，最终确定这些材料不属于现存的地球文明，完全排除了K国和A国的关联。但究竟是史前文明，还是外星文明，还需要进一步研究。

普奇科夫清了清嗓子，喝了口咖啡，说："大家都辛苦了，但我对你们的工作很不满意，据安全部门刚刚给我的情报显示，K国和A国在很多重大项目上都实现了突破，可我们依旧停留在研究阶段、论证阶段。这样不行啊，先生们，不能再四平八稳工作了，要有担当，有责任心。"

"总统说得很对，我们在一些领域已经落后了，靠吃老本不行，我们要继续努力。"罗戈津接着总统的讲话。

"罗戈津先生，你们的工作也不出色，我希望国防部能好好抓抓具体工作，人事安排的事情不要过于计较。"总统说这句话也在暗示罗戈津不要总想在核心部门安插亲信。总统对罗戈津的事一清二楚，只是不说罢了。

这句话让罗戈津脸色一红，说："我明白，我知道了。"

"列夫米拉先生，你刚上任不久，我希望你能做出成绩来。我知道你看不惯很多事情，尤其憎恨那些官僚主义、形式主义，我更是痛恨。你是疾恶如仇的人，可以放心大胆去干，我就是你的后台老板。我对你只有一个要求，尽快把重大科研项目做好、做扎实，尤其是天坑项目要有所突破。我知道你爱喝酒，等你成功了，我请你来克里宫喝酒。"

总统有些激动："还有你，西多洛夫先生，列夫米拉先生极力推荐你，相信你们一定能干好。不仅能干好，还能配合好，我也期待你们的好消息。"

列夫米拉和西多洛夫两位将军起立，向总统敬了个标准军礼。

# 64. 忠诚

忠诚如同爱情，你可以背叛，但不要奢求回报。所以有些人转头就走，因为他们要找的是老婆，不是爱情。

强国竞争如火如荼，有愈演愈烈的趋势，越是在这个时候，每个人对国家的忠诚度就越发重要。

孙志平也算是安全凯旋，祁奕雄把孙志平叫到家里来吃顿便饭，当然吃饭事小，谈事事大。祁夫人张霞已清楚孙志平的口味，特意做了可口的饭菜。四个下酒凉菜：酱猪蹄、花生米、五香驴肉、凉拌粉丝。四个热菜：猪肉炖粉条、尖椒干豆腐、醋熘土豆丝、清蒸鲈鱼。还有一大盆疙瘩汤。孙志平带来一瓶十年国酒。

"阿姨，快来一起吃饭，别忙了。"孙志平跑到厨房去招呼。

阿姨推他出来，说："你们快吃，我一会儿就来，马上你爱喝的疙瘩汤就好了，还可以解解酒。去吧，去吧。"

"那您快些来。"

"好，马上，快了，去吧。"

祁奕雄招招手："来来来，别管她，你来了你阿姨就很开心。咱们先喝，来吧。"

祁奕雄随手把两个酒杯都倒满："干了。"

孙志平坐下来，端起杯子，毕恭毕敬地说："教导员，这次多亏您，否则我就没法陪您喝酒，估计都喂鲨鱼了。我先干这一杯。"孙志平一仰头，干了。

"小孙，我们出手不是为救你一人，你们在替国家做事，国家和军队就必须为你们出头，保护你们的人身安全。这可不是你我私人感情那么简单，维护国家利益，你们这些退伍老兵都可以，我们这些现役军人就更责无旁贷了。所以要敬酒的是我，不是你，懂吗？另外，首长很重视博通，说了很多次，要支持博通，要谢就谢首长的豁达和高瞻远瞩吧。"

祁奕雄干了杯中酒，孙志平赶紧为老领导斟满酒杯："教导员，阿姨还不出来，我再去叫叫。"

"不要了，她知道我们说话要保密，不方便。你阿姨很自觉，不该听的就不听。来，第二杯。"

推杯换盏，爷儿俩喝得十分尽兴，不由得就谈起了工作。

"教导员，您还记得你们给我的那个粒子项目知情人员的名单吗？"

"你们有什么新发现？"

"马明宇和李琰前段时间查到一个人，叫约翰·吴，德兰克公司的K国问题专家。"

"约翰·吴？"

"对，中文名字叫吴天英。"

"这个人有什么情况？"

"吴天英早年在国家传媒单位做主编，后因职称评定和单位领导闹翻了，干脆辞职不干了，一年后，不知怎么运作，就到了A国德兰克公司，专门研究K国问题，尤其是与K国军队相关问题。你想，一个媒体人，八面玲珑，什么人都接触，尤其是和K国国内专家都很熟悉。"

"你是说他有问题？"

"他是德兰克公司数得上的K国问题专家，德兰克公司一方面四处网罗K国国内有能力但又失意，有不满情绪的一批人为自己所用；另一方面派大量专家以访问学者的身份在K国进行学术交流，本质就是要深入了解K国各领域、各阶层人的思想和行为举止。如今，A国的'K国通'远多于K国的'A国通'，我们这方面人才太缺乏了。吴天英就属于被德兰克网罗过去的K国学者。他人脉很广，但更重要的是，他还有个哥哥在国内工作。"

"谁？"

"吴天雄。"

"吴天雄？你刚才一说，我就觉得耳熟，是咱们学院那个学员吴天雄吗？"

"对，就是咱们学院毕业的学员，比我晚一届，后来一直在部队和总部机关担任保密干事，两年前离开部队安置到国家安全部门。"

"吴天雄，他有什么问题？"

"教导员，你给我的名单里有一个人是吴天雄的同学，他俩是一个区队的。"

"谁？"

"黄湘庆。"

"黄湘庆？"听到这个名字，祁奕雄脸色煞白。

"对，就是你们凌霄军团情报处代理处长——黄湘庆。开始我也不敢相信，还让马明宇他们再三确认。"

"你怀疑他？"

"我不怀疑他，但有很多证据指向他。"

"说说看。"

"戴维斯之前说过，他和某家咨询公司有深入合作，还通过咨询公司调查过我。我查了一下，尽管戴维斯没说，我认为就是德兰克智库。我后来查了吴天英的入境记录，就在张军陪我去P国时，吴来过一次京城，通过哥哥吴天雄约过黄湘庆，一起吃饭。"

"你的意思，可以排除张军？"

"张军比黄湘庆晚一年毕业，却早早当上处长，黄是副处长，从霹雳军团平调过来。后来，吴天英还来过两次京城，就是见黄湘庆，一次是天坑事件后，一次是张守仁死后。当时，黄还没当代理处长，张军是处长。但那段时间,就出现很多问题,芯片丢失、瑞德营救计划泄露、张守仁被杀、粒子载荷被毁。我感觉这绝非巧合。"

"可现在,黄是代理处长,很危险啊。要不要我尽快免了他,彻查问题?"

"教导员,先不要打草惊蛇,可以释放个假信息,来试探一下黄,如果没有问题就皆大欢喜,如果有问题再做打算也不迟,你说呢?我比较担心的是黄对天坑知道多少,毕竟他可以接触到那些绝密资料。"

"是,很危险。那好,明天我就安排,同时开始监控黄的一举一动。"祁奕雄脑门子渗出一层汗渍,手里的酒杯不停颤抖,酒溅了出来。

"那你觉得张军呢?重新起用?"

"还是先委屈委屈他吧,大丈夫必须能屈能伸。你们不是还调查我吗?"

祁奕雄瞪了孙志平一眼:"夸自己呢,还是损我?对了,吴天雄是不是也要监控起来?他可是安全部门的人,核心岗位啊。"

"我觉得这是牵一发而动全局的事情,可以先从黄试探起。"

这顿酒越喝越有味道,不知不觉一瓶酒下肚了。还好,两个老兵都能喝,也都能克制,尽管是周末,也就一瓶,不误事。

天还没亮,祁奕雄就醒了,说是周日,可心里有事的祁奕雄早早就来到办公室,郝利新正在等候老领导。

"小郝,我叫你来商量点儿事。"

"参谋长,您说。"

"你觉得张军这个人到底如何?我总觉得咱们凌霄军团,尤其是咱们机关里有鬼。上次排查一无所获,但心里有鬼的人不好查啊。如今国际局势紧张,一旦真的鬼上身,打起仗来必输无疑啊。"

"首长,张军这些年来还算兢兢业业,至于是不是有问题,到目前为止还没有实际证据。"

"张军现在在干吗?"

551

"在情报所挂职，没什么事情，不能接触机密以上材料，基本上没啥事做。听说他本人已给所里打了转业报告。"

"想走？没门儿。你告诉所长，我说的，把转业报告退回去。这人一点儿委屈都受不了，还怎么做大事。"祁奕雄很气愤，平生最憎恨逃兵。

"那你觉得黄湘庆这个人怎么样？能扶正吗？"

"黄湘庆是个业务能力很强的人，平时很低调，不爱说话，但做事很踏实，交办的工作处理得快捷高效。我觉得可以考虑。"

"那好，就做为期一个月的考察吧，你动用手段来全面了解这个人的情况，如果没有问题就把他扶正。"

祁奕雄知道郝利新和黄湘庆都是五溪人，老乡。部队里的人来自五湖四海，老乡还是会互相帮衬。这件事不能和郝利新明说，祁奕雄希望郝利新自己去悟。

"哦，对了小郝，你通知黄湘庆，我这里有一份最新天坑资料，让他明天来取，尽快送到破译小组。"

"好。"

第二天刚一上班，黄湘庆就急匆匆来到祁奕雄办公室。

黄湘庆个子不高，浓眉小眼，微胖，戴着副眼镜倒显得秀气。他原本是个小白脸，最近工作太辛苦，脸色有些发暗。

"参谋长，你找我？"

祁奕雄抬起头看了眼黄湘庆："小黄，怎么脸色不好，没休息好？"

"昨晚来加了个班，整理些资料，回去晚了。"

"周末就要好好休息，劳逸结合，以后再看到你休息日加班，我处分你。"

"谢谢参谋长关心，我以后一定注意。"

"哦，小黄，我昨天和郝利新商量了一下，你代理处长有段时间，可以考虑正式任命处长了，你要有心理准备。"

"谢谢参谋长，我一定好好干，请您放心。"黄湘庆不自觉地兴奋起来。

祁奕雄递给黄湘庆一份用密封袋装好的加密文件："这是天坑项目的最新资料，马上交给破译小组。上级首长要求尽快知道结果，你督促他们，务必今天有结果。"

按照保密规定，黄湘庆作为行政干部，是不能随便翻阅这些原始机密资料的，但可按需知密。作为代理处长，黄湘庆有权通过指纹、瞳孔或DNA比对的方式打开这些加密文件袋。

黄湘庆带着这些机密资料先回到办公室。

10分钟后，黄湘庆走出办公室径直去了位于另一栋楼的破译小组办公室，把资料交给值班人员，并再三强调，务必在今天下午下班前有结果，自己会亲自来取件。

授权监控黄湘庆的安全人员发现办公室有10分钟产生了异常信号，这与黄湘庆在办公室逗留的时间相吻合。

同时，基于量子加密的智能加密文件一经非指定人打开，就会立即自动报警。黄湘庆作为情报处代理处长，当然知道这些规矩，但压根儿就没想到祁奕雄会怀疑自己，甚至会对自己上技术手段来监控，设个圈套让自己往里钻。

经查，那些异常信号自动加密后送往500米范围内的加密接收源。但由于时间太短，无法破译信息内容，也无法准确定位接收源的实际位置。接收源在启动时，自动加载了位置干扰信号源。正是这个佯动的干扰信号源，让安全人员意外但准确地查出来这个"内鬼"就在凌霄军团总部大楼内。

中午，安全人员把掌握的信息汇报给了祁奕雄和郝利新。郝利新大吃一惊，万万没想到老乡竟然是"内鬼"，自己还多次在参谋长面前推荐这个"两面人"。想到黄湘庆担任代理情报处长有段时间了，郝利新后脖颈发凉，工作太失误了。

祁奕雄并不在意郝利新的不安："小郝，你把黄叫来吧，可以采取行动了。"

"好，好的，参谋长。"很明显，郝利新知道自己脱不了干系。

553

接到电话,黄湘庆即刻赶到祁奕雄办公室,当看到办公室有安全部门的人,黄湘庆感到不对劲,但依旧强装镇静。

"小黄,你知道我们找你来干什么吧?"

祁奕雄特别强调"我们",黄湘庆心里咯噔一下。

祁奕雄再次强调:"小黄,你有什么要说的吗?"

黄湘庆看了看旁边站立的郝利新脑门子上一层汗,顿时全明白了。"我有话说。我错了,参谋长。"黄湘庆双膝一软就跪在了地上。

"说吧。"

祁奕雄四平八稳地坐着,一动不动。郝利新脑门子上的汗珠更多、更大了。

"对不起,参谋长,我没办法,有人胁迫我,我不得不这么做啊。"

两年前,黄湘庆军校同学聚会,很多同学多年来难得一见,这里面就有刚转业到国家安全部门的吴天雄。喝了几杯酒后,同学间彼此吐露心扉,说着肺腑之言。黄湘庆看吴天雄转业后混得风生水起,很是羡慕。而自己前途渺茫,这个副处长从霹雳军团干到了凌霄军团,一点儿进步也没有,前面还有个年轻的张军,自己再不进步就要"到站"了。黄湘庆就想找吴天雄托托门路,让自己转业去个好单位。就这样,两个人相约第二天在吴天雄家吃饭、喝点儿酒,畅聊一番转业后的打算。

这一天,黄湘庆如约来到吴天雄家吃饭,看到了吴天雄的弟弟吴天英。经介绍才知道,吴天英以前是国家级的媒体工作人员,后来应聘去了加州大学担任终身教授,好不风光。这次刚回国,准备与国内大学联合搞课题研究。三个人推杯换盏,都喝得有点儿高,黄湘庆开始胡吹海侃,天南海北,无所不聊。

一大早起床,黄湘庆有点儿头疼,估计喝多了头晕,好在周六不上班。猛然间,他看到左胳膊上有个小红包,像是蚊子咬的,可一点儿也不痒。黄湘庆也没在意,想着过几天就下去了。

过了一周时间，黄湘庆接到一个陌生电话。电话那头是吴天英，想约黄湘庆喝个茶，要咨询点儿事儿。

黄湘庆想到这个人从国外回来，估计有些能量，或许对自己转业安置有帮助，于是就答应晚上在一家咖啡厅见面。但让黄湘庆万万没想到的是，这个老同学的弟弟竟然给自己放了一段十分刺激的录音。黄湘庆一听就惊呆了，录音是自己和一个女人疯狂交欢的声音，言语粗鄙露骨，不堪入耳。这个女人是黄湘庆的情人，平时保密工作做得挺好，但没想到却栽在吴天英手里。

此时的黄湘庆连死的心都有了："你到底想干什么？"

"黄大哥，我们合作就行。"

"我要是不合作呢？"

吴天英冷笑几声："这由不得你了。"

"大不了一死，没啥大不了。"黄湘庆横下一条心死扛。

"那孩子和老婆呢？孩子在哪家学校上学，还需要我来提醒你吗？"要挟最致命的就是拿家人说事，尤其是孩子。

"你到底要什么？"

"很简单，凡是与天坑有关的材料，我都要。"

黄湘庆知道眼前这家伙一定是外国特工，要是有枪的话，肯定一枪崩了他，自己也解脱了。吴天英从皮包里拿出一个眼镜盒，里面是一副与黄湘庆一模一样的眼镜，还有一个很小的透明镜片，只要把这个透明镜片挂在眼镜片上，就可以快速自动扫描并传输数据，其他就不要黄湘庆做什么了。

"传送一次有价值的数据，我们就会在A国给你存上1000万金元奖金。另外，我会尽快安排你当处长，不再是副处长。你就不要再考虑转业的事了。"

重赏之下，必有勇夫。吴天英说得煞有介事，黄湘庆半信半疑。就算不给钱，自己也只能上贼船了。就这样，黄湘庆给吴天英先后传送了四份重要资料，而这次被抓是第五次了。

可黄湘庆不知道的是，吴天英在自己胳膊内早就植入无感低功耗

555

窃听器，只要会议室、办公室没有足够的屏蔽措施，黄湘庆在哪里，哪里就可清晰传送出全部语音信号。之所以要让黄湘庆当上处长，也是因处长可以参加更多密级更高的会议。

有一天，张军放在实验室的脑控芯片意外丢失，没多久，黄湘庆就当上代理处长。黄湘庆也觉得这个芯片丢得很蹊跷，或许就和吴天英有关系。但吴天英哪里有本事溜到戒备森严的凌霄军团总部实验室？这让黄湘庆一直怀疑实验室有内鬼，或许这个内鬼才是潜伏在凌霄军团总部的最肥的鼹鼠。

凌霄军团总部实验室一共有11个人：8名实验员、1名主任、2名业务副主任。从那以后，每次到实验室，黄湘庆都会有意无意地观察每个人的表情，从主任到实验员，有说有笑。有时不经意扫描一遍，也看不出谁是那个潜伏者，或许这个潜伏者也不知道黄湘庆是谁，不暴露出来也合情合理。

## 65. WE工程

世界虽然是假的，但并不缺少真心对我们的人。他们明知道世界是假的，也还相信真心。

据黄湘庆交代，他不知道吴天雄是否知道亲弟弟的事情，但吴天雄身处国家安全部门重要岗位，必然会被亲弟弟盯上。面对金钱利益的诱惑，亲情显得那么无足轻重。

祁奕雄安排把黄湘庆传送过的文件一一做了核实，看涉及哪一个层级资料。同时，祁奕雄上报司令、政委及首长，并打报告要求严厉处分自己。毕竟工作出现重大疏忽，用人失察。更让祁奕雄忧心忡忡的，是隐藏在实验室里的那个"内鬼"。

在凌霄军团医院，张琛院长亲自主刀为黄湘庆做了个小手术。手术难度不大，但祁奕雄不相信别人。很快，张琛从黄湘庆胳膊里取出来一小块无感仿生芯片。芯片已经完全融入皮肤内，通过各种拍照、透视设备都无法检查到。要不是黄湘庆提示，还真未必找得到。张琛小心翼翼地把芯片洗干净包起来，准备术后交给郝利新来处理。

此时，在祁奕雄办公室，祁奕雄面对的就是郝利新，这位多年的副手。

"小郝，你坐，别老站着，站着说话会腰疼。"

郝利新那张苦瓜脸扑哧笑了出来，但刹那间又严肃起来："参谋长，是我不好，用人失察，老乡观念太重。您处分我吧，怎么处理我都行,是我给凌霄军团带来重大损失。"

"你先坐下来,你是我的副手,我的老部下。快,我命令你坐下。"

郝利新站了很久,没脸坐下,深感辜负了参谋长多年栽培。但听到老领导硬性命令,还是乖乖坐了下来,屁股也只敢蹭着椅子边缘。

"小郝,这件事也不能怪你,是我用人失察。你没有人事权力,你只是建议,我可以听,也可以不听,因此我要承担主要责任。参谋长是参谋部门的一把手,也是第一责任人,要对司令、政委负责。首长把这么重要的使命交给我,我却因疏忽出现重大泄密,核心部门都被安插了内鬼,我这一辈子打雁,反倒被雁啄了眼睛,教训太深刻了,这是我人生的第二个污点。我不接受组织处理,于心于情于法都不能接受。"

"我,明明是……"

祁奕雄打断了郝利新,知道郝利新想说什么。

"第二点,你还年轻,很有希望,这件事不需要你来担责,你也担不起这个责任。你要从我身上引以为戒,避免悲剧重演,懂吗?我保护你也是为了凌霄军团的事业发展,不存在私心。培养一个好干部不容易,不能一棍子打死。能认识到错误就好。知错能改,善莫大焉。"

"我,我……"

"不要我我我了,赶紧去查查实验室那只鼹鼠,那个鬼还在呢。注意,封锁黄湘庆被抓的消息。"

"是。"郝利新起立,立正、敬礼,转身走了出去。

祁奕雄拿起电话直通国家安全部门,希望配合调查吴天雄。很快,吴天雄被停职并接受审查。

郝利新立功心切,想尽快查出躲在实验室的内鬼,给自己洗脱干系,也能缓解参谋长的被动局面。

郝利新要求安全部门秘密调取全部安全监控数据,同时让张琛给11个人全面体检并测谎。表面上说工作需要,避免打草惊蛇,但归根结底是要引蛇出洞。

郝利新在黄湘庆办公室,戴上特制眼镜开始阅读天坑机密文件。同时,在实验室里,一堆监控设备开启,准备"请君入瓮"。

但让郝利新失望的是,11个人都在正常工作,没人停下手头工作,也没有监控到除实验频率以外的信号频率。

监控视频里,实验室主任颜廷发望着天,手中转着签字笔,若有所思,很镇静。两位副主任各自带着三个人在做实验;一名轮班实验员负责接待访客;还有一名实验员作为轮班实验监督员,负责监看两组实验过程,不时做着笔录。其间,一名叫万欣庆的实验员接了个电话,还有一名安姓的女实验员中途去了趟洗手间。究竟谁心里有鬼呢?

安全人员对通话内容做了实时监听,并及时安排人员去洗手间盯控,当这名女实验员离开洗手间后,安全人员即刻进入隔间检查有无异常现象,结果一无所获。

就在安全人员一筹莫展时,祁奕雄提醒郝利新,今天进入实验室的外人也要排查,很有可能设备就隐藏在实验室里,但人员未必是实验室的人。这个思路倒提醒了郝利新,立即彻查来过实验室的人,以及从实验室调走但今天又来过实验室的人。结果还真发现有两个实验室老人来过,一个是已经调到情报所准备转业的高鹏程,还有一个是调到情报处的女实验员韩君彦。相比高鹏程,韩君彦更年轻,但资历更老,大学毕业后就参军入伍了,业务能力很强,调到情报处后被列为后备干部。

郝利新要求把精力集中在这两人身上,看看这两个人在实验室有何异动。

其中一个细节引起了安全人员的怀疑。按照规定,外人进入实验室不允许携带手机等具有电磁辐射的设备,避免干扰实验环境。但韩君彦不仅带了手机,还接听了一个电话,前后不到20秒。韩君彦是前实验室副主任,什么规定都懂,实验室安全监督员也提醒韩君彦要出去接电话。那20秒期间,安全人员也没在实验室发现有异常频率信号。

高鹏程到了实验室，拿到实验数据报告很快就走了，也没和其他人打招呼。很多人都知道高鹏程和实验室现任领导有矛盾，一直被排挤，所以才申请调到情报所，希望借此早点儿离开部队。

郝利新和安全人员依旧一头雾水，无法甄别谁是鬼。

这时，刚才一直若有所思的实验室主任颜廷发敲开郝利新的门，手里拿着一页纸。

"参谋长，你好。"

"副参谋长，不要瞎叫。"郝利新提醒颜廷发。

"迟早的。"

郝利新真急了："再胡说我跟你急，别以为咱俩关系好，你就能这样肆无忌惮。"

郝利新对祁奕雄的尊重发自内心，绝不希望老首长离开，更不希望别人捕风捉影、搬弄是非。

"好好，我错了，郝副参谋长。我是自作多情。"

郝利新内鬼查不出来本就烦着呢，没好气地说："有事说话。"

"你看看这个。"颜廷发把一页纸递到郝利新手上，上面打印着连续几天的频率参数。参数都比较接近。

"有什么问题吗？"

"你对比一下前天、昨天和今天这个时刻的数据，这都是同一个实验。"颜廷发用手指了指几个数据。

果然，这些数据有细微差别，有突然的变化，但时间很短，只有十几秒。

"我仔细核对了下这个时间点，有人刚在实验室打完电话，过了大概10分钟，就有极短暂的信号异常，说是异常，其实就是一个同频信号叠加。"

"你的意思？"

"我没啥意思，只是协助你们破案。我知道你们在查失泄密问题，黄湘庆估计已被你们扣押了。"

"你怎么知道？"郝利新很奇怪，这么保密的事情是谁走漏的信息？

"你不用怀疑任何人，我自己分析出来的。黄湘庆这个人小心谨慎，他说好要来取件，可迟迟不来，我就知道出事了。你给我们又是体检，又是测谎，我还能看不出来？"

郝利新既不承认，也不否认："你说说你的想法吧。"

"如果有问题，只可能是两个打电话的人之一，一个是韩君彦，一个是万欣庆。但小万的电话明显是在频率跳动之后发生的，可以排除，唯一怀疑对象就是这个离开实验室的韩君彦。我认为可以从这个人下手调查。"

郝利新沉默了一会儿："我记得韩君彦和高鹏程先后离开实验室都和你有关系吧，听说你们之间有私人矛盾。"

颜廷发一听满脸不高兴："我是和高鹏程有矛盾，你可以认为是我把他挤走的，我不否认。但这个小韩可不是我挤走的，是你们张军看上她了，要求调走。再说了，她本身就是副主任，不走的话，很可能接我的班，我再嫉贤妒能也有轻重吧。请郝副参谋长相信我。"

"嗯，我明白。好，我和参谋长协商一下。今天的事情一定要保密，我可什么都没有告诉过你。"

"对，我什么也没听到，都是我猜的，事实也是如此。"

送走了颜廷发，郝利新赶紧来到祁奕雄办公室，把颜廷发的原话全部告诉老首长。祁奕雄半天没说话。

郝利新呆呆地看着老领导，问："您看？"

"立即调查韩君彦。"祁奕雄暗暗下了决心。

当晚，韩君彦从家里被安全部门带走协助调查，刚下床的韩君彦丈夫一头雾水。韩君彦一言不发，看了老公一眼就被带走了。

经彻夜审查，韩君彦终于扛不住了，一切都招认了。

韩君彦之前并不认识黄湘庆，来到凌霄军团才认识这个人，二人是上下级关系。韩君彦从来就不认识吴天英，连听说都没听说过。换句话讲，直到被抓这一刻，韩君彦也不知道黄湘庆和吴天英是被策反的特工,他们三人没有任何隶属关系,也没有任何联系。

韩君彦回国时带来一块伪装成电脑总线插件的无线信号转接设备,并在进入实验室工作期间,安装在实验室保密程度不高的值班专用计算机内。平时这块插件处于休眠状态,必要时,用手机在近距离就可激活。插件激活后会自动寻找指定信息,如果没有可链接的信息,就会在30秒后自动休眠,一旦发现待下载信息,就会自动快速转发信息到指定的信息接收器。为掩人耳目,这套智能化插件可自动识别实验室常见的频率信号,并以同样信号频率工作,避免被侦听和破解。韩君彦被要求在最近这段时间,每天激活一次设备,究竟干什么用她一无所知。

韩君彦之前是K国一所著名高校的大三学生,第四年作为交换生被交换到A国一所高校,这所高校背后的金主就是A国情报总局。A国的这所高校从K国交换生中遴选可培养的苗子继续培养,研究生毕业后,再送回K国,就可安插在K国政府和军方。K国很多单位对"海归"比较看重。这就是A国情报总局的"WE人才工程",WE是单词wedge(楔子)的缩写。

据韩君彦交代,这个计划重点培训K国政府和军方急需的专业对口人才,淘汰率很高。一旦毕业,这些人在择业竞争中极具优势,心理素质、应变能力和专业素养都很高。与韩君彦一批毕业的学生有23人,但这些人彼此不认识,也不允许交流。他们的专业课是一对一单独授课,通识课程则混班授课。毕业后也不存在同学关系,没有同学名分,毕业证书和学位都是由情报总局人士担任的名誉校长一对一亲自颁发。

韩君彦在凌霄军团潜伏很多年了,没办法与情报总局的任何人取得联系。上级对韩君彦的要求就是一旦发现有价值的信息,就通过公开发表"暗语文章"传递信息。根据韩君彦提供的线索,调查人员从她家里搜出一本不会引起任何人注意的《廊桥遗梦》,这就是暗语本。在毕业时,情报总局问韩君彦喜欢哪本经典名著,最好是K国或P国典籍,可韩君彦脱口而出就是这本书。同时,韩君彦以丈夫身份做掩护，并化名"韩艳"，写了大量情感文章，发表在杂志上，情报总局只需要订阅一份杂志就可一窥究竟。

如果情报总局有特殊任务安排，会在该杂志的"读者来信"栏目，对韩艳提出情感方面的问题。对比暗语本，韩艳就知道下一步要做什么。偷窃脑控芯片就是情报总局授意下的杰作，目标就是陷害张军，让黄湘庆尽快上位。

经安全部门仔细核查，"韩艳"多年来一共发表78篇文章，有长有短，每篇文章都情真意切，以至于"韩艳"成为杂志的签约专栏作家。一般读者不可能看出这是暗语文章。这个内鬼已窃取了太多有价值的信息。

国家安全部门也已查明，吴天雄并不知道亲弟弟的所作所为，更不知道他效力于情报总局。令人发指的是，吴天雄和黄湘庆喝醉酒那天，吴天英把无感仿生窃听器也植入了亲哥哥体内，吴天雄也成了被亲弟弟肆意利用的移动窃听器。

吴天雄刚开始不相信这是事实，当动完小手术，从吴天雄胳膊内取出小芯片后，吴天雄彻底绝望了。自己一手拉扯大的亲弟弟竟然能对自己下手，哪里还有亲情可言？人是会变的，为了利益可以不择手段。

一周后，在吴天雄"召唤"下，吴天英再次入境K国，一入境就被国家安全部门带走了。

一天后，K国外交部发表声明："鉴于A籍K国人吴天英严重危害K国国家安全，现已被正式批捕。"

A国驻K国大使馆要求领事探望，但被K国严词拒绝。A国国务院立即发表了措辞强硬的抗议。

两国彼此都明白吴天英被抓的原因，心照不宣罢了。

随即，K国国家安全部门对外宣布："近日，K国国家安全部门成功侦破一起重大A国情报间谍案，彻底粉碎了A国获取K国军队核心机密的恶劣企图。"

尽管这件事告一段落，但祁奕雄担心还有很多像韩君彦这样的内鬼散布在K国政府和军队，依然在危害着K国的国家安全。要想将这些内鬼一网打尽，只能从情报总局获取名单，可这是不可想象的事情。

不过，韩君彦的学历证书倒是让安全部门很感兴趣。颁发证书的是一所位于德亚马拉州的大学，这所高校与A国情报总局大学有密切合作。

A国情报总局大学是整合了11所学校的特殊大学，位于A国苏吉迪桑州郊区的高新技术园里。大学只有一座五层建筑，外观看上去很普通，但这里就是培养全球一流间谍的最高学府。每个学生在校期间都要求佩戴特制的蓝色胸卡，可使用教室中标有"绝密"字样的电脑。整个教学区戒备森严，到处都是警卫、安全锁和警报器。大楼用特殊材料制成，密布各类传感器，既盯控着每一名学员，也防范着外面的窃听和窥视者。

除必要的技能培训外，情报总局大学更重视素质教育，尤其是重视失败心理学，因为作为特工，失败是家常便饭。同样，大学注重对学员专业化和忠诚度的训练。最终毕业的学员是极少数，绝对是精英中的精英。学员原始国籍包括K国、P国、IR国等，只要是A国的对手国家的学生，都有培养的潜力。这些学员毕业后有三分之二能拿到硕士或博士学位，但考虑到对外工作安全，情报总局大学颁发的文凭都会留在大学保管，而颁发给学员其他合作大学的对等文凭，比如这所德亚马拉州的大学文凭。

孙志平也让马明宇彻查了博通人员履历，还真发现一名来自这所大学的马姓职员，目前就职于马明宇的下属部门。这个人两年前进入博通，博士专业是信息科学，技术能力很牛，并得到了马明宇和李琰的赏识。没想到会有这么一出，孙志平惊出一身冷汗。

很快，这名职员被换去了无关紧要的内勤岗，没过多久就主动辞职了。这名员工的动态一直在博通的密切关注中。据马明宇的跟踪调查，这名员工离开K国后就去了SG城。

张军重新回到了情报处，继续履行处长职务。当张军知道事情始末后，异常惊讶和后怕，没想到多年共事的副手会如此堕落，而自己看中的韩君彦就是A国情报总局特工，自己不是眼拙，而是眼瞎。张军从内心感谢孙志平间接帮助自己逃过一劫。

首长对祁奕雄的处理决定下来了，严重警告处分。这又是祁奕雄人生的一次重大污点。祁奕雄百感交集，满眼含泪，但忍住了。第一次没有流泪，第二次也不能掉泪，军人不相信眼泪。

晚上，孙志平陪老领导喝着小酒，细细品味着过去的美好时光。

"人要学会知足。我无法原谅自己给国家和军队带来的重大损失，这要是在战时，我死不足惜。人生短暂，可使命悠长啊。"

这一夜，祁奕雄失眠了，但也更坚定了他作为职业军人的使命感。这种感觉一般人是体会不到的，使命军人更胜于职业军人，职业可以选择，但使命只能矢志不渝。

三天后，K国"粒子三号"载荷顺利发射升空，并与"使命五号"实现了对接。

## 66. 浑水公司

如果命运是一条孤独的河流,谁会是你的灵魂摆渡人?要买条船不要租船,否则开船的人会让你失去灵魂。

针对R国强行试验小行星撞击月球并企图瞒天过海一事,A国情报机构竟然一无所知。R国完全不把A国老大放在眼里,最后还是K国情报部门获得一手信息并通报给A国。A国政军两界大为震怒,蕾拉总统要求R国尽快做出全面解释,并宣布对R国实施科技制裁。

R国的科技产业链严重依赖A国,航天航空技术更与A国是"共生态",一旦A国制裁,必然导致R国该领域严重受限。尽管R国首相多次访问A国试图平息事态,但碍于A国国会严重的对立情绪,蕾拉也不敢轻易解除对R国的制裁。

R国政府如坐针毡,一筹莫展,还是想尽快平息事态。没承想,最后还是博通给了R国政府一次翻盘的机会。

回到R国后,刚安稳下来的李秀琴很快接到马明宇的信息,让李秀琴尽快了解购买R国岛屿的流程和手续。孙志平要买下噩梦岛。

李秀琴咨询完律师,第一时间就回复马明宇。R国政府对国际投资者保持非常开放甚至鼓励的政策,国际投资者可轻松在R国购置房地产,留丽群岛、小内元群岛、别谷岛等许多小一点儿的岛屿都可投资开发。无论作为私人用途,还是作为商业开发,R国政府都大力支持。留丽群岛附近的岛屿比较贵,一个2平方千米的小岛价格高达

1350万金元，而别谷岛附属的小岛相对便宜，毕竟距离R国本岛太远，也就只有四分之一到三分之一的价格。

李秀琴了解到，如果需要购买岛屿，还可与专业房产公司合作，这些房产公司能搞定一切，客户只要准备好足够的钱就行。

李秀琴委托房产公司与别谷岛地方政府就噩梦岛讨价还价，最后谈到了450万金元，不存在使用年限，是永久性的私有产权。唯一要求是：在R国购买私有土地，尤其是岛屿，必须有充足理由。李秀琴提交的开发事由，是要把噩梦岛建成私人培训度假中心，同时配套建设私人直升机机场和私人码头，私用为主，旅游为辅。

担心夜长梦多，当R国政府审议购岛理由时，马明宇让李秀琴在R国以李秀琴名义注册了一家公司，用这家公司的名义来签署购岛协议。巨额购岛资金从博通南美分公司分批打到R国。由于R国对外国资金入境持欢迎开放态度，不到一个月，噩梦岛就顺利成为博通的海外产业，李秀琴也成为名副其实的"噩梦岛岛主"。

对博通和孙志平来讲，购买噩梦岛就两个目标：首先是要控制岛上火山口的秘密，这里是一条通往"未来世界"之路；其次就是把这个奇幻岛打造成博通的特种培训基地，让博通员工来这里接受野外培训。这里是古战场，易守难攻，对博通来讲是难得的实兵对抗实训基地，花几百万金元买这个岛太值得了。

R国政府不傻，早就彻查了李秀琴和购岛资金来源，很清楚购岛实际人是孙志平和董一飞，而并不是李秀琴这双"白手套"。R国政府和军方自从被博通羞辱后一直都想报复孙志平，既然孙志平想买岛，那就让博通买吧，请君入瓮，最后落得个人财两空。

R国政府和军方不便为难一家国外私人公司，报复意味太明显，就想换一种方式来报复孙志平。报复方式也很简单，就是用暴力。

R国官房长官河田健，职务仅次于内阁首相，紧急召见了浑水公司老总松本未来。

河田健的办公室位于东畿首相官邸五楼。官房长官就是首相秘书长或办公厅主任，故而也是与首相合署办公。

长这么大,松本头一次来首相官邸,满眼好奇,工作人员很热情地招呼松本来到五楼内阁官房长官办公室。

河田健早早在办公室等候,一见到松本,两人就客套互致问候。

"松本君,辛苦了。"

"河田君,您辛苦了。"

"请坐。"

"谢谢。"

二人对彼此家庭成员互致问候。

松本看了看官房长官办公室,面积还不如自己的办公室大,摆设很简单,坐的长沙发也显得破旧,办公桌上放了一堆待处理的公文,显得凌乱,还摆放着一个相框,估计是张家庭照片。

秘书端来一杯咖啡放在松本旁边桌子上。

松本立即起身鞠躬:"谢谢。"然后又规规矩矩地落座。

"河田君,不知道这么着急找我何事?"

如今的松本没事就去M城的温柔乡度假,乐不思蜀。但听说官房长官召见,就连夜飞了回来。这可是天大的事情,指不定有一天首相会亲自召见自己。松本完全是想入非非。

"久闻松本君大名,怠慢了。"

"客气,希望能为国家效劳。"

"我找你来,是有两件事想征求你的意见。"

"请讲。"

"第一件事,相信你一定会很开心。孙志平已在R国买岛了,就是你熟悉的别谷岛离岛,你把董一飞扔过去的那个岛。他们要在那里建设培训基地,我们要求当地政府答应卖岛给博通。孙志平他们会频繁进出这个岛,相信松本君一定有办法留住孙志平。这件事,R国政府和军队可以帮助浑水公司一起做点儿事,但要你们来出面。"

"好事,我懂,太好了,谢谢河田健君,我知道该怎么办。"显然,松本很兴奋,踏破铁鞋无觅处,得来全不费工夫。

"第二件事,是首相的意思,也是我个人的想法,还是为了我们这个国家的未来。"

"好，请讲，河田君。"

"A国、P国和K国都在R国的发展上处处设置障碍，我们发展步履维艰。你也知道，R国无奈，前段时间只能悄悄进行小行星撞击试验，如今就连A国都在指责我们，并制裁我们。这说明我们在A国政界和商界的影响力太弱了，我们希望松本君利用浑水公司的全球影响力，想办法来控制A国政府和军方。我知道这个不好做，但可尝试一下，尽量协助拓展R国在全球的影响力，不要让A国再给R国发展处处找麻烦。"

松本何等聪明，稍作沉思，说："河田君，作为R国公民，协助R国发展也是我的使命。我会尽全力来做，你等我的消息，我明天就飞回A国。"

"太好了，首相期待你能有所建树。"

"不过，我有几个条件。"松本犹豫了一下还是说了出来。

"你说，应该。"

"河田君，我一是希望R国政府和军队协助浑水公司打造强力的海空安保力量，博通已走到我们前面了，我不希望过度依赖A国政府和军方。"

"这个没问题，我现在就能答应你。"

"第二，我希望R国把海外安保服务都交给浑水公司来做，让浑水能有更多活动经费，浑水公司实力很强，但我不想与某些公司做无谓的竞争。"

"这个我会和首相协商，还有吗？"

"有，这第三嘛，如果我能撼动A国政府和军方，我希望能在内阁中谋个一官半职，更好地为国家效力。"

"松本君，当全球最大安保公司的老板多好啊，要啥有啥，比当首相还好。当官有的只有责任和被监督，很累，并不是你想象的光鲜照人，你要三思。"

"我知道，人各有志嘛。"

"那好,我也会和首相谈。"

两个很有心计的人第一次见面相谈甚欢,相见恨晚。

河田健送松本走出首相官邸时,正好与首相野田凛子打个照面。这位R国历史上第一位女首相深深一鞠躬,说:"拜托了,松本君。"

松本也是一惊,赶紧90度鞠躬:"松本一定尽全力。"

这次召见让松本的野心顿时膨胀起来,松本在R国的西武安保公司名不见经传,当初想并入R国其他社团组织,屡屡被鄙视、嘲笑。如今,有了浑水公司的光环,不仅得到了R国政府的青睐,有朝一日征服R国其他社团也是早晚的事情。

河田健来到野田凛子的首相办公室,把与松本谈的情况做了简要汇报。

野田凛子沉思片刻,说:"答应他,都答应他。K国人常说,重赏之下必有勇夫,我们既然让他做事,就要给予他承诺。"

"会不会太贪心了?这个人。"

"贪心就好,这样才好讨价还价,这样的人好打交道。至于官职,那么多闲差总能找到适合松本的位置,这个最好办。"

带着首相的许诺,河田健第一时间致电松本,转达首相的问候和想法。这一下,松本未来顿时感到未来一片光明,赶紧飞往A国为R国效命去了。

到了浑水公司总部,松本召开一次秘密会议,但避而不谈R国。面对一堆A国人说R国显然不合适,只谈A国利益和"A国优先"。

"先生们,我今天带给大家两个好消息。我拿下了R国国内外的安保市场,以后这一大块市场都属于我们浑水了。另外,我也游说R国政府支持浑水建立海空力量。面对博通,我们还是有些弱了。"

"老板,建立海空力量,我们为什么要舍近求远?A国能力更强,R国缺乏更好的武器装备。"

"这也是我今天要说明的问题,A国做任何事情都太麻烦了,想做点儿事情,什么都要研究、讨论,周期太长,时间成本太高,你看看博通，说干就干。效率，我要的是效率，你们懂吗？"

"我们可以做工作改变被动局面。"董事们还是希望依靠A国，靠山吃山。但这一下正中松本盘算好的圈套。

"你们说得对，我想和大家讨论一下，如何才能让浑水公司在A国政界有更大影响力。你们有什么好办法，都说出来讨论。"

于是，股东们七嘴八舌讨论起来了，松本要的就是这个效果。

"松本先生，我本人和国防部很熟悉，黑石公司时代，就是我负责联系这一块，我很有信心让他们把国内外全部安保项目交给我们来做。我们有这个实力，我也有这个游说能力。"

"松本先生，不要忽视教会的力量，A国是个基督教社会，我本人可通过教会来宣扬浑水的仁爱，这也是为A国服务，相信教会的支持对浑水扩大在政界影响力很有帮助。"

"松本先生，在A国不可忽视的是犹太人，他们几乎控制着A国的经济命脉，甚至控制着全球的经济命脉。一旦我们能赢得犹太人的支持，很多事情都可迎刃而解，控制A国政界甚至军界都易如反掌。"

"老板，他说得很对，我建议浑水公司尽快与SI国签署安保服务。一旦搞定了SI国，相信A国犹太人会更相信浑水公司的实力了，这是事半功倍的效果。"

"松本先生，您知道德生会吗？A国很多总统都是德生会会员，这个德生会能量极大，可以操控整个A国政界和军界。如今，A国德生会有400多万会员，几乎占全球德生会会员总数的六成多，咱们浑水公司就有不少会员，影响力很大。我也是会员之一，位居司库，可直接向尊主汇报工作，之前的黑石公司和浑水公司老板都是会员之一。这个力量不能忽视。德生会是全球性的，影响力很大。"

"老板，还有A国步枪协会，我们公司很多人都是会员，这个协会拥有550万会员，要知道，哪位候选人敢得罪步枪协会，想选总统、议长、议员、大法官等都没戏。您也要加入这个协会才行。"

实际上，无论是犹太人、德生会、步枪协会、教会等都存在很大交集，甚至和R国社团组织都存在很大关联，一通百通。

这次讨论简直给松本未来上了一课，尽管自己是大老板，但这个老板是怎么来的，在座的都很清楚。松本还是希望能靠大家一起把浑水公司做大、做强，一心服务于A国，更服务于R国。

在会上，松本充分肯定了大家的建议，希望会后都能发挥各自影响力来拓展浑水公司在A国政商军界的影响力。

浑水公司人才济济，加之松本充分放权，很快就卓有成效。浑水公司在德生会、步枪协会、犹太组织等大力支持下，开始承揽A国军方国内外全部安保服务。

松本本人也频频出招，首先就是强化与情报总局的合作关系。由于松本和戴维斯关系特殊，情报总局把更多海外安保服务都交给了浑水公司，就连博通承担的金矿安保服务到期后也全数交给了浑水公司。

另一个重要举措就是松本访问了SI国，得到SI国总理的高规格接见。双方一致同意加强SI国与浑水公司在安保服务领域的全面合作。浑水公司同意在古峦高地、喀撒、JR国河西岸等地配备安保人员，协助SI国国防军做好抵御IR国和CU国军队的袭扰。这一举措很快就反馈到A国犹太人那里，浑水公司得到了广泛的赞誉和支持。但有得必有失，不少"地球之眼"国家纷纷与浑水公司解约，抗议浑水公司插手本就复杂的地区局势。

在A国和R国政府大力支持下，浑水公司仅用一年时间就打造出一支实力超强的海空力量，配备排水量5000吨的二手护卫舰3艘，二手巡逻艇13条，各型新旧直升机16架，二手固定翼飞机7架，实力不可谓不强。毫不夸张地讲，浑水公司的实力与博通已在伯仲之间。

对此，最开心的除了松本本人之外，莫过于R国政府。

在松本未来不断游说下，A国政府、军方和国会同意解除对R国的制裁。现在的形势下，两国关系不好不符合A国的国家利益。

如今，R国政府正在推进新工程"流星雨计划"，一旦国际大环境有利于R国，这个大胆的计划就会付诸实施。

经过一年建设，博通公司也完成噩梦岛全部工程，松本看在眼里，恨在心里，但心里偷着乐，这个基地或许很快就属于浑水了，博通建设得越好，浑水就越省心。

  一场围绕全球两大安保公司的激烈博弈和全面对撞就此拉开了帷幕。

# 67. 炸毁小行星

人类区别于动物的一个重要方面就是人类有自制力、有灵魂，但人类太贪心，太霸道。还是动物世界好看。

R国搞定A国后，推进"流星雨计划"就成为头等大事。

在R国政府和军方眼里，国际局势急转直下，强国博弈日趋白热化，新一轮世界大战难以避免，尤其是K国、P国对A国构成了实实在在的威胁，A国走下神坛是时间问题。尽管国土面积不大，但R国一直谋求成为政治和军事强国。

在东岛战役中，R国比A国更积极投入作战，结果被K国军队狠狠教训了一顿。正是在这样的大背景下，R国上一届政府被迫下台，以野田凛子、河田健为代表的强硬派上台，废除了一系列对R国的限制条约，让R国成为真正意义上的主权独立国家，不再受制于A国，并拥有了梦寐以求的国家军队。

R国政要和民众，之前每每看到R国领导人拜会A国领导人时卑躬屈膝的样子就万分恼火。A国欺人太甚，这一天迟早会过去，R国人要站起来。R国历任首相都想改变现状，面对潜在的战争风险，R国积极劝说A国废除《禁止核试验条约》，但遭到A国的强烈反对。A国很担心R国开发核武器。

既然不能在地球进行核试验，R国就把核试验场转向遥远的太空。至今还没有条约明确限制深空核试验。而且A国退出《外太空条约》后，条约名存实亡，R国当然可以为所欲为。

如今，一切就绪，就等时机成熟，R国快速推进"流星雨计划"，实施R国历史上第一次核试验。之所以起名叫"流星雨"，是因为一旦在直径几千米的小行星实施核试验，小行星将被炸得粉碎，形成流星雨坠落在某个星球上，蔚为壮观。不同于其他国家第一次核试验，R国核技术十分发达，第一次核试验就要试验增强效能型核武器。这种核武器威力巨大，但能极大降低核辐射效能，让这款核武器更干净，核沾染副作用降到最低。这样一来，就算流星雨落到地球，也不会有核辐射问题。

对于降低核辐射、核沾染的问题，地少人多的R国人颇费心机。多年前的核事故让R国深受其害，于是R国不断增加科技投入来降低核事故带来的不利影响。

在试验前夕，野田凛子紧急召开了国家安全保障会议。

会上，内阁成员七嘴八舌，说啥的都有。野田凛子也有些犹豫，是否要礼节性通报A国，尽管R国不再是A国的小弟，但A国"大哥心态"一直都有，总想对R国发号施令。习惯一时半会儿改不了。

野田"大秘"河田健在会上给野田凛子出了个主意，如果经过实际计算，"流星雨"会落在地球，那就提前告知A国，仅仅行使告知义务；但如果压根儿不会落到地球，那就继续瞒天过海，不自找麻烦。野田凛子和众人也认为有道理，毕竟小行星撞击事件刚平息，还是低调点儿好。

为稳妥起见，河田健紧急安排各级安全情报部门做好防范工作，确保试验不出现任何意外，尤其要防止A国和K国"窃密"。同时，河田健约见松本未来，要求浑水公司做好外围安保工作，一点儿不能马虎。这次茂岛发射试验场的安保工作只有R国籍的安保人员才能上岗，也就是西武安保人员才行。除此之外，河田健要求松本实时监控博通动态，上次失泄密就是博通干的，这群K国老兵忒坏了，绝不能让他们再搞破坏。

松本回到位于东畿都的西武办公室，紧锣密鼓地做好发射场安保部署，同时要求全面盯控博通的动态，包括噩梦岛。等一切部署停当，把安保具体工作交给得力副手后，松本又匆匆忙忙飞回了M城……

松本刚踏进M城的家门，管家就迎了上来，对松本小声耳语几句。松本一下子眉头紧锁，思量一会儿，就悄声对管家说了几句，管家不住地点头称是。

一直等松本的风骚女人在旁边坐着，一脸迷茫，不知道到底发生什么事情了，是否和自己有关。

等管家离开了，女人才娇滴滴爬了过来："到底怎么了？发生什么事情了？"

"没事，小事，走，我们去卧室。"

"干吗呀！"女人撒着娇，耍着赖，故意不听从松本摆布，这更加刺激了松本的男性荷尔蒙。

"走，去干正事。"松本不由分说，抱起女人就上了楼梯。女人紧紧抱住松本的脖子，生怕掉下来，边走边热吻。松本三步并作两步就上了二楼，用脚咣当一声踹上卧室的门。

松本这个人太好色了。他认为，征服女人是男人的欲望，也是霸气外露的表现。

两个小时后，管家回来了，静静在楼下客厅等候，不敢打扰松本的好事。

又过了一个小时，松本穿着红色蚕丝睡衣走出卧室，神色慵懒，心满意足，嘴里叼根没点燃的雪茄。松本缓缓走下楼梯，一屁股坐在沙发上。管家急忙走上前去，又俯身附耳对松本说了几句。

"都处理干净了？"

"没问题，干干净净，放心吧，老板。"

"这几天多派些人手保护我，小心点儿。"

"我已安排。老板，放心。"

"对了，最近不去百利宫了，你们自己也多注意。让那几个兄弟连夜回R国，不要再来了，换几个新面孔来。"

"好,我这就去安排。"

管家走了,松本思来想去,总觉得不踏实,急急忙忙跑上楼和依然躺在床上的女人说了几句。女人显然很不高兴,嗔怪地摇了摇头,刚来就要走,这里又不是酒店,自己又不是应召女郎。可此时的松本顾不上那么多了,安全第一,但为安慰眼前的大美人,他用力抱了抱充满诱惑的胴体,又深深吻了吻心爱的女人,就赶紧换上了衣服。

女人习惯了,也懒得计较,连床都懒得下,斜眼瞅着松本闪出房间,立即转过身继续睡觉。她心中觉得出了大事,既然松本不说,那就不听,反正与自己无关,该给的钱一分不少。谁也不怪,都是自己选的路,硬着头皮也要挺下去。

女人当初在R国留学时,松本恰巧来学校捐赠,女人被安排全程接待。松本对这个K国古典美女一见钟情,神魂颠倒,从此死缠烂打。女人刚开始认为松本除了钱没啥品位,但在松本强大的金钱攻势下,还是沉沦了。女人被松本带着,三天两头购物逛街,一掷千金,不想当松本的女人都不行。与其说身不由己,倒不如说心不由己。交往了一段时间,女人发现这个被开除的校友很有学识,谈吐得体,根本不是莽夫。从此,女人就喜欢上松本了,所有顾忌也都烟消云散,但始终不敢告诉父母。毕业后,女人与松本协商后决定定居M城,打造一个温馨的"家外家"。既然选择了松本,就不要抱怨,这是上帝的安排、命中的劫数。

无心久留的松本直奔机场,尽快返回R国,只有R国更安全。

等到了R国西武总部,松本紧张的心情才渐渐平静下来,他赶紧把其他人召集过来,了解发射任务的安保工作和博通的最新动态。

这次R国实施"流星雨计划"继续瞒天过海,并不向国际宇航联合会如实报备。在上报的材料里,提交的是"一箭三星":一颗极地轨道气象卫星、一颗小行星登陆器、一颗光学遥感卫星,谁也没想到这颗申报为"隼"但内部代号"流星雨一号"的卫星,就是一枚撞击小行星的核弹头。

由于R国的"隼"小行星登陆器的实际发射和运行经验非常丰

富，施行"流星雨计划"绝对是轻车熟路。

R国H-4A型运载火箭带着三颗卫星飞上太空，很快就分别进入不同的地球轨道。"流星雨一号"核弹头装置在地球大椭圆轨道，伴动转了三天，第四天才按照计划前往小行星的转移轨道。

代号"99989"的目标小行星直径有1千米，位于地球和火星之间，距离地球500万千米。"流星雨一号"要飞行139小时，也就是五天多，预计经历三次轨道修正和多次姿态调整，最终让核弹头装置软着陆在小行星表面。

由于R国航天技术相当强，"流星雨一号"只做了一次轨道修正和两次姿态调整，就精准进入了环绕"99989"小行星轨道。

考虑到要对核爆炸基本效应进行采样，"流星雨一号"核弹头装置包括两部分：一部分是环小行星观测卫星，一部分是携带核弹头的登陆器。在"流星雨一号"核弹头装置的自动控制下，登陆器与观测卫星顺利分离，并自动寻找地势平坦的降落区域，最终顺利降落在小行星表面。

一切准备就绪，就等茂岛航天测控中心下达起爆命令。

伴飞观测卫星把登陆器的姿态和落点等数据在第一时间发回到测控中心，由现场核技术专家会商是否满足核试验的基本条件。

这些权威专家最终拍板，茂岛航天测控中心正式下达核弹头起爆命令。十几秒后，"流星雨一号"核弹头起爆。

瞬间，"99989"小行星被一团超级亮光完全遮蔽，仿佛一颗十几光年外的超新星爆炸。巨大的破坏力顷刻间把小行星炸得粉碎，四散成为宇宙尘埃。

伴飞观测卫星远远"注视着"人类历史上首次深空核试验，场面蔚为壮观。同时，观测卫星迅速采集了核试验产生的冲击波、光辐射、早期核辐射、放射性沾染、电磁脉冲等效能集中并实时发送回测控中心。

10分钟后，茂岛航天超算中心给出结论："R国首次低辐射沾染核试验取得成功。"刹那间，茂岛航天测控中心沸腾了。

对R国来讲，这次成功是必然。在这次试验之前，R国多次成功进行了亚临界核试验，并在超级计算机上做了大量仿真试验。R国拥有核武器，所需的就是"一根导线"的工作量。炸毁小行星的是小型化、轻量化的特种核弹，起点之高可想而知。

R国的动静还是大了点儿，他们自己也始料不及。

天文学家首先发现了问题，刚开始以为是超新星爆炸。如此亮的目视星等，甚至超过了满月的亮度，但也就仅仅持续了几十秒，这肯定不是超新星爆炸。超新星爆炸释放的光线可持续多年，而普通的超新星也能持续几周，绝不会只有几十秒。

天文学家刚开始认为可能是流星或彗星高速撞击小行星，但又明显不像是天地大冲撞那样的爆炸。核爆炸有其必然的物理特征。

还有的天文学家怀疑是外星文明的核动力飞行器发生剧烈核爆炸，这也解释得通，但缺乏证据。面对国际社会的普遍疑问，国际宇航联合会和国际天文联合会应K国之邀，在京城紧急召开联席工作会议，希望能讨论分析，确定真相。

本届联席工作会议主委会主席、中国天文学家怀天宇在会议上透露了一个消息，代号"99989"的小行星莫名其妙消失了。对此，大家一致认为，就算大流星撞击也不应该消失得如此彻底。显然，这次小行星消失得很蹊跷，有点儿刻意安排的味道。如果真是人为爆炸，那究竟是地球人还是外星人？目前不得而知。

吕超凡院士和A国华西亚大学空间政策专家罗格斯耳语了一会儿，提出另一个疑惑。不久前，R国航天部门申报，要向小行星发射登陆器，这个申报的小行星是"99988"，而不是消失的"99989"。

虽然不是同一颗小行星，但话说到这个地步，与会专家不约而同地把目光聚焦在R国国立天文台的佐藤荣生研究员、田川天体物理天文台的木村弘次郎研究员及R国航天局总裁平井一郎身上，希望三名R国代表澄清一下情况，尤其要解释"隼工程"的现状，这只隼究竟登陆的是哪颗小行星。

佐藤荣生和木村弘次郎一脸迷茫，傻傻地摇摇头，也把目光聚焦到重量级人物,R国航天局总裁平井一郎身上。平井一郎若无其事地摆了摆手,简要介绍了"隼工程"的来龙去脉,但对这次疑似核爆炸的真相依然三缄其口。没有授权,他打死也不敢说。

会后,平井一郎匆忙回国并向野田凛子、河田健汇报国际社会的普遍关切和严重质疑。野田凛子当即决定召开国家安全保障会议。

对于国际社会普遍的质疑,R国国家安全保障会议内部存在严重分歧。不少人认为要保密,不能承认,否则R国会很难堪,保密一时算一时。但也有少数人认为可以趁机宣布"拥核",一举两得,一是不再遮遮掩掩,二是可正常走进核武器国家的序列。

"流星雨计划"的顺利实施,让R国成为地球上第一个既可利用小行星作为战略武器,也可利用核武器作为战略武器的国家。虽然A国、P国、K国技术上都具备这两种能力,但都没有成功并完整实施过小行星撞击试验。

最终,在河田健的怂恿和支持下,野田凛子拍板定调:"对外宣布吧,有任何问题也积极面对。"

既然首相都拍板了,其他内阁成员也不好再说什么。当然不排除有等着看笑话的外人。翌日,R国外务省和航天局举行联合新闻发布会,R国航天局总裁平井一郎正式对外宣布,R国近日成功在代号"99989"的小行星上实施了一次低核辐射热核试验。经实际采样检测显示,本次核试验没有对深空环境造成破坏性影响。

一石激起千层浪,国际社会一片哗然。

国际宇航联合会和国际天文联合会纷纷发声明谴责R国的鲁莽行径,同时对平井一郎刻意隐瞒真相予以严厉谴责。

K国、P国、I国、B国等纷纷谴责R国,指出R国此举严重违反国际法,极大挑战人类和平与安全底线,对地球安全带来极大隐患,同时将引起新一轮深空武器军备竞赛。

A国显然很谨慎,只发表了简短声明,并指出:"A国高度关注R国核试验后的政治和军事走向,希望R国继续走和平发展道路。"

A国国防部和参谋长联席会议内部讨论时,各军种和战区高级将领一致同意把R国定位为战略对手,并列为重点关注的潜在敌人。一场不应有的核试验顷刻间就把昔日盟友变成现实中的敌人,R国人报仇的阴霾一直萦绕在A国人心底。

京城博通总部,董一飞急急忙忙跑到孙志平办公室。

看到神色慌张异常的董一飞,孙志平很是诧异:"怎么了?一飞,出什么事了?"

"大哥,出大事了,出大事了。"

"大哥没出事,我好好的。慌张啥?不就是R国宣布试验核武器了?"

"不是,比那个事儿大。"

孙志平有点儿蒙:"快说,咋了?别兜圈子了。"

"大哥,M城出事了。"

"M城?M城怎么了?谁出事了?"

"咱们两个在安红家蹲守的弟兄被杀了,安红也死了,安红的孩子不知去向。"

孙志平猛地站了起来:"你说什么?安红死了?"

"是,千真万确。M城站长刚打电话给马明宇,我立即过来通知你。"

"他们是怎么死的?"

"目前还不知道,我和马明宇商量了,我准备带几个弟兄去看看。"

"我也去。"

"你不能去,等我消息,大哥。相信我。我快去快回,我会找到那个失踪的孩子。放心。"董一飞知道孙志平心里异常难过,只想多帮着分担些痛苦。

过了许久,孙志平才稍稍冷静下来:"是我害了他们,害了安红。一定是松本发现了,杀了他们,一定是他们干的。"

"大哥,您别着急,我知道您很难过,我先去看看,查明真相后就告诉你。节哀顺变。"

"唉,无论如何,把两个弟兄弄回来吧,不能客死他乡。安红?等你们确定她死了,你再告诉我,我问问安红父亲吧。你们多加小心。"

当着董一飞面,孙志平眼泪止不住往下流,像个孩子,哭得很伤心。

当晚,董一飞和马明宇直飞M城,抓紧时间去处理这宗意图十分明显的谋杀案。

## 68. 愤怒女人

愿上帝和命运眷顾女人的每一面,从女孩、女人、母亲到祖母。

在博通M城站长的陪同下,董一飞和马明宇来到M城卧龙山庄的安红家中,警察已多次来查勘现场,可想找到线索几乎不可能。

凶手做事非常谨慎,早把现场处理得干干净净。按照M城警方查勘现场得出的初步结论,两个男人对穿着薄透睡衣的安红见色起意,想强奸安红,结果被早有准备的安红用随身配枪打死了。其中一个男人也开枪击中安红的胸口,安红失血过多致死。三个人经过一场短暂的枪战后都死了,结局安排得很周全,看似无懈可击。

警方在枪上和家里只发现了这三人的指纹和脚印,就连低可探测红外技术手段也没发现丝毫痕迹。松本的管家做事太专业了,保姆那天也恰巧不在家中。

警方调取了监控录像,发现最关键的两个小时被彻底抹掉了。这可是现场死亡的三人无法做到的事,一定另有其人,这让警方决定以谋杀来立案调查。

当红国际大明星安红死了,警方无法隐瞒,安红的经纪公司也只能正常发布死讯。全球影迷一片惋惜之声,M城警方即刻发表声明,一定要严查凶手。

由于在安红家院内发现了比较特殊的侦听设备,警方对安红和另外两名死者的身份产生了怀疑。经多方核查,两个男性是博通公司员工,于是警方要求博通公司配合调查。董一飞和马明宇作为博通公司代表也不敢说太多,在M城私自监控他人隐私涉嫌违法,还是重罪。博通说是配合,其实就是想自圆其说,不把问题复杂化。

让两位博通高管感觉蹊跷的是,这次派来的两名博通老兵身经百战,怎么可能连安红都保护不了?甚至连自己的命都丢了。可见对手多么厉害,多么狡诈。

最后,在警方配合调查的要求下,董一飞只能说是松本有了新欢,安红就雇用了两个博通的人来监控松本。博通员工参与此事,只是个人行为,与博通公司无关。关键时刻只能弃卒保帅,毕竟涉及国家安全。国家安全部门也无法直接与M城警方说明情况,只能委屈安红和两名博通员工来背这口黑锅了。

监控视频丢失的调查一直没有实质性进展,M城警方只好越洋传讯松本。松本一口咬定不认识安红,也不同意到M城来接受调查,这个案子就这样成了一桩悬案。

M城警方可以悬着案子不破,但博通不答应。孙志平要求立即查出真相,要给安红和两名弟兄报仇。

孙志平亲自来到安红父母家里慰问昔日的老领导,但出于内疚和保密,也没法将实情告诉安红父母。幸运的是,孙志平在家里看到了安红的孩子。孩子被带回了姥爷家,躲过一劫。同时,孙志平带着几名高管也去了两名牺牲的弟兄家里,带去了一大笔慰问金,同样什么也不说,只说他们为国家利益牺牲了。在孙志平安排下,博通总部二楼荣誉室的"牺牲人员铭记墙"上又多了三张遗照,包括张艳红。

看着遗像上的张艳红,孙志平久久不能平静,默默流泪,深深懊悔。安红最终还是没能逃出自己的圈子,自己最终还是害了她。想到自己这一生辜负的女人,孙志平内心更是无比内疚、自责。但想这些都毫无意义了,真是人无长情,处处留情,最终痛苦的只能是自己。

此时,孙志平才想起姜瑄来,又一个被自己耽误的女人。回到办公室,孙志平拿起电话接通了姜瑄。

傍晚时分,孙志平在电视台旁边的咖啡馆等着姜瑄。他没啥胃口,什么都不想吃,就想和姜瑄坐坐,喝杯茶,发发牢骚。

熟悉的身影闪身进入包间,孙志平起身迎接,示意姜瑄坐下。

姜瑄依然傲慢不羁,出言不逊:"孙大老板,终于想起我了。这叫招之即来,我来了。是不是一会儿你又准备挥之即去,不带走一片云彩?"

孙志平尴尬地笑了笑:"也不是,我刚出差回来,最近博通遇到了很多事情。"

"不要告诉我,我不想听。你总是忙,好像我就是闲人一个,招之即来,我可没有那么贱。"

姜瑄永远都带着气,她讨厌孙志平总是那么盛气凌人,一副圣人嘴脸,甚至看着恶心。可自己又好像中了邪,就是想见这个令人生恶的男人。换了别人,这类男人早就甩掉一百回了。但她每次听到孙志平电话里的声音,就不自觉地心软了。姜瑄不是不想见孙志平,是恨这个男人为什么这么不靠谱,女人需要的是可以依靠的男人,自己何苦就这么等着,还得经常去孙志平家里看孩子。凭什么?你以为你孙志平是谁?姜瑄就是这样,经常和自己较劲,"两个姜瑄"经常打架。但每次听到孙志平声音后,"两个姜瑄"就有了共识,原谅这个真忙碌、忙大事的男人吧。

"安红死了。"

"听说了,新闻里我还播报了。"

"安红死了。"孙志平又强调了一遍。

姜瑄一下子就不耐烦了:"不就是演戏的吗?死就死了,好像你死了亲人一样,你烦不烦,哭丧个脸给谁看?"

孙志平瞪了姜瑄一眼:"有点儿同情心好不好!"

姜瑄本就一肚子气,听到孙志平当自己面一个劲儿提一个死去的女明星就更气了:"你啥意思?你们认识?你们有一腿?"

孙志平想发作,但忍住了。

可姜瑄看出来了:"你咋啦?你还想教训我。"

孙志平压住了火气,自己不开心,凭什么让别人也不开心?"安红是我的战友,也是我的好朋友,她父亲也是我的老领导。"孙志平的理智战胜了冲动,没有说安红是追过自己的女人。

"啊!"听到这里,姜瑄情绪好些了,"哦,对不起、对不起。我不知道。"

"她是为博通牺牲的,是我害了她。"

姜瑄再次惊愕:"怎么回事?"

孙志平一点儿不保留,把全部过程一五一十地告诉了姜瑄。孙志平需要有个人倾诉,憋在心里太难受了,压得喘不过气来,只有姜瑄是自己唯一能倾诉的人。

听完这些故事,姜瑄也异常震惊。原以为只是简单的情杀,自己还当作八卦新闻播报呢,可没承想这里面涉及国家安全。

"我也曾经想追求安红,但后来放弃了。"孙志平还是没把话藏在肚子里。

姜瑄抬起头来,惊讶地看着孙志平,略带调侃:"你呀,我说你啥好呢?我也不知道你辜负了多少女人,我就是之一吧。你究竟有几个好妹妹?"

孙志平低下头,又挠了挠头,掩饰不住内心的尴尬:"年轻时的无知吧。当我知道安红的家境后,就放弃追求她了。不般配。"

"可她还是为了你死了,你知足吧。"姜瑄感到很惋惜,凭什么所有女人都要为眼前这个男人来牺牲自我,甚至牺牲生命?太不值得了,想到这里,她又觉得自己也是脑袋抽抽了,有病,而且病得很深、很重。

"你不会是想在我面前炫耀你的风流史吧?连将军的千金都能搞定,连大明星都能搞定,我姜瑄算什么!你这个伪君子、假正经。"姜瑄越想越生气。

"你……唉!"孙志平好想发作,但理智再次战胜了冲动,"我知道我对不住你,你可能觉得我耽误了你,可我什么都没说啊。我提着脑袋挣钱,九死一生,我是怕……"孙志平总希望姜瑄能理解自己,但怎么可能每次对方都能理解自己呢?

"是啊,你是大英雄,顶天立地,我不理解你。我现在知道你为什么离婚了,不是你前妻不理解你,而是你这个人太自私。在你眼里只有事业,只有工作,其他任何事情都要让步,都可以牺牲。只要妨碍你的事业都不行,你也让我领教了'一将功成万骨枯'这句话,真他妈是至理名言。"

孙志平此时不再是愤怒,而是震惊至极。

如果这句话出自前妻或别人嘴里,孙志平一定会抬腿就走,毫不犹豫。但如今面对的是姜瑄,孙志平第一次开始反思自我,难道真是太自私?总打着"天下为公"的旗号做着"顺我者昌"的勾当?孙志平的思绪在拼命翻转,自己工作后的一切就像电影一样萦绕在脑海里,我是谁?孙志平是谁?谁是孙志平?孙志平不认识自己了。

姜瑄用手在孙志平眼前使劲晃了晃:"你咋了?傻了?"

孙志平眼前的电影插播了"广告"。"哦,我没事,你说的或许是对的。我很自私。或许我真的很自私。"孙志平看似喃喃自语,又像是回答姜瑄的问题。

姜瑄缓和了口气:"我刚才也太不理智了,对不起,你知道我的脾气不好,多担待吧。"

"小瑄,真不是你的错。我在思考你的话。别人不会提醒我,只有你敢,对,只有你敢。其他人都一味奉承我。好了,不谈这个话题了。"

孙志平想换个思路,改变一下情绪:"小瑄,明天我要去噩梦岛,估计要待上一段时间,那里很美,但很危险,野兽出没,还有一飞驯化的三头熊,一人多高的大熊,一家三口。想不想去看看?也算度度假,散散心。"

"好啊,我有R国旅游签证,很方便,等我请了假就过去。"听到能玩,姜瑄就兴奋,不开心的情绪瞬间全无。

"不需要签证,我……不,是博通买下了这个岛,我们可以直接过去。"孙志平本想说他买的岛,但怕姜瑄说自己又在炫耀,赶紧改口说博通。

"你，哦，博通，真牛。等我请好假，我就过去找你们。"姜瑄也改口了。

接下来，没有不开心的事情了，二人聊起了姜瑄的工作。

孙志平坐直升机飞到了噩梦岛。这是噩梦岛建好后，孙志平第一次故地重游。

董一飞和马明宇早早就在这里迎候。迎候的人群中，除了人，还有憨态可掬的三头熊。

说是改造，实际就是建设直升机停机坪和简易码头，可停靠几艘两三千吨排水量的舰船。岛上还建有一栋宿舍、一栋教学楼、一座轻武器库。岛上一次可驻训100人的特种培训班，博通员工轮流在这里接受一整套"魔鬼训练营"式的训练。这100人不知道，他们实际上也在守护活火山的秘密，确保噩梦岛绝对安全。只有极少数高层才知道购岛的真实目的，这是绝密。

孙志平来到噩梦岛，松本第一时间就获悉了这个好消息，绝不能放过这个冤家对头。

松本立即前往首相官邸，向官房长官河田健汇报。松本告知河田健，浑水马上要对噩梦岛动手，可担心K国军队支援，希望R国军队能全力配合。河田健听完后沉思片刻，让松本稍等一下，然后就走了出去。松本知道河田健做不了主，必然是去找野田首相汇报协商了。

松本的浑水海上力量已很强大了，排水量5000吨的退役护卫舰就有3艘，退役巡逻艇多达13条，各型新旧直升机16架，二手固定翼飞机也有7架。相比之下，博通除了从P国购买的两艘轻型护卫舰、两艘小型常规潜艇、6条近海巡逻艇，还有从K国海军半买半送得到的两艘退役的轻型护卫舰，命名为"王屋"号和"太行"号，一艘退役的中型护卫舰，命名为"玉龙"号；一艘中型常规动力潜艇，命名为"祁连"号。

目前在西太平洋海域，博通只有一艘P国产的轻型护卫舰、两艘K国产的轻型护卫舰、一艘K国产的中型护卫舰、一艘K国产的中型潜艇，其他战舰都在瀚海和波罗海执行护航任务。

按照孙志平要求，郑伟将这些海上力量集结在噩梦岛附近30海里海域。

野田凛子与河田健紧急召见统合幕僚监部联合司令长官山本五木，要求掌握噩梦岛的实际军力部署。15分钟后，山本五木拿着噩梦岛详细军力部署图来到首相官邸，详细解读博通和浑水的军力对比，信誓旦旦地确认，松本绝对能彻底击败博通。

野田凛子很不以为然："不要轻敌，我的将军阁下，几个月前，博通一艘军舰打败了你们几条军舰和多架作战飞机，吓跑了航母编队，你们不汗颜吗？还好意思在这里吹牛。"

"首相女士，今非昔比。浑水那时没有海上力量，我们的海空军投鼠忌器，没有放开打。"

"我不想听这些，我只想知道，如果浑水不行了，你们能否顶得上去？我们不能再败了，丢不起那个人。东岛我们败了，噩梦岛我们又败了，我们还能败到哪里去？"野田凛子不想听这些军人吹牛，她要的是实战能力。

河田健在一边默不作声，这届内阁没有副首相，河田健就是二把手，也是首相的自然接班人。但面对野田凛子的质问，河田健两头都不想得罪，甘当"和事佬"。

"山本阁下，首相的提醒是对的。如今浑水马上要开战，首相的意思是，如果松本赢了，你们就看着；如果松本输了，你们就上手干掉博通，夺回噩梦岛。"

"这……"山本有些犹豫，"……博通买了岛，我们夺回噩梦岛，R国的信誉和契约精神就没有了，你们不考虑吗？"

"脸都丢尽了，还有什么契约？契约是建立在实力基础之上的，你不懂吗？"军人不像军人，野田凛子很愤怒，"打不打仗，不需要你们告诉我，决策是我的事情。决策失误，我们下台，但打赢是你们的责任，打输了你们滚蛋。"

山本很难堪，心里暗自揣摩，这老女人的更年期又来了。他心里这么想，不停用手擦着不断冒出来的冷汗。

589

河田健何等聪明，早就看出山本的小心思，也希望给山本台阶下："野田首相，噩梦岛是R国国土，这个没错吧？"

"对啊，没错。"

"我的领土我做主，没错吧？"

"可以这么说。你要说什么赶紧说，别绕圈子了。"野田凛子很不耐烦。

河田健不紧不慢地说："还记得A国试验的太空陨石吗？一个5平方千米的小岛瞬间就消失了。R国肯定不会沉没，但噩梦岛既然已被敌人占领，它可以沉没。以R国的造岛能力，不用一年又可再造一个更大的人工岛屿。你们说呢？"

"可我们并没有太空陨石武器。"野田凛子不解，山本也有些疑惑。

"我们不需要有，A国人有就行。我们提议A军再做一次试验，相信蕾拉不会拒绝。"河田健看样子吃透了A国人心思。

"河田健阁下，如果A国人拒绝了，我们怎么办？"野田凛子一向做事很谨慎，怀疑A国人的信誉。

"那也没关系，我们有核武器。"河田健这句话吓得野田凛子和山本五木浑身一哆嗦。

"河田健阁下，你疯了吧？你面对的可是有强大核武器的K国，你想要R国沉没变成现实吗？简直不可理喻。"野田凛子斜眼看着接班人。

河田健憨憨笑了笑，说："我没疯，我可以去趟A国见见蕾拉。R国不会沉没。不瞒你们说，我倒是希望噩梦岛沉没。这是最佳结局。"

野田凛子看着这个不知天高地厚的下属，决定让他去试试，同时也不忘记给眼前的军人下死命令："去吧，看看你的本事。山本阁下，你立即做好准备，在必要海域集结海空军事力量，一旦开战，确保博通不能再占便宜，这是我的底线。"

二人分头行事，留下野田凛子一人在官邸独自思量。

野田凛子和山本五木都忽略了一个核心问题：浑水公司是A国的跨国公司，松本虽是浑水公司的董事长兼首席执行官，但董事会只有松本一人是R国国籍，浑水不是R国的私家财产。这一点只有河田健心里最清楚。

## 69. 噩梦岛沉没

人生路上，步履不停，但总有那么一点儿来不及。不妨快走两步，不做低头族，或许还能赶上末班车。

经过河田健与A国国务院多渠道外交斡旋，加之浑水公司同步施加巨大的政治影响力，A国总统蕾拉同意尽快与R国举行外交和军事2+2会谈。

经与首相野田凛子协商，由河田健作为总统特使，山本五木、松本未来等R国代表团飞到A国，与A国国务院和国防部举行高级别双边会谈。

A国政府参与谈判的是新任外交部部长贝里、国安会助理汤姆森、国防部部长史蒂芬、参联会主席乔治、新任情报总局局长戴维斯等。

不同于以往，R国代表团第一次以平等身份与昔日的老大哥举行双方谈判，平起平坐的事实让A国很不适应。R国的经济实力曾多年保持老二地位，但从来都得不到A国的尊重。直到最近，R国连续成功进行小行星撞击和新型核武器试验，A国才深刻认识到，昔日的小弟不仅有野心，更具实力。经历多年的卧薪尝胆，R国终于站起来了。

R国这次谈判的要点，是谋求与A国对等的地位：一是要求A军从R国领土全部撤军；二是R国不会再大量采购A国的武器装备，而是要求联合研制或独立研制；三是重新谈判并签署《同盟条约》；四是强化两国战略合作,共同对付这个星球的现实威胁。

对R国提出的这些条款,A国谈判代表呆若木鸡。他们不敢相信,这还是那个熟悉的R国吗?所有人心里毫无准备。A国代表提出休会,改天再讨论,这完全没有讨论的可能,只能等蕾拉来拍板。

听到与会代表的描述,蕾拉也被震惊了,确实超出预料。对A国而言,推翻以往的游戏规则就是最大的背叛,该如何处置翅膀长硬了且想造反的R国,让蕾拉很头痛。可事实如此,R国长大了,有足够的硬实力,想彻底摆脱A国的控制。A国还真拿R国没办法。以前还可以通过控制战略资源和技术封锁达到控制R国的目标,但如今这一招不管用了。R国的海洋开发和自主科技创新能力极强,基于海洋的资源获取手段多元化,科技发展也高端化了,能从深空获取资源,A国已彻底失去了要挟R国的筹码。面对如此窘境,A国选择了妥协。目前是形势所迫,K国和P国步步紧逼,已让A国喘不过来气,如果再把R国逼到对立面,A国必输无疑。拉拢R国是A国唯一的选择,与放弃国家安全和全球霸权相比,放弃尊严和面子还是值得的。

两天后,两国重新谈判并签署了新版《同盟条约》。A国决定在一年内从R国全部撤军,同时与R国商定联合开发先进武器装备,并共享知识产权和国际军火市场。

在新版《同盟条约》中,两国是平等合作的伙伴关系。如果一方被第三国攻击,另一方有义务以各种方式支援被攻击的一方。但如果两国任何一方主动攻击第三国而引发战争,另一方有权不予支援。

松本代表的浑水公司全程参与谈判,两国政府同意共同支持浑水公司的全球安保业务,并同意借浑水公司来打压日益强大的博通公司。

两国共同针对一家私营公司,享受这项"殊荣"的,除了华兴公司,就是博通了。

针对博通在噩梦岛的情况,A国和R国经过协商,决定支持浑水公司以武力解决这一问题。同时约定,一旦K国军队R国军队在噩梦岛爆发军事冲突,R国将会授权A国军队主动攻击噩梦岛。A军则要求避免主动攻击K国军队，以防引起与K国之间的战争风险。

带着A国的政治背书和新版《同盟条约》，河田健、山本五木和松本未来一行满载而归，着实给首相野田凛子一个大大的惊喜。"喜"的背后，是女首相对河田健的"惊"。这位下属无论眼光还是能力都在自己之上，野田凛子感到莫名的恐惧和不安，下个任期还能继续当选吗？还真不好说。

在这次谈判中，松本未来几乎动用了浑水公司的全部关系网，逼迫A国政府和军方同意R国全部要求。河田健要求野田凛子召见松本并予以表彰。这种逼宫式的要求让野田凛子很不爽。但碍于面子，野田凛子还是接受了河田健的"无礼"要求，最终在首相官邸为松本未来颁发了至高无上的旭日重绶章，勉励松本为国家荣誉和安全继续做出杰出贡献。

之后，松本更加飞扬跋扈、不可一世，要求与河田健、山本五木协商噩梦岛作战计划。浑水已迫不及待了，本质是松本报仇心切，要绑架浑水把私敌变成公敌。

姜瑄终于请下来年假了。她没忘记好姐妹林妙杰，早早就鼓动林妙杰也请年假。两个女人协商好一起前往噩梦岛。林妙杰天生好奇心就很重，艺不高但人胆大，她想想这个岛叫"噩梦"，就感到特别刺激，如今能上岛看一看，还能度个假，甭提有多开心了。再说，董一飞在岛上，孙志平也在岛上，二人上岛后都有各自的归宿，也让她们对登岛充满了无限的期待和遐想。

孙志平让姜瑄和林妙杰从申城坐船出发，正好搭乘一艘秘密携带十几名专家的大型豪华游船前往噩梦岛。这些专家携带了不少勘测用的仪器设备，上岛的目的是实地看看火山口洞穴的秘密。

姜瑄和林妙杰不知道这些人究竟是干什么的，以为是博通安保人员，一路畅聊。这些专家看到两个大美女相伴前往噩梦岛，突然感到要去的不是"噩梦"岛，而是"太阳"岛。在岛上可以晒太阳，在海滩上嬉戏打闹，工作也不觉得枯燥了。想到这些，背井离乡的专家们很感谢博通，连生活中的点缀都充分考虑好了，不愧是一流的安保公司。

豪华游船跑得不快,在半路上,遇到博通前来接应的军舰,几名安保人员登船保护游船。这种事情不方便由K国军队出面,博通就全包了,提供全套"环岛考察一月游"服务。在"龙岭"号护卫舰的保护下,游船驶向噩梦岛。

经过将近一天的舟车劳顿,豪华游船总算抵达噩梦岛码头了。"龙岭"号护卫舰在30海里外下锚警戒。在码头上迎接的人有孙志平、董一飞和马明宇,以及博通安保人员。当马明宇陪着十几位专家准备去宿舍安顿时,不少专家都问姜瑄和林妙杰去哪里。马明宇看他们焦急的表情就知道怎么回事了。他赶紧告诉学究们,美女个个名花有主,姜瑄就是他们看到的噩梦岛岛主孙志平的女朋友,林妙杰是董一飞董总的女朋友。马明宇一句话如同晴空霹雳,把专家们的美梦一下都变成了噩梦,这里真成了噩梦岛。专家们早就听说岛上一个女人都没有,全是大老爷们儿,本以为来了点儿红花点缀,结果也是别人家的红花,只能远远看着欣赏了。

这就是人性,无论时代怎么进步,科技如何发展,人性还是如此停滞不前。

马明宇安顿好专家后,就马不停蹄地给专家们开讲洞穴发现。等众位都熟悉基本情况后,马明宇就带着大家直奔火山口。这里毕竟是R国领土,每一天都可能有意外发生,做任何事情都要尽快,以免夜长梦多。

孙志平和董一飞带着姜瑄和林妙杰提前逛了神秘洞穴,可两个大美女似乎兴趣不大,走马观花,更说不出个所以然来。

特别喜欢宠物的林妙杰最想做的就是找三只大熊去玩。董一飞训练的大熊十分通人性,当看到林妙杰和董一飞二人很暧昧时,也就对林妙杰特别友善、亲和。大熊时不时做一些出人意料的暧昧亲昵的动作,让林妙杰笑个不停。林妙杰好想把三只熊带回K城,让它们和自己一起住,可是K城不允许,董一飞也严词拒绝了。这些熊是火山口"守护神",怎么能离开"圣地"?

刚上岛的姜瑄对熊丝毫没兴趣，只对孙志平有兴趣，天天缠着孙志平在岛上散步。看似神秘危险的荆棘丛林，已成为二人浪漫散步的一条条爱情小路。只要孙志平在身边，胆小的姜瑄一点儿都不害怕。

"老孙，我觉得这个岛可以改名叫爱情岛了，见证着你我的爱情。"

孙志平傻傻笑着，不置可否，答非所问："嗯，比噩梦岛好听，美梦岛也好，你说呢。"

"美梦和你我有啥关系？爱情才有意义。"孙志平不接话茬。

姜瑄很不高兴，这个家伙不解风情。

孙志平认识姜瑄这么久，两个人第一次有这么长时间相处，很难得。偶尔，姜瑄死死盯住孙志平看，孙志平赶紧摸摸脑袋，依旧不解风情。姜瑄只能大喊一声"蠢猪"来解嘲。这个家伙是真不懂女人还是装不懂女人？也不知道孙志平到底谈过几次恋爱，有过多少女人。姜瑄很好奇，但孙志平不老实，从不说实话。

就这样一天天过去了，孙志平和姜瑄始终没有越雷池半步，两个人晚上也各住一间房。姜瑄非常不满，又一次浪费机会。SG城是第一次，"爱情岛"是第二次。姜瑄甚至怀疑孙志平有病，不是身体有病，就是脑袋有病。

连马明宇和董一飞也觉得奇怪，吵吵着让孙志平搬进姜瑄的房间，都什么年代了，还这么保守。孙志平腼腆地笑了笑，说："时机未到，时机未到。时机到了，一切才OK。"

再看看董一飞和林妙杰这小两口儿，董一飞早就按捺不住，林妙杰一上岛，两个人就住在一起了。幸福中的林妙杰有点儿不理解姜瑄对孙志平的执着："这个孙志平这么不解风情，我真不知道你喜欢他什么，为你觉得不值，很不值。"

"这就是命吧。"

"这都什么年代了，他还这么保守，你们俩也真是一对奇葩。"

"这个世界男人很多，可好男人不多，优秀男人更是凤毛麟角。"姜瑄自言自语，又好像回答林妙杰的问题。

"对对对。既然不能被'领导任命',那就要自觉认命,这是必然。你说呢?"

"啥意思?"

"没啥意思,意思就是让你认命,'领导任命'你是没戏了。"

"哦。"姜瑄还是没听懂,若有所思。

"好好好,我不说你了,你觉得他优秀,你就使劲追吧,那就别抱怨了。走,陪我出去转转,咱们去找熊宝宝玩。"

林妙杰和三头大熊混得很熟,尤其是小熊,每天都会来敲门招呼林妙杰出去玩。

时间过得真快,转眼20多天过去了。孙志平的电话响了,是郑伟来电。郑伟通报,在博通舰队周围,一夜之间多了几条不明国籍的舰船,来者不善。孙志平要求郑伟盯住这些船只,同时通知在京城的李琰全面了解噩梦岛周边动态。

10分钟后,李琰致电孙志平,卫星图像显示,有军事船只在噩梦岛周边集结,其中包括3艘排水量四五千吨的大型护卫舰,还有13条排水量几百吨的巡逻艇。经过信号侦听,R国本土与这些舰船之间一直有密集密文通信。另外,R国的小内元群岛附近集结了一个航母战斗群,为首的是"翔风"号航空母舰,航母上满载3B型舰载机。

孙志平的"北极"设备突然响了一声。每当这部设备有动静,都预示有大事发生。孙志平打开手持设备一看,短信显示加密信息,"A国S异动,目标E岛",S就是太空军,E就是噩梦岛。

看到这条信息,孙志平吓一大跳,本以为只要对付R国就行了,没想到连A国都要插手,形势严峻了。

郑伟与新任特混舰队司令张海波、副司令宋飞峰按照孙志平的要求做好战斗准备。

"祁连"号常规动力潜艇在噩梦岛附近海域潜伏,"王屋"号、"太行"号、"玉龙"号、"龙岭"号四艘护卫舰在噩梦岛西南方向按点面结合方式布防,严阵以待。

战斗很快就打响了。

浑水三艘"月秋"中型护卫舰排列为雁形队，13条携带着30毫米速射炮的巡逻艇伴随在护卫舰四周，执行对空警戒和防空反导任务。

从吨位和数量上对比，博通和浑水各有优势，博通有四艘护卫舰，但排水量和火力持续打击能力弱于浑水。噩梦岛距离R国本土很近，浑水13条巡逻艇具有地利之便，可发挥近战快打集群优势。

当浑水特混舰队距离博通舰队还有80海里时，松本下令主动发起攻击。3艘"月秋"级护卫舰瞬间发射6枚反舰导弹，但区区6枚导弹被战斗经验极为丰富的张海波、宋飞峰利用主动干扰技术轻松化解。同时，博通特混舰队火力全开，四艘护卫舰一个齐射就是8枚导弹，直奔浑水舰队。"月秋"级护卫舰立即发射16枚拦截导弹接战，成功拦截了博通的第一波攻击。就这样，博通和浑水舰队你来我往，相互超视距密集攻击，彼此都没造成大的损失。

三艘"月秋"级护卫舰上的三架攻击直升机起飞了，采用低空掠海方式偷袭博通舰队。但很快就被"玉龙"号护卫舰锁定，三枚导弹垂直起飞，旋即转入低空迎头拦截三架直升机。几秒后，三架直升机凌空开花，坠入大海。

几乎与此同时，三枚导弹从水下射出，近距离飞向浑水的三艘护卫舰。随着速射炮急速开火，两枚导弹被拦截，剩下一枚直接命中一艘护卫舰舰桥，巨大的爆炸把舰桥彻底掀翻，这艘护卫舰顷刻间失去了战斗力。

就在另两艘浑水护卫舰犹豫之际，八枚导弹从天顶和水线同时袭来。同时，水中又冲出来两枚导弹，水下又暗涌出两条鱼雷，直奔两艘"月秋"级护卫舰。不到一分钟，又有两枚鱼雷鱼贯而出，发起第二波水下攻击。

两艘"月秋"级护卫舰使尽浑身解数，快速密集发射防空导弹，四部速射炮火力全开，但也无法抵御多波次导弹的饱和攻击。两艘"月秋"分别被一到两枚导弹直接命中，另一艘还被两枚鱼雷直接命中舰尾和舰首部分，整条舰彻底损毁。

此时，博通舰队弹药告罄。"王屋"号、"太行"号每艘只能携带4枚反舰导弹,"玉龙"号也只有8枚反舰导弹,"龙岭"号要好许多,可携带16枚导弹。如此配置对付像浑水这样的小型舰队还可以,可如果对手实力再强点儿就麻烦了。

李琰发来最新战情通报,R国海军"翔风"号航母战斗群已快速向噩梦岛海域机动,R国的几大航空基地也有大量战机升空,并在空中编队集结。据情报分析,其目标空域是噩梦岛。

"北极"信息提示,A国特种航天器已机动变轨,进入噩梦岛上空的地球低轨道,这条轨道预计90分钟就可瞄准噩梦岛一次,可对噩梦岛发动一场由天至地的"天地大冲撞"。

情形万分紧急,孙志平要求岛上所有人员全部登船撤离。十几名专家带着大量重要资料,被安排第一批登船,随后是博通的几十名安保人员。

两架直升机把孙志平、姜瑄、董一飞、林妙杰、马明宇分别送到"玉龙"号和"龙岭"号两艘军舰上。孙志平要求博通的随船安保人员誓死保护好专家和资料,两者一样也不能少。

三头可怜的大熊在岸边嗷嗷嗷叫着、爬着、跑着,似乎感觉到生离死别,也感觉到生命即将走到尽头。董一飞和林妙杰失声痛哭,他们真想带大熊们走,但直升机根本就容不下如此庞然大物。游船也很小,几十号人已挤得满满当当,几无立锥之地。

在林妙杰的苦苦哀求下,孙志平没法子,只能尝试把两米多高的小熊放在豪华游船下层,邻近动力舱的隔舱。挤了又挤,小熊终于挤进去了,烘烤的感觉,紧巴巴的空间,连身子都直不起来,小熊双眼含泪。

剩下两只大熊就没有那么幸运了。小熊走了,剩下的大熊在岸边哀鸣。通人性的大熊知道小熊得救了,也知道一场灾难即将从天而降。

不仅是两头大熊在哀嚎,岛上的动物全都跑了出来,蟒蛇、野猪、獾、狼等,动物感觉到巨大灾难即将降临,这次它们要面对集体死亡,为人类的自私行为集体殉葬。

四艘博通舰船护卫着游船往宫谷海峡方向驶去,渐渐远离噩梦岛。途中,他们遭遇了R国战斗机联队的轮番攻击。由于防御能力耗尽,"王屋"号、"太行"号两艘护卫舰遭受重创,"玉龙"号和"龙岭"号也在苦苦支撑,勉强保住船体,可伤亡惨重。

一枚太空陨石从天而降,极高速地撞击噩梦岛,不到2平方千米的小岛瞬间就沉没在水中,那座标志性的火山也一同沉入海底。

人造陨石的巨大冲击力引发了一场大海啸,周围五六十海里尽数淹没。浑水海军3艘没来得及跑掉的"月秋"护卫舰也一并被横扫入海底,13艘巡逻艇无一幸免。博通舰队虽然逃得快,但"王屋"号和"太行"号也被巨浪吞没,"玉龙"号和"龙岭"号则勉强撑了下来。

此一役,博通损失惨重,刚刚建成并正式经营的噩梦岛就这样被彻底毁掉了。

在东畿西武总部遥控指挥的松本未来暴跳如雷。明明优势明显,可却又一败涂地,一群饭桶、一群废物,死有余辜。这笔账又记在了博通的头上。

忽然,松本想起一件急事,立即吩咐得力副手去趟M城。

就在这名副手潜入M城后的第五天,M城警方在海边发现一具浮尸,经辨认就是松本的管家。在警方调查期间,松本的女人毫不知情。但她心里很清楚,安红的死、管家的死,都与松本脱不了干系。她曾亲眼见过松本用极刑惩罚下属,知道这个男人心狠手辣,但对自己却温柔体贴,有求必应。女人这辈子离不开松本,习惯了,就算错也只有一路错下去。松本做任何事情都一定有他正当的理由。唯一遗憾的是,女人知道松本一时半会儿来不了M城,M城警方不会放过他。

天渐渐黑了下来,博通船队驶过宫谷海峡。在游船上目睹了一场海空大战的专家们个个心有余悸,期待早点儿靠岸。不管怎么说,算是活着回来了。

K国海军的"东岛"号航母战斗群在宫谷海峡西口一直守候,R国海军"翔风"号航母战斗群也就不再追击了。

R国航母第一编队司令长官吉野一雄带领着"翔风"号航母编队慢了下来,远远地看着,咬牙切齿,捶胸顿足,发誓总有一天要一雪前耻。

一切看似趋于平静,但真正的危机才刚刚开始。

## 70. 海战

不要抱怨，抱怨丝毫不解决问题。努力了，至少能成功一点点，不努力只能想象一点点。

就在噩梦岛危机持续发酵之时，另一场尖锐的矛盾也在A国国家军事指挥中心激烈爆发。

在A军国家指挥中心，蕾拉作为三军总司令坐镇，国防部部长史蒂芬和参联会主席乔治负责具体指挥，外交部部长贝里、国安会助理汤姆森、情报总局局长戴维斯等参与决策。众人围绕何时攻击噩梦岛产生了巨大的争议。史蒂芬、乔治和贝里三人主张，一旦航天器进入预设轨道就立即攻击，要打就狠打，连人带岛一起打。

戴维斯不同意"一刀切"，太过武断。戴维斯认为重点攻击的目标是岛，不是人，否则在国际社会不好交代，更会引起两国的争端。只要把噩梦岛和岛上建筑悉数摧毁就足以警告博通。

汤姆森是个老滑头，不表态，在等蕾拉的意见，戴维斯自然就很孤立。

"总统女士，你也知道我们情报总局局长戴维斯先生和孙志平交情不一般，当然不愿意看到好朋友惨死。不知道他是出于人道主义怜悯之心，还是想纵虎归山，别有用心。"说话的正是戴维斯的死对头贝里，新任外交部长。这个人早想把戴维斯置于死地。

乔治作为军队最高指挥官也希望蕾拉尽快拿定主意："总统女

士，请您尽快做决定吧，时间不多了。"

"总统女士，机会很快就失去了，不能再耽误，您必须做决定。航天器临空还有15分钟，错过就要再等90分钟。90分钟，什么事都可能发生，也许机会就没有了。"史蒂芬同样强调机不可失。

史蒂芬身为文职国防部部长，不是职业军人，不懂指挥打仗，对军队事务也不太熟悉。他出身克莱军火公司，担任过集团CEO，对研制武器门儿清，对军民融合门儿清，对武器发展和选型从来不偏不倚，不会刻意刁难非雇主公司，倡导公平竞争。为此，克莱公司也丢掉不少合同。克莱公司领导层因此对史蒂芬意见很大。可蕾拉偏偏喜欢这样一位公正的人，没有私心，用得放心。史蒂芬也知道自己不懂军事，不懂指挥，也就放手让参联会大胆施政、大胆管理，有什么问题和责任，史蒂芬都会主动承担，这让史蒂芬和乔治及其他军种的几位司令私交甚好。在攻击噩梦岛的决策上，史蒂芬就坚决支持乔治上将。

贝里说："我觉得戴维斯局长有私心，不能再等了，总统女士。"贝里希望蕾拉尽快决策，然后就有足够理由扳倒眼中钉。

蕾拉一句话不说，看看汤姆森和副总统赫利斯："我想听听你们两位的意见。"

赫利斯摇了摇头，耸耸肩，示意没意见。

汤姆森迟疑了一会儿："总统女士，他们两方说得都有道理，确实不好决策，我觉得可否举手表决一下，您看呢？"

"这也是个办法，那就举手表决吧。赞成立即动手，请举手。"蕾拉不愿意自己来决策，省得日后归罪于自己。

国家指挥作战室一共有11人，包括四名军种司令。国防部部长和五名穿军装的将军都举起了手，加上贝里一人，一共有7人举手赞成。"那不赞成，请举手。"蕾拉想看看赫利斯、汤姆森到底啥意思。

结果，赫利斯、汤姆森还是没举手，只有戴维斯举起了手，显然势单力薄。"你们的意思？"蕾拉想知道赫利斯、汤姆森的想法。

赫利斯摇了摇头："我保留意见，弃权。"

"我弃权，我弃权……"汤姆森强调了好几遍。

蕾拉也没有举手。

"七票赞成，一票反对，三票弃权，看来赞成的人是大多数，那就立即攻击，我来签署攻击命令。"说完，蕾拉拿起签字笔就准备在A号攻击令上签下大名。

倒计时还有5分钟。

"总统女士，请稍等。我和孙志平关系好没错，前任局长鲁尼刻意让我接近他，但我很清楚我在做什么，我怎么可能因K国人背叛自己的国家？我们必须考虑到K国的报复。今天的K国不是50年、100年前的K国，他们有强大的报复能力，玉石俱焚就是最后的结果。当年的A国总统在导弹危机中不愿看到地球末日，总统女士您也一样不愿意看到A国生灵涂炭，这不是单赢，是全输。结果呢？R国人高兴了，他们更喜欢坐山观虎斗。"

"这就是你的理由？但我们已经表决了，你也看到结果了，我不能擅自改变结果。"蕾拉已经签下自己姓。

倒计时还有3分钟。

"总统女士，请听我一言，这里不便说，我们换个地方。就一句话。"戴维斯真急了。

蕾拉看看众人，耸了耸肩："朋友们，等我一分钟。"

蕾拉跟着戴维斯到另一间办公室。戴维斯四周看看，没有监控对着这里，附耳蕾拉说了几句话。

一分钟后，蕾拉出来了，一脸愁容，双手一摊："暂停攻击计划，允许他们把人撤出去，然后再攻击无人岛。"

说完，蕾拉在B号攻击令上签署了全名。

攻击时间已过，指挥中心大屏幕上又重新90分钟倒计时。大家看看蕾拉，又看看戴维斯，戴维斯神情凝重。众人心存狐疑，不知道这个家伙究竟给蕾拉说了什么，蕾拉竟然毅然决然放弃了A号攻击令。

贝里对戴维斯的恨又加深了一层。等着吧，这件事没完，贝里暗

603

暗咬牙切齿。

戴维斯看在眼里，若有所思。这一次，戴维斯与其他内阁成员都成为敌人了。

B攻击计划实施了。A国旋即对外宣布："受R国政府邀请，A国政府在R国噩梦岛进行了一次太空物体坠落验证试验。据试验数据分析，本次试验达到预期效果，对周边海域和区域的影响完全可控。"

攻击任务已经完成，但指挥中心的人并没散去，会议继续讨论下一步安排。侦察系统持续对噩梦岛和西太平洋海域实施全方位实时监控。

忽然，A国国家指挥中心警报大作："A国军舰在K国东海遭到攻击！A国军舰在K国东海遭到攻击！"

指挥中心的空气顿时凝固起来，所有人倦意全消，手忙脚乱。很多人并没经历过大的政治和军事事件，没有想到K国报复这么快就来了。关键时刻，还是军人作风的参联会主席乔治比较冷静，立即颁布命令："调集全部侦测手段，迅速查明事实。A国境内外全部指挥机构待命。"

A国在海外的军事力量被主动大规模攻击鲜有发生，只有零星的恐怖袭击。此时，A国国家指挥中心、国家紧急机载指挥所、地下指挥中心、战略空军司令部指挥所，以及六大战区司令部指挥中心和三大职能司令部指挥中心，全部做好了战时启动准备，只等总统正式签署启动命令，立即进入战时状态。

"总统女士，您看……"乔治在征求总统意见。

"再等等，看看情报分析。"戴维斯在一旁提醒着。

蕾拉也是老练的总统，冲动可以，但不能鲁莽。戴维斯提醒得对，自己不能随随便便就把人类的命运彻底葬送。

15分钟后，综合情报显示，A军两艘驱逐舰在宫谷海峡西口海域附近被不明国籍潜艇击沉，舰员全部阵亡。R国政府和军方正在展开救援工作。就在半小时前，K国海军"东岛"号航母战斗群驶离宫谷海峡。但目前还不能认定是K国海军所为。

指挥中心死一样沉寂，谁也不说话，都死死盯着蕾拉。蕾拉一言不发。

10分钟后，最新情报显示，K国海军一艘中型驱逐舰在东海海域被不明国籍潜艇击沉。K国海军"东岛"号航母舰队进入战备状态，严阵以待。K军另两个航母战斗群正向东海海域集结，K国空军作战飞机编队已经升空，霹雳军团也有明显异动，凌霄军团正向东海天域集结。

指挥中心气氛更加紧张，每个人紧绷着神经，一言不发。

打破沉寂的还是参联会主席乔治，作为军人他懂得战场的瞬息万变，犹豫不决就意味着失去战机。这艘被击沉的中型驱逐舰不属于K国海军，是博通的"玉龙"号，由于要保护专家乘坐的游艇，孙志平要求"玉龙"号断后。孙志平和姜瑄也在这条舰上，但没想到被尾随的不明国籍潜艇发射三枚鱼雷击中。舰体损毁严重，火势蔓延，消防和损管系统已无法保住军舰，"玉龙"号随时都有爆炸倾覆的风险。

博通海上力量就剩一艘"龙岭"号了，大量救生艇被放下海。但由于部分救生设备损毁，只能利用两架直升机往返于"龙岭"号和即将沉没的"玉龙"号之间做接力营救。郑伟和张海波就在"玉龙"号上组织人员疏散，宋飞峰在"龙岭"号上组织多方营救，并向K国海军"东岛"号航母战斗群发去救援信号。但"东岛"号航母战斗群距离出事舰艇还有较远的距离，只能先派遣10多架直升机前来参与营救。

"玉龙"号再次发生剧烈爆炸，就剩下张海波、孙志平、郑伟、姜瑄及十几个弟兄还在舰上，一旦舰船倾覆，救援难度将会瞬间加大。一架直升机只能携带十几名人员，在张海波、孙志平、郑伟再三催促和命令下，姜瑄和十几个弟兄才勉强上了直升机。

直升机飞走了，舰上只剩下张海波、孙志平、郑伟和另外四名博通弟兄了。今生是战友，做鬼是兄弟。看着姜瑄渐渐远去，孙志平长长松了口气，活下来就好。

姜瑄拍打着直升机舷窗，号啕大哭。透过舷窗，孙志平第一次看

605

到那么坚强的女人竟然也会流泪、抓狂。他万分不舍，但更不忍心苟且偷生，让博通弟兄们送了命。

孙志平组建博通公司没多久，就因他的胆小和怯懦，在营救人质时造成弟兄惨死，孙志平对此事耿耿于怀。不堪往事历历在目，心有余悸，现在他宁可自己死，也不想弟兄们再死了。

孙志平看着直升机渐渐远去，慢慢举起右手敬了一个久违的标准军礼，对远去的姜瑄默默说了一句："我爱你，小瑄。今生无缘，如果还有来生，我一定娶你。"

孙志平默默地流泪了，谁也没看见。孙志平把这份爱永远埋葬在了心底。

直升机飞远了，姜瑄和博通弟兄们突然看到身后火光冲天，"玉龙"舰弹药库爆炸了，硕大舰体被炸得七零八落。短短几分钟，"玉龙"舰就沉入海底，巨大的漩涡卷走了海面上的一切物体。

目睹此情此景，姜瑄彻底惊呆了。她不哭了，一句话不说，一屁股坐在机舱地板上，任凭别人怎么叫都茫然不知。

当直升机降落在"龙岭"舰，董一飞、马明宇和林妙杰没看到孙志平，只看到瘫软在直升机上的姜瑄，顿时都傻眼了，一切都明白了。

董一飞发疯地要去救孙志平，林妙杰和马明宇拼命拉住董一飞，告诉董一飞海军救援直升机已经来了。"龙岭"舰的任务是护送游艇到安全海域，一旦游艇被袭击那可就功亏一篑了。马明宇比谁都清楚游艇的重要性。

宋飞峰作为"龙岭"号的最高决策者，命令军舰跟紧游艇，一定要护送专家们安全返回国内。忽然，远处五架无人机高速飞来，逼近游艇。宋飞峰一眼就看出来者不善，这是A国产的"察打一体"无人机。此刻搞不清楚这些无人机隶属R国军队还是A国军队。一旦这些无人机发射导弹必然会摧毁游艇，只有先下手为强。"龙岭"舰上的中近程防空导弹都打光了，宋飞峰要求"龙岭"舰抢在游艇右后侧航行，挡住无人机的攻击。同时，10座肩扛式导弹对准这些无人机，进入射程后，10枚导弹猛然冲向无人机。四架无人机凌空爆炸，一架突防成功，冲着游艇就发射了一枚小型红外反舰导弹。

"导弹第二波准备，发射。""关闭红外抑制系统。""高速贴近游艇，贴身保护。""释放红外干扰。"宋飞峰一口气下达了一堆还能执行的命令。

关闭红外抑制系统就意味着要把导弹吸引到"龙岭"舰这个巨大的红外源处。一旦红外干扰失败，第二波导弹也拦截失败，只能用硕大的舰体来抗住导弹的攻击。

第二波导弹成功击毁了接近舰艇的无人机，但红外防空导弹没能拦住漏网的红外反舰导弹。这枚导弹直接命中了"龙岭"舰前舱，巨大的爆炸掀翻了甲板，弟兄们死的死、伤的伤。舰尾并排捆扎好的两架直升机被巨大的冲击波震断钢缆，其中一架直升机掉进大海。

舰上的消防和损管系统自动工作，很快将大火扑灭了。"龙岭"舰已丧失战斗力，只有动力系统还堪用，继续贴身保护着这条价值连城的豪华游艇。

终于与K国海军编队会合了，"龙岭"舰彻底放松下来。一艘K国军舰护送游艇渐渐远去，"龙岭"舰掉头开向翁山船厂去大修了。

舰上唯一的直升机携载着董一飞、马明宇、姜瑄和林妙杰先行登陆，焦急等待着海军营救的消息。一路上，谁也不说话，谁也没法说话。

蕾拉总统终于签署了总统令，在非常时期，可绕过国会，由三军总司令先行决断战争还是和平。按照总统令，乔治给各个战区司令部下达了作战任务，要求全力做好战争准备，一旦发生交火事件，可由前线指挥官自行决策。同时，按照蕾拉总统和国防部长史蒂芬共同签署的命令，乔治要求战略司令部做好核打击准备，空天母舰集群尽数进入备战轨道。

不仅是A军，积极备战的还有R国。

野田凛子也立即召开安保扩大会议来协商局势和对策。河田健和山本五木等主要内阁成员全部到会。在河田健和山本五木的积极鼓动下，野田凛子签署首相命令，R国军队进入一级战备，前线部队可临机处置。首相命令的两份副本被分别送交女皇和国会，与其说是供其审阅，不如说是知会。

针对A军两艘驱逐舰被击沉的事件，K国军队坚决否认与自己有关。与此同时，K国各军种接到了进入一级战备的命令。

A国、R国和K国一时间剑拔弩张，一场大战一触即发。

P国总统普奇科夫和联合国秘书长哈维先后致电三国领导人，从中斡旋，希望各方保持克制，避免地区局势彻底失控。

但意外的事情还是发生了。

满腔仇恨的R国航母第一编队司令长官吉野一雄接到命令十分兴奋，像打了鸡血，每个细胞骤然活跃起来。当一艘R国核动力攻击潜艇顺利返回乌港基地后，吉野一雄彻底放心了，立即命令"翔风"号航母舰载机突袭"东岛"号航母编队。仅仅几分钟时间，40多架3B型战斗机腾空而起，蜂拥袭向数百千米之外的K国海军舰队。之前被击落的那五架无人机是吉野一雄派去的，就是要教训教训还在公海上的博通舰队。

K国海军的"东岛"号航母战斗群和"东山"号航母战斗群同时出动大量战斗机迎战。10多艘55C型驱逐舰建立起铜墙铁壁的防御体系，一起拦截R国舰队前来偷袭的战斗机，及其发射的数十枚反舰导弹。

K国海军保持了极大的克制，两大航母编队只建立起防御阵势，并没有对"翔风"号航母实施远程打击。但变本加厉的吉野一雄以为K国海军软弱可欺，更加有恃无恐地展开一波又一波的猛烈攻击。

K国海军怒了，整个K国军队怒了，人若犯我，我必犯人。

K国两个航母战斗群尚未出手，10枚弹道导弹从天而降，其中3枚准确命中"翔风"号航母，另外7枚分别击中七艘护航战舰。几分钟后，"翔风"号航母带着七艘战舰沉没，在海底聚会了。不可一世的吉野一雄在即将沉没的"翔风"舰上切腹自尽，成全自己做了"鬼雄"。

仅仅一小时，K军和R军在东海的战斗就结束了。消息震惊了R国朝野上下，对K国实施报复的声音越来越高涨。

在安保会议上，河田健和山本五木等人要求首相野田凛子对K国动用战略武器，包括小行星和新型核武器。野田凛子知道，动用战略武器不是闹着玩的，河田健简直疯了，要拿整个国家来做赌注。

## 71. 空海谍影

没有人对你说"不"时,你永远也长不大;但说"不"太多了,你同样永远长不大。

动用战略武器意味着"R国沉没"。渐趋理智的野田凛子低着头,一言不发,眼白上充满了血丝。这位R国历史上首位女首相越来越感到被河田健等人绑架,沿着一条不归路前行,又无法摆脱。她发现自己最大的敌人不是K国,而是身边的河田健、山本五木及松本未来这些好战的激进分子。

国安会成员,多数人都支持河田健,甚至形成内部的"河田健派",势力很大。野田凛子很清楚河田健对首相宝座势在必得。

野田凛子面对被挑唆起来的民意,被迫签署新首相令,允许必要时对K国实施战略打击,并向A国、K国、P国等国通报相关决定。这一决定就等于向K国宣战。

翌日,R国、P国、K国先后宣布退出《全面禁止核试验条约》。A国不在此列,因为A国早在十几年前就退出这个条约。

K国政府发表声明,称K国不首先使用核武器,但保留二次核反击的自卫权。由于R国属于拥核国家,K国把R国列为核打击目标国家。

几乎同一天,R国在西太平洋火山列岛附近的无人岛上,实施了R国在地球上的首次核试验。

P国在本国岛屿上进行了一次低辐射特种核武器试验，并在附近海域进行了低辐射核鱼雷试验，造成了巨大的海啸。

K国从中部城市和东部领海上，同时向西部核试验场发射了六枚新型洲际导弹，其中两枚导弹携带了基于分导技术的高超音速战斗部。又进行了两次极为特殊的等离子效能核武器试验。这种武器可彻底瘫痪一个国家的电力和信息化系统，虽不具备人员杀伤力，但可暂时造成人员失能，属于非致命攻击。

A国在国内秘密进行了一次试验，对外没有公布任何信息；与此同时，A国从范斯空军基地向海上发射了一枚陆基洲际导弹和一枚潜射洲际导弹。

人类历史上的第一场核战争正在酝酿之中，大规模试验之后就是大规模实战。这几个国家要么在岛屿和内陆进行核试验，要么就在深海进行核试验。但各个国家在试验期间，都目睹了一系列不可思议的怪现象。

R国在火山列岛附近的无人岛准备核试验时，意外发现夜空中飘动着一颗月亮大小的发光体，朦朦胧胧，像被一层淡绿色气体包裹。那绝不是发射火箭或导弹喷射出的五彩祥云，当时是子夜，也不可能是黄昏和凌晨散射出来的绚丽尾流。比较诡异的是，发光体要么一动不动，要么是瞬间转移，没有丝毫流动或平移痕迹。发光体不仅高悬天际，还会在水下潜游，丝毫没有引起海水波动。天亮后，发光体消失了，但天空隐约有光影飘动。

R国是全天候监控着试验。在试验前夜，一轮"明月"再次挂在天空，很大、很亮。R国担心是其他国家的低轨道侦察卫星或邻近空间侦察机，便命令一艘驱逐舰连续发射两枚具备反卫星能力的导弹。但奇怪的是，导弹既没有命中目标，也没有自毁，而是消失了，像是人间蒸发。或许这是幻觉，但所有人集体产生幻觉的概率是比较低的。"明月"没有破坏性，试验一切准备工作按计划实施。

试验成功了。就在巨大蘑菇云升腾时，发光体瞬间转移到蘑菇云中。

试验结束后，一轮明月高高挂在天空，但这轮明月是真的，原来那轮"明月"消失得无影无踪。

R国人百思不解，把这起事件归因为"不明飞行物"——UFO。

P国进行了两次核试验。第一次是地下核试验，就在核试验起爆那一刻，突然从监控器中看到一枚发光体，闪闪发亮。随着核爆炸效应的持续，发光体在原地接受着起伏不停的核冲击波的洗礼。

第二次核试验，鱼雷从P国的核潜艇中释放，以高达每小时200多千米的速度在1千米深的水下潜航。但P国人不知道的是，就在鱼雷旁边，有一个伴游的发光体，速度惊人，全程监控着鱼雷的一举一动。鱼雷爆炸，核爆炸引起滔天海啸，发光体一动不动，如同"定海神针"。P国人后来发现了这个特殊光影，将之归为USO（不明潜水物体）。

K国也不例外，就在K国从中部城市和领海海域同时向西部核试验场发射六枚新型洲际导弹时，六个发光体瞬间出现在六枚导弹周围。一枚导弹释放出六枚分导弹头，原本的一个发光体瞬间裂解为六个发光体，继续跟踪六枚分导弹头。同时，其他发光体也一步不落地跟踪着飘忽不定的高超音速弹头，直到全部命中靶场目标。任务结束了，裂解出来的十几个发光体瞬间又融合为一个，毫无融合痕迹，一切都天衣无缝。

在K国试验可以彻底瘫痪整个国家的电子、电力和信息化系统的等离子效能核武器时，不明发光体照样运行自若，丝毫不被干扰。

位于K国西部靶场的工作人员个个目瞪口呆，不知道是何方神圣，只能上报在靶场上空发现多个UFO。

尽管A国在核试验场进行秘密试验，并没有对外公布任何信息，但发光体在核试验场上空光顾早就稀松平常。以往在A国发生过很多起"不明飞行物"事件，目击者越来越多。A国政府和军方三缄其口，不承认现实，比如，传说中的"小绿人"就隐匿了近百年。

A国情报总局和军方都很清楚，所谓"不明飞行物"事件有两类：一类是真的不明飞行物；另一类是A国试验的新型空天飞行器。后一类"不明飞行物"的目击报告非常多，占到整个报告数据量的

80%。此类数据一旦上报就被系统自动剔除。

戒备森严的核试验场岂容"不明飞行物"撒野？A国空军三架战斗机按惯例升空追击这些UFO，像在玩猫鼠游戏，但这次"猫"没那么客气，三架"耗子"再也没回来。A国空军启动应急搜救预案，寻找失踪的战斗机和飞行员，但无功而返。

同样不可思议的是，A国从范斯空军基地和大西洋水域发射的两枚洲际导弹，并没有像A国宣布的那样准确命中目标，而是在飞行中神秘消失了。这两枚导弹携带的是真核弹头，一共15枚分导式核弹头。

就在这几个国家频繁进行核武器或新型武器试验时，"不明飞行物"目击报告倍增。1962年导弹危机时，也出现了大量"不明飞行物"目击报告。而危机解除后，"不明飞行物"彻底销声匿迹。

这次"不明飞行物"的动静大得多，不仅在试验基地和靶场上空大量出现，就连这几个国家的空军基地、海军基地、导弹基地、航天发射场等地均出现了。还有大量不明飞行物在空间站、卫星、空天母舰等航天器周围伴飞。

更让人难以想象的是：地球上曾经出过重大核事故与核灾难的地方，这几天也频繁有不明飞行物现身。短短几天时间，世界各地的不明飞行物目击报告数量就打破了历史纪录。

但是，这些国家并不会把不明飞行物异常出现当回事。试验本身不仅是为震慑，更是为了实战。如今，这些国家的大杀器都已摆在桌面。

K国联合指挥部人头攒动，各条指令从这里密集下达，快速并秘密地传达到各个基地、作战部队、保障部队。所有人都在全力备战。

在凌霄军团地下作战指挥中心，祁奕雄正在密切关注着A国和R国的航天器和核导弹动向，尤其是R国所控制的小行星的准确位置。

凌霄军团启动一级战备，全部作战部队进入临战状态。空天母舰全部进入太空，"使命五号"空间站转入防御和作战模式，多款定向能武器让空间站的制天能力更强。同时，天基反导武器、反卫星武器、拦截小行星的特殊陆基导弹、快速卫星发射系统也都部署到位。

K国"不打第一枪"的原则不会变，也不能变；团结全人类的目

613

标不会变,也不能变。

经首长授权,祁奕雄与P国总参谋长梅津斯基直接通电话,协商局势变化。梅津斯基转达总统普奇科夫的口信:两国是全面战略协作伙伴关系,在这场突如其来的变局中,P国坚决站在K国一边,共同维护地区和平与稳定。

经协商,两军正式并网早期反导预警系统,共同实时监控小行星、核导弹、太空陨石等重大威胁目标。同时,P国天军启动了反制小行星的A-335P系统。这套系统可采用核战斗部,彻底摧毁可能撞击地球、威胁国家安全的小行星、太空陨石等硬目标。

在翁山基地,董一飞和姜瑄焦急地等待海军的营救消息。马明宇独自飞回京城,处理专家和数据等重要事宜。

"玉龙"舰沉没已过去48小时,夜晚的海水森冷刺骨,真不知道孙志平这些人还能忍耐多久。

姜瑄这两天也一句话不说,一口饭不吃,一口水不喝,嘴唇干裂,泥塑一般呆呆地看着窗外的无垠大海,祈祷孙志平能活着回来。平时光鲜亮丽的电视台"一姐"已两天没有洗脸、梳妆了。女为悦己者容,姜瑄现在没有心情。

这时,翁山基地一名作训参谋跑了进来,神色慌张,不敢正眼看姜瑄。姜瑄直勾勾盯着他,一句话不问。参谋对董一飞耳语了几声,董一飞转身跟着参谋走了出去。

姜瑄二话不说就跟了出来。这个时候,谁挡也没用,就由着姜瑄性子吧。

到了地方,姜瑄傻眼了。原来在一间库房里摆了三个黑色尸袋。失踪的是七个人,作训参谋让董一飞来辨认尸体。董一飞与其说命令,还不如说是哀求着,让姜瑄到外面等一会儿。姜瑄执拗了半天,怀揣着一丝希望走了出去。

尸体被海水浸泡了一天多,面目全非。董一飞打开一个尸袋,不是孙志平。再打开一个,还不是孙志平。等要打开第三个尸袋时,董一飞迟疑了一下,还是慢慢褪下了尸袋。他的眼泪瞬间哗哗地流了下来。听到董一飞痛苦的抽泣声，姜瑄在外面站不住了，立即瘫倒在地上。旁边来了两名小战士把姜瑄搀扶进宿舍。姜瑄足足憋了两天的凄苦彻底爆发，撕心裂肺地号哭了出来。

董一飞突然意识到什么，急忙擦干眼泪，赶紧跑回宿舍去找姜瑄。听到姜瑄痛哭，董一飞一进门就大喊："不是孙志平。不是，不是。没有孙志平。"

姜瑄不哭了，倏地站起来一把揪着董一飞的衣领，厉声质问："那你为什么吓我？为什么，为什么？"

"是郑伟！郑伟走了。我的好兄弟、好战友。"董一飞潸然泪下，男儿有泪不轻弹，只是未到伤心处。

姜瑄不说话了。她与郑伟有几面之缘。郑伟是鹭岛人，很不错，开朗、热情，做事认真谨慎。董一飞和郑伟在P国、在噩梦岛、在"地球之眼"，在很多地方并肩作战，如果没有郑伟指挥调度，众人不可能从噩梦岛逃出来，也不可能有这么大收获。

姜瑄低声呜咽着，这次是为郑伟掉眼泪，也是为孙志平担心，难道孙志平已死无葬身之地了？

实际上，董一飞没说实话。库房里还有一堆遗物，董一飞一眼就看到一件被火燎过的军绿色夹克，这是孙志平的"标配"。董一飞此刻只愿相信孙志平脱掉了衣服，人安然无恙。

作训参谋又进来了，后面跟着一名海军上校军官。作训参谋介绍道："这是我们作战处处长。"

"你们好，辛苦了。我们正在全力搜救，你们不要着急，希望还是有的。"

"谢谢处长。"董一飞说话有气无力。

从处长的口气中，姜瑄感到凶多吉少。海上风高浪急，深不可测，搜救难度之大不难想象。希望太渺茫了。

"我们都听说了，你们为国家做了很多。你们是英雄，是我们的榜样，退伍军人的楷模。"

董一飞最不爱听这些奉承话，摆摆手示意不要继续讲了，也不想再说什么。

姜瑄轻轻理了理头发,露出美丽的脸庞,但稍稍憔悴。她慢慢站起来缓步走过去。处长看姜瑄身子有些不稳,刚想伸手去扶,可姜瑄向前一栽就跪了下来,一句话也没说,给处长叩了一个头,站起来又走了回去,坐了下来。

一切都太突然了,完全出乎处长和作训参谋预料,两个人既尴尬又无奈,慢步退了出去。现在这种情况,说再多也无济于事。

董一飞看着可怜巴巴的姜瑄,叹了口气,也退了出来。这个时候,劝是徒劳的,一切都需要时间来消化,尽管希望正在一分一秒地流逝。

祁奕雄看着实景战情分析图。情报显示,R国这个近邻要先动手了。R国打算双管齐下,利用小行星和战略核导弹对K国首都等第一批目标实施毁灭性打击。情报同时显示,只要K国对R国采取核报复,A国就会对K国实施第二次战略打击。也就是说,只允许K国被R国打,K国绝不能还手。

这个信息后来通过外交层面,正式传达了过来。

祁奕雄气愤地把签字笔狠狠摔到地上,说:"谈,欢迎!打,奉陪!欺,休想!"

郝利新捡起签字笔放在桌子上,说:"首长,我们一切都准备好了,放心吧。我不欺人,但不等于我就任人欺负,做梦!"

"对了,孙志平找到了吗?"祁奕雄万分挂念他的得意门生。

"张军刚联系了海军,说还没有,正在全力搜救,再等等吧。"郝利新不想让祁奕雄分心,没提已找到几具尸体的事情。

"唉,唉,唉……"祁奕雄连叹三口气。

忽然,指挥中心警报大作。

"R国准备发射核导弹!R国准备发射核导弹!"

"R国正操控小行星接近地球!R国正操控小行星接近地球!"

警报声把祁奕雄的思绪拉了回来。

"准备迎战!"

## 72. 影子卫星

你的可以是我的，就算你不同意，也必须是我的。强者法则，你的地盘我做主。

"继续严密监控。"郝利新作为凌霄军团第一副参谋长的首要职责就是指挥打仗。

"光学侦察卫星焦点不清晰，信号模糊。""雷达侦察卫星信号严重失真。""气象卫星信道中断。""北极卫星信号被间歇干扰。""通信卫星数据出现拥堵。"

"查明原因，尽快恢复，确保数据链正常。"郝利新感到问题的严重性。

但很快，问题就来了。"全军数据链异常，信号同步异常，数据紊乱。"

这是郝利新最担心的事情，不言而喻，凌霄军团成了盲人、聋人，只能被动挨打，一切战备都成了浮云。

郝利新不敢隐瞒，立即告知祁奕雄。祁奕雄也一惊，要求尽快查明原因，尽快恢复功能。

祁奕雄知道凌霄军团的最大使命就是确保全军数据链安全、完整、可靠，确保全军指挥体系健全完备，其次才是防御和进攻。但如今第一功能不存在了，绝对是失职。

全军数据链就是基于多维多位一体的全军信息高速数据网络体

系。这里面既有基于传统的微波、光纤和同轴电缆的数据接收方式，还有包括量子通信及基于天基星座体系的高速数据接收通信方式。K国如今在太空运行的卫星数量已与A国旗鼓相当，军事卫星加军民融合卫星与传统数据干线一并构建起了完整的全球信息高速公路。

祁奕雄立即把这个蹊跷的事件汇报给首长，引起了重视。首长、各军种、各战区部队的主官尽数进入地下指挥中心，以防止对手突袭。

祁奕雄最担心数据链瘫痪是敌对国家造成的。正在担忧之际，P国电话打来了，是总参谋长梅津斯基。梅津斯基第一句话就问祁奕雄，是否指挥系统受到了严重不明干扰。祁奕雄也想询问P国，可指挥系统瘫痪这么大事情告知P国是否合适，他在犹豫。听到梅津斯基的询问，祁奕雄反而心里有点儿安慰，看来这不是孤立事件。

K军和P军决定启动联合研制的备份应急指挥系统，但仅仅工作10分钟就又彻底瘫痪了，祁奕雄和梅津斯基也是一筹莫展。

祁奕雄电话响了，是霹雳军团参谋长高聿新。

与高聿新通完电话，祁奕雄一惊，后脖颈子发凉。原来霹雳军团作战指挥中心接到"首长"指令，要求解除一级战备，删除射击诸元，将导弹和核弹头尽数分拆入库。

接到这个指令，高聿新愣了半天，一时间没反应过来，赶紧向司令、政委请示。司令、政委也感到事态严重，要求高聿新致电首长办公厅和联合指挥中心，但得到的答复是首长从未下达过此类命令。高聿新这才致电祁奕雄。全军数据链都在凌霄军团这里。

祁奕雄要求彻查命令被篡改和伪造军令事件，没有发现任何迹象显示"黑客"从哪个源头侵入指挥系统。

更严重的问题还在后面。

高聿新要求对战备核导弹全面检查，结果发现所有核弹头都被设定为"锁定"，就算发送解锁指令也无法解锁，这就意味着这些核弹可能已被"锁死"，不可能爆炸。

不仅如此，所有弹道导弹都设定为，在发射后50秒自动启动"安全自毁系统",其他设定好的射击诸元和程序一律清零。相当于霹雳军团已不具备二次核反击能力,战斗力被彻底归零。这与凌霄军团的数据链被清零完全一样,意味着K军丧失了全部进攻能力。

同样的问题蔓延到了海军和空军核力量,10余艘战略导弹核潜艇携带的潜射核导弹也都"集体罢工",数十架轰炸机携带的核巡航导弹也被强制锁定。

凌霄军团保障系统出现一系列问题,祁奕雄不敢怠慢,立即召开部门联席会议,要求各单位把发现的异常现象说出来,把出现的问题讲清楚,绝不能有丝毫隐瞒,一切着眼于打仗。

郝利新和张军归纳总结如下:

一是"信息(指令)篡改"。非法入侵者突破部队层层防火墙和防水墙,伪造首长命令并通过指挥系统下达,成功篡改战斗武器装备底层应用系统,具备直接引爆核武器的能力。此类属于破坏性威胁。

二是"信息资源恶意占用"。非法入侵者利用垃圾信息或无用信息侵占系统,导致全系统工作效率大幅度降低。此类属于消耗级威胁。

三是信息"管涌"或信息"冰山"。非法入侵者侵入并植入潜伏病毒,平时只占用少量系统资源,一旦引爆病毒,形成信息管涌现象,导致全系统迅速崩溃。如同冰山一样,巨大的隐患潜伏于水下。此类属于破坏性威胁。

四是"信息资源盗用"。非法入侵者使用资源和数据链完成自身的应用需求,比如利用通信卫星通信,使用侦察卫星窥视,使用"北极"卫星导航等。信息盗用本身无害,只是暗中征用已有资源和信道,导致其他用户无法使用。此类属于消耗级威胁。

五是预警和防御系统未被破坏,核武器系统全部失能,具有极强针对性。

分析来看,上述的五类威胁在凌霄军团系统中都不同程度存在,尤其是"信息(指令)篡改"最为严重,但对威胁源或"黑客"则一无所知。

翌日，首长召集全军参谋长工作会议商讨对策，协商在核武器失效前提下，如何执行核反击。

在A国总统办公室里，蕾拉召见情报总局局长戴维斯。戴维斯知道总统为啥找自己。

蕾拉也不兜圈子，直截了当问戴维斯："你为什么要坚决阻止A计划，放虎归山？"

"总统女士，我不想让您陷入极度被动，一旦与K国人为敌，两国彻底交恶，对谁最有利，您比我更清楚。您的那几个内阁成员已被松本未来绑架。松本心狠手辣，能把A国浑水公司变成自己的公司，很不简单。他毕竟是R国人，R国官房长官多次召见松本，要求松本利用浑水公司牵制A国政府，松本已经做到了。不是松本厉害，是浑水公司很牛。实际上，松本借助浑水已成功控制A国的政经军三界。我不否认，是我帮松本上了位，我只想利用他的心狠手辣做一些事，但没想到养虎遗患，希望您不要被松本绑架。实施A计划就是要把两国关系彻底搞坏，我坚决阻止这个计划就是不想您被动难堪。"

蕾拉稍微思考片刻，说："您的意思，K国是可交往的朋友。但他们是竞争对手，是要取代A国地位的，这是我和我父亲都无法容忍的事实。"

"K国无意挑战A国的全球领导地位，也不会刻意挑战A国领导权。总统女士您要明白，K国越来越强，是因他们做事目标很明确。再看看我们A国人，内斗不断，还称之为民主。不是K国人打败A国，是A国人自己打败了A国。如果A国再被R国人绑架，那窝里斗就更严重了，A国的老大地位不保一点儿也不奇怪了。"

戴维斯顿了顿，说："我是重用松本，但也很不信任R国人，先后派了几路人马跟踪松本，都被松本干掉了。这个人太心狠手辣了，明知是情报总局的人也不放过。甚至连自己的管家都要灭口。K国有个很红的影星也是被他干掉的。"

蕾拉很是惊讶："你说松本控制了A国政经军三界？"

"对，尤其是犹太人，还有德生会。"

听到德生会的名字，蕾拉心里一震，这个松本的能量还真不容小觑。"那这么说，你告诉我的那句话是假的了？"

蕾拉说的是之前，在情急之下，戴维斯在另一间办公室告诉她的那句话："岛上有我们的人。"

"总统女士，我说的是真的。可我现在不能告诉您是谁，这事关一个重要情报网络的安全。我不是怀疑您，我是对您的办公室不信任。想想前面几个总统，我们的'内斗调查局'神通广大，情报总局和他们的内斗一天也没有停止过。我不能告诉您真相，实在抱歉。我是效忠A国的公民和情报总局局长。感谢您的提名和信任。"

戴维斯一番话不仅没有触怒蕾拉，反而让蕾拉增加了对这位新任局长的信任感，蕾拉说："你做得没错，这是你的职责。但乔治也没错，他是职业军人，打仗也是他的责任。"

蕾拉还有句话，一直忍着没说，但还是没忍住，发泄了出来："汤姆森让我很失望。"

戴维斯示意蕾拉不要继续讲了，隔墙有耳。

戴维斯说："还有他，明哲保身，多有私心。"

蕾拉知道戴维斯说的就是副总统赫利斯。年轻的赫利斯处处恭维自己，没原则地讨好自己，就是觊觎总统宝座。副总统身份特殊，是总统第一合法继承人。在蕾拉提名赫利斯担任副总统前，赫利斯还不断攻讦蕾拉，骂蕾拉人品有问题，生活不检点，种族思想严重，还有漏税嫌疑。这样的副总统必然是蕾拉卧榻之侧的"装睡者"。

"我知道你和贝里有矛盾，戴维斯先生，可为了国家大局，你们要同舟共济啊。"

"我会，他是我的副处长，我很了解他，鲁尼也很了解他。"戴维斯点了一下蕾拉，这是在暗示贝里是自己的前属下，水平有限，把外交部长这么重要的位置给他，有误国之嫌。

蕾拉清楚，贝里还是有些手腕，很厚黑。做外交不能太实在，尔虞我诈是常态。

"总统女士，有一件紧急事情，我要向您汇报。"

"你说。"

"情报显示，K国和P国战略武器指挥系统瘫痪，原因不明。我担心A军战略武器也出问题了，不知您是否清楚。"

戴维斯从不点名，任何事情点到即止。

蕾拉大吃一惊，赶紧招呼幕僚长："帮我叫一下国防部部长和参联会主席，现在就来开会。戴维斯先生，你先回去吧。"

30分钟后，史蒂芬和乔治来到总统办公室。

蕾拉面无表情，沉思一会儿，说："我以三军总司令名义命令你们，在一个小时内向近海发射3D2型和M4型导弹各一枚。我等你们的结果。你们现在就下达命令。"

两个人面面相觑，齐声道："明白。"

乔治拿起总统办公室电话直拨战略司令部，要求一个小时内完成两次发射任务。

"你们别走，就在这里和我一起等消息。"

两个人很是狐疑，不明白到底发生了什么。45分钟后，来电骤然响起，蕾拉把电话开启"免提"。

"乔治先生，我是彼得。"彼得是战略司令部司令，语音显得局促。

"请讲，彼得先生。"乔治回了一句。

"两枚导弹全部自毁了，发射50秒后自动启动了自毁程序。所幸的是发射平台完好。我们正在调查。"

还没等彼得进一步解释，蕾拉果断挂断电话："你们两个一点儿都不知情？"

硕大的汗珠从两位军头额头上滴了下来，他们摇了摇头："不知情。"

"我们连最引以为傲的战略武器都彻底失效了，你们一个个竟然都不知情，都蒙在鼓里。A国能不没落？这个彼得竟然也一点儿不知道，还天天找我，找国会要钱、要预算，钱都花在哪里了？"蕾拉气愤异常。

"史蒂芬，你是军备专家，你告诉过我，陆基导弹已改型，性能独步全球，海军导弹遥遥领先，这就是你所说的领先？"

"乔治将军，你是军人，你告诉过我，A军可在任意时刻打仗，这一时刻呢？不算吗？是不是我们导弹打不出去，你们的国防部大楼，我这个总统办公室只能等着被彻底抹平？不，是炸平。"

两个高傲的人低下了头颅，一句话不说，唯唯诺诺。自己错得离谱。上次试验时，导弹失踪，战机失踪，这个结果还没汇报给蕾拉。现在再讲，雪上加霜，还是不说好。

两个人心里暗自嘀咕："是谁搞的鬼？哪个浑蛋告的密？"

"你们走吧，立即去查找问题。"

两个人黑着脸退了出来，擦了擦脖颈上的汗渍，衣服湿透了。

蕾拉对戴维斯更信任了，包括情报总局的情报能力。

在R国首相官邸办公室，河田健和山本五木急匆匆来觐见野田凛子，出大事了。

看到二人着急上火的样子，野田凛子反而不紧不慢，问："有什么事？慢慢说，别着急。"野田凛子就喜欢看他们的窘态，心中窃喜。

山本五木喘口气，说："首相女士，大事不好了。我们计算好的小行星再入轨道，本来设计好是撞击K国的华北区域，可突然被莫名篡改轨道数据，改变了撞击目标。"

"那现在要撞击哪里啊？总不会是东畿圈吧？"

"对，就是东畿首都圈。"山本五木狠狠地点了点头，"就是这里，你的首相府。"

刚刚还窃喜的野田凛子睁大眼睛，瞬间就从椅子上跳起来："你们疯了！赶紧阻止，快去阻止！"

河田健抹了把汗："阻止不了，系统被锁定，任何数据都无法输入。我们已无能为力了。"

"啊，那就用核武器去阻止，你们快去阻止，我签字。"

河田健绝望地摇了摇头："已尝试过了，导弹升空50秒就爆炸自毁了。连续发射三枚导弹，全都失败了。核弹头坠入泷州岛东部50海里的近海海域了，好在目前还没引起核爆炸。"

野田凛子心里大骂眼前这两个疯子，都没签字就敢擅自发射核导弹，还把我这个首相放在眼里吗？真是胆大妄为！但非常时期、非常时刻，野田凛子压住了满腔怒火。

"一切可以想的办法都试过了，我们已无能为力了，首相女士。"山本五木这个职业军人陷入绝望的恐慌。

大喜大悲后的野田凛子一屁股坐在厚实皮椅上，怒视着这两张可恶可憎的面孔："你们说，现在该怎么办？你们说。"

"还有29个小时，疏散百姓吧，还来得及。"河田健只能想到这个办法了。

"疏散？你们想得可真简单。你知道毁伤半径是多大吗？你要我把他们送到青城道，还是留丽群岛？你们告诉我，怎么疏散？要不要K国帮忙？要不要A国出手？你们告诉我还有29个小时，是不是觉得足够了？如果百姓不走呢？你们是杀了他们，还是让他们迎接你们人为制造的天灾？"

这句话也激怒了河田健："命令上有您的签字，野田首相，我们只是奉命行事。您脱不了干系。"

"你们……"野田凛子死死瞪着河田健，把更难听的话生生咽了回去。

进退维谷，疏散必然造成重大社会混乱，不疏散必然造成重大伤亡。于心不忍，但又无计可施。最后，野田凛子说："我要觐见女皇陛下。"

河田健带着山本五木回到办公室，赶紧约见松本未来。

山本五木掌握着R国军权，松本则掌握A国最强大的社会武装力量。要想成大事，必须铤而走险，民主国家就是个骗人和诱人的幌子，本质还是枪杆子，必要时只能赌上一把。

小行星冲着东畿首都圈高速飞过来，善良的R国百姓一无所知。

殊不知，这一切早已尽在高级文明掌控之中，人类卫星也早就"如影随形"了。

624

## 73. 史前科技

天下不太平。因为弱小，他说你的是他的，你就给他了。

郝利新快步跑到祁奕雄办公室，神色紧张。

"发生什么事情了？"这段时间发生的事情太多，祁奕雄也开始神经兮兮，晚上睡不着觉，不得不吃点儿安神的药物。

"情报部门和航天部门全部证实，R国本想把一颗小行星对准咱们京城首都圈，但中途却莫名其妙更改路径，现在改变了最终坠落的地点。"

"哦？还有这种咄咄怪事？那现在要坠落到哪里？"

"已经精确计算了，目标就是东畿首都圈。"郝利新说这话时莫名地兴奋。

祁奕雄抬起头来，看着郝利新，一点儿也不兴奋："你确定？"

"千真万确。"

祁奕雄不敢怠慢，赶紧拿起电话给司令、政委汇报。两分钟后，又直接与首长通话。郝利新在旁边坐等结果。他依然想笑，这是典型的搬起石头砸自己的脚。

祁奕雄挂了首长电话，又赶紧直拨P国总参谋长梅津斯基的电话。当祁奕雄说明紧急致电的来意，郝利新听到了对方爽朗的笑声。电话有人工智能同声传译，不存在听不懂的问题，而笑声不需要同声传译也能听懂。郝利新隐约听见对方说要向总统汇报。祁奕雄挂了电

625

话,很快整理了一下思路。

这一通电话下来,祁奕雄听到了不同人的不同想法。司令、政委有高兴的,有忧虑的,首长在听到祁奕雄想法后坚决支持,P国则比较消极,甚至是幸灾乐祸。祁奕雄心里有数了。

祁奕雄站在人类命运共同体的高度来考虑问题,一旦小行星撞向东畿等地,死伤的是无辜的R国百姓,而肇事者却逍遥法外。祁奕雄倾向于拦截这枚小行星,并希望联合P国一道拦截。但P国婉拒了。祁奕雄只能按照与首长达成的共识,命令K国凌霄军团单独拦截。一旦拦截成功,既能挽救数以千万的生命,还能锻炼凌霄军团的实战能力。但为稳妥起见,首长要求事前知会R国和A国,不要让他们误以为K国是肇事者。

野田凛子听到K国的通报后万分感激,甚至很不好意思。她知道以河田健为首的内阁成员会极为不满,认为K国狗拿耗子多管闲事。

当蕾拉听到K国的通报后,心情极为复杂。K国做得没错,但K国一旦做成这件事,A国就颜面无存,头把交椅的位置不保,地球的保护神就非K国莫属。

同时,祁奕雄再次通报P国,梅津斯基只说了句"难为你们了,以德报怨"。

不管其他人怎么想,K国既然要做,就会断然出手。

"拯救R国一号"登陆器成功发射升空,直奔肇事小行星飞去。30分钟后,"拯救R国二号"登陆器再次发射升空,同样直奔这颗小行星飞去。两枚登陆器同时发射,互为后备,确保成功,没有失败的机会。

祁奕雄坐镇凌霄军团地下作战指挥中心,亲自指挥这场拦截小行星的艰巨任务。

时间一分一秒过去了,两枚登陆器先后成功登陆小行星,并同时开始调整姿态,试图改变小行星的轨道。但这颗小行星体积不小,速度极快,要想在很短距离内改变飞行轨迹很难。多亏发射了两枚登陆器,否则独木难支。小行星的轨道倾角仅仅调整了极其微小的角度,但正是这一点点角度,让小行星提早了一点儿进入大气层。为做到双保险,其中一枚登陆器引爆自身携带的"干净核弹",小行星被炸成几大块后高速进入大气层。在穿越大气层时又发生了多次剧烈爆炸,漫天的碎石如火流星一般砸向鸟岛和中路岛之间的大片海域。

祁奕雄长长松了口气,R国这一劫总算度过去了。

可祁奕雄之前想到的事情还是发生了,而且对手的作为更加恶劣。

河田健在电视媒体大肆炒作"K国威胁论",加大力度来混淆视听,污蔑这颗小行星是K国人瞄准R国首都圈的,幸好女皇陛下保佑,没有撞击到R国,掉到了太平洋。两国世仇不共戴天。

野田凛子在内阁会议上的真话则完全被河田健等人忽视。

A国有不少人也附和R国的论调。贝里按照R国人口径炒作"K国威胁论",污蔑K国以R国为目标投送小行星战略武器。蕾拉面对贝里如此妖言惑众很是气愤,但也无能为力。A国内阁、国会和军方都需要树立有巨大威胁的K国,真相不符合这些人的利益。蕾拉只能私下和戴维斯抱怨抱怨。

首长直接致电祁奕雄,高度肯定了祁奕雄的做法,不管别人怎么想,按照自己的想法去做就对了。公道自在人心,世界和平是阻挡不住的发展潮流。同时,首长提醒祁奕雄,不能掉以轻心,有可靠情报显示,A国和R国为遏制K国的全面发展,将会采用极端手段共同对付K国。

董一飞和姜瑄在翁山基地继续等下去也不是办法,只能先回京城,从长计议。

回到京城,姜瑄又请了一个月大假,直接搬到了孙志平家里去住。孩子没人管,光靠阿姨不行。孩子很喜欢姜瑄,一口一个姜阿姨,而且完全不同于孙志平的木讷,嘴很甜,也很会夸人,总说姜阿姨漂亮。这让姜瑄在这个家里有了难得的笑容,"小孙志平"带来的快乐让她暂时忘却了忧伤。

可姜瑄只要闭上眼睛就会看到孙志平厉声催逼自己上直升机的一

627

幕。孙志平从不会大声吼人,这是姜瑄认识孙志平后,第一次看到他厉声说话。同时,姜瑄的脑海里依旧是孙志平在船上慢慢敬礼的那一幕,随后是火光冲天,船体碎裂,再也看不到任何船上的东西了。

这些天里,姜瑄天天都在做噩梦,天天都会惊醒,天天都会一身身地冒冷汗。

在京城某神秘总部基地,"新文明探索及合作领导委员会"正在召开秘密研讨会。

多位首长听取了委员会秘书长祁奕雄的全面汇报,由新文明探索办公室副主任马明宇做主题汇报。在工作汇报前,祁奕雄宣布任命张军为新文明探索办公室主任,结束长期以来主任空缺的人事问题。

董一飞、李琰及从噩梦岛回来的几位专家全部与会。国家安全部门、霹雳军团、华兴公司、航天公司、国家天文馆等单位的委员会成员也都受邀参会。孙志平作为核心成员生死未卜,无法出席这次重要会议。

祁奕雄远远看着孙志平位置上的姓名牌,心里说不出地感慨和难受。

开会前,郝利新作为委员会副秘书长宣布会议纪律,这次会议为一类绝密会议,每个人只准带耳朵听,带脑袋想,带嘴巴说,不准任何记录,全部通信工具上交,统一保管,首长也不例外,会议结束后不准再讨论。

通过对天坑和噩梦岛数据的研究,专家团队给出了几点惊人结论。

一、要重新定义地球文明。我们不能代表整个地球文明,地球文明的多样性必须拓展,包括地表文明和地心文明两大类,我们是地表文明,地心文明就是史前文明。

二、地心文明的定义。地心文明不是简单生活在地下,而是生活在地球另一维度的并行空间的古老文明。

三、地心文明或彻底颠覆"地球结构观",地表、地壳、地幔、地核的分层只是学术假说,或许与事实存在巨大偏差。

四、地心文明可能有用之不竭的"地心核能"。

五、地心文明的科技水平远远超越地表文明,并可任意"穿透"地表科技。

六、地心文明通过地表和海洋中大量的地球时空隧道与外界联系。

七、地心文明可能已不存在国家形态,处在大同世界的高级社会阶段。

八、地心文明具备更强的环境适应能力,且具备改变环境的能力。

九、地心文明的生存空间有赖于地球自身的完整性。

十、地心文明的超级武器就是化解地球风险的科技"穿透"能力,而不是传统的大规模杀伤性武器。

十一、地心文明具备多种超强特异能力,如心灵感应、意念沟通、现实脑控、基因修改、潜意识、梦境再现、空间重叠等。

十二、地心文明可能已混入或潜伏在地表文明,除监控地表文明外,更试图影响和改变地表人类思维。

十三、地心文明可能会通过强行改变地表人类基因,通过数代繁衍来达到改变地表人类人种的目标。

十四、地心文明有系统、完整、科学的宏观宇宙观,在控制地表文明无序扩张的同时,也在不断探索地外文明。

十五、地心文明不干预地表文明的进步和发展,但设定了不可逾越的红线和底线。

十六、地心文明旨在构建"地球命运共同体"。

当马明宇和几位专家把研究结论一一讲解出来,在场所有人都惊呆了。原来地表人自以为生活在地球生物链顶端,可实则是井底之蛙,地心文明才是真正的高级文明。

首长也很惊讶:"什么是'地心核能'?"

"首长好,各位朋友好。不仅太阳等恒星要进行热核反应,释放大量热量,地球的中心也存在地心核能,就是在地球内部持续进行热核反应。这就是我们常说的地球有'心跳'。这种地心热核反应的能量是取之不尽的。我们也有一个假说,在太阳上存在黑子和耀斑现象,是因为热核反应异常所致。同样,在地心的热核反应也不均匀,甚至会有异常剧烈的热核反应现象,并把爆炸余波辐射到地表,形成我们所说的地震。也正因如此,地震难以预测,因为无法预测哪次热核反应会有异常。"说这番话的是一名地球物理专业院士。

"那地震与地心文明有关吗?会是他们有意识做的核试验吗?"

"地心文明早已过了需要核试验的文明阶段。据我们初步估计,这些史前文明比恐龙时代还要早,他们不是第一代史前人类。地球经历了46亿年历史,地球人类文明早就存在了。"

"您说的地球结构不应按照我们传统地球理论来划分,这也太颠覆了吧?"

"冥王星被开除出九大行星也是一种理论颠覆,但我们还是坚定地认定它是矮行星,不再是大行星。同样的道理,我们地理课本上的理论也都是假说,没有得到最终证实。地表人类至今能直接挖掘的深度只有12230米,那次挖掘本想挖到15000米,但因种种原因项目下马了。A国人也在挑战这个深度,钻孔深度达到9700米,但后来也放弃了。他们的目标是打通'莫霍界面',也就是地壳与地幔的分界面。据称地壳厚度是40千米,地幔的厚度是2865千米,但谁也没有实现这个目标。如今有没有所谓的'莫霍界面'还都是两说,这只是一种假说。另外,已经打出来的超深钻孔,据说在里面能听到隆隆的恐怖声音,有人称之为'地狱之声',也都是一种传说罢了。我们地表人类早就可以上天了,但至今入不了地,《封神演义》里的土行孙的本事,我们直到现在都做不到。地球很神秘,我们知之甚少。"

不少人都听傻了,这还是我们熟悉的地球吗?简直像是到了外星球。

"那什么叫任意穿透地表科技?"

一位德高望重的权威院士接过话来:"任意就是随心所欲的意思,穿透就是我们所说的黑客。地心文明可以窥视地表文明任何信息，只要你们能发出信息，他们都可窥视。例如地表人发射的卫星，本质就是地心文明的卫星，也就是'影子卫星'。我们的就是他们的，'你有我有全都有'。我们布设的6G、7G等地基和天基基站，也都是地心文明的基站。我们无法破译的量子加密技术，在他们眼里就是小儿科，因为量子理论原理是什么，我们不理解，但他们早就玩弄于股掌之中。我们认为很神奇的量子纠缠，对他们来说也都是透明的，不存在秘密。不仅如此，穿透还有一个意思，就是穿透大脑，可以看透你的思维。人的思维就是脑电波，我们看不出来，但他们一目了然，可以洞悉你此时此刻的想法。"

"这还是人吗？这不是神吗？"

这位院士笑了笑："我一直都认为我们今天熟悉的《西游记》作者吴承恩就不是个地表人，他就是史前人类，所以这本书才能如此传奇。整个书里充满了未来科技，这不是一个生活在明清时代的作者就能洞悉的知识。孙悟空七十二变就是基因重组，拔根毫毛变小孙悟空就是克隆，唐三藏念紧箍咒就是脑控，三昧真火就是现代冶炼技术，孙悟空的火眼金睛就是雷达、红外加夜视仪，等等。这些东西，一个凡人是想不出来的。对我们来讲，地心文明不就是神了？估计《圣经》里所说的上帝也是地心文明里的，希腊神话里的诸神也是，他们都是真实存在的史前文明。"

在座的很多人都感到这个务虚会已经云里雾里，不知所云了。但首长很清楚一点，这就是现实，他对此深信不疑。

"那地心文明给我们画的红线是什么呢？"

"很简单，不允许使用核武器毁灭这个星球，这就是底线。这个星球也是他们的家园，他们必须呵护。"

"那他们为什么不阻止A国曾经对R国使用原子弹？"

"因为那是小打小闹，不足以威胁地球安全。加之R国军国主义太惨无人道，我猜如此。"

"那为什么他们不阻止人类的2000多次核试验？"

"核试验就是技术验证罢了，不会毁灭地球。但当年的导弹危机就不行，那会毁灭地球，所以他们断然出手了。当时的领导人为什么会妥协？一定是有人在暗示他必须妥协。导弹危机后，这个人就很快下台了。之后的一系列核裁军谈判可能都是被暗示和授意的。前段时间，A国、R国核导弹纷纷失败，我们的核导弹也被做了手脚，还能是谁干的？地心文明。"

"为什么说大家在同一个地球但不是同一个空间维度，这又怎么理解？"

"相信在座的人或许都有这样的体会吧，夜深人静的夜晚，你在坐电梯时，忽然电梯在某一层停下来，但没有人按这一层电梯，可电梯门自动开启了。这就是地心文明走进电梯，借助地表人的科技。你看不见他，但他可以看见你，这就是不同维度，也可称之为空间重叠、并行空间。这种情况下，不要急着关电梯，稍等等你看不见的那个人，大道同行，各行其道。"

听到这里，不少人都有种毛骨悚然的感觉，这类事情太常见了，而自己总是匆匆关电梯门，看来地心文明无处不在。

坐在一旁的董一飞听得冒冷汗，自己经历过太多此类事情了，无论是打山洞，还是在天坑、噩梦岛，都有很多说不清的事儿，或许现在都能说清楚了，是有人帮自己渡劫。

此时此刻，猛然勾起董一飞的回忆。那是他还在部队时经历的事，终生难忘。

## 74. 地心文明

逃得了一时，逃不了一世，那种痛苦叫煎熬，也叫折磨，还叫生不如死，但好死不如赖活着。

董一飞新兵训练三个月后就被分到导弹工程兵部队，天天要在深山老林与野兽蛇虫为伴，与一群大老爷们儿天天无聊透顶。刚开始时，董一飞非常不适应，当兵就是打坑道、干苦力，完全不是想象中的铁血军人，他甚至后悔参军了。在家里怎么也饿不死，自由自在，没有约束，但如今的军旅生活完全不是自己想要的，除了喧闹声，就是机器隆隆声。万籁俱寂的夜里，就只剩下天上的繁星陪伴，还时常听见附近瘆人的狼叫声，令人不寒而栗。

这一天，董一飞值班站岗。夜里都是双人单岗，互相壮胆。八九月的龙岭山已经很冷了，董一飞下意识地紧紧握住手中的枪，生怕失去这个救命的家伙。一声狼啸，董一飞打了个激灵，东张西望。尽管有小岗亭，但两个人谁也不愿意站在这个能避风但不能躲避恐惧的小岗亭里。为便于观察，岗亭三面都有小窗户。正是这三面窗户让站岗的战士不敢进入，他们唯恐从窗户后面伸进来一双大手，死死掐住脖子，最后窒息而死。他们宁可冷点儿，打死也不进去。

今晚和董一飞一同站岗的是一名巴蜀兵，来自恐龙故乡荣州，个子很高，但胆子很小。一个雍城，一个荣州，半个老乡，两个人还算聊得来。

"小张，你来部队前干啥呢？"这个巴蜀兵叫张鑫。

"我？"张鑫笑了笑，"他们说，我是个斜杠青年。"

"呸，你也配？你是邪门青年还差不多，没杠。你懂什么是斜杠青年吗？"

"不就是主业副业都做的人吗？天天忙忙碌碌。"张鑫有些不以为然。

"那你的主业是啥，副业是啥？"

"主业，当保安；副业，当保镖。"

"你逗我呢吧，这俩有啥区别？"

"区别大了，保安是给公司干，保镖是给个人干啊。"

"你行啊，你还给有钱人当保镖啊。看来你是练家子啊。说说看，给谁当保镖。"

"一个女的。"

"富婆啊。"

"没啥钱，我前任女朋友。"

"去你二大爷的，给你女朋友当保镖也算啊？还是前女友。"

"为什么不算？女朋友跟别人跑了，我不就是白忙活了一场，权当当了回保镖。"

"跟谁跑了？你这么孬种！抢回来啊。"

"抢不回来了，一个搞恐龙研究的学问人，天天拿恐龙诱惑她。她觉得他特帅，特有学问，就以身相许了。奶奶的，还说他是研究恐龙的，说我是真恐龙。当时没明白啥意思。"

"后来明白了？"

"后来我问了才知道，她骂我傻，说我丑。士可杀不可辱，我就走了，参军了。让她和恐龙过去吧，说我像恐龙，她一看就是蛇颈龙，脖子长得比鸡还长。"

"你说谁呢？"

"还能说谁？那个恐龙专家啊。我女朋友好看点儿，但就是个翼龙，飞了，没影儿了。"

张鑫刚抬头比画了一下。忽然,头顶一道亮光飞速闪过。

董一飞抬头看看天,说:"果然有翼龙啊。你女朋友吧?属流星的。"董一飞见惯了流星划过。

"老董,不是流星,绝对不是流星。是飞碟。"

张鑫突然冒出这么一句话,董一飞身子猛然往后一缩,浑身一哆嗦,手中的枪险些落地。

"没看出来啊,你胆子比我还小。"

"你懂啥?这叫作应激反应,救命首先是自救,自救的关键就是要懂得逃命。"

"胆小就胆小,还那么多借口。"

张鑫并不了解董一飞的过去,也不明白董一飞为啥想跑,为啥这么缺乏安全感。

第二天又要下坑道了。三天前坑道意外塌方,牺牲了三名战友。事故发生时人瞬间就陷进去,想救都没法救,大家眼睁睁看着战友失踪。

董一飞的工作很简单,跟着老兵进坑道,熟悉现场情况。坑道里到处湿漉漉的,龙岭山湿气重,水源地很多,加之七八月雨水多,走在坑道里就如同蹚着小溪。尽管山里的岩石以花岗岩为主,异常坚硬,但也总意外不断。

董一飞跟着两名资深老兵沿着长长的坑道前行,认真学习查看坑道施工后的土石情况。但董一飞早就是个惊弓之鸟,有一点点异动都会立即反应。就算稍稍掉几个小石块,董一飞都会大惊小怪、大呼小叫。一到这个时候,两名老兵就警着董一飞,叫董一飞闭嘴。到了后来,恐惧时的董一飞只能张着大嘴,但不敢叫出声,否则不仅是挨骂,回去会更麻烦。

但大麻烦随即而来,就在两名老兵走着的几米坑道里,忽然地陷,一道亮光闪了出来。董一飞急忙后退几步,一个趔趄摔倒在地上,眼睁睁看着两名老兵瞬间消失。董一飞吓坏了,顾不上那么许多,爬起来就往外跑,但坑道路滑,一步一个跟头。董一飞总觉得身

635

后有东西一直跟着自己，猛然一回头，一道光影闪过，董一飞不自然地腾空而起，飘浮起来，一直"飞"到了坑道洞口，重重摔在地上。董一飞慢慢地站起来，浑身酸痛，一群战友围了过来，把董一飞送进了医院。

医生检查时感到很奇怪，董一飞竟啥事没有，唯一变化的就是血型，从AB型变成比较特殊的类O型，即像O型但不全是O型，很怪异。

董一飞出院后就听说两位老班长牺牲了。别人问他究竟遇到了什么事情，董一飞没法说，也不敢说，毕竟眼看着两个老兵掉进深坑，自己非但没去救，反而一声不吭就跑了，这很不光彩。董一飞是怎么跑出来的，连他自己都说不清楚，说出来他们也不会相信。这个秘密只好深埋在心底，打死也不说。

到了"新文明探索及合作领导委员会"召开的秘密研讨会上，董一飞才彻底明白自己遇到了什么。

在京城某神秘总部基地内，"新文明探索及合作领导委员会"再次召开秘密研讨会，新文明探索办公室专家们又有了新的重大发现。

专家通过卫星和无人机遥感探测后，在K国境内发现了众多大型天坑和天池，主要集中在中西部地区，而这些区域也是UFO目击报告最多的地方。专家建议尽快对这些天坑、天池进行科考。

会议研究一致认为，地心文明的社会化程度很高，科技发达，仅靠K国完全无力应对潜在的文明对抗，这可能关系到地表文明的生死存亡。会议建议K国与P国共同协商文明共存之道。

会后，经祁奕雄和郝利新协调，P国很快就派来以总统特使、国防部部长罗戈津为首，总参谋长梅津斯基、装备部部长列夫米拉、装备部副部长兼科研局局长西多洛夫为核心成员的高级代表团，同时也带来了10多人的核心专家团队。

在新一轮会谈期间，祁奕雄按照首长授权，把K国掌握的地心文明重要信息向P国代表团做了通报。罗戈津、梅津斯基等P国代表团的反应很冷静，这让王生明和祁奕雄等人明白，对方对地心文明已经有比较深入的研究，是有备而来。

据罗戈津介绍，P国历来十分重视地心和地外文明探索，发射过很多探测器寻找地外文明，同时也不断探索地心奥秘。P国的这一代领导人正继续研究地心文明，尽管资金紧张，但投入也不少。P国有很多人迹罕至的地区，例如普利亚，这些地方天坑众多，UFO也经常出没，是P国科学家重点关注和研究的区域。

会谈中，列夫米拉还谈到了孙志平和董一飞的天坑探秘活动，那次活动为P国揭开天坑的秘密提供了不可多得的第一手资料。听闻孙志平如今生死不明，列夫米拉和西多洛夫感到很悲痛。

考虑到潜在的外交纠纷，祁奕雄对R国噩梦岛的事只字不提，只说在K国境内发现了很多天坑、天池等，并从中找到了地心文明的大量第一手资料。

经过信息交流和数据交换，两军一致认为地心文明真实存在，地心文明的科技水平远超地表文明，地心文明与地表文明不在同一空间维度。同时也确认了两军指挥系统失控是地心文明所为。双方也都承认，两国无力阻止地心文明对地表文明的潜在侵害。

两军高层初步交流完成后，罗戈津、梅津斯基、列夫米拉三人直接回国了。西多洛夫和十几名P国专家留下来，继续与K国专家展开更加务实的技术性交流。两国专家团队的核心任务是协商如何确保地表文明的安全。P国这十几名权威科学家来自不同的领域，包括地质结构、空间维度、生命科学、生理结构、科技能力、社会发展、信息控制等。

通过开诚布公的交流，双方都对地心文明有了更进一步的认识，决定建立定期交流机制，围绕地心文明联手拿出有价值的研究成果。维护两国文明的安全就是维护地表文明的共同安全，这就是地表文明倡导的人类命运共同体。

但不幸的事情发生了，西多洛夫和十几名P国专家在结束研讨后，分乘两架P国国际航班返回莫伊洛。途中，一架客机在U国东部上空被击落，导致六名P国权威专家全部遇难。肇事者正是驻U国的A国军队，A国军队在U国东部和摩米亚交界处，利用地空导弹击落了这架P国民航客机。A军随后声称这是"误击事件"。P国外交部门和军方把这起事件定性为A军蓄意的军事攻击行为，并发誓要报复A军。

A军之所以攻击这架民航飞机，是因为情报总局获悉P国专家与K国交流，并掌握了大量地心文明的信息，于是决定在P国专家回国途中动手。

原本有两个计划，最佳选择是劫持客机，最坏的打算就是干掉客机，推迟P国获取地心文明核心数据的时间。

没想到，P国专家回国时兵分两路，一路经过鸿谷直飞莫伊洛，另一路经过瀚海和摩米亚后再飞往莫伊洛。考虑到西多洛夫乘坐的航班安保级别比较高，加之飞机从京城经过鸿谷直飞莫伊洛，没机会动手，情报总局就决定对途经瀚海和摩米亚的这架飞机动手。

按照情报总局的部署，A军设置了三道拦截网。一是派遣四名特工潜入航班，在空中劫持航班。如果劫持失败，A军就会在瀚海海域实施第二道拦截，利用战舰击落航班。如果第二道拦截失败，A军将会利用在U国的驻军实施第三道拦截，地空导弹部队就潜伏在与U国东部相邻区域。

最终事与愿违，A国情报总局四名特工在航班上被P国安全人员制伏，劫持飞机不可能了。击落航班不给P国留下活口，同时送P国专家去见上帝就成为情报总局唯一选择。但伺机攻击客机的A军战舰一进入瀚海就被P国海军三艘军舰团团围住。众目睽睽之下，A军战舰只能眼睁睁看着客机飞过去，不敢贸然攻击。一是太容易留下口实，无法抵赖。二是一旦P国客机被A国军舰击落，具有临机处置权的P国军舰就敢击沉A军军舰。当第二道拦截网失效，在U国隐蔽待机的A军地空导弹部队就成为击杀这架客机的唯一手段。估计客机也大意了，以为接近P国空域就一切太平了。可疾风闪电般的两枚远程导弹深入P国空域200多千米，击中了身躯硕大的客机。飞机凌空爆炸，碎片散落下来了，几百条人命成为A军暴行下的冤魂。

这一切都在P国的全程监控中，四名情报总局特工被抓后就已经全盘交代，A军攻击的痕迹则更加明显。尽管A军攻击后急忙把导弹撤了出来，但根本就逃不过P国空天部队的监视。仅仅半个小时，P国军队就实施了一次饱和攻击行动，数十枚战役战术弹道导弹和巡航导弹把还在转移路上的导弹部队及担负野战防空的U国军队一锅端了。这就是P国军队的血性教育，快速反应，有仇必报，决不留情。

A军吃了大亏，但不敢恋战，全部驻U国的A军快速集结到U国西部的A军基地待命。

这件事情并没结束。策划者是情报总局，受到惩罚的只是A军。P国把这笔账记了下来，伺机进一步报复。

董一飞回到京城，在博通弟兄的建议下召开董事会。董事长孙志平缺席，可博通的任务越来越困难，浑水公司处处与博通作对，博通不能群龙无首。董事会一致推荐董一飞担任代理董事长。董一飞原本只是名董事，一下子被推举为董事长很不适应，推辞多次也不行，最后只能提出条件，仅"代理"，一旦孙志平回来，这个"代理"自动解职。在董一飞心里，孙志平还活着。退一万步讲，如果孙志平真的死了，谁杀了松本未来，谁就是博通董事长，继承孙志平的一切股权。颇有点儿水泊梁山的江湖味道。

董一飞就任代理董事长的第一天，就要求博通在全球范围内全力对付浑水公司。一是为孙志平报仇，二是为国家利益服务。当获悉浑水公司正协助情报总局和R国情报部门千方百计从K国搜集地心文明情报时，董一飞要求博通盯控来K国的所有浑水人员。国家安全部门负责对付A国情报总局和R国情报部门，博通负责对付浑水情报人员。

董一飞和戴维斯打过几次交道了，了解这个特务头子的秉性，对松本的特性更是透析到骨髓。情报总局和浑水的套路都瞒不过董一飞的眼睛。国家安全部门除了加大对京城某神秘总部基地和巴林科基地的安保力度，也加大了对专家团队的安保力度。博通作为外围安保力量，要面对外国情报机构和浑水公司的双重威胁。

为引蛇出洞，博通人员化装成专家的模样，吸引外国情报机构和浑水公司的情报人员，成功抓捕了十几名浑水公司情报人员。接着，在这些人身上不动声色地"做手脚"后,又假装疏忽,让他们逃了出来。这些侥幸"逃出来"的浑水人员把安全部门和博通的人员"导航"到了潜伏窝点,潜伏在京城多年的"浑水之家"被成功一锅端了。这个据点是一家A国在京城的快餐连锁店,浑水员工是快餐店店员。据查,这类快餐店特意安排在国家和军队核心部门附近,店内遍布窃听装置,能准确抓取每个人的声纹特征信号。一旦确认有价值的人进入连锁店,窃听系统会自动启动,定向监听监看,获取谈话中的有用信息。

得知P国专家客机被A军击落的消息后,国家安全部门和博通更是加大了安保力度,要求做到万无一失。没有这些专家来掌握地心文明的"软肋",想对抗地心文明完全不可想象。

A国和R国不是不明白这个道理,可依然认为就算要和地心文明对抗,也必须是A国和R国来,而不是其他国家。A国人永远放不下身段,R国也放不下身段。

对博通而言,最大对手和仇家是浑水和松本未来。松本体内被马明宇植入了"纳蚊",松本走到哪里,博通都了如指掌。但要想窃听,必须在一定距离内,这也就忙坏了李秀琴。她总想监听,但找不到机会,松本这个家伙太狡猾了,总是打游击,飘忽不定。天性谨慎的松本自从离开M城后,就一直不敢再回去,实在受不了了,就用私人飞机把心爱的女人从M城接到R国,尽情享受之后再送回M城。松本知道,孙志平生死不明,这笔账都算在自己头上了,博通不会放过自己。他只能来往于R国和A国。对松本来讲,要求追求最大的安全,就要拥有更大的政治权力。这让松本有了铤而走险的念头。

## 75. 第七类接触

失恋不可怕，可怕的是缺少了熊的陪伴。宠物是人类幸福的第二伴侣。

按照新文明探索办公室的安排，专家团队兵分几路，寻找隐藏在K国境内的地心文明通道。

董一飞自告奋勇前往秦川龙岭山探秘，要给隐藏在心底多年的疑惑找出个结论。董一飞记得，当年那个坑道塌陷后就废弃了，另选了新的地点挖掘坑道，要隐藏导弹核武器这类国之重器，绝不能留丝毫隐患。既然这个坑道死了这么多人，还有不明的塌陷事故，也只能放弃了，这不是钱的问题。董一飞对这里的山路一清二楚，毕竟曾经来来回回进出一年多。

董一飞小组有三名专家，还有博通派来的10人安保小组。安保小组主要是为了应对浑水公司尾随并伺机破坏。当地安全部门和公安部门同时给小组提供外围安保，安全上有双保险。

很快，一行几人就摸到废弃坑道入口。过去的路早被荆棘覆盖，草丛有半人多高，几个人踏着荆棘接近了洞口。很多年过去了，不仔细看，根本不可能发现这里还隐藏着一个洞穴。洞口四周没有土石垃圾，早已清理掉了，为的是不被卫星看到任何施工痕迹。

四人有种不祥的预感。洞穴内黑漆漆的，可洞口旁的荆棘丛有火燎过的细微痕迹，草木灰看着还很新，应该是烧过没多久。这里本不该着火。董一飞与三位专家面面相觑,连彼此鼓劲的勇气都没有。一行人产生了莫名恐惧,担心进去就回不来了。

董一飞有经验,他先把一架小型无人直升机放了进去,又把一条机械蛇放了进去。这两个机器人一个在半空飞,一个在地上爬,都带有深红外夜视仪,洞穴内的情况一目了然。进入10米、20米、30米……100米、200米……两个机器人稳定地传送着信号。

两个机器人一直保持着通信。机械蛇除了可以无线通信外,还携带了一根十分纤细的光纤,是供有线通信使用的。无人直升机则可以利用机械蛇做中继传输,不至于失去控制。这两款机器人具备很强的人工智能,如果完全无法与控制端取得联系,会启动自适应工作模式,并能在完成任务后自主返回出发地。

两台机器人传回的图像还算正常,除了塌方痕迹和大量溪水,没有发现其他异常情况。500米、600米……1000米、1500米……

突然,图像彻底消失了,两台机器人音信全无。董一飞和三位专家不知所措,坐等机器人自动返回。两个小时过去了,机器人没有音讯。没希望了,这两台机器人的电池维持工作的极限时间是两个小时,如果这时候出不来就是真出不来了。问题就出在距洞口1500米处,那里究竟发生了什么,谁也不知道。机器人传送回来的图像在最后时刻突然闪光,然后就彻底黑屏了。问题就出在这个闪光上。

此时,董一飞坦然很多。这个现象比较符合在天坑和噩梦岛遇到的情况,看来这里确实隐藏着地心文明。但无论董一飞怎么解释,那三位专家都备感恐惧,越是接近真相就越恐惧。原本主动请缨来的三位专家现在拒绝进入洞穴,脑袋摇得像拨浪鼓一样,只想坐等结果。董一飞问了问随行的十名博通安保人员,九个人都拒绝进去,只有一个不怕死的站了出来,愿意跟随董一飞一道进入。

这次探险,董一飞有备而来,带着满满的装备,包括四套单兵装备。但现在,只有两套能派上用场,专家怕得要死,安保人员拒绝冒险。董一飞原本也很怕死,但想到孙志平,他也就豁出去了,既来之,则安之。其实他要进去还有一个原因。董一飞的两个老班长就死在这里面,他一直过意不去,想进去看个究竟,告慰一下战友的灵魂。

董一飞刚要进洞穴,忽然退了出来,脱下装备,提出打道回府。三位专家和九名弟兄不禁哑然失笑,看来董一飞也怕死,谁也别笑话谁,五十步和百步的区别罢了。

回到宾馆,董一飞立即致电博通总部,要求火速空运来一件东西。

一天后,一辆小型集装箱拖车开到宾馆附近,董一飞兴奋地冲了出去。其他人很好奇地跟出去,想看看究竟是什么宝贝。

等董一飞兴冲冲打开集装箱大门后,一头黑乎乎的东西急不可待地跳了下来。大伙儿一看,撒丫子就跑,竟然是一头两米多高的熊。

这头来自噩梦岛的"熊孩子"长高了,它的熊爸、熊妈都不在了。随着豪华游艇回到K国后,董一飞就把这头憋屈了半天、可怜巴巴的小熊安排到博通总部一间库房养了起来,每天都好吃好喝。但小熊心里很难受,很多天不吃不喝,委屈地躺在地上一动不动。听到这个情况,董一飞专程赶回京城来看小熊。当看到董一飞,小熊顷刻间来了精神,紧紧抱住董一飞,差点儿没把董一飞勒死。董一飞是小熊唯一的亲人。

小熊通人性,明白谁对自己好,也懂得感恩董一飞。董一飞定做了一辆特殊厢货两用车,后面的货厢给小熊使用,每天下班都会带着小熊回家。开始时,小熊把家里搞得乱七八糟,但时间长了,小熊也就适应了,知道该做什么,不该做什么。家里逐渐整洁了,小熊甚至可以帮助收拾家。小熊仅限在家里活动,虽然住的是别墅,可邻居也没少投诉。警察曾经上门,明确告诉董一飞家里不能养烈性动物,要求把熊送交动物园。董一飞以科研为名拒绝了警察的要求,还出具了科研单位的介绍信,同时也承诺小熊不会再扰民。

还有一个棘手的问题:家里没法请保姆。保姆听说家里有熊,纷纷摇头,他们要钱,但更要命。小熊很喜欢林妙杰,可林妙杰常驻K城,一个月也来不了一两次。董一飞也很忙,不能总在家里陪小熊,所以小熊很寂寞、很无聊，有时嗷嗷一叫，又被邻居投诉了。

为了照顾小熊，董一飞找了一个不怕死的男保姆。他以前是马戏团的，训过熊，可看到这头小熊也浑身哆嗦。小熊两米多高，这还小吗？男保姆很是疑惑，立即就跑掉了。

之后又来了一名应聘者，据说是动物园的熊山管理员，结果还是被小熊的阵势吓跑了。管理员从来没见过如此威猛的小熊。每次见到陌生人，小熊都会龇牙咧嘴，露出獠牙，晃晃硕大的熊掌，谁见谁怕。

董一飞很长时间找不到合适的熊保姆，只能亲自动手了。

直到有一天，王阿姨带着孙志平的儿子来串门，这头凶悍的小熊突然变得温驯乖巧。董一飞万分意外，也万分惊喜。

董一飞紧紧抓住王阿姨的双手，说："阿姨，我求求你了，你就当回熊阿姨吧，这头熊就拜托您了。"

"这熊孩子怪可怜，叫啥名字？"

"名字，没起呢。"

"那不行啊，要有个名字才行啊。"

"它排行第三，就叫熊三吧。"

"好名字，熊三。"王阿姨表示认可，对小熊喊了声"熊三"。

小熊愣了半天，似乎听懂了，开始摇头摆尾，欣喜若狂。

就这样，王阿姨每天都到董一飞家里伺候熊三。大家都在一个院子里，很方便。照顾好孩子再来照顾熊三，王阿姨也乐呵呵。能拿两份工资，能不开心嘛。

养熊千日，用熊一时。董一飞想起，熊三这头噩梦岛的"守护神"，完全可以陪自己进神秘洞穴，熊三定会逢凶化吉。

一早，董一飞带着熊三来到洞穴口，其他人都不用进去了。当然谁也不敢进去，这次除了害怕神秘的洞穴，还害怕熊三。

董一飞穿戴整齐，跟着熊三慢慢悠悠在洞穴游走。有啥问题，有熊三顶着。董一飞的单兵装备功能齐全，有远光照明系统，而熊本身就具有很好的夜视能力。

走了大概1千米，熊三忽然猛地冲进去，嗷嗷几声大叫，吓了董一飞一跳。原来熊三抓住了一条长长的蟒蛇，使劲撕咬，直到咬断成两截才狠狠地扔到远处。有这样一位"守护神"当保镖，董一飞安心多了，不然这条几米长的大蟒蛇估计就能把自己吓跑。

熊三在前面开路，什么蛇虫鼠蚁都远远躲着，董一飞一路顺畅，很快就接近了坑道尽头。远远望去，黑漆漆的洞穴出现一道光亮，远光照明自动调暗。董一飞感觉这个亮光似曾相识。就在快接近亮光时，熊三不敢走了，浑身哆哆嗦嗦。董一飞前行几步仔细一看，亮光从巨大的垂直洞穴中照出来。这个直径几米的洞穴笔直插入地下，人工雕琢痕迹十分明显。

董一飞知道找到了地心文明入口，再一回头，熊三撒丫子跑没影儿了，只留下董一飞一个人站在洞穴边缘。不同于噩梦岛的火山口可以辗转下山，这个洞穴岩壁刀劈斧剁，十分光滑，一点儿下脚的地方都没有。董一飞从上往下看，深不见底，隐隐感觉到热浪蒸腾。

董一飞不是第一次见这种场面了，他想跳下去，但又担心摔死或摔残。没有天翼那套行头，思来想去，只能干等。

就在迟疑犹豫间，一股热浪猛然冲上来。一道亮光闪过，董一飞的潜意识里有东西冒了出来，他下意识后退了几步，差一点儿跌倒。

眼前一团光影渐渐褪去，董一飞看见一个人形生物体，个子不高，1.5～1.6米，皮肤黝黑，估计戴着头盔等遮蔽物，看不清五官，但很像岩壁上的画中人。董一飞早已顾不上恐惧，壮着胆子问："您是？您是？"

对方好像在审视着眼前这个不要命的地表人，一言不发。或许他发言了，但董一飞压根儿听不见。董一飞后悔没带"快译通"，但"快译通"也没有这种特殊语言吧。

僵持了一分钟，董一飞继续发问："您是谁呢？我是地表人，我叫董一飞。"

对方沉默不语。董一飞感到有些燥热，摘掉了单兵头盔，擦了擦汗。既然豁出去了，在别人的一亩三分地，那就听天由命吧。

董一飞双眼紧紧盯着对方面部，但丝毫看不出对方的表情。董一飞继续擦着汗，这次是冷汗。

"你好，我不是来冒犯你的。"

"关掉你的电源。"对方命令董一飞。

董一飞这次"听见"了。其实对方没发出声音，董一飞是"感应"到了。

董一飞立即关掉单兵系统电源。

对方放下了戒心，说："我们就是你们要找的地心文明。我认识你，董一飞，你是我们的人。你的两位班长都在我们这里，他们很好，不用担心，也不要内疚。你会见到他们。"

董一飞很震惊，自己的心思完全被看穿了。他说："谢谢您。不知道您怎么称呼？"

"我是地心文明的成员之一。我们知道你要来，地心文明的统治者让我告诉你，你要带话给你们地表文明的统治者，不要试图毁灭这个星球，否则我们不会放过你们这些低等生物。记住我说的话了吗？你要把我的话完全带到。对了，提醒你一句，不要认为我比你个子小，就鄙视我。我随时可以灭掉你。你们就是低等生物，如同苍蝇、蚊子一样，知道吗？"

"哦，不敢，不敢。那您是谁呢？我们能交个朋友吗？我很荣幸认识您。"董一飞感到对方没有恶意，反而放开了胆子。

"你们地表文明的语言文字都是我们留下来的。你可以叫我EC先生。我是地心文明的信使。"

"见到您很高兴，EC先生。"董一飞上前两步，想去握手，但EC快步退后。

"你不能碰我，你的使命完成了，我的使命也完成了，我们后会有期。"还没等董一飞反应过来，一道闪光过后，EC先生消失了。

董一飞此时才明白不同空间维度的概念，原来真的是活在两个世界。对董一飞来讲，这次行动完成得很完美、很漂亮。

第六类接触是指地表人遭遇到高级文明，但不幸被高级文明抓走、俘获、研究，完全没有尊严。第七类接触就是与高级文明有尊严地对等接触和对话。董一飞做到了，还成为地心文明的"传声筒"，美其名曰"信使"。

完成任务的董一飞兴奋地啸叫一声，熊三嗷嗷叫着狂奔过来，驮起董一飞疾步向洞口跑去。此时此刻，董一飞最想做的就是立即回京城复命。

与此同时，R国国内发生了一件重大政治事件。

首相野田凛子越来越看不惯官房长官河田健，以及统合幕僚监部联合司令长官山本五木的诸多霸道行径，于是请示女皇，要解散内阁并重新组阁。此举招致河田健和山本五木等主要内阁成员一致反对。孤立的野田凛子很快就被河田健和山本五木抓起来软禁。河田健和山本五木对外宣布，野田凛子由于身体不适已辞职，指定河田健为代理首相，组建看守内阁，并由河田健完成党内选举。

河田健对首相的宝座势在必得。有了松本未来的鼎力支持，河田健登上首相大位基本上是板上钉钉了。

就在选举当天，意外事情发生了。河田健做梦也没想到，当选党总裁的竟然不是河田健，而是松本未来。这可把河田健气坏了，自己被松本未来当枪使，最终成就了松本未来的"首相梦"。

河田健大骂松本浑蛋、畜生，但也无济于事。河田健威胁要公开松本与自己相互勾结搞掉野田凛子的黑材料，但他在寻求原内阁成员支持时才发现，这些过去与自己称兄道弟的人都投靠了松本，自己成了弃儿。

自作孽，不可活。没错，几天后，河田健彻底人间蒸发了。松本未来是何许人也，岂能容一个异己存活在这个世上？

事件还远没有结束。忠于野田凛子的防卫大臣河野俊雄很不满山本五木的种种行径，他作为上司，却被山本五木在军中处处排挤。山本五木连野田首相都能软禁，何况一名文职官员？考虑再三，河野俊雄携带机密文件跑到A国驻R国海军基地司令部。河野俊雄所携带的重要文件披露，"A国两艘军舰是R国潜艇击沉的，是山本五木直接策划和实施的"。

A国海军基地司令部不敢怠慢,他们知道R国松本新内阁一定会前来要人。海军基地司令部不是河野俊雄的久留之地,因为这里本就是两军共用的军事基地。A国基地司令部赶紧与情报总局R国分站协商,想办法把河野俊雄尽快送到A国。但松本和山本五木很快察觉到河野俊雄叛逃,两个小时后就来到A国驻R国大使馆兴师问罪,要求尽快交出河野俊雄。松本命令严查所有前往A国的航班,并严令禁止A国的军舰和飞机启航。R国海空军严密封锁了A军驻R国基地的全部海空通道。

河野俊雄最终还是逃掉了,他乘坐K国国际航空公司的班机飞到了K国。原来是戴维斯致电K国国家安全部门,希望协助转移河野俊雄。考虑到K国与R国关系紧张,K国国家安全部门委托博通具体协助河野俊雄离开R国。这样一来,既能帮忙,又不进一步伤害K国与R国的关系,毕竟这属于民间行为,K国政府和军方没有参与。究竟如何送出去的,博通自有可靠途径,这就不需要告诉A国人了。A国情报总局派员从京城机场直接把人带走,乘坐包机飞往A国首都。

河野俊雄已到A国,还准备出席A国国会听证会。松本未来得知此消息后暴跳如雷,派兵严惩涉事的A军人员。双方爆发了小规模军事冲突,A军顽强反抗,双方各有死伤。

松本要求A军24小时内全部撤离R国本土,否则一律视为敌人予以消灭。同时,松本未来发表《告R国国民书》,直言A军长期占领R国,视R国为A国的殖民地,欺压奴役R国人民,如今到了必须说"不"的时刻。R国和A国老账新账一起算,不排除使用战略武器。同时,松本继续把私仇与国家利益捆绑在一起,矛头指向K国,指出K国协助A国为虎作伥,这笔账也要一起算。

一个小国要挑战两个大国,松本是要把这个星球带向毁灭,鱼死网破。松本认为,如果自己在这个星球过不好,那还要这个星球干什么?

松本很精明,浑水公司本不属于R国,他担心浑水这个A国公司会失控，所以在当选执政党总裁之前，就改组了浑水公司董事会。松本未来让侄子松本太郎担任董事长，自己做名誉董事长，同时清洗了A国痕迹很重的董事会元老，把松本家族和西武株式会社的老人们都扶正，借此来巩固R国在浑水公司的绝对控制权。

不仅是R国和A国热闹异常，P国这边也坐不住了。P国的民航客机被A军蓄意击落，核心专家惨死，无辜百姓丧命，这让P国总统普奇科夫大为不满，要求国防部尽快制定对A国的报复措施，不排除使用核武器来报复A国。

天下不太平，一场核战争又在酝酿之中。

## 76. 代号MASTER

当你不能掌握主动的时候要认命。也可以不认命,但死的概率很大。

地表文明的一切动态都在地心文明的掌控之中,但地表文明却在无休止地博弈、倾轧、争斗、冲突和战争。

地表文明的主要大国对地心文明的存在心知肚明,可为了避免社会动荡和局势不稳,只能对各自国家的民众隐瞒事实真相。不明飞行物事件越来越多,各国政府也只能沿用老一套的陈词滥调告诉民众不用担心,那只是飞机,是新飞行器试验,是错觉,不要浮想联翩。

而知情的政府人员私下纷纷议论,原来高级文明真的存在,而且正在入侵地球。一时间,真假消息满天飞,老百姓无所适从。物联网的高度发达让越来越多的UFO照片展现在公众面前。面对公众的普遍质疑,一些国家政府依旧告诫公众,要相信科学、相信政府,人类是地球乃至太阳系唯一的高级生命,这个基本事实没有改变。这完全就是自欺欺人。

当董一飞把龙岭山的经历原原本本告诉了祁奕雄,祁奕雄震惊异常。进入洞穴的只有董一飞和熊三,董一飞还被勒令关闭了电源,所以任何记录都没保留。就算祁奕雄相信董一飞说的是事实,也还要对董一飞做全身体检和测谎,并再次确认信息的真实性。如此重大的消息,不能只听一面之词,而熊三又不能作为证人。加之EC先生出现前，熊三早就跑得没影儿了，也不算是"见证熊"，董一飞也就成为唯一当事者和见证人。

董一飞的体检和测谎工作交给了凌霄军团总医院院长张琛。

在提交给祁奕雄的体检和测谎报告中，张琛感到有几点很奇怪：一是董一飞的血型很特殊，比"熊猫血"还稀少，这很不应该。董一飞之前在医院手术输血时用的都是正常血液，可现在血型突变了。二是董一飞的DNA也很特别，个别基因片段排序与正常人不一样。这个基因变化让董一飞具有更强的免疫力，寿命还大幅度增加了。三是董一飞的脑电波信号非常强烈，就像一部无线电接发报机，脉动起伏很大。四是董一飞不仅没撒谎，在测谎时还把"脑思维"讲了出来，包括两名战友在这个洞穴牺牲的往事。

张琛得出的结论很明确，董一飞没撒谎，信息可信度高，建议采信。

祁奕雄让郝利新即刻召回前往各地寻找地心文明的专家团队，同时上报首长，建议立即召开"新文明探索及合作领导委员会"特别研讨会。

这次会议规格很高，祁奕雄特意邀请首长出席，事关重大。

出于保密需要，所有内容只能在这个保密程度极高的会议室讨论。出了会议室，就算是在首长办公室汇报，也绝对不能提地心文明，担心隔墙有耳。

会议室里鸦雀无声，静得连呼吸和心跳都能清晰听见。大家在等祁奕雄宣布重大发现。

祁奕雄把张琛院长的报告交给首长及每个与会者传阅。大家知道这份报告的分量。这份报告说明，祁奕雄要宣布的事完全真实可靠。

"首长好，同志们好，在董一飞同志的努力下，我们发现了地心文明。"

这句话一说完，全场震撼了，众人面面相觑。之前的会议早就提出了地心文明，但还只是假设，没得到证实。可这次会议给出了地心文明真实存在的结论，着实让包括首长在内的每个人非常震撼。

"董一飞接触了地心文明的代表,我要求董一飞不允许记录任何对话。当然摄录设备也未必能录制地心文明的信息。据董一飞介绍,对方不是用声音或唇语交流,而是脑感应、脑电波。这一点在张琛院长提交的报告里已经证明了。董一飞同志的脑电波被高度激活了。

"首长、各位同志,董一飞见到了地心文明使者。他之所以现身来见董一飞,就是要董一飞给我们地表文明带话。"

祁奕雄顿了顿,看了看几位首长,又喝了口水,说:"他们要求我们地表人类不要毁了地球,否则他们不会放过我们。在他们眼里,我们只是低等生物。"

全场鸦雀无声,连根针掉在地上都能听得真真切切。每个人都被这个最后通牒吓到了。

"首长、同志们,今天的会议,我们最终要得出几个结论,我这里草拟几个问题,大家一起讨论一下。"

张军给在座每一位发了一页纸,上面写着"阅后即焚"字样。

"第一个要讨论的是,公众要不要有知情权?第二个要讨论的是,要不要通告其他国家,如果需要的话,通知哪些国家为好?第三个要讨论的是,要不要建立以我国为主的,与地心文明交流沟通的渠道?第四个要讨论的是,军队要不要做好针对地心文明的军事斗争准备?第五个要讨论的是,如何满足地心文明的要求?每个问题下面都有几个选项,希望在座的每个人,包括首长,都现场填写一下。我们统计,之后再一起讨论吧。"

祁奕雄对几位首长尴尬地笑了笑。因为他没跟首长打招呼就擅作主张搞无记名投票。

15分钟后,郝利新和张军把答卷都收了回来,结果很快就统计出来了。

祁奕雄想把统计结果先递给首长看看。首长笑了笑,说:"就不看了,你念吧。我们一贯发扬民主,相信同志们的眼光;再说了,我们几个也投票了嘛。"

祁奕雄起立,立正,朝首长席敬个标准军礼,然后开始念:"这次无记名投票的结果如下：第一，暂时不告诉公众；第二，可通告其他国家，仅通知P国和A国；第三，要建立以董一飞为主的，与地心文明交流渠道；第四，军队要做好针对一切威胁的军事斗争准备；第五，对战略武器限制符合K国利益，K国一贯倡导全球无核化。念读完毕，请各位首长和专家审议。"

首长示意祁奕雄坐下来。

与会者议论纷纷，几位首长默不作声，听着各位的意见和建议。各种意见归纳起来，主要集中在是否要通告A国这个自私的国家。K国长期视A国为军事斗争的头号潜在对手。与会者各说各的理，意见没法统一。

祁奕雄看火候差不多了，就示意静一静，说："请首长做指示。"

一号首长微笑地环顾与会者，举起手中这张统计表，说："同志们，我们要尊重这份民意，这也是我们的意见。这么多年来，关于地心文明、地外文明，我们说了很多，都是用一种怀疑的眼光来审视。甚至还有专家、机构说，已探测到距离地球最近的2000颗恒星，都没发现外星人的踪迹，地球人可以洗洗睡了，不用杞人忧天。我觉得嘛，是这些专家和机构该洗洗睡了。科学精神！他们严重缺乏科学精神。什么是科学精神？科学精神就是不断积极探索的坚定意识，不断用新知识、新观念来否定旧知识、旧观念，而不是用旧知识、旧观念来抹杀眼前看不懂的新问题。这叫消极逃避，不是积极面对。21世纪快过半了，我们对宇宙只知皮毛。不要说宇宙，就连地球，我们也刚刚知道有地心文明。而地心文明早已把我们当作笼子里的动物观察了千百年，我们却都一无所知。就算知道一些怪异现象，也都用封建迷信搪塞，没有用科学求真的态度去积极面对和解决问题。如今，问题出来了，地心文明找上门来了，因为地表文明太不像话，他们实在看不下去了。如果说得不客气点儿，地心文明是我们的老祖宗，我们这些不肖子孙让老祖宗失望了，所以他老人家要来施行家法了。"

首长停了下来，用手指指桌签，感慨道："我以前不知道有孙志平这么个人。他在役期间,级别不高,一个普通转业军人。如今他不在了,你们也都知道了。但我知道他搞了个博通,把退伍军人凝聚在一起,做成了事。尤其是在FL国解救了人质,我那时第一次听说博通,知道有个孙志平。但没想到他的博通和他本人竟然有缘、有魄力去破解地心文明,这是巧合,也是胆量,换了别人早就放弃了吧?孙志平在R国耗费巨资购岛,就是为了获取地心文明的核心机密。如今,岛没了,人也没了,博通遭受到重创,但博通的精神还在。孙志平不会死,也死不了。"

首长用手又指了指董一飞,说:"小董,一名老士官,老工程兵,听说提干没门儿,就决定离开部队,到地方闯一番天地。机缘巧合,与孙志平走到了一起。你也是博通的功臣,我们的功臣。同志们,要是没有董一飞的胆识和不怕死的精神,我们至今或许还在坐井观天吧!"

董一飞脸白一阵、红一阵,特不好意思。人生第一次被大首长表扬,简直像做梦一般。董一飞不自觉地站了起来,给首长敬了个礼。尽管他不穿军装很多年了,但骨子里还是一个兵。

首长示意董一飞坐下来,快速喝了口茶,润润嗓子,稍稍轻咳一声,说:"我想问大家一个问题,你们可以不回答,但要三思。如果没有博通,没有孙志平,没有董一飞,你们能发现地心文明吗?你们手里会有那么多地心文明的研究成果吗?但我知道,你们手里掌握着太多国家资源和花不完的科研资金。"

首长再次环顾四周,不少人都默默低下了头。"我并没有批评大家的意思,科学或许就是一种巧合、巧遇、邂逅,但有些人遇到就开窍了,有些人看到却熟视无睹,这就是区别。世上最怕'用心'二字,不假啊。但我认为不仅要用心,还要用情,更要用胆,胆小的人不会做成大事,科学探索必须有探险精神和大无畏的牺牲精神。"

首长一席话,在座每一位都很受益。

首长继续说:"关于这五个问题,我再简单谈谈我的个人看法。我刚才说了,我完全尊重民意,不搞一言堂。我同意暂时不告诉公众,可这是暂时的,在适当的时候需要逐步公开。公众有知情权,瞒不住的,也不能瞒。隐瞒时间长短,可以做个评估。我看大家争论的焦点是要不要告知A国,我的个人看法是必须通知A国。一是A国已知的可能性很大,提前通知他们,我们比较主动;二是A国的科技能力依旧独步全球,要想真正对付高级文明,不能只靠我们一家,P国能力也有限,我们需要多国联手。另外,R国和A国的关系很微妙,这个时候团结A国是好事。所以我倾向于通知A国。至于让董一飞做地表文明信使,我个人没意见,我只是提醒诸位,不少国家都在打董一飞的主意,你们要做好安保工作,不能只让博通来做。如今已到了需要动用国家力量来做事的关键时刻,一家民营公司做得足够多了。还有一点,我提醒过你,老祁,不能总是白用人、用公司、用资源,要给钱。亲兄弟还要明算账,博通不欠国家的,必须给钱。我们不能没有信誉,精神要讲,但商业道德、契约精神更要讲。"

祁奕雄赶紧插话,说:"我已经安排了,我们已和博通在航天安保领域开始新的合作,探索军民融合的新商业模式,您放心吧。"

"那就好。我们K国老兵是最棒的,他们在服役期间为国家奉献青春、鲜血,甚至生命,退役后依然在为国家奉献一切,我们要对得起他们。第四点和第五点,我完全同意,地心文明的要求与我们要做的是一致的,归纳起来都是人类命运共同体,不,是地球命运共同体。"

会开完了,每一位与会者都在思考首长的一席话。

祁奕雄和郝利新等人一起送首长下楼上车。张军急急忙忙走了过来,欲言又止。毕竟首长还没上车。

首长们看到张军慌慌张张的样子,说:"小伙子,沉稳点儿,泰山压顶也不能弯腰。好了,老祁,他找你有急事,我们走了,不耽误你了。"

张军直起来腰板,不好意思地笑了笑。

等首长车队渐渐远去,张军跟着祁奕雄和郝利新大步流星地回到办公室。一关上门,祁奕雄说:"说吧,啥事?"他也很着急。

655

"海军刚通知我,今天已停止搜救了。两个多月,早就没有生还可能了。"

祁奕雄刚想发作,还是忍住了,说:"海军任务重,有难度,可以理解。"

祁奕雄此时想到的就是两个人,一个是孙志平的儿子,另一个就是姜瑄。姜瑄和孙志平的关系究竟如何不知道,可他知道姜瑄为了孙志平已休假很久了。

"要不要通知姜瑄?"祁奕雄拿不定主意,看着郝利新和张军。

张军很感激孙志平,尽管之前有误会,但也就是误会而已。张军说:"我担心姜瑄吃不消,打击太大了。"

"但这是早晚的,姜瑄总要从中解脱出来吧?不然人就废了,多好一个姑娘啊。"郝利新认为还是要说一下。

犹豫了一会儿,祁奕雄下定决心,说:"张军,你去通知吧,我觉得还是说一声好。看她有什么要求,我们都尽量满足。对了,董一飞也一并通知,他是博通的临时负责人。"

当天下午,张军就把实情告诉了董一飞和姜瑄。

姜瑄没有掉眼泪,只提了一个要求,希望能去孙志平葬身的那片大海祭拜。

按照首长的指示,祁奕雄与A国和P国先后会晤,并通报相关事项。A国和P国代表都感到震惊,也对K国的坦诚相告表示由衷感谢,承诺尽快一起协商对策。

一周后,董一飞安排了一条豪华游艇,亲自陪同姜瑄去祭海。豪华游艇上摆满新鲜的玫瑰花,9999朵。姜瑄不让别人出一分钱,全部自费。

远远望去,红彤彤的玫瑰映衬着整条船,显得那么喜庆祥和,怎么看也不像要去祭海,更像一位漂亮的新娘子微红着脸蛋等着新郎迎娶。

在祁奕雄的特别安排下,张军随游艇出海。同时,海军也派遣一艘护卫舰跟随。看到游艇上的情景,不少知情的海军官兵都不免伤感。

　　船到了锚地,姜瑄两眼发直,直勾勾地盯着无垠的大海,脑袋里都是当天发生的一切。真后悔上了直升机,还不如一起去死,就没有那么痛苦了。活着的人比逝者更加痛苦。姜瑄没有眼泪,把身边的玫瑰花一朵朵摘下来,一片片掰下来,扔进了大海,心里默默念叨那个无情无义的孙志平,那个木讷的,从来没给自己送过一朵玫瑰花的老男人。你不给我送,我就给你送,我替你给我送,9999朵玫瑰。

　　最后一片玫瑰扔进了大海,看着海面漂荡着片片玫瑰,万念俱灰的姜瑄猛然一蹲,要扎进深邃的大海。旁边早有预感的张军和董一飞死死拽住她,生拉硬拽进了船舱。在拽回船舱的路上,姜瑄并没有发疯似的嘶喊,也没刻意去挣脱,十分平静,似乎一切都想明白了。生也好,死也罢,一切都随缘吧。姜瑄在心里想着:孙志平,我对得起你了,你欠我的,下辈子还吧。

　　姜瑄回了家,回的还是孙志平的家。她自己的小家很久没回去了,极度爱干净的姜瑄也懒得收拾了。姜瑄此时已经有了新欢,就是那头黑乎乎但聪明伶俐的熊三。姜瑄每天缠着王阿姨去看熊三,还拍各种搞怪照片,发给林妙杰看,让远在K城的林妙杰羡慕嫉妒恨。林妙杰生怕姜瑄这个美女横刀夺爱,担心熊三太现实,只惦记眼前美女。

　　天天都有大事。郝利新和张军慌慌张张来到祁奕雄办公室。

　　"大事不好了,出大事了。首长。"

　　"慌乱啥?啥事?快说。"

　　"地心文明通过我们的指挥系统向我们下达最后通牒,代号MASTER,要求我们停止一切核活动。同时——"

　　"同时什么?"

　　"同时罗列出我们地表文明的一系列罪状。"

　　郝利新拿出一页纸递给祁奕雄,上面密密麻麻写满了字迹。

　　祁奕雄不愿看:"你说说吧。"

　　郝利新把纸交给张军,说:"小张,你来念吧。"郝利新有点儿气喘,跑得太急了。

"好,首长。这上面内容很多,说我们破坏环境没有节制,把有害垃圾直接倾倒进大海,不少国家的军事演习和军事冲突加剧碳排放,没有节制核试验带来的巨量环境污染。还有气候变暖加剧,文明冲突加剧,说我们地表文明越来越贪婪,全球治理能力下降。还点名道姓说核事故处理后的隐患很多,以为掩埋就万事大吉,其实后患无穷。同时,A国和P国沉没的核潜艇和核武器存在巨大的泄漏风险。还有太空垃圾巨量增加,一个星座系统就一万多颗卫星,技术落后到如此程度,对太空环境破坏到极致。还提到发达国家对发展中国家极端蔑视,以大欺小、恃强凌弱。发达国家对节能减排技术垄断,而缺乏责任心。再有就是和平利用太空成为泡影,太空军备竞赛常态化,宗教矛盾、民族矛盾激增。主要就这么多吧。"

祁奕雄听得饶有兴趣:"没了?"

"没了。"

"他们说得很有道理啊。我觉得他们没说错。代号MASTER,很明显是告诉我们,地球的主人是他们。郝副参谋长,尽快报告给首长。另外,我估计其他国家也收到了类似的通牒。你们也去核实一下吧。"

郝利新和张军走了,祁奕雄独自在办公室里踱来踱去,最后驻足在窗边,眼望天际的滚滚乌云。祁奕雄知道,这次绝不是乌云密布那么简单,狂风骤雨即将到来。

## 77. 地球争夺战

一个人随着年龄增长,梦想便不复轻盈,他开始用双手掂量生活,更看重果实而非花朵。果实能让生命延续,花朵只让未来成为泡影,活着很重要。

祁奕雄拿起电话,拨通了霹雳军团参谋长高聿新的电话:"小高啊,我是祁奕雄,我们去孙志平家里看看吧,你有时间吗?"

"老领导好,我正想去看看,您看何时?我也正想找您呢。"

"今晚吧,我叫上郝利新,都是校友。"

"好,我去接您,晚上见吧。"

"不用接,我自己去,不远。再见。"

郝利新知道老领导很看重孙志平。孙志平凶多吉少,老领导心里很是悲痛。看望生者,无非就是要慰藉一下逝者,尽管这对逝者毫无意义,但也只能这样了。

6点半,三个人准时在孙志平家门口碰面。孙志平家是一栋独栋别墅,三个人彼此看了看,高聿新笑了笑,说:"首长,你的学生里最有出息的就是孙志平,你看他的待遇比你高。"

祁奕雄尴尬地笑一下,掸了掸军装上的尘土,说:"好有什么用啊,活着最重要。纵有金山银山,也不如长命百岁啊。你们两个也都很有出息,没给我丢人。小高,按门铃吧。"

高聿新按门铃,半天没有动静,可房间里的灯亮着,很奇怪。这

659

个时间，孙志平的孩子该放学了，就算保姆接送孩子也该回来了。

等了5分钟，依然没动静。郝利新直接给董一飞打电话，这才知道，孙志平一家人都在董一飞家里，就在隔壁不远。董一飞连跑带颠地冲了出来迎接几位大领导。他家里从没来过这么高级别的首长，三位将军同时莅临，忒有面子了。

董一飞一见到三位将军，立即立正、敬个军礼。祁奕雄用力按住董一飞的手，示意不要虚礼，随后一起跟着董一飞来到另一栋独栋别墅。

祁奕雄看着别墅，说："一飞啊，你真行，别墅都住上了，你比我的待遇还高。刚刚高参谋长还说孙志平待遇比我高，我认了，没想到连你都比我高，我可真要考虑到博通打工了。我去当顾问的话，会给我别墅吗？你现在可是博通负责人啊。"

"首长，您开玩笑了，都是托孙总的福。您要来了，这别墅就是您的，随时都为您备着。博通最欢迎首长来指导工作。"

郝利新在旁边拍了拍董一飞，说："就知道拍首长马屁，我们呢？有份儿吗？"

董一飞傻笑了一下："都有，都有。还有高参谋长，都有份儿，你们敢来，我就敢给。"

三个人笑了起来，高聿新指了指董一飞："你敢将我们的军，你这个家伙，知道我们来不了才这么大方吧。"

董一飞摸了摸后脑勺："哪有的事，你们都是大神，请都请不到。你们来了，正好可以当董事长了，位置还空着呢。"

四个人有说有笑，刚走进一楼客厅，一头黑乎乎的大家伙猛然冲了过来。三名训练有素的老兵反应极快，立即散开，躲闪到一边，吓出了一身冷汗。谁也没有想到董一飞家里会有如此庞然大物。

"熊三，你干啥呢！这是贵客，快到一边去坐着。"

被训斥的熊三乖巧但委屈地跑到客厅一角，一屁股坐在一个特大的定制沙发上。舔着手、晃着脑袋瞧着这边，若无其事的样子，不觉得自己做错了什么。

"这就是那头立了功的熊吧,叫熊三?"祁奕雄此时才想起来董一飞还有这么一件秘密武器。董一飞从来都不首先使用熊三,关键时刻才派上用场。

"对,首长,就是它,我从噩梦岛带回来的火山守护神。"董一飞介绍着熊三的传奇经历。熊三看董一飞对自己指指点点,知道是在介绍自己的光辉事迹,也很配合,不停地点头称是,偶尔还拍拍胸脯。等介绍完了,熊三也不客气,四仰八叉地躺在沙发上。

董一飞狠狠瞪了一眼,用手一指熊三胯下,熊三意识到自己是雄性,立即用两只硕大的熊掌捂住裆部,又弯起腰,坐好了。

三人哈哈大笑,夸董一飞是奇才,连熊都能训练成这个样子,太厉害了。看到客人大笑,熊三咧着嘴又开始放松了,四仰八叉,但这次跷起了二郎腿,好像在说:这回你说不着我了,我没走光,尽管我是熊,但也有尊严。

姜瑄和孩子从楼上下来了,王阿姨也从厨房出来了,见到三位将军都有点儿紧张。

"你就是姜瑄吧?我是祁奕雄。我早就知道你了,孙志平提到过很多次了。"

"首长好,孙志平也总提到您,他很感激您。"

"小姜,你还好吧?"

"我还好,放心吧。它陪着我,我挺开心。"姜瑄指了一下熊三。

可三位将军理解错了,以为姜瑄指的是熊三旁边的董一飞,立即带着鄙视的目光看向他。

姜瑄看他们误会是董一飞,连忙摆摆手,说:"我说的它是熊三。"

祁奕雄"啊"了半天,说:"那就好,有个伴儿就好。"说完也觉得不太对劲,赶紧解释,"我说的是宠物陪着挺好。"

"也不是啊,熊三不是宠物,它是我男朋友。"

郝利新和高丰新真没憋住,笑喷了出来。祁奕雄责备地看着两个人,真没涵养,这点儿承受力都没有。其实祁奕雄心里早就蒙了,年轻人的世界,自己永远不懂,只能打马虎眼,说:"没事就好,没事就好。我还担心你呢。现在我放心了,放心了。"

"小贝过来,让爷爷抱抱。"

小贝是孙志平儿子的小名,大名孙正斌。孙正斌这个名字是祁奕雄给起的,听着很老土,但有内涵:做人要正直,更要有文韬武略。

"想爸爸了吗?"

"想了。爸爸出差了,姜瑄阿姨陪着我,挺好。"

祁奕雄看了一眼姜瑄,感叹她的良苦用心:"谢谢你小姜,谢谢你。"

"小贝这孩子挺懂事,就是太淘气了,老师没少叫家长。我三天两头去学校,学生都快把我当老师了。是不是小贝?"

"嗯,是啊,反正你也不上班,我就给你找点儿事情做啊。是不是,姜阿姨。"

"臭贫,你爸可不像你这样。"

王阿姨正把饭菜都端上来:"来来来,饭做好了,一起吃饭吧。各位首长,别嫌我做的是粗茶淡饭,熊三可爱吃了。"

三位将军只好说"好好好,一起吃",那还能说啥?

董一飞拿出两瓶好酒,25年国酒,今晚就它了。

祁奕雄笑了笑:"今天是周末,可以小酌一点儿。你们俩也别闲着,快一起帮忙啊。"

郝利新和高聿新也不拘束,既然老爷子都放开了,当学生和下属的还有啥可端着的?三下两下,几个人把饭菜都端了上来,一起围坐在圆桌旁开始吃饭。

熊三走过来,一屁股坐在圆桌旁,占的地方大了点儿。

祁奕雄三位刚开始也觉得别扭,但看习惯了也就把熊三当个人看了。

这顿饭吃得有点儿沉闷。董一飞不善言辞,只知道给首长敬酒、喝酒,其他的不太会说。几个霹雳军团的老人也只能聊过去的事,这才知道董一飞是李弘的兵。李弘、高聿新和孙志平都是一届的战友。李弘现在已调任霹雳军团司令部作战部部长，和高聿新一样，打仗是一把好手。喝了点儿酒的高聿新立即打电话给李弘，让他给教导员请安，再和董一飞说说话。高聿新真是喝得有点儿飘，在电话里絮絮叨叨，指责李弘连董一飞提干这点儿事都办不成，不行的话，当初为什么不找自己来帮忙。李弘解释，当时正赶上裁军季，提干指标冻结了，不是自己不努力，是时机不对。两个人为这点儿事掰扯了半天，董一飞在旁边只求高参谋长少说几句，不怪老营长，都是自己命不好。最后还得是老教导员来解围，李弘才得以解脱，好不容易挂了电话。李弘连孙志平的事情都没来得及问，全让这个喝高的高聿新给搅和了。

挂了电话的高聿新看见姜瑄正在和熊三对饮。他揉了揉眼睛，没错，姜瑄给熊三倒了一杯酒，自己也斟了一杯，一碰杯，熊三就干了，姜瑄也干了。祁奕雄和郝利新早就看见了，见怪不怪。本来和熊三在一个饭桌上吃饭就已经很奇怪、很奇葩了，没想到这头熊还会喝酒、能喝酒，这哪里是人熊啊，分明就是熊人。

一顿十分另类的聚餐结束了，两瓶酒都空了。深夜，董一飞送三位将军出门，姜瑄在门口告别，带着小贝和阿姨回家了。

看着姜瑄走远的背影，祁奕雄带着酒劲吩咐郝利新："明天给张琛说一下，给姜瑄检查一下身体，主要是神经内科，你要安排好，不要让姜瑄察觉到什么，听见没？"

"好的，老领导，我明天就安排。"

高聿新不认为姜瑄脑袋有病，说："教导员，我觉得小姜是心病，不妨找个心理医生吧，这个靠谱儿。神经内科有点儿过了，会刺激姜瑄。您说呢？"

在一旁候着的董一飞连连点头称是："我认识一位心理医生，还有个针灸医生，都老牛了，我明天去找。"

"不行，一定要让张琛先看看，听我的，不然我不放心。"

"好，我一定安排。"郝利新只想让祁奕雄踏实点儿。

663

董一飞也赶紧插话:"您放心,首长,我也会安排好。医生都是好朋友,是博通的好朋友。"

祁奕雄的车刚想启动,高聿新突然想起来什么:"教导员,我都忘记问正事了。"

车又停了下来,祁奕雄问:"啥事?"

"真正的文明冲突要开始了吗?"

祁奕雄示意董一飞先回家,自己要说点儿工作。董一飞很知趣地离开了。

"没错,你要做好准备,我会制定作战计划,命令会与你们协商后下达。"

这种地方不方便说话,三言两语后,三位将军的车启动了。

真别说,郝利新和董一飞的效率还真高,张琛第二天就派来一位经验丰富的神经内科主治医生到孙志平家里。这位医生和姜瑄交流了半天,姜瑄表现得很正常;可就是和熊三在一起时,姜瑄异常兴奋、开心。医生感到很奇怪,就给姜瑄开了瓶镇定药,让姜瑄临睡前按时吃药。

姜瑄看了看药瓶子标签,苦笑了一下,顺手就扔进垃圾桶。等姜瑄再来看熊三时,发现熊三一直在睡觉。姜瑄喊了半天,熊三都没起来,不应该啊。再一看熊三身旁,放着那个镇定药空瓶,我的妈呀,一瓶子都吃完了。姜瑄吓得赶紧打急救电话,着急忙慌地大喊"熊三自杀了"。

救护车赶到时,医护人员才知道熊三真的是一头熊,吓得发抖。"姜女士,我们不是兽医,下次你要打兽医电话。这次我们就帮熊三洗胃了。"

熊三醒了,一睁开眼睛就看到姜瑄和董一飞,小眼睛忽闪忽闪眨着,不知道到底怎么回事。姜瑄拿起那个空瓶子,示意熊三不能吃,熊三点了点头,露出了笑容。人间真美好,不,是"熊间"真美好。

送走神经内科医生,姜瑄又迎来了孙志平的老朋友——心理医生刘庆新和私家针灸大夫朱辉。姜瑄知道董一飞为什么要请他们来,都是孙志平的好朋友，也不好驳面子。面对这两个人，一个要给姜瑄做心理理疗，另一个要给姜瑄针灸，姜瑄保持了极大的耐心，让两个人一个个来，不要抢。

心理理疗还好，无痛无感，就是说话聊天，姜瑄很快就把刘庆新打发了。但朱辉就没那么轻松了，一针下去，姜瑄眉头紧锁。又一针下去，姜瑄哀号一声。再一针下去，姜瑄眼泪出来了。第四针下去，姜瑄哀求不要扎了。好好一条胳膊扎了四针，每根针都几寸长。面对大美女，朱辉也真下得去手，一点儿也不怜香惜玉。

朱辉坦言，自己眼中没有美女，只有病人。尽管学艺很久，但每一次针灸都是一次新的尝试，每一个被针灸的人都是练手的试验品，自己丰富的经验就是在别人的哀号声中锻炼出来的。

MASTER最后通牒下达后，地心文明也没有闲着，观察这些低等生命在干什么，是否按照要求办事，比如销毁核武器。但几周过去了，地表文明继续我行我素，全然不把警告当回事。看来要好好教训这些不知好歹的低等文明，让他们知道"地心王爷"有几只眼。

地心文明最牛的本事就是跨时空控制的超能力，仅仅十几分钟，地表七大国——A国、K国、P国、R国、F国、I国、L国，就出现了一系列异常情况。

七个国家的城市电力全部中断，城市在黑夜笼罩下如死城一般。有些城市虽是白天，可全市交通中断。

七国的全部核电站在同一时刻停止运转，核反应堆慢慢关闭，输出电力渐渐归零。

七国的所有军舰全电力推进系统彻底停止工作，巡航中的舰艇只能在海上漂荡，不得不紧急抛锚。所有飞机，无论是军用飞机还是民用飞机都只能趴窝，在天上飞的飞机允许落地，可一落地就立即被切断电力，连廊桥和机库都不能返回，只能靠拖车拖拽回去。一时间，航班大面积取消，连机场都说不清楚原因，只能说是飞机故障。

所有卫星的电源系统被切断和隔离，失去了工作动力源，与地表都失去了联系。

665

一个小时后，电力系统逐步恢复正常。地心文明只是要以此警告地表文明中的七大国，地心文明可以随时掐死你，最好按照地心文明的要求，尽快销毁各国的战略武器，并承诺不要继续破坏地球环境。否则，新的示威随时都可以再来，更厉害的大招还在后面等着。

祁奕雄赶紧安排董一飞和熊三再赴龙岭山洞穴去会晤EC先生，表明K国愿意配合地心文明，控制好大规模杀伤性武器。与此同时，K国科学家们继续潜心研究地心文明那些核心资料，希望能从中找到地心文明的软肋，以制定有效对策，而不至于完全被地心文明牵着鼻子走。

着急上火的不光是K国，A国政府更是担心。A国想控制蓝色星球的计划要泡汤了，K国、P国和R国已经很难对付，如今又跑来了强大百倍的地心文明。A国的第一把交椅不想交出去也得交出去了，地心文明的强大，所有人都已经彻底领教过了。不过，甘拜下风、彻底交权肯定不是A国的一贯风格。A国人还想再领导地球100年。

面对地心文明的巨大威胁，A国人也不是一点儿办法没有。戴维斯知道手里还有一张牌没打，这就是在夸克基地圈养了快100年的"小精灵"，他们和地心文明不是一伙的，这或许就是办法。

## 78. 文明使者

纸里包不住火，谣言止于智者，但谣言又往往是遥遥领先的预言，你信谁？

存在地心高级文明的事情不胫而走，没多久，地表人都知道了。一时间，地表文明陷入极度恐慌之中。与20世纪六七十年代的"火星人"恐慌相比，这次恐慌程度高太多。"火星人"至少距离6000万千米之遥，有宇宙鸿沟的阻隔，但地心文明不同，就在脚下，随时跳出来就能大举入侵地表，简直就是"地狱使者"。

究竟是谁泄露的天机不得而知，但K国、A国、P国、R国等七个国家嫌疑最大。携密者通常被要求打死也不能对外说，结果他告诉最亲的人，要求打死也不能对外说。但世界本就是人际关系网，一传十、十传百……很快，尽人皆知，哪还有秘密？

还有可能泄密的，就是地心文明自己。他们既然能给七个国家下达最后通牒，也就可以把消息传给其他国家。道理也很简单，地心文明很清楚，地表文明不公平，大国欺负小国，强国欺负弱国，虽有联合国，但国际组织多是大国工具，小国和弱国完全指望不上。

对弱势国家而言，就算有高级文明来挑战，也是取代地表文明中的霸权国家。无论谁当老大，小国都要被控制。知道地心有高级文明时，这些本就失去控制权的地表小国心中窃喜，终于盼来了"包青天"，"老天"终于开眼了，可有A国好看的了。

当然，地心文明深谙此道，很清楚地表文明是一盘散沙，可分而治之、分而击之，也就自觉当起地表弱势文明的"救世主"。

地表文明的强国希望团结起来抗衡地心文明，地表文明的弱势国家则坐山观虎斗，希望地心文明主持公道，重新建立合理、平等的地球新秩序。

在京城某神秘总部基地，K国政府和军方召集A国、P国、R国、F国、I国、L国协商对策，并组建了GC7集团。C代表文明，GC7集团代表着地表文明的最强科技实力。GC7集团都派来高官和权威专家，P国有国防部部长罗戈津、总参谋长梅津斯基，A国有国防部部长史蒂芬、情报总局局长戴维斯，R国有新任官房长官山田寿一、统合幕僚监部联合司令长官山本五木。

以祁奕雄为首的K国代表团详细介绍了地心文明，并对地心文明的科技能力做了阐述。之前，地心文明的严重警告和强力震慑，这七个国家都领教过了，想联合对抗高级文明，难度太大，根本不在一个量级。

休会期间，张军急匆匆地走过来，递给祁奕雄一份函件，祁奕雄看了一眼，惊出一身冷汗。原来地心文明再次发出严正警告，大意是不要试图联合起来对抗地心文明了，无济于事。

看来，GC7集团开会的事情根本就瞒不住地心文明，这种伎俩太小儿科了。

再次开会时，祁奕雄就把这份函件通报给与会国代表。在场代表大为震惊，原来什么都瞒不住地心文明。看来这次会议得罪了对手。

会期原定三到四天，可第二天，A国、R国、I国、F国四个代表团就提前打道回府了，就剩下K国、P国和L国。GC7集团没两天就土崩瓦解了。

祁奕雄坚持继续开会，一定要找到解决方案。

实际上，GC7集团成员国各怀心思。A国急着回去与"小精灵"协商，这是A国的独家秘籍。只要能完全掌握"小精灵"的技术，就有十足把握继续当地球老大。R国、I国和F国不想让地心文明认为自己不识好歹，早早退出有利于今后与地心文明周旋。

"不识好歹"的只有K国、P国和L国了。

L国这次派来的是国防部部长罗尔夫和以权威专家弗兰克为首的核心技术团队。弗兰克是L国著名物理学家、诺贝尔物理学奖得主，长期从事量子光学、量子通信、量子计算和时空坐标转换理论的研究和实践应用。

祁奕雄与罗戈津、罗尔夫交流时就表示，三家团结起来不是为了对抗地心文明，更不是为当什么地球老大。这次会议是一个好机会，可以实现科技的跨越式发展，这对维护地表人类文明的尊严和权利大有好处。

就这样，三国科学家集中在京城某总部基地，潜心研究地心文明的新技术，试图寻找技术快速突破的重要路径。

就在此危急情势下，首长任命祁奕雄为国防部部长；王生明上将全职担任部队首长，不再兼任国防部部长；郝利新接任凌霄军团参谋长，军衔调整为上将；张军破格接任凌霄军团副参谋长，军衔从大校调整为少将。说破格，是因张军从上校调整到大校才两年，不够规定任职年限。

按照祁奕雄和郝利新的安排，董一飞再次带着熊三赶赴龙岭山洞穴去见EC先生。两人已是老朋友了，但熊三还是不敢见EC先生。董一飞劝了几次，可熊三总是自觉守在外面。董一飞觉得很奇怪。问了EC先生才知道真相，原来，那三头熊是地心文明从地表物种中精心挑选圈养的特种人熊，悟性极高，训练出来就是用来守护重要洞穴的出口，特别是森林和火山口类的洞穴。这类人熊被训练成敌视一切挑战洞穴的外来物种，但惧怕地心文明，把地心文明的领域视为"禁区"。

EC先生很佩服董一飞能驯服人熊，感谢董一飞和林妙杰拯救了熊三，也对A国和R国联手杀死熊大和熊二表达了强烈不满。看来什么都瞒不住地心文明，连林妙杰都认识，那董一飞和林妙杰的那点儿事也必然知道。

669

EC先生告诉董一飞,地心文明多次保护了董一飞,就是因董一飞有地心文明基因,肩负着地心文明交付的使命。当年折断松本的手腕,就是地心文明的小小警告。

董一飞不懂什么叫"地心文明基因,肩负着地心文明交付的使命",只知道自己是K国派过来的信使,肩负着调解矛盾的重任。

董一飞把地表文明介绍了一下,重点提到了K国一直倡导各国要包容互鉴、和平共处,把整个人类视为命运共同体。董一飞特别指出,K国、P国、L国都希望与地心文明和平相处,支持全面、彻底销毁战略武器,保护地表环境,这一点与地心文明的想法完全一致。

EC先生表示,这一切都在地心文明的掌控之中,并对董一飞通报表示了谢意。沉默了一会儿,EC先生让董一飞稍等一会儿,然后突然消失了。

董一飞知道EC先生回到了另一维度,只好在这里干等着。

半个小时后,EC先生再次现身:"你看看,这是谁?"

EC先生用手对空画个圈,刹那间,董一飞面前突然出现了四个人。

董一飞顿时傻眼了,使劲揉了揉眼睛,又狠狠掐自己大腿一下,竟然不是做梦,我的天啊!是孙志平、张海波和自己新兵时代"牺牲"的两位老班长。

董一飞完全不敢相信自己的眼睛,EC先生告诉董一飞不要怀疑,一切都是真的,是地心文明救了他们。

董一飞赶紧致谢,并恳求EC先生让自己带走四人。EC先生表示,让这四个人来见董一飞,就是要把人交给董一飞。同时,EC先生再次说了句意味深长的话:"记住,你是我们的人!"

董一飞太兴奋了,压根儿就没有把EC先生的话放在心上,赶紧向EC先生致谢、告别,拉着孙志平的手就往外跑,其他三个人紧随董一飞,有种快速逃离是非之地的紧张感。

等到了洞口,五个人才稍稍放慢脚步。熊三一眼就看见了孙志平,径直冲过去把孙志平紧紧抱起来,孙志平被吓得一声惨叫,以为刚刚脱险又落入"熊口"。董一飞赶紧示意熊三不要太兴奋,又告诉孙志平,这是噩梦岛的小熊长大了,名叫熊三。孙志平刚刚心还悬着,这下总算安心了。熊三不好意思地拍了拍孙志平的肩膀,示意不是故意的,完全是因为开心。

熊三毕竟是地心文明调教出来的高级动物,极通人性,知道那三人也是孙志平的好朋友,缓步走过去打招呼,一一拍了拍三人的肩膀。面对一头两米多高的人熊,三人都战战兢兢,失魂落魄。虽说是军人出身,但也从没零距离被熊瞎子爱抚过。

面对熊三的积极示好,张海波三人脸上勉强挤出友善但僵硬的笑容,心里暗想:"你是谁啊,我不认识你!"

董一飞一行五人和熊三乘坐商务包机飞回京城。在飞机上,董一飞才有空询问孙志平四人不寻常的经历。

原来,"玉龙"舰爆炸解体时,孙志平、张海波、郑伟等人就被巨大的漩涡卷入冰冷的海水中。深海压迫着孙志平,孙志平感觉身体瞬间被压碎了,即刻失去了知觉。

等渐渐苏醒过来,孙志平发现自己躺在一个陌生的玻璃罩子里,像水晶棺,又像深度休眠的冰冻床。玻璃罩内有不少光点对着自己照,但没接触身体。孙志平猜测,这些应该是传感器。这时一扇门自动打开,孙志平想坐起来看看谁来了。他以为是张琛,自己可能在凌霄军团总医院里。但孙志平根本就起不来,身体就像被绷带紧紧勒住。努力了一会儿,孙志平放弃了,还是等人来帮自己吧。孙志平担心自己伤到了脊柱,全身瘫痪。正想着,玻璃罩外突然出现了三个人形生物,孙志平吓得浑身哆嗦,不敢继续看了,紧紧闭住双眼。

"孙志平先生,你好,我们是地心文明人类。"

孙志平缓缓睁开了双眼,玻璃罩顷刻间消失了。孙志平感到有了力气,不自觉地坐了起来。他紧紧盯着眼前的三个怪物,结结巴巴地说:"你们是地心文明人类?"

"对,孙先生,我们就是你们苦苦找寻的地心文明。你在P国,在噩梦岛,都见识过我们的高度文明了。"

孙志平很害怕,眼睛一直盯着三张有些狰狞恐怖的面孔,竟然看不出究竟是谁在和自己说话。孙志平意识到这是心灵交流,而不是语言沟通。

孙志平想起死亡的一幕,问:"是你们救了我?"

"对,还算及时,你得救了。还有你的一个朋友,张海波,也得救了。但其他人就没有那么幸运了,他们在船体爆炸时就已经死亡了。"

孙志平悲恸欲绝,但还是强忍着心痛,说了声"谢谢"。

三个人让孙志平换个地方好好休养。就这样,孙志平不知道过了多久,也不知道究竟在哪里,只能肯定这是在地心的另一空间维度。

孙志平的身体很快就恢复了,可终日无所事事,也没有人来聊天,更见不到张海波,就像被软禁起来。说是休养,但没看到有医护人员来检查身体,也没人招呼吃饭吃药。更奇怪的是,孙志平既不渴,也不饿。

孙志平待的"房间"很简单,球状,淡淡的白色,没有家具,甚至连床都没有。孙志平需要休息时可以以各种姿势睡觉,完全像在一个失重的环境里。孙志平忽然意识到自己或许就在一个泡泡胶囊房间,所有的新陈代谢都可通过无感的方式来解决。胶囊外面或许有很多人正在看着自己,研究自己,记录数据,自己就像是笼中的一只小白鼠,身上的衣服就是一层毫无遮蔽的"皇帝的新衣"。

终于有一天,有"人"来找孙志平说话了。孙志平真的憋坏了,再不说话,语言就要忘了。

胶囊瞬间消失,对面站着一个个头儿不高的地心人。在交流过程中,孙志平才发现,无论自己想什么对方都知道,自己在地心人面前毫无隐私。既然如此,孙志平也就彻底放开了,无所不聊。在交流中,孙志平知道了对方的代号是ED,姑且称之为ED先生吧。

ED先生告诉孙志平,地表文明快要毁掉这个星球了,大海到处都是不可回收的垃圾,特别是不可降解的塑料,严重破坏了生态平衡。很多海洋生物死亡,原本和谐的生态链条已被破坏。

ED先生小手一挥，孙志平的头顶上出现了深海的全景。海底满是玻璃瓶、塑料袋、饮料罐、渔网……数量惊人，触目惊心。ED先生告诉孙志平，每年因误食塑料袋而死亡的海洋动物就数以千万计，造成的生态破坏无法估量。尽管地表人声称要改善海洋环境，实现塑料垃圾向海洋的排放量为零，但雷声大雨点小，地心文明完全看不到任何希望。

ED先生又挥了一下小手，眼前黑漆漆一片，但明显感觉散发着高温。ED先生告诉孙志平，这是地表人废弃的核反应堆，这些核反应堆散发的热能已积蓄了几十年，不排除再次爆炸造成新的核沾染的可能，危险系数极高。这样的问题在不少地区都存在。此外，地表人类沉没的核潜艇、攻击机等，也都携带着核反应堆和核鱼雷，极有可能出现意想不到的核泄漏。

仅仅一会儿时间，ED先生就带着孙志平从海底看到地面，再从地面窥视到半空的雾霾和沙尘暴，又看到大气层外散布的不计其数的太空垃圾。ED先生不讲什么大道理，只是让孙志平亲身体会地表人对地球造成的巨大破坏。

孙志平感到太不可思议了。总以为地球很大，没想到地球很小，生态十分脆弱。

ED先生告诫孙志平，不光地表人需要地球，地心人也需要地球。一旦地球不存在了，地心文明也将深受其害。千万年以来，地心文明一直都和地表文明和谐相处，井水不犯河水，这是因为地表人改变地球的能力不足。但没想到，在很短时间内，地表人就可以撼动整个地球了，这完全超过了地心人的想象。再不出来干涉和制止，地球家园必将毁于一旦，地表和地心文明会玉石俱焚。故而，每当地表领导人头脑发热，想发动核大战时，地心人都会"脑控"发高烧的领导人，让他们断绝可怕的念头。地心人希望地表人能珍惜地球，让整个地球文明和谐相处。

孙志平对地心人的远程控制能力很好奇。ED先生告诉孙志平，地表人发出的任何频段的电磁波，地心人都能轻松截获和利用，脑电波也不例外。在地心人面前，地表人没有隐私。

孙志平好奇的是，地心文明在地心高压高温的恶劣环境中是如何生存下来的。

ED先生听了这个问题，轻蔑地看着孙志平，开始给这个无知的地表人上课。

一是，地表人不懂时空概念。地心人所在的地心，不是纯物理概念下的地心，而是时空地心。时间客观存在，是最神秘的物质存在方式，绝不是幻觉，是实体概念。可地表人不懂，总把时间和空间分开，甚至想用时间换空间，这都是极其错误的行为。时空不可分割，必须同步考量。时空转换的本质是物质转换、能量转化。

二是，地表人太自恋了，不懂生命的多样性，认为生命只有碳基生命，这是无知。地表人在火山热液里发现了微生物，那里的pH值为0，对地表人来讲，这是不可思议的事情，却客观存在。外星生命五花八门，有太多地表人认为不存在的生命形式，比如金属形态、液态、氮基、氢基、硅基等。按照地表人的逻辑，木星的第二颗卫星太冷、盐度太高，不适合生命存在，但事实恰恰相反。这就是地表人知识局限的表现。K国人有几个成语，井底之蛙、管中窥豹、瞎子摸象，说的就是地表人。

孙志平的脸一阵红一阵白，但转念一想，反正不是骂自己，是骂那些所谓的权威专家。于是，孙志平听得更起劲了，甚至听傻了，嘴巴都合不上，甚至流出了口水。

双方交流得很顺畅、很愉快，ED先生没在意这些地球人的小细节。

孙志平意犹未尽，还想继续问些想不明白的问题，可ED先生打断了他的脑电波："孙先生，我现在送你回地表。姜瑄女士快崩溃了。"

ED先生的几句话打碎了孙志平的梦境。孙志平猛然回到现实，从云端跌落下来，再仔细一看，自己左边站着张海波和两名军人。这两名军人年龄和自己差不多，但不认识。他们不是博通的弟兄，博通几千号人，孙志平都有印象。孙志平右边站着一位地心人，但不是ED先生，个头儿不一样大。"不要猜了，我是EC先生，我来送你们回地表，那里有人等你们。"

孙志平四人马上就要离开未知世界了，但他们不知道，地心文明想把他们改造成"文明使者"。

孙志平、张海波等人一点儿感觉都没有，不知道身处哪里，将会去哪里，直到看见董一飞，才明白已到了龙岭山的森林里。

董一飞在飞机上又询问了张海波和两位老班长，他们的经历都差不多，只是两位老班长消失的时间太长了，重返人间很不适应，浑身上下哪儿都不舒服。

董一飞拍着脑袋想了半天，终于想起了两位老班长的姓名，赶紧给孙志平和张海波一一介绍。一位叫张向东，一位叫黄鲲鹏。在介绍时，张向东和黄鲲鹏都愣了一下，这两个名字很耳熟，但又很陌生。失踪10多年了，记忆消失殆尽，甚至连董一飞是谁都忘了。

好消息早就传到了京城。

到达京城后，孙志平、张海波、张向东和黄鲲鹏四人立即被凌霄军团总医院单独隔离，为期21天。

董一飞把天大好消息告诉了姜瑄，可出人意料的是，姜瑄面无表情，点了点头，说了声"好"，就继续忙更重要的事情去了。更重要的事情就是去看熊三，这可让董一飞傻眼了。姜瑄整个人都变傻了。

姜瑄平时比较高傲，也没啥朋友。电视台里成天钩心斗角，很多人等着看姜瑄的笑话，更不会有真朋友。董一飞赶紧让姜瑄唯一的闺密林妙杰从K城赶过来，劝劝这个神经不太正常的好朋友。林妙杰二话没说就飞了过来，其实她想死熊三了，早想来京城。

林妙杰天天和姜瑄、熊三待在一起，玩得不亦乐乎。董一飞这下更傻眼了，这回林妙杰也魔怔了，连自己都懒得理了。想不到熊三竟然有这么大的魅力。

## 79. 爱恨

爱这种感情中，最主要的是温柔，动物也有无限的温柔。

董一飞度日如年。孙志平被隔离一天，董一飞就迷茫一天，至少孙志平总算活着回来了，这是天大的喜事，也是不幸中的万幸。除了孙志平，董一飞还担心姜瑄，而只有孙志平能安慰魔怔了的姜瑄。真是一环套一环，解铃还须系铃人。

在A国总统办公室，戴维斯给总统蕾拉汇报工作，蕾拉很兴奋。

戴维斯这个情报总局头子告诉总统女士，在对付地心文明方面，A国已取得了实质性进展。这要多亏夸克基地圈养的"小精灵"。

地心文明与地表文明不在同一个时空维度。地表文明无法屏蔽无线电信号，只要发射电磁波，无论是什么频段，地心文明都可接收到，并快速破译。就在A国一筹莫展之时，"小精灵"提醒A国人，"最简单的就是最可靠的"，借助最传统的有线通信方式，就可以做到保密传送了，如光缆等。打个比方，如果现代军队用导弹打你，你可以用高科技干扰导弹，让导弹偏离目标。但如果是石器时代的人用石头打你，你的干扰手段就彻底失效了，只能被石头砸中。要想不被砸中，只有跑。这就是最简单的手段和战术。"小精灵"说的就是这个意思。系统越复杂，关联技术越多，可靠性就越低，安全性就越差。

"小精灵"还告诉A国人，地心文明比恐龙还要早得多，这些史前人类早期生活在地表，但宇宙环境和地表环境发生了剧烈变化，让这些文明不得不隐藏到地心，并从此进入新的空间维度。现在地心文明仍必须依赖地球这个物理空间来支撑生存的时空维度，地球不能被毁灭，否则地心文明将不复存在。

戴维斯认为，要想制衡地心文明就要抓其软肋，也就是使用"不会被地心文明屏蔽"的战略武器，以毁灭地球来要挟地心文明，这样就可以与地心文明平等谈判。

蕾拉赶紧召开国家安全会议，布置相关技术改进事项，确保A国的战略武器可用。

在京城某神秘总部基地，K国、P国和L国科学家也得出了同样的结论，利用无电磁泄漏的线缆传输信号。如此一来，就算切断全部无线电和卫星通信链路，也可确保指挥控制通畅，战略武器随时可用，不再被地心文明劫持。

不仅如此，三国科学家经过大量研究，得出一个惊人的结论，地表存在的部分天坑、洞穴、火山、海沟、峡谷等，都是地心文明时空转换通道，也就是地球"虫洞"。这和董一飞在噩梦岛火山壁画上看到的信息相吻合。

21天隔离期很快就过去了，可孙志平、张海波等四人依旧不能回家，直接被转到了某神秘基地。四个人需要分别与不同专业的科学家交流。

一个星期后，K国、P国和L国三国专家组又得出了一个基本结论，地心文明严重依赖地球生态安全，一旦地球安全不能保障，地心文明也不复存在。建立地球文明共同体对地心文明也至关重要。这是共识，当然也是地心文明的软肋。

应A国政府的要求，联合国召开全体大会，A国总统蕾拉亲自来到联合国总部发表主旨演讲。

在演讲中，蕾拉正式宣布地球存在地心文明，他们的科技能力很强，野心很大，谋求控制整个星球。地表人必须团结起来，才能合力对抗地心文明的挑战。A国人愿意承担责任，代表地表人，并维护地表人的共同利益。A国必须打赢这场事关文明生死存亡的文明战争。

蕾拉在演讲中提到，只有A国知道如何打赢地心文明，A国有独家秘密武器。蕾拉没明说，但心里很清楚，办法只有"鱼死网破、玉石俱焚"，即利用核武器封住地心文明的全部出口。可大量核爆炸必然导致海水和大气严重污染，造成旷日持久的"核冬天"，让这个蓝色星球彻底毁灭。这就是A国军方制订的"涅槃计划"，堵死地心文明，置之死地而后生。

R国首相松本未来在蕾拉总统之后发表了简短讲话，他希望无论何种宗教、何种种族、何种国家，在生死存亡的关键时刻都要服从大局。这个大局就是共同支持A国和R国领导地表人打赢这场对抗地心文明的文明冲突。松本甚至喊出"不能控制，毋宁死"的豪言壮语。

A国和R国领导人发表讲话后，SI国、SA国、S国、B国、KA国、E国等几十个国家纷纷表态支持，坚决拥护A国和R国领导反击地心文明的国际联盟，誓死夺回地球控制权。

但让A国和R国意外的是，非洲、欧洲、大洋洲、南美洲和亚洲的发展中国家，以及一部分发达国家，都反对两国的提议。其中发展中国家意见最大。这些国家代表纷纷要求发言，他们认为无论谁来领导地球，发展中国家都是鱼肉。刀俎要么是A国，要么就是地心文明，没区别。此外，地心文明要求销毁核武器没错，小国弱国也曾要求大国强国销毁核武器，但无法实现。既然有核武器的国家不愿销毁核武器，那借助地心文明实现全球无核化，肯定是发展中国家乐见的好事。同时，弱小国家普遍认为，地心文明是高度发达的文明，不会恃强凌弱，借助地心文明建立公平公正的地球文明，这更是好事。

蕾拉对联合国的分裂很意外，本以为可以一呼百应，重新树立A国的绝对领导力，但万万没想到，这么多的国家不买账，甚至"助纣为虐"，帮助地心文明来对付A国。A国不再是昔日说一不二的国家了。蕾拉有些黯然神伤，感叹没落得太快了。

旁边的副总统赫利斯看不过眼了，向联合国秘书长哈维提出要即席发言。在关键场合维护总统的权威，才能赢得总统的绝对信任。

哈维示意大家安静,让赫利斯上台讲话。

在蕾拉面前十分谦恭的赫利斯来到主席台,台下的蕾拉也不知道这位副手要说什么,好奇地抬头看着台上的赫利斯。

"秘书长好,女士们、先生们:大家下午好!我是A国副总统赫利斯。本来不需要我发言,蕾拉总统女士已阐述了A国的合理和正确的主张。我们这个星球正面临一场前所未有的浩劫,如果说之前的人类浩劫都只存在于电影里,那么这次浩劫是真实的,事关人类生死存亡。我现在还说我们是人类,但实际上,地心文明并不承认我们是人类,在他们眼里,我们就是圈养的动物,连高级动物都不是,是猪牛羊之类的畜生,是鸡鸭鹅之类的家禽,是可以任意宰杀的低等动物。有些国家代表认为A国恃强凌弱,没错,A国是这么做了,还经常推翻A国不喜欢的政府,但A国并没有伤害百姓、毁灭国家。可地心文明会如何呢?他们会把地表文明当垃圾、当异己、当另类、当动物,任意宰杀。地表文明的存在阻碍他们的文明进步,当说不通时,最简单的办法就是毁灭对手,让上帝去做说服工作。这就是地心文明的本质。"

赫利斯稍稍停顿一会儿,看了看台下鸦雀无声的各国代表。联合国每次开大会时,台下的人都不多,但今天各国代表特别齐、特别多,不少人是专程来旁听的。

赫利斯这个"人来疯"很乐于在众人面前自我推销。

"女士们、先生们,我和在座很多人有共同的信仰。我们信仰上帝,相信这里还有很多人信仰其他的宗教。我们尊重每一个文明信仰,尊重我们这个星球的文明多样性。但地心文明是什么?地心文明自诩是我们的上帝,要主宰我们的一切,要剥夺我们的生存权。这是地表人类不能允许的。他们会让我们的文明多样性彻底消失,他们希望我们只相信他们,把他们当作我们的图腾,其他的信仰都会被斥为异端邪说。如此一来,我们地表文明将停滞不前,完全受控于地心文明,并渐渐被同化,直至消失。在座的代表,或许你们身旁就有被地心文明同化的人,这不是文明包容,这是文明毁灭。你们要清醒认识到问题的严重性,这不是儿戏,这是事关文明生存的大事。醒醒吧,我的朋友们。"

台下的A国代表团在蕾拉的带领下率先鼓起掌来,不少国家代表也纷纷鼓起掌来。

赫利斯示意大家不要激动,他还没说完。

"女士们、先生们,刚才R国首相松本先生说了一句话,我很欣赏:'不能控制,毋宁死。'对,如果我们对地球失去了发言权和控制权,我们存在的价值就没有了,不如去死。我们不当被圈养、被屠宰的低等动物,不当奴隶,不当地心文明的玩偶,这是A国的原则。A国已做好准备。我们是为了谁?我们不否认,为了A国领导权,A国优先,无可厚非。但同时,A国也是为了这个星球,为了我们的控制权和自主权,为了保有我们文明的多样性。A国必须代表地表人去拼死一搏,置之死地而后生。不管会场是否有地心文明在,我都可以负责任地告诉大家,A国人已准备好彻底毁灭这个星球。"

赫利斯看了看前排的K国驻联合国代表团代表马良镛,说:"K国代表也在场。马先生,你们K国人有句老话,'宁为玉碎,不为瓦全'。尊严是第一位的,尊严要靠自己来争取,任何人都不可以施舍。这句话,相信马先生感同身受吧?您也会理解我们A国的心态吧!"

马良镛一言不发,眼睛紧紧盯着即兴表演的赫利斯。赫利斯立即转移了视线,又看了看旁边的P国驻联合国代表团代表苏尔科夫。苏尔科夫是P国前总理,也是总统普奇科夫的重要政治盟友,为人十分强势。

"苏尔科夫先生,我很欣赏你们的一句话,'如果没有P国,还要这个星球干什么'。我来解释这句话的含义,就是P国文明必须存在。同样,A国文明也必须存在,否则,哪一个文明都不应该存在。您说呢?没错吧。我们两国利益高度一致。"

话音刚落,苏尔科夫就按捺不住火暴脾气,怒斥道:"一派胡言,混淆视听!"

苏尔科夫一句话,让台上的赫利斯下不来台,脸红一阵、白一阵。赫利斯赶紧转移话题,但有点儿语无伦次,只是不断强调:"A国人准备好了,现在到其他国家准备的时候了。配合A国的时候到了,A国期待与其他所有国家团结起来捍卫地表文明,捍卫地球利益。谢谢大家。"

赫利斯的讲话结束了,虽然虎头蛇尾,但蕾拉带领着A国代表团立即起立为赫利斯不太精彩的演讲鼓掌祝贺。其他一些国家的代表也站起来鼓掌致敬,欢送这位走下演讲台的A国副总统。

戴维斯就在蕾拉身边,耳语一句:"他把自己当总统了。"

蕾拉一惊,而后平静下来,继续鼓着掌,小声告诉戴维斯:"你多虑了,A国利益优先。"

等赫利斯回到座席,蕾拉主动与赫利斯握手,表示祝贺。A国驻联合国代表团代表赫莉也上前握手致敬,讨好上司。

赫利斯兴奋之余,又狠狠地瞪了一眼不远处的苏尔科夫,心里暗骂:"浑蛋,该死的老家伙,你等着吧,迟早收拾你。"

轮到P国驻联合国代表团代表苏尔科夫发言了。赫利斯有些紧张,担心这个老外交官又对自己一通狠批。

这位老成持重的P国外交官并没有指责赫利斯,而是从"包容发展、文明互鉴"的角度提出P国的鲜明观点。归纳起来就是,把地心文明纳入地球文明体系范围之内,和平共处,文明互鉴。地表文明虚心学习地心文明的先进科技,让地表和地心同步发展,共同打造高度发达的地球文明。地球文明的共同敌人在地球之外,窝里斗只能让外人看笑话、占便宜。

这次轮到赫利斯嘲笑苏尔科夫了,暗骂:"老东西,这么幼稚,智商太低了。"

随后,L国、I国、F国代表也先后发言,希望各国包容地心文明,携手共同发展,避免引火烧身,生灵涂炭。

这届联合国大会爱恨交织。在A国煽动下,不少国家对地心文明产生了仇恨,甚至把地心文明视为外来物种。而穷国、弱国把地心文明当作救世主,甚至怀揣爱意,希望利用地心文明的力量来牵制A国霸权。P国、I国、F国等,则希望与地心文明和平共处,文明互鉴。

最后发言的是K国驻联合国代表团代表马良镛。马良镛快步走向讲台,拿起话筒,试了试声音,没问题。

马良镛是大学教授出身,不习惯站在台子后面讲话,喜欢边走边讲,随着情绪变化任意发挥。马良镛把联大会场当课堂了。

"秘书长阁下好,女士们、先生们,大家好,在座的地心文明代表,你们好。"

场内代表哄堂大笑。马良镛"嘘"了一声,说:"我说的是真的,别不信。相信我,没错的。首先,秘书长,请允许我给各位代表看一部短片,我会把时间严格限制在10分钟内,不耽误大家时间。"

会场灯光暗了下来,片子开始播放。

片名叫《我们的地球,哭泣的母亲》,这部纪录片真实再现了地球环境遭遇到十分严重的、不可再生的破坏。K国的深海探测器在深海看到的不是生物,而是不计其数的生活垃圾;K国"使命"空间站在太空看到的不是繁星,而是无数太空垃圾;K国的无人机在珠峰上看到的不是美景,而是无数尸体及遍布的生活垃圾;K国的"天眼"卫星在亚洲、非洲看到的不是迷人的森林和绿洲,而是迅速扩张的沙漠戈壁,在一些国家,还有一处处核试验后形成的环形山;K国的海洋观测卫星看到的不再是如"珍珠链"般魅力四射的岛礁群落,而是仅仅冒出水面的尖尖岩石;K国的"华兴"手机在全球许多大城市拍到的不是高楼林立,而是越来越严重的雾霾和沙尘暴。气候变暖,洪水肆虐,台风飓风接踵而来,地震海啸不断侵蚀,人类的生存空间越来越小了。

影片旁白响起:"这就是我们熟悉的地球母亲,这就是被我们肆意欺凌、侮辱的地球母亲。母亲不说话,是不想惊扰孩子,但孩子不孝顺,让母亲千疮百孔、遍体鳞伤。救救母亲吧!地球只有一个,不要奢望地球能流浪,它有自己准确的位置。地球只有一个,从现在开始,我们要保护地球,不要让母亲流泪。同一个地球,同一种文明,文明互鉴，协同发展，最终实现地球命运共同体。"

片子播放完了，全场鸦雀无声。几秒后，爆发出雷霆般的掌声，很多代表起立为马良镛鼓掌致敬，也是向K国致敬。

"女士们、先生们，片子看完了，我再占用大家10分钟时间谈谈我个人的看法，与大家一起商榷。"

马良镛的绅士风度让台下诸位很受用，很真实，很自然，一点儿也不做作。比那些假绅士、伪君子强太多了。

"地心文明最早给K国政府发来最后通牒，我们也震惊、害怕，以为即将发生文明冲突。我们在妥协和抗争面前不断做着选择题，到底该选择哪种答案？选择妥协很容易，缴枪缴械，获得地心文明的宽恕。不就是销毁核武器吗？总比研制核武器要容易得多。选择抗争比较难，以毁灭文明为代价，输了就满盘皆输，没有回旋余地。最终还是理智战胜了恐惧。K国政府认真考虑了地心文明的诉求。地心文明到底要什么？他们只想要一个健康的地球。金钱对地心文明没丝毫吸引力，只对我们地表文明充满吸引力。在座的某个国家，为获取黄金、铂金资源，不惜把小行星引入并撞击月球，造成月球轨道轻微改变。还有些国家扬言要用小行星和核武器打击包括K国在内的国家，其结果是什么？是毁灭这个星球。是谁断然出手，让这种疯狂行为没能得逞？不是我们地表文明中的某个国家，是地心文明。刚才大家看到的片子，是我们用十几天时间，实地考察拍摄下来的。看完后，我们触目惊心。不敢想象，我们把地球糟蹋到如此地步，这比我们预想的还要坏太多。这就是现实，没有丝毫隐瞒。"

马良镛稍微停顿一下，看了看表，还有两分钟。

"地心文明的要求错了吗？没有，是我们做得太过分了，这才是问题的症结所在。难道我们和地心文明斗争的目标，就是战胜对方后，继续来糟蹋我们这颗星球吗？某国曾经的一位领导人认为，地球变暖是本世纪最大的谎言，但事实是什么？我们还看不出来吗？"

尽管没点名，但蕾拉知道马良镛指的就是自己的父亲。

"既然地心文明说得对，没有污蔑我们，那我们就要听，就要

683

做，让这个星球重新绿起来，让地球母亲不再被侮辱和践踏。地心文明这点要求与联合国可持续发展的规划并不矛盾，我们凭什么去质疑和抨击地心文明，甚至要和地心文明拼个你死我活？K国政府一直倡导'地球命运共同体'。我们是同一个地球的不同文明，和平共处与共同发展的解决之道就是'地球命运共同体'。谢谢大家，谢谢秘书长。整整10分钟。"

又是一阵雷鸣般的掌声。这掌声是对K国代表最大的褒奖。

联合国秘书长哈维趁热打铁，提议对A国方案和K国方案进行临时表决。结果很快就出来了，联合国193个成员国，38票支持A国方案，142票支持K国方案，13个国家弃权，联合国大会通过了K国方案。虽然联大决议案没约束力，但也代表了联合国会员国的普遍声音。

当表决通过后，马良镛代表K国表态，将会全力在地心文明和地表文明中沟通协调，做好文明使者的角色，并继续与A国、R国等保持密切沟通。

忙完正事，董一飞带着孙志平回到了家，第一眼就看到目光呆滞、神情恍惚的姜瑄。姜瑄只说了句："回来了，回来就好。"然后转身就走了。

孙志平急忙跟上去："小瑄，我爱你，你受委屈了。"

姜瑄回过头来，苦笑了一声，说："我恨你。"

姜瑄径直转身走了，留下不知所措的孙志平。孙志平一脸迷茫地看着姜瑄的背影渐渐远去，追也不是，不追也不是。姜瑄到底怎么了？

孙志平回来，姜瑄就该回家了，她家都不知道脏成什么样子了。姜瑄唯一舍不得的就是住在董一飞家中的熊三。

姜瑄每天都上班一样，准时到董一飞家里看望熊三，晚上再回自己家里休息，一步也不踏入孙志平家。王阿姨和孩子邀请了好多次，希望姜瑄来一起吃饭，但执拗的姜瑄就是不去，态度极为坚决。

## 80. 求医

眼睛里为她下着雨,心里为她打着伞,这就是爱情,无病呻吟的爱情。好好的晴天,大老爷们儿哭什么?

姜瑄到底怎么了?孙志平不明所以,问了问董一飞、林妙杰,也都不知道真实原因。

孙志平把心理医生刘庆新请来又看了一次,也没什么结果。姜瑄拒绝配合,绝口不谈在想什么,像是中了邪。或许刘庆新太熟了,姜瑄不愿意说什么。孙志平又请了两个姜瑄不认识的心理医生,姜瑄依旧不配合,三缄其口。孙志平越来越担心,赶紧给自己放个大假,好好陪陪姜瑄。

孙志平能感觉到姜瑄是有意识地躲着自己、拒绝自己,见到自己一点儿笑模样都没有,但见到熊三就立即一副桃花盛开的模样。

孙志平联系好大医院的名医,想带姜瑄到医院全面检查,但姜瑄理都不理,甚至对孙志平冷言冷语:"你才有病,我很好,少管我。"孙志平无可奈何,越发感到对不起姜瑄。孙志平觉得自己毁了姜瑄,让电视台"一姐"沦落至如今的境遇。

董一飞悄悄把孙志平叫到院子里,说:"大哥,我有一个办法或许可以救姜瑄。"

"快说。"孙志平也快疯了,有病乱投医。

"我们带姜瑄去龙岭山转一转吧,你看如何?"

"都什么时候了,你还有心思去旅游?拉倒吧你。"孙志平没好气。

"大哥,你听我把话说完。我们去龙岭山洞穴找EC先生,他一定知道姜瑄在想什么,我们权当求医了,让EC先生帮帮我们。我陪你和姜瑄去,带上熊三,想必林妙杰也会去。你看如何?"

孙志平猛然想起ED先生说的,"姜瑄快崩溃了",现在终于明白这句话了。他狠狠拍了董一飞的肩膀一下:"好!这个办法好。事不宜迟,赶紧动身,你去安排吧。"

猛一回头,姜瑄正盯着这边看:"你们又想搞什么鬼?我告诉你们了,我没病,少瞎琢磨我,你们烦不烦啊。你们才有病。"

董一飞瞬间嬉皮笑脸:"嫂子,你当然没病,就是心烦。我们正商量去哪儿玩呢,一起去散散心。上次的噩梦岛不错吧?"

董一飞说完这句话就后悔了,哪壶不开提哪壶。孙志平狠狠瞪了他一眼。

再看姜瑄,一言不发,转身就进了小楼。董一飞狠狠抽了自己几个嘴巴:"这张臭嘴真欠抽。"

董一飞去找林妙杰,把想法和林妙杰说了,但没找地心文明的事儿,只是让林妙杰劝姜瑄一起去玩玩。听到有的坑,林妙杰自然兴奋,立即去找姜瑄和熊三。软磨硬泡,姜瑄终于答应了,但心里很清楚那两个男人在搞鬼。

第二天,一架小型商务包机抵达秦安国际机场,一辆改装车来到飞机舱梯旁。不是孙志平和董一飞摆谱,是普通航班熊三坐不了。熊三被列为烈性动物,只允许关进笼子托运,用包机才能确保熊三不那么憋屈。董一飞知道熊三是地心文明委派来的"高级熊",不能怠慢。

董一飞轻车熟路,带着四个人来到龙岭山。虽然外面艳阳高照,但走进茂密的大森林里就暗无天日,偶尔传来嗷嗷的啸叫声。林妙杰和姜瑄一阵胆寒,但看到旁边的熊三,两个女人便放心许多。熊三是"山中之王",对那些小动物的啸叫都懒得理,就算遇到老虎豹子也全然不放在眼里。

路上还真遇见了猛兽，一头黑熊。黑熊看到膀大腰圆的熊三，低下头颅，一惊一颤，怕熊三发飙。但熊三与人类交往久了，文明了许多，如同谦谦君子，不急不躁。黑熊瞬间就被熊三的魅力折服，执意要跟着熊三一起走。熊三几次挥了挥手，想赶这头不入流的野熊走，但黑熊毫无跑路的意思，跟定了熊三。它被熊三的魅力彻底感召了，就这样一路走到了洞穴口。

林妙杰和姜瑄不敢走了，原以为来龙岭山旅游，可没想到是探险。林妙杰再胆大也产生了对未知的恐惧，更别说姜瑄了。

董一飞不断告诉二人不要怕，山中有宝，会有神奇的事情发生。

没办法，既来之，则安之，加之还有两个大男人——不，加上两头熊，是四个大"男人"。大家一起提供保护，再危险也不至于扔下女人不管吧。出于绝对信任，林妙杰和姜瑄在董一飞和孙志平的引导下缓缓走进洞穴。熊三在前面大摇大摆地开路。

这类潮湿的洞穴多有蛇虫聚集，如果没有熊三的气势压制，那些欺软怕硬的活物一定会出来骚扰。尽管如此，林妙杰和姜瑄也能感觉到脚下不断有活物爬过去，吓得东跳西跳，无处落脚。就这样步履蹒跚走了很长一段路，姜瑄吓得哭了出来，她长这么大从来没见过这阵势，下次打死也不来了，再也不相信董一飞和孙志平骗人的鬼话了。

终于看到亮光了，熊三带着野熊小弟很自觉地向外狂奔，守住洞口站好岗。董一飞、孙志平、林妙杰和姜瑄四人缓缓来到亮光升起之处。林妙杰和姜瑄感到异常惊讶，原来还有如此世外桃源！这团亮光如同另一世界的光环，又像袅袅的炊烟，朦朦胧胧的，让人仿佛置身仙境。

由于担心两个女人会恐惧，董一飞就实话实说了。董一飞告诉她们，很快会看到新的生物体，不要紧张，那是地心文明，是朋友，是文明使者。

还没等董一飞介绍完，姜瑄已经吓得快瘫软了。

孙志平顺势搂起姜瑄，紧紧抱在怀里。姜瑄把脸埋在孙志平怀里，不敢再看什么地心文明。孙志平爱抚着姜瑄的秀发，安慰这个陷入极度恐惧的女人。林妙杰充满了好奇心，想仔细看看地心文明究竟长什么模样，但也不自觉地依偎着董一飞的肩膀寻求安全感。

林妙杰作为新闻记者，敏感度很强，这和姜瑄这类光鲜靓丽的主持人很不一样。林妙杰劝姜瑄不要紧张，但姜瑄依旧不敢抬头。

唠唠叨叨的林妙杰突然闭嘴了，空气像凝固了一样，姜瑄甚至能听到所有人的心跳。姜瑄感到很奇怪，恐惧驱使她缓缓抬起了头，她看见亮光深处有一个人形物体站着，一动不动。再看自己这边的人，也都一动不动。仿佛时间停止了，全世界只有姜瑄一个人还活着。

姜瑄明显能感觉到那个生物体直勾勾盯着自己，刹那间，大脑开始放松，神志开始飘忽，眼前的一切都看得真真切切。时空完全凝固了。姜瑄听到有声音告诫自己："要放松，忘记那些不开心的过去，一切会重新开始，你还是你，你要做好你自己。"

就在姜瑄还陶醉在恍惚之中时，人形物体消失得无影无踪了。一切恢复了正常，亮光依旧如炊烟袅袅。

孙志平一切都明白了。EC先生告诉孙志平，姜瑄有严重的抑郁症，一是忘不了过去两个男人的伤害，二是接受不了孙志平的刻薄冷漠。孙志平从没主动问过姜瑄的过去。姜瑄不说，孙志平就不问。谁能没有过去？正是姜瑄的过去，让她一直对男人极度不信任。

姜瑄第一个男友是大学同学，说好一起到国外上研究生。男友提前一年去了，姜瑄苦心学习外语，希望早点儿过去。没想到，等她一切都办好了，男友却找了一个比自己大很多的女人，还美其名曰对自己帮助很大。姜瑄彻底绝望了。初恋是用来出卖的，自己还傻傻等待。姜瑄放弃了留学，撕碎了A国一所著名大学的录取通知书。

第二个男友是在电视台认识的，既是同事，也是老乡。男同事对姜瑄照顾有加，很快，两个人就同居了。直到这时，姜瑄才知道这个男人是"富三代"，家境很殷实，上班就是消遣和玩。两个人在一起，姜瑄衣食无忧，有大房子住，有豪车开，有名牌买，俨然一个阔太太。但后来，姜瑄发现这个男人就是个男孩，娇生惯养，脾气不好。男友总和姜瑄闹别扭,一点儿鸡毛蒜皮的小事都会无限放大。好在男孩的父母对姜瑄很满意,早早就准备了婚房,筹备婚礼。双方家长也见了面,提亲、订婚,万事俱备。就在领证的前一天,姜瑄逃走了。她忽然感到这段婚姻太可怕了。男孩时时处处都要母亲陪伴,他要的是"保姆",不是妻子、爱人。等到姜瑄看清这一切后就彻底绝望了。绝不拿青春赌明天,散伙是必然结果。

当然还不仅如此。那段时间,姜瑄母亲身体不太好,男孩直言不讳告诉姜瑄,她母亲是累赘、负担。这话彻底激怒了姜瑄。和自己相依为命的母亲竟然在男孩眼里如此不堪。不孝是大忌,姜瑄发誓要找一个对自己父母好的男人,有责任、有担当。结婚要找个真男人,不是男孩。

男孩找了姜瑄很多次,男孩父母也劝了很多次,但姜瑄的态度十分坚决,把男孩直接拉黑,彻底断了男孩的念想。没多久,男孩就结婚了,找了一个比姜瑄还小的女孩。男孩婚后,通过同事发信息告诉姜瑄,最想的还是姜瑄。姜瑄直接删除了这些无聊的信息。她很欣慰,自己的选择没错,选择错误才是一辈子的悲哀。

孙志平是姜瑄的第三个男友,比她大不少。孙志平对姜瑄总是彬彬有礼、相敬如宾的态度让姜瑄从失望到绝望。前面两个男人见到姜瑄都是如狼似虎,恨不得一口吃了这个大美女,这让姜瑄有种快感。但这一快感在孙志平这里完全感受不到。这让姜瑄怀疑自己究竟是否优秀、漂亮,是否有魅力。姜瑄甚至认为孙志平性取向有问题,自己是不是又瞎了眼看错了人。后来,孙志平为救自己葬身大海,姜瑄陷入了悲痛。她希望照顾好孙志平的孩子,以报答救命之恩。但在她内心深处依然对孙志平怨恨不已。孙志平至死也没有碰过自己一次,这让她的自尊心大大受挫,恨由心生。

EC先生看透了姜瑄内心的倔强。他告诉孙志平,姜瑄没病,就是要恢复自信心和自尊心。

董一飞安排熊三先飞回京城。那头极度崇拜熊三的黑熊听熊三耳语几句后,就自愿留守在洞穴站岗,成为新一代的"洞穴守护神"。

熊三很自豪，收了小弟，从此当起了大哥大。

董一飞一行四人回到秦安，选了一栋五星级公寓式酒店住下。董一飞开了两间豪华套房，孙志平和姜瑄一套，自己和林妙杰一套。董一飞特别嘱托管家，把生活用品都准备好，多买点儿食品装满冰箱。

晚餐，四个人在附近的F国餐厅喝了点儿红酒，灯红酒绿，觥筹交错。四个人稍微多喝了点儿，很开心。秦安是孙志平和董一飞的共同家乡，两个人必须尽地主之谊。

微醺的两对新人回到公寓酒店，相互道了声"晚安"，就各自回房间休息去了……夜深了……天又亮了……

夜晚过得真快，外面的天蒙蒙亮，不太厚实的窗帘渗出几丝阳光，洒在孙志平的脸上。孙志平醒了，但还带着几丝困意，有些自责窗帘没拉严实。孙志平看着身旁的姜瑄，像个孩子一样均匀喘着香气，很美、很甜，像白玉雕琢的维纳斯一般美。她头发有点儿凌乱，两只手合拢，微微靠在枕边，一条薄薄的毯子卷在一起，盖住了小腹。

孙志平微笑地欣赏着姜瑄的美，情不自禁凑过去，轻轻在姜瑄的唇上吻了一下。那个吻很轻，孙志平怕打扰姜瑄的好梦。

姜瑄昨夜好累，好满足，这会儿睡得很熟。姜瑄以为孙志平老了，不中用了，自己会很失望。没想到这个军人底子的老男人依然体魄强壮。

孙志平不自觉地骚扰了一下，姜瑄"嗯嗯"几声，又睡了。此时此刻，孙志平很后悔，这么好的女人此时才占有。姜瑄想得没错，孙志平暴殄天物。

孙志平起来了，穿上睡衣，蹑手蹑脚地走出卧室，又轻轻关上了门。他进了厨房，又赶紧关上厨房门，开始做早餐。早餐很简单，煎蛋、沙拉、烤面包片、牛奶。公寓只能做些没有油烟的西式早餐。

一切准备停当，快9点了。孙志平蹑手蹑脚走进卧室。姜瑄背对着孙志平，毯子早就夹在两腿之间，背影依然那么美。

孙志平轻轻喊了一声"小瑄"，姜瑄微微睁开眼睛，嗔怪埋怨道："还没睡醒，讨厌，折腾我。"

孙志平轻轻吻了吻姜瑄的唇："小瑄，起来吧，早餐都凉了。"

姜瑄开始撒娇、不依不饶、娇羞地抱住孙志平，过了好久才耍赖地搂着孙志平的脖子缓缓坐了起来。

"谢谢老公，我爱你。"

"我爱你，要谢谢你才对，是你给了我最美好、最惬意的新生活。"

这就是姜瑄想要的正常生活，很简单。孙志平发现并没有自己想象的那么难。

从这一天开始，姜瑄恢复了正常，回到京城很快就去上班了，每天都是阳光灿烂的日子。从此，孙志平和姜瑄两个人的命运紧紧捆绑在了一起，不分彼此。

## 81. 同一个地球

没有义务的地方就没有权利，有了义务的地方，也未必有权利。

联合国大会结束后，地心文明很快就给联合国发来特别声明，高度肯定K国代表在联大的发言，要求其他国家按照K国提出的建议来落实，打造地球命运共同体。同时，地心文明提出改组联合国，让地心文明成为常任理事国的一员。

这一要求让联合国安全理事会常任理事国感到异常惊诧，连K国都很为难。看地心文明的架势，不能不同意。K国与其他常任理事国协商如何答复地心文明。

地心文明发来函件称，地心文明早已超越国家阶段，不存在多国家的概念。整个地心文明可以理解为统一的共和国。在地心文明社会里，每一位国民都必须参与国家管理，人人都可以当国家元首。当了元首，就意味着义务无限大、权利无限小、监督机制遍布。地心人考虑的是如何快速提高文明程度，如何确保生存家园安全，没有私心，没有邪念。

经过激烈的论战，或者说骂战，地表国家最终妥协。在不改变联合国现行体制机制的前提下，为地心人增加一个常任理事国席位，也就是"地心文明共和国"。K国开始还想给地心文明争取一个更加超脱的席位，比如联合国独立监督委员会，负责监督地表国家。但A国、R国、I国等都一致反对，认为权力过大会导致地表人处处被动，还是要一视同仁。大家都是常任理事国，只是把七个常任理事国增加到八个。

新联合国要实现的目标就是避免文明冲突，地心文明与地表文明实现文明互鉴，共同维护地球的生态安全。

地心文明接受了联合国改组方案，成为联合国第194个成员国。EC先生成为地心文明共和国派驻联合国的第一位地心人。地心文明指定K国为与地心文明共和国沟通的唯一文明使者国。这让A国等国家大为不满，但也无可奈何。实力决定一切，地心文明习惯用实力说话。

地心文明共和国加入联合国后，要求安理会立即成立"生态文明监督管理委员会"，由地心文明共和国具体负责此项工作。尽管有反对者，但安理会最终还是通过了决议案，地球生态安全监督工作就交给地心人来做。

同时，按照联合国安理会其他常任理事国和非常任理事国的请求，地心文明共和国负责筹办多期"高级文明及未来科技培训班"，积极落实文明互鉴、科技交流。

但问题很快就暴露出来了，两种完全不同文明之间的不信任在加剧。

在培训期间，地心文明讲解最多的是宏观和微观宇宙学，这是为了地表文明了解我们生存的星球所处的时空位置。尽管地表人和地心人同在一个星球，但彼此在不同时空维度。对地表文明来讲，地心文明算得上是时空维度中的"暗物质"。但地心文明科技十分发达，可以任意穿越时空维度进入不同的宇宙象限，而地表人由于科技落后，无法穿越时空维度。

就在地表科学家不断追问如何才能轻松穿越时空时，地心文明三缄其口、闪烁其词。文明发达与否不仅是如何看待宇宙，更在于如何开发利用宇宙。地心文明历经千万年的发展才走到今天，也不愿意轻易把核心技术拱手相让，这就是不同文明之间的隔膜。高级文明与低级文明之间存在巨大的鸿沟。文明发展不仅体现在对宇宙的认识和科技上的不断突破，还体现在对人心、人性和欲望的不同理解。

科技进步不等于人心向善、人性进化、欲望消亡。地心文明与地表文明交往时，感到地表文明的贪婪。在人心、人性、欲望还没有进化到高级阶段的前提下，就想获取更为先进的科学技术，这种急功近利，无论哪个国家都表现得淋漓尽致。这让EC先生很担心，不得不在文明互鉴上留了一手，不敢进行真正的互鉴交流。

不仅如此，不同地表国家纷纷极力讨好和拉拢EC先生和地心文明专家，希望得到地心文明的"特殊照顾"，来实现本国文明的超越式发展。其中尤以A国、R国、I国、P国等国家最为明显。一旦实现文明和科技的大幅度超越，这些国家就可以自由主宰这个星球的地表。虽不能和地心文明来争夺地球霸权，但也可借助地心文明来实现对地表文明的控制。地心文明若是站在自己一边，霸权何愁不在？

新联合国建立后，历经千万年才实现"大同社会"的地心文明开了"历史倒车"。国家形态又浮现在地心文明社会中，让地心文明的轮值统治者忧心忡忡。"出淤泥而不染"不是那么容易的。"人之初，性本善；性相近，习相远"，但地表社会的丑陋会改变人性，让贪婪成为地心文明必须克服的人性弱点。

地心文明利用自身的科技优势，着力解决生态文明存在的巨大问题。清理海洋，清理太空，清理陆地山川，清理碳排放，确实解决了地表文明的大问题。但人心无法清理，贪婪无法清理，地心文明无成本地替地表文明充当"清道夫"，也更加让某些地表国家有恃无恐。反正排污没成本，有地心文明来兜底，这些国家就变本加厉成为地球生态的破坏者。

同样，还有很多问题也是联合国无法解决的难题。军备竞赛、军事冲突、贫穷、落后、腐败、饥荒、天灾、传染病、恐怖主义、种族歧视、宗教矛盾等，就连地心文明也没办法解决这些难题。这需要文明的进步，需要文明认知的升级，需要地表文明的共识，但如今就谈共识为时过早了。

"地心生态文明监督管理委员会"成立后，还真解决了联合国一件久拖不决的棘手难题——联合国会费缴纳。A国是联合国会费的最大欠账国，曾经因此导致联合国连工资都发不出来。"地心生态文明监督管理委员会"勒令各国必须在指定日期前足额缴纳会费，不然地心人将会利用非常手段协助联合国划账。这一招还真灵，包括A国在内的"老赖"按时乖乖缴纳了拖欠多年的巨额会费。

有了钱就能解决联合国关注的全球性难题了。比如，为解决地区冲突、反恐、天灾等非传统安全领域的威胁，"地心生态文明监督管理委员会"提议并组建了联合国安保团队。从此，各地表文明国家不必再派遣维和部队到事发区，而是在地表文明国家中招募成熟可靠的安保团队加入"联合国百年安保计划"。安保团队由各地表国家独立推荐，由"地心生态文明监督管理委员会"组织招标，并最终选定。

一时间，全球几十家安保公司纷纷投标，经过充分比对和遴选，最终的中标者只有六家：K国的博通公司、A国的浑水公司、P国的瓦格纳公司、SI国的猎人公司、I国的Onetouch公司、R国的西武株式会社。

博通和浑水在评标时双双排名第一，评标标准既包括已有业绩、公司综合实力，也要看实际战例等硬指标。

SI国的猎人公司规模不大，但安保战例极多，反恐和处突能力极强。

I国的Onetouch公司主要做国内安保。这是因为I国社会不安全，需要大量一对一的保镖服务，国内此类服务规模就很大。

R国的西武株式会社全球市场规模不大，但与浑水公司组成招标联合体，很多项目签署，既有浑水，又有西武，也让R国这家安保公司加分不少，并最终入选联合国安保服务团队。R国首相松本未来这个西武创始人的不断努力，也让西武在R国国内和东南亚接到不少安保大单。

由于博通和浑水实力最强、分数最高，分到的市场蛋糕也最大。其他安保公司虽入选，但分不到太多安保任务，自然就对博通和浑水大为不满。

不仅如此，浑水老总松本太郎是松本未来的接班人，对博通在联合国争地盘怀恨在心。他在松本未来的怂恿下,发誓要修理一下这个昔日的仇家、今时的对手。

松本未来对K国担任与地心人沟通的唯一文明使者国十分不满。这些文明使者都是博通的老人,如董一飞、孙志平、张海波等,这让松本未来把这几个人当作"眼中钉"。虽然A国也很不爽,但没有明显表现出来。松本不断游说A国,并提出愿意替A国、R国干掉这些"肉中刺"。

博通中标了,法人代表要来A国的联合国总部签署正式协议。孙志平和董一飞即刻飞往A国,并带上了姜瑄和林妙杰两位媒体人来见证这一历史时刻。孙志平并不知道一场"鸿门宴"正等着自己。

在联合国总部,六家安保公司代表轮流与联合国秘书长哈维签署安保协议。孙志平代表博通签署安保协议,全球媒体一起见证。

K国驻联合国代表团代表马良镛上前祝贺博通。就在握手之际,马良镛小声告诉孙志平,注意人身安全,尽量少在公开场合亮相。孙志平点头示意。看来这次的A国之行杀机重重。

但无论如何,事先安排好的博通媒体见面会少不了。孙志平想结束媒体见面会后立即返回国内,片刻不再逗留。

作为私人朋友,戴维斯也来到媒体见面会现场。他与孙志平简单寒暄几句后,就坐下来等待开场。

在主席台上,孙志平和董一飞两人站在台前,姜瑄在台上主持,林妙杰作为记者负责记录和采访。

会议室里挤满了人,报名的记者有上百号人,挺大的会议室座无虚席。大家都非常好奇这家K国的安保公司,更想来看看究竟谁是"K国黑石"的传奇人物。

会上,孙志平简要介绍了博通公司后,就把时间交给在座的媒体朋友提问。

一位记者提问:"博通公司与浑水公司的合作是否存在矛盾和竞争?"孙志平正要回答,突然有人从人群中向孙志平开枪。一共开了五枪,孙志平不断躲闪,左臂中弹,鲜血直流。旁边的姜瑄不顾一切冲了过来。又是啪的一声枪响，挡住孙志平的姜瑄背部中弹。孙志平紧紧抱住姜瑄卧倒在地。董一飞赶紧低身掩护二人撤退。

枪声越来越密集，现场不止一名枪手。记者们四散而去，混乱不堪，但枪手目标明确，就是孙志平，对其他人毫无兴趣。孙志平和董一飞被逼到了死角。就在这时，更密集的枪声响了，孙志平和董一飞都认为自己必死无疑。不过，他们听到了不少人中枪的惨叫声，才知道原来这是一场枪战。由于A国对博通的限制非常苛刻，不允许博通在A国有任何安保业务，孙志平等人仅有的几个保镖也都不允许持枪，所以面对杀手们的疯狂射击，保镖们只能协助孙志平等人躲避。

几分钟后，枪声平息了，孙志平发狂了，也顾不上问是谁救了自己，抱着姜瑄就往外跑，边跑边大喊："救护车！Ambulance！Ambulance！"

救护车来了，孙志平紧紧抱住姜瑄一起上了车。董一飞、林妙杰留下来处理善后，协助警方调查取证。

戴维斯走了过来，拍了拍董一飞，说："博通中标很多人不满意，你看到了吧？"

董一飞知道是戴维斯出手救了博通，连声说："谢谢，谢谢。"

"我欠孙志平一个人情，今天我还了，祝你们好运吧。"戴维斯说完就往外走。

董一飞上前一步，问："戴维斯先生，是谁干的？请告诉我吧。"

戴维斯为难地摇了摇头："是你们的老朋友、老对手，也是我们的老朋友，但会是新对手了。"

董一飞听懂了，心里狠狠地骂道："松本，你这个王八蛋，我不会放过你。"

警方调查结果很快就出来了，杀手共有六个人，当场击毙五个，留了一个活口，这些人都是浑水公司员工。表面上看，这场枪击事件的原因是博通和浑水业务矛盾导致的，与松本没关系，但浑水公司的实际控制人是松本太郎，松本未来无法摆脱干系。

令戴维斯感到愤怒的是，R国人想对付K国人，收拾对手博通，却让浑水公司在A国国内做枪手，借刀杀人。当了R国首相，还能操控A国安保力量，这让戴维斯感到一阵寒意。今天可以对付博通，明天就可以对付情报总局。戴维斯养的这只小虎崽子已经长大并开始威胁主人了。

孙志平是皮外伤，无大碍。姜瑄经抢救也没有生命危险，子弹从她的右肺部擦着边儿穿过去，没有穿透主动脉，捡回来一条命。住院期间，孙志平一步没有离开病床，眼睛直勾勾盯着姜瑄，生怕漏看一眼。孙志平心里五味杂陈，深感太对不住姜瑄了。这才幸福没几天，就为救自己身负重伤。

从警察局录口供回来的董一飞和林妙杰来到医院，看到姜瑄没事，心里总算踏实了。姜瑄休养期间，孙志平要求博通的人哪里也不能去，并在酒店增派保镖人手。同时，戴维斯也安排人手保护孙志平等人。

针对这起十分明显的报复行为，联合国秘书长哈维强烈谴责，要求尽快调查事情真相，并亲自到医院看望姜瑄和孙志平。

姜瑄身体稍稍恢复后，孙志平赶紧租包机直飞京城。是非之地，不可久留。

回到京城后，姜瑄告诉孙志平一个好消息，自己怀孕了。孙志平异常兴奋，也吓出了一身冷汗。他本想带姜瑄去A国公干，顺便玩玩，却差点儿把命丢了。孙志平现在只能自我安慰，大难不死，必有后福。

一个新生命即将诞生，孙志平很期待。一旦有了孩子，姜瑄和孙志平的命运会更加牢固地捆绑在一起。孙志平给还没有出生的孩子起名字，思来想去，就叫孙正英，"英雄救美的英"。孙志平救了姜瑄两次，姜瑄救了孙志平一次，这都是命运安排。

由于情报总局出手救了孙志平，松本未来十分愤怒，发誓要把浑水变身成R国安保公司。尽管松本太郎很强势，但戴维斯即将介入浑水事务，必然会让这家A国公司内讧不断。究竟谁来主导浑水，A国和

R国剑拔弩张。戴维斯要接管浑水谈何容易，经营多年的松本家族坚决不同意。既然不能硬来，老奸巨猾的戴维斯就打算给松本下个套。尽管松本未来已是R国首相，权力无限大，但戴维斯也不是省油的灯，一场激烈的浑水保卫战上演了。

天下很不太平。凌霄军团新任副参谋长张军急忙来到郝利新办公室。

"郝参谋长，大事不好了。"

"怎么了？什么事？"

"我们地心文明小组的张院士失踪了，找遍了所有地方都没有，他掌握了太多绝密信息。"

郝利新腾地弹了起来："什么？赶紧找。你们怎么搞的！"

正在两人一筹莫展之际，新任情报处处长王鑫勇跑了进来，手里拿着一张情报单："两位首长，张院士有消息了，他被劫持了，这是对方的信函。"

郝利新抢过信函一看，一屁股坐在转椅上，顷刻间陷入困顿之中。

张军接过信函看了一眼，啊了一声："这下可麻烦了，很多努力看来都要付诸东流了，唉。"

"不惜一切代价把张院士给我抢回来，快！"郝利新愤怒地咆哮着。

就连联合国安保服务外包这点儿小事，地表文明都无法和平解决，甚至出现了复仇事件，EC先生十分失望。同样，地心文明希望通过改组联合国来销毁核武器的目标也落空了。地表人争强好斗、贪婪无知的劣根性压根儿就改不了，本性难移。

不仅如此，地表人越来越习惯地心文明"无害地存在、无害地通过"，并逐渐视地心文明如无物，继续进行着那些尔虞我诈、你死我活的争斗。这场竞争的战场不仅在地表，还上升到外太空。月球、火星、小行星都成为地表人博弈的战场。

地心文明很清楚，地表人对外星球的开发是无序的、功利的、野

699

蛮的。"蓝星"已被地表人破坏殆尽，地心文明决不允许地表人继续糟蹋其他星球。

可地心文明担心的事情正在发生。地表文明在地心文明的帮助下开始实现"超越式发展"，发展速度之快远超过地心文明的想象。地心文明对地表文明逐渐失去了控制，原本可拽住的缰绳眼看着就快绷断了。

在一切即将失控的情况下，EC先生提请地心文明共和国制订针对地表文明肆意扩张的遏制计划，代号"4P"［Punishment（惩罚）、Pressure（施压）、Peace（和平）、Person（人）］。4P中的Person是指利用暗藏在地表人中的地心人来改造地表人，力求"不战而屈人之兵"，这是上上策。

就在地心文明启动"4P"计划，准备收拾地表文明之时，EC先生收到了一封来自半人马星座的"天外来电"，上面只有寥寥几个字："我们来了。"

地心文明深刻认识到，与地表文明的博弈只是小插曲，不足为惧。真正的巨大危机还在路上。不仅是驻留在太阳系边缘暗黑世界的那些未知文明，还有更为惊心的来自半人马座的另类文明。地球真是命运多舛，维护"地球命运共同体"必然要经历太多激烈的博弈和残酷的战争，无论是不太蓝的地球，还是深邃成谜的外太空，天外有天是必然，人外有人是天然……